이상준의 지식시리즈 3

아!
대한민국

들불은 피어오르며 운다

아! 대한민국:
들불은 피어오르며 운다
이상준의 지식시리즈 3

1판 1쇄 인쇄	2018년 10월 10일
1판 1쇄 발행	2018년 10월 15일

지은이	이상준
펴낸이	최광주
펴낸곳	(주)경남신문사

유통·마케팅	도서출판 들불
	경남 창원시 의창구 중앙대로 227번길 16 교원단체연합 별관 2층
	tel. 055.210.0901 **fax.** 055.275.0170

ISBN	979-11-963123-3-6

「이 도서의 국립중앙도서관 출판예정도서목록(CIP)은 서지정보유통지원시스템 홈페이지
(http://seoji.nl.go.kr)와 국가자료공동목록시스템(http://www.nl.go.kr/kolisnet)에서 이용하
실 수 있습니다.(CIP제어번호: CIP2018031722)」

이상준의 지식시리즈 3

아! 대한민국

들불은 피어오르며 운다

이상준 지음

■ 차 례

이 글을 왜 썼는가

사람과 동물의 가장 큰 차이가 뭐라고 생각하는가? 두 발로 걷는다고? 닭과 오리도 두 발로 걷고, 침팬지나 고릴라와 같은 유인원(類人猿)[1]도 두 발로 많이 걷는데? 언어와 도구를 사용하는 동물도 있으니까 이것도 사람만의 특성이라고는 볼 수 없다. 그러나 문자[2]를 사용하고 불[3] [4]을 사용한다는 점은 인간만이 가진 고유한 자질이 될 수 있겠다. 불을 가지고 인간은 음식도 익히고, 물질을 녹이고, 그릇도 만들고, 자동차·비행기는 물론 화약 무기와 대포도 만들었다. 프랑스의 잔 다르크도 영적인 신의 계시보다는 대포를 효율적으로 활용한 덕분에 영국과의 백년전쟁(1337~1453)에서 승리할 수 있었다.[5]

---

1) 유인원(類人猿, Anthropoidea)은 꼬리가 없고 두 다리로 걷는 등 인류와 유사한 포유류를 말한다. 유인원에 속하는 것으로는 고릴라·침팬지·오랑우탄(Orangutan, '숲 속의 사람'이란 뜻)·긴팔원숭이가 있다.

2) 『문화로 읽는 세계사』, 주경철, 사계절, 2012, p.26. 〈문자의 기원〉 가장 오래된 문자는 기원전 3200년에 나온 수메르(바빌로니아 남부로 현재의 이라크 지역) 문자이다. 한자는 기원전 1200년경, 페니키아인의 알파벳은 기원전 1050년경, 고대 마야의 상형문자는 250년경으로 추정된다.

3) 『하버드 학생들은 더이상 인문학을 공부하지 않는다(In Defense of Liberal Education, 2015)』 파리드 자카리아, 사회평론, 2015, p.140, 241~242.
프로메테우스(Prometheus)의 불은 지식의 상징일 수 있다. 아이스킬로스(Aeschylos, 기원전 525?~456?)의 해석에 따르면, 프로메테우스는 인간에게 횃불만이 아니라 문자와 수학, 천문과 건축, 의학과 예술까지 전해주었다(Aeschylus 『Prometheus Bound』 Alan Weissman 외1 번역, New York: Dover Thrift, 1995. 재인용). 달리 말하면, 프로메테우스는 교양 과목 커리큘럼을 하늘나라에서 지상으로 전해주었고, 그 때문에 프로메테우스와 모든 인류는 그 대가를 힘겹게 치러야만 했다.

4) 『이윤기의 그리스 로마 신화(1)』 이윤기, 웅진닷컴, 2000, p.58.
프로메테우스가 인간에게 불을 전해준 죄로 최고의의 신 제우스에 의해 감금된 산은 코카서스(Caucasus) 산맥의 최고봉이자 유럽의 최고봉인 엘브루스(Elbrus, 해발 5,642m)다. 몽블랑(Mont Blanc, 해발 4,807m)은 유럽이 아니라 알프스의 최고봉일 뿐이다. 페르시아어로 '눈으로 덮인 산'을 뜻하는데, 위치는 러시아 남서쪽 끝이며 러시아·조지아 국경 부근이고 이란의 북서쪽 끝 근처다. 지금은 등반전문가들이 자주 찾는 인기 코스다. (이상준 보충. KBS 2TV '영상앨범 산' 2009.9.27. 방송)

5) EBS 1TV 2018.6.27. '다큐프라임'(5부작) 〈5원소 문명의 기원(5부): 불, 문명과 야만의 두 얼굴〉
불의 얼굴은 다양하다. 음식을 익히고, 금속을 녹이고, 자기와 도구들을 만들어낸다. 최초의 인간 공동체는 불과 함께 태어났다. 그리고 인류가 불을 이용해 화약 무기와 대포를 만들어내면서 불은 인간이 지닌 가장 강력한 힘이 됐다. 프랑스의 잔 다르크가 영국과의 백년전쟁에서 승리한 것도 대포 등을 효율적으로 사용한 덕분이다.

불은 인류문명 발달에 가장 크게 작용했고, 문명 파괴에도 가장 주도적인 역할을 해오고 있다. 그리고 "메멘토 모리(Memento Mori)!", [6] 즉 "죽을 수밖에 없는 존재임을 기억하라"는 말도 있듯이, 인간만이 죽음을 미리 생각한다는 점도 중요한 특성이다. [7] [8] 그러나 인간을 가장 인간답게 만드는 것은 타인에 대한 배려, 더 나아가 약자(동물을 포함)에 대한 배려가 아닐까 싶다. J.S. 밀

6) 「카르페 디엠(Carpe diem: Quintus Horatius Flaccus, 기원전 65〜기원전 8)」 호라티우스, 민음사, 2016, p.33 외.
    "메멘토 모리(Memento Mori)!"는 "죽음을 기억하라!"이다. 원래는 "카르페 디엠(Carpe diem)!", 즉 "현재를 잡아라"와 일맥상통하는 문장이었지만, 이후 기독교의 영향을 받아 현세에서의 쾌락·부귀·명예 등은 모두 부질없는(Vanitas)이라는 등 다소 허무주의적인 의미로 쓰이기 시작했다. 옛날 로마시대 원정에서 승리를 거두고 개선하는 장군에게 전달한 문구다. '전쟁에서 승리했다고 너무 우쭐대지 말라. 오늘은 개선장군이지만, 너도 언젠가는 죽는다. 그러니 겸손하게 행동하라!' 이런 의미였다. 책 「카르페 디엠」에 수록된 '송가(Odes, 시·노래)' 〈Ⅰ3〉·〈Ⅰ11〉("카르페 디엠"이 들어있는 시다)·〈Ⅰ28〉·〈Ⅱ3〉·〈Ⅱ11〉·〈Ⅱ14〉 등은 '다가오는 죽음' 즉 "메멘토 모리(Memento Mori)!"를 떠올리게 하는 송가다.
    【이상준: "메멘토 모리"는, 침묵의 수도로 유명한 트리피스 수도원에서 허용된 단 한 가지 말이었으며 수도사들이 서로 만나면 "형제여, 우리가 죽음을 기억합시다!"라고 말했다고 한다.(「꽃잎이 떨어져도 꽃은 지지 않네」, 법정·최인호, 여백, 2015, p.180. 참조)】 【이상준: 그리고 레프 톨스토이는 〈메멘토 모리, 죽음을 기억하라〉는 시도 지었다.(「살아갈 날들을 위한 공부(Wise Thoughts for Everyday, 1909, 81세)」, 톨스토이, 조화로운삶, 2007, p.26. 참조)】
    【이상준: 호라티우스의 2대 명언 중 다른 하나는 "카르페 디엠(Carpe diem)!"이다(송가 〈Ⅰ11〉 속에 있는데 "메멘토 모리"의 의미도 같이 들어 있다). 이 명언은 영화 「죽은 시인의 사회(Dead Poets Society)」(1989년 영화, 피터 위어 감독, 이 영화가 개봉된 후 바로 소설로 재출간됐다)에서 키팅 선생이 학생에게 외치는 말이다.】

7) 「융합하면 미래가 보인다」, 이인식, 21세기북스, 2014, p.21. 〈공포관리이론〉 ; 「중앙SUNDAY」 〈과학은 살아 있다〉 2013.9.22. 1면 게재 글(글 28편을 모아 책으로 냈다.)
    "죽음은 육체로부터 영혼의 해방이다"(플라톤), "죽음은 삶과 평등하다"(장자), "죽음은 삶의 완성이다"(니체), "인간은 죽음을 향해 나아가는 존재이다"(하이데거), "인간은 자신이 죽어가고 있다는 것을 아는 유일한 동물이다"(볼테르). 사람은 누구나 반드시 죽는다. 단지 우리가 언제 어떻게 죽을지를 모르고 있을 따름이다. 그러나 대부분 죽음을 인정하지 않거나 죽음의 공포에 맞서면서 삶을 영위하고 있다. 인류학자들은 죽음에 대한 거부·공포가 인류 문명과 문화의 시원이라고 분석한다. 인류는 죽음을 극복하기 위해 문명을 일으켰다는 것이다. 가령 생존에 필수적인 식량을 얻기 위해 농업을 발명하고, 옷과 집을 만들기 위해 산업을 발전시키고, 질병을 치료하기 위해 의술과 약품을 개발했다. 물질문명의 발달은 한마디로 생명 연장 방법을 궁리하는 과학과 기술에서 비롯되었다고 볼 수 있다.

8) 「영혼의 자서전(Autobiography of a Yogi, 1946)」 파라마한사 요가난다. 뜨란, 2014, p.11〜13.
    파라마한사 요가난다(Paramahansa Yogananda, 1893〜1952 향년 59세)는 인도의 영적 지도자로서 의식적으로 육체를 버리는 '마하사마디'로 입적했다. 그가 쓴 「영혼의 자서전(Autobiography of a Yogi)」(1946)은 스티브 잡스가 평생에 걸쳐 1년에 1번씩 반복해서 읽은 책이었다. 스티브 잡스의 전기 작가인 월터 아이작슨의 기록에 따르면, 잡스는 요가난다의 「자서전」을 10대 때 처음 읽고 인도에서 다시 한 번 읽은 다음부터(그는 인도에서 7개월간 수행했다) 해마다 한 번씩 꼭 읽었다고 한다. 말하자면 이 책은 생애 전체를 관통하여 스티브 잡스와 특별한 동반자로 지냈다고 할 수 있다.
    (역자 김정우: 국립국어원을 거쳐 경남대학교 국어국문학과 교수)

(1806~1873)은『공리주의(Utilitarianism)』(1863)에서 다음과 같이 썼다. "배부른 돼지보다는 배고픈 인간이 더 낫다. 배부른 바보보다는 배고픈 소크라테스인 것이 더 낫다." 즉, 바보나 돼지가 덜떨어진 이유는 그들은 (상대방에 대한 배려 없이) 자신들의 입장에서만 생각하기 때문이다. 프랑스 수학자 파스칼(1623~1662)은 저작『팡세(Pensée)』(1670)에서 "인간은 생각하는 갈대"라고 했다. '우리의 존엄성은 생각하는 데에 있다'는 점을 강조한 말이다.[9] 생각의 깊이와 범위가 무엇보다 인간 됨됨이의 핵심이라는 것이다. 같은 인간의 탈을 쓰고 있지만 짐승만도 못한 경우가 허다하다. 미국 제2대 대통령 애덤스(John Adams, 1735~1826)는 "자연이 만든 인간과 동물의 간격보다 교육이 만드는 인간과 인간의 간격이 훨씬 더 크다"는 말까지 했다.[10] 수의사 이원영의 2017년 책『동물을 사랑하면 철학자가 된다』에 수록되어 있는 '동물을 대하는 태도에 의해 인간성을 가늠할 수 있다'는 취지의 명언 몇 가지를 소개해보자. "한 동물을 사랑하기 전까지, 우리 영혼의 일부는 잠든 채로 있다."(아나톨 프랑스, p.73)[11] "한 나라의 위대함과 도덕성은, 그 나라의 동물들이 어떤

---

9) 『철학 브런치』, 정시몬, 부키, 2014, p.299.
   '인간은 생각하는 갈대'라는 말을 오해하는 경우가 많다. 대개 인간이란 워낙 생각이 많아 갈대처럼 갈피를 못 잡는 우유부단한 존재라는 뜻 정도로 이해하기 쉽다. 하지만 파스칼이『팡세』에서 '갈대'를 통해 전하려 한 메시지는, 인간이란 '사유'하는 능력 외에 아무 힘도 없는 연약한 존재라는 점이다. 그리고 파스칼의 '갈대론'은 "나는 생각한다. 고로 존재한다!"던 데카르트의 선언에서 한 걸음 더 나아간 주장이라고 볼 수 있다. 데카르트는 '생각'이 '존재'를 확증한다고 했지만, 파스칼은 여기에 더해 '생각'이 인간 존재를 '존엄'하게 만든다고 했기 때문이다.
   (『팡세(Pensée)』파스칼, 민음사, 2003, p.115·213 참조)
10) 『지구에서 인간으로 유쾌하게 사는 법(2)』 막시무스, 갈리온, 2007, p.129.
   "Education makes a greater difference between man and man than nature has made between man and brute."
11) 아나톨 프랑스: Anatole France, 프랑스 작가·소설가, 1844~1924.

대우를 받는지에 따라 가늠할 수 있다."(마하트마 간디, p.172)[12] 간디는 이 명언에서 동물만을 거명했지만 그의 진정한 뜻은 동물보다 훨씬 넓고 포괄적이다. 우리 인간의 기준에서 볼 때 동물은 아무런 자유도 없이 그저 사람의 처분에 따를 수밖에 없는 운명이듯이, 힘없는 계층의 인간도 동물과 처지가 별반 다르지 않다. 즉, 간디는 나보다 약하고 힘없는 계층들(동물뿐만 아니라 사람도)을 대하는 태도를 보면 개인이든 사회든 나라든 그 수준을 알 수 있다고 외치고 있다. 이른바 갑(甲)의 횡포에 대해 일갈하고 있는 것이다. 그가 인도 '카스트 4계급'[13] [14]에도 속하지 못하고 노예처럼 살고 있는 '불가촉천민(不可觸

---

12) 「동물을 사랑하면 철학자가 된다: 만남부터 이별까지, 반려동물과 함께한다는 것」, 이원영, 문학과지성사, 2017, p.56, 각 쪽.
통계청에 따르면 현재 반려동물을 키우는 사람이 대략 1천만 명에 이르고, 그 수가 매우 빠르게 늘어나는 추세라고 한다. 전체 1,800만 가구이고 여러 마리를 기르는 가구를 감안하면 대략 4가구당 1가구꼴로 반려동물을 기르는 것으로 추정된다. 그리고 반려동물 600만 마리 중 반려견의 수는 대략 400만 정도라고 한다. 2016년 7월 기준).(p.56)
〔이상준: 동물학 관련 신간「동물은 인간에게 무엇인가: 인간과 동물의 관계를 통찰하는 인간동물학 집대성(Animals and Society, 2012)」, 마고 드멜로, 공존, 2018. 참조.〕

13) 「침묵의 이면에 감추어진 역사: 인도–파키스탄 분단으로부터 듣는 여러 목소리(The Other Side of Silence, 2000)」, 우르와쉬 부딸리아, 산지니, 2009, p.37·137.
인도의 카스트제도는 브라만(Brahman, 승려 계급), 크샤트리아(Kshatriya, 무사 계급), 바이샤(Vaisya, 공상 계급), 수드라(Sudra, 노예 계급)가 창조되어 각각의 역할을 수행한다는 달마의 우주사상이 내포되어 있다. 카스트의 전통적 분류인 바르나(Varna)의 네 부류에도 들지 못하면서 숱한 차별을 받아온 최하위 계급을 일반적으로 불가촉민(不可觸民, Untouchables)이라 부른다. 하지만 간디가 그들의 처우를 개선하자는 의미에서 '신의 아들'이란 뜻의 '하리잔(Harijan)'을 그들을 가리키는 이름으로 사용하자고 했다. 이는 널리 통용되었으나, 일부는 이를 온정주의라고 비판하고 반발했다. 반발을 하는 당사자들은 스스로를 '짓밟힌 자'라는 뜻의 '달리트(Dalit)'라 부르고 있다. 그들 가운데 일부는 현재까지도 무력 투쟁을 하고 있고, 선거에서는 상당한 위력을 발휘하고 있다.(p.137)
또한 지정카스트(Scheduled Caste)가 있는데 입학, 공무원 채용과 같은 여러 공공 부문에서 일정 부분 혜택을 주는 것으로 미리 지정해놓은 카스트다. 일반적으로 말하는 불가촉민이며 간디가 이름을 지은 하리잔과 동일하다.(p.37)(이광수 부산외국어대학교 교수, 이 책 역자)

14) YTN 뉴스 2017.7.26. 〈인도 최하층계급 출신 대통령 취임(임기 5년) "계층이동 가능"〉
–'불가촉천민'이라는 최하층 계급 '달리트' 출신–
인도의 전통 신분제도에서 이른바 '불가촉천민'이라 불리는 최하층 계급 '달리트' 출신 인사가 두 번째로 인도 대통령에 취임했다. 람 나트 코빈드(Ram Nath Kovind, 1945~, 71세) 신임 인도 대통령은 작은 마을 진흙집에서 태어난 자신의 삶이 자신만의 것은 아니라고 밝혀 최하층 계급 청소년들을 격려하기도 했다. 코빈드 대통령은 간접선거로 치러진 대통령 선거에서 65.6%를 득표해 쿠마르 전 연방 하원의장을 누르고 대통령에 당선됐다.

賤民·Untouchable)' 또는 '불가시천민(不可視賤民· Unseeables, 눈에 보이는 것마저도 싫다)'과 같은 아웃카스트(Out-caste)들을 '신의 자녀들'이라는 뜻의 '하리잔(Harijan)'으로 부른 것도 이 연장선상에 있다. 간디는 "약한 자는 결코 용서할 수 없다. 용서는 강한 자의 특권이다"라는 말도 했다. 강자들의 특권에 의해 용서받기보다 약자들이 힘을 키워야 한다는 점을 강조하고 있다. 단단한 지식의 토대 위에 의지로 무장한 채, 뭉쳐서 외쳐야 하는 것이다. '내 인생은 나의 것'이니까!

여기서 잠깐, 비판적 시각이 얼마나 중요한지를 보여주는 중요한 사례를 하나 보겠다. 지난 2018년 6월 27일 『비관이 만드는 공포, 낙관이 만드는 희망: 낙관주의적 상상력 없이 인류의 진전은 없다(It's Better Than It Looks)』(2018.2.)[15]라는 제목의 책이 번역·출간됐다고 언론매체들은 '신간안내' 코너에서 소개했다. 미국에서 유명한 저널리스트인 저자 그레그 이스터브룩(1953~)은 이 책에서, 정치인과 언론·SNS 등을 통해 조작되는 비관주의의 폐해를 조목조목 비판하고 있다. 그가 이 책에서 주장하는 요지는 이렇다. "조금 배웠다는 사람은 세상이 곧 무너질 것 같이 생각하는 것이 사회통념처럼 돼버렸지만, 인류는 식량과 질병, 에너지 문제를 비롯해 범죄와 폭력 문제에 대해서도 효과적으로 극복해 왔다. 따라서 불평등과 인종 갈등, 기후변화와 난민, 부실한 공교육 등 여전히 만만치 않은 도전에 직면해 있지만, 그래도 우리는 희망적인 낙관주의로 무장해야 한다!" 저자는 영국의 「로이터(Reuters)」

---

15) 『비관이 만드는 공포, 낙관이 만드는 희망: 낙관주의적 상상력 없이 인류의 진전은 없다(It's Better Than It Looks, 2018.2.20.)』 그레그 이스터브룩(Gregg Easterbrook, 뉴욕 출생, 콜로라도 대학교, 노스웨스턴 대학원, 1953~), 움직이는 서재, 2018.6.27.

뿐만 아니라, 미국 주간 잡지 「뉴요커(The New Yorker)」, 과학 저널 「사이언스(Science),「월스트리트 저널(Wall Street Journal)」, 「로스앤젤레스 타임스(Los Angeles Times)」 등의 유수한 언론매체에 꾸준히 기고하며 자신의 생각을 퍼뜨리고 있다. 총 열 권의 저서를 냈으며 그중 두 권이 뉴욕타임스의 '주목할 만한 도서'에 도서에 선정된 미국의 지성이라 불린다고 한다. 저자의 2003년에 쓴 책 『진보의 역설: 왜 우리는 더 잘 살게 되었는데도 행복하지 않은가 (The Progress Paradox (2003)』(2007년 한국어판이 발행되었으나 현재는 절판)는 KBS1〈TV, 책을 말하다〉(2007.8.14. 방송, 노무현 대통령 시절)에서 추천했고, 세계적인 베스트셀러에 오르기도 했다. 그가 이 책에서도, 그는 경제성장을 이룩한 선진국들이 집단으로 불행한 이유는 현재의 상태가 지속되지 못할까 불안해하는 일종의 '붕괴 불안' 때문이라고 진단했다. 어떤 생각이 드는가? 저자가 그만큼 세계적으로 유명하다고 온 언론들이 떠들어대니까 유명한 건 그렇다고 치자. 내가 저자의 홍보맨도 아니면서(오히려 그 반대이다) 그의 이력을 각주에 달지 않고 본문에서 장황하게 설명한 이유가 있다. 잠시 심리학 공부로 들어가자. 심리학적 용어로 '후광 효과(Halo Effect)'[16]라는 게 있는데, 어떤 개인의 한 가지 특성이 워낙 강렬한 나머지 다른 모든 측면을 덮어버려 전체 이미지를 완전히 왜곡시키는 현상을 말한다. 이를테면 하나가 좋아 보이면 다른 모든 게 좋아 보이는 것이다. 거꾸로 하나가 나빠 보이면 모든 게

---

16) 미국의 심리학자 에드워드 손다이크(Edward Thorndike)와 고든 올포트(Gordon W. Allport)는 미국 군대를 연구하다가 '후광 효과'를 발견했는데, 장교들이 부하를 평가할 때 부하가 잘생기고 자세가 바르면 어떤 일이든 훌륭하게 처리해낼 것으로 믿어버렸다.

마음에 안 들어 보이는 것도 같은 현상이다. 예쁘면 모든 게 용서되고,[17] 공부 잘하는 학생은 다른 것도 다 잘할 것이라는 환상을 말한다. 다시 본론으로 되돌아와서 보자. 저자 이스터브룩은 미국의 지성으로 추앙받고 있고 세계적인 베스트셀러의 저자이며, 더 나아가 KBS뿐만 아니라 대부분 언론매체에서 그의 유명세를 치켜세우고 있으니 '그가 쓴 책은 곧 진리다'라는 환상에 사로잡힐 가능성이 크다. 물론 그가 주장하는 내용이 완전히 틀렸다는 게 아니다. 그의 주장은 한편으로 그 나름대로 근거가 있다. 그러나 '맹목적 추종'은 금물이다. 내가 여기서 강조하고자 하는 점은, 유명인의 책이라고 무턱대고 외우려들지 말고 비판적인 사고로 항상 의문을 가지고 읽어야 한다는 것이다. 그러지 않고서는 그 사람의 정신적 노예로 살 수밖에 없다. 이스터브룩은 '민초들과 강철같이 당당한 선비들의 희생의 공헌은 무시'해버리고, 단지 '발전이 됐다는 사실에만 초점'을 맞췄다. 관점의 차이가 이렇게 무서운 거다. 난 이 책을 읽고 이런 생각이 들었다. "사회비판적인 지식인들이 제아무리 '세상의 종말'을 떠들었지만 세상은 늘 발전하여 오늘에까지 이르게 됐다. 향후도 그럴 것이다. 그러나 중요한 점은 세상이 점점 발전해가는 '이유'에 '방점'을 찍고 싶다. 이런 비판적 지식인들이 고민하고 부르짖었던 것들이 대중들에게 스며들어 양식이 됐고, 이에 분노한 민초들이 능력껏 '힘을 모아 세상을 향해 외쳤기 때문'이라

---

17) 『진중권의 생각의 지도』 진중권(1963~), 천년의 상상, 2015, p.197~198.
　　〈미의 정치성〉: 1994년에 발표된 한 논문에 따르면, 잘생긴 남자는 평범한 남자보다 수입에서 5%의 프리미엄을 누리는 반면, 못생긴 남자는 평범한 남자보다 9%의 불이익을 보는 것으로 조사됐다. 흔히 여성들이 외모에 따른 차별로 더 많은 고통을 받는 것으로 생각하나, 조사에 따르면 못생긴 여성의 경우 4%의 불이익만을 보는 것으로 나타났다. 하지만 못생긴 여성들은 혼인을 통해 또 다른 불이익을 본다. 그들의 남편은 평균적 여성들의 배우자보다 교육 기간이 1년 정도 짧은 것으로 조사됐다. 물론 그들의 연봉도 그만큼 낮을 것이다. '루키즘(Lookism)'(미적 자본, 즉 외모의 경제학)은 결국 외모에 따른 차별을 의미한다. (Daniel S. Hamermesh and Jeff E. Biddle, 〈Beauty and the Labor Market〉『The American Economic Review』 Dec. 1994. 재인용)

고! 그냥 바보처럼 '다 잘 될 거야'(저자 이스터브룩이 주장한 것처럼)라고 믿고 노예처럼 핍박받으며 살더라도 묵묵히 그저 내가 갈 길만 간다고 해서 세상은 좋아지는 게 아니라고! 불의에 저항했기 때문이라고!"[18] [19] 멀게는 프랑스대혁명(1789)도 그랬고,[20] [21] 우리에게는 셀 수도 없이 많다. 일제강점기 때

---

18) 『김광석과 철학하기』, 김광식(서울대 교수), 김영사, 2016, p.47.
바람의 철학, 그것은 "꿈을 꾸더라도 꿈이 실현되지 않을 수 있지만, 꿈조차 꾸지 않으면 꿈은 이미 실현되지 않았다"라는 깨달음이다. 독일 베를린의 어느 지하철 환승 통로에는 다음과 같은 인상 깊은 글귀가 쓰여 있다. "Wer kaempft, kann verlieren, wer nicht kaempft, hat schon verloren." 즉, "싸우면 질 수 있다. 싸우지 않으면 이미 졌다"는 독일 표현주의 독일 시인·극작가인 베르톨트 브레히트(Bertolt Brecht, 유대인은 아니었으나 공산주의자로 나치에 저항했다. 1898~1956)의 말이다. 만족스럽지 않은 현실에 맞서 싸우다보면 현실의 벽을 넘지 못해 꿈을 실현하지 못할 수도 있다. 하지만 아예 맞서 싸우지 않는다면 이미 졌으므로 꿈은 아예 실현되지 않았다. 꿈꾸지 않으면 '변화'는 없다.

19) 『생각하는 기계, AI의 미래: 인공지능 시대, 축복인가?(Machines That Think, 2017)』, 토비 월시, 도서출판리뷰, 2018, p.329.
미래가 어떤 식으로 전개될지는 아직 결정되지 않았다. 만약 우리가 손 놓고 아무런 노력도 하지 않는다면 결과는 좋지 않은 방향으로 흘러갈 것이다. 역사적인 관점에서 보면 많은 요인들이 인류를 바람직스럽지 않은 방향으로 내몰고 있는 것이 분명하다. 지구는 점점 더 더워지고, 경제적 불평등은 증가되고 있으며, 개인의 프라이버시는 침해당하고 있다. 이런 추세를 바꾸기 위해서는 인류 전체가 당장 행동에 나서야 한다. 아직 때를 놓친 것은 아니지만 더 지체할 시간도 없다.

20) 『스마트 클래식 100』 김성현, 아트북스, 2013, p.244~245.
세상의 모든 음악이 그러하듯, 프랑스 국가(國歌)도 시대와 역사의 산물이다. 1789년 프랑스대혁명이 일어나고 전제 왕정을 철폐하자 유럽 각국에서는 혁명의 거센 불길에 대한 두려움이 일었다. 1792년 프러시아와 오스트리아의 연합군이 침공했고, 프랑스의 국민공회는 외국의 침입에 맞서 프랑스 국민들에게 대대적인 봉기를 호소했다. 현재 유럽 의회가 위치하고 있는 스트라스부르의 수비대 대위였던 루제 드 릴(Rouget de Lisle)이 당시 작곡한 곡이 프랑스 국가인 〈라 마르세예즈(La Marseillaise)〉이다.

21) 『음악과 함께 떠나는 세계의 혁명 이야기』, 조광환, 살림터, 2016, p.15~19.
프랑스혁명의 열기가 유럽 각국에 영향을 미칠 것을 우려한 주변국들이 프랑스를 위협했고 이에 프랑스 왕 루이 16세는 혁명군의 눈치를 보면서 오스트리아·프로이센에게 마지못해 선전포고를 한다. 1792년 4월 25일, 이 포고령이 당시 프로이센의 접경도시인 스트라스부르에 전해지면서 혁명 지지파였던 디트리히(Dietrich) 시장은 주둔하고 있던 공병 대위인 루제에게 전쟁을 앞둔 프랑스군의 사기를 진작시킬 수 있는 노래를 지어줄 것을 당부했다. 이렇게 해서 4월 25일에서 26일까지 단 하룻밤 사이에 역사적인 노래가 탄생했다. 원제는 〈라인 군대를 위한 전쟁 노래(Chant de guerre pour l'armee du Rhin)〉였다.
그 후 약 2개월간 주춤하다가 6월이 되자 프랑스혁명을 와해시키려는 주변국의 침공과 국내의 반대 세력으로 인해 혁명군은 위기에 빠졌다. 이 위기에 맞서 혁명을 수호하고자 프랑스 각 지역에서 시민군이 조직되어 파리에 속속 들어서는데 남부 해안도시 마르세유에서도 500명의 시민군이 조직되었다. 그리고 7월 2일, 마르세유 시민군들은 출정식을 마치고 파리로 행진해가면서 이 노래를 불렀다. 마침내 8월 10일 파리가 눈앞에 보이자 그들은 혁명의 열기와 흥분에 휩싸여 더 큰 목소리로 이 노래를 부르며 파리로 입성함으로써 〈라인 군대를 위한 전쟁 노래〉는 이제 조국을 지키고자 '마르세유에서 출발한 시민군들이 부르는 노래'라는 의미의 혁명군가 〈라 마르세예즈〉가 된 것이다.
프랑스 국민의회는 1795년 7월 14일, 혁명 6주년을 맞아 〈라 마르세예즈〉를 정식 프랑스 국가(國歌)로 선포했다.

독립투사는 물론, 1960년 3·15[22]와 4·19, 1979년 부마항쟁[23], 1980년 5·18 광주혁명[24] [25], 시민운동가 전태일[26] 열사, 학생운동가 박종철[27]·이한열[28]

---

22) 이승만 정권은 1960년 대통령 선거에서 정권을 연장하기 위해 온갖 부정을 저질렀다. 민주당의 대통령 후보였던 조병옥 후보가 암 치료차 떠난 미국에서 2월 16일 사망하여 대통령은 자유당의 이기붕 단독후보가 돼 버렸다. 대통령은 이승만으로 거의 굳어졌으나, 부통령은 민주당 후보인 장면의 승리가 유력했다. 이에 부통령 후보인 국회의장 이기붕의 추종세력들이 '3·15 부정선거'를 저지른 것이다.
이기붕의 주도하에 엄청난 부정선거가 자행되자, 경남 마산에서 3·15 부정선거에 항의하는 시위가 벌어졌고, 4월 11일 오전 11시 20분경 마산상고(현 마산용마고등학교) 1학년 김주열(전북 남원 출생이나 마산으로 유학)의 주검이 발견됐다(김주열 열사의 시체는 눈에 최루탄이 박힌 채 발견되고 이 사진이 전국으로 보도되자 부정선거에 대한 항의가 절정에 달했다.
이 사건이 도화선이 되어 4·19로 승화됐으며, 4월 27일 이승만 대통령이 하야하고 외무장관 허정이 대통령 권한대행이 된다. 결국 이기붕은 4·19혁명과 함께 일가족 모두가 자살하는 비극적인 종말을 맞이했다. 민의를 배신하고 농단을 자행하는 독재자의 말로는 예나 지금이나 똑같다.
2010년 3월 12일 '3·15 의거'를 기념하기 위해 '3월 15일'을 국가기념일로 지정했다.

23) 1979년 10월 16일부터 부산과 경남 마산에서 박정희 정권의 유신체제 철폐를 위해 전개되었던 민주항쟁. 20일 정부의 무력 진압으로 소강되었다. 이후 10·26사태(박정희 대통령이 김재규 중앙정보부장의 총에 저격된 사건)가 발발하면서 박정희 정권의 청산에 결정적인 영향을 끼친 사건으로 평가 받고 있다. 2019년 부마항쟁 40주년을 앞두고 부산과 경남에서는 부마항쟁을 국가기념일로 지정하자는 움직임이 가시화되고 있다. 2018년 8월 22일 재단법인 부마민주항쟁기념재단이 설립되어 부산시청에서 창립총회를 열었으며 초대 이사장에 송기인 신부를 선임했다.

24) 4천 명 이상이 군인들의 총칼에 희생된 것으로 알려지고 있으나 여전히 사망자·실종자 수 등이 정확히 파악되지 않고 있다. 이에 문재인 정부가 들어선 지 10개월 만에 '5·18 민주화운동 진상규명을 위한 조사위원회법'이 국회를 통과했고(2018.2.28.), 9월 14일부터 특별조사위원회가 공식 출범. 특별법에 따르면 조사위의 활동 기간은 2년이며, 1년 이내의 범위에서 연장할 수 있다.

25) 『음악과 함께 떠나는 세계의 혁명 이야기』, 조광환, 살림터, 2016, p.215~227.
 −〈상록수〉와 〈임을 위한 행진곡〉(1982.4., 황석영 작사, 김종률 작곡?, 조광환 작곡?)−
박기순과 윤상원은 들불야학 교사였다. 박기순의 권유로 윤상원이 들불야학에 들어왔다. 그 과정은 이렇다. 광주민주화운동이 일어나기 2년 전인 1978년 6월 27일 '전남대 교육지표 사건'이 일어났다. 송기숙·명노근 등 전남대 교수 11명이 "교육 민주화와 구속 학생 즉각 석방" 등을 촉구하는 〈우리의 교육지표〉를 발표한 것이다. 발표가 끝나자마자 이들은 지금의 국가정보원 격인 중앙정보부에 끌려갔고, 이틀 후 전남대생들은 "교육지표 지지, 구속 교수 석방"을 외치며 시위에 들어갔다.(…) 윤상원은 당시 주택은행 서울 봉천동지점에서 근무하다가 모교인 전남대에서 일어난 '교육지표 사건' 소식을 접하고 은행에 사표를 내고 광주로 돌아와 광천공단의 플라스틱 공장에 취업하여 노동운동을 하고 있던 중 박기순을 만나 그녀의 권유로 들불야학 교사로 활동을 하게 됐다. 그러나 1978년 12월 16일 박기순이 자취방에서 연탄가스중독으로 사망하자, 인근에 있던 김민기가 내려와 장례식 때 그녀를 애도하는 노래로 만든 것이 〈상록수〉다.
5·18 민주화운동 대표곡 〈임을 위한 행진곡〉을 2013년 국회에서 여야는 5·18 민주화운동의 공식 지정곡으로 지정했다. 이 노래의 탄생 배경은 이렇다. 1982년 2월 20일, 윤상원과 박기순의 영혼결혼식이 있었다. 4월 광주시 운암동에 있던 소설가 황석영의 집에는 전남대생 김종률·조광환 등 10여 명이 모여 '5·18민중항쟁' 2주기 문화행사를 준비하고 있었다. 이 자리에서 지난 2월의 영혼결혼식 소식을 듣고 결혼선물로 노래극 「넋풀이」를 만들기로 했는데, 이 「넋풀이」에 수록된 7곡 중 대미를 장식한 곡이 바로 〈임을 위한 행진곡〉이었다. 이 노래의 작사가는 황석영, 작곡가는 김종률(현 광주문화재단 사무처장, 1958~)인 것으로 거의 굳어져 있다. 그런데 이 책의 저자인 조광환은 자신이 실제 작곡했다고 주장하고 있다.
〔조광환: 동학농민혁명 유적지 안내 활동을 하면서 『전봉준과 동학농민혁명』(2008·2014)을 펴냈다. 지금은 전북 정읍 학산중학교 역사교사로 재직하고 있다. −저자소개〕

열사, 촛불집회, 그리고 이루 헤아리기도 힘든 수많은 노동자와 민초들의 희생이 있었다. 덕분에 이 모양이나마 오늘의 대한민국의 얼굴이 그려질 수 있었다.

비판도 뭔가 토대가 있어야 가능하다. 어렵고 힘들지만 공부하는 수밖에는 다른 대안이 없다. 특히 당당한 학벌과 경제적 부를 누리며 주변에서 소위 '오피니언 리더' 같은 역할을 하는 분이라면 더 많이 공부해야 한다. 보수든 진보든 마찬가지다. 각자 단단한 이론적 체계를 가진 상태에서 논쟁해야 서로가 수긍할 수 있고 발전도 가능하다. 학점을 따기 위해서, 진학을 위해서 공부하는 것도 중요하지만 세상을 더 정확히 알기 위해서 공부해야 한다. 그럴수록 세상을 바라보는 내공은 강해질 것이다. 프란츠 카프카(1883~1924)는 "책은 도끼

---

26) 전태일 열사: 대구 출생. 남대문초등학교 졸업 후 야학으로 공부, 시민(노동)운동가로 분신자살. 1948~1970.11.13. 향년 22세. 영화 「아름다운 청년 전태일」(1995) 실화.
〈아들의 목숨을 41년 동안 대신 사신 어머니 이소선 여사〉(2011.9.3. 향년 81세 사망)
이소선 여사의 영결식에 노동계를 포함한 각계 인사 3,000여 명이 참석하여 엄수됐다.

27) 박종철 열사: 부산 출생. 서울대 언어학과 3학년. 민주화열사로 남대문경찰서 '물고문 사건'으로 사망. 1965~1987.1.14. 향년 21세. 영화 「1987」(2017) 박종철·이한열 실화 배경.
〈아들의 목숨을 31년 동안 대신 사신 아버지 박정기 씨〉(2018.7.28. 향년 89세 사망)
박종철 열사의 아버지 사망 소식에 추미애 더불어민주당 대표, 박상기 법무부장관, 오거돈 부산시장, 문무일 전 검찰총장, 민갑룡 경찰청장 등 수많은 인사가 조문했다.
특히 문재인 대통령은 조화는 물론 SNS를 통해, "박종철 열사는 민주주의의 영원한 불꽃으로 기억될 것"이라며 "아버님 또한 깊은 족적을 남기셨다"고 애도 메시지를 발표했다.

28) 이한열 열사: 전남 화순 출신. 연세대 경영학과 2학년. 민주화 열사로 '박종철 고문치사 사건'을 은폐하려던 정부를 규탄하는 시위 중 머리에 최루탄을 맞고(6월 9일) 사망. 1966~1987.7.5. 향년 20세. 영화 「1987」(2017)은 박종철·이한열 열사의 실화 배경.
〈아들의 목숨을 30년 넘게 대신 살고 계시는 어머니 배은심 여사〉(1940~)
1987년 6월 민주항쟁의 기폭제가 된 고 이한열 열사 서거 30주년을 기리는 추모예배가 2017년 7월 5일 광주 망월동 민족민주열사묘역(5·18 구묘역)에서 열렸다. 전국민족민주유가족협의회 공동의장을 역임했던 어머니 배은심 여사는 유족을 대표해 "민주화 과정에서 죽어간 사람들 모두가 역사에 남는 죽음으로 승화했으면 좋겠다"고 말했다.

가 되어야 한다!"고 말했다.[29] [30] 또 철학자 니체(1844~1900)는 말했다. "세상에서 중요한 것은, 꽃에 물을 주며 관찰하듯 세상을 해석하는 학자들이 아니라, 망치를 들고서 우리의 정신을 얽매고 있는 낡은 이념들을 깨어 부수는 사람들"이라고.[31] 책을 단순히 읽어서만 되는 게 아니라 비판적 사고를 가져야 하며, 더 나아가 숨어 있지만 말고 행동으로 옮겨야 함을 외치고 있는 것이다. "철학자들은 세상을 이런저런 식으로 해석해왔을 뿐이다. 그러나 중요한 것은 세상을 바꾸는 것이다." 마르크스(Karl Marx, 1818~1883)가 27세 때 한 말이다.[32]

이 글에서 내가 강조하고자 하는 핵심은 '힘이 곧 정의!'라는 명제다! 예나 지금이나 그랬다. 르네상스 시대『군주론(Il Principe)』(1532)의 저자 마키아벨리(Niccolo Machiavelli, 정치학자, 1469~1527)는 "울지 마라. 인생은 울보를

---

29) 『혼자 책 읽는 시간: 무엇으로도 위로받지 못할 때(TOLSTOY and the Purple Chair, 2011)』, 니나 상코비치 (미국 변호사 겸 북 리뷰 작가), 웅진지식하우스, 2012, p.5.
〈카프카가 대학생 때인 1904년 1월 친구인 오스카 폴락에게 보낸 편지 중에서〉 (오스카 폴락: Oskar Pollak, 예술사가, 1883~1915) "자신보다 더 사랑했던 사람의 죽음처럼, 재앙처럼 충격을 주는 책, 깊이 슬프게 만드는 책, 사람들로부터 멀리 떨어져 숲속에서 사라지는 것처럼, 자살처럼 충격을 주는 책이 필요하다. 책은 우리 내면의 얼어붙은 바다를 깨뜨리는 도끼가 되어야 한다."
프란츠 카프카: Franz Kafka, 체코 유대인, 『심판(Der Prozess)』『성(Das Schloss)』『꿈(Sogni=Dreams)』등의 작품, 1883~1924.
30) 광고 분야에서 유명한 박웅현(1961~)은 카프카를 패러디해 아래 두 권의 책을 출간해 인기를 끌었다.
『책은 도끼다』 북하우스, 2012. ; 『다시, 책은 도끼다』 북하우스, 2016.
31) 『책 여행자』, 김미라, 호미, 2013, p.47.
32) 『디아스포라 기행(2005)』 서경식, 돌베개, 2006, p.36.
"The philosophers have only interpreted the world in various ways. The point, however, is to change it." 『포이어바흐에 관한 테제』 제11항 '독일 이데올로기(Die deutsche ideologie)'에 수록되어 있는, 스물일곱의 마르크스가 쓴 글이다.

기억하지 않는다!"는 말로 강자의 논리를 피력했다.[33] 미국 여류시인 엘라 휠러 윌콕스(Ella Wheeler Wilcox, 1850~1919)도 시 〈고독(Solitude)〉에서 이렇게 읊었다. "웃어라, 세상이 너와 함께 웃을 것이다. 울어라, 너 혼자만 울게 되리라."[34] 정확한 앎에서 힘이 나오고, 힘에서 정의가 나온다는 사실이다. 베이컨(Francis Bacon, 1561~1626)은 『학문의 진보』(1605)에서 "아는 것이 힘이다"라고 했다. 또한 『리스본행 야간열차』(2004)의 저자인 페터 비에리가 '교양인'에 대해 말한 다음의 문장도 되새길 필요가 있다. "〈세상을 대하는 태도로서의 교양〉: 교양은 '호기심'으로부터 시작된다. 내 안에 있는 호기심을 죽인다는 것은 교양을 쌓을 기회를 강탈하는 것과 마찬가지다. 호기심을 지탱하는 건 언제나 두 개의 기둥이다. 하나는 그것이 무엇인가를 아는 것이고, 다른 하나는 어째서 그런지 이해하는 것이다.(p.10~11) 〈깨인 사상으로서의 교양〉: 교양인이란 세상을 살아가는 자신만의 방향성이 있는 사람이라고 할 수 있다. 그렇다면 이 방향성에는 어떤 가치가 있을까? '아는 것이 힘이다!' 교양의 개념을 대표하고 있는 이 말에는 자신이 가진 지식으로 남을 지배하라는 뜻은 없다. 지식의 힘은 다른 데 있다. 지식은 희생자가 되는 것을 막아준다. 뭔가를 알고 있는 사람은 불빛이 반짝거리는 곳으로 무작정 홀릴 위험이 적고, 다른 사람들이 그를 이익 추구의 도구로 이용하려고 할 때 자신을 지킬 수 있다. 정치나 상업 광고 안에서 이런 일들은 빈번하게 일어난다. 교양을 쌓는 이는 단순한 궤변적 외양과 올바른 사고를 구별할 줄 안다.(p.14~17) 〈교양이라는 열정의 길〉: 우리는 교양을 방해하는 온갖 것들을 대하는 한 사람의 태도를

---

33) 『마키아벨리』, 김상근, 21세기북스, 2013, p.7
34) 『시로 납치하다: 인생학교에서 시 읽기 1』 류시화, 더숲, 2018, p.36~39.
　　영화 「올드 보이」(2003, 박찬욱 감독)에도 인용됐다.

보고 그가 교양인지 아닌지를 식별할 수 있다. 교양이 있는 자의 태도는 뜨뜻미지근하지 않다. 방향성, 깨어 있음, 자아 인식, 상상 능력, 자기 결정, 내적 자유, 도덕적 감수성, 예술, 행복 등 그야말로 모든 것을 다 아우르기 때문이다.(p.41)" [35] 그리고 '힘이 곧 정의!'라는 말은 널리 회자되고 있다. 고전경제학자 애덤스미스(1723~1790)는 이렇게 말했다. "지식은 힘이고 권력이다. 균형을 잃은 일방적인 지식은 소비자와 노동자에게 똑같이 엄청난 불의를 일으킬 수 있고, 또 사회 전체적으로 엄청난 비효율을 초래할 수 있다는 점이다." [36] 아일랜드 극작가인 오스카 와일드(Oscar Wilde, 1856~1900)의 말은 더 강렬하다. "불의보다 나쁜 한 가지는 손에 칼을 쥐고 있지 않은 정의다. 옳은 것이 힘을 갖추지 못하면 악과 다를 바 없다." [37] 파스칼(Blaise Pascal)은 저작 『팡세(Pensée)』(1670)에서 정의와 힘의 관계에 대해서도 의미심장하게 표현했는데, 이 정의(Right)와 힘(Might)에 대한 관계는 제44대 미국 대통령이었던 버락 오바마도 자주 언급했다.

"정의를 따르는 것은 정당한 일이며, 힘을 따르는 것은 불가피한 일이다. 힘이 결여된 정의는 필요 없고, 정의가 결여된 힘은 폭력적이다. 세상에는 언제나 나쁜 사람이 있기 때문에, 힘이 결여된 정의는 도전받는다. 정의가 결여된 힘은 부인된다. 따라서 정의와 힘을 합쳐야 한다. 그러기 위해서는 정의를 힘으로 만들거나, 힘을 정의로 만들어야 한다. 정의는 논쟁의 대상이 되지만 힘

---

35) 『페터 비에리의 교양 수업(Wie wäre es, gebildet zu sein?, 2018)』 은행나무, 2018.
　　Peter Bieri: 스위스 출신 독일 작가, 『리스본행 야간열차(Nachtzug nach Lissabon = Night Train to Lisbon, 2004)』를 '파스칼 메르시어(Pascal Mercier)'라는 필명으로 발표(2013년 빌 어거스트 감독이 영화로도 제작), 1944~.
36) 『애덤스미스 구하기(Saving Adam Smith: A Tale of Wealth, Transformation, and Virtue, 2002)』 조나단 B. 와이트, 북스토리, 2017, p.444.
37) 『오스카리아나』 박명숙 편역, 민음사, 2016, p.465.

은 논쟁 없이 쉽게 인정받는다. 힘은 정의에 도전하고, 불의라 부르고, 스스로를 정의라고 한다. 우리는 정의를 힘으로 만들 수 없었기 때문에 힘을 정의로 만들었다."[38]

국제안보·군사전략 전문가로서 현실주의의 대표적인 학자인 존 J. 미어셰이머 시카고대 교수는 저서『강대국 국제정치의 비극』(2001·2014)에서 '공격적 현실주의'를 강조하며 '힘(power)'이란 핵심적 개념에 초점을 맞추고 있다. 그는 이 책에서 "현실주의의 금자탑적인 저술인『20년간의 위기(The Twenty Year's Crisis)』(1939·1962)에서 E.H. 카(영국 정치학자·역사가, 1892~1982)는 자유주의를 길게 비판했고 국가들의 행동의 동기는 주로 힘의 고려에 의한 것이라고 주장했음"[39]을 강조한다. 실제로 국제사회에서 힘없는 약자들이 당한 설움은 이루 말로 다할 수 없다. '일본군 위안부'(사실상 '성노예'였다)의 아픔도 마찬가지다. 일본군 위안부(→성노예)의 수는 최대 20만 명이고 이 중 80%가 조선인이며 이들 중 80%는 학살된 것으로 추정된다.[40] "많게는 20만 명을 상회할지도 모른다고 추정되는 조선인 '위안부' 규모는 그 추정치조차 일본군·일본군부대의 숫자에 근거해서 이루어질 뿐이다.[41] 그나마 일본군으로 동원된 조선인 일본군의 숫자의 추정은 구체적이다."[42] 인도네시아를 식민지(동인도회사)로 지배한 네덜란드의 국민으로 성노예로 끌

---

38) 『팡세(Pensée, 1670)』 파스칼, 민음사, 2003, p.105.

39) 『강대국 국제정치의 비극: 미중 패권경쟁의 시대(The Tragedy of Great Power Politics, 2001·2014)』, 존 J. 미어셰이머, 김앤김북스, 2017, p.57.

40) 민족반역자처단협의회 블로그

41) 『일본군 '위안부'제의 식민성 연구: 조선인 '위안부'를 중심으로』 강정숙, 성균관대 박사논문, 2010, p.75~85 재인용.

42) 『문학을 부수는 문학들: 페미니스트 시각으로 읽는 한국 현대문학사』 권보드래 외 12인, 민음사, 2018, p.117.(이혜령 교수)

려갔던 여성도 다수였던 바 [43], 인종을 가리지 않고 '일본군 위안부'라는 비극에 희생됐다. 1991년 정부에 등록 당시 위안부 할머니는 238명 생존(239명 등록)했으나 2018년 9월 말 현재 27명만이 생존한 상태다. '일본군 위안부'는 경상도 출신이 50%가 넘고 그다음으로 전라도 출신이 많다. 이는 일본과 가까이 있다는 지리적인 특성 때문으로 추정된다. 우리는 '일본군 위안부'에 대해 인간적인 애환과 일본의 만행에만 초점을 맞췄다. 영화 「귀향, 끝나지 않은 이야기」(2016.2.24. 개봉, 조정래 감독)[44] · 「눈길(Snowy Road)」(2017.3.1. 개봉, 이나정 감독)[45] · 「아이 캔 스피크(I Can Speak)」(2017.9.21. 개봉, 김현석 감독)[46] · 「허스토리(Her Story)」(2018.6.27. 개봉, 민규동 감독)[47] · 「22」(2018.8.14. 개봉, 궈커 감독)[48]뿐만 아니라 관련 책들이 모두 그랬다. 그러나 이 문제의 핵심은 '위정자들이 무능하고 국력이 약했기 때문'이었다. 고관대작과 위정자들이 그들이 무능했던 책임을 일본에게만 뒤집어씌우고, 국가의 문제를 '위안부' 개인의 문제로 초점을 돌려버린 것이라고 보아야 한다. 비열한 회피다. 병자호란

---

43) 얀 루프-오헤른 할머니가 쓴 「나는 일본군 성노예였다: 네덜란드 여성이 증언하는 일본군 위안소(Fifty Years of Silence, 1992)」(삼천리, 2018.4.27.), 네덜란드에서 출판된 수기 「훼손된 꽃(Geknakte bloem, Nederlandstalig, 2013)」 등의 저서가 있다.

44) 이 영화는 위안부 피해자 강일출 할머니(1928~)가 그린 그림 '불구덩이에 태워지는 처녀들'을 모티브로 만들어져 당시의 참혹한 실상을 그렸다.

45) 가난하지만 씩씩한 '종분'과 부잣집 막내에 공부까지 잘하는 '영애', 서로 다른 운명으로 태어났지만 '일본군 위안부'라는 같은 비극을 살아야 했던 두 소녀의 이야기이다.
〈눈길〉의 작품성은 해외에서 먼저 인정받았다. 제37회 반프 월드 미디어 페스티벌 최우수상 수상, 중화권 3대 영화제 중 하나인 제24회 중국 금계백화장 최우수 작품상과 여우주연상 수상(김새론), 제67회 이탈리아상에서 대상인 프리 이탈리아상 수상까지 전 세계를 아우르는 권위 있는 상을 수상했다. 또한 제16회 전주국제영화제, 제18회 상하이국제영화제, 제18회 서울국제여성영화제에 초청되어 상영되어 관객들의 뜨거운 박수갈채를 받으며 개봉 전부터 화제를 불러 모았다(영화 소개).

46) 미국에서 일본군 '위안부' 사죄 결의안(HR121)이 통과되었던 2007년의 이야기를 휴먼 코미디로 각색한 영화다.

47) 종군위안부·여자 근로정신대 공식사죄 등을 일본법원에 청구한 사건을 다룬 영화로, 재판결과는 1998년 4월 27일 1심인 시모노세키 지방법원에서 일부 승소, 2003년 일본 최고재판소가 기각 결정해버렸다.

48) 한중 합작 다큐멘터리 영화로 중국 지역 일본 위안부 피해자이자 생존자인 할머니들의 이야기를 담고 있다. 중국 지역 일본군 위안부 피해자 20만 명. 2014년 촬영 당시 생존자는 단 22명. 그리고 2018년 영화 개봉일까지 남아 있는 위안부 피해자는 단 7명이다. 할머니들의 대부분은 90세를 넘겨 삶의 끝자락에 섰다.

은 또 어떤가. 1636년(병자년) 12월 10일(양력으로는 1637년 1월 5일) 청나라 태종은 10만 대군을 이끌고 조선을 급습했고 인조는 남한산성으로 피신을 갔다가 46일 만에 항복하고 청 태종에게 세 번 무릎을 꿇고 아홉 번 머리를 조아리는 치욕, 즉 '삼배구고두례(三拜九敲頭禮)'를 당했다. 소현세자와 봉림대군을 비롯해 셀 수 없이 많은 백성이 포로로 끌려갔으며 그중 대부분은 여인이었다. 천신만고 끝에 속환된 여인들에게 조선의 남자들은 '환향녀(還鄕女)'라며 손가락질을 했다. 오늘날 여성을 경멸하는 의미로 쓰는 '화냥년'의 유래다. (임진왜란 직전 약 800~1,000만 명이던)[49] 조선의 총 인구 수는 병자호란 이후인 1669년에는 5백1만8천 명으로 파악됐다.[50] 그리고 병자호란 후 청에 끌려간 조선 백성은 약 50만 명에 달했다.[51] 즉 병자호란으로 당시 인구의 약 10%가 인질 등으로 끌려간 것이다! 현재 남한을 기준으로 환산하면 5백만 명, 남북한을 합치면 8백만 명이라는 어마어마한 수치다. 뼈저린 반성을 하지 않으니 아픈 역사가 반복되는 것이다. "가장 뛰어난 예언자는 과거다"는 말도 있다.[52] 신채호 선생(1880~1936)은 "역사를 잊은 민족에게 미래는 없다"라는 말도 했다.[53]

---

49) 「글로벌 한국사, 그날 세계는: 인물 vs 인물」, 이원복·신병주, 휴머니스트, 2016, p.148.
   임진왜란 직전의 인구가 1,000만이 좀 넘었다고 하는데, 전쟁 후 인구가 150만 명이다. 인구의 80%가 줄었다고 보기는 어려울 것 같고, 대략 150만~200만 명 정도가 희생된 것으로 보인다.(이원복 덕성여대 총장)
   (이상준: 정확한 통계자료가 없어 이견이 많으나 대략 1,000만 명 미만으로 예상 된다.)
50) 「고쳐 쓴 한국 근대사」, 강만길(경남 마산 출생, 마산중·고등학교, 고려대학교 사학과 졸업, 고려대 사학과 교수 등 역임, 경제정의실천시민연합 통일협회 이사장, 1937~), 창비, p.117. ;「한국사 13」 방동인, 1974, 재인용.
51) 「역사평설 병자호란(2)」, 한명기, 푸른역사, 2013, p.284.
52) 조지 고든 바이런(1788~1824) 명언(「날을 세우다」 허병민, KMAC, 2018, p.164)
53) 역사의 중요성을 일깨우는 명언은 많다. 몇 가지 대표적인 것만 열거해본다.
   "역사를 기억하지 못한 자, 그 역사를 다시 살게 될 것이다."(조지 산타야나: George Santayana, 스페인 태생 미국의 철학자·시인·인문주의자, 1863~1952)
   "역사는 그대로 반복되지 않지만, 그 흐름은 반복된다(History Doesn't Repeat Itself, But It Does Rhyme)."
   (마크 트웨인: Mark Twain, 미국 소설가, 1835~1910)
   "태양에 바래면 역사가 되고, 월광에 물들면 신화가 된다."(작가 이병주)
   "과거를 지배하는 자가 미래를 지배한다. 현재를 지배하는 자가 과거를 지배한다."(「1984」 조지 오웰, 코너스톤, 2015, p.51.)

관점은 좀 다르지만 폭군으로 알려진 연산군마저 역사를 무서워하며 이렇게 말했다. "내가 두려워하는 것은 역사뿐이다!(人君所畏者 史而已, 인군소외자 사이이)"[54] 윤대원 교수는 저서 『전란으로 읽는 조선』(2016)에서 이렇게 말한다. "'화냥년'이나 '일본군 위안부'[55] 모두 자국민을 지키지 못한 무능함의 표상이다!"[56]

함석헌 선생(1901~1989)은 한국의 역사는 고난의 역사요, '세계사의 하수구'이며, 한국 민중은 수난의 여왕이요, '갈보였던 계집'이라고 하면서 통곡했다. 함 선생은 대표적인 저서 『뜻으로 본 한국역사』(1950)에 수록된 〈수난의 왕녀〉라는 제목의 글에서 위정자들의 무능함으로 인한 멍에를 대신 짊어진 여인의 한(恨)에 비유해 이렇게 한탄했다.

〔(···) 그대들은 일찍이 프랑스의 이름난 '바치'(Baci는 '키스'라는 뜻) 로댕(Auguste Rodin, 1840~1917)의 「갈보였던 계집」{오늘날 「늙은 창부(The Old Courtesan)」(1885)로 불리는 작품이다〕이라는 아로새김을 본 일이 있는가? 나는 그것이 한국의 꼴이라는 생각을 금치 못하는 사람이다.

내 그 꼴을 보니 한 늙은 계집이 몸 위 절반을 앞으로 구부리고, 한 손을 등 뒤에 붙여 가락을 구부려 고민을 나타내며, 한 손을 드리워 힘없이 자리를 붙들고 다리를 굽혀 걸터앉았는데, 그 고개를 깊이 수그렸더라. 온몸의 살은 떨려 마른 뼈가 두드러지고,

54) 「역사 e」 EBS 역사채널, 2013, p.5.
55) 1991년 8월 11일, 일본 「아사히신문」에 고 김학순 할머니(당시 67세, 1924~1997, 만주 길림 출생, 평양 거주 후 중국에서 일본군에게 강제 연행됨) 인터뷰가 실렸고, 3일 뒤 김 할머니는 기자회견도 하여 일본군 위안부 문제를 최초로 공론화시켰다.(여러 매체)
56) 「전란으로 읽는 조선」, 윤대원, 규장각한국학연구원, 2016, p.13~14.

목은 쑥 빠지고, 극도의 노쇠를 보이고 있더라. 금빛같이 아름다움을 자랑하던 머리채는 흐트러져 세었고, 추파를 사람들에게 보내던 맑은 눈동자는 오므라든 확 속에 잠겨져 볼 수도 없다. 수많은 사나이들에게 사랑을 속삭이던 그 빨간 입술은 이 빠짐으로 인하여 오므라들었고, 수없는 날탕놈들을 유혹시키던 젖통은 시들고 말라 슬픈 탄식에 삭은 가슴을 보기 싫게 덮고 있다. 한창때에 야드러운 그 맵시를 가지고 되는 대로 놀아먹으며, 젊음이 늘 그만인 양 지나던 그 계집을 생각해보고 오늘의 저 모양을 다시 보매 참으로 슬픔을 금할 수 없더라.

대개 저는 일생을 남을 위하여 산 자라, 엎누름을 받았고, 짓밟음을 당하였고, 물건같이 다룸을 받았고, 짐승같이 대접함을 겪었다. 그뿐 아니라, 제 스스로가 저를 업신여겼고, 저를 잃었다. 그러나 그는 지금 어떤 값을 받고 있는가? 온몸에 남은 것은 더러움의 기록뿐이요, 한 마음에 남은 것은 슬픔의 기억만이다. 세상에 그 계집을 동정하는 이 없고, 구해주는 이 없고, 간 해에 그를 사랑하여 데리고 놀던 놈들도 냉랭히 한번 돌아보는 놈이 하나 없고, 이제 저는 사회적 영겁의 처벌 밑에 불쌍한 존재를 남의 세상에 붙이지 않으면 안 된다. 그렇듯 생각하고, 나는 그 계집을 향하여 업신여기는 침을 뱉었다.

그러나 읽는 이들아, 그 계집은 나를 놓지 않았다. 수그리고 거들떠보지도 않는 눈과 다물고 말하지 않는 입은 내게 그보다 이상의 것을 요구하였다. 그렇다, 그 이상의 것이 있지 않으면 안 된다. 단순히 슬픈 느낌이나 업신여기는 생각 이상의 것을 저에게 주어야 한다. 존경을 주어야 한다. 저는 사회의 죄악을 대신 맡아 졌기 때문이다. 늙은 갈보야, 너는 사회의 무지와 잔인과 비루와 거짓과, 인간 속에 들어 있는 수성(獸性), 인격 밑에 숨은 마성, 이 모든 것을 가냘픈 네 한 몸으로 다 받아 걸머졌었다. 그 때문에 너는 처녀성을 빼앗겼고 인간성을 잃었고, 젊음을 다 없애먹었다. 너 때문에 신사는 그 점잖음을 뽐낼 수 있고, 숙녀는 그 깨끗함을 자랑할 수 있다. 사회는 네 앞에 사죄하고 존경하는 뜻을 드리지 않으면 안 된다.

모든 사람이 침 뱉는 더러움 속에 엄숙한 미를 발견한 로댕은 과연 뛰어난 바치 조각가다. 읽는 이들아, 우리도 로댕이 되지 않으면 안 된다. 아시아의 대륙에서 태평양으로 나아가는 큰길가에 앉아 천년 동안 그 비참한 모양을 하고 앉은 이 늙은 갈보 앞에, 이 수난의 여왕 앞에 슬픔과 엄숙함과 존경을 가지고 머리를 숙여야 한다.〕[57]

조국을 위해, 정의를 위해, 사람다운 삶을 살기 위해, 피 흘리며 쓰러져간 수많은 선혈들의 희생이 헛되지 않게 우리는 각성하고 매진해야 한다. 그분들이 저승에서 뿌듯함이라도 느끼며 웃게 해드려야 한다. 영국 북부 스코틀랜드의 중심지 에든버러(Edinburgh)에 세워져 있는 넬슨 동상을 보고, 송복 교수(경남 김해 출생, 1937~)가 책『특혜와 책임: 한국 상층의 노블레스 오블리주』(2016)에 소회를 쓴 글이 있다. 가슴이 찡하다.

〔진정한 애국자는 국가가 의무를 요구할 때 정말 하나뿐인 생명까지도 바치며 그 임무를 수행한다. 우리나라 이순신 제독처럼 넬슨[58]은 그런 사람이었다. 죽기 12년 전 프랑스 해군과 이 바다 저 바다에서 싸우다 오른쪽 눈을 잃어 외눈이 되기도 했고, 오른팔을 잃어 외팔이 되기도 했다. 1805년 프랑스·에스파냐 연합함대를 트라팔가(Trafalgar) 앞

---

57) 「뜻으로 본 한국역사(1950·1961·1965)」, 함석헌, 한길사, 2003, p.456~458.
    이 책은 함석헌 선생이 1933.12.31~1934.1.4일까지 우리 역사에 대해 강연했던 것을 잡지 「성서조선」 1934년 2월호~1935년 12월호에 실었던 '성서적 입장에서 본 조선역사'를 토대로 했다.
    이후 이 글은 1950년에 단행본으로 출판됐다. 1961년에 셋째 판을 내면서 함 선생은 한국사에 대한 새로운 관점과 사관을 풀어 밝히고 책의 제목도 「뜻으로 본 한국역사」로 바꾸며 전면적인 개편작업을 했다.(p.일러두기)
58) 이순신: 1545.4.28.(음 3.8.) 서울 중구 신당동~1598.12.16.(음 11.19.) 53세. 노량해전.
    넬슨: Horatio Nelson, 1758~1805.10.21. 47세, 스페인 트라팔가 곶에서 사망.

바다에서 격멸시키고 자신은 죽었다. 그때 그의 나이 47세였다.

넬슨 동상은 런던 중심가 트라팔가 광장에 우뚝 서 있다. 유럽 어디를 다녀도 정말 그렇게 '우뚝' 서 있는 동상은 없다 할 정도로 트라팔가 광장의 넬슨 동상은 우뚝하다. 영국 북부 스코틀랜드의 중심지 에든버러(Edinburgh)에도 넬슨 동상이 있다. 에든버러의 넬슨 동상은 꽤 높은 언덕 위(칼튼 힐·Calton Hill)에 서 있어서, 오히려 트라팔가 광장의 그것보다 훨씬 더 우뚝하게 보였다.

동상에는 으레 비명(碑銘)이 있다. 비명은 비석에 새겨놓은 글이다. 특히 영국 동상들의 비명들은 읽을 만하다. 우리나라 비명과 달리 멀리 조상까지 거슬러 올라가지도 않고, 그 사람 당대(當代)만을 말해도 과장이 없다. 꾸밈도 없지만, 꾸며도 거짓이 없다. (…)산책 도중 넬슨 동상의 비명을 읽게 되었는데 전율을 느꼈다. 가슴이 너무 떨리고, 그 떨리는 가슴으로 눈물이 났다. 눈에서 눈물이 흐르지 않고 가슴으로 눈물이 흘렀다.

"여기에 우리 에든버러 시민이 넬슨 동상을 세우는 것은 그의 죽음을 애도하기 위해서가 아니다. 더구나 살아생전 그의 영광을 기리기 위해서도 아니다. 오직 국가가 의무를 요구할 때, 죽음으로써 그 임무를 다하는 그 삶을 자식들에게 가르쳐준, 그 교훈을 널리 알리기 위해서다."] [59] [60]

---

59) 「특혜와 책임: 한국 상층의 노블레스 오블리주」 송복, 가디언, 2016, p.87~89.
60) 동상에 새겨져 있는 원문은 이렇다.(스코틀랜드 에든버러 칼튼 힐: 넬슨 제독 기념탑)
〈Horatio Lord Viscount Nelson, and the Great Victory of Trafalga(…)〉
-호레이쇼 넬슨 남작 경, 트라팔가의 위대한 승리(…)-
"Not to express their unavailing sorrow for his death; Nor yet to celebrate the matchless glories of his life;
But, by his noble example, to teach their sons
To emulate what they admire, and like him, when duty requires it, To die for their country."
넬슨 제독은 영국 잉글랜드 지방의 동부 노퍽(Norfolk)의 북부 농촌 버넘소프(Burnham Thorpe)에서 목사의 아들로 태어났다.

또한, 2016년 영화 「13시간(13 Hours: The Secret Soldiers of Benghazi)」(2016.3.3. 개봉, 마이클 베이 감독)에 대한 소회를 밝힌 외화번역가 이미도 씨의 신문기사[61]를 읽고 무척 감동받았다. 이 영화는 리비아 독재자 카다피가 축출된 다음 해인 2012년, 반미 무장 과격분자들이 벵가지의 미국 영사관을 공격하자, 기습당한 영사관 직원들은 인근 중앙정보국(CIA) 기지에 구조를 요청했고, 이에 13시간 동안 참혹한 사투가 벌어진 후 많은 희생자를 내고 결국 기지는 사수한 끝에 상황이 종료되는 것으로 끝난다. 영화는 곳곳 장면에서 성조기를 보여준다. 이미도 씨는 이 영화에 의미 있는 두 문장이 빠져 있음을 아쉬워했다. 하나는 "고국에 돌아가거든 우리를 알리고 이렇게 말하십시오. 당신들의 내일을 지켜주기 위해 우리가 오늘을 바쳤노라고(When you go home, tell them of us and say: For your tomorrow we gave our today)"인데, 영국 정부가 제2차 세계대전 중 타국에서 전사한 영국군을 위해 현지에 남긴 묘비명들 중 하나라고 한다. 다른 하나는 "국기(國旗)가 펄럭이는 건 바람 때문이 아니다. 국기를 사수(死守)하다가 산화(散花)한 모든 군인의 마지막 숨 덕분이다(Our flag does not fly because the wind moves it. It flies with the last breath of each soldier who died protecting it)"이다. 늘 가슴에 품고 다녀야 하지 않겠는가!

우리만 피해자일까? 우리도 베트남과 필리핀 등지에서 엄청난 인륜적 범죄를 저질렀다. 라이따이한(Lai Taihan, 베트남)과 코피노(Kopino, 필리핀)가 그 예다. 현재 베트남에는 라이따이한(베트남 전쟁에 참전했던 한국인과 베트남

---

61) 「조선일보」, 2018.7.7. [이미도의 무비 識道樂(식도락)(76)]
   〈We are the only help they have(그들을 구할 손은 우리뿐이야)〉
62) 「news1」, 2018.4.19. 〈베트남 학살 생존자 "왜 한국군은 사과하지 않나요?"〉
   -21~22일 한국 정부를 피고로 앉힌 '시민평화법정' 참여-(류석우 기자)

인 사이에 태어난 2세)가 약 1만~2만 명 정도 있는데, 이들에 대한 무책임함도 고뇌해야 할 과제이다. 그리고 코피노는 한국 남성과 필리핀 현지 여성 사이에서 태어난 2세를 필리핀에서 이르는 말이다. 코리안(Korean)과 필리피노(Filipino)의 합성어이다. 현재 필리핀에는 약 3만 명의 코피노가 있는데, 이들 중 상당수의 아버지는 무책임하게 한국으로 가버렸거나 연락이 두절된 상태다. 최근 관광·사업·유학 등의 사유로 필리핀에 간 한국 남성들에게 버림받은 코피노가 여전히 증가하고 있다. 코피노 엄마들은 "아이의 아빠가 양육 의지가 없어 홀로 양육해야 하는 만큼 과거 양육비뿐만 아니라 장래 양육비까지 줘야한다"고 주장한다. 그뿐만이 아니다. 베트남 전쟁(1955~1975, 미국·한국의 참전은 1965년 초~1973년 초) 때 우리가 죽인 수많은 베트남인에 대한 사죄와 반성도 이뤄져야 한다. 지난 2018년 4월 19일 서울 여의도 국회 정론관에서 열린 '베트남전 한국군 민간인학살 진상규명 촉구를 위한 생존자 기자회견'도 있었다. [62] [63] [64] [65] 이 역시 약소국 설움의 한 단면이 아니겠는가!

---

63) 베트남 전쟁과 관련하여 아래의 책들을 추천한다.
『천년전쟁: 무릎 꿇지 않는 베트남–중국』, 오정환 MBC 보도본부장, 종문화사, 2017. (베트남 건국에서부터 1979년 중국과의 전쟁에서 승리까지를 다룬 베트남 천년전쟁사)
『동조자(1·2)(The Sympathizer, 2015)』, 비엣 타인 응우옌, 민음사, 2018.
(전쟁 말기 미군의 철수 과정과 미국으로 망명한 남베트남 군인들의 고뇌를 다른 소설)
『전쟁의 슬픔(The Sorrow of War, 1993)』, 바오 닌, 예담, 1999. (베트남문인회 최고상 수상소설)

64) 여러 매체 2018.1.28. 〈베트남, 축구 준우승에 열광… "박항서는 베트남의 히딩크"〉
–U23 챔피언십 준우승(2018년 1월 27일)–
2002 한일 월드컵 때 히딩크 감독 밑에서 수석코치를 맡았던 박항서 감독(경남 산청, 1959~)이 23살 이하 베트남 축구팀 감독을 맡아 아시아축구연맹 대회에서 준우승을 이끌어 냈다.(…) 불과 3개월 전에 23살 이하 대표팀을 맡은 박항서 감독은 베트남의 히딩크로 불리며 국가적 영웅으로 떠올랐고 한–베트남 우호 관계에도 큰 기여를 한 것으로 평가된다. 이후 박항서 감독은 베트남 축구대표팀 감독도 맡았다.
즉 박항서 감독은 베트남 축구대표팀과 U–23 대표팀을 모두 이끌고 있다.

65) 여러 매체 2018.8.29. 〈2018년 아시안게임에서 축구 4강 신화를 이뤘다: 지금까지는 16강이 최고 성적〉
(한국 금, 일본 은, UAE 동, 베트남 4위)
박항서 감독이 이끄는 베트남 축구대표팀이 아시안게임에서 사상 처음 4강에 진출하자 베트남이 발칵 뒤집혔다. 23세 이하(U–23) 베트남 축구대표팀이 27일 아시안게임 남자축구 8강전에서 시리아에 연장 끝에 1대 0 승리를 거두고 4강에 진출하며 베트남 축구역사를 다시 쓰자 전 국민이 열광했다. 현지 언론 등에 따르면, 베트남 전역에서 수백만 명이 거리로 뛰쳐나와 국기를 흔들며 "땡큐 박항서, 땡큐 코리아"를 외치며 환호했고, 폭죽을 터트리거나 북과 꽹과리를 치며 축하했다. 앞서 베트남은 일본과 바레인을 각각 1대0으로 연파하며 8강에 올랐었다. 그러나 공교롭게도 한국과 준결승전에서 맞붙어 4강으로 만족해야 했다.

'힘의 원리'는 비단 국가 사이에서뿐만 아니라, 국가 내에서도 사회에서도 심지어 가족 내에서도 강력하게 작용한다. 힘없고 갈 길도 몰라 거리를 배회하거나 숨어서 움츠리고 있는 저 수많은 영혼들을 어찌할 것인가! 점점 늘어나고 있는 '묻지마 살인'[66] 같은 사건이 만연해지면 어떻게 되겠는가? 지금 당장 내가 당하지 않더라도 향후에는 당할 수도 있으며, 미래 우리 자식들이 맞이할 세상은 얼마나 험난해지겠는가 말이다. 세상을 정확히 꿰뚫어볼 때 나 자신도 구하고, 더 나아가 가족도, 사회도, 국가와 세상까지 구하는 데 진정한 역할을 할 수 있다. 나도 부족한 점이 많지만, 세상을 바라보는 안목에 참고서 역할이라도 하고자 '민감한 사안들'에 대해 이 글을 썼다. 출처도 모두 밝혀뒀으니 추가적인 지식에 대한 목마름은 해결하기 쉬울 것이다. '참된' 지식이라는 예리한 칼을 지닌 상태에서 바라보는 세상은 그렇게 겁나지 않는다. 오히려 단단한 '내공(內功)'으로 당당하게 세상을 대하면서 호탕하게 웃을 수 있다. 조그만 바람에도 흔들리는 나뭇가지에 일일이 반응할 것인가. '무소의 뿔'[67]처럼 거침없이 나의 길을 갈 수 있는 것, 그것이 진정한 행복이 아니겠는가! '행복학'? 아니, 이 책은 크게 보면 '행복해부학' 서적이다. 행복에 영향을 주는 변수(요인)들을 파헤쳐 세밀하게 분석하는 것에서부터 출발한다. 누구나 외쳐대는 '행복 일반론'은 왠지 썩 와 닿지 않는다. 이분 저분 하시는 말씀이 다 대동소이하다. "욕심을 버려라" "마음을 내려 놓아라" 등등. 하도 많이 들어서 우리도 그 정도

---

66) 대표적인 것이 '강남역 묻지마 살인 사건'(2016년 5월 17일 새벽)이다.
67) 「책 읽어주는 남편」 허정도, 예담, 2009, p.242.
　　"홀로 행하고 게으르지 말며, 비난과 칭찬에도 흔들리지 말라.
　　소리에 놀라지 않는 사자와 같이, 그물에 걸리지 않는 바람과 같이,
　　진흙에 더럽혀지지 않는 연꽃과 같이, 무소의 뿔처럼 혼자서 가라."
　　(출처: 최초의 불교경전 「숫타니파타(Sutta Nipata)」)

는 다 안다. 그런데 현실에서 실천이 안 되는걸 어떻게 하나? 들을 때는 수긍하고, 돌아서면 다 잊어버린다. 도대체 어떻게 해야 이 문제가 해결될까? 진정한 행복, 즉 웬만해서는 흔들리지 않을 행복을 얻기 위해서는 이론적 토대가 필요하다. 체계적으로 그리고 구체적으로 분석할 필요가 있는 것이다. '뜬구름 잡는 말씀', 실무에서 별로 써먹을 게 없다. 그래서 '제1장 행복의 인수분해' 분야는 분량이 책의 1/3을 차지할 정도로 많다. 제1장은 총론이기 때문에 심도 있게 논할 필요가 있었다. 제2장부터 제14장까지는 '행복해부학' 각론이다. 좀 색다른 방법으로 분석한 '행복해부학'이니 '밑줄 쫙' 치면서 음미해보길 바란다.

오늘날 근거도 불투명한 정보가 넘쳐나 뭐가 '똥인지 된장인지 구분하기 어려운 세상'이 돼버렸다. 그런 말도 있지 않은가. '내가 아는 만큼만 세상은 보인다!', '개 눈에는 똥만 보인다!'고. '어떤 삶을 살 것인가?'에 대한 해답으로 영국 철학자·수학자인 버트런드 러셀(1872~1970)은 『나는 왜 기독교인이 아닌가 (Why I Am Not a Christian)』(1952)에서 이렇게 말했다.[68]

"훌륭한 삶이란 사랑에 의해 고무되고 지식에 의해 인도되는 삶이다!"

책도 읽을 때 일단 흐름이 자연스러워야 하므로, 이 책과 관련하여 두 가지만 언급하고자 한다.

첫째, 각 장들이 직접 연결되어 있지는 않으므로 제일 끌리는 장(章)부터 읽어도 무난하다. 심지어 마지막 장부터 읽어도 별 상관없다.

---

68) 『나는 왜 기독교인이 아닌가(Why I Am Not a Christian, 1952)』 버트런드 러셀(Bertrand Russell, 영국 철학자·수학자, 1872~1970), 사회평론, 2005, p.84.

둘째, 각주를 보지 않아도 본문을 이해하는 데 별 어려움이 없다는 점이다. 그러므로 우선 본문 위주로 읽은 후, 다시 한 번 각주의 내용까지 음미하면서 읽는 방식을 권한다. 글의 흐름상 각주로 처리했지만, 내용도 나름 풍부하다 (각주 만 모아도 책 몇 권이 될 수 있을 것 같다). 각주가 많은 것은 가급적 관련된 지식을 풍족하게 제공하고자 하는 저자의 욕심이다. 평소 메모해두었던 지식 관련 창고를 과감하게 개방했다. 게다가 웬만하면 각주와 관련된 참고문헌도 병기해 지식을 더 쌓는 데 도움을 주고자 했다. 주장 하나 문구 하나가 내 생각만을 지껄이는 게 아니고 앞선 지식인들의 견해와 대비해보는 검증의 의미도 있으니 일거양득이다.

제1장

행복의 인수분해:
행복을 샅샅이 파헤친다

Lee Sang Joon · Knowledge Series 3

By far the best proof is experience.

최고의 증거는 단연 경험이다. (프란시스 베이컨)

:
:

저작 『달라이 라마의 행복론』(1998)에서 맨 처음 시작하는 문구는 이렇다. "삶의 목표는 행복에 있다. 종교를 믿든 안 믿든, 또는 어떤 종교를 믿든 우리 모두는 언제나 더 나은 삶을 추구하고 있다. 따라서 우리의 삶은 근본적으로 행복을 향해 나아가고 있는 것이다. 그 행복은 각자의 마음 안에 있다는 것이 나의 변함없는 믿음이다."[1] [2] '달라이 라마'와 '행복'을 대비시키는 순간 생각이 많이 복잡해진다. 티베트(Tibet)는 중국의 속국이 된 지가 거의 70년이 되어가고(1951년 병합되어 1965년부터 중국의 '티베트족 자치주'로 전락해 버렸다), 티베트 독립을 위해 2009년 2월 승려가 최초로 분신한 이래 100명

1) 『달라이 라마의 행복론(The Art of Happiness, 1998)』 달라이 라마, 김영사, 2001.
  『달라이 라마의 종교를 넘어(Beyond Religion, 2011)』 달라이 라마, 김영사, 2013.
  이 책 제3장의 소제목도 '행복을 찾아서'다.
2) 『숨결이 바람 될 때: 서른여섯 젊은 의사의 마지막 순간(When Breath Becomes, 2016)』 폴 칼라니티, 흐름출판, 2016, p.47~48.
  36세에 폐암 말기 판정을 받고 죽음을 마주하게 된 신경외과 의사의 마지막 2년의 기록을 담은 책이다. 이 책에는 이런 말이 들어 있다. "『멋진 신세계(Brave New World)』(1932, 올더스 헉슬리)를 읽으면서 나는 도덕 철학의 기초를 쌓았고, 그 책을 대학 입학 논술 주제로 삼아 '삶에서 가장 중요한 것은 행복이 아니다'라는 주장을 펼쳤다."

이 넘는 승려가 분신한 나라다.[3] 티베트 최고의 성지는 카일라스 {6,714m, Kailas·Kailāśa Parvata, 산스크리트어로 '수정(水晶)'을 의미}인데, 성산(聖山) 카일라스를 불자들은 세계의 중심인 수미산(須彌山)이라고 믿는다.[4] 티베트의 영적 지도자인 달라이 라마가 이런 조국을 떠나 인도에서 티베트 망명정부를 이끌면서 전 세계를 향해 '행복전도사' 역할을 하는 것을 볼 때, 정말 그의 도력(道力)(?)은 대단하다는 생각이 든다.[5][6][7]

달라이 라마의 말씀 이외에도 행복에 관한 명구(名句)는 수없이 많다. 이를테면, "행복은 내 가까이 있다", "행복은 마음먹기에 달려 있으니 욕심을 버려라", "단순하게 사는 게 행복의 열쇠다(Simple is the best)" "돈으로도

---

3) 2017년 11월 109번째 승려가 분신했고, 일반인 포함 151명이 분신하여 126명이 사망했다.(2018년 9월 말 현재)

4) 영화 「영혼의 순례길(Paths of the Soul)」(2015 중국, 2018.5.24. 개봉, 장양 감독)
"순례는 타인을 위한 기도의 길이야!"(총 11명이 함께 순례에 나서는 이야기 참조)

5) 『티베트 역사산책』, 다정 김규헌, 정신세계사, 2003, p.306~308.
국공내전(國共內戰)을 끝낸 붉은 인민해방군에 의해 1951년 국토를 점령당한 뒤, 티베트의 겔룩파(황모파·黃帽派)는 강력했던 통치권을 잃어버린다. 그리고 1959년 무력항쟁의 실패로 법주이며 국왕인 제14대 달라이 라마와 정부관리·귀족들, 그리고 겔룩파의 핵심 지도자들은 후일을 기약하며 대거 인도로 망명길에 오르게 된다(8~12만 명이 망명길에 올랐다고 하지만 통계마다 편차가 많다).
그 후 무신론적 공산주의의 붉은 중국 아래서 허울 좋은 '서장자치구'라는 이름 하에 본토에 남아 있는 민초들은 핍박을 받기 시작한다. 더구나 1966년부터 10년간의 문화혁명에 의해 치명적인 상처를 받게 되어. 그 많던 고색창연한 전통적인 사원은 거의 파괴되고 승려들은 강제로 환속(還俗)당하게 된다.
그러나 1984년부터 이른바 '개혁개방정책'으로 종교의 자유가 부분적으로 허용되고 관광용 사원들도 복구되기 시작하여 겔룩파는 어느 정도 다시 소생한다. 그 상태는 지금도 진행 중에 있다고 할 수 있다. 달라이 라마의 부재중에 티베트 국내 민심의 구심점은 겔룩파 서열 2위에 해당하는 제11대 빤첸(반선·班禪) 라마가 대신하고 있는데, 아직 어린 티가 가시지 않은 소년이지만 그에 대한 민중의 사랑은 (일부 부정적인 시각이 없는 것은 아니지만) 별 변함이 없다.
달라이와 빤첸 라마의 관계(티베트에서는 지방에 따라 이 둘의 관계가 때로는 동등하게, 때로는 종속적으로 인식되고 있다. 현재 인구에 회자되는 유행가에서는 둘의 관계가 형제로 묘사되고 있다)를 한마디로 정리하기는 어렵지만 다 같은 겔룩파의 전생론에 의한 활불(活佛)이라는 공통점이 있다. 다만 달라이 라마가 관음보살의 화신이고 빤첸이 아미타불의 화신이라는 점과, 전통적으로 전자는 '위' 지방, 그러니까 라싸의 영주이고, 후자는 '짱' 지방, 즉 티베트 제2의 도시인 시가쩨의 영주라는 차이점이 있다.
{이상준: 판첸라마는 티베트 불교의 영적 지도자로 아미타불(阿彌陀佛, 서방정토에 머물면서 중생을 극락으로 인도한다는 부처)의 화신이다. 종교적으로는 달라이 라마에 다음가는 지위다. 달라이 라마는 관음보살(觀音菩薩, 자비의 마음으로 중생을 구제한다는 보살, 석가모니의 스승으로 일컬어진다)의 화신이다.}
지금과 같이 미묘한 상황 아래서는 국내에 남아 있는 어린 빤첸이 중국의 어용이라는 따가운 시선을 면할 수 없는 것은 사실이다.

6) 「황하에서 천산까지」 김호동, 사계절, 2011, p.22~26.

제14대 달라이 라마인 텐진가초(Bstan-'dzin-rgya-mtsho, 라모 톤둡)는 1935년에 중국의 칭하이성(티베트의 동북부 지역)에서 티베트인 부모 밑에서 태어났다(만 3세가 되기 전에 제13대 달라이 라마의 환생으로 인정되었다). 1940년에 티베트의 통치자인 달라이 라마가 되었지만, 티베트 국민이 1950년부터 그 나라를 점령한 중국 공산군에 대항하여 반란을 일으켰다가 실패하자 1959년에 인도로 망명했다.

1959년4월 제14대 달라이 라마(종교와 정치의 최고 지도자 또는 교주를 일컫는 티베트 말)인 24세의 텐진 가초가 약 80명의 티베트인들과 함께 인도로 망명했다. 14대 달라이 라마(Lhamo Dondrub, Dalai Lama)는 1935년 7월 6일 출생했다. 1949년 장개석이 이끄는 중국 국민당이 대만으로 쫓겨나고 공산당이 대륙을 석권한 직후 중국은 티베트가 중국의 일부임을 공식적으로 선언했다. 그리고 다음 해인 1951년 '제국주의 압제로부터 300만 티베트 인민을 해방시키고 중국의 서부 변방에 대한 방위를 공고히 하기 위해 인민해방군의 진군을 지시했다'는 발표로 2~3만의 군대가 라쌔(히말라야 산맥의 3,650m 고지)에 진군했다.

당시 17세인 라마는 상황의 위중함을 분별할 나이가 못되어 중국의 요구를 뿌리치지 못하고 전인대회 등에 참석했다. 1958년 티베트인들의 저항운동이 시작되고 중국군이 포탈라궁 등 포격을 가해 12,000명 이상의 티베트인이 사망하는(티베트인들에 대한 중국의 박해가 반복되자 1959년 반란을 일으키지만 12만 명이 학살되는 참담한 결과만 남김) 등 참혹한 현실에서 망명했다. 현재 인도 서북부 다람살라(Dharamshala)에는 10만 명에 이르는 티베트인이 망명 중이다. 중국의 문화혁명이 끝난 직후 달라이 라마는 티베트 문제에 대해 국제적인 관심을 끌기 위해 적극적으로 나섰다(문화혁명은 마오쩌둥(모택동)에 의해 주창된 사구(四舊), 즉 오래된 사상·문화·풍속·습관을 타파하자는 운동이다). 1979년부터 각국을 순방하며 티베트의 입장을 설명하고 있으며, 1981년 미국을 방문하여 하버드 대학에서도 강연했다. 1987년 미국을 다시 방문한 그는 '5개조평화안('스트라스부르 제안'이라 함)'을 내놓았고, 이 제안은 중국 측이 주장하는 것처럼 티베트에 대한 중국의 주권은 인정하되 티베트의 진정한 자치권과 정치적 민주주의를 보장하라는 것이다. 즉, 중국이 홍콩이나 대만에 대해서 주장하듯 '1국가 2체제'를 티베트에 대해서도 적용하라는 것이다. 이 주장에 대해 중국은 끝까지 독립을 주장하는 의도라고 보고 거부했고, 티베트인들도 일부는 중국의 주권을 인정하는 부분 때문에 반대했다. 이런저런 이유로 1988년 8월 라쌔에서는 라마 승려들이 바코르 거리에서 시위하는 사건이 터졌고, 9월에도 중요한 사원의 승려들이 모여서 행진을 벌였는데, 모두 '달라이 라마의 도당'으로 찍혀서 체포됐다. 시위대는 그해 겨울과 이듬해 봄까지 계속되었는데, 군대가 발포하여 사상자가 생겼고, 티베트인들은 한족의 상점을 불태웠다. 결국 1989년 3월 계엄령이 선포되고 말았다. 바로 그해에 달라이 라마에게 노벨 평화상이 수여됐다. 티베트는 중국의 고대 국가시대부터 예속과 독립이 반복된 정치적 혼란의 관계였다.

7) 「지리의 힘: 지리는 어떻게 개인의 운명을, 세계사를, 세계 경제를 좌우하는가(Prisoners of Geography, 2015)」 팀 마샬, 사이, 2016, p.33~34.

〈중국은 왜, 티베트에 목숨 거는가〉

중국에게는 일종의 '지정학적 공포'가 있다. 만약 중국이 티베트를 통제하지 못하게 되면 언제고 인도가 나설 것이다. 인도가 티베트 고원의 통제권을 얻으면 중국의 심장부로 밀고 들어갈 수 있는 전초 기지를 확보하는 셈이 되는데, 이는 곧 중국의 주요 강인 황허·양쯔, 그리고 메콩강의 수원이 있는 티베트의 통제권을 얻는 거나 다름없다. 티베트를 '중국의 급수탑'이라고 하는 것도 바로 이런 이유에서다. 미국에 버금가는 물을 사용하지만 인구는 5배나 많은 중국으로서는 이것만큼은 포기할 수 없다.

사실 관건은, 인도가 중국의 강물 공급을 중단시키고 싶은가가 아니라 과연 인도에게 그럴 능력이 있는가이다. 수세기에 걸쳐 중국은 이런 일만은 절대로 발생하지 못하도록 해왔다. 배우 리처드 기어와 자유티베트운동(Free Tibet Campaign)은 티베트에 대한 중국의 부당한 점령을 줄곧 규탄해 왔고, 이제는 한족의 티베트 정착 정책에 대해서도 항의하고 있다. 그러나 달라이 라마, 티베트 독립운동 단체, 할리우드 스타들과 세계 제2위 경제대국과의 싸움은 그 결과가 불을 보듯 뻔하다. 누구든 서구인들이 티베트 문제를 거론하면 중국은 굉장히 예민하게 반응한다. 위험하다거나 체제 전복을 시도하는 것도 아닌데도 신경질적으로 반응한다. 중국인들은 티베트 문제를 인권이라는 프리즘을 통해 보기보다는 '지정학적 안보'의 틀에서 본다.

[이상준: 2017년에 히말라야의 안나푸르나 트레킹도 할 겸 공식행사 목적으로 네팔을 다녀왔다. 그런데 무슨 이유 때문인지 그 이후부터는 중국에 입국할 때마다 추가 심문을 받고 입국하는 불편을 겪고 있다. 네팔은 티베트와 달리 독립된 국가인데 말이다. 네팔 수도 카트만두에서 경비행기로 30분 거리에 있는 중소도시 포카라(Pokhara)는 안나푸르나(Annapurna)를 가기 위한 길목이다. 포카라에는 '티베트 난민촌'이 있는데 여길 방문해서 그런지-현대는 '감시 사회'니까-, 아니면 네팔 주변국들을 배회하는 것만으로도 위험인물이 되는 것인지는 잘 모르겠다.]

행복을 살 수 없다", "행복은 성적순이 아니다" 등이다. 뭐, 그런 것 같기도 하고, 아닌 것 같기도 한데, 구체적으로 썩 와 닿지는 않는다. 당연하다. 행복은 외부적인 요인과 내적인 요인(예를 들어 내 심신 상태 등)이 서로 맞물려 있기 때문이다.

여기서 꼭 강조하고 넘어가야 할 말이 있다.

첫째, 심신(心身)이 모두 건강해야 참된 행복을 만끽할 수 있다는 사실 이다. 그러나 이 책에서 '신체적 건강'은 다루지 않는다. 그 대신 심신의 상호작용에 대한 중요성은 알고 가자.

'건강한 신체에 건강한 정신이 깃든다!'(유베날리스, 고대로마 시인, 서기 55~140)는 말처럼 육체적 건강의 중요성은 두말할 필요가 없다. 그런데 이 명언은 반쪽일 뿐이다. '건강한 정신으로 건강한 육체가 된다!'는 말이 빠졌다. 육체와 정신은 상호작용을 하기 때문이 어느 한쪽만 건강해서는 안 된다. 우리는 정신과 육체를 따로 분리해서 생각하기 쉽다. 행복론이든 철학이든 인문학이든 그런 일종의 '건강 소프트웨어' 분야는 한 차원이고, 비만·혈압·당뇨·불면증 등과 같은 질병 분야를 포함하여 음식·운동· 오염 같은 '건강 하드웨어' 분야는 별개의 다른 한 차원으로 보는 데 익숙 해져버렸다. 온갖 신문방송에서 건강과 관련하여 나름의 그 분야 전문가들이 주장하는 내용을 확인해보라. 각자 자기 전공분야만 강조하고 있음을, 다른 분야도 그만큼 중요하다는 사실은 아예 언급도 안 한다는 사실을.

TV에서 방송하는 마음수양이나 행복론을 강의하는 나름 그 분야 고수님들은 정신적 '소프트웨어'만 말할 뿐 신체적 '하드웨어'에 대해서는 일언반구도 언급하지 않는다. 또 '건강 프로그램'에 나온 교수·의사·한의사·

약사 등은 하나같이 신체적 '하드웨어'만 강조할 뿐이다. 특히 신체적 '하드웨어' 분야는 엄청난 공부를 한 의사·한의사와 같은 전문가의 말만 들을 뿐이고 그럴 수밖에 없다. 온갖 대중매체에서 '하드웨어'를 강조하고, 친목 모임에서마저 "어느 의사가 말하던데 '어느 병은 무슨 약을 먹어야 하고 어느 병은 어떻게 치료해야 한다'"는 둥 건강이 주된 화제가 돼버렸다. 이렇게 되다보니 문제는 신체적 '하드웨어'가 건강의 전부이고, 정신적 '소프트웨어'는 아예 생각도 안 한다. 듣는 사람도 그런 습성에 젖어버렸다. 다시 한 번 강조하지만 신체적 '하드웨어'뿐만 아니라 정신적 '소프트웨어'까지 뒷받침되어야 건강해진다. 정신적 '소프트웨어'도 중시하라.

일본 의료계의 현역 의사를 포함하여 6명의 의학전문가들이 밝힌 각자의 양심적 견해를 묶은 책『건강의 배신: 건강불안과 과잉의료의 시대 의료화 사회의 정체를 묻다』(2012)에서 '건강'과 '권위'에 관한 진실들을 풀어낸다. 건강불안과 과잉의료의 시대에 의료화 사회의 정체를 되묻는 책이다. 이 책은 과잉된 건강불안과 상품화된 의료로 인해 현대인들의 건강이 더 나빠지고 있음을 역설한다. 권위에 굴복하지 않는 자유로운 관점에서 의료라는 사회 현상을 비판적으로 파악하고 있으며, 이것이 의료시대를 살아가기 위한 지혜라고 강조한다. 특히 저자들은 각자의 분야에서 깊이 체험하고 연구한 주제를 중심으로, 지금까지의 의료 관행에 대해 비판적인 시각을 가져야 함을 다양한 사례와 데이터를 바탕으로 설득력 있게 제시한다. '웰빙' '건강습관'에 대한 강조나 '대사증후군'의 유행 이면에 숨어 있는 이해관계, 의료 방사선 피폭의 심각성, 의료산업의 집단 중심주의에 이르기까지 건강과 의료에 관해 꼭 알아야 할 핵심적 주제들을 하나하나 짚어주기까지 한다. 이 책이 강조하는 바를 한마디로 요약한다면 이렇다. "무엇보다 긍정적 사고로 살아가는 것, 자신의 신체 감각을 존중하는 것이 중요하다."[8]

　한국에도 '내적 치유력'을 찾아 내 몸의 건강을 지키자!'는 구호를 외치는 의사가 있는데, 바로 반에이치(VAN.H) 클리닉 이재철 대표원장으로 가끔 TV에도 나와서 의학지식을 전달해주고 있는 유명인사다. 그가 2015년에 펴낸 책 『(독소·염증·불균형을 잡는) 내 몸의 슈퍼닥터를 만나자』는 '기능의학 개론서'이다. 그는 전국의 내로라하는 한의사와 양의사들의 모임을 만들어 2년여 동안 한의학을 현대의학에 접목해 보다 근본적으로 병을 치료할 수 있는 방법을 연구했다. 그럼에도 갈증이 풀리지 않아 계속 새로운 의학을 접하고 공부하던 중 미국에서 미래의학의 대안으로 인식되고 있는 '기능의학'을 만났다. 기능의학은 증상치료가 아닌 병의 원인에 중점을 두고 치료함으로써 조기에 병을 예방할 수도 있고, 병의 뿌리를 뽑아 재발을 방지하고, 만성질환은 물론 암을 비롯한 난치성 질환까지도 효과적으로 치료할 수 있는 최신 의학이다. 대부분의 질병은 유전적 요인이나 환경오염, 잘못된 생활습관, 독소, 염증 등 몸의 불균형 상태 때문에 발생하며, 증상 치료만으로는 이런 몸의 불균형을 바로잡을 수 없다는 것이 기능의학의 입장이다. 질병의 원인을 치료하기 위해서는 결국 '내적 치유력'을 강화해야 하는데, 이는 환자의 상태를 종합적으로 분석하여 치료하고, 본래의 건강한 상태를 되찾는 일이다. 일반 검사에 전문 검사를 더한 기능의학적 검사와 치료로 환자의 건강을 회복하는 '내적 치유력'과, 이를 돕는 의사를 일컬어 '슈퍼닥터'라고 한다. 감염병인 메르스·사스·에볼라·신종플루·독감 등이 문제가 되는 것도 내 몸의 '슈퍼닥터'인 '내적 치유력'이

---

8) 『건강의 배신: 건강불안과 과잉의료의 시대 의료화 사회의 정체를 묻다(2012)』, 이노우에 요시야스 외 5인, 돌베개, 2014, p.352.

약해져서이다.[9] 이 책에서 이재철 원장이 강조하는 바는 평소 생활습관의 중요성이다. 〈생활습관을 바로잡으면 치매도 잡힌다〉라는 소제목의 글에서 그는 세 가지를 강조한다. "두뇌 활동을 많이 한다." "규칙적이고 적당한 운동을 하라." 그리고 정말 간과해서는 안 되는 것은 "긍정적인 생각을 갖고 열심히 사회 활동에 참여한다!"이다.[10]

'몰입'의 대가 칙센트미하이(1934~)는 그의 저서 『몰입의 즐거움』(1997)에서 "복잡성을 억눌러서 자꾸 단순한 것으로 토막 내는 게 악마의 주특기다"라는 말을 강조하고 있다.[11] 다양한 사고를 하는 것을 막고 생각을 편협하게 하도록 만드는 게 바로 악마와 같다는 말이다. 하는 수 없다. 각자 자신이 '악마의 저주'에서 벗어나야 한다. 정신이 건강에 미치는 엄청난 효과를 입증하는 멋진 사례가 있다. 얼마 살지 못한다는 루게릭병에 걸렸으나 55년을 더 살고 지난 2018년 3월 14일 향년 76세로 타계한 스티븐 호킹 박사의 얘기다. 루게릭병은 운동신경세포만 선택적으로 파괴하는 질병이다.[12] 이 병에 걸리면 말도 할 수

---

9) 〈대상 포진(Herpes zoster)도 스트레스 요인이 크다〉
　　최근엔 20~30대 젊은 연령층에서 환자가 증가하는 추세다. 20대는 어린 시절에 걸린 수두나 수두 백신 접종에 따른 면역 효과가 점차 약해지는 시기이기 때문이다. 취업·결혼 등 일상의 스트레스가 커지는 것도 발병에 기여한다.

10) 『(독소·염증·불균형을 잡는) 내 몸의 슈퍼닥터를 만나자』, 이재철, 북마크, 2015, p.259~262.

11) 『몰입의 즐거움(Finding Flow, 1997)』, 칙센트미하이, 해냄출판사, 2010, p.194.
　　생명의 흐름과 개인을 갈라놓는 것은 과거와 자아에 연연하고, 타성이 주는 안일함에 매달리는 태도다. 악마를 뜻하는 'Devil'이란 단어의 어원에서도 그 점을 확인할 수 있다. 'Devil'은 '떼어내다' '동강내다'란 뜻을 가진 그리스어 'Diabollein'에서 온 말이다. 복잡성을 억눌러서 자꾸 단순한 것으로 토막 내는 게 악마의 주특기다.

12) 『동아일보 2017.7.10.〈영구결번과 루게릭병〉(주성원 논설위원)
　　메이저리그 첫 영구결번에는 슬픈 사연이 있다. 1920~30년대 베이브 루스와 함께 뉴욕 양키스의 '살인 타선'을 이끈 강타자 루 게릭(Henry Louis Gehrig, 1903~1941)이 주인공이다. 게릭은 14년 동안 2,130경기에 연속 출장해 '철마'라는 별명을 얻었을 정도로 체력과 의지도 강했다. 그런 그가 근위축성측삭경화증(ALS)이라는 희귀병에 걸려 갑자기 은퇴해 팬들을 울렸다. 1939년 은퇴식에서 양키스는 그의 등번호 4번을 영구결번으로 지정했다. 게릭은 2년 뒤 사망했다. 이후로 이 병은 흔히 '루게릭병'으로 불린다.

없고, 심하면 숨도 쉴 수 없다. 그러니 병에 걸린 환자들은 호흡부전이나 폐렴 등으로 평균 3~4년 이내에 죽게 된다. 그러나 우주천체 물리학자 스티븐 호킹(Stephen Hawking)은 21세 때 루게릭병에 걸려 시한부 진단을 받은 뒤 55년이나 생존해 의학계를 놀라게 했다. 그는 『시간의 역사(A Brief History of Time』(1988·1996) 등 수많은 책을 집필했고, 블랙홀과 양자우주론 등 혁명적인 이론을 정립해 뉴턴과 아인슈타인의 계보를 잇는 물리학자로서 이름을 날렸다. 그는 다른 운동신경은 모두 파괴됐지만, 다행히 눈 신경만 살아서 눈의 깜빡임을 보면서 아내 등과 대화했다고 한다. 특수 휠체어와 손가락 세 개만으로 세상과 소통하며 모든 사람들에게 '인간이 얼마나 위대한가'를 몸소 보여줬다. 그의 왕성한 정신활동이 신체에 활력을 불어넣은 것이다. 그리고 뇌과학자 김대식 교수는 『김대식의 빅퀘스천(Big Question)』(2014)에서 "외로움은 면역력을 떨어뜨리는 등 신체적 변화를 불러온다"고 했고, 파스칼은 『팡세(Pensée)』(1670)에서 "인간이 가장 두려워하는 것이 혼자만의 지루함이다"라고 했을 정도다.[13] 또한 조지 오웰은 『나는 왜 쓰는가』(1946)에서 "감금을 견딜 수 있는 건, 자기 안에 '위안거리'가 있는 배운 사람들뿐이다"라고 하면서, "거의 대부분 못 배운 사람인 부랑자들은 아무 영문도 모르고 의지할 데도 없이 당할 뿐이므로 삶의 너무나 많은 부분을 아무 일도 안 하면서 보내야 하는

---

13) 『김대식의 빅퀘스천(Big Question)』, 김대식, 동아시아, 2014, p.230~231.
　　외로움은 신체적 변화도 불러온다. 외로운 인간은 심장질환의 원인인 인터루킨-6(IL-6) 수치가 높아지고, 면역력이 떨어지며, 혈압이 오른다. 뇌졸중 위험이 커지고 의지력이 약해지며, 유전자 검사(DNA Transcription)가 방해된다. 피가 더 이상 흐르지 않는 동상 걸린 손가락이 떨어져나가듯, '우리'라는 집단 안의 교감과 소통에서 단절된 홀로 남은 인간은 어쩌면 조용히 사라져버리도록 프로그램 되어 있는지도 모른다. 따라서 집단이 개인에게 줄 수 있는 가장 큰 벌 중 하나는 더 이상 '우리'로 인정하지 않는 것이다.
　　블레즈 파스칼(Blaise Pascal, 1623~1662)은 『팡세』에서 질문했다. "인간이 가장 두려워하는 것이 무엇이냐?"고. 대답은, 혼자만의 지루함이었다.

그들로선 따분함으로 인한 고통이 더 큰 법"이라고 했다.[14] 즉 '건강한 정신에 건강한 육체가 깃든다!'라는 말도 항상 염두에 두자.

둘째, 이 장에서 다루는 분야는 심리학의 수많은 내용 중에서 '행복'과 연관된 분야다. 심리학이라는 학문 자체가 주로 '개인 정서'를 다루는 분야다. 그러다보니 자칫 개인의 행복만 극대화하면 된다는 것에서 끝나버릴 수 있다(이 장의 말미에서 다루는 '이타심'이나 '자선' '기부'와 같은 내용은 사회와 소통하는 측면이 있기는 하다). 그런데 이 책을 쓴 목적은 단단한 이론적 바탕 위에서, '세상을 냉철하게 바라보고' '당당하게 세상에 맞서자'는 것이다. 제2장부터는 모든 내용이 현실에 대한 질문과 대답이다. 그러므로 단순히 심리학 공부로서만 끝나버리면 곤란하다. 다음 단계인 세상을 항상 염두에 두어야만 한다. 자신이 당당하고 행복해야 세상에까지 눈을 돌릴 여유가 생길 수 있다는 측면에서 개인의 행복 분야를 다룬 것이지, 단지 자신만의 행복만 늘 염두에 두라는 얘기가 아니다. 특히 '비교는 불행의 씨앗'을 예로 든다면, 비교를 통해 하찮은 욕망이 커진다는 점을 경계하라는 것이다. 타인은 물론 세상에도 관심을 쏟지 말고 오로지 '자신의 길만 가라'는 게 아니다. '나만 잘 먹고 잘살기 위한 비교'는 나의 세속적 욕심만 키워 오히려 나를 불행하게 만들기 때문에 금물이다. 그러나 '세상이 가야 할 길'과 '세상이 가고 있는 일(벌어지고 있는 일)'은 비교해야 한다. '행복학의 최고 박사'인 달라이 라마도 그렇듯이 말이다. '온 누리의 평온을 위하여'란 말을 늘 염두에 두고 이 장을 읽기 바란다.

---

14) 『나는 왜 쓰는가: 조지 오웰 에세이(Why I Write, 1946)』 조지 오웰, 한겨레출판사, 2010, p.15~16.

욕망이란 무엇일까? 욕망(욕구)을 해부한다:

매슬로우의 '욕구 5단계설'

심리학자 아브라함(혹은 에이버러햄) 매슬로우(Abraham H. Maslow, 미국, 1908~1970)은 유명한 '욕구 단계 이론'을 담은 논문 「동기화 이론」이 1943년에 학술지 「심리학 리뷰」에 실리면서 인본주의 심리학의 창설자로 인정받았다. 그는 '욕구 5단계설(Hierarchy of Needs)'에서 저차원의 욕구가 실현되면 점차 고차적인 욕구 추구한다고 주장했다. 즉, '1단계 생리적 욕구 (본능적인 수준에서의 욕구, 식욕이나 수면욕 등)→2단계 안전의 욕구→3단계 애정과 소속의 욕구→4단계 존경받고자 하는 욕구→5단계 자아실현의 욕구'가 그것이다.[15] 가족이 행복에 미치는 영향력은 이루 말할 수 없다. 특히 아버지가 딸에 대해 느끼는 애정은 더 각별한 것 같다 ('엘렉트라 콤플렉스'의

---

15) 『내 인생의 탐나는 심리학 50: 프로이트에서 하워드 가드너까지(…)(50 Psychology Classics, 2007)』 톰 버틀러 보던, 흐름출판, 2008, p.47~51.

반대방향이다).[16] 르네 데카르트[17]·찰스 다윈[18] 도 그랬고 아브라함 매슬로우뿐만 아니라 심지어 마크 저커버그[19] 도 예외 가 아니었다. 찰스 다윈이 딸을 잃자 이를 지켜주지 못한 신을 버린 것과 반대로, 매슬로우의 경우는

16) 『미치광이, 루저, 찌질이 그러나 철학자: 26인의 철학자와 철학 이야기(2013)』, 저부제, 시대의창, 2016, p.113~114.
오이디푸스 콤플렉스(Oedipus Complex)는 동성인 아버지를 미워하고 이성인 어머니의 사랑을 구하려는 남성의 복잡한 마음상태를 말한다. 엘렉트라 콤플렉스(Electra Complex)는 위와 반대로, 무의식중에 동성인 어머니를 미워하고 이성인 아버지의 사랑을 구하려는 여성의 복잡한 마음상태를 말한다.
프로이트는 '성본능이 무의식의 원동력'이라고 봤다. 프로이트는 이 성본능을 리비도(Libido)라고 불렀다. 리비도로 인해 '오이디푸스 콤플렉스'와 '엘렉트라 콤플렉스'가 생겨난다. 이것은 모두 리비도가 청소년기에 접어들어 가족을 대상으로 리비도를 해소하려는 현상이다. 오이디푸스와 엘렉트라(아가멤논의 딸) 모두 그리스 신화의 인물이다.

17) 『딸에게 보내는 굿나잇 키스』, 이어령, 열림원, 2015, p.82~84. 〈데카르트의 딸 인형〉
비록 내놓고 딸이라고 부르지 못하는 사생아였지만, 데카르트는 하녀인 엘렌 장과의 사이에서 얻은 딸 프랑신을 무척이나 사랑했다. 데카르트는 이 아이를 진심으로 사랑했다. 평생을 결혼하지 않고 살았던 데카르트에게도 프랑신에 대한 사랑은 지극했다는 일화가 많다. 가정부였던 프랑신의 어머니에게는 차갑게 대했지만 딸만큼은 좋은 곳에서 교육시키며 다른 아이들과 조금도 꿀릴 것 없이 당당하게 키우려 했다. 그런데 불행하게도 이 아이가 5살 때 성홍열로 죽고 만다. 데카르트는 너무 슬픈 나머지 프랑신과 똑같이 생긴 인형을 만들어서 언제나 품고 다녔다고 한다.

18) 『딸에게 보내는 굿나잇 키스』, 이어령, 열림원, 2015, p.85. 〈딸 때문에 바뀐 사상: 다윈〉
찰스 다윈(Charls Robert Darwin, 1809~1882)은 생물 연구에 대한 글을 쓰면서도, 한편으로는 수많은 편지를 교환했다. 그는 원숭이가 진화하여 인간이 되었다는 진화론(『종의 기원(On the Origin of Species, 1859)』)으로 사람들의 눈총과 비난을 받았지만, 한 번도 신을 부정하거나 과학자는 곧 무신론자라는 생각을 한 적이 없었다. 그랬던 그가 8살 난 딸 애니를 잃고 비로소 하나님에 대한 생각을 달리하기 시작했다. 그토록 순수했던 딸의 죽음 앞에서 그는 신의 존재를 의심하게 됐다. 신은 인간이 죽고 사는 문제와 아무 관계가 없다고 보았다. 딸의 죽음을 통해서 생의 부조리함을 느끼게 된 것이다.
{이상준: 월리스는 당시 종교계의 철칙이었던 '창조론'을 버리지 못했다. 그러나 다윈은 '창조론'을 과감히 버리고 '진화론'을 주장했다. 아마 다윈이 신을 과감하게 벌일 수 있었던 것도 딸 애니를 지켜주지 못한 신에 대한 분노 때문인지도 모른다.
찰스 다윈(1809~1882)은 당시 그와 학문적 경쟁자였던 앨프리드 러셀 월리스(Alfred Russel Wallace, 1823~1913)를 늘 의식했다. 심지어 월리스가 자신보다 먼저 발표할지도 모른다는 이유로 부득이하게 1859년에 『종의 기원(On the Origin of Species, 1859)』을 발표하게 되었다.(『다윈 이후(Ever Since Darwin, 1977)』, 스티븐 제이 굴드, 사이언스북스, 2009, p.21~22. 참조)}

19) 2015.12.2.일자 여러 언론에 〈마크 저커버그 전 재산 기부〉라는 제목으로 보도된 내용. 마크 저커버그(Mark Zuckerberg, Facebook 공동설립자·최고경영자, 1984~)는 세계 10대 부자 중 30대로는 그가 유일하며 현재 세계 세계 부호 7위다. 세상의 부러움을 한 몸에 받아온 저커버그에게도 남모를 아픔이 있었다. 2012년 5월 소아과 전문의 프리실라 챈(1985~)과 결혼했지만 아이가 잘 생기지 않았다. 챈은 세 번이나 유산했다. 그렇게 간절히 바라던 '새 생명의 선물'을 받은 저커버그 부부는 1일(현지시간) "딸이 더 나은 세상에서 살아가길 바란다"며 거의 전 재산을 내놨다. 시가 450억 달러(약 52조 원)에 달하는 금액인데, 이는 저커버그가 가지고 있는 페이스북의 주식 12% 중에서 거의 전부인 99%다. 그는 부인의 이름을 딴 비영리단체 '챈 저커버그 이니셔티브'를 설립하고, 이 기관에 자신의 주식 99%를 순차적으로 기부하겠다는 계획을 밝혔다.(…)

딸을 낳으면서 형이상학적인 측면에 눈을 뜨게 된 경우이다. 즉, 매슬로우가 고차원적 욕구까지 고려하게 된 계기는 딸에게서 얻은 형언하기 힘든 감정 덕분이었다.

〔그는 인간의 생리적 욕구에서부터 새로운 생(New Life)에 이르기까지, 인간의 욕구를 5단계로 구분한 것으로 유명한 심리학자다. 그런데 원래 그의 심리학은 지금 알려진 것과는 달랐다. 매슬로우는 인간의 심리를, 기계나 사물의 작용 원리를 다루듯 메커니즘으로 설명하려고 했던 기능주의자였다. 그런데 매슬로우의 심리학에 결정적인 전기를 가져온 게 바로 딸을 낳게 되면서부터다. 딸을 품에 안자 세계관이 달라진 것이다. 그러한 생명 의식이 발전하여 인디언 캠프에서 생활까지 하게 된다. 문명과 거리가 먼 자연인들과 지내면서 생명이 무엇인지 배우게 된 것이다. 그래서 학문의 태도도 바뀌게 된다. 이렇게 딸의 탄생이 철학의 탄생, 과학의 탄생으로 이어지는 예는 헤아릴 수 없이 많다.〕[20]

매슬로우의 '욕구 단계 이론'이 현실적으로 인간의 욕망을 완전히 설명해 주지는 못한다. 사실 4~5단계의 욕구를 추구할 때 1~3단계의 욕구에 대한 관심이 적은 것도 아니다. 하지만 대체로 큰 흐름은 맞을 것이다. 1단계의 욕구가 채워져야 2단계의 욕구에 눈이 가며 이런 현상이 5단계까지 이어지므로, 결국 인간의 욕구는 점점 커져간다는 점에서는 맞는 말이다. '욕구 단계 이론'에 대하여 여러 비판이 있지만, 여기서는 영국 카디프대학교

---

20) 「딸에게 보내는 굿나잇 키스」 이어령, 열림원, 2015, p.85~86,〈딸 때문에 바뀐 사상〉

교수이자 대학 내 정신의학 및 임상신경과학연구소의 연구원으로 활동 중인 딘 버넷(Dean Burnett)의 2016년 비평을 보자.

〔(…) 하지만 뇌는 그렇게 깔끔하고 체계적이지 않다. 많은 사람들은 매슬로우의 욕구 단계처럼 행동하지는 않는다. 섹스의 경우를 보자. 섹스는 아주 강력한 동기부여 요인이다. 이는 아무 예나 들어봐도 알 수 있다. 매슬로우는 '섹스는 원초적이고 강력한 생리적 욕구로서 가장 아래의 욕구 단계에 속한다'고 주장했다. 하지만 사람은 섹스를 전혀 하지 않고서도 살 수 있다. 섹스를 하지 않는 것에 대해 억울해할지는 모르지만, 분명 가능한 일이다. 사람들은 왜 섹스를 원할까? 쾌락과 번식, 혹은 다른 사람과 가깝거나 아주 친밀해지고자 하는 욕구 때문일까? 어쩌면 사람들이 섹스 능력을 하나의 성취나 존경의 대상으로 보기 때문일지도 모른다. 즉, 섹스는 가장 첫 단계보다 더 높은 곳에 있다는 것이다.

최근 뇌의 작용에 대해 연구한 결과, 동기부여를 이해할 수 있는 또 다른 접근 방식이 제기되었다. 많은 과학자들은 외적 동기와 내적 동기로 구분하여 설명하고 있다.〕[21]

욕망(욕구)을 개략적이나마 살펴봤으니, 이제 행복과의 연관성(상관관계)을 분석해보자.

---

21) 「뇌 이야기: 엄청나게 똑똑하고 아주 가끔 엉뚱한(The Idiot Brain, 2016)」 딘 버넷, 미래의창, 2018, p.298~309.

행복방정식 | 아리스토텔레스의 '행복방정식': 〈행복=F(외적 요인, 본인 요인)〉

- 외적 요인: 출신국가와 시대, 부모·집안·외모·두뇌… 등 유전적 요인
- 본인 요인: 체력·성실성·근성·성격·유머감각·학력과 삶의 태도 등

고대 그리스 철학자 아리스토텔레스(기원전 384~기원전 322)는 "인생의 목적은 행복인데, 특히 이성을 따르는 삶이 최고다"라고 하면서, "행복은 행운이다"라고까지 말했다. 즉 "모든 과목 점수가 두루 좋아야 행복하기 때문에 행운도 따라줘야 한다!"는 점을 강조하고 있는 것이다. 행복을 이루는 많은 요소들 중 하나라도 낙제가 돼서는 불행해진다는 것이다. 그의 스승인 플라톤이나 동양의 불교사상에서는 내세(來世)나 윤회(輪回)를 믿기 때문에 '전생(前生)의 업(業)'이라는 요인으로도 설명할 수 있지만 아리스토텔레스는 달랐다. 아리스토텔레스는 내세관을 믿지 않았기 때문에 스스로 통제가 불가능한 요인을 운명 즉 '행운'으로 볼 수밖에 없었을 것이다.

혹자는 금수저·흙수저에 빗대 '재능 수저'라는 말로, 성실함도 재능이며 유전이라고 했지만[22] 이 견해도 정확하지는 않다. 학계에서는 '천성(본성)

대 양육'에 대해 그간 수없이 많은 논쟁을 벌여왔다. 그러나 결론은 의외로 간단하다. "재능도 필수적인 요소지만 노력이 없으면 무의미하다!"

그런데 수많은 행복 요소들 중에서 왜 '돈이 전부'라고 생각들을 많이 할까? 아마 현대 사회가 경제사회이고 심각한 돈의 중요성이 그 어느 시대보다 중요해졌기 때문일 것이다. 없는 자들은 살아남기 위해서, 가진 자들은 더 많이 가지고 싶어 온갖 불법을 저지르는 등 안달이다. 인도에는 사랑에 빠진 두 연인의 아름답고 슬픈 이야기가 "세상에게 당신은 일개의 한 사람이지만, 한 사람에게 당신은 세상이다!"는 말과 함께 전해 내려오고 있다.[23] 갑자기 웬 사랑타령이냐고? 당연하지. 돈이 전부고, 사랑도 돈에 우는 세상이 돼버렸으니까! 정말 어려운 질문을 하나 하겠다. 여러분이 만일 '사랑하는 사람'과 '두려운 사람' 중 하나만 선택해야 하는 상황이라면

---

22) 「동아일보」, 2016.8.25. [횡설수설/고미석 논설위원] 〈재능 수저〉
성공이란 재능의 결과인가, 노력의 열매인가. 이를 둘러싼 학설은 분분하다. 2008년 나온 말콤 글래드웰의 베스트셀러 「아웃라이어」는 '1만 시간의 법칙'으로 세계적 반향을 일으켰다. 타고난 재능보다 후천적 노력의 중요성을 강조한 책이다.
2014년 이를 뒤집는 학설이 나왔다. 미 프린스턴대 등의 공동연구에 따르면 노력이 성과에 미치는 영향은 스포츠 분야 18%, 음악 분야 21%에 불과했다. 연습 외에 환경·나이 등이 복합적으로 작용해야 탁월한 성취가 가능하다는 거다.
재능과 노력은 양자택일의 문제가 아니다. 노력만으로 누구나 최고가 되는 것도 아니고 재능만 갖고 저절로 되는 일도 없다. 이는 학술 연구가 아니라도 웬만큼 나이 먹으면 깨닫게 되는 세상의 이치다. 다만 이것 하나만은 기억해두자. 성실함도 재능의 또 다른 이름이라는 것을!

23) 「인도의 사랑 이야기(Love Stories from Punjab, 2007)」 하리쉬 딜론, 내서재, 2009, p.110~197.
인도의 펀자브 지방에서 가장 유명한 이야기 중 하나인 '사씨와 푼누'의 사랑 이야기인데, 무굴제국의 3대 황제인 아크바르 왕조(1556년 즉위했으며 인도 역사상 최고의 황제로 꼽는다. 타지마할을 세운 5대 황제 샤자한의 조부다) 때 모하마드 마숨이 처음 기록했으며 그 후 수많은 시인들에게 영감을 주어 노래로 불려졌다. 뿐만 아니라 오늘날에도 펀자브의 많은 대중가요들이 '사씨와 푼누'의 사랑 이야기를 노래의 소재로 삼는다. 파키스탄 남부 카라치에서 30km 떨어진 곳에 위치한 두 사람의 무덤은 오늘날 라스벨라의 중요한 여행지가 되었다. 두 사람은 사랑을 위해 죽었지만, 그럼으로써 그들의 사랑은 불멸성을 갖게 되었다.
두 사람의 이야기는 1928년 인도의 영화감독 하르샤드라이 사켈랄 메타가 처음 무성영화로 만든 뒤, 그 후 10년에 한 번씩은 인도와 파키스탄의 여러 감독들에 의해 리메이크되었다. 두 사람의 사랑 이야기를 '신드어'로 기록한 위대한 수피 시인 압둘 라티프 비따이는 이 불멸의 사랑을 신과의 영원한 사랑과 합일이라는 주제로 승화시켰다.

누굴 선택하겠는가? 사랑하는 사람이지 그걸 질문이라고 하냐고? 정말 아름답고 멋지다. 그러나 현실적이지는 못하다. 마키아벨리는 『군주론(Il Principe)』(1532)에서 인간의 속물근성 등의 이유를 대면서 '두려운 사람'을 선택한다고 했다.[24] '사랑이 밥 먹여주나?'라는 1889년의 실화를 보여주는 영화 「엘비라 마디간(Elvira Madigan)」(1967년 스웨덴, 보 비더버그 감독)도 있지 않은가.[25] 이런저런 이유로 돈이 세상의 무기가 돼버렸다. 행복은 돈으로만 오는 게 아닌데 말이다.

사랑이든 돈이든 그게 전부인 줄 알고 빠져버리면, 그게 그 사람의 전부가 돼버리는 게 아니겠나. '사씨와 푼누'의 사랑은 보통은 하기 힘들 정도로 너무나 강렬했기 때문에 오늘날까지도 회자되고 있다. 영화든 드라마든 소설이든 그 정도로 자극적이어야 재밌으니까. 뭐 비슷한 보통 이야기라면 별 재미가 없는 거지. 그러나 '사씨와 푼누'에게는 미안한 말이지만, 요즘 사랑학의 강의 요지는 너무 빠지지 말고 한 발 빼고 좀 느긋하게 대하라는 거다.[26] [27] [28] 그러나 현실에서는 서로에 대한 안부를 걱정하는 게 아니라

---

24) 『제국의 탄생(War and Peace and War, 2006)』 피터 터친, 웅진지식하우스, 2011, p.149~150.
    "사랑하는 사람보다 두려운 자를 선택한다. 두려움이 사랑보다 더 크다!"
    (『군주론(Il Principe, 1532)』까치, 2008, p.112~117. 참조)

25) 『더 클래식 하나(바흐에서 베토벤까지)』 문학수, 돌베개, 2014, p.118~127.
    1889년 어느 날, 덴마크와 스웨덴의 신문에 실린 귀족출신의 탈영한 장교와 그 어린 연인이 동반자살한 뉴스가 사람들의 시선을 멈추게 했다. 〈식스틴 스파레〉와 서커스단에서 외줄타기를 하는 아름다운 처녀 '엘비라 마디간'이라는 제목의 기사였다. 식스틴은 서커스단의 줄타는 처녀 엘비라와 깊은 사랑에 빠져, 명예도 가족도 버리고 탈영하여 도피 생활을 시작했으나. 결국 두 사람은 권총자살로 생을 마감한다. 제작 의도는 아니겠지만, '사랑만으로는 살 수 없다'는 교훈을 주는 듯하다. '사랑이 밥 먹여주느냐'는 말처럼! 영화 「엘비라 마디간(Elvira Madigan)」은 스웨덴에서 1967년 제작됐다.
    산딸기를 먹으면서도 즐겁고 행복한 시간을 보내지만 사랑이 모든 걸 해결해주지는 못한다. 이 영화는 낭만적인 젊은이들이 정열적으로 사랑을 하지만, 도피로 인한 불안한 생활, 경제적 어려움 등의 이유로 끝내 이루지 못한 슬픈 사랑의 이야기이다. 이 스토리는 귀족 출신인 탈영 장교와 서커스단의 아름다운 처녀 사이의 불륜과 동반자살이라는 실화를 바탕으로 했다.
    이 영화에서는 그림처럼 이어지는 아름다운 영상, 엘비라 역을 맡은 피아 데겔마르크(Pia Degelmark, 스웨덴, 1949~)의 청순한 이미지, 그리고 영화 내내 잔잔한 배경음악으로 흐르는 모차르트의 「피아노 협주곡 제21번」 2악장이 어우러져 긴 여운으로 남는다. 이 영화는 모차르트의 「피아노 협주곡 제21번」을 세계적인 히트곡으로 만들어놓았다. 미국의 빌보드 톱10에까지 올라갔을 정도이다.(일부 보충)

마치 서로에게 집착하여 감시하는 수준이다.[29][30] '사씨와 푼누'의 사랑이

그랬듯이, 돈만 눈에 보이는 순간 돈이 그 사람의 온 세상 전부가 돼버릴

26) 「마음공부(마음을 열어주는 판도라의 심리상자)」, 김문성, 스마트북, 2014, p.227.
　　직장동료·친구뿐만 아니라 연인 사이에서마저도 너무 가깝지도 않고 너무 떨어지지도 않는 정도의 인간관계가 좋다고 한다. 그것을 독일 철학자 쇼펜하우어가 예로 든 것이 '고슴도치 딜레마(Hedgehog Dilemma)'다. 추위에 견디지 못하고 몸을 기대어 온기를 전하던 두 마리의 고슴도치가 너무 가까워지면 서로의 침에 몸을 찔리고, 그렇다고 너무 멀리 떨어져 있으면 추운 딜레마에 빠진다는 것이다.
27) 「지구에서 인간으로 유쾌하게 사는 법(2)」, 막시무스, 갤리온, 2007, p.216.
　　그레이스 놀 크로웰(Grace Noll Crowel, 미국 시인, 1877~1969, 〈그 슬픔을 안다〉라는 시로 유명)이 말했습니다. "불을 잘 붙이기 위한 아주 쉬운 한 가지 원칙이 있다. 두 개의 장작을 서로 온기가 느껴질 만큼 가까이 두되, 숨을 쉴 만큼은 떨어뜨려놓는 것이다."(「왼쪽으로 가는 여자 오른쪽으로 가는 남자」, 윤석미, 2007.12, p.263. 같음)
28) 「사랑을 배우다(淡定的人生不寂寞·담정적인생부적막, 2010)」, 무무(木木), 책읽는수요일, 2012, p.176.
　　"사랑하는 사람 사이에서 가장 이상적인 거리는 귓속말이 들릴 만큼 밀착된 상태가 아닐지도 몰라. 이렇게 테이블을 사이에 두고 앉는 것인지도 몰라."
29) 「중앙일보」, 2017.5.17. 〈외국인이 꼽은 '한국인들의 특이한 행동 6가지'〉(배재성 기자)
　　(…) 공개된 영상에는 작은 얼굴에 집착하는 한국 여성의 모습이 나온다. 영상 속 한국 여성과 미국 남성이 함께 셀카를 찍던 중 한국 여성은 자신의 얼굴이 커 보인다며 뒤로 가 사진을 찍는다. 또 한국 여성이 미국 여성에게 "너 얼굴 정말 작다"고 칭찬을 건네지만, 미국 여성은 무슨 말을 하는 건지 모르겠다는 반응을 보인다. 이어 한국 여성과 미국 여성이 다른 친구에 관해 이야기하는 모습이 나온다. 한국 여성이 "걔 혈액형이 뭐야?"라고 묻자 미국 여성은 "내가 걔 혈액형을 왜 알아야 해?"라고 되묻는다. 이에 한국 여성이 "어떻게 혈액형을 모를 수 있어? 혈액형을 알면 그 사람 성격을 알 수 있어"라고 말하자 미국 여성은 "그럼 세상 모든 성격은 네 가지뿐이야?"라고 묻는다. 또 영상에 등장하는 한국 남성은 미국 남성에게 태어난 연도를 캐물은 뒤 "나보다 어리네"라며 냅킨이나 물 등을 가져오라 시킨다.
　　연인들의 '기념일 챙기기'도 나왔다. 한국 여성이 '투투(사귄 지 22일째 되는 날)' '100일' '200일'을 언급하자 연인인 미국 남성은 혼란스러운 표정을 짓는다. 이 밖에 영상 속 한국인들은 외국에서 자신 외의 '한국인'을 무척 의식하는 모습을 보이기도 한다.
　　한편 해당 영상은 페이스북에 올라온 지 4일 만인 17일 현재 260만 뷰를 넘어섰다. 영상에 대한 공감을 표하는 등, 다양한 국적의 네티즌들이 쓴 댓글도 9,000개가 넘게 달려 눈길을 모으고 있다.
30) 「우리 옆집에 영국 남자가 산다」, 팀 알퍼, 21세기북스, 2017, p.252~254.
　　저자 팀 알퍼(Tim Alper, 영국, 1977~)는 대학에서 철학과 영화학을 공부한 후 요리사로 일하다가 다시 저널리즘을 공부하여 저널리스트가 된 독특한 이력을 가지고 있다. 그는 우리나라 유수 매체에 칼럼을 쓰고 있으며, 「가디언」 등 영국 신문에도 글을 싣고 있다. 그는 한국 연인들이 습관적으로 주고받는 문자메시지나 기념일 챙기기에 대해 다음과 같이 일침을 가한다.
　　〈끊임없이 주고받는 문자메시지〉
　　한국 연인들은 주로 하루 종일 끊임없이 주고받는 문자메시지를 통해 서로에 대한 관심을 표현한다. 그래서 한국에서는 남자 친구에게 잠은 잘 잤는지, 아침은 뭘 먹었는지, 오늘 출근할 때 뭘 입을 것인지 물어보는 것이 지극히 정상이다. 남자친구가 아침에 집을 나서기도 전에 그 모든 질문에 답장을 보내는 것도 충분히 기대할 수 있는 일이다. 대부분은 일상적이고 단조로운 이야기가 오간다. 대화 자체에 포인트가 있다기보다는 끊임없이 연락을 주고받는 것이 목적이다. 카카오톡이 작은 스타트업(Start-Up, 혁신적 기술과 아이디어를 보유한 초기 창업 기업)이다. 특히 '기업가치'가 10억 달러 이상인 비상장 스타트업은 '유니콘(Unicorn)'이라 부른다. -이상준)에서 대기업으로 성장할 수 있었던 것도, 한국인은 연애에 있어서도 지구상에서 가장 빠른 인터넷 속도를 필요로 하기 때문인지도 모른다.
　　반면 서양 연인들에게 이러한 수준의 연락은 너무 과해 보인다. 상대가 그렇게 자주 문자메시지를 보내면 과도하게 집착한다면서 따분해 하거나 성가셔할 것이다. 그들은 불규칙적이면서도 폭발적인 패턴의 연락을 선호한다. 며칠 동안 아무런 연락이 없다가 갑자기 연인에게 달콤한 칭찬을 늘어놓고 사랑의 시를 쓰고 섹스

것이다. 그리하여 죽을지 살지도 모르고 돈만 찾아 맹목적으로 달려가는 모습이 '레밍(Lemming)'과 비슷하다.[31][32] 프리드리히 니체(1844~1900)는 "돈은 인간을 자유롭게 하지만 지나친 재산은 사람을 노예로 만든다"고 했다. 또한 미국 작가 마크 트웨인(1835~1910)은 이런 말도 했다. "일이란 반드시 해야 하는 것이다. 하지만 놀이란 하지 않아도 되는 것이다. 보상이 있게 되면 흥미진진하던 일이 틀에 박힌 일이 되고, 놀이가 일이 된다." 그가 이미 100년 이전에 사망한 사람임을 생각하면 놀라운 통찰력이 아닐 수 없다.[33] 금전은 정도의 범위를 넘어서면 소위 '천장효과(ceiling effect)'가 발생하기 때문에 행복을 더 이상 증가시키지 않는다는 이론이 있다. 실험결과를 소개한 2010년의 글을 보자.

〔동기 유발 요인으로서의 금전은 우리의 기초적인 생물학적 욕구를 만족시키고 약간의 여윳돈이 남는 정도까지만 효과가 있는 듯하다. 2002년 노벨경제학상 수상자 대니얼 카너먼(Daniel Kahneman, 프린스턴대학교 명예교수, 심리학자·경제학자, 1943~)이 2010년에 발표한 내용도 이와 같은 맥락이다. 미국에서 행복이나 삶의 만족도를 수입 정도와 비교해보면 연봉 7만 달러가 될 때까지는 금전이 중요한 요소이지만, 7만 달러가 넘어가고 나면 행복과 수입은 완전히 별개의 길을 간다.[34]

기본적 욕구 충족을 더 이상 걱정하지 않아도 될 정도로 금전을 지급하고 나면, 외적 보상은 효과를 잃고 내적 보상(내면적·정서적 만족)이 훨씬 중요해진다. 내적 보상 중에서도 자율성·통달·목적성 이 3가지가 특히 중요하다. 자율성은 내가 선장이 되고 싶은 욕구, 통달은 선장으로서의 일을 잘하고 싶은 욕구, 목적성은 항해가 의미 있는 여행이 되기를 바라는 욕구다. 이런 세 가지 내적 보상이 우리에게 가장 많은 동기를 유발하는 요소들이다.〕[35]

피어의 소네트에 나오는 구절을 비롯한 끈적대는 말이 넘쳐나는 손 편지를 쓴다. 그렇게 열정적으로 사랑을 고백하고 누드 사진이 포함된 선정적인 문자까지 잔뜩 주고받다가, 며칠 동안 또 잠잠해진다.

〈기념일 챙기기〉

한국의 연인들에게는 기념일이 넘쳐난다. 매달 14일도 기념일이며 만난 지 50일·100일 ·200일 등이 되는 날도 모두 기념일이다. 한국에서 자신이 얼마나 헌신적인 연인인지를 보여주고 싶다면, 이 기념일과 다른 특별한 날도 전부 챙기는 것을 일상으로 만들면 된다. 한국의 연인들이 1월 14일을 '다이어리 데이(Diary Day)'로 기념하는 것은 많은 것을 말해준다. 그들은 바로 그날 카페에서 만나 서로의 다이어리를 교환하면서 기념일을 서로 잘못 계산하지 않았는지 확인해보고 서로의 1년 일정도 확인하면서 오후 시간을 보낸다. 그만큼 서로의 일상을 공유하고 싶어 하는 것이다.

한국에서 연애를 하고 있다면 조언을 하나 해주겠다. 축하 카드와 예쁘게 포장된 선물을 항상 준비해놓아라. 언제 중요한 날을 까먹고도 까먹지 않은 척해야 할 일이 발생할지 모르니까.

영국의 연인들은 다른 기념일은 안 챙겨도 밸런타인데이(Valentine's Day)만큼은 꼭 챙기며 그날엔 로맨틱한 행동을 마구 퍼붓는다. 여자 친구의 직장으로 장미 24송이(영국에서는 연인에게 12송이를 보내는 것이 일반적이나 이날만큼은 그 2배를 보낸다)를 보내고, 몰래 바이올린을 배워 여자 친구 집 창문 아래에서 연주하기도 하며, 간신히 돈을 모아 다이아몬드 반지를 선물하기도 한다.

31) 「함께 수 있는 길」 조광일, 도서출판경남, 2013, p.204~205.

레밍효과(Lemming Effect)는 맹목적으로 남을 따라하는 현상을 일컫는 말이다. '레밍'은 스칸디나비아 반도에 서식하는 들쥐의 일종으로, 매우 이상한 집단행동을 하는 것으로 유명하다. 어느 날 우연히 몇 마리가 냅다 앞으로 달려간다. 그리고 그걸 본 다른 쥐들이 "저게 왜 뛰지?"하며 심리적 공황상태에 빠지고, 결국 뒤처지지 않으려고 따라서 뛰기 시작하게 된다. 이에 먼저 달려가던 놈은 뒤에서 떼 지어 쫓아오는 놈들이 무서워서 더 빨리 도망가고, 쫓아가는 놈들은 낙오되지 않으려 또다시 젖 먹던 힘을 다해 추격하게 된다. 이러한 상태가 진행되면서, 그야말로 이유도 없고 목적도 없는 레이스가 벌어지게 된다. 그리고 이 필사의 레이스는 바닷가 낭떠러지로 추락하는 집단자살로 결말을 맺는다. '맹목(盲目)'이라는 글자 그대로 '눈먼' 행동이 분명하다.

32) 「상상력 사전(Nouvelle Encyclopédie du Savoir Relatif et Absolu, 2009)」 베르나르 베르베르, 열린책들, 2011, p.181.

레밍이 절벽으로 뛰어드는 것을 처음에 생물학자들은 그것이 개체 수를 스스로 조절하기 위한 행동일 거라고 생각했다. 아주 빠르게 번식하는 동물인 레밍들이 자기들의 숫자가 너무 많다고 느낄 때 집단적으로 자살하는 게 아닐까 하고 생각한 것이다. 그런데 그런 가정들의 폭을 넓혀주는 새로운 이론이 나타났다. 이 이론에 따르면 레밍들은 원래 개체수가 지나치게 많아지면 다른 서식지를 찾아 이동하는 습성이 있었다. 그런데 지각 변동으로 대륙이 갈라지고 예전에 하나로 붙어 있던 지역들 사이에 절벽이 생겨났다. 그러고 나서 몇 세기가 흐른 뒤에도 레밍들의 유전자 속에는 이동 경로를 알려 주던 옛날의 지도가 그대로 남아 있었다. 그래서 레밍들은 절벽이 있는 것을 아랑곳하지 않고 저희가 가던 길을 계속 가려고 한다는 것이다.

33) 「천년의 내공」조윤제, 청림출판, 2016, p.139~141.

34) Daniel Kahneman 〈The riddle of experience vs. memory〉 TED, March 1, 2010 재인용.

35) 「볼드: 새로운 풍요의 시대가 온다(Bold: How to Go Big, Create Wealth and Impact the World, 2015)」 피터 디아만디스 외, 비즈니스북스, 2016, p.127~8, 406.

또 2018년 3월 29일자 「동아일보」에 〈어느 정도 벌면… 행복은 소득 순이 아니다〉라는 기사도 실렸다.

〔(…) 천장효과가 발생하는 수준까지는 행복이 소득에 비례했으나 그 지점을 초과한 소득은 오히려 행복에 부정적인 영향을 미쳤다는 것이다. 이른바 '반환점 효과(turning point)'가 나타난 것이다. 이는 무조건 돈을 많이 번다고 행복해지는 것은 아니며, 오히려 과도한 소득은 무리한 노동과 스트레스를 유발해 사람을 불행하게 만들 수 있다는 시사점을 준다.

특히 지역별로는 한국을 포함한 동아시아 국가에서 11만 달러 수준에서 천장효과가 발생했는데 이는 동유럽, 남미 같은 저개발 국가뿐 아니라 전 세계 평균보다도 훨씬 높은 수준이다. 또 천장효과가 발생한 지점에서의 생활 만족도 저개발 국가들보다 낮았다. 즉 동아시아권 사람들은 전 세계 평균보다 소득이 높아야 행복을 느끼는 데다 그 수준에 이르더라도 다른 나라보다 덜 행복하다고 여긴다는 것이다. 이 같은 연구 결과는 현재 우리가 돈을 버는 데만 너무 집착하고 있지는 않은지, 그로 인해 행복을 희생시키고 있지는 않은지 돌아보게 한다.〕[36]

그리고 뇌과학자로 유명한 장동선 박사는 독일과 한국을 오가며 활발한 활동을 하고 있는데 저서 『뇌 속에 또 다른 뇌가 있다』(2016)에서 '돈과 권력의 이기적 성향'에 대한 연구사례를 소개하고 있다. "돈과 권력은 다른 사람과 공감하고 그들의 입장이 돼보려는 능력을 앗아가버린다. 그런 사람이 궁지에 빠지면 그의 뇌는 세부적으로 복잡하거나 사회적으로 까다로운 상황에서 어떤 식으로든 교묘히 빠져나가기 위해 상투적인 것에 의지한다. 결국 복잡한 업무, 감정이입 능력, 사회적 공감은 부하 직원들이 감당해야 할 것들이 돼버린다" [37] 고 썼다. 세상만사 다 일장일단이 있는 모양이다. 예술·학문의 천재든 돈 버는 천재든 한쪽 나사는 빠져버리는가 보다. 마치 '파우스트 거래' [38] 처럼 말이다. 그러니 그 잘난 사람들의 몰상식적인 일탈행위에 대해 너무 열 받지 말자. 정신이상 기질이 있는 사람을 정상인 사람들이 이해하려 들면 우리가 미쳐버리고 만다. 남들이 이해하든 안 하든, 그들 자신 스스로는 무척 힘들 것이다. 마음의 무게가 너무 무거울 것이므로. 그들을 이해할 생각은 아예 때려치워라! 그러나 어떤 행동을 했는지, 기억은 꼭 해둬야 된다! '누구는 저 모양이더라' 정도는 말할 수 있어야 한다.

36) 「동아일보」, 2018.3.29. 김유진 템플대 경영학과 교수 ykim@temple.edu

37) 『뇌 속에 또 다른 뇌가 있다(Mein hirn hat seinen eigenen kopf, 2016)』 장동선, arte, 2017, p.222·227.

38) 『열정과 기질(Creating Minds, 1993)』하워드 가드너, 북스넛, 2004, p.663.
　하워드 가드너 교수는 지그문트 프로이트·알베르트 아인슈타인·파블로 피카소·이고르 스트라빈스키·T.S. 엘리엇(미국 시인, 1888~1965)·마사 그레이엄(미국 현대무용가, 1894~1991)·마하트마 간디 등 7명의 거장들에 대한 연구를 수행하는 과정에서 '창조성의 10년 규칙'을 발견했다.
　그리고 천재들은 천재성을 잃지 않기 위해서 어떤 대가를 치러야 했다. 하워드 가드너는 이들 7명의 거장들에 대한 연구를 수행하는 과정에서 '파우스트 거래'를 발견했다. 파우스트 전설이란 창조적인 인물은 뛰어난 재능을 타고난 점에서 특별나지만 그런 재능을 잃지 않기 위해서는 어떤 대가를 치르거나 모종의 계약을 맺어야 한다는 통념이다.

행복방정식 II 폴 새뮤얼슨의 '행복방정식' : (행복=성취/욕망)

    여기서 잠시 욕망과 행복과의 역학관계를 살펴보자. 수많은 '마음 수양' 관련 서적들이나 강연에서, 도력이 높은 선승들이 늘 이렇게 말한다. "마음을 비워야 행복해 집니다!" 맞는 말이다. '마음 비움'을 강조한 몇 분들의 말씀을 들어보자. 홍자성은 저작 『채근담(菜根譚)』(1613?)에서 이렇게 말했다. "인생이란 덜어버린 만큼 초탈할 수 있으니, 불필요한 관계를 줄이면 번거로움에서 벗어날 수 있고, 불필요한 말을 줄이면 과실이 적어지며, 불필요한 생각을 줄이면 정신력이 소모되지 않고, 총명함을 내세우지 않으면 타고난 본성을 온전히 할 수 있다. 그러나 덜어버릴 줄 모르고 오히려 날마다 더하는 데 힘쓰는 자는 참으로 자신의 인생을 속박하는 사람이다." [39] 프랑스 작가 생텍쥐페리(1900~1944)는 "완벽이란 더 보탤 것이 없는 상태가 아니라

---

39) 『채근담(菜根譚)』, 김성중 편역, 홍익출판사, 2005, p.138. 명 말기인 1613? 때 쓴 책.

무언가를 더 뺄 것이 없는 상태, 이것이 완벽이다"라고 했다.[40] 독일 작가 미하엘 코르트(『비움』(2007) 등의 저자)도 "행복에 이르는 길은 우리를 얽매는 '채움'이 아니라, 우리를 자유롭게 하는 '비움'이다"라고 말했다.[41]

그런데 세파(世波)를 초월한 경지에 도달한(?) 그분들 시각에서는 마음이 전부이고 마음을 비우기도 쉬울 것이다. 하지만 아직도 물질에서 벗어나지 못하고, 거의 벗어나기도 어려우며, 내공도 약한 우리들이 마음을 비우기란 거의 불가능하다. 아니 비우지 못하고 차라리 회피하는 경우가 대부분일 것이다. 최고수님들의 말씀은 지당하시지만, 우리가 오르기에는 너무 높은 산이다. 고승들의 훈계는 마치 유치원생에게 대학원 수준의 형이상학적인 강의를 하는 것과 같다. 우리 수준에 맞는 좀 현실성이 있는 분석을 해보자.

신고전파경제학자의 대부인 폴 새뮤얼슨(1915~2009)은 "모든 불행은 비교로부터 시작된다"는 말에 더해 경제학자답게 '행복의 공식'을 만들었다. 그는 '행복은 욕망 대비 성취(행복=성취/욕망)'라고 간단히 정의했다. 행복을 결정하는 두 가지 요소가 소유와 욕망인데, 욕망이 일정하다면 소유가 커질수록 행복해지고, 소유가 일정하다면 욕망이 적을수록 행복해진다는 것이다.[42] 그 또한 더 이상 구체적인 '행복에 이르는 길'을 제시하지는 못했다. 개개인별 정서와 마음 상태에 따라 행복의 수치도 달라지는 법이니 그럴

---

40) 『아무도 너를 묶지 않았다: 마음이 묶이면 인생도 묶인다』 월호 스님, 쌤앤파커스, 2017, p.281.

41) 『날을 세우다: 세상에서 가장 단단한 나를 만드는 법』 허병민, KMAC, 2018, p.22.

42) 『식탁 위의 경제학자들』 조원경, 쌤앤파커스, 2016, p.17, 20~22.
   폴 새뮤얼슨(Paul A. Samuelson, 미국, 1915~2009)은 고전학파의 미시적 시장균형이론과 케인스의 거시경제이론을 접목한 신고전파종합의 대부로 제2회 노벨경제학상을 받았다(노벨경제학상은 1969년 신설되어 1970년에 수상). 미국 인디애나 출생으로 1935년 시카고대학을 졸업하고 하버드 대학에서 박사학위를 받은 후 매사추세츠 공과대학(MIT) 경제학 교수로 재직했다.

수밖에 없었을 것이다. 만일 누군가가 행복을 잡는 단순한 방법을 개발한다면 아마 그는 인류 역사상 최고의 성인이 될 것임에 틀림없다. 폴 새뮤얼슨보다 200년 앞선 벤자민 프랭클린(Benjamin Franklin, 1706~1790)이 행복에 대해 한 말도 "행복해지려거든 두 갈래의 길이 있다. 욕망을 적게 하든지 재산을 많게 하면 된다" [43] 이니 두 사람의 견해는 동일하다.

이하 이 절에서는 폴 새뮤얼슨의 '행복방정식'에서 '분모(욕망)'를 줄여 행복 수준을 키우는 작전(?) 두 가지와, '분자(성취)'를 늘여 행복 수준을 크게 만드는 작전 다섯 가지를 순차적으로 설명할 것이다. 행복의 요소가 워낙 많지만 대략 이 정도라도 '분류'하여 분석하는 게 좀 더 피부에 와 닿을 것이다.

(1) 분모(욕망) 줄이기 1: 비교는 욕망을 키우는 바, 불행의 씨앗

행복에 대해 많은 고민을 했던 다른 선구자들이 내린 결론을 한마디로 요약할 수 있다. 바로 "비교는 불행의 씨앗!"이라는 거다. 왜 그렇게 되는 것일까? 그 이유는 비교를 하면 나 자신의 욕망부터 커져버린다는 점이다. 비교를 통해 향후 발전의 동력을 얻는 이점도 있지만, 우선 지금의 행복에는 악영향을 미치는 것이다. '4촌이 논을 사면 배가 아프다'는 속담도 있듯이 남의 행복을 보고 진정으로 기쁨을 느끼기란 어렵고, 오히려 시기심으로 열만 받는 것이다. 샤덴프로이데(Schadenfreude, 독일어)는 남의 불행이나

---

43) 『세상을 빛낸 가장 유명한 이야기(The Most Famous Story, 1861~1934)』 제임스 M. 볼드윈, 밀라그로, 2016, p.246.

고통을 보면서 느끼는 기쁨을 말한다. 상반되는 뜻을 담은 두 독일어 단어 'Schaden'(손실·고통)과 'Freude'(환희·기쁨)의 합성어이다. 샤덴프로이데와 반대되는 개념으로는 불교의 무디타(Muditā)를 예로 들 수 있다. 무디타는 타인의 행복을 보고 느끼는 기쁨이다.[44] 따라서 '무디타'처럼 엄청난 수양을 하지 않고서는, 타인의 성공에 대해 진정으로 축하해주기가 어려운 것이다. 오스카 와일드(Oscar Wilde, 1854~1900)는 "함께 고통을 나눌 사람을 만나는 것은 어렵지 않지만, 진심으로 나의 성공을 기뻐해 줄 누군가를 만나기란 쉽지 않다"는 명언을 남겼다.[45] 그리고 알프레드 아들러(Alfred Adler, 오스트리아 심리학자, 열등감이라는 용어 도입, 1870~1937)는 "타인의 행복을 진심으로 축하하지 못하는 것은, 인간관계를 경쟁으로 바라보고 타인의 행복을 '나의 패배'로 여기기 때문이다"라고 말했다.[46] 즉 나만큼 소중하다고 생각할 수 있는 배우자·부모자식·형제자매나 내 몸보다 더 귀하게 여길 만큼 사랑하는 친구·연인·동료가 아니라면, 그 외에는 누구든지 시기(猜忌)의 대상이 된다. 엄청난 내공을 쌓은 도사나 선승이 아닌 한, 나 자신 혹은 나만큼 소중한 사람이 아닌 한 타인의 기쁨은 곧 나의 불행이 돼버린다. '사랑학'에서도 마찬가지다. '첩이 첩질하는 꼴을 못 본다!'는 말도 있지 않은가. 그 이유는 이렇다. 내연남의 아내에 대해서는 이미 알고 있었기 때문에 어쩔 수 없는 일로 치부했고, 그 아내에 대해서는 약간의 우월감도 가지고 있었다. 하지만

---

44) 「쌤통의 심리학: 타인의 고통을 즐기는 은밀한 본성에 관하여(The Joy of Pain, 2013)」 리처드 스미스, 현암사, 2015, p.6~7.
45) 「쿠쿠스 콜링(The Cuckoo's Calling, 2013)(1·2권)」 로버트 갤버레이스=조앤 롤링, 문학수첩, 2013, p.15.
46) 「미움받을 용기: 자유롭고 행복한 삶을 위한 아들러의 가르침(2013)」 기시미 이치로 외, 인플루엔셜, 2014, p.113.

'자신과 같은 처지의 여성이 또 있다는 것은 용서할 수 없다'는 사실이다.[47] 즉, 내 애인의 아내는 다른 차원의 여자이니 나와 비교대상이 아니지만, 그의 다른 내연녀는 나와 직접 비교대상이 되는 것이다. 물론 그 역도 성립하므로, 가정을 둔 주부와 내연남과의 관계에서도 마찬가지다. 현실에서도 이와 비슷한 경우가 부지기수다. 예를 들어 빌게이츠든 마윈(馬雲)이든, 심지어 삼성의 이재용이라도 우리는 그들의 돈이 많다는 것에 대해 별로 신경 쓰지 않는다. 그러려니만 할 뿐이다. 그러나 내 친구나 동창생이 횡재를 했다면 나는 열 받는다. 세계적인 부호들이나 내연남의 아내나 다른 차원의 사람이니 별로 신경 쓰이지 않지만, 동창생이나 내연남의 다른 애인은 나와 직접 비교대상이 돼버리는 것이다. 그래서 못 참는다. 우리가 재벌 일가에 비난을 퍼붓는 이유는 그들의 돈이 많은 사실이 아니라, 그들의 부의 축적 과정이 정당하지 못한 점에 있다(게다가 갑질까지 해댄다). 초점이 다름을 정확히 알아야 한다. 이제 몇 학자들의 주장을 좀 세밀하게 들어보자.

세계적인 베스트셀러[48]의 저자이자 예루살렘 히브리대학교 역사학과 교수인 유발 하라리(Yuval Harari, 1976~)는, '문명'이 상상을 초월할 정도로 발전했지만, 그만큼 '행복'해졌는지에 대해서는 동의하지 않는다.

〔우리는 과거보다 훨씬 '안락'한 삶을 살고 있는 건 맞지만, 선조들보다 훨씬 더 '행복'한지는 의문이다. 행복은 객관적인 조건에 의존하기보다 우리 자신의 기대에

---

47) 『우리는 사랑을 왜 반복하는가(2016)』, 가메야마 사나에, 동양북스, 2016, p.151.
48) '인류 3부작' 『사피엔스(Sapiens, 2011)』,(김영사, 2015), 『호모 데우스: 미래의 역사(Homo Deus: A Brief History of Tomorrow, 2015)』,(김영사, 2017), 『21세기를 위한 21가지 제언: 더 나은 오늘은 어떻게 가능한가(21 Lessons for the 21st Century, 2018)』,(김영사, 2018) 등이 있다.

의존하는 것이므로!

우리는 과거 어느 때보다 훨씬 강력한 힘을 갖고 있습니다. 그러나 과거보다 분명 더 '안락'한 삶을 살고 있는 게 사실입니다. 하지만 우리가 선조들보다 훨씬 더 '행복' 한지는 의문입니다. 역사 속에서 대부분의 사람들이 꿈꾸었던 것과 비교하면 지금 우리는 낙원에 살고 있는지도 모릅니다. 하지만 과거보다 더 행복하다고 판단하기가 어렵습니다. 그 이유는 크게 다음과 같이 세 가지를 들 수 있습니다.

첫째, 행복은 객관적인 조건에 의존하기보다 우리 자신의 기대에 의존하는 것입니다. 기대라는 것은 주어진 조건에 이내 적응하기 십상입니다. 상황이 좋아질 경우에는 덩달아 기대도 높아집니다. 결과적으로 조건이 극적으로 좋아져도 우리는 예전과 마찬 가지로 불만족스러운 상태가 될 수 있습니다.

둘째, 우리의 기대와 행복이라는 것도 궁극에는 신체 내부의 생화학 체계에 의해 결정되는 것입니다. 우리의 생화학적인 체계 자체는 우리가 주관적으로 느끼는 행복에 는 아무런 관심이 없습니다. 그저 우리의 생존과 재생산의 확률을 높이기 위한 진화에 의해 프로그램화되어 있을 뿐입니다. 진화의 원리는 우리가 무엇을 성취했든, 영원히 불만족스러운 상태로 남게 해서 끊임없이 추구하게 만들 것입니다.

셋째, 가장 근본적인 수준에 있어서 쾌락에 대한 우리의 기본 반응은 만족이 아니라 끊임없이 더 많이 추구하도록 돼 있습니다. 따라서 우리가 무엇을 성취했든지 상관없이, 우리의 만족이 아닌 갈망을 증가시킵니다. 이것이 바로 인류가 세상을 정복하는 데는 그토록 성공적이었던 반면, 그 힘을 행복으로 바꾸는 데는 성공적이지 않았던 것입니다.」[49]

---

49) 「궁극의 인문학: 시대와 분야를 넘나드는 9인의 사유와 통찰」, 전병근, 메디치미디어, 2015, p.120~121.

최인철 교수는 『프레임: 나를 바꾸는 심리학의 지혜』에서, '비교의 덫' 때문에 '2등보다 3등이 더 행복한 이유'에 대한 실험 결과를 소개한다.

〔몇 년 전만 해도 "1등이 아니면 기억하지 않습니다" 같은 광고가 유행했다. 그러나 요즘은 "행복이 최고"라는 가치관으로 우선순위가 바뀌는 추세이다. 여기서 사례 하나를 보자. "운동 경기에서 1등과 2등, 3등의 행복지수는 어떻게 될까?" 답이 1등→2등→3등이었다면 문제를 내지도 않았다. 정답은 1등→3등→2등 순이었다. 이는 바르셀로나 올림픽 메달리스트 41명을 대상으로 한 연구의 결과이다.[50]

2등이 3등보다 더 만족도가 떨어진다. 희한한 일이다. 그 이유는 2등은 1등을 놓친 아쉬움과 허탈감에 괴로워하고 비통해 하기 때문이다. 1등과 비교하여 뒤진 점만 생각하여, 3등보다 앞선 자신의 우수한 성적은 생각하지 않은 것이다. 반면 3등은 등수 안에 든 것에 만족하고 1등도 할 수 있다는 희망, 그리고 누구와도 비교하지 않고 상을 탄 그 자체만으로 기뻐하는 것이다. 곧 등수의 문제가 아니고 마음의 문제인 것이다. 기억을 더듬어 떠올려 보라. 2등을 차지한 사람들은 다 우울한 표정을 짓지만 3등을 차지한 사람들은 생글생글 웃고 있을 것이다. 못 믿겠다면 여러 시상식 사진들을 검색해 보라.〕[51]

바스 카스트는 책 『선택의 조건』(2012)에서 '선택지의 고통'에 대한 실험 결과를 소개하면서, "선택 대안이 많을수록 더 고통스럽다"는 사실을

---

50) Medvec, V.H.; Madey, S. F.; Gilovich T. 「Journal of Personality and Social Psychology」 1995, 69(4), p.603~610. 재인용

51) 『프레임: 나를 바꾸는 심리학의 지혜』 최인철, 21세기북스, 2007, p.62~64.
『직장인 불패혁명: 회사가 원하는 사람들의 99% 실행법』 김율도·윤경환, 율도국, 2010, p.25~26의 내용도 같음.

들려준다. 그리고 '영화내용에서 현실과의 괴리를 알아야 한다'는 사실도 강조하고 있다. "서로 매력을 느끼지 못하는 남녀 주인공이 어떤 사유로 무인도에 남게 되고 비로소 점차 서로에게 매력을 느끼고 멋진 연인으로 결론 나는 보통의 서구 영화 속의 장면은, 현실에서는 없다. 영화 속에서는 선택 대안이 1개밖에 없기 때문에 가능한 일이지만, 현실에서는 비교대안이 많기 때문에 비현실적"이라는 점을 지적한 것이다.[52]

(2) 분모(욕망) 줄이기 2: 욕망의 크기는 상대적이다

"나만 잘해야지, 남까지 잘하면 기분 별로다!"

그리고 '비교의 덫'은 상대성이 내재되어 있기 때문인 바, 내가 기쁜 데다 더해 상대는 기쁜 일이 없어야만 온전한 기쁨을 느낄 수 있다는 사실이다. SBS 월·화 드라마에 나오는 대사, "얘, 남편 팬티 색깔은 가르쳐줘도 학원 강사 이름은 무덤까지 갖고 가는 게 이 동네 아줌마들이야!"[53]도 바로 이와 같은 현상을 말해준다. 다 같이 잘하면 안 되고, 나만 잘해야 하는 것이다.

하버드대 교수인 심리학자 스티븐 핑커(Steven Pinker, 캐나다 출생, 1954~)는 『마음은 어떻게 작동하는가』(1997)에서 인간의 이런 이기적인 습성을 나타내는 표현 몇 가지를 소개했다.[54]

---

52) 『선택의 조건(Ich Weiss Nicht, Was Ich Wollen Soll, 2012)』 바스 카스트, 한국경제신문, 2012, p.43~65.
53) SBS 월·화 드라마 〈강남엄마 따라잡기〉(2007.6.25.~8.21.까지 18부작)에서 드라마 속 '원조' 강남 아줌마 윤수미(임성민 분)가 한 말이다.
54) 『마음은 어떻게 작동하는가(How the Mind Works, 1997)』 스티븐 핑커, 1997, p.599~600.

〔여러 시대에 걸쳐 인간의 조건을 관찰했던 사람들은 다음과 같은 비극을 지적해왔다. 사람들은 이웃들보다 낫다고 느낄 때 행복하고, 그들보다 못하다고 느낄 때 불행하다. "그런데, 아! 다른 사람의 눈으로 행복을 들여다보는 것은 얼마나 씁쓸한 일이냐!"[55] "행복은 타인의 불행을 생각할 때 생겨나는 흡족한 기분이다."[56] "곱사등이가 즐거워할 때는 언제인가? 다른 사람의 등에서 더 큰 혹을 보았을 때다!"[57] "성공만으론 충분하지 않다. 다른 사람들이 실패해야 한다!"[58]〕

영화 『세 얼간이(3 Idiots)』(2009 인도, 라지쿠마르 히라니 감독)에는 이런 대사로 나온다. "친구가 꼴찌 하면 눈물을 흘리고, 친구가 일등을 하면 피눈물을 흘린다."[59]

켄터키대학교 심리학 교수인 리처드 스미스(Richard H. Smith)도 『쌤통의 심리학: 타인의 고통을 즐기는 은밀한 본성에 관하여』(2013)에서도 인간의 이기적인 습성을 나타내는 표현 몇 가지를 소개했다.[60]

〔"착각의 법칙, 즉 대조의 법칙에 따라, 남의 불행이 배경처럼 밑에 깔려서 우리의 행복을 더욱 빛내줄 때 더 행복해지는 것은 아주 자연스러운 일이다."(임마뉴엘 칸트, p.22) "바보들에게 감사하자. 그들이 없다면 우리가 성공할 수 없을 테니."(마크

---

55) 윌리엄 셰익스피어 「뜻대로 하세요(As You Like It)」(1600) 5막 2장.

56) 앰브로즈 비어스: Ambrose Bierce, 미국 저널리스트 겸 소설가, 1842~1914.

57) 이디시(유대어) 속담.

58) 고어 비달: Gore Vidal, 미국 소설가, 1925~2012.

59) 「당신과 나 사이: 너무 멀어서 외롭지 않고 너무 가까워서 상처입지 않는 거리를 찾는 법」 김혜남, 메이븐, 2018, p.246

60) 「쌤통의 심리학: 타인의 고통을 즐기는 은밀한 본성에 관하여(The Joy of Pain, 2013)」리처드 스미스, 현암사, 2015, p.각 페이지.

트웨인, p.52) "내가 일등석을 타는 것만으로는 충분치 않아(…). 내 친구들이 이등석을 타야지."(「뉴요커(New Yorker)」에 실린 만화, p.52) "남의 불행을 기뻐하는 사람은 남의 성공을 시기하는 사람과 똑같다. 어떤 일의 발생이나 존재 때문에 괴로운 사람은 그것이 존재하지 않거나 파괴되면 기쁠 것이다."(아리스토텔레스, p.190) "질투는(…) 남의 행운에 슬퍼하고 남의 불운을 기뻐하게 만든다는 점에서 증오의 감정이라고 할 수 있다."(스피노자, p.190) "수많은 유대인들이 자제심을 보이지 않고 사회에서 점점 더 두각을 드러냈으며 그들의 수와 그들이 장악한 직책은 독일인들과의 비교를 초래했다."(헤르만 괴링,[61] p.238)〗

독일에서 가장 재미있는 심리학자로 정평이 나있는 폴커 키츠 등은 저서 『심리학 나 좀 구해줘』(2001·2011)라는 책에서는 '비교의 덫'을 역이용하여 행복을 올리는 방법을 소개하고 있다. 그 내용은 이렇다.[62]

〖〈비교의 덫(Social Comparison Theory): 위만 쳐다보지 마라〉
사람들은 대개 절대적인 가치 따위는 중요하지 않다고 여긴다.
'사회 비교 이론(Social Comparison Theory)'은 미국의 사회 심리학자 레온 페스팅거 (1919~1989)[63]가 만든 이론으로 그는 인간이 자기 자신을 평가하기 위해 끊임없이 남과 비교한다고 했다. 이 이론 속에 '사회적 상승 비교'라는 현상이 있다. 이는 우리가

---

61) 헤르만 괴링: Hermann Göring, 나치 게슈타포를 창설, 1893~1946.
62) 「심리학 나 좀 구해줘(Psycho? Logisch!, 2001·2011)」 폴커 키츠 외 1, 갤리온, 2013, p.38~42.
　　폴커 키츠는 심리학을 전공했고, 뉴욕 대학교에서 법학을 전공했다. 32명의 노벨상 수상자를 배출한 세계 최고의 자연 과학 연구소인 막스플랑크 연구소 연구원을 거쳐 저널리스트, 시나리오 작가, 저작권 전문 변호사 등으로 활약한 다양한 이력의 소유자다.
63) 레온 페스팅거: Leon Festinger, 러시아계 미국인, 명저는 「인지 부조화 이론(A Theory of Cognitive Dissonance, 1957)」, 1919~1989.

아무리 아름답고 좋은 것을 가졌다 할지라도 "아니, 저 사람이 나보다 더 가졌잖아!"라며 비교하는 순간 불행에 빠지는 것을 말한다.

나 자신을 평가하는 방법은 세 가지이다.

우선, 나와 아주 비슷한 처지에 있는 사람과 비교하는 것이다. 이것은 나의 모습을 현실적이고 객관적으로 판단하게 해 준다.

두 번째 방법은 나보다 못한 사람과 비교하는 것이다. 나보다 돈을 적게 번다든지, 건강 상태가 더 안 좋은 사람과 말이다. 이런 비교는 내가 얼마나 멋지게 잘 지내는지 확인시켜 줌으로써 자존심을 높여준다.

세 번째는 나보다 잘난 사람과 비교하는 것이다. 이런 비교는 더욱 열심히 해야겠다는 의욕을 심어 주기도 하지만 내가 갖지 못한 것이 무엇인지를 뼈저리게 느끼게 만들어 나를 불행에 빠뜨리기도 한다.

결론은 "당신이 아무리 연봉 협상을 잘해서 돈을 많이 받는다 해도 어느 순간이 지나면 그 돈이 충분하지 않다고 여기게 된다. 당신은 기어코 당신보다 더 많은 돈을 버는 사람을 찾아내 그와 비교할 테니까 말이다."]

그리고 '한국인의 비교대상'을 조사한 재미있는 통계자료가 있다. 즉, '한국인의 사회적 웰빙 조사'(2015년)에서 한국인은 동창생과 제일 많이 비교하고, 그다음으로 이웃과 비교한다는 결과가 도출됐다고 한다. 그다음은 한국인 평균, 직장 동료, 친척 순이다.[64]

64) 「아픈 사회를 넘어: 사회적 웰빙의 가치와 실천의 통합적 모색」, 조병희 등, 21세기북스, 2018, p.303~304. 우리나라 사람들은 주로 누구와 자신을 비교할까? '한국인의 사회적 웰빙 조사(2015년)'의 설문지에서 제시한 보기들 중 가장 많은 응답을 얻은 것은 동창생이었다. 응답에 답한 576명 중 192명이 동창과 자신의 생활 수준을 비교한다고 답했다. 그다음은 이웃과 비슷한 경력을 가진 근로자가 115명으로 공동 2위였다. 그 뒤를 평균적인 한국인, 직장 동료, 친척, 주위 학부모 순이었다. 이 결과를 통해볼 때 한국인들에게는 동창과 이웃 그리고 자신과 비슷한 능력을 가졌을 것으로 판단되는 사람이 주 비교 대상임을 엿볼 수 있다.

(3) 분자(성취) 늘리기 1: 몰입하는 것도 큰 행복이다

성취감이라는 게 있지 않은가. 뭔가 의미 있는 과제를 완성했을 때의 뿌듯함 말이다. 그런데 쉽게 얻어진 성과에는 별 감흥이 오지 않는다. 하지만 혼신의 노력을 다해 스스로 생각해도 대견하다는 생각이 들 경우에는 누구에게 칭찬을 들어서가 아니라 그냥 혼자서도 좋다. 이게 그냥 얻어지겠는가. 온 심신을 다 쏟아 넣을수록 그 열매는 달콤할 것이다. 바로 몰입이 가져다주는 행복이다.

몰입의 대가인 칙센트미하이(Csikzentmihalyi, 헝가리 출신 미국 심리학자, 1934~) 교수는 몰입의 중요성을 다방면으로 강조하며 관련 서적도 여럿 출간해 화제를 모았다. 그의 논지는 이렇다. 삶을 훌륭하게 가꾸어주는 것은 행복감이 아니라 깊이 빠져드는 몰입이다. 몰입해 있을 당시에는 그렇게 행복하지 않다. 오히려 힘들 수도 있다. 하지만 성과가 달성된 후 되돌아 보면서 행복을 느낀다는 것을 강조한다. 그리고 너무 단조로운 일이 아니라 '노력을 쏟아 부으면 달성될 만한 난이도'여야 하며, 그렇다고 넘볼 수 없는 능력을 벗어나는 일은 오히려 몰입을 해도 성과를 얻기도 힘들며 스트레스만 받는다고 한다. 그래서 하면 될 것 같고 그렇다고 쉬운 일도 아닌 것, 예를 들어 바둑·장기 같은 게임, 등산·낚시·골프 같은 스포츠, 그리고 도박에 쉽게 빠져들며 그 맛에 중독된다는 점을 지적한다. 그는 사람들이 최적 경험에 빠져 있을 때 '물 흐르는 것처럼 편안한(flow)', '마치 하늘을 자유롭게 날아가는 느낌'으로 묘사했다. 나와 대상이 하나가 되는 상황, 그래서 시간이 도무지 어떻게 흐르는지 느낄 수도 없는 (몰입의) 상황을 말하는 것이다. 즉, 몰입할 때 가장 큰 행복감을 느낀다는 것이다. 책 속으로 들어가 보자.

[집중력이야말로 모든 사고의 원동력이라 할 수 있다. 우리는 적절한 대응을 요구하는 일련의 명확한 목표가 앞에 있을 때 몰입할 가능성이 높다. 체스·테니스·포커 같은 게임을 할 때 몰입하기 쉬운 이유는 목표와 규칙이 명확히 설정되어 있어 무엇을 어떻게 해야 하는지 고민하지 않고 참여할 수 있기 때문이다. 게임을 진행하는 동안 선수는 흑백으로 선명하게 표현된 소우주 안에 있다. 종교 의식에 참여하거나, 음악을 연주하거나, 뜨개질을 하거나, 컴퓨터 프로그램을 짜거나, 산을 오르거나, 수술을 할 때에도 명확한 목표가 주어진다. 몰입을 유발하는 활동을 '몰입 활동'이라고 부르기로 하자. 일상생활과 달리 몰입 활동은 모순되지 않는 명확한 목표에 초점을 맞출 수 있게 해준다.

목표가 명확하고 활동 결과가 바로 나타나며 과제와 실력이 균형을 이루면 사람은 정신을 체계적으로 집중할 수 있다. 몰입은 정신력을 모조리 요구하므로 몰입 상태에 빠진 사람은 완전히 몰두한다. 잡념이나 불필요한 감정이 끼어들 여지는 티끌만큼도 없다. 자의식은 사라지지만 자신감은 평소보다 커진다. 시간 감각에도 변화가 온다. 1시간이 1분처럼 금방 지나간다.

삶을 훌륭하게 가꾸어주는 것은 행복감이 아니라 깊이 빠져드는 몰입이다. 몰입해 있을 때 우리는 행복하지 않다. 행복을 느끼려면 내면의 상태에 관심을 기울여야 하고, 그러다 보면 정작 눈앞의 일을 소홀히 다루기 때문이다. 암벽을 타는 산악인이 고난도의 동작을 하면서 짬을 내어 행복감에 젖는다면 추락할지도 모른다. 까다로운 수술을 하는 외과의사나 고난도의 작품을 연주하는 음악가는 행복을 느낄 만한 마음의 여유가 없다. 일이 마무리된 다음에야 비로소 지난 일을 되돌아볼 만한 여유를 가지면서 자신이 한 체험이 얼마나 값지고 소중했는가를 다시 한 번 실감하는 것이다. 달리 표현하자면 되돌아보면서 행복을 느낀다.

사람들은 화초 가꾸기건, 음악 감상이건, 볼링이건, 요리건, 대체로 자기가 좋아하는 일을 할 때 몰입을 경험하는 것으로 알려져 있다. 또한 운전을 할 때나 친구들과 이야기를 나눌 때, 혹은 일을 할 때도 의외로 자주 나타난다. 텔레비전을 보거나 휴식을 취할 때처럼 수동적으로 임하는 여가 활동에서는 좀처럼 그런 체험이 보고되지 않는다. 명확한 목표가 주어져 있고, 활동의 효과를 곧바로 확인할 수 있으며, 과제의 난이도와 실력이 알맞게 균형을 이루고 있다면, 사람은 어떠한 활동에서도 몰입을 맛보면서 삶의 질을 끌어올릴 수 있는 것이다.)[65]

심리학자 김정운 교수도 책 『남자의 물건』(2012)에서 몰입과 행복의 관계를 설명하면서, 시인 김갑수의 견해를 예로 들었다. 그는 한발 더 나아가 여자와 연애도 계속될수록 몰입도가 떨어지기 때문에 권태감을 점점 더 크게 느낀다고 했다.[66] 그리고 심리학 관련 서적을 다수 출간한 김문성 작가는 불륜에 빠지는 매력을 '로미오와 줄리엣 효과'로도 설명하는데,[67] 이 효과 역시 '몰입의 매력'에서 그 이론적 근거를 찾을 수 있을 것이다. 남의 눈들을 의식해야 하니까 접촉할 때도 신경을 바짝 써야 하고(즉, '몰입'해야 하고), 고난도 작전을 통해 신출귀몰하게 만났으니 재회의 기쁨

65) 『몰입의 즐거움(Finding Flow, 1997)』, 칙센트미하이, 해냄출판사, 2010, p.42~50.
66) 『남자의 물건』, 김정운, 21세기북스, 2012, p.138~140.
67) 『마음공부-마음을 열어주는 판도라의 심리상자』, 김문성, 스마트북, 2014, p.251.
    셰익스피어의 『로미오와 줄리엣』이라면 세계적으로 유명한 러브스토리다. 양 가문의 부모들이 원수지간이 었기 때문에 헤어져 비극으로 끝나는 두 사람의 진실한 사랑을 다룬 이야기다.
    이 주인공 두 사람의 이름을 빌린 '로미오와 줄리엣 효과'는, 연인들에게 있어서 부모님의 반대나 주위의 장애는 반대로 사랑을 깊게 하기에 효과적이라는 것이다. 한때 붐을 이루기도 했던 '불륜'은 정말로 '로미오와 줄리엣' 효과가 이룩한 것이다. 남녀 중 어느 쪽에 배우자가 있고 더욱이 사내에서 이루어졌다면 이미 효과는 두 배가 되는 느낌이다. 장애를 넘어 남의 눈을 피해서 만나는 두 사람의 사랑은 더욱더 불타오를 뿐이다. 마치 멜로드라마와 같은 전개이지만, 무드가 무르익는 데에는 어느 정도 장애가 중요한 향신료가 되는 것은 확실하다.

또한 얼마나 크겠는가(그래서 만나서도 다시 '몰입'하게 된다). 즉, "하던 짓도 멍석 깔아주면 안 한다"는 옛말도 있듯이, "금지된 사과가 맛있다"는 거다. '금지된 과일'이었기 때문에 아담과 이브도 더 맛있게 먹었다.[68] 이처럼 금지된 것일수록 더욱 갖고 싶어 하는 심리를 심리학에서는 '리액턴스(Reactance)'라고 부르는데, 원래는 물리학의 전기 저항에서 쓰는 용어('유도저항')이다.[69]

"행복은 거창하지 않으며, 내 가까이 있다!" 어디서 많이 들어본 말 같지 않은가. "그래, 인문강좌든 인생살이 관련 책에서든 많이들 하는 얘기잖아"라고 대답한다면 아직 이 부분 공부가 덜 된 것이다. 이 말은 바로 '몰입'의 행복을 말하고 있는 것이다. 언론에 대서특필되고 남이 알아주지 않을 정도의 일이라도, 나 자신이 혼신을 다했고 내게 뿌듯함을 줄 수 있는 과업을 수행했기 때문에 행복감에 젖어드는 것이다. 다음 설문조사의 결과도 그렇다.

[어느 매체에서 "가장 행복한 사람은 누구인가?"에 대해 조사한 결과, 1위~4위를

---

68) 「시스티나 예배당의 비밀(The Sistine Secrets, 2008)」, 벤저민 블레흐 외, 중앙북스, 2008, 100~101.
  〈미드라시에 따르면 지혜의 나무는 (사과가 아니라) 무화과나무〉
  미드라시(Midrash)는 책 한 권의 제목이 아니라 서력기원이 시작되었을 무렵(즉 서기 1년 이후) 여러 학자들의 손으로 기록된 이야기와 전설과 성서 주제를 모은 다수의 책을 가리킨다. 유대 전설에 따르면 이것은 수백 년 전부터(일부는 모세 시대부터) 전해 내려오는 지식의 구전이다. 「탈무드」와 달리 미드라시는 율법보다 신학에 더 관심이 많고, 계명 보다는 개념에 더 관심이 많다. 「탈무드」는 인간의 마음을 향해 말하지만 미드라시는 인간의 영혼을 향하고 있다는 말은 좋은 표현이다. 중세에 하나를 제외한 나무는 무화과나무였다. 미켈란젤로는 스승들과 함께 미드라시를 공부했다. 그래서 이에 영향 받아 시스티나 예배당 천장에 있는 「에덴동산」이라는 패널화에는 무화과나무를 그려 넣은 것이다.
  대다수 사람들이 선악과는 사과라고 믿었지만, 유일한 예외가 있었다. 그것은 유대의 전승이었다. 신비주의적 원리에 따르면 "신은 문제 자체 안에 이미 해결책을 만들어놓지 않고는 절대로 우리에게 문제를 내지 않는다." 아담과 이브는 금단의 열매를 먹고 죄를 지은 뒤, 자신들이 알몸인 것을 깨닫고 수치심에 사로잡힌다. 그들의 즉각적인 해결책은 무화과나무 잎으로 몸을 가리는 것이었다고 성서는 말한다. 미드라시에 따르면 지혜의 나무는 무화과나무였다는 것이다.

69) 「심리학 나 좀 구해줘(Psycho? Logisch!, 2001·2011)」, 폴커 키츠 외 1, 갤리온, 2013, p.179~182.

차지한 '행복한 사람'에 대한 순위는 이렇다.

1위: 모래성을 막 완성한 어린아이

2위: 아기 목욕을 다 시키고 난 어머니

3위: 세밀한 공예품 장을 짜고 나서 휘파람을 부는 목공

4위: 이제 막 어려운 수술을 성공하고 한 생명을 구한 의사

백만장자가 되는 일, 세상을 바꿀 만한 거창한 일, 명예를 드높이는 일? 이런 것들은 순위에 들어 있지 않다. 많은 이들이 느낀 행복은 의외로 소소한 것들이었다. 자신이 직접 만들고, 체험하고, 느낀 것들(…), 스스로 수고로움이 들어간 일들이었다.]70)

(4) 분자(성취) 늘리기 2: 내공을 키워 당당하게 살아라

"남을 너무 의식하지 말고, '나 자신의 고유한 삶'을 살아라!"

"내가 행복해야 남도 행복해진다. 너무 어렵게 살지 말자!"

(4-1/4) '스토아(Stoa) 학파'와 '에피쿠로스(Epikuros) 학파'

먼저 서양철학의 뿌리인 그리스의 헬레니즘 시대의 철학을 살펴볼 필요가 있을 것 같다. 왜 하필 헬레니즘이냐면 당시 '스토아(Stoa) 학파'와 '에피쿠로스(Epikuros) 학파' 이 두 진영이 보는 삶의 태도가 극명하게 갈리기 때문이다. TV에서 방송하는 인문학 강좌를 보면 요즘도 플라톤이니 아리스토텔레스니 하면서 2,000년도 더 지난 과거 성현들의 말씀을 토대로

---

70) 「출근하는 당신도 행복할 권리가 있다: 월급쟁이 44년차 선배가 전하는 32개의 비밀노트」 권대욱, 리더스 북, 2017, p.160~161.

하고 있다. 유발 하라리도 지적했듯이, 어쩌면 과학문명은 상상할 수 없을 정도로 발전했지만, 인간의 내면적인 정신은 예나 지금이나 별반 차이가 없어서인지도 모르겠다. 그리스 철학사는 다음과 같이 크게 세 부분으로 나뉜다.

[그리스 철학사를 크게 보면 소크라테스 이전의 철학자는 주로 자연을 연구하였고 그 이후는 인간과 도덕을 주제로 삼았다. 오늘날의 관점에서, 그리스는 대표적인 몇 사람을 기준으로 크게 세 시대로 나뉜다.

첫 번째, 기원전 600~기원전 400년까지를 일컬어 소크라테스 이전 시대라고 한다.

두 번째 시대는 그 후 100년 동안이며(기원전 400~기원전 300년까지), 소크라테스의 제자인 플라톤이 아카데미를 설립하고 아리스토텔레스를 가르쳤던 아테네의 전성기를 말한다.

세 번째는 기원전 300~서기 200년까지를 일컬으며, 이 시기는 헬레니즘 시대(기원전 330~기원전 30년: 로마의 이집트 병합)를 포함한다.

이 세 시기를 거치는 동안 아리스토텔레스의 걸출한 문하생이었던 알렉산더 대왕이 제국을 건설했고, 그리스 문명은 아프리카 북쪽 해안과 지중해 동부 연안에 이어 인도와 중국까지 뻗어나갔다. 그리스 철학의 영웅들은 이 세 시대 안에 모두 등장했다.][71]

이 세 번째 시기인 헬레니즘 시대에 등장한 철학이 '스토아 철학'과 '에피쿠로스 철학'이었다. 이 둘의 차이를 알아보자.

---

71) 「우리가 미처 몰랐던 편집된 과학의 역사(Science: A Four Thousand Year History, 2008)」 퍼트리샤 파라, 2010, p.38.

스토아 철학은 강당(Stoa, 주랑)의 철학, 즉 공회당의 철학이었다. 그러나 에피쿠로스의 철학은 정원(庭園)의 철학이며, '정원의 철학자들'이 에피쿠로스 학파 철학자들의 별명이었다. 스토아 철학은 개인에게 자기 자신을 잊어버리고 오직 전체를 위해 헌신할 것을 요구한다. 전체와 개인이 대립할 때, 스토아 철학은 개인을 부정하고 개인을 전체에 동화시킴으로써 전체와 개인의 대립을 해소하려 했다.

　이에 반해 에피쿠로스(기원전 342~기원전 271)는 전체를 위한다는 미명 아래 개인의 삶을 희생하는 것을 거부했다. 오직 한 번뿐인 우리의 삶에서 개인이 자기 자신의 삶에 충실하지 못하고 자기 밖의 일에 얽매여 살아야 한다는 것은 에피쿠로스의 입장에서는 받아들일 수 없는 일이었다. 에피쿠로스는 이렇게 말했다. "우리는 단 한 번 이 세상에 태어나며 두 번 태어나는 것은 불가능하다. 그리고 우리는 그다음에 영원한 시간을 통틀어 더 이상 존재하지 않게 된다. 그럼에도 불구하고 당신은 항상 제때를 놓치고 일을 뒤로 미루며 단 한 번도 미래의 주인이 되지는 못한다. 주저하는 동안 삶은 흘러가버리고 우리들 모두는 바쁘게 일만 하다가 죽어간다." "육체의 쾌락은 고통을 당하지 않는 것이요(즉, 아포니아·Aponia), 영혼의 쾌락은 번민에 사로잡히지 않는 것이다(즉, 아타락시아·Ataraxia)."[72] "먼 데 있는 것에 대한 욕심 때문에 가까이 있는 것을 무시하지 말라. 그리고 지금 가까이 있는 것도 한때 당신이 갈망하여 소망했던 것임을 생각하라." "죽음은 우리와 무관하다. 살아있을 때는 죽음이 없고, 죽었을 때는 우리가 없기 때문이다."

---

72) 『필로소피컬 저니』, 서정욱, 함께읽는책, 2008, p.116·123.
　　사모스 출신의 에피쿠로스는 기원전 307년경 아테네학원을 세웠다. 이들이 말한 쾌락은 저속한 쾌락이 아니라 안정된 마음의 상태, 즉, 아타락시아(마음의 평정)를 의미한다. "세상을 초연하게 살자"는 것이다. 스토아학파에게는 에피쿠로스 학파와 유사한 개념인 아파테이아(Apatheia)가 있었다. 아파테이아는 모든 감각에서 야기된 격정과 욕망을 탈피해 이성적인 냉정을 유지한 마음의 경지를 이른다.

즉, 에피쿠로스는 이 점을 강조했던 것이다. 우리의 삶은 언제나 바로 지금 여기에서 일어나고 이루어진다. 그리고 그 삶의 주인은 다른 누구도 아닌 나 자신이다. 즉, 삶의 온전함과 탁월함은 전체로서의 국가나 자연이 아니라 바로 나 자신의 삶 속에서 실현되고 검증되어야만 하는 것이다.」[73]

그리고 에피쿠로스는 도덕과 행복의 관계를 뒤집는 코페르니쿠스적 전환을 권한다. "선하기 때문에 우리 마음에 들고 즐거운 것이 아니라, 우리 마음에 들고 즐겁기 때문에 선한 것"이다. 악하기 때문에 불쾌한 것이 아니라, 불쾌하기 때문에 악한 것이다.[74] 우리가 이 말을 영화 「인생은 아름다워(Life Is Beautiful)」(1997 이탈리아, 로베르토 베니니 감독)에 맞게 바꾸어 표현한다면, "귀도는 가족을 위하여 죽기 때문에 행복한 것이 아니라, 행복하기 때문에 가족을 위하여 죽을 용기가 있었던 것이고, 도나 역시 귀도와 조슈아를 따라 수용소로 가기 때문에 행복한 것이 아니라, 행복하기 때문에 귀도와 조슈아를 따라 수용소에 갈 용기가 있었던 것"이다.[75]

어떤가? 과거 2,000년 전의 이론이 현재의 인간사를 정말 명쾌하게 설명해주고 있지 않은가. 자 이제 오늘 현재 우리가 늘 직면하는 사례들에 대한 생각의 시간을 갖도록 하자.

---

73) 「호모 에티쿠스(Homoethicus): 윤리적 인간의 탄생」, 김상봉, 한길사, 1999, p.135~136.
74) 「김광석과 철학하기」, 김광식(서울대 교수), 김영사, 2016, p.96~97.
75) 「영화관 옆 철학카페」, 김용규, 이론과실천, 2002, p.91.

(4-2/4) 서양 '죄책감의 문화'와 동양 '수치심의 문화'

서양은 '죄책감의 문화'이고, 동양은 '수치심의 문화'라는 말이 있다.[76] '죄책감'은 내면의 양심과 대비되어 일어나는 자괴감이고, '수치심'은 외부 타인의 시선을 의식해서 생기는 부끄러움이다. 동양 사회에는 중국의 유교사상에 뿌리를 둔 '선비정신'과 '체면' 등을 중시한다. 우리는 태어나면서부터 부모든 사회로부터이든 직·간접적으로 유교사상의 영향을 받으며 자란다. 그러다보니 아무래도 '체면'과 '염치' 등을 중시하게 되며, 이는 결국 타인의 눈을 의식하는 결과를 초래한다. 물론 남을 전혀 의식하지 않을 수는 없다. 타인을 완전히 무시하고 자기만 생각한다면 그것은 '짐승'과 다름없다. 정말 중요하다. 인간이라면 남을 완전히 무시하는 것보다야 남을 극도로 의식하는 게 더 낫다. 그래야 최소한 사회라도 안정될 것이니까. 물론 본인 자존감이야 다 없어져버리겠지만 말이다. 문제는 남을 '너무 많이' 의식한다는 점이다.

이런 현상의 예로 요즘 우리나라에서도 자주 회자되는 '졸혼(卒婚)'을 들

---

76) 『수치심의 힘: 약자들이 강자들에게 휘두를 수 있는 강력한 무기(Power Vulnerability, 2015)』, 제니퍼 자케, 책읽는수요일, 2017, p.21~22.
개인으로 하여금 집단의 기준을 따르게 하는 수치와는 반대로, 죄책감은 개인이 자신의 기준을 따르게 하는 역할을 한다. 수치는 집단을 신경 쓴다는 것을 의미하므로 개인을 중시하는 문화에서는 수치보다 죄책감이 선호된다. 죄책감은 양심의 토대라고 홍보되고 있다. 죄책감을 느끼기 위해서는 그 주인을 괴롭히는 내면의 목소리만 있으면 된다. 폭력이나 절도, 기만 등이 우리에게 얼마나 끔찍한 기분을 안겨줄 수 있는지 상기시키는 내면의 목소리가 죄책감의 유일한 준비물이다.
죄책감 문화와 수치심 문화의 차이를 처음으로 밝힌 사람은 인류학자 루스 베네딕트(Ruth Benedict, 1887~1948)와 마거릿 미드(Margaret Mead, 인류학자, 1901~1978)이다. 이들은 서양 대부분의 나라들은 죄책감 문화에 속하는 반면, 동양의 나라들은 수치심을 더 중시한다고 주장했다. 루스 베네딕트는 1946년 일본 문화를 검토한 저서 『국화와 칼(The Chrysanthemum and the Sword: Patterns of Japanese Culture, 1946)』을 통해, 일본인들이 수치심을 사회 통제의 주요 수단으로 사용하고 있음을 보여주려 했다. 그 후 중국도 수치심 문화권으로 분류됐다. 무엇보다 중국 문화에서는 '체면 유지'를 매우 중요하게 여긴다는 점 때문이었다.

수 있을 것이다. 일본에서 2004년에 최초로 만들어진 단어인 '졸혼'의 개념을 한쪽만 아는 경우가 많다.[77] 즉 졸혼은 남의 눈이 무서워, 그리고 남들이 나에 대해 이러쿵저러쿵 뒷소리를 할까봐, 법률적으로는 이혼하지 않고 부부로 살되 한집에 살더라도 사실은 남남처럼 사는 형태를 말한다고 말이다. 이 말도 맞지만, 졸혼을 하는 더 큰 이유가 있다. 수십 년 동안 같이 살다보니 설렘도 없고 서로를 무의미하게 대하며 그저 부부라는 이름만 달고 살아가는 경우가 허다하다. 더 나아가 부부 각자가 상대 배우자를 오히려 짐짝처럼 여기는 경우까지 있다. 이 정도 상황이 되면 서로 상대방에게 스트레스만 주게 되어 심신의 파괴력만 늘어갈 뿐, 부부 모두에게 발전은 전혀 기대할 수 없을 것이다. 이런 문제를 개선하기 위해 각자가 남남으로 되돌아가서 온전히 자기만의 삶을 살아가는 것이 졸혼의 더 큰 이유다. 별 의미 없이 스트레스만 받으며 한집에 사는 것보다는, 따로 떨어져 살더라도 각자 의미 있는 삶을 사는 게 훨씬 건설적이라는 말이다. 의미 없이 단지 '붙어서' 살기 위해 결혼한

---

77) 「졸혼시대(卒婚のススメ, 2004·2014)」, 스기야마 유미코, 더퀘스트, 2017, p.각 부분.
   '졸혼'이란 결혼을 졸업한다는 의미의 신조어로 10여 년 전(2004년)에 책(이 책 초판)을 쓰면서 저자가 처음 만들어낸 말이다.(p.18)
   '졸혼'은 100세 시대에 일부일처제가 유지될 수 있는 몇 개 안 되는 대안 중 하나다. '부부 관계'를 유지하며, 각자의 삶을 살아보자는 이야기다. 그룹 활동을 하면서도 수시로 솔로 활동을 하는 요즘의 '아이돌'처럼, 부부 관계도 함께 할 수 있는 것은 함께 하고, 추구하고 싶은 삶의 내용은 각자 자유롭게 추구하자는 '따로 또 같이'의 철학이다.(p.9, 김정운 교수 추천의 글 중에서)
   나 자신을 똑바로 쳐다봐야 할 시간이 왔다. 그리고 그 중심에 바로 졸혼이 있다. 졸혼은 틀에 박힌 가정생활을 송두리째 뒤엎는 새로운 삶의 태도를 제시한다. 가족이라는 개념이, 한 곳을 바라보며 하나로 움직였던 전체에서 각각의 개성을 이해하고 존중하는 개인으로 방향을 바꾼다. 서로 흥미가 다르고 생각이 다른 것을 인정한다. 무조건 함께 하는 게 아니다. 떨어져 살아도, 각자 다른 곳을 여행해도 좋다. 하지만 서로를 든든하게 지지해준다. 그렇게 조금은 다른 모습으로 지속 가능한 결혼생활을 탐구한 것이 이 책이다.(p.20)
   사랑의 유효기간은 4년이라는 놀라운 학설의 책이 화제가 된 적도 있다. '행복한 졸혼의 조건'으로는 첫째, 서로가 원하는 일을 도와주고 지원해주며, 둘째, '상대는 그런 사람'이라는 넓은 아량과 자상함으로 평행선의 관계를 잘 유지하며 사는 것이다.(상세 내용은 p.232~235. 참조)

것은 아니지 않은가. 이렇게 살다가는 정말로 서로 '원수지간(怨讐之間)'이 될 가능성이 더 높아진다. 물론 서로 아옹다옹하며 인간미를 느끼며 붙어 산다면야 금상첨화이지만 말이다. 일본의 실제 사례에서 보면 졸혼을 통해 삶의 의미를 되찾은 것은 물론 자존감도 높아지고, 더 나아가 정말 하고 싶었던 일을 시작하여 성공을 한 경우도 많다. 더 재미있는 사실은 행복을 되찾은 후에 다시 합치는 경우이다. 되찾은 행복감을 지닌 채 다시 만나니까 부부가 서로에게 짐이 되는 것이 아니라, 이제는 서로를 격려하며 생동감이 넘치는 가정을 꾸려간다는 사실이다. 최선의 결과가 도출된 것이다. 물론 졸혼만 한다고 해서 모두가 이렇게 되는 것은 아니다. 아무튼 자식들이 있고 주변에 친인척이나 지인들이 얽혀 있으니 졸혼을 해도 결혼 전과 같이 완전히 남일 수는 없는 것이다. 졸혼 후 재기에 성공한 사례에서 우리는 중요한 현상 하나를 발견할 수 있다. 뭐겠는가? 바로 "부부 각자가 행복해야 배우자는 더 행복해지며 가정에도 평화가 찾아온다!"는 사실 말이다.[78]

(4-3/4) '내'가 먼저 행복해야 사회가 행복해진다

'수신(修身)→제가(齊家)→치국(治國)→평천하(平天下)'는 『대학(大學)』의 8조목이다. 세상을 향한 출발도 나로부터 시작된다는 것이다. 수많은

---

78) 부부가 한방에서 같이 자야 한다는 통념을 깨고 '따로 또 같이'를 강조하는 책도 있다.
『각방 예찬: 차마 말하지 못했던 부부 침대에 관하여(Un Lit pour Deux, 2015)』, 징클로드 카우프만, 행성B 잎새, 2017.
『마이크로 트렌드X: 향후 10년, 거대한 지각변동을 일으킬 특별한 1%의 법칙(Microtrends Squared, 2008·2018)』, 마크 펜 외1, 더퀘스트, 2018.

성현들과 삶의 고수들이 '나 자신의 고유한 삶'에 주목했다. 맞는 말이다. '내 코가 석자'인데 주변이든 사회든 돌볼 겨를이 있겠는가. 우선 나 자신부터 바로 서야 한다. 인간미도 없고 매몰차지만 현실적인 얘기를 좀 해보자. 어려움에 처한 지인이 수시로 만나자고 하며 만날 때마다 신세 한탄을 한다면 여러분은 어떻게 하겠는가? 시도 때도 없이 돈 좀 빌려달라고 부탁하는 친척에게서 또 전화가 오면 어떻게 하겠는가? 수시로 병원을 들락거리는 친구가 또 입원을 했다면 어떻게 하겠는가? 아마 성인군자가 아닌 한 대부분의 사람들은 무시하거나 짜증부터 낼 것이다. 뭐 인간적인 미안한 마음이야 좀 들겠지. 이 경우 도와주지 못한 쪽이 잘못일까, 아니면 불우한 처지에 놓인 사람 쪽이 잘못일까? 힘든 쪽의 처지야 십분 수긍이 가지만, 그들의 아픔보다는 나 자신부터 챙기는 게 인간 생리다. 이기적이고 못됐지만 어쩌겠나, 인간이란 그런 모습으로 태어나는 걸. 물론 맹자 선생님 말씀처럼 '성선설(性善說)'도 있기는 하다. 도사의 경지가 아닌 한, '자기 중심적 사고'의 틀을 벗어나기 힘들 것이다. 자 이제 답할 차례다. 아프고 힘든 쪽이 더 미안해해야 한다. 왜냐고? 그들이 힘든 처지가 된 게 그들 잘못만은 아니었겠지만, 결과적으로 도와주지 못한 주변의 지인들마저 미안하게 만들었다. 각자 당당하고 활기차게 생활하는 와중에 서로 만나 편하게 담소를 나누고 자존감이 실린 밀도 있는 만남을 한다면 얼마나 좋은가. 그런데 기쁨은커녕 지인을 미안하게 만들었으니, 나의 아픔으로 인해 지인마저 힘들게 만들어버린 것이다. 그래서 난 이렇게 말하고 싶다. "내가 건강하고, 반듯하고, 당당하고, 큰 문제없이 잘 살아가는 게, 가족·친구·직장동료·동창생 등 모든 지인들에 대한 예의!"라고. 왜 나 때문에 나를 아는 사람들에게 슬픔과 미안함을 준단 말인가. 차라리 기쁨이나 행복감이라면 몰라도. 물론 살다보면 누구든 힘든 일을 겪을 수는 있다. 그러나 일시적이거나 납득할 만한 이유가 있는 경우에는 큰 문제가 되지 않겠지만(인생에서 누구든 고비가 있기 마련이다), 상습적(?)으로 지인에게 마음의 큰 짐까지 지게 하는 상황은 좀 곤란하다고 본다. 그래서 나부터 행복해야 그 향기가 주변으로 퍼져나가 서로가 행복할 수 있는 것이다. 그런데 악취를 풍긴다면 그 여파는 두말할 필요가 없다!

우선 '자신부터 사랑하라!'고 외치는 인생 고수들의 이야기에서부터 출발해보자. 먼저, 우리나라에서 장기간 베스트셀러였던 기시미 이치로 등이 쓴 『미움받을 용기』(2013)다. 알프레드 아들러(1870~1937)의 사상을 알기 쉽게 해설한 책이다. 아들러의 심리학의 핵심은 "궁극적으로 개인의 행복 추구가 바로 타인에 대한 배려와 상호 존중의 공동체 의식으로 발전한다"는 것이다. 즉, '내'가 먼저 행복해야 사회가 행복해진다는 뜻이다.[79] 방금 설명했던 논리와 정확하게 일치하지 않은가. 나도 모르겠다, 여러 통로를 통해 아들러의 사상에 자연스레 흠뻑 젖어버린 건지. 그래도 기분이 나쁘지는 않다.

미국의 자연주의 사상가인 랠프 왈도 에머슨, Ralph Waldo Emerson,

---

79) 『미움받을 용기(2013)』 기시미 이치로 외, 인플루엔셜, 2014, p.앞표지(저자 소개)
알프레드 아들러(Alfred Adler, 오스트리아 심리학자, 열등감이라는 용어 도입, 1870~1937)은 오늘날 거의 상식처럼 되어버린 프로이트(Sigmund Freud, 1856~1939)의 '원인론'을 정면으로 부정하고(트라우마 이론은 원인론의 정형이다), 사람은 현재의 '목적'을 위해 행동한다는 '목적론'을 내놓았다. 아들러에 의하면 우리는 얼마든지 '변할 수 있는 존재'이며, 그러기 위해서는 지금의 나를 그대로 받아들이고 인생에 놓인 문제를 직시할 '용기'가 필요하다고 한다. 즉 자유도 행복도 모두 '용기'의 문제이지 환경이나 능력의 문제는 아니라는 것이다. 그렇기에 아들러의 심리학을 '용기의 심리학'이라고도 부른다. 동양 사상으로 비유하자면 규율과 형식에 얽매인 삶을 강조한 공자 사상만이 옳다고 여겼다가 자유로움을 추구하는 장자의 무위(無爲) 사상을 알게 됐을 때의 신선한 충격과 비슷한 느낌을 안겨준다.
알프레드 아들러는 데일 카네기(『인간관계론』과 『자기관리론』으로 유명). 스티븐 코비(『성공하는 사람들의 7가지 습관』의 저자) 등 자기계발의 멘토라고 불리는 사람들에게도 영향을 주어 '자기계발의 아버지'라고도 불린다.

미국 사상가, 1803~1882)은 행복의 전파력을 강조하는 이런 말을 했다. "행복이란 내 몸에 몇 방울 떨어뜨리면 다른 사람에게도 묻을 수 있는 향수 같은 것이다."[80] 가정에도 마찬가지다. 내가 행복해야 아내도 행복해할 것이며, 그것으로 끝나버리는 게 아니라 이 기운이 다시 고스란히 자식에게까지 전달되지 않겠는가. 미국의 교육자·성직자였던 헤스버그 (1917~2015)의 말도 그렇다. "아버지가 자식들을 위해 할 수 있는 가장 중요한 일은, 그들의 어머니를 사랑하는 것이다."[81] 그리고 행복이나 불행의 파급효과를 구체적인 수치로 나타내 보여주는 특이한 연구가 있다. 하버드대학교 의과대학 교수이며 의사이자 사회학자인 니컬러스 크리스태키스(Nicholas A. Christakis) 등이 2008년에 발표한 연구결과를 그들의 저서 『행복은 전염된다』(2009)에 소개했는데, 그 내용의 핵심은 네 가지로 요약할 수 있다. "첫째, 행복한 사람들과 불행한 사람들은 끼리끼리 모인다. 둘째, 불행한 사람들은 무기력하게 겉돈다. 셋째, 나로 인해 친구가 행복해하면 내 행복크기는 15% 더 올라간다. 넷째, 행복한 동료가 1명 늘 때마다 내 행복크기는 9%씩 올라가며, 반대로 불행한 동료가 1명 늘 때마다

---

80) 『더 후: 사람 그리고 관계에 대한 지혜 48(The Who, The What and The When, 2014)』 조슈아 울프셍크 등, 중앙북스, 2015, p.121.
81) 『끝없는 추구: 성공을 부르는 30가지 습관(The Pursuit, 2005)』 덱스터 예거 외, 도서출판나라, 2006, p.164.
헤스버그: Theodore M. Hesburgh, 미국 인디애나주 Notre Dame 대학의 총장을 35년이나 역임한 성직자, 1917~2015.

내 행복크기는 7%씩 감소한다는 결론이었다."[82] 한마디로 행복과 불행은 주변 동료들끼리 서로 영향을 준다는 사실이다. 그래서 나의 행복이 주변 동료들도 행복하게 만드는 것이다. 내가 잘난 체하거나 자랑질할 경우에야 동료들의 시기심을 유발하겠지만, 서로 공감할 수 있는 즐거운 소식은 향수 역할을 톡톡히 하지 않겠는가. 저번 모임에서 내가 '툭' 던진 유머에 '빵' 터져 배꼽잡고 나뒹굴던 동료들의 모습을 떠올려보라. 그리고 내 덕분에 행복해하던 친구들을 보고선 다시 내가 더 크게 웃었던 기억을!

배철현 교수가 책 『심연』(2016)에서 소개한 글을 보자. 옛 성현들이 '자신을 중시'하는 말씀들이다. 물론 그분들이 '나만 잘 먹고 잘 살자'는 취지로 말한 게 아니다. 나부터 당당하게 우뚝 섰을 경우라야 세상도 바라볼 수 있다는 진리를 바탕에 깔고 있는 것이다.

[『길가메시 서사시』에서 길가메시는 영생을 찾아 목숨을 건 숭고한 여행에서 깨닫는다. "영생이란 '영원히 사는 것'이 아니라 순간을 영원처럼 사는' 기술, 즉 영생을

---

82) 「행복은 전염된다(Connected, 2009)」 니컬러스 크리스태키스 외, 김영사, 2010, p.89~91.
　　2000년에 미국 매사추세츠주 프레이밍엄에 살던 사람 12,067명 중 선택한 표본 집단에서 배우자 및 형제와 친구들 사이의 유대관계를 그들의 행복 수준과 대비하여 분석한 결과다.
　　얼핏 보기에는 이런 효과들은 그다지 중요해 보이지 않을 수도 있다. 그러나 이것을 임금을 더 받는 효과와 한번 비교해보라. 1984년에 5,000달러(2009년 가치로는 1만 달러에 해당함, 평균 연봉의 10% 상당액)를 추가로 더 받을 경우 그 사람이 행복을 느끼는 비율은 겨우 2% 증가하는 데 그쳤다. 따라서 돈을 조금 더 버는 것보다는 행복한 친구와 가족이 있는 편이 행복을 느끼는 데에는 더 효과적으로 보인다.

추구하는 삶 자체라는 것을."(p.153)[83] [84]

"당신 자체이기 때문에 미움을 받는 것이, 당신이 아닌 것이 당신인 척하여 사랑받는 것보다 낫습니다."(앙드레 지드: 1869~1951, p.182)

"사람들은 높은 산, 바다의 넘실대는 파고, 강물의 드넓은 조류, 별들의 운행들을 감탄하기 위해 외국에 갑니다. 그러나 정작 자신들이 가진 신비를 생각 없이 지나쳐버립니다."(아우구스티누스: 354~430, p.212)

진부한 사람은 자신 속에서 흘러나오는 침묵의 소리를 듣지 못할 뿐만 아니라 자신만의 삶의 안무를 갖지 못한다. 인간의 귀는 언제나 다른 사람들의 평가와 인정에 목말라하기 때문이다.(마사 그레이엄[85], p.220~221)

"내가 나를 위하지 않는다면, 누가 위하겠는가? 내가 나 자신을 위한 유일한 사람이 아니면, 나는 무엇이란 말인가? 지금이 아니라면, 언제란 말인가?"[86](힐렐, Hillel, 기원전 60년경~서기 20년경의 유대교 현자, p.222)

---

83) 『심연: 나를 깨우는 짧고 깊은 생각』, 배철현, 21세기북스, 2016, p.150~151.(『길가메시 서사시』 부분), 명언들은 각 페이지.
〈3,400년 전 인류 최초의 영웅 서사시 『길가메시 서사시(Gilgamesh Epoth)』〉
죽음을 극복한 영웅의 이름이 '길가메시'다. 그는 인류 최초의 도시인 우룩(오늘날 이라크 남부 도시 와르카)을 건설한 왕이다. 길가메시(Gilgamesh)는 수메르어로 '노인이 청년이 되었다'라는 뜻이다. 길가메시는 실제로 기원전 27세기 수메르 고왕국 시대의 왕이었다.

84) 『(EBS특별기획) 통찰』,EBS통찰제작팀, 배가북스, 2017, p.51.
〈"나라의 기초, 심연(深淵)을 본 사람(Sha naqba imuru ishdi mati)"〉
『길가메시 서사시』의 첫 구절이며, 이게 『길가메시 서사시』의 제목이 되었다. '샤 나크바 이무루', 즉 '나라의 기초, 심연을 본 사람'이라는 뜻이다. 길가메시를 소개하는 문장이다. 여기서 중요한 단어가 '나크바', 즉 '심연'이라는 단어다. '심연을 보았다'는 말은 세계의 기초를 보았다는 뜻이다. 『창세기』역시 신의 창조를 언급하면서 이 '심연'을 언급하고 있다.(이상준: 배철현 교수는 책 제목 '심연'을 여기서 따온 듯.)
『길가메시 서사시』는 길가메시라는 영웅이 영생을 찾기 위해 바다 속 심연으로 내려가 불로초를 따오는 이야기다. 이 신화는 기원전 2300년부터 길가메시를 찬양하는 단편 시로 등장하다가 기원전 2100년경 우르 3왕조의 왕 슐기가 자신의 영적인 조상으로 우상화하면서 그를 찬양하는 제법 긴 시로 만들어졌다.

85) 마사 그레이엄: Martha Graham, 미국 전설적인 현대무용가, 1894~1991

붓다가 말한 '도덕적으로 사는 것'의 진정한 의미는 이렇다. "도덕이란 지켜야 하는 율법이나 관습적 규칙이 아니다. 달콤한 유혹을 뿌리치며 세상 고통의 한가운데서 사람들과 함께하는 것이다. 함께 희로애락을 경험하며 자기 삶의 의미와 세상의 이치를 깨달아가는 것이다."(p.283)

'믿음'이란 자신의 삶에서 가장 소중한 것을 찾아가는 과정이며, 그 과정에서 습득한 행동을 자연스럽게 드러내는 것이다. '착함'이란 자신의 삶을 깊이 들여다보고 자신에게 소중한 것을 찾아 인내로써 지켜내는 행위다. 그리고 "나는 향기로운 존재인가?"를 스스로에게 질문하고 연습하는 삶이다.(p.288~289)

"당신 안에 혼돈을 품고 있어야 합니다. 그래야 춤추는 별을 낳을 수 있습니다." (프리드리히 니체: 1844~1900, p.302)』

전 로마교황 베네딕토 16세(2005.4.~2013.2. 제265대 교황)는 시 〈고독〉에서 이렇게 읊었다. "자기 자신과 잘 지내지 못하는 사람이 어떻게 다른 사람과 잘 지내겠는가. 자기 자신을 잃어버린 사람이 어떻게 온전한 사람일

---

86) 『디아스포라 기행(2005)』 서경식, 돌베개, 2006, p.38~39.
　　이탈리아의 토리노에 가면 프리모 레비(Primo Levi, 1919~1987)의 무덤이 있다. 묘비에는 아우슈비츠(Auschwitz)에서 그의 몸에 새겨졌던 수인번호 '174517'이 새겨져 있다. 그는 나치의 강제수용소에서 살아남은 증인이며 현대 이탈리아를 대표하는 작가이기도 하다. 1987년 4월 11일, 아우슈비츠의 트라우마로 인해 결국 자살로 생을 마감했다.
　　{이상준: 『아우슈비츠에서의 생존: 이것이 인간인가(Se questo e uomo)』(1947·1958)라는 책이 그의 대표작이다. 시집도 여러 권 펴내기도 했는데, 우리나라에선 여러 권의 시집을 묶어 『살아남은 자의 아픔(Primo Levi 시집, 1984)』(노마드북스, 2011)으로 출판됐다.
　　그의 자전적 장편소설 『지금이 아니면 언제?(If Not Now, When?, 1982)』(노마드북스, 2010)를 펴내기도 했다. 책 제목은 고대 현자 '힐렐'의 명언에서 따온 듯.}

수 있는가. 자기 자신과 함께 있다는 것은 움켜쥐고 있던 것을 내려놓는 것, 침묵하는 것, 귀를 기울이는 것을 뜻한다."[87]

프랑스의 유명한 작가이자 철학자인 보부아르는 다음과 같은 문장으로 개성과 행복을 설명했다. "다른 사람들처럼 평범하게 살되 그 누구와도 다르게 사는 고유한 삶에 행복이 있다."[88]

영국 철학자이자 열성적인 휴머니스트인 리처드 노먼 교수의 책 『삶의 품격에 대하여』(2004·2012)에서, 역자인 석기용 서강대 교수는 이렇게 첨언했다. "'전형적'이라는 것은 다른 사람들과 공유할 수 있고 누구나 납득할 수 있는 가치에 기반을 둔다는 것이고, 그것이 개인이 의식하고 해석하는 구체적인 삶의 공간 속에서 펼쳐진다는 점에서 유일무이한 이야기가 되는 것이라고 저자 리처드 노먼은 말한다. 내 삶을 다른 사람이 알아들을 수 있는 나만의 이야기로 만들 때, 내 삶은 의미가 있는 것이 된다. 이야기를 만드는 동물, 그것이 바로 인간이다."[89]

또, 산악인 이상배 씨는 책 『네팔 히말라야 배낭여행』(2016)에서 이렇게 말했다. "'모든 인생은 혼자 떠나는 여행'이라고 사라 밴 브레스낙(Sarah Ban Breathnack, 미국 저널리스트·작가)은 말했다. 누구나 혼자 있고 싶을 때가 있다. 혼자 산다는 것은 싱글이나 독신으로 사는 게 아니라 더불어 살아가는 삶 속에서 고유한 자신만의 즐거움과 아름다움을 추구한다는 뜻이라고 했다."[90]

---

87) 『시가 나를 안아준다: 잠들기 전 시 한 편, 베갯머리 시』, 신현림, 판미동, 2017, p.56.
88) 『내가 함께 여행하는 이유: 나와 너를 잃지 않는 동행의 기술(Die Kunst, Gemeinsam zu Reisen, 2015)』 카트린 지타, 책세상, 2016, p.27.
89) 『삶의 품격에 대하여(Thinking in Action: On Humanism, 2004·2012)』 리처드 노먼, 돌베개, 2016, p.313.
90) 『네팔 히말라야 배낭여행』 이상배, 주변인과 문학, 2016, p.4~5.

혜민 스님은 『멈추면 비로소 보이는 것들』(2012)에서 〈인생, 너무 어렵게 살지 말자〉라는 제목 하에 이렇게 썼다.

〔나는 30대가 된 어느 봄날, 내 마음을 바라보다 문득 세 가지를 깨달았습니다. 이 세 가지를 깨닫는 순간, 나는 내가 어떻게 살아야 행복해지는가를 알게 되었습니다.

첫째는, 내가 상상하는 것만큼 세상 사람들은 나에 대해 그렇게 관심이 없다는 사실입니다.(스포트라이트 효과=조명효과)

둘째는, 이 세상 모든 사람이 나를 좋아해줄 필요가 없다는 깨달음입니다.

셋째는, 남을 위한다면서 하는 거의 모든 행위들은 사실 나를 위해 하는 것이었다는 깨달음입니다.[91]

그러니 제발, 내가 정말로 하고 싶은 것, 다른 사람에게 크게 피해를 주는 일이 아니라면 남 눈치 그만 보고, 내가 정말로 하고 싶은 것 하고 사십시오. 생각만 너무 하지 말고 그냥 해버리십시오. 왜냐하면 내가 먼저 행복해야 세상도 행복한 것이고 그래야 또 내가 세상을 행복하게 만들 수 있기 때문입니다. 우리 인생, 너무 어렵게 살지 맙시다.〕[92]

소설가 김형경(1960~)이 『천 개의 공감』에서 소개하는, 『신곡』(1321)을 쓴 르네상스 시대 작가 단테의 말은 이렇다. "너의 길을 가라. 사람들이 떠들도록 내버려 두라." 그리고 김형경은 이런 말을 덧붙인다. "세상에는 두 부류의 사람이 있다. 남의 말을 하는 사람/ 그 화제에 오른 사람; 욕하는 사람/ 욕먹는

91) 황지우 시인(한국예술종합학교 교수, 1952~)은 "이타심은 이기심이다"라고 말했다.
92) 『멈추면 비로소 보이는 것들』 혜민 스님, 샘앤파커스, 2012, p.127~129.

사람; 살리에르[93] 같은 사람/ 모차르트 같은 사람. 어느 경우든 전자보다는 후자가 더 편안하고 자기 충족적인 삶을 영위하는 것을 우리는 많이 목격하게 된다."[94]

여성학자 정희진(1967~)은 책 『낯선 시선: 메타젠더로 본 세상』(2017)에서 여성들에게 〈당당하라〉는 주제로 이렇게 썼다. "자제하는 자신을 자랑스러워하지 마라. 울고 싶을 때마다 미소 짓지 마라."[95]

나 자신이 행복할 경우에는 제법 언짢은 사건도 웃으며 넘길 수 있다. 친구가 뼈있는 농담을 해도 마찬가지다. 그러나 내 기분이 별로인데 옆에서 쿡 찌르면 분위기가 이상해진다. 갑자기 열 받는데 '행복학'이든 뭐든 하나도 생각 안 난다. 마음을 내려놓기는커녕 화부터 버럭 내고 만다. 그러면 더 좋은 방법은 없을까? 당연히 있다. 내가 행복한 상태이면 된다. 내 마음이 기쁠

93) 「위클리 공감」, 2014.8.4., p.50.
　　안토니오 살리에리(Antonio Salieri, 이탈리아 작곡가, 베토벤의 스승, 1750~1825)는 당시 세간의 찬사를 얻었던 음악가였다. 유년기부터 음악에 재능을 보여, 1766년에는 빈 궁정으로부터 초청을 받는다. 그 후 빈에 머무르며, 1788년에는 궁정작곡가로 임명되며, 사망 직전인 1824년까지 그 지위를 유지한다. 빈에서 작곡가로, 특히 오페라·실내악·종교음악에서 높은 명성을 쌓는다. 그의 43편의 오페라 중에 가장 성공한 것으로는, 「다나이데스(Danaides)」(1784)와 「타라르(Tarare)」(1787)를 꼽을 수 있다.
　　그는 1770년대 오스트리아 빈에서 모차르트(Wolfgang Amadeus Mozartt, 오스트리아, 1756~1791년 35세로 사망)보다 더 큰 명예와 부를 누렸다. 궁정음악가로 많은 사람들의 사랑과 존경을 받으면서 음악가로서의 전성기를 보냈다. 하지만 6살 어린 모차르트가 나타나면서 그의 삶에 균열이 생기기 시작했다. 살리에르의 음악에는 한 치의 흐트러짐이 없다. 정해진 형식을 따라 그 당시 유행했던 고전음악의 공식을 정확하게 지켰다.
　　모차르트는 달랐다. 형식과 규칙에 얽매이지 않고 독창적이면서도 아름다운 선율을 뽑아냈다. 연습도 노력도 없이 방탕한 삶을 살았다. 그저 떠오르는 영감을 악보에 뱉어내면 곧 음악이 됐다. 그야말로 하늘이 내려준 재능이다.
　　당대의 사람들은 살리에르를 더 높이 평가했다. 행동에 문제가 많았던 모차르트에 대한 미움이 그의 음악마저 외면하게 만들었다. 그러나 살리에르는 알고 있었다. 자신의 음악이 모차르트의 음악에 미치지 못한다는 사실을! 열등감에 시달리던 살리에르의 절규와 함께 뮤지컬은 절정을 향해 치닫는다. "오, 신이시여. 어찌하여 저에게는 귀만 주고 손은 주지 않으셨나이까?"(뮤지컬 「살리에르」에서)
94) 「천 개의 공감」, 김형경, 사람풍경, 2012, p.348.
95) 「낯선 시선: 메타젠더로 본 세상」, 정희진, 교양인, 2017, p.134~135.

때 친구가 뭐라 하든지 마음 내키는 대로 행동해도 그게 정답일 가능성이 높다. 어떻게 해야 이론에 맞는지 고민할 필요도 없다. 방금 이론에서 터득한 진리 아닌가. 이론 공부를 했으니 책은 덮어버리고, '우선 나의 행복'을 찾는 게 급선무다. 책만 무조건 읽는다고 해서 참된 지식이 쌓이는 것은 아니다. 지식이 내 몸의 일부로 체화되어 있을 때 온전하게 그 기능을 발휘하게 된다. 이탈리아 출신 유대인 시인 프리모 레비(1919~1987)는 심지어 이렇게까지 얘기했다. "(…) 그리고 책을 읽고 난 다음엔 반드시 덮게. 모든 길은 책 바깥에 있으니까!"[96]

또 하나, 내 그릇(내공)이 커야 한다는 사실이다. 내 그릇이 물컵만 하면 양동이로 물을 부어도 결국 남는 건 물컵 용량만큼뿐이다. 백날 부어봐야 흘러넘쳐버리고 만다. 따라서 나 자신의 용량이 커질수록 지혜도 더 많이 담기고 그만큼 세상을 보는 눈도 달리질 것이다. 별다른 방법이 없다. 혼신을 다해 내 그릇을 키우는 수밖에!

(4-4/4) '사후가정 사고(Counterfactual Thinking)' 즉 '행동경제학적 사고'와 '자이가르닉 효과(Zeigarnik's Effect)'

'사후가정 사고(Counterfactual Thinking)'라고 명명된 심리학에서 중요하게 다루는 용어가 있다. 여러 저명한 심리학자들이 연구·조사한 결과물을 발표하면서 탄생시킨 용어가 바로 이 '사후가정 사고'(1995년 최초

---

96) 『지금이 아니면 언제?(If Not Now, When?, 1982)』 프리모 레비, 노마드북스, 2010, p.9.
　　프리모 레비: Primo Levi, 1919~1987.4.11. 아우슈비츠의 트라우마로 자살.

탄생)이다.[97] 우선 핵심부터 말하면 '할까?', 아니면 '하지 말까?'의 귀로에 섰을 경우 '하는 것'이 심리학적으로 더 좋다는 것이다. 결론을 간단하게 요약하면 두 개다. 첫째, '저지른 행동'과 '하지 않은 행동' 중에서 하지 않은 행동에 대한 후회가 더 크다. 둘째, '저지른 행동'이 잘못되어 오는 후회는 오래가지 않고, '하지 않은 행동'에 따른 미련(즉, 아쉬움의 후회)은 오래간다. 심리학자 김정운 교수는 『나는 아내와의 결혼을 후회한다』(2009)에서 '사후가정 사고'를 소개하면서 남녀 간의 차이를 사례로 들었다.

〔보편적으로 여자에 비해 남자의 후회가 훨씬 더 오래가며, 지속적으로 스스로를 괴롭힌다. 남자가 여자에 비해 첫사랑을 못 잊고 훨씬 더 오래 괴로워한다고 한다. 특히 인간관계와 관련한 후회에서는 남녀 간에 아주 결정적인 차이가 나타난다. 남자들은 '하지 않은 행동'에 대한 후회를 훨씬 더 많이 하는 반면, 여자들은 이미 '행한 행동에 대한 후회'를 훨씬 더 많이 한다는 것이다. 이 말은 '여자들은 웬만하면 일을 행하고 본다'는 뜻이 되며, 여자들의 후회는 최근에 과하게 행한 것에 대한 후회일 뿐 아주 먼 옛날 행하지 못한 것에 대한 후회는 별로 없다는 것이다.〕[98]

이제 '사후가정 사고'의 개념을 사례를 통해 확실히 짚고 가자. 지금 '해야 되나(A)' '말아야 되나(B)'의 귀로에 서 있다. '했을 경우(A)'의 결과는 'A1' 또는 'A2'로 예상된다. 그리고 '말았을 경우(B)'의 결과는 비교적 단순하게

---

97) Gilovich, T.; Medvec, V.H. (April 1995). 〈The experience of regret: what, when, and why〉「Psycho-logical review 102 (2)」 p.379~395.
98) 「나는 아내와의 결혼을 후회한다」 김정운, 쌤앤파커스, 2009, p.38~42.

'B1'이 예상된다. 이런 상황에서 A와 B 중 무엇을 선택해야 할 것인가? 경영학 분야에서는 이러한 '불확실한 상황'에 취할 수 있는 의사결정방법론이 있다.[99] 보통은 A1과 A2의 '확률적 기댓값'(확률을 감안한 예상치)과 B1의 수치를 비교하여 유리한 쪽을 선택한다. 그러나 심리학에서는 한 단계 더 추가적인 분석을 한다는 점이다. 즉, '했을 경우(A)'의 예상 결과물인 'A1' 또는 'A2'에 대해 심리적으로 느끼게 될 영향과, '말았을 경우(B)'의 결과물인 'B1'에 대한 심리적 영향을 비교한다는 것이 특징이다(이것이 소위 '사후가정'이다). 그 다음 절차는 A와 B안 중에서 현 시점에서 심리적으로 더 유리한(기쁨이 더 크거나, 슬픔이 더 적은 경우) 대안을 선택하면 되는 것이다(현재시점에서 판단하는, 즉 '사고(思考)'다).[100] 좀 이해가 되는가. 행동경제학계의 거장 하노 벡(Hanno Beck, 독일) 교수[101]가 유명 저서 『부자들의 생각법』(2012)에서는

---

99) 〈경영학에서는 '위험한 상황'과 '불확실한 상황'으로 엄격히 구분하여 분석한다〉
경영학에서는 A1과 A2가 일어날 확률을 알 수 있는 경우에는 '위험한 상황', 확률도 모르는 경우를 '불확실한 상황'이라고 엄격히 구분하여 의사결정기법을 달리하고 있다. 여기서는 설명이 쉽도록 확률을 알고 있다는 가정을 하겠다. 그리고 일반적으로 불리는 '불확실한 상황'으로 통칭해서 부른다.

100) 『재무이론과 기업정책(Financial Theory and Corporate Policy, 1983)』, T.E. 코프랜드·J.F. 웨스턴, 법문사, 1986, p.106~130. 〈선택이론: 불확실성하의 효용이론〉
심리학의 '사후가정 사고'에서와 유사하게 '효용이론(Utility Theory)'에서는 예상결과 값 수치를 효용으로 변환시킨다. 이때 효용함수를 이용하는 점이 유사하다.
관련 논문으로는 「Eugene F. Fama-Merton Miller(1972)」 등 다수 있다.(p.108)

101) 「머니투데이」, 2017.10.11. 김고금평 기자
〈2017년 노벨문학상·경제학상, '인간' 그리고 '융합'에 손 내밀었다〉
노벨문학상 가즈오 이시구로 '인간이란 무엇인가' 되묻고, 경제학상 탈러 '인간의 심리가 차가운 계산' 흔들어.
{이상준: 가즈오 이시구로(石黒一雄)는 일본계 영국작가로 1954년 일본 출생, 1960년에 영국으로 이주했다.}
독일의 스타 경제학자 하노벡(Hanno Beck, 포르츠하임대학) 교수는 기자 시절, 굵직한 언론상을 두 번 받을 정도로 실물 경제에 밝았다. 그는 자신 있는 이론으로 제빵계 체인회사에 거액을 투자했지만, 주가가 폭락해 엄청난 손해를 봤다. 이 손해를 만회하려고 추가로 매수했지만, 사정은 달라지지 않았다.
경제 전문가가 비이성적으로 행동한 것에 대한 오류는 그의 베스트셀러 『부자들의 생각법』에 고스란히 기록돼 있다. 경제는 이론이 아닌 인간의 심리에 영향 받는다는 것을 알기 쉽게 정리한 셈이다.
2017 노벨경제학상 수상자로 선정된 리처드 탈러 교수는 하노 벡 교수보다 5년 앞선 2008년 '넛지' 이론을 발표, 합리주의라는 계산에서도 비이성적 선택을 하는 인간의 독특한 심리를 경제학에 응용하는 행동경제학을 주장했다. {이상준: 「넛지: 똑똑한 선택을 이끄는 힘(Nudge, 2008)」(리더스북, 2009)이 대표작이다.}

이렇게 설명하고 있다. "예를 들어 손해 보는 것이 두려워서 일반 정기예금에만 투자했다고 하자. 시간이 지난 후 '그때 조금이라도 주식에 투자했다면 돈을 많이 벌었을 텐데'라고 후회하는 경우를 상상을 (해본 다음에 무엇을 선택할지 결정을) 하면 더 나은 결정을 할 수도 있을 것이다."[102] '사후가정 사고'는 '사전 의사결정'을 할 때 '사후에 느끼게 될 심리학 효과'까지 감안한다는 점에서 진일보한 이론이다. 행동경제학 학문 자체가 경제적 숫자만으로 의사결정을 하던 기존 경제학·경영학의 이론에서 한 걸음 더 나아가, 심리적 효과까지 접목하여 분석하는 학문이 아니던가. 그리고 실제 인간이 의사결정을 할 때(주식·부동산 등을 사고팔거나, 광고에 유혹되어 지갑을 열거나, 복권으로 큰돈을 만졌지만 결국 망하게 되거나, 성과급에 목을 매는 현상 등등)는 경제적인 이론과 배치되는 행동을 해버리는 경우가 비일비재하다. 따라서 행동경제학[103] [104]적 사고가 일반경제학적 사고보다

---

102) 『부자들의 생각법(Geld denkt nicht, 2012)』 하노 벡, 갤리온, 2013, p.350.

103) 『장하준의 경제학 강의』 장하준, 부키, 2014, p.159~160.
행동주의의 시발점은 1940년대와 50년대, 특히 1978년 노벨경제학상을 수상한 허버트 사이먼(Herbert Alexander Simon, 1916~2001)의 연구로 거슬러 올라간다. 그의 획기적 연구는 경제학에만 국한되지 않았다. 사이먼은 인공 지능(AI) 연구와 경영 기법의 일종인 오퍼레이션 리서치(OR, 계량 경영학, 계량 의사결정론)의 아버지이다. 또 행정학의 고전 가운데 하나인 『행정 행동학』(1947)을 썼으며, 인지 심리학의 권위자였다. 대니얼 카너먼(Daniel Kahneman, 미 프리스턴 대학교 교수, 1934~)은 이 분야를 개척한 공로로·'노벨경제학상(2002)을 받은 최초의 심리학자'가 되었다. 이를 계기로 행동경제학(Behavioral Economics)은 경제학의 주류로 들어왔다. 또한 2017년 노벨경제학상 수상자로 리처드 H. 탈러(Richard H. Thaler, 시카고대 행동경제학 교수, 1945~)가 선정되어 이 분야의 중요성이 다시 한 번 입증되었다.

104) 『거짓말하는 착한 사람들: 우리는 왜 부정행위에 끌리는가(The Honest Truth About Dishonesty, 2012)』 댄 애리얼리, 청림출판, 2012, p.321.
행동경제학으로 노벨경제학상을 수상한 최초의 인물은 1992년의 개리 베커(Gary S. Becker, 미국 시카고 대학교수, 1930~)였지만 그는 경제학자였고, 심리학자로서 노벨경제학상을 받은 사람은 2002년의 대니얼 카너먼이 최초였다. 그는 수상 소감에서 이렇게 말했다.
"저는 고정관념에 기초한 인간의 두루뭉술한 사고와 편향성에 대해 연구했습니다. 인간은 모두 비합리적이라고 말하는 것은 아닙니다만 '합리성'이라는 개념은 매우 비현실적입니다. 저는 '합리성'이란 개념 자체를 부정하고 싶을 뿐입니다." 이 발언은 '인간은 합리적 선택을 하는 존재'라는 주류경제학의 기본 토대가 잘못됐다고 공격했다. 그 후로 한국에서도 행동경제학이라는 생소한 용어가 점차 익숙한 용어로 자리 잡기 시작했다.(이경식: 작가이자 번역가, 이 책의 역자)

더 설명력이 있다고 볼 수 있다. '사후가정 사고'도 행동경제학과 같은 선상에 있는 심리학 이론이다. 그런데 '사후가정 사고'의 이론 전개는 심리학적 효과를 고려해야 한다는 점에 초점을 맞추어 출발됐지만, 현재 심리학계에서 주목하고 있는 내용은 '한 행동'과 '하지 않은 행동'에 따른 '심리적 후회의 크기'로 초점이 이동돼 있다. 앞서 이 이론에 대한 결론이라고 먼저 언급한 바와 같이, 보통 '사후가정 사고' 하면 제일 먼저 떠오르는 개념이 "하지 않은 행동에 대한 후회가, 해서 후회하는 경우보다 더 크다"인 것이다. 영국 시인 알프레드 테니슨(Alfred Tennyson, 1809~1892)은 "사랑하고 잃는 것이 사랑을 하지 않는 것보다 낫다"고 말했다.[105] '사후가정 사고'의 관점에서 보면 정확한 지적이다.

"'사후가정 사고'와 약간 비슷한 현상인 '자이가르닉 효과(Zeigarnik's Effect)'가 있는데, 이는 마음이 미완성 과제에서 떠나지 못한 채, 완성하라고 우리를 쿡쿡 찔러대는 현상을 말한다."[106] "자이가르닉 효과는 뇌는 불완전한 상황을 좋아하지 않는다는 이론이다. 종합해보면 동기부여를 하는 좋은 방법은 상황을 불완전하게 만든 다음, 이를 해결할 수 있는 방법을 제한하는 것인 듯하다."[107]

'사후가정 사고'는 장기적으로 나타나는 현상이고, '자이가르닉 효과'는 비교적 짧은 기간에 나타나는 현상이라는 차이가 있다. '자이가르닉 효과'를 비교적 자세하게 설명하고 있는 강준만(1956~) 교수의 책『감정 동물』에

---

105) 『살아온 기적 살아갈 기적』, 장영희 에세이, 샘터, 2009, p.46.
     "It is better to have loved and lost than not to have loved at all."
106) 『더 소중한 삶을 위해 지금 멈춰야 할 것들(Mastering The Art of Quitting, 2014)』, 앨런 번스타인 외, 청림출판, 2014, p.265.
107) 『뇌 이야기: 엄청나게 똑똑하고 아주 가끔 엉뚱한(The Idiot Brain, 2016)』, 딘 버넷, 미래의창, 2018, p.309.

소개된 일부 내용을 살펴보자.

〔1920년대에 독일 베를린대학 심리학과에 유학 중이던 러시아(리투아니아)계 유대인 여성인 블루마 자이가르닉(Bluma Zeigarnik, 1900~1988)은 지도교수인 쿠르드 레빈(Kurt Lewin, 1890~1947)과 카페에서 자주 세미나를 했다. 그녀는 카페의 직원들이 계산을 하기 전에는 정확하게 주문 내역을 기억하는데, 계산 후에는 전혀 기억을 하지 못하는 것을 이상하게 생각해 이를 심리학 연구의 주제로 삼았다.

자이가르닉은 실험 참가자들을 두 그룹으로 나누어 같은 과제를 수행시킨 후, 한쪽 그룹은 일을 완성하도록 하고 다른 그룹은 의도적으로 일의 완성 전에 중단시켰다. 그 후에 자신들이 수행하던 과제의 기억 수준을 조사했는데, 과제를 완성한 그룹에 비해 과제를 풀다가 중단당한 그룹에서 자신이 푼 문제를 기억해낼 가능성이 1.9배나 높은 것으로 나타났다. 이처럼 미완성 과제에 대한 기억이 완성 과제의 기억보다 강하게 남아 판단에 영향을 주는 심리적 현상을 가리켜 '자이가르닉 효과'라고 한다.

왜 이런 현상이 일어날까? 사람은 임무를 부여받았을 때 일정한 긴장 상태를 느끼며, 그 임무를 완성한 후에야 긴장이 사라지는 데다 미완성 과제에 관한 정서적 애착이 강하게 남아 판단 결과를 좌우하기 때문이다.

자이가르닉 효과를 이용하여 효험을 볼 수 있는 경우의 사례를 들어보자.

첫째, 남녀의 첫 만남에서 다음 약속을 잡지 않는 게 좋다. 연애에 능한 사람들은 자이가르닉 효과를 이용하기도 한다.

둘째, 티저[108] 형식의 광고인데, 극적인 순간에 광고를 끝내 시청자로 하여금

---

108) 티저(Teaser)란 '괴롭히다, 졸리다'라는 뜻을 가진 'tease'에서 비롯된 말로 중요한 내용을 감춰 소비자들의 궁금증을 유발한 뒤 점차 본모습을 드러내는 방식의 광고다.

지속적인 호기심을 갖게 함으로써 계속 광고를 기억하도록 유도한다.

셋째, 드라마는 아주 극적인 장면에서 끝나는 경향이 있는데, 이는 미완결된 드라마를 완결시켜야 한다는 생각을 시청자의 머릿속에 주입해 다음 회차 시청률을 상승시키려는 의도임은 두말할 나위가 없다.

넷째, 정성훈(정신의학과 원장)은 이 원리를 강의에 이용할 수도 있다고 말한다. "여러 날에 걸쳐 특강을 하게 되는 세미나에서는 항상 오후 늦게 그날의 강의가 끝날 때 '생각해볼 문제'라는 식의 과제를 내줍니다. 그러면 학생들의 머릿속에서 전날의 강의 내용이 쉽게 소멸되지 않게 할 수 있습니다.")[109]

또한 길로비치는 스포트라이트 효과(Spotlight Effect) 또는 조명효과로 불리는 실험을 했다(핵심은 "창피는 생각보다 크지 않다"이다). 즉, 실험 참가자에게 우스운 티셔츠를 입히고 나서 평범한 옷의 다른 참가자들 사이에 자연스럽게 앉혀놓은 후 설문한 결과, 우스운 옷을 입은 사람은 다른 참가자 중 48%가 자신의 모습을 알아차릴 것이라고 답한 반면, 실제로는 8% 정도의 참가자만이 우스운 옷차림을 알아차렸다고 한다. 이는 "실제 이상으로 다른 사람들이 자신의 모습을 주목할 것이라고 생각하는 현상"이다.[110] 그래서 너무 남을 의식하지 말고 의연하게 나의 길을 가라는 거다.

109) 『감정 동물』, 강준만, 인물과사상사, 2017, p.34~41.
110) 『프레임: 나를 바꾸는 심리학의 지혜』, 최인철, 21세기북스, 2007, p.89~90, 210.
    {Gilovich, T.; Medvec, V.H.; Savitsky, K. (2000) 〈The sportlight effect in social judgement: An ego-centric bias in estimates of the salience of one's own actions and appearance〉『Journal of Personality and Social Psychology』 79, p.211~222. 재인용}

(5) 분자(성취) 늘리기 3: 과락 항목이 있으면 불행해진다. 한 개도 없어야 한다

"모든 과목 점수가 두루 좋아야 행복하다: 즉 행운도 따라줘야 한다!"

(5-1/4) 아리스토텔레스의 행복론

고대 그리스 철학자 아리스토텔레스(기원전 384~기원전 322)는 "인생의 목적은 행복인데, 특히 이성을 따르는 삶이 최고다"라고 하면서, "행복은 행운이다"라고까지 말했다. 행복을 이루는 많은 요소 들 중 하나라도 낙제가 돼서는 불행해진다는 것이다. 다른 것을 다 이뤄도 만일 자녀가 애를 먹이면 온 정신이 그것에 쏠릴 것인 바, 불행하게 느낀다는 것이다. 김상봉 교수(1960~)가 이 부분을 해설한 내용을 보자.

["사람에게는 이성을 따르는 삶이 가장 좋고 즐거운 것이다. 이성은 다른 무엇보다도 인간을 인간되게 하기 때문이다. 그러므로 이러한 삶이 또한 가장 행복한 삶이다."(p.71)

아리스토텔레스는 플라톤과 달리 내세를 믿지 않았다. 그는 이데아(Idea, 눈에 보이지 않는 초자연적인 세계, 즉 참실재)의 세계와 눈에 보이는 세계가 따로 있다고 생각하지 않았다. 존재하는 것은 우리가 살고 있는 오직 하나의 자연적인 세계밖에 없으며, 이데아든 감각적 사물이든 존재하는 모든 것은 하나의 세계 속에 같이 있다는 것이 아리스토텔레스의 생각이었다. 따라서 그는 인간이 죽으면 그것으로 우리의 삶도 끝이라고 생각했다. 따라서 참으로 좋은 것, 참으로 선한 것은 바로 지금 여기 우리가 사는 세계에서 실현되지 않으면 안 된다. 바로 이것이 아리스토텔레스의 현실주의였다.(p.75)

"행복을 덕(德)과 동일시하지만, 행복을 행운(幸運)과 동일시하는 사람들도 많다."

아리스토텔레스는 이처럼 참된 행복을 위해서는 비단 정신적 선(善, 좋음)뿐만 아니라 신체적 선(건강과 아름다운 외모 등)이나 외부적 선(재산과 권력 따위)이 모두 필요하다는 것을 부인하지 않았다. 어차피 우리는 여러 가지 제약조건에 얽매인 삶을 살 수밖에 없기 때문이다.(p.92~93)』[111]

아랍·아프리카·중남미·발칸반도 등 내전과 재앙이 잦은 국가뿐만 아니라 가정이 파탄된 집에서 태어나거나, 혹은 지병을 안은 채 태어난 아이의 경우 등은 운명으로 봐야 하지 않겠는가. 내세를 믿지 않고 현세만 믿은 아리스토텔레스 입장에서야 이런 요소를 설명할 때, '행운'밖에는 달리 설명할 수가 없었을 것이다. 그의 스승인 플라톤이나 불교처럼 '내세(來世)'가 있다고 생각할 경우에는 이유가 달라진다(도교는 불교와 달리 내세관이 없다).[112] [113] [114] 잘못 태어난 것은 전생에 지은 '업(業)', 즉 죄 값을 현세에서 받는 것이기

---

111) 『호모 에티쿠스(Homoethicus): 윤리적 인간의 탄생』, 김상봉, 한길사, 1999.
112) 『내 인생의 고전(2015)』, 푸페이룽, 시그마북스, 2018, p.349.
　　도가(道家)는 노자가 창시했다는 도교(道敎)보다 700여 년이 앞선다. 도가는 규모가 크고 사상이 정밀한 철학으로 세계 사조에서도 중요한 지위를 차지한다. 도교는 여러 민속 신앙을 흡수하여 자기만의 교의와 의식, 계율 등을 형성하고 종교적으로 자리매김했다. 철학과 종교는 서로 작용을 달리하므로 혼동해서는 안 된다.
113) 『저것을 버리고 이것을』, 최진석, 소나무, 2014, p.159~174.〈도교의 생사관〉
114) 『강신주의 노자 혹은 장자』, 강신주, 오월의봄, 2014, p.61.
　　노자와 장자의 사상을 '노장사상'이라고 병칭하면서 생기게 된 문제는 사실 한두 가지가 아닐 것이다. 그중 가장 심각한 문제는 '노자가 군주와 국가를 논한 철학자'인 반면, '장자는 단독적인 개체와 삶의 철학자'였다는 것이 망각된다는 점에 있다. 즉 노자의 철학은 유가의 통치철학과 대비되는 또 하나의 '통치철학'이란 점이다.

때문이다.[115] [116] 따라서 흙수저로 태어난 것을 온전히 운명이라고 말할 수는 없게 된다.

(5-2/4) 재레드 다이아몬드의 '안나 카레니나 법칙'

『총, 균, 쇠(Guns, Germs, and Steel, 1997)』(문학사상사, 1998·2005)로 세계적인 명성을 얻은 재레드 다이아몬드(Jared Diamond, 1937~)[117] [118]는 이 책에서 '안나 카레니나 법칙'이라는 기발한 용어를 만들어냈다. '안나 카레니나 법칙'도 전술한 아리스토텔레스의 행복론과 유사하다.

---

115) 『평화로운 죽음 기쁜 환생(Peaceful Death Joyful Rebirth, 2005)』 툴쿠 퇸둡 림포체, 청년사, 2007, p.28.
〈삼사라(윤회)에 존재하는 여섯 종류의 세계〉
존재들은 깨달음을 얻어 '생의 바퀴'에서 탈출하지 않는 한 자신 카르마의 인과관계 때문에 여섯 윤회계에서 끊임없이 환생한다. 여섯 윤회계는 천상계·아수라계(때로는 질투하거나 싸우는 신들의 세계로 불린다)·인간계·축생계·아귀계·지옥계다. 다섯 윤회계에서는 천상계와 아수라계를 합친다.
인간이 완전히 깨달은 상태 즉, 불성을 얻는다면 어떤 세속의 세계에서도 다시는 환생하지 않을 것이다. 왜냐하면 환생을 일으키는 카르마(업·業), 즉 생각·말·행동을 통해 사람의 마음에 새겨진 습관적인 패턴)의 순환에 더 이상 복종하지 않아도 되기 때문이다. 즉, 붓다의 지혜와 붓다의 정토인 가장 평화롭고 더없이 기쁘고, 전지전능한 상태에서 머무르게 되는 것이다. 해탈의 경지에 이르지 않는 한 사후에 카르마의 결과에 따라서 환생을 해야 한다.
{이상준: 티베트에서는 죽었다 되살아난 사람들을 '델록(Delogs)'이라고 부른다. 델록은 주로 자비와 선행을 베푼 사람들뿐이다. 이 책은 델록의 여러 사례들을 소개하는 책이다. 어떤 델록은 1주일도 넘게 죽었다 살아나 '사후 세계'의 이야기를 들려주는 사례도 있다. 그런데 1주일 아니라 1개월이라도 죽은 상태로 있다가 다시 살아난 경우에, 과연 그는 (한 번이라도) '정말 죽었었다'고 간주할 수 있는 것일까?
『선의 나침반(1): 숭산 대선사(1927~2004)』(현각 스님, 열림원, 2001, p.21, 232~265)이란 책에서는 윤회에 대해 상세하게 해설하고 있다.}
116) 『소설로 읽는 중국사(1)』, 조관희, 돌베개, 2013, p.106.
『서유기』는 당나라 때의 삼장법사라는 이름으로 알려진 쉬안장(玄奘·현장, 602?~664)과 원숭이 쑨우쿵(孫悟空·손오공)의 이야기다. 지금 전해지는 『서유기』의 가장 이른 판본은 명대(明代)에 나온 것이다.
『서유기(西遊記)』는 기본적으로 불교에서 말하는 인과응보(因果應報)를 바탕으로 한 육도윤회(六道輪廻)의 사상이 모든 이야기의 발단이 되고 있다. 육도란 천도(天道)·아수라도(阿修羅道)·인도(人道)를 가리키는 '삼선도(三善道)'와, 축생도(畜生道)·아귀도(餓鬼道)·지옥도(地獄道)를 가리키는 '삼악도(三惡道)'를 말하는 것이다. 결국 육도라는 것은 삼라만상 모든 만물이 지어내는 조업(造業)의 인과(因果)에 의해 생겨나는 죄복보응(罪福報應)의 끊임없는 순환적 세계를 의미하는 것이다.

〔톨스토이의 위대한 소설 『안나 카레니나(Anna Karenina)』(1877)의 첫 문장은 "행복한 가정은 모두 엇비슷하고 불행한 가정은 불행한 이유가 제각각 다르다"로 출발한다. 이 문장에서 톨스토이가 말하려고 했던 것은, 결혼생활이 행복해지려면 수많은 요소들이 성공적이어야 한다는 것이다. 서로 성적매력을 느껴야 하고, 돈·자녀교육·종교·친인척 등등의 중요한 문제들에 대해 합의할 수 있어야 한다. 행복에 필요한 이 중요한 요소들 중에서 어느 한 가지라도 어긋난다면 나머지 요소들이 모두 성립하더라도 결혼은 실패할 수밖에 없다. 우리는 성공에 대해 한 가지 요소만으로 할 수 있는 간단한 설명을 찾으려 한다. 그러나 실제로 어떤 중요한 일에서 성공을 거두려면 수많은 실패 요인들을 피할 수 있어야 한다.

이러한 '안나 카레니나의 법칙'은 인류사에서 중요한 의미를 갖는, 동물의 가축화에

---

117) 『역사의 역사』, 유시민, 돌베개, 2018, p.289.
　　인류사에 대한 대중의 관심을 크게 불러일으킨 인물이 재레드 다이아몬드(Jared Diamond, 캠브리지 대학교 생리학 박사, 캘리포니아 주립대학교 의과대학 생리학과 교수, 1937~)였다. 그는 원래 역사학자가 아니라 생리학·조류생태학·진화생물학·생물지리학·문화인류학 등을 연구해왔던 과학자이자 작가·저널리스트였다. 그리스어와 라틴어를 비롯한 고전어에 통달했고, 영어·독일어·프랑스어·러시아어를 능란하게 구사했다. 그러면서 「네이처(Nature)」「내추럴 히스토리(Natural History)」「디스커버(Discover)」를 비롯한 과학 잡지에 기명 칼럼을 썼다. 인문학과 과학을 아우르고 넘나드는 '종합지식인' 다이아몬드는 「총, 균, 쇠(Guns, Germs, and Steel, 1997)」(문학사상, 1998·2005)로 세계적인 명성을 얻었다. 그리고 『문명의 붕괴(Collapse, 2004·2005)』(김영사, 2005)라는 책에서 이스터 섬과 마야의 해체된 문명을 분석하고 환경 파괴와 자원 고갈이 문명 몰락의 원인이 될 것이라 경고했다.

118) 『노동, 성, 권력: 무엇이 인류의 역사를 바꾸어 왔는가(Work, Sex and Power, 2015)』, 윌리 톰슨, 문학사상, 2016, p.5~8.
　　『총, 균, 쇠(1997)』와 『노동, 성, 권력(2015)』의 차이: 『총, 균, 쇠』의 저자 재레드 다이아몬드 교수는 인류의 역사 발전 과정과 대륙 또는 지역 간의 발전 속도, 그리고 특징을 바로 '총, 균, 쇠'라는 3가지 핵심 요소로 설명했다. 특별한 연관성이 없어 보이는 이 세가지의 키워드를 내세워 인류의 역사를 새롭게 분석한 것이다. 민족마다 역사가 다르게 진행된 것은 각 민족의 생물학적 차이 때문이 아니라, 바로 지리적·환경적 차이 때문이라는 그의 주장은 수긍할 수밖에 없는 분명한 관점들이 제시되었다.(이 책은 1998년 한글판 초판, 2005년 한글 개정판이 나왔는데 이듬해인 2013년 서울대학교 도서관 대출도서 1위였다.)
　　윌리 톰슨(Willie Thompson) 교수(스코틀랜드)가 내놓은 역작 『노동, 성, 권력』은 책의 제목에서 볼 수 있듯이, 훨씬 더 급진적이고 근본적인 3가지 핵심 요소를 제시한다. 장구한 인류의 역사를 설명하기 위해서 두 학자가 들고 나온 『총, 균, 쇠』와 『노동, 성, 권력』은 모두 세 가지 핵심 요소를 내세웠다는 점에서 공통점이 있다. 하지만 그 내용은 사뭇 다르다.
　　『총, 균, 쇠』는 구체적인 사물 또는 물질을 지칭하는 키워드인 데 비해, 『노동, 성, 권력』은 그 의미가 다소 추상적이고 의미론적인 반경이 광범위하다고 할 수 있다. 다시 말하면, 전자는 우리가 눈으로 직접 보고 손으로 만질 수 있는 사물을, 후자는 쉽게 볼 수도 만질 수도 없는 관념적 요소에 주목했다는 점이다.(이현복 서울대 명예교수 추천사)

대한 유력한 설명도구이기도 하다.』[119]

(나도 옛날에 소설『안나 카레니나』[120]를 읽고서 기구한 여인의 삶을 접하고는 '인생이란 과연 무엇인가?'라는 의문을 잠시나마 가졌던 기억이 있다. 그러나 '안나 카레니나 법칙' 같은 건 꿈에도 생각하지 못했다. 영화든 소설이든 '첫 문장'이 제일 중요하다고 한다.[121] 그걸 딱 집어낸 다이아몬드 교수는 역시 명성을 얻을 만한 자질을 가지고 있는 것 같다.)

또한 뇌 과학자인 김대식 교수는 "행복은 50%가 유전, 10%는 환경, 40%는 자신의 의지에 따라 결정된다"는 최근 연구를 소개하기도 했다.[122]

이하 '(5-3/4)서양의 내세관'과 '(5-4/4)서양의 과학관'은 건너뛰어도 이후 내용을 이해하는 데 별 지장이 없다.

(5-3/4) 서양의 내세관: 내세는 있지만 윤회는 없다(예수만 부활했다)

---

119) 『총, 균, 쇠(Guns, Germs, and Steel, 1997)』 재레드 다이아몬드, 문학사상사, 2005, p.234~235.
120) 『줌 인 러시아』, 이대식, 삼성경제연구소, 2016, p.241~243.
　　2007년 영어권 작가 125명이 선정한 역사상 최고의 문학작품에 톨스토이의 작품 『안나 카레니나(Anna Karenina)』(1877)가 선정되었다. 1930년대 이후 이 소설은 네 번이나 영화화되었고, 그때마다 그레타 가르보(1935)·비비안 리(1948)·소피 마르소(1997)·키이라 나이틀리(2013) 등 최고의 여배우들이 비련의 안나 역할을 맡았다. 무려 1400여 년 전(1877년)에 쓰인 바람난 귀부인 자살 이야기의 인기가 이렇듯 식지 않는 이유는 무엇일까?
　　그건 아마도 이 작품이 영원히 해결되지 않는 우리 인생의 문제를 이야기하고 있기 때문인 것 같다. 그것은 톨스토이 전 작품에 걸쳐 반복적으로 던져지는 질문, 바로 "사람은 무엇으로 사는가?"라는 화두다.
　　소설 『안나 카레니나』는 타락한 사회를 살아가는 인간에게 욕망과 사랑 그리고 행복이 무엇인지를, 깨끗한 영혼을 소유했던 안나 카레니나를 통해 극명하게 보여준다.
121) 김규리 기자가 쓴 이런 책도 있다.
　　『우리가 사랑한 한국 소설의 첫 문장』 끌리는책, 2017.4.25.
　　『한국인이 사랑한 세계 명작의 첫 문장』 끌리는책, 2017.6.23.
　　그리고 장정일이 '버크 외 28인의 서문'을 엮은 『위대한 서문』(열림원, 2017)도 있다.
122) 『이상한 나라의 뇌과학』, 김대식, 문학동네, 2015, p.38~39.

서양의 내세관(來世觀)을 좀 더 구체적으로 알아보자.

성탄절(Christmas)은 이교도인 이집트에서 차용됐다는 설이 있고, 부활절(Easter Day) 역시 이교도 지역인 프리지아와 카파도키아(아나톨리아 동·중부를 일컫는 고대 지명)·갈리아 등지에서 전승(傳承)된 것이라는 설도 있다. 후술하겠지만 기독교의 지옥 관념은 조로아스터교에서 차용됐다고 한다. 이 말은 기독교는 당시에 이미 존재하고 있던 이교도의 교리를 취합한 것이라는 견해다.[123] 아무튼 현재 서양의 3대 종교는 유대교·기독교·이슬람교다.[124] [125] [126] 이들 서양 신학이 불교사상과 극명하게 갈리는

123) 「황금가지(The Golden Bough, 1890)」 제임스 프레이저, 을유문화사, 2005, p.842~849. (황금가지는 겨우살이를 말한다.)

124) 「이희수교수의 이슬람」, 이희수, 2011, p.167.
　　아랍과 유대 두 민족은 「꾸란」과 「구약」에 아브라함을 조상으로 받들고 있다. '아브라함'이 자식이 없어 몸종인 하갈(헤가·Hagar)과 혼인하여 이스마일을 (86세 때) 낳고, 다시 본부인인 사라(Sarah)에게도 태기가 있어 아기를 낳으니 그가 이삭이다. 이삭은 유대 민족의 조상으로 후대에 예수 그리스도를 낳고, 이스마엘은 아랍족의 족장으로 그 가문에서 무함마드가 탄생하여 이슬람으로 이어졌다. 이런 역사적 친근 관계의 두 민족은 정치적인 희생양이 되어 적대국이 되었다. 그리고 '회교'는 '회족(回族, 중국 서북지방에서 이슬람교를 믿는 대표적인 소수민족)의 종교'라는 뜻이므로 사용하면 안 된다.
　　유대교는 신의 아들이자 메시아 복음 전달자로서의 예수를 부정했다. 유대교도는 예수를 로마 정권에 밀고하여 결국 골고다 언덕에서 십자가에 못 박히게 만든 장본인이다.
　　이슬람교는 예수를 최상의 인격체로 받아들이고 추앙한다. 단, 한 줌의 신성도 지니지 않은 순수한 인간 예언자 혹은 선지자로 받아들이는 것이다. 무함마드는 예수 사후에 나타난 마지막 선지자라는 것이다. 그는 최종이며 완성된 복음(즉 「코란」)을 가져온 선지라는 것이다. 「코란」은 예수를 완연한 인격체로 인정하고 있다. 이슬람교는 기독교의 세 뿌리인 원죄관, 예수의 십자가 대속개념, 부활의 기적을 모두 부정한다. 인간 이성을 중시한다.
　　기독교는 이슬람교와 달리 예수를 하느님의 아들로서 신격으로 받아들인다.

125) 「메카로 가는 길(The Road to Mecca, 1954)」 무함마드 아사드, 루비박스, 2014, p.11.
　　서구인들은 힌두교나 불교가 서양 사상과는 근본적으로 다르다고 생각한다. 즉, 일부 개념에 대해 경외심을 품기는 하지만, 결코 서양 사상을 대체할 수 있다고 생각하지는 않는다. 이런 전제가 바탕에 깔려 있기 때문에 생경하지만 가까이 다가가 동조하기도 하는 것이다.
　　그러나 이슬람은 힌두교나 불교만큼 가치관에 있어 큰 차이를 보이지 않는 데, 선입견이 강하게 자리하고 있다. 이슬람의 가치관이 잠재적 위협으로 작용할 만큼 서구의 가치관과 비슷해서 그럴 가능성이 높다. (이런 이유가 두 교도 사이에 전쟁을 발발하는 중요한 원인 중 하나일 것이다.)

126) 「100년의 기록: 버나드 루이스의 생과 중동의 역사(Notes on A Century, 2012)」 버나드 루이스 외, 시공사, 2015, p.338.
　　이슬람은 서구의 제한적인 개념에서의 종교가 아니다. 이슬람은 공동체이고, 충성심이고, 삶의 방식이다.

점은, 윤회(輪回)는 없고 현생에서 지은 죄(일종의 '업')에 따라 천국행이나 지옥행 등이 결정된다는 것이다.[127] 즉, 내세는 있지만 윤회는 없다는 사상이다(예수만 하나님의 자식으로서 인류를 구제하기 위해 부활했다)[128]. 서양 신학이 말하는 내세는 천국(Heaven), 림보(Limbo), 연옥(Purgatory, '씻다'는 뜻), 지옥(Inferno)[129] 의 4가지이다.

---

127) 『죽음이란 무엇인가(Death, 2012)』, 셸리 케이건, 엘도라도, 2013. p.306.

128) 인간은 자신이 필연적으로 죽을 수밖에 없는 존재임을 자각하는 유일한 종이라고 한다. 그러니 동서양을 막론하고 '죽음에 대한 의미', 영혼이 육체와 분리되어 '영생(永生)'이 가능한지, 아니면 육체가 죽을 때 영혼도 같이 죽는 것인지 등에 대한 수많은 논문과 저서들이 출간되고 있다. 서양의 시각은 주로 영혼이 분리되어 내세가 있다는 플라톤인 견해가 더 많은 것 같다. 죽음에 대한 서양 서적들 중 한글로 번역된 대표적인 몇 권을 소개한다. 티베트·인도 출신의 서양 철학자들이 동양적 관점에서 쓴 책들은 제외했다.

『신지학: 인간의 영적 본질에 대한 신성한 탐구(Theosophy, 1922)』, 루돌프 슈나이더, 물병자리, 2001.
『삶 이후의 삶(Life after Life, 1975)』, 레이먼드 A. 무디, 시공사, 1995.
『연옥의 탄생(La naissance du Purgatoire, 1981)』, 자크 르 코프, 문학과지성사,　2000.
『뉴 에이지 혁명(The Aquarian Conspiracy, 1987)』, 매릴린 퍼거슨, 정신세계사,　1995.
『지중해의 성자 다스칼로스(1~3권)(Fire in the Heart, 1990)』, 마르키데스, 정신세계 사, 2008.
『사후생(죽음 이후의 삶의 이야기)(On Life after Death, 1991)』, 엘리자베스 퀴블러 로스, 대화문화아카데미, 2003.
『영혼들의 운명 (1, 2권)(Destiny of Souls, 2000)』, 마이클 뉴턴, 나무생각, 2001.
『죽음 이후의 삶(Life after Death, 2006)』, 디팩 초프라, 행복우물, 2007.
『나는 천국을 보았다(Proof of Heaven, 2012)』, 이븐 알렉산더, 김영사, 2013.
『죽음이란 무엇인가(Death, 2012)』, 셸리 케이건, 엘도라도, 2013.
『죽음을 다시 쓴다 (Erasing Death, 2013)』, 샘 파르니아·조쉬 영, 페퍼민트, 2013.
『상실 수업(On Grief and Grieving, 2014)』, 엘리자베스 퀴블러 로스·데이비드 케슬러, 인빅투스, 2014.
『죽음: EBS 다큐프라임 생사탐구 대기획』, EBS '데스(Death)' 제작팀, 책담, 2014.
『자살의 사회학: 세상에 작별을 고하다(Farewell to the World: A History of Suicide, 2009·2015)』, 마르치오 바르발리, 글항아리, 2017.

129) 댄 브라운(Dan Brown, 1964~)은 종교와 예술 관련 소설가로 유명하다.
미국 최고 명문사립 고등학교인 필립스엑시터(Phillips Exeter Academy)와 에머스트 대학(Amherst College)을 졸업, 영어교사로 지내다 작가로 변신했다. 『천사와 악마(Angels & Demons, 2000)』(바티칸을 둘러싼 과학과 종교 간의 대립을 그린 소설), 『다빈치 코드(The da Vinch Code, 2003)』(레오나르도 다 빈치 작품에 숨겨진 기독교 비밀을 파헤친 소설), 『로스트 심벌(The Lost Symbol, 2009)』(세계 최대 비밀단체인 프리메이슨의 '잃어버린 상징'을 찾아 나서는 소설) 등이 모두 세계적 베스트셀러가 됐다.
특히 『로스트 심벌』 이후 4년 만에 쓴 『인페르노(Inferno, 2013)』의 무대는 이탈리아 피렌체이다. 작가가 단테의 『신곡』(1321) 가운데 '지옥(Inferno)' 편에서 영감을 받아서 썼다 이 소설에선 『다빈치 코드』의 주인공인 '로버트 랭던' 하버드대 교수가 다시 등장한다.(문학수첩, 2013.5.14. 발간. 론 하워드 감독이 영화로도 제작하여 2016.10.19. 개봉)
그의 최신작은 『오리진(Origin, 2017)』, "우리는 어디에서 와서 어디로 가는가?"(폴 고갱의 유명한 그림 제목이자, 그의 산문집 제목이다)라는 화두를 주제로 하고 있다. 인공지능이 풀어낸 인간의 탄생과 소멸, 신·과학·미래에 대담한 질문을 던지고 있다.(문학수첩, 2017.10.3. 발간)

〔가톨릭 신학에서 림보(Limbo)란, 비록 벌을 받지는 않아도 하느님과 함께 영원히 천국에 사는 기쁨을 누리지 못하는 영혼이 머무는 천국과 지옥 사이의 경계지대를 이른다. 영화「인셉션(Inception)」(2010 미국, 크리스토퍼 놀란 감독)의 림보(Limbo)도 마찬가지이다. 구약의 조상들이 그리스도가 강생하여 세상을 구할 때까지 기다리는 곳(조상들의 림보), 영세 받지 못하고 죽은 유아 등과 같이 원죄 상태로 죽었으나 죄를 지은 적이 없는 사람들이 영원히 머무는 곳(어린이의 림보) 등 두 가지로 나눌 수 있다. 고성소(古聖所)라고도 한다.〕[130]

기원전 5세기경부터 문헌에 등장하는 조로아스터교의 지옥 관념은 아브라함의 종교(유대교·기독교·이슬람)에 영향을 미쳤으며, 지옥의 개념도 마찬가지였다.[131] 단테((Alighieri Dante, 1262~1321)의『신곡(La Divina

---

130) 「신을 옹호하다: 마르크스주의자의 무신론 비판(Reason, Faith and Revolution, 2009)」 테리 이글턴, 모멘토, 2010, p.15. (이 책을 번역한 강주헌의 글)
{이상준: 「연옥의 탄생(La naissance du Purgatoire, 1981)」 (자크 르 코프, 문학과지성사, 2000)은 연옥을 주제로 한 책이다.}

131) 「싸우는 인문학」 강양구 외, 반비, 2013, p.260~261.
기원전 5세기경부터 문헌에 등장하는 조로아스터교 전통에서 우리는 심판의 과정이 더욱 자세해지고, 선악의 가치가 뚜렷하게 강조되는 것을 볼 수 있다. 조로아스터교는 빛과 어둠, 선과 악의 철저한 이분법적 관점, 선신과 악신 사이의 종말론적 싸움, 그리고 불의 정화(淨化)력을 숭배하는 것으로 유명하며, 기독교의 사탄 신앙과 종말론에도 커다란 영향을 준 것으로 알려져 있다. 사람이 죽으면, 살았을 때 행한 선행과 악행이 각각 자산(資産)과 부채(負債)로 간주되어 재무상태표(財務狀態表)처럼 계산된다. 선행이 더 큰 망자는 천국으로 안내되고, 악행이 더 큰 이는 지옥으로 떨어진다. 이들은 3,000년 동안 계속된 선신(善神) 아후라 마즈다(Ahura Mazdah)와 악신(惡神) 앙그라 마이뉴(Angra Mainyu, 혹은 아흐리만·Ahriman) 사이의 싸움이 결판 날 때까지 그곳에 머물러야 한다. 결국 아후라 마즈다가 승리하고, 세상을 완전하고 영원히 죽지 않는 곳으로 만들기 위해 신을 대리한 구세주가 등장한다. 동정녀가 예언자 조로아스터(Zoroaster 혹은 독일식 이름 차라투스트라·Zarathustra)의 씨를 받아 낳은 구세주의 이름은 사오쉬안트(Saoshyant 혹은 소쉬안스·Soshyans)이다. 그는 선신을 대리하여 천국과 지옥에서 머물던 망자를 모두 일으켜 세워 최후의 심판을 내린다. 구원받은 이의 육신은 부활하고, 영혼은 정화되어 선한 신과 하나가 됨으로써 불사(不死)의 존재가 된다. 결국 지옥은 불에 타서 완전히 사라지며, 높은 산과 깊은 골짜기는 서로 낮아지거나 높아져서 평평하게 되고, 하늘과 땅이 만나 새 하늘과 새 땅이 펼쳐진다.
조로아스터교가 아브라함의 종교(유대교·기독교·이슬람)에 미친 영향은 슬쩍 보기만 해도 금방 알 수 있을 정도다. 물론 기독교의 지옥 관념에도 영향을 미쳤다.

Commedia, 神曲)』(1321)은 「지옥(Inferno)편」·「연옥(Purgatory)편」 ·「천국(Heaven)편」의 3부로 이루어졌고, 각 33칸토(Canto)와 도입부분의 첫 칸토를 합해 100개의 칸토와, 총 14,233행으로 구성된 장편 서사시(敍事詩) 다. 역시 내세 중 림보만 빼고 지옥·연옥·천국을 소설의 무대로 삼은 것이다.[132]

그런데 기독교는 과학관이든 종교관이든 교리를 세우는 데 유리한 것만 취사선택했다는 사실이다.

---

132) 『오리엔탈리즘(ORIENTALISM, 1978)』, 에드워드 사이드/박홍규 번역, 교보문고, 2007, p.129~131.
　　우리가 하나 알아야 할 점은 단테도 오리엔탈리스트(동양 폄하주의자)였다는 사실이다. 단테가 말하는 '마오메토(Maometto)', 곧 마호메트는 『신곡』(1321) 「지옥편」 제28곡(曲, Canto)에 등장한다. 그가 있는 곳은 지옥의 아홉 골짜기 가운데 여덟 번째, 사탄이 있는 지옥의 본거지를 둘러싼 음울한 개천인, 열 개의 악의 참호 가운데 아홉 번째이다. 그러므로 단테는 마호메트에 이르기 전에, 죄가 더 가벼운 사람들이 갇혀 있는 여러 골짜기를 통과한다.(…) 그리하여 마호메트는 단테가 중상모략을 일삼아 분열시키는 화근의 씨앗을 뿌렸던 사람으로 부른 범주 속에 포함되어 철저한 악덕의 계층에 속해졌다. 마호메트가 영원한 운명으로 받게 된 형벌은 특히나 혐오스러운 것이었다. 단테의 표현에 의하면, 마호메트는 구멍이 찢어진 통처럼 뺨에서 항문까지 두 쪽으로 완전히 찢어진 꼴이다.
　　그리고 이슬람에 대한 단테의 언급은 이에 그치는 것만이 아니다. 「지옥편」의 첫 부분에는 몇 명의 이슬람교도가 등장한다. 단테는 그들의 위대한 도덕성과 업적을 존경하고 있으나, 그들이 기독교도가 아니므로 비록 가벼운 정도이지만 그들을 지옥에 떨어뜨려야 했다. 영원성이라는 것이 시대의 차이를 균등하게 만든다고 하여도, 단테는 기독교 이전의 선각자들을 기독교 이후의 이슬람교도와 같은 '이교도'라는 범죄의 동일 범주에 집어넣는, 엄청난 시행착오와 변칙을 태연히 범하고 있다. 심지어 『코란』의 예언자로서 예수의 이름을 들고 있는데도, 단테는 결코 위대한 이슬람교도의 철학자나 군주들이 기독교를 근본적으로 알지 못했다고 주장하고 있다.
　　{이상준: 그리고 『신곡』과 같은 서사시는 우리의 시·시조처럼 운율(rhyme)이 생명인데, 번역서의 경우 운율의 맛은 다 없어져버리고 내용만 읽게 되므로, (번역자들은 물론 추천사를 쓰거나 강연을 하는 그 나름 전문가라는 사람들마저 천편일률적으로 극찬하는) 감흥은 사실 오지 않는다. 이런 현상은 번역된 외국의 모든 시(詩)의 경우에도 마찬가지다. 박상진 부산외국어대 이탈리아어과 교수도 원어로 『신곡』 읽기를 권하고 있다. 뜻 몰라도 그 운율을 음미하는 맛을 보라는 거다. 일리 있는 말이란 생각이 든다. 『인문학 명강: 서양고전』, 김상근 교수 외 10명, 21세기북스, 2014, p.179~193. 참조.}

(5-4/4) 서양의 과학관

당시 서양지식의 중심지였던 그리스에서의 과학사와 우주론을 개략적으로 훑어보자. 먼저 세계 최초의 과학자라는 명예를 가지고 있는 아낙시만드로스(Anaximandros, 기원전 610~540?)인데, 그는 우주가 무한하며, 지구가 둥글고, 지구중심설(천동설)을 주장했다.[133] [134] 아낙사고라스(Anaxagoras, 그리스 자연철학자, 기원전 500?~428?)는 지구는 둥글고 달은 돌덩이에 불과하다고 주장함으로써 신을 모독했다는 죄를 물어 재판에 시달려야 했다.[135] 소크라테스 이전의 철학자는 주로 자연을 연구하였고 그 이후는 인간과 도덕을 주제로 삼았지만, 그렇다고 해서 자연 연구에 소홀했던 것은 아니다.[136] 소크라테스는 우주를 처음으로 코스모스(Cosmos)라고 불렀다. 그는 지구가 둥글다고 최초로 주장한 아

---

133) 『우리 안의 우주(The Universe Within: From Quantum to Cosmos, 2012)』 닐 투록, 시공사, 2013, p.73.
아낙시만드로스(Anaximandros, 기원전 610~540?, 밀레토스 출신)는 완전한 자연주의우주론(自然主義宇宙論)을 주장한 최초의 인간이다. 그를 세계 최초의 과학자로 추앙받고 있다. 그는 무한이라는 개념을 처음으로 생각해낸 것으로 보이며, 어떻게 생각했는지는 모르지만 우주는 무한하다고 결론지었다. 그는 인류와 다른 동물들이 바다의 물고기에서 나왔다는 생물 진화의 초기 버전도 제안했었다. 아낙시만드로스가 최초의 과학자로 여겨지는 이유 중 하나는, 실험과 관측을 통해 체계적으로 학습을 했기 때문이다. 같은 방법으로 그는 탈레스에게서 배웠고 피타고라스를 가르쳤던 것으로 보인다. 또한 그는 세계 최초의 지도제작자이기도 하다. 지구가 둥글다는 것을 설파했다. 더 나아가 일종의 지구중심설이라고 볼 수 있다. 그는 원통형의 지구 주위를 천체들이 돈다고 보았다.

134) 『한손에 잡히는 서양의 사상』 성찬휴, 초록세상, 2006, p.15~17.
아낙시만드로스탈레스의 제자로 최초로 지도를 그린 사람이다. 우주에는 탈레스가 주장한 흙·물·불·공기의 4가지 원소들을 지배하는 초월적인 요소가 따로 있다고 보았다. 그는 이 무한하고 초월적인 것을 아페이론(Apeiron)이라 불렀다.

135) 『왜 세계는 존재하지 않는가(Warum es die Welt nicht gibt, 2013)』 마르쿠스 가브리엘, 열린책들, 2013, p.35.

136) 『그리스 철학사(Storia Della Filosofia Greca, 1996)』(1권) 루치아노 데 크레센초, 리브로, 1998, p.302.

낙시만드로스의 제자였다. 그러나 소크라테스학파는(천동설을 주장한 아낙시만드로스와 반대로) 최초로 태양중심설(지동설)을 주장하며 우주의 중심을 태양으로 보았고, 이 견해는 아리스타르코스(Aristarchos, 기원전 310~230)로 이어지면서 계속됐다.[137] 또한 그 유명한 알렉산드리아 도서관장을 지냈을 정도로 이 도서관의 중심인물이었고, 유능한 수학자이자 지리학자였던 에라토스테네스(Eratosthenes, 기원전 273?~192?)는 아리스타르코스가 주장한 태양중심설을 믿고 태양과 지구·달의 크기를 측정하는 등 많은 업적을 남겼다. 그가 측정한 값은 오늘날 밝혀낸 실제의 수치와 10% 정도밖에 오차가 나지 않는다.[138] 그러나 당시 만물박사 였던 아리스토텔레스(Aristoteles, 기원전 384~322)[139]는 기존의 정설을 뒤엎어버리고 지구중심설을 주장했다. 그는 '지구구형설'(지구는 둥글다)은 그대로 받아들였지만, '지동설' 대신 '천동설'을 주장하여 소크라테스

---

137) 『현대 물리학과 동양사상(개정판)(The Tao of Physics, 1999)』 프리초프 카프라, 범양사, 2012(한글 초판은 2000), p.39.

138) 『어메이징 그래비티(Amazing Gravity)』 조진호, 궁리, 2013, p.52.

139) 『철학의 에스프레소(Die Philosophische Hintertreppe, 1966·1973)』 빌헬름 바이셰델, 아이콘C, 2004, p.94.
아리스토텔레스는 정말 '걸어 다니는 백과사전'이었다. 그는 탐구의 결과물로 엄청난 분량의 저술을 남겼다. 고대의 어떤 증인은 그것이 400권에 이른다고 하고, 다른 사람은 1,000권이라고도 하고, 진짜 학자인 또 다른 사람은 수고스럽게도 아리스토텔레스가 쓴 행수를 헤아려서 모두 445,270행에 이른다고 전하고 있다. 이 어마어마한 저술로 아리스토텔레스는 서양 학문의 토대를 만든 사람이 된다.

140) 『젤롯(ZEALOT, 2013)』 레자 아슬란, 와이즈베리, 2014, p.24~26.
이 책의 제목으로 쓰인 '젤롯(Zealot)'은 '열혈당'으로 번역되며, 이들은 로마 식민 통치에 폭력으로 항거한 민족주의자들을 말한다(p.98·156·248).
{이상준: 4대 복음서가 완성된 시기는 대략 서기 100년 전후이니 아리스토텔레스가 죽은 지(기원전 322년) 400년쯤 지난 후였다.}

이전의 우주론('천동설')으로 되돌아가버렸다. 앞에서 설명한 바와 같이 천국·지옥과 같은 내세관은 아리스토텔레스에게는 아예 없었다. 그는 철저한 현실주의자였기 때문이다. 그런데 기독교는 훗날[140] 이 지구중심설을 공준(公準, postulate), 즉 원칙(原則, principle)보다 훨씬 강력한 불변의 철칙[141]으로 채택한다. 지구중심설은 교회가 강압적으로 채택할 수밖에 없었던 이론이었다. 『창세기』에 따르면 신이 우주를 창조한 시기(즉 천지 창조)는 기원전 4004년이다(현대 과학적 견해인 우주나이 137억 년[142], 지구

마가(Marco·Marcus·Mark)의 이야기가 가장 먼저 『마가복음(Mark)』에 기록되었다. 그 시기는 서기 70년 직후, 그러니까 예수가 죽고 나서 약 40년이 지난 뒤다. 마가가 복음서를 쓰고 나서 20년 뒤에, 그러니까 서기 90년~100년 시기에, 『마태(Matthew)』와 『누가(Luke)』 기자(記者)는 개별적으로 작업했는데, 두 기자 모두 마가의 원고를 기초로 여기에 자신만의 독자적인 전승을 덧붙임으로써 복음서를 새롭게 했다. 기독교인 독자들의 욕구를 충족시키기 위해 서로 다른, 때로는 충돌하는 탄생 이야기뿐 아니라 일련의 부활 이야기를 공들여 포함시켰다. 마태와 누가 기자는 초기의 문헌으로 꽤 널리 퍼진 '예수의 어록집'을 사용했는데, 학자들은 이 문헌을 Q라고 부른다. Q문서 자료는 『마가복음』 기자가 알지 못했던 가상의 기독교 문헌으로, 『마태복음』과 『누가복음』의 자료로 사용되었을 것으로 추정된다. Q는 자료를 의미하는 독일어 크벨레(Quelle, 샘물)의 약자다.
이 세 복음서(『마가복음』, 『마태복음』, 『누가복음』)를 묶어 공관복음이라고 부른다. 이것들이 예수의 생애와 활동에 대해 대체로 같은 이야기를 보도하며 그 순서도 비슷하기 때문이다. 공관복음은 1세기가 끝난 직후, 서기 100년~120년 시기에 기록된 것으로 추정되는 제4복음서, 즉 『요한복음(Johannes)』과는 분명한 차이가 있다.

141) 공준(postulate)은 원칙(principle)보다 상위에 위치하는 철칙과 같은 것이다.
회계학에서도 '회계공준'이 가정한 철칙의 하위개념으로 '회계원칙'이 만들어져 있다. 예를 들어, '계속기업 공준'은 기업은 망하지 않는다는 근본가정이다. 실제로 많은 기업들이 도산하지만 그 경우에는 예외적·일시적으로 청산가치 등의 대체적인 수단을 사용하게 된다. 하지만, 우선은 망하지 않는다고 보기 때문에(설령 곧 망할 가능성이 매우 높은 경우라도) 시가(時價)가 아니라 취득원가를 우선으로 재무제표에 계상하는 것이다. 이 '계속기업 공준' 아래 '기간구분 원칙' 등이 있는데, 이는 기업의 경영성과를 일정기간별(과세 등의 목적과 연관되어 있어 보통 1년)로 구분하여 계산하는 것이다. 이 '원칙'에 따라 1년 단위로 정기결산이 이루어지고 있다. 월별·분기별·반기별 결산도 '계속기업 공준'과 그 하위 원칙인 '기간구분 원칙'에 근거를 두고 있는 것이다.

142) 『지구 위의 모든 역사(What on Earth Happened?, 2011)』 크리스토퍼 로이드, 김영사, 2011, p.13.
137억 년 전 우주 폭발(빅뱅, Big Bang)이 일어나 우주가 생겨났다.
뭐 별 차이는 없지만 138억 년 전이라는 견해도 제법 있다.(『우주, 시간, 그 너머(The Universe in your hand, 2016)』 크리스토퍼 갈파르, 알에이치코리아, 2017, p.160. 등)

나이 46억 년[143]과 비교하면 정말로 하늘과 땅만큼 차이가 난다).[144]

그리고 신(하느님)은 자신의 형상을 본떠 인간을 만들었는데, 어떤 여자를 언제 만들었느냐는 점에 대해 두 가지 서로 모순된 전승이 전해져 내려오고 있다. 하나는 최초의 남자인 아담(Adam)과 최초의 여자인 릴리트(Lilith) 이 두 남녀를 동시에 흙으로 만들었는데, 릴리트가 아담에게 순종적이지 않아

---

143) 『날마다 천체물리(Astrophysics for People in a Hurry, 2017)』, 닐 디그래스 타이슨, 사이언스북스, 2018, p.30 ; 『가이아의 향기』, 최용주, 이지북, 2005, p.194. 등

144) 『가족과 함께한 행복한 독서여행』, 곽규호, 휴먼필드, 2013, p.189~190.
천지창조와 인간의 탄생에 관한 『창세기』의 내용은, 현재까지 연구된 우주(지구)의 탄생에 관한 과학적 견해와는 큰 차이가 있다. 성경의 연대기에 따르면 예수 그리스도의 탄생을 기준으로 하여 천지창조는 기원전 4004년, 대홍수는 기원전 2348년, 모세의 출애굽은 기원전 1446년에 해당한다고 한다. 이러한 연대는 성경에 등장하는 중요 인물을 발췌해서 계산한 것이다.
인간을 비롯한 생명체의 탄생에 관해서도 창조론(기독교의 입장)과 진화론(과학계의 입장) 사이에 대립이 치열하다.

145) 『커플: 클라시커 50 시리즈(50 Klassiker Paare, 2000)』, 바르바라 지히터만, 해냄, 2001, p.21.

146) 『그런 여자는 없다: 국민여동생에서 페미나치까지(Bitches, Bimbos and Ballbreakers, 2003)』, 게릴라걸스, 후마니타스, 2017, p.14.
구약 『창세기』는 서로 다른 두 전승자로부터 편집되어 아담의 부인으로 서로 달리 창조된 두 여자가 언급되고 있는 것이다. 【먼저 남자를 만들고 그 남자에게서 이브를 만들었다.】(『창세기』 2장 22절)는 야훼(하느님) 전승과는 달리, 구약성서 『창세기』 사제 전승에는【신은 아담과 릴리스(Lilith)를 동시에 흙으로 만들었다.】(『창세기』 1장 27절)라고 기록되어 있다.
릴리스는 아담에게 동등한 인격체로 대해줄 것을 요구하고 성관계에서 여성 상위를 주장했다. 하지만 아담이 이를 거부하자 결국 아담의 곁을 떠난다. 이후 정통 기독교에서 릴리스는 쾌락을 추구하다 악마 루시퍼(Lucifer, '악마의 두목')의 아내가 된 음탕한 마녀로 매도되었다.
베드로를 주축으로 하는 남성 사도들도 막달라 마리아를 위시한 여성 사도들을 축출하고 교회의 지배권을 잡는 것을 정당화하는 이론으로 이런 남성 우월주의 신화를 더욱 굳힌다. '릴리스 콤플렉스'라는 개념을 만들어낸 독일의 정신과 의사 한스 요아힘 마츠는, 여성에 가해지는 억압은 순종적이고 희생적인 이브형 여성성에서 비롯된다고 비판한다.

147) 『릴리트(Lilit e altri racconti, 1981 · 2016)』, 프리모 레비, 돌베개, 2017, p.31~36.

148) 『하버드 가지 마라』, 대니얼 홍, 한겨레에듀, 2010, p.72.
영어 단어 '섹스(Sex)'는 '끊어 갈라놓다'라는 뜻을 가진 라틴어 'Sectus'에서 유래한다. 즉, 섹스는 '강제로 나뉜 자기 반쪽을 찾아 한 몸이 되려는 몸부림'으로 해석할 수 있다. 갈라진 남녀 사이에는 자석같이 서로 끌어당기는 힘이 존재해 빈번한 접촉사고(?)를 일으킨다.

149) 『해변의 카프카(상)(Kafka on the Shore, 2002)』, 무라카미 하루키, 문학사상사, 2003, p.79~81.
플라톤의 『향연』에 나오는 아리스토파네스(소크라테스의 친구)의 이야기에 따르면, 먼 옛날의 신화 세계에는 3종류의 인간이 있었다. 옛날에는 남자와 여자가 오늘날같이 따로따로 떨어져 있지 않고, 남자와 남자가 또는 남자와 여자가, 그 밖에도 여자와 여자가 한 몸으로 등이 맞붙어 있어서 마주 보지는 못하고, 서로 등

추방시켜버리고,[145] [146] [147] [148] [149] [150] 아담의 갈빗대 24개에서 1개를 뽑아 이브(Eva)를 만들었다는 기록이다. 이 기록에 의하면 이브는 아담의 두 번째 여자가 된다. 다른 하나의 전승은 릴리트 이야기는 쏙 빠져버리고, 아담의 갈빗대에서 이브가 만들어졌다고 전해지는데, 이 경우에는 이브가 세상에 태어난 것도, 아담의 여자인 것도 첫 번째가 된다.[151] 뭐 좀 이상하기는 한데

짝이 딱 붙은 채 살아가는 3종류의 인간으로 이루어져있었다고 한다. 그러니까 애당초 인간은 오늘날과는 달리, 두 사람이 한 몸으로 붙어있게 만들어져 있었던 거다. 그래도 모두 만족하고 아무 탈 없이 살아가고 있었다.

그런데 하느님이 칼을 써서 그 모든 사람들을 반쪽씩 두 사람으로 갈라놓았다. 그 결과로 오늘날의 사람들은 모두 하느님의 칼에 맞아 생긴 일직선으로 된 흔적이 등쪽에 남아 있다. 그리하여 요행히 제대로 자기 짝을 찾게 되면 해피엔딩의 사랑이 되지만, 영영 찾지 못하거나 찾았다 싶어 결합했는데 아니다 싶으면 다시 영원한 이별이 된다는 그럴듯한 얘기다. 그 결과 세상에는 남자와 여자만 있게 되어서, 사람들은 원래 한 몸으로 붙어 있던 반쪽을 찾아 우왕좌왕하면서 인생을 보내게 된 것이다. 동성애든 이성애든 범성애든!

하느님은 왜 이렇게 했을까? 그건 아마 어떤 벌을 집행한 것이리라. 아담과 이브의 낙원 추방처럼 말이다. 즉 원죄!

{이상준: 범성애(Open Sexuality)는 이성을 사랑하되 아니마나 아니무스를 사랑하는 것을 말한다. 카를 구스타프 융(Carl Gustav Jung, 스위스의 심리학자, 1875~1961)은 남성의 심리에 있는 여성적 요소를 아니마(Anima), 여성의 심리에 있는 남성적 요소를 아니무스(Animus)라고 불렀다. 이 용어는 원래 '영혼' '삶의 호흡' '움직이는 것'이라는 뜻의 라틴어다. —『개념어 사전』, 남경태, 들녘, 2006, p.249~251. 참조}

150) 『롤리타(Lolita, 1955)』, 블라디미르 나보코프, 문학동네, 2013, p.각 페이지.
릴리트(Lilith)는 유대신화에 등장하는 악녀. 인류 최초의 여자로 아담의 아내였으나 음탕하고 사악하여 낙원에서 추방됐다. 블라디미르 나보코프(Vladimir Nabokov, 러시아 소설가·시인, 1917년 볼셰비키 혁명으로 서구로 망명, 1899~1977)는 1955년(파리에서 영어로 처음 출간됐고 3년 후인 1958년에 뉴욕에서도 발간됐다.(p.553) 소설 『롤리타(Lolita): 어느 백인 홀아비의 고백』 덕분에 일약 스타 작가 반열에 올랐다.(p.540) '롤리타 콤플렉스'라는 용어까지 낳은 한 중년 남성의 특이한 성적 취향을 다루고 있다.(p.527)

151) 『생각의 역사(1): 불에서 프로이트까지(Ideas: A History from Fire to Freud, 2005)』 피터 왓슨, 들녘, 2005, p.236~237.
히브리 성서에서 가장 난감한 점은 천지창조에 관해 두 가지 서로 모순되는 이야기를 전한다는 사실이다. 『창세기』 앞부분에서 신은 6일 동안 세계를 창조하고 7일째는 쉰다. 빛과 어둠, 하늘과 땅을 가르고, 해와 별을 빛나게 하고, 나무와 풀을 만들고, 새, 물고기, 뭍의 짐승 등을 만든다. 또 자신의 형상을 취해 인간을 창조하고, 남자와 여자를 구분한다. 인간은 짐승들을 다스리고 과일과 풀을 먹도록 되어 있다. "최초로 창조된 인간은 채식주의자다."
하지만 『창세기』 후반에는 천지창조의 또 다른 설명이 나온다. 여기서 신은 인간을 흙으로 창조한다(흙은 히브리어로 '아다마·Adama'이므로 '아담'이라는 이름이 붙었다). 이때 창조된 인간은 남자였고 식물을 포함한 다른 모든 생물에 앞서 존재했다. 그가 혼자인 것을 본 신은 동물을 창조해 그에게 데려와서 이름을 붙일 수 있도록 해준다. 신은 남자의 갈빗대를 취해 여자하와(라틴어: Eva)를 창조한다(그렇다고 남자의 갈비뼈가 1개 적지 않다. 남녀 모두 각각 24개로 같다). 그래서 여자의 이름은 'wo-man',즉 "남자에게서 나왔다(out of man)"는 뜻이다.

하여튼 유대인 전승이 그렇게 되어 있다. 그 후 아담과 이브와의 사이에 카인과 아벨이 태어나는 등 지구상에 인간종족이 불어나게 된 것이다. 또한 기독교적인 세계관에 의하면 신을 닮은 인간이 거주하는 지구는 우주의 중심이 되어야 하는 것이다.[152] 그래서 기독교는 무조건 지구중심설(천동설)을 채택할 수밖에 없었다. 즉, 기독교는 천국·지옥 같은 내세 개념은 플라톤의 사상을 채택했고(제자인 아리스토텔레스는 내세를 믿지 않았다), 지구중심설은 아리스토텔레스를 받아들이는 이중적 태도를 보인 것이다. 하기야 이런 말도 있다. 바트 어만 교수는 "기독교는 서구 문명의 가장 위대한 발명품"이라 했고,[153] 티모시 프리크 교수도 "예수는 역사상 가장 위대한 발명품"이라고 했다.[154]

태양은 우주 중심의 불이다. 태양을 중심으로 지구는 공전한다. 지구가 자전하기 때문에 낮과 밤이 생기고 지구의 자전축이 기울어져 태양의 에너지를 더 받거나 덜 받기 때문에 계절의 변화가 생긴다고 주장했다. 그러나 이 주장은

---

152) 『철학콘서트(2) 』 황광우, 웅진지식하우스, 2009. p.101~117.

153) 『예수 왜곡의 역사(Jesus, Interrupted, 2009)』, 바트 어만, 청림출판, 2010, p.357~358.
바트 어만(Bart D. Ehrman) 교수는 무디성서학교를 거쳐 휘튼 칼리지를 졸업하고 프린스턴 신학대학원에서 신학 석사와 신학박사 학위를 받고 현재 채플힐 노스캐롤라이나 대학교 종교학부 교수이다. 그의 주장은 매우 비판적이다. 그는 사본학의 거장 브루스 메츠거 박사의 제자이며, 신약성경과 초기 기독교회사 연구 분야에서 최고 권위자로 손꼽힌다.

154) 『예수는 신화다: 기독교의 신은 이교도의 신인가(The Jesus Mysteries, 1999)』, 티모시 프리크 외, 미지북스, 2009, p.387~389.
저자 티모시 프리크(Timothy Freke): 철학박사이자 세계 신비주의의 권위자이다. 세계 각지를 여행하며 많은 다른 전통의 영적 스승들을 만나 그들로부터 가르침을 받으며 영적 사상과 수행을 공부해 왔다. 『예수는 신화다』가 나온 이후 각종 미디어에 출연하는 한편, 영지주의를 탐구하며 세계 각국에서 세미나를 열고 있다. 그 외에도 『헤르메티마』 『웃고 있는 예수』 등 20여 권의 책이 전 세계적으로 출간됐다.
저자 피터 갠디(Peter Gandy): 고대 문명에 대한 연구로 석사학위를 받았으며, 고대 이교 미스테리아 신앙과 초기 기독교에 대해 세계적으로 인정받은 전문가다.

아리스토텔레스와 프톨레마이오스(Ptolemaeus, 85 ~165)[155] [156] 에게 밀려 1,800년 동안 잊힌다. 16세기(1543)가 돼서야 코페르니쿠스(Copernicus, 1473~1543)[157] 가 태양을 다시 우주의 중심으로 돌려놓아 비로소 태양 중심설이 부활되어 오늘에 이른다.[158] 과학은 16세기부터 종교, 특히 가 톨릭교회와 세계를 해석하는 방법에서 첨예하게 대립했다. 가톨릭의 우 주관에 대한 최초의 도전은 1543년 폴란드의 코페르니쿠스가 제창한 태양중심설(지동설)이다. 무려 1,800년간(예수의 탄생부터 계산하면 1,500년)이나 천동설이 받아들여졌기 때문에 그의 지동설은 엄청난 충격을 몰고 왔다. 가톨릭의 저항은 극렬했다. 지구를 우주의 중심이 아니라고 생각

---

155) 『어메이징 그래비티(Amazing Gravity)』 조진호, 궁리, 2013, p.114.
　　프톨레마이오스(Klaudios Ptolemaeus, 85~165)는 그리스의 천문학자이자 지리학자이며, 천동설의 수
　　학적 완성을 이루어냈다. 그의 책 『천문학 집대성(Megale Syntaxis tes Astoronomias)』이 『알마게스트
　　(Almagest)』('가장 위대한 것'이라는 뜻)라는 새 책이름으로 번역되었는데, 이 책이 훨씬 유명했다. 프톨레
　　마이오스가 완성한 지구 중심 우주 모델은 수 세기에 걸친 관측과 계산의 축적이 낳은 걸작이었다. 천체들
　　의 위치를 예측함에 있어서 그 정확성은 타의 추종을 불허했다. 그의 번역서 『알마게스트』는 코페르니쿠스
　　이전 시대의 최고의 천문학 서적이었으며 천문학의 바이블이었다.
156) 『우리가 미처 몰랐던 편집된 과학의 역사(Science: A Four Thousand Year History, 2008)』 퍼트리샤 파
　　라, 2010, p.48~49.
　　프톨레마이오스의 방대한 지식은 이슬람 왕국에 이어 유럽에까지 전파되면서 아리스토텔레스 이후의 천
　　문학을 지배했다. 아랍어로 『알마게스트(Almagest)』('가장 위대한 것'이라는 뜻)라고 불리는 그의 저서에는
　　1,000개가 넘는 별의 목록이 실려 있으며, 일곱 행성들의 움직임을 예측한 기하학적 모델을 만들었다. 행성
　　들이 동일하게 움직인다는 아리스토텔레스의 주장을 과감히 포기한 프톨레마이오스는 원을 그리며 움직이
　　되 속도가 다른 행성 모델을 제시했다.
157) 『자조론(Self-Help, 1859)』 새뮤얼 스마일즈, 비즈니스북스, 2006, p.38.
　　코페르니쿠스(Nicolaus Copernicus, 폴란드, 1473~1543)는 『천구의 회전에 관하여(De Revolutionibus
　　Orbium Coelestium)』(1543)에서 태양중심설(지동설)을 주장했다. 그는 폴란드에서 빵장수의 아들로 태어
　　났지만 인류사에서 이런 거대한 과학혁명을 일으킨 것이다.
　　{이상준: '코페르니쿠스적 전환(Copernican Turn)'라는 용어의 발원지는 칸트의 『순수이성비판』(1787, 2
　　판) 서문이다. 칸트는 서문에서 자신의 형이상학 연구가 실은 코페르니쿠스 가설에서 힌트를 얻었음을 고
　　백한 바 있다. 『철학 브런치』 정시몬, 부키, 2014, p.331~332. 참조}
　　{성공한 사람들의 '만인보(萬人譜)'인 『자조론』의 성공 키워드는 오로지 '성실'이다. 그러나 현실은 과연 그
　　럴까? 『세상물정의 사회학: 세속을 산다는 것에 대하여』 노명우, 사계절, 2013, p.122~127. 참조}
158) 『어메이징 그래비티(Amazing Gravity)』 조진호, 궁리, 2013, p.51.

하면 기존의 종교적 원리가 붕괴될 수밖에 없었다. 가톨릭교회는 1600년 지동설을 지지한 이유로 시인인 조르다노 브루노(1548~1600)[159]를 화형에 처했고, 1616년 코페르니쿠스의 책을 판금시켰으며, 1633년 갈릴레오 갈릴레이(1564~1642)[160] [161] [162] [163]에게 종교재판에서 유죄판결을 내렸다.

159) 『상상력 사전(Nouvelle Encyclopédie du Savoir Relatif et Absolu, 2009)』, 베르나르 베르베르, 열린책들, 2011, p.274.
　　조르다노 브루노(Giordano Bruno, 1548~1600)는 코페르니쿠스(폴란드, 1473~1543)의 가설(지동설)을 이어받았고, 또 별들의 수가 무한하다고 주장하였다. 그는 우주는 광대무변하며, 우리의 세계와 같은 세계들을 무수히 포함하고 있다고 생각했다. 종교 재판은 8년에 걸친 고문과 신문 끝에 그를 이단으로 선고하고 화형에 처한다. 화형대에 오르기 전에는 그의 '거짓말?'을 멈추게 할 목적으로 혀를 뽑아버렸다고 한다(혀에다 못을 박았다는 설도 있다).
　　교황 클레멘스 8세(Clemente VIII)의 명령에 따라 사형 선고를 받은 그는 이 말을 남기고 입에 재갈을 문 채 불에 타 숨졌다. "선고를 받는 나보다 선고를 내리는 당신들의 두려움이 더 클 것이오."("지금 이 선고 앞에서 떨고 있는 자는 바로 당신들 판사들이오.")
160) 『철학콘서트(2)』, 황광우, 웅진지식하우스, 2009, p.121~143.
　　갈릴레오 갈릴레이(Galileo Galilei, 1564~1642)는 1564년 이탈리아 피사에서 태어났다. 망원경을 개선해(최초 발명자는 아니다) 천체를 관측하였고 목성의 달 4개를 최초로 관찰한 천문학자다. 목성을 도는 네 개의 별(위성) 이오(Io)·에우로파(Europa)·칼리스토(Callisto)·가니메데(Ganymede)가 목성의 달임을 확인했던 과학자다. 최초로 태양의 흑점을 발견한 과학자다.(화성의 위성은 2개이다.) (미국이 최초 목성 탐사위성의 이름을 '갈릴레이호'로 지은 이유이기도 하다.)
　　1632년 갈릴레오가 지은 천문학 서적이 『두 개의 주된 우주체계에 관한 대화』, 약칭 『천문대화』로 불리는 책이다. 갈릴레오는 이 책의 출간으로 인해 1633년에 이단 심문에 회부되어 금서 및 종신금고형을 선고 받았다. 그가 죽은 후 200년이 지나서야 금서에서 풀려났고, 교황청(교황 바오로 2세)은 1992년이 되어서야 재판의 과실을 인정하고 갈릴레오를 복권한다고 발표했다.
161) 『이종필 교수의 인터스텔라: 쉽고 재미있는 우주론 강의』, 이종필, 동아시아, 2014, p.24.
　　이탈리아에서는 위인들의 경우 성(갈릴레이) 대신 이름(갈릴레오)을 부르는 전통이 있다고 한다. 따라서 줄여서 부를 경우 '갈릴레이'가 아니라 '갈릴레오'로 써야 옳다.
162) 『세상 모든 것의 원리, 물리』, 김영태, 다른세상, 2015, p.27.
　　"성경은 우리에게 하늘로 가는 방법을 알려줄 뿐, 하늘이 운영되는 방식을 가르쳐주지는 않는다." 이 말은 갈릴레오가 종교재판을 받으면서 되뇌었던 말이라고 한다.
163) 『경향신문』, 2013.11.14. 정제혁 기자
　　1633년 6월 22일 종교재판의 날, 자신의 학설인 지동설을 부정하고 석방된 갈릴레오 갈릴레이 앞에서 제자 안드레아는 큰 소리로 외친다. "영웅을 갖지 못한 불행한 나라여!" 그러자 갈릴레오가 말한다. "영웅을 필요로 하는 불행한 나라여!" 베르톨트 브레히트(Bertolt Brecht, 독일의 극작가·시인, 1898~1956)의 희곡 『갈릴레오의 생애(Life of Galileo)』에 나오는 한 장면이다.
164) 『지식의 대융합(Convergence): 인문학과 과학기술은 어떻게 만나는가』, 이인식, 고즈윈, 2008, p.211~212.

로마 교황청은 360년 뒤인 1992년이 되어서야 갈릴레오를 복권시켰다.[164] 너무 외유를 많이 한 것 같은데, 기독교 적인 '창조론'과 과학적인 '진화론'은 과거에서부터 지금까지도 첨예하게 대립하고 있는 주제이니 진땀을 흘리며 공부할 가치는 충분하다. 내세관에 따라 오늘의 현실을 살아가는 모양이 달라질 수도 있으니까. 자 이제 다시 행복 연구 분야로 되돌아가자.

(6) 분자(성취) 늘리기 4: 사회 안정은 성취를 높이는 효과를 낸다
– 국민소득(GDP)과 세계행복지수의 사례 –

소득과 행복 사이에는 어떤 관계가 있을까? 여러 연구 결과에 의하면, 일정 수준의 소득까지는 행복이 늘어나지만, 그 이상의 소득 증가는 행복과 직접 연결되지 않는다는 것이 결론이다. 영국의 경제학자 리처드 레이어드(Richard Layard, 런던 정경대 교수, 1934~)는 『행복의 함정(Happiness, Lesson from a New Science)』(2005)이라는 책에서 국민소득이 2만 달러를 넘으면 소득과 행복의 상관관계는 크지 않다는 '행복의 함정'을 주장하기도 했다.[165] 1973년 미국의 경제학자 리처드 이스털린 교수(1952~)가 그의 논문에서 처음 제기한 '이스털린 역설(Easterlin Paradox)'이 있는데, 역시 같은 맥락이다. 그 내용은 이렇다.

〖이스털린 교수는 국민소득 증가 추세와 행복감의 증가 추세를 오랫동안 살펴봤다.

165) 「소셜픽션, 지금 세계는 무엇을 상상하고 있는가」 이원재 등, 어크로스, 2014, p.217.

미국뿐만 아니라 다른 나라들의 추세도 살펴봤다. 그랬더니 국민소득이 일정 수준까지 증가할 동안에는 행복감도 함께 올라갔는데, 그 이상으로 국민소득이 올라가고 나서는 행복감이 거의 올라가지 않는 현상('이스털린의 역설')을 발견했다. 그동안 '이스털린의 역설'은 논쟁거리로 남아 있었지만 2016년 1월 열린 미국경제학회에서 (당시) 89세의 이스털린 교수가 자신의 주장을 뒷받침하는 논문을 다시 발표한 바 있다.

이 논문에서 "미국은 1946년부터 2014년까지 약 70년간 개인소득이 3배로 늘었지만 행복은 정체되거나 심지어 낮아졌으며 글로벌 금융위기 직후인 2009년 이후 지금까지 미국의 평균소득이 빠르게 늘었지만 행복지수의 장기 추세선은 하락했다"고 지적했다. 이스털린 교수는 그러나 "내 주장이 행복에서 소득의 중요성을 간과한 것은 아니다"고 강조했다.

지금 우리나라가 바로 '이스털린의 역설'에 해당하는 시기라고 판단된다. 국민소득은 선진국 문턱까지 급하게 올라왔지만, 이제 행복감은 크게 증가하지 않는 '병목 구간'에 들어와 있다고 할 수 있다.)[166]

이런 사실에 조지프 스티글리츠(1943~)[167]와 아마르티아 센(1933~)[168]은 이렇게 지적했다. "어쩌면 이제 더 이상의 경제 성장은 GDP 숫자로만 표현되는 것일지 모른다. 그 숫자는 일하는 다수의 번영을 약속하는 숫자가 아니라 엄청난 돈을 보유하고 있는 사람의 안정적인 번영을 약속하는

166) 「(고용 절벽의 시대) 어떤 경제를 만들 것인가: 지금의 시대정신은 '행복한 경제 만들기'다」, 김동열, 더굿북, 2017, p.23~24.
167) 조지프 스티글리츠: Joseph E. Stiglitz, 컬럼비아대 교수, 2001년 노벨경제학상을 받은 진보적 경제학자, 1943~.
168) 아마르티아 센: Amartya K. Sen, 인도 경제학자, 하버드대 교수 등 역임, 1998년 노벨경제학상(아시아인으로는 최초)을 수상, 빈곤지수('센지수')를 개발, 1933~.

숫자이다."[169]

금전으로만 측정한 국민소득(GDP) 지표가 그 나라의 실제 행복 수준을 나타내주는 것은 아니기 때문에 국민소득지표를 보완할 수 있는 다른 장치들을 개발한 것이다. 이를 설명하는 몇 사람의 글을 살펴보면 이렇다.

〔GDP는 어떤 사회가 성공적인지 아닌지를 판단할 수 있을 만한 해답은 아니다. 제2차 세계대전 직후 사이먼 쿠즈네츠(1901~1985)[170] 가 GDP라는 개념을 만들고 나서 이렇게 말했다. "GDP는 단지 경제 활동을 측정하는 지표일 뿐이다. GDP가 모든 것을 측정할 수는 없다. 이것은 경제 생산량을 측정하는 것이지, 사회의 건강함을 측정하는 것은 아니다." 그런데 시간이 지나면서 우리는 경제적 번영이 모든 것이 아니라고(?) 생각하게 되었다. 최근에는 인간개발지수(HDI: Human Development Index)라는 개념이 등장했다. 인간의 행복이나 발전 정도가 소득 수준과 비례하지 않고, 소득을 얼마나 현명하게 사용하느냐에 달려 있음을 보여주는 지수이다. 물론 경제도 중요하지만 이제는 건강이나 복지와 관련한 수준도 파악해야 한다.

최근 몇 년간 나는 경제 이외의 것을 측정할 수 있는 지표를 개발하는 일에 관여해 왔다. 사회적진보지수(SPI: Social Progress Indicator)가 그것이다. 사회적진보지수는 경제 요소를 제외하고, 환경적 측면에서 접근하기 위해 고안된 개념이다.〕[171]

---

169) 「문명, 그 길을 묻다」 안희경, 이야기가 있는 집, 2015, p.8.
   {「GDP는 틀렸다(Mis-measuring Our Lives: Why GDP Dosen't Add Up)」조지프 스티글리츠, 아마르티아 센 등 공저에서}
170) 사이먼 쿠즈네츠: Simon Smith Kuznets, 러시아계 미국인 경제학자, 1971년 노벨 경제학상 수상. 1901~1985.
171) 「어떻게 차별화할 것인가(How to be different, 2014)」 마이클 포터 외, 레인메이커, 2015, p.75~76.

〔20세기에 전 세계적으로 '한강의 기적'이라고 불릴 만큼 고도의 경제 성장을 한 우리나라는, 21세기에 들면서 물질적 성취가 그대로 행복을 가져다주지는 않는다는 사실을 깨닫게 되면서, 지난 10여 년 동안 '웰빙'·'힐링'과 같은 일종의 정신적 접근을 추구해 왔다. 요즘 세계적으로도 '행복지수(GNH: Gross National Happiness)'·'유엔 인간개발지수(HDI: Human Development Index)'·'OECD 더 나은 삶 이니셔티브 (BLI: Better Life Initiative)' 등과 같이, 그동안 GDP처럼 경제 지표 또는 물질적 가치에 편중되었던 삶의 질에 대한 평가가 보다 다양한 관점에서 이루어지고 있다.〕[172]

〔국가행복지표의 평가 기준은 각 조사기관마다 다르지만, OECD에서 발간하는 '행복지수(Better Life Index)'와 UN에서 발간하는 '세계행복보고서(World Happiness Report)'와 같이 삶의 질을 조사하는 행복지수 조사에서 덴마크는 오랜 기간 1위를 차지하며 '세계에서 가장 행복한 나라'의 입지를 굳건히 다져왔다. 〔북유럽 국가들끼리 순위가 조금씩 바뀐다. 〈2018년 UN 행복보고서〉(2018.3.14. 발표)에서 핀란드가 1위였다. −이상준〕

OECD와 UN에서 발표하는 행복지수 조사는 국민들이 얼마나 행복한 '감정'을 느끼는지를 조사하는 것이 아니라, 국민의 삶이 총체적으로 얼마나 안정적인지, 만족도는 어느 정도인지를 조사한다. 예를 들면, OECD 행복지수의 평가 요소는 '건강, 교육, 지역사회 환경, 개인의 안전, 전체적인 삶에 대한 만족도, 일과 삶의 균형 그리고 경제력' 등 11개의 항목으로 구성되어 있다.〕[173]

172) 「한국인은 누구인가」, 김문조 등 38인, 21세기북스, 2013, p.432.
173) 「다시 태어나면 살고 싶은 나라」, 정치경영연구소, 홍익출판사, 2014, p.237~238.

'세계행복보고서' 순위에서 핀란드·노르웨이·스웨덴·아이슬란드·덴마크·네덜란드와 같은 북유럽 국가와 스위스 등이 항상 상위에 오르는 것과 대조적으로,[174] [175] 한국은 전체 155개국 중 57위(2017년은 56위) 정도다. GDP기준 한국의 경제순위는 세계 12위이며,[176] 1인당 GDP기준으로는 32,774달러로 세계 27위이고(2017년까지는 29위였다), 아시아(중동 포함)에서는 7위다.[177] 한국은 경제적 풍요에 비해 행복지수는 훨씬 못 미친다. 행복지수 상위 국일수록 생애 선택 자유, 기부 실천, 부패 인식 등의 영향 요인의 값이 크다. 한국도 개인의 개성과 장점에 기인한 생애 선택이 보장되는

---

174) 『거의 완벽에 가까운 사람들: 거의 미친 듯이 웃긴 북유럽 탐방기(The Almost Nearly Perfect People, 2014)』 마이클 부스(Michael Booth: 영국의 베스트셀러 작가이자 저널리스트), 글항아리, 2018. 요약.
〈덴마크는 과연 1등으로 행복한 나라일까?〉
저자는 '행복지수'의 허와 실을 강조하며 덴마크는 알려진 것보다 행복한 나라가 아니라고 반론을 강력하게 제기한다(p.9~11). 그가 주장한 근거는 이렇다.
첫째, 벨기에에 이어 두 번째인 나태지수(p.31~32).
둘째, 세계에서 암 발병률이 가장 높고, 북유럽 국가 중에서 수명이 가장 낮으며 알코올 소비량이 가장 높은 나라 덴마크(p.54).
셋째, 최고 72%까지 부담하는 세금(p.86~89).
넷째, 평등을 위해 자유가 제한된다는 점(p.92~96).
다섯째, '얀테의 법칙(Law of Jante; Janteloven, 당신이 특별하다고 생각하지 마라)'과 평등만 추구하는 교육 현실(p.163~164).
마지막으로, 행복하다는 망상에 사로잡혀 있다는 이유 등을 들고 있다(p.153).
그리고 덴마크의 '얀테의 법칙'과 유사한 스웨덴의 '라곰(lagom), 즉 자발적인 절제가 있으며, 휘게(Hygge)는 웰빙(Wellbeing)을 의미하는 덴마크어다(p.422~426).
175) 『더팩트』 2015.8.31. 〈계절성 우울증이란? 6명 중 1명(16.1%) 발생…영국·노르웨이는?〉
계절성 우울증은 우리 국민 800만 명이 앓고 있는 질병이다. 겨울이 되면 원인 모르게 우울해지고 기운도 빠지며 군것질이 잦아져 체중이 늘어난다. 계절성 우울증은 특히 겨울에 많이 발생하며 피로감과 무기력을 느끼는 건 일반 우울증과 비슷하지만 많이 자고, 많이 먹는 게 다른 점이다.(…)
적도에 가까운 필리핀은 아예 없고, 우리나라보다 위도가 높은 영국이 24%, 더 위쪽에 있는 노르웨이가 26%를 넘는 것으로 조사됐다. 햇빛이 약한 고고도로 갈수록 계절성 우울증을 더 많이 겪는 셈이다. 미국 안에서도 남쪽 휴양지인 플로리다와 북쪽 알래스카의 계절성 우울증 발병 차이는 무려 7배나 난다. 결국 부족한 햇빛이 문제인 셈이다.
176) 『브릿지경제』, 2018.7.13. 박종준 기자.
177) IMF 2018년 자료(카타르, 싱가포르, 이스라엘, 일본, UAE, 브루나이, 대한민국 순)

활력 사회와 서로 돕는 협력 사회, 투명하고 청렴한 사회를 만들어야 행복감이 높아질 수 있음을 알 수 있다.

〈2017년 세계행복보고서〉의 사례를 통해 UN의 세계행복보고서의 중요 변수들을 알아보자. 이 수치를 보면 중요한 행복 요소가 무엇인지 피부에 와 닿을 것이다.

〔UN의 세계행복보고서는 개인의 노력, 주변 사람들과의 협력과 나눔, 그리고 사회 전반적인 뒷받침이 어우러질 때 행복한 사회가 될 수 있음을 말하고 있다. UN의 세계행복보고서에서 행복감은 비교적 장기적인 정서 상태를 나타내는 변수로 고안되었다. UN의 세계행복보고서는 6개의 변수를 회귀분석(Regression Analysis)이라는 통계적 처리 과정을 거쳐 산출한다.

2017년의 경우 다음의 회귀 방정식이 만들어졌다.

$$Y(행복지수)=0.341(1인당\ GDP)+2.332(사회적\ 지지)+0.029(건강\ 수명)+1.098(생애\ 선택\ 자유)+0.842(기부\ 실천)-0.5339(부패\ 인식)$$

(각국의 행복지수는 각국별로 실시된 사회 조사에서 국민들의 행복감 문항에 대한 응답의 평균값이 사용된다.)

사회적 지지는 갤럽 조사에서 "당신이 어려움에 처했을 때 당신을 도와줄 수 있는 친척이나 친지가 있는가?" 하는 질문에 대한 긍정 응답 비율을 말한다.

건강 수명은 평균 수명에서 질병이나 사고로 인해 와병 상태에 있거나 정상적인 생활을 할 수 없는 기간을 제외한 값을 의미한다.

생애 선택 자유(freedom to make life choice)는 갤럽 조사에서 '당신은 생애에 무슨 일을 할지 얼마나 자유롭게 선택했는지에 대한 만족 여부'를 의미한다. 문장의 의미 그대로 본인의 적성을 잘 파악하고 적합한 일을 하게 될 때 성취감과 삶의 만족이 높아진다고 볼 수 있다.

기부 실천은 '지난날에 자선을 위해 돈을 기부했는지의 여부'를 의미한다.

부패 인식은 '부패가 정부에 만연했는지의 여부'와 '부패가 기업에 만연했는지의 여부'를 합한 값을 의미한다.

행복지수에 영향이 가장 큰 요인은 1인당 GDP이지만(위 방정식의 계수는 작지만 변수 자체가 크기 때문) 행복지수에는 21.4% 정도의 영향력을 갖고 있다. 사회적 지지가 GDP에 못지않은 약 20.0%의 영향력을 끼치고 있는 점이 주목된다.

행복하려면 1차적으로 경제적 요인과 건강 요인 등이 달성되어야 하지만 이것으로만 충분히 행복해질 수 없고 사회적 지지 등 공동체적 가치가 실현될 때 살 만한 세상을 느낄 수 있는 것인데, 사회적 자본이 빈약한 관계로 행복감 향상이 가로막혀 있는 형국으로 생각된다.)[178]

(7) 분자(성취) 늘리기 5: 자선활동은 내 성취를 높이는 효과를 낸다

"이타심은 이기심이다!"

(7-1/5) '거울 신경세포(Mirror Neuron)'와 '공감'하는 능력

사람에게는 '공감'하는 능력이 있다. 어떻게 사람들은 말하지 않아도 이심전심으로 알고 그저 눈으로 보기만 해도 내가 겪은 것처럼 느낄 수 있는 걸까? 그 이유는 우리 뇌 속에 '거울 신경세포(Mirror Neuron)'가 들어 있기

---

178) 『아픈 사회를 넘어: 사회적 웰빙의 가치와 실천의 통합적 모색』, 조병희 등, 21세기북스, 2018, p.164~169.

때문이다. 거울 신경세포란, 남의 행동을 보는 것만으로도 자신이 행동할 때처럼 똑같이 반응하는 신경세포이다.[179] 사람의 뇌는 보통 양배추 통만 한 크기에 무게는 평균 1.35kg이다. 뇌에서 정보처리는 뉴런에 의해서 이루어진다. 사람 뇌에는 1천억(또는 수천억) 개의 뉴런이 얽혀 있고, 이들은 각각 1,000~10,000개의 시냅스를 갖고 있다. 따라서 100조 이상의 시냅스가 존재하는 셈이다. 어린아이가 부모의 행동을 흉내내는 것은 거울 뉴런이 있기 때문이다. 이 뉴런은 남의 행동을 보기만 해도 관찰자가 직접 그 행동을 할 때와 똑같은 반응을 나타내므로, '남의 행동을 그대로 비추는 거울 같다'는 의미에서 '거울 뉴런'이라 불린다.[180] 공(空)사상 연구가인 김준걸 선생은 책 『나는 누구인가』(2016)에서 현대물리학과 깨달음을 연계시켜 이렇게 설명한다. '거울 뉴런'이 외부와 '공명(共鳴)'을 일으킨다. 이 공명을 통해 주변과의 아름다운 관계를 맺게 되어 시공이 넓어지면, 꽃에 향기가 나듯 기(氣)가 저절로 충만하게 된다는 것이다.[181]

김춘수(경남 통영 출생, 1922~2004)의 시 〈꽃〉에서는 '이름'이 주제다. 누구의 '이름'을 진정으로 부른다는 것은 그 사람의 존재와 의미를 내 가슴에 깊이 새기는 것이다.

---

179) 『심매경(三魅境): 마음에 찍는 쉼표와 느낌표(두 번째 이야기)』 SERICEO콘텐츠팀, 삼성경제연구소, 2013, p.130~131.
180) 『지식의 대융합(Convergence): 인문학과 과학기술은 어떻게 만나는가』 이인식, 고즈윈, 2008, p.153.
181) 『나는 누구인가: 현대물리학에서 알려주는 깨달음의 세계』 단예 김준걸, K-Books, 2016, p.163~167.

"내가 그의 이름을 불러 주기 전에는

그는 다만 하나의 몸짓에 지나지 않았다.

내가 그의 이름을 불러 주었을 때

그는 나에게로 와서 꽃이 되었다.(…)"

2,500년 전에 노자(老子, 기원전 6세기경)도 『도덕경(道德經)』[182] 제11장에서 〈세상 모든 만물은 이름에서부터 그 존재가 시작된다(無名 天地之始, 有名 萬物之母 무명 천지지시, 유명 만물지모)〉라는 제목으로 '이름'의 중요성을 이렇게 설파했다. "만유는 무명(無名)의 시기에서 이름이 지어졌음으로 존재가 되었다. 도가(道家)의 사상에 의하면, 천지의 모든 만물은 물체가 형성되고 나서 인간에 의해 규정지어진 것임으로 그 이전의 상태를 무명이라고 이른다. 여기서 이름(名)은 하나의 규정이나 정의를 말한다. 이름이 없을 때는 세상의 시작이고, 이름이 생김으로써 만유가 생겨 나게 되었다는 의미이다."[183]

---

182) 『초간(初刊) 노자(老子)』, 양방웅, 예경, 2003, p.아래 각 페이지.
　　노자(老子)는 공자(孔子)의 20년 선배다. 노자사상을 요약하면 "무위자화(無爲自化) 청정자정(淸靜自正), 즉 무위로써 스스로 변화하고, 청정으로써 스스로 질서를 찾는다"라고 할 수 있다. 노자(老子) 사상을 대표하는 책은 『도덕경(道德經)』(왕필본) 『덕도경(德道經)』(백서본) 『노자(老子)』(곽점본이자 '초간'임)다.(p.318~319)
　　노자에 관한 책은 노자사상이 순수하게 쓰여져 있는 책인 진본(眞本)과 후대에 내려와 대폭 고쳐진 여러 종류의 개작본(改作本)이 있다. 『노자-초간』(즉, '곽점본')이 바로 진본이며, 지금까지 알려진 모든 노자 관련 책은 개작본이다. 왕필이 주석을 단 『도덕경(왕필본)』, 『하상공장구(河上公章句)』, 『덕도경(백서본)』, 당 현종이 수차례 고치고 정리한 『도덕진경(道德眞經)』 등 모든 것이 다 후대에 내려와 대략 60% 정도의 내용이 바뀌었거나 추가된 것들이다.(p.371)
183) 『노자 마케팅: 도덕경으로 배우는 새로운 생각법』, 이용찬, 마일스톤, 2017, p.48~49.

(7-2/5) '역지사지(易地思之) 도덕론'

철학자 애덤 스미스(Adam Smith, 1723~1790)는 '역지사지 도덕론'을 폈다. 『도덕감정론(The Theory of Moral Sentiments)』(1759, 36세) 하면 도덕심 또는 이타심이 떠오르기 십상인데, 도덕감정을 이타심으로 한정하여 이해한 사람은 애덤 스미스의 스승 허치슨이었다. 그러나 애덤 스미스는 스승의 생각을 비판하고, 이타심뿐만 아니라 이기심도 도덕감정이 될 수 있다고 보았다. 그가 도덕감정의 근거로 제시하는 것은 '공감(Sympathy) 능력'이다. 사람에게는 다른 사람의 기쁨·슬픔·욕구·분노를 함께 느낄 수 있는 능력이 있다는 것이다. 다른 사람의 감정에 공감할 경우 즐거움을 느끼고 그 감정에 공감하지 않을 경우엔 불쾌함을 느낀다. 스미스는 공감의 원리가 이기심을 조절할 수 있기 때문에 그런 조화와 발전이 가능하다고 본다. 마치 중력의 법칙에 따라 행성들이 태양 주위를 질서 있게 운행하듯이, 인간의 이기심도 질서에 위배되지 않을 것이라고 생각하는 것이다. 『도덕감정론』의 이런 규명 위에서 『국부론』의 논의가 펼쳐지는 것이다.[184] 『국부론(The Wealth of the Nations)』(1776)의 저자 애덤 스미스는 『도덕감정론(The Theory of Moral Sentiments)』(1759, 36세)이라는 책을 썼을 정도로 경제학자이기 이전에 도덕주의자였다.[185]

황지우(1952~) 시인은 남을 돕는 것은 나의 행복을 염두에 둔 것이기 때문에, "이타심은 이기심이다"고 단적으로 표현했다. 알프레드 아들러

---

184) 『즐거운 지식: 책의 바다를 항해하는 187편의 지식 오디세이』 고명섭, 사계절출판사, 2011, p.161~162.
185) 『도덕감정론(The Theory of Moral Sentiments, 1759, 36세)』 애덤 스미스, 한길사, 2016, p.30.

(1870~1937)가 한 말도 이와 유사하다. "타자 공헌이란 '나'를 버리고 누군가에게 최선을 다하는 것이 아니라, 오히려 '나'의 가치를 실감하기 위한 행위다."[186] 저명한 경제학자이자 『괴짜경제학(Freakonomics)』(2005) 등의 저자인 스티븐 레빗(Steven Levitt, 1967~)도 비슷한 말을 했다. "대부분의 기부 행위는, 경제학자들의 표현을 빌리면 불순한 이타주의 또는 개인적인 만족감을 주는 이타주의와 같다. 당신은 단순히 다른 사람들을 돕고 싶을 뿐만 아니라 착한 사람처럼 보이기 위해, 또는 죄책감을 느끼지 않기 위해 돈을 기부한다."[187]

이타심이든 이기심 때문이든 남을 도와준 덕분에 자신의 감정은 상당히 온화해지고 뿌듯해질 것이다. 어떤 이유에서든 남을 도와주는 것이 자신을 건강하게 해준다는 점이다. 송병락 교수는 『마음의 경제학』(1987)에서 이렇게 썼다.

〖마음과 질병과의 관계를 연구하는 '새로운 의학'의 대가 스티븐 로크 하버드 의대 교수는 인간의 마음가짐이 몸의 병을 좌우한다고 하였다. 그는 일반적으로 믿음과 소망과 사랑을 포기한 사람, 특히 항상 남을 이용하고 남에게서 빼앗을 것만 생각하며 사는 극히 타산적이고 고립적인 인간은 크고 작은 각종 질병에 잘 걸릴 뿐만 아니라 병에 걸렸을 때는 치료하기도 힘들다고 하였다.

반면 건전한 믿음과 참된 소망이 있고 진심으로 이웃을 사랑하며 남에게 자비를 베풀

---

186) 『미움받을 용기: 자유롭고 행복한 삶을 위한 아들러의 가르침(2013)』 기시미 이치로 외, 인플루엔셜, 2014, p.272.
187) 『슈퍼 괴짜경제학(Super Freakonomics, 2009)』 스티븐 레빗 외1, 웅진지식하우스, 2009, p.179.

줄 알고 남으로부터도 진실한 사랑을 많이 받는 사람은 병에도 잘 걸리지 않을 뿐만 아니라 걸리더라도 치료하기가 쉽다고 하였다. 요는 믿음·소망·사랑은 인간의 마음은 물론 몸의 건강에도 절대적으로 필요하며 특히 사랑은 더욱 그러하다는 것이다. 즉, 남에게 자비를 베풀고 이웃을 사랑하는 것이 남에게는 물론 자신의 심신 건강에도 극히 중요하다는 것이다.)[188]

미국의 석유재벌 록펠러(Rockefeller, 1839~1937)와 관련하여 전해 내려오는 훈훈한 이야기가 있다. 록펠러가 55세에 병원에서 불치병 진단을 받고 생이 1년 정도 남았다는 선고를 받게 된다. 이 당시 록펠러는 미국 정유산업 시장의 90%를 점유하고 있던 시절이었다. 그가 낙담하여 병원 문을 나설 때 한 모녀가 병원비가 없어 쩔쩔매는 모습을 보고 병원비를 대신 납부해준다. 이 선행으로 모녀는 병이 나았고, 이를 계기로 록펠러는 베풂의 기쁨을 비로소 알게 된다. 남은 1년 동안 후회 없이 남을 도우기로 한 그는 시카고 대학, 여러 병원, 재단 등 수많은 기부활동을 하게 된다. 아이러니하게도 그의 이런 기부활동은 그의 생을 98세까지 연장시켜준 것이다. '헬퍼스 하이(Helper's High)'였던 것이다.[189]

행복의 파급효과를 수치로 나타냈던 하버드대학교 의과대학 제임스 파울러 교수 등은 '기부도 네트워크의 힘에 따른다'는 연구결과를 얻었다. 즉, "실제로 다양한 단체에 기부를 한 사람들을 조사한 결과에 따르면, 약 80%는 자기가

188) 「마음의 경제학」 송병락, 박영사, 1987, p.서문.
189) 황창연 신부, 천주교 수원교구 관장, KBS '아침마당' 특강, 2014.12.25.

잘 아는 사람의 요청을 받은 후 기부한 것으로 나타났다"고 한다.[190]

(7-3/5) '적극적 노블레스 오블리주(Nobless Oblige)'

'깨 백 바퀴 굴리는 것보다 호박 한 바퀴 굴리는 게 낫다'라는 속담이 있다. 특히 자선사업이나 기부의 경우 '십시일반'으로 다수가 동참하는 것도 의미가 크지만, 소위 '셀레브리티(Celebrity, 유명인)'들이 '폭우'처럼 지원을 할 경우에는 그 파급효과가 엄청날 것이다. 유진수 교수(1960~)는 책 『가난한 집 맏아들』(2012)에서 '적극적 노블레스 오블리주(Nobless Oblige)'를 강조한다. 핵심 요지는 남으로부터 도움을 받지 않고 성공했더라도 그럴만한 자질(두뇌, 외모나 탁월한 스포츠상 신체자질 등)을 타고났기 때문에, 그 자체가 '은총'을 받은 것이니 도움을 받은 의미는 비슷하다는 것이다. 그래서 대중의 인기를 한 몸에 받는 인기 연예인과 스포츠 스타들 그리고 자수성가한 사람들은, '은혜를 갚는 의미'에서도 '사회에 대한 책임의식'을 가져야 한다는 것이다.[191]

(7-4/5) 미국의 기부서약 '더 기빙 플레지(The Giving Pledge)'(2010년)와 워렌 버핏의 자녀교육

미국의 경우 조금 전 설명했던 록펠러뿐만 아니라 수많은 부호들이 기부의 줄을 잇고 있다. 이 장(章)을 출발할 때 매슬로우의 '욕구 5단계설'을 설명

---

190) 『행복은 전염된다(Connected, 2009)』, 니컬러스 크리스태키스 외, 김영사, 2010, p.448. (Independent Sector "Giving and Volunteering in the Unites States-2001" www.independentsector.org 재인용)
191) 『가난한 집 맏아들』, 유진수, 한국경제신문, 2012, p.154~156.

하면서, 마크 저커버그는 어렵게 딸을 얻은 감사함의 표시로 거의 전 재산을 기부하게 됐다는 설명을 했다. 미국 부자들의 사회 환원이 자리 잡게 된 것은 빌 게이츠(Bill Gates, Microsoft 고문, 세계 1위 부자, 1955~)와 워렌 버핏(Warren Buffett, Berkshire Hatheway 회장, 세계 4위 부자로 약 80조의 재산 추정, 1930~)이 2010년 '재산의 최소 50%를 기부하자는 서약인 '더 기빙 플레지(The Giving Pledge)'를 시작하면서부터다. 빌 게이츠와 워렌 버핏은 각각 재산의 95%(이미 약 48조 원 기부 완료)와 99%(이미 약 28조 원 기부 완료)를 사후 기부하기로 했다. 저커버그를 포함해 137명이 서명하는 등 재산을 자식에게 물려주는 대신 기부하겠다는 부부가 늘고 있다. 일례로 래리 페이지(Larry Page, Google CEO, 1973~)는 2015년 일론 머스크사의 인공위성 프로젝트에 약 12조 원을 투자하는 등 실리콘 밸리의 거부들을 중심으로 통 큰 기부가 줄을 잇고 있다.

이뿐만이 아니라 실리콘밸리의 독특한 '선행 나누기(paying-it-forward)' 문화도 있다. 실리콘밸리에서 동료 평가가 협업을 촉진할 수 있는 것은 실리콘밸리만의 독특한 문화, 이름 하여 '선행 나누기' 문화 덕분이다. 즉 도울 때는 대가를 바라지 않고 도와주며, 도움을 받은 사람은 다른 사람에게 이를 되갚는다는 것이다.[192]

---

192) 「실리콘밸리 사람들은 어떻게 일할까: 그들이 더 즐겁게, 마음껏 일하는 5가지 비밀」 정권택·예지은 등, 삼성경제연구소, 2017, p.247.
이는 2011년 스탠퍼드 대학 교수이자 창업가인 스티브 블랭크(Steve Blank)가 실리콘밸리 기업들의 남다른 문화를 "선행 나누기 문화"라고 언급하면서 세간에 알려지게 되었다. 그는 "젊은 스티브 잡스가 인텔의 창업자이자 CEO였던 로버트 노이스에게 멘토링을 받을 수 있었던 것이 바로 이 문화 덕분이다"라고 했다. 실리콘밸리에서는 수많은 기업가들이 자신의 경험과 지식을 대가 없이 나눠주고, 열정은 있지만 기반은 없는 창업가들에게 적잖은 돈을 투자하거나 꼭 필요한 사람들을 만나게 도와주는 모습을 쉽게 볼 수 있다. 이러한 문화가 실리콘밸리 기업의 동료 평가에 그대로 투영되면서 동료를 있는 그대로 평가하고 인정하는 등 대가를 바라지 않고 동료의 성공을 기원하는 모습으로 발전했다고 할 수 있다.[자료: Blank, Steve(2011.9.15.) 〈The Pay-It-Forward Culture〉 https://steveblank.com]

한편, 워렌 버핏은 철저한 자녀교육으로도 유명하다. 그는 자녀들에게 돈을 주지 않고 각자 원하는 삶을 알아서 개척하도록 키운 것으로 유명하다. 워렌 버핏의 장남 피터 버핏도 아버지의 정신을 이어받아 소박하게 살고 있으며 강연 등을 통해 '돈보다 더 중요한 정신과 태도'를 설파하고 있다. 언어천재라고 불리는 조승연이 쓴 책『비즈니스 인문학』(2015)에 소개한 내용은 이렇다.

〔성경을 비롯한 대부분의 서양 인문학은, 돈을 버는 것도 힘들지만, 많이 벌면 사람을 사악하게 만드는 무서운 힘을 가지고 있으니 조심하지 않으면 오히려 돈의 노예가 될 수 있다고 경고한다.

고대부터 쭉 서양 인문학은 돈을 버는 것도 중요하지만, 번 다음에 돈의 노예가 되지 않도록 조심하지 않으면 오히려 독이 된다는 점을 강조해왔다. 서양의 많은 부잣집 들은 오래전부터 돈으로 인한 타락을 막기 위해 아들들에게 일부러 돈 없는 삶을 경험 시켜 왔다. 부자 나라 미국에서도 최고의 부자에 속하지만 오지인 네브라스카주의 오마하 라는 작은 도시의 소박한 집에서 평생 검소하게 살면서 돈 욕심을 부리지 않는 거부, 워렌 버핏의 자녀 교육을 그 예로 들 수 있을 것이다. 그는 자녀들에게 돈을 주지 않고 각자 원하는 삶을 알아서 개척하도록 키운 것으로 유명하다. 2남 1녀 중 장남은 농사를 지으며 살고, 작은아들은 에미상 수상 경력을 지닌 대중음악가로, 작곡가 겸 프로듀서로 활동한다. 그 작은아들 피터 버핏이『워렌 버핏의 위대한 유산(Life Is What You Make It, 2010)』(라니프맵, 2010)이라는 제목의 책을 써서 세간의 주목을 받았다. 그는 아버지 도움 없이 스스로의 힘으로 자기 분야에서 성공한 후에 부자들에게 자녀교육 강연 요청을 받고 여기저기 강연을 다니다가 아예 그 내용들을 책으로 묶었다고 한다. 그만큼 미국 등 서구의 돈 많은 부자들에게는 어떻게 자녀를 돈으로 망치지 않고 잘 키울 수 있는가가 큰 고민거리인 것이다.

세상 누구보다 부잣집 아들인 피터 버핏도, 돈이 많아도 절대 자녀들이 달라는 대로 돈을 다 주지 말고 돈 대신 가치관을 심어주어야 자녀를 제대로 키울 수 있다고 강조한다. 그는 돈 많은 부모가 자녀 스스로 삶을 찾아 나서다가 넘어지고 다시 일어나는 방법을 배울 소중한 기회를 돈으로 박탈하지 말아야 한다고 강조한다. 그는 부잣집에서 태어난 것보다 스스로의 힘으로 자신의 삶을 성공적으로 개척할 수 있게 해준 부모님을 만난 것이 더 큰 축복이라고 말한다. 그는 아버지로부터 '태어날 때 물고 나온 은수저'가 까딱 잘못하면 '은 비수'가 되어 등을 찌른다는 가르침을 철저히 받았다고 한다. 부의 상징인 은수저를 입에 물고 태어나는 것은 축복이겠지만 그 특권의식에 취해 살다보면 오히려 파멸이 찾아온다는 것이다. 그는 모든 제국·왕조의 흥망성쇠도 기본적으로 같다면서, 시작은 강인한 정신과 용맹스런 기세로 하지만 부와 권력이 쌓이다보면 사치가 등장하고, 사치가 타락과 부패를 불러오면서 쇠망의 길로 접어든다는 것이다. 실제로 바빌로니아, 그리스, 로마, 페르시아, 중국의 진나라·당나라·청나라, 인도 무굴제국 등이 성공에 안주하다가 허무하게 무너졌음을 상기해볼 수 있겠다.

우리나라 부잣집 자녀들은 가끔 억대 스포츠카를 몰고 도로를 질주하다가 경찰 신세를 져 언론에 오르내리는가 하면 상속받은 재산을 탕진하기도 한다. 무명 시절의 설움을 딛고 인기 절정에 오른 연예인들이 돈과 명예를 얻자 오히려 허무해져 도박에 빠져 중도 하차하고 추락하는 일도 비일비재하다. 기업도 100년을 넘긴 곳이 드문데 대부분 망할 때는 성공신화에 취했다가 허무하게 무너지곤 했음을 어렵지 않게 알 수 있다. 이처럼 돈이란 벌기도 어렵지만 탈 없이 지키기는 더 어렵다. 돈 욕심을 갖게 되면 돈을 벌기 위한 투쟁이 시작되고 하나의 투쟁이 끝나면 또 다른 투쟁, 나의 인간성을 파멸시키면서 나를 돈의 노예로 만들려는 보이지 않는 힘과 나 자신과의 싸움이 시작되기 때문이다. 자신과의 싸움에서까지 이겨야만 진정한 승자가 된다는 것이 서양

인문학의 수천 년 고찰에서 배울 수 있는 지혜이다.〕[193]

우리나라에도 그에 못지않은 분이 있다. 절대적인 액수야 빌 게이츠나 워런 버핏에 비교할 바가 못 되지만, 오히려 이분은 전 재산을 깡그리 다 바쳤다. 바로 채현국(1935~) 효암학원 이사장이다. 그는 한때 개인소득세 전국 2위라는 거부에서 신용불량자까지 거침없는 인생을 사신 분이다. 현 KBS인 중앙방송이 박정희 군사정권에 시녀노릇을 하는 것을 보고 박차고 나와 버렸으며, 언론인 리영희 선생을 포함하여 반독재 노선을 추구하는 지식인·학생·문인들을 도우는 등 한마디로 의지의 한국인이었다. 책 『별난 사람 별난 인생: 그래서 아름다운 사람들』(2016)에는 채현국 이사장의 외침이 수록되어 있다.

〔"노인들이 저 모양이란 걸 잘 봐두어라." "노인이라고 봐주지 마라."(p.12)

"잘못된 생각만 고정관념이 아니라 옳다고 확실히 믿는 것, 확실히 아는 것 전부가 고정관념입니다."(p.15)

"아는 것과 기억하는 것은 다르다. 깨달아야 아는 것이다." "모든 배움은 의심하는 것부터 시작해야 합니다. 배움에서 가장 중요한 것은 의심입니다. 모든 것에 대해서 얼마나 다각도로 의심할 수 있느냐, 의심할 수 없으면 영혼의 자유는커녕 지식의 자유도 없습니다. 의심만이 배움의 자유, 지식의 자유를 가능케 합니다. 그러나 학교는 질서만 가르치지, 방황하라고 가르치지 않고 의심하라고 가르치지 않습니다. 저는 과학도

---

193) 「비즈니스 인문학: 언어천재 조승연의 두 번째 이야기」, 조승연, 김영사, 2015, p.279~285.

믿으면 미신이라고 합니다. 확실한 건 아무것도 없습니다."

"우등생은 아첨꾼이 되기 쉽다." "서울대학교(남보다 우위에 서고 성적 올리는 공부에는 특출하지만, 지혜로운 것과는 별개다. —이상준)는 97%의 아첨꾼을 키워냅니다. 왜냐면 '우수하다' '똑똑하다'는 것은 먼저 있는 것을 잘 배운 것이니, 잘 배웠으니 아첨 잘할 수밖에요."(p.38)』[194]

(7-5/5) 자선이 거창해야만 하는 것이 아니다. 능력껏 내 주변부터 챙겨라

기부가 이타심의 발로든 이기심 때문이든지를 따지기 전에, 일단은 부럽다. 우리에게도 성숙된 기부문화가 형성되길 간절히 바라본다. 온 누리에 인간미가 넘쳐나는 훈훈한 세상이 되길 말이다. 기부가 꼭 방금 예를 든 미국의 부호들처럼 거창해야 하는 것은 아니다. 「한겨레신문」 논설주간을 역임한 김선주(1947~) 칼럼니스트가 그녀의 칼럼을 모아 쓴 책 『이별에도 예의가 필요하다』(2010)에는 〈당신 이웃의 캘커타〉(1998년 11월 칼럼)라는 제목의 글이 실려 있다. 러시아 대문호 도스토예프스키(1821~1881)와 테레사 수녀(1910~1997)의 말씀을 주제로 본인의 소회를 담은 글인데, 핵심은 '먼 데서 요란하게 행하기 이전에, 옆에 있는 사람부터 챙겨라'다.[195]

공익광고로 유명한 '마리안느와 마가렛 수녀'의 이야기도 있지 않은가.

---

194) 『별난 사람 별난 인생: 그래서 아름다운 사람들』 김주완, 도서출판 피플파워, 2016.
　　또한 같은 출판사에서 발행한 『풍운아 채현국: 거부(巨富)에서 신용불량자까지 거침없는 인생』 (김주완, 2015)도 그의 일대기를 다룬 책이다.
195) 『이별에도 예의가 필요하다』 김선주, 한겨레출판, 2010. p.26~27.

그들의 행보는 거창했으나 마음은 소박했다. 이 두 간호사는 나이 든 자신들이 소록도에 부담을 줄 것을 염려해 2005년 11월 22일 편지 한 통만을 남긴 채 고향인 오스트리아로 돌아갔다. 그들이 떠난 후에서야, 그 순수하고 아름다운 뒷모습에 온 대한민국이 감동했다.[196] "이타심은 이기심"이라는 말도 있듯이, 어쩌면 그들 자신이 더 행복해했을 것이다. 자선이든 기부든 거창해야만 빛나는 건 아니다. 물론 거창하게라도, 홍보의 목적을 위해서라도, 하는 게 하지 않는 것보다야 백번 낫지만.

그리고 구글의 107번째 엔지니어 출신으로 초기 구글의 모바일 검색엔진 개발을 주도했고, 구글 최고의 인기 직원 교육 프로그램 '내면검색(Search Inside Yourself)'의 개발자인 차드 멩 탄이 쓴 책이 있다. 저작 『기쁨에 접속하라: Google 천재의 15초 마음 습관』(2016)에서 그는, 지금 부족하지만 행복을 느껴야 하는 당위성을 설파했다. 즉, "성공하기 전에 행복하지 않는

---

196) 다큐멘터리 영화 「마리안느와 마가렛」(2017.4.20. 개봉, 윤세영 감독)
　-40년 이상 소록도에서 봉사한 두 간호사 이야기-
　마리안느 스퇴거(Marianne Stöger, 1962~2005.11.22., 43년 봉사)와 마가렛 피사렉(Margaritha Pis-sarek, 1966~2005.11.22., 40년 봉사)은 오스트리아 출신 간호인이자 천주교 그리스도 왕 시녀회 소속의 수녀로 1960년대부터 40년 이상 소록도에서 한센인들을 위해 의료 봉사를 진행한 사람들이다. 이 두 간호사는 나이 든 자신들이 소록도에 부담을 줄 것을 염려해 2005년 11월 22일 편지 한 통만을 남긴 채 고향인 오스트리아로 돌아갔다. 두 분의 순수한 봉사와 헌신을 기리기 위해 노벨평화상 추천과 공익광고 등 정부 차원에서 다방면으로 방안을 모색 중이다.
　국립소록도병원은 1916년 설립된 소록도(小鹿島, 작은 사슴, 2009년에 고흥 녹동항과 다리로 연결) 자혜 의원에서 시작되는데, 이 병원은 당시 조선 내의 유일한 한센병 전문의원이었다. 이곳의 중앙공원은 1936년 12월부터 3년 4개월 동안 연인원 6만여 명의 환자들이 강제 동원되어 19,834.8m²(6천 평) 규모로 조성되었다.
　이청준(1939~2008)의 소설 「당신들의 천국」은 소록도의 실화를 다뤘다. 1974년 4월~1975년 12월 「신동아」에 연재한 것을 1976년 최초로 단행본으로 출간했다. 주인공 조백헌의 실제 모델은 조창원(바오로, 1926~) 원장이다. 1961년 9월~1965년 3월 6일 소록도 제14대 병원장으로 봉직하고 이후 마산 결핵병원장으로 5년여 재임하다가 1970년부터 다시 소록도 병원장으로 봉직하여, 약 50년간 소록도와 인연을 맺은 분이다.

다면 성공한 뒤에는 더 행복하지 않을 가능성이 크고, 원래 무례하고 잔인한 사람은 부자가 되고나면 더욱 무례하고 잔인해질 가능성이 크다"[197]는 것이다. 맞다. 지금 부족하더라도 각자 능력껏 지금 당장 실천하는 게 잘사는 방법 아니겠는가. 늘 하는 말이 있지 않은가. "지금이 제일 중요하다!"고.

행복이 뭔지 그래도 확실히는 모르겠다. 그만큼 인생살이가 어려운 거다. 아무튼 대부분은 삶의 최대 목표가 '행복 추구'라고 알고 그렇게 살아간다. 행복해부학 '총론'을 대충 훑어봤으니, 이제 좀 더 피부에 와 닿는 '각론'으로 들어가 보자. 우리 자신의 행복과, 더불어 사는 모두의 행복을 위해서.

---

197) 『기쁨에 접속하라: Google 천재의 15초 마음 습관(Joy on Demand, 2016)』 차드 멩 탄, 알키, 2017, p.25~26.

제2장

원전(원자력발전소):
'탈원전'만이 능사일까?

Lee Sang Joon · Knowledge Series 3

Compassion is the basis of all morality.

동정심은 모든 도덕성의 근본이다. (아르투어 쇼펜하우어)

.
.
.

가이아 이론(Gaia Theory)은 지구를 하나의 진화하는 시스템으로 긴밀하게 결합된 생물, 지표면 암석, 바다, 대기 전체로 이루어진 자기 조절 시스템으로 보는 지구관을 말한다. 가이아 이론의 창시자인 제임스 러브록(1919~)[1]은 실용적이고 효율적인 핵융합 발전소 건설을 막는 공학적 문제들을 극복한다면 "핵에너지가 미래의 훌륭한 전기 공급원이 될 것"이라고 보았다. "원자 가운데 가장 가벼운 것이 수소이고 가장 무거운 것이 우라늄이다. 우라늄 원자는 불안정하여 분열이 일어나는데 이 원리를 이용한 것이 현재의 '핵분열발전' 방식이다. 반면 가장 가벼운 수소 원자들을 융합하여 엄청난 열에너지를 얻는 데, 이는 '핵융합발전' 방식이다."[2] "태양에는 엄청난 양의 수소 원자가 있는데, 태양이 핵융합을 통해 이를 헬륨 원자로 바꾸면서 이처럼 막대한

---

1) 「가이아의 복수(The Revenge of Gaia, 2006)」 제임스 러브록, 세종연구원, 2008, p.12~13, 242, 253.
   제임스 러브록: James Lovelock, 영국 과학자, 1919~, 현재 99세로 생존.
   그는 우리가 살고 있는 이 지구가 살아 있는 하나의 거대한 유기체라고 주장했다. 그는 관련 이론들을 하나로 모아 1972년 책 「가이아 가설(Gaia Hypothesis)」에 수록했다.
2) KBS1 2015.11.22. 'TV회고록 울림'(정근모 전 과학기술처 장관, 카이스트 탄생 산파역, 1939~)

에너지가 만들어진다(실제로는 중수소와 3중수소가 만나 헬륨이 되는 핵융합이 일어난다). 이것이 가능한 이유는 태양의 온도와 압력이 엄청나게 높기 때문이다. 만약 지구에서 태양과 같은 온도와 압력 조건을 가진 인공 태양을 만들 수 있다면, 원자력발전처럼 핵융합발전도 가능해질 것이다. 핵융합발전은 원자력발전(핵분열발전 방식이다)보다 장점이 더 많다. 원자력발전과 달리 방사성폐기물이 생기지 않고, 연료인 수소를 물에서 충분히 얻을 수 있기 때문이다. 따라서 핵융합발전소를 세우는 일은 인류의 에너지 부족 문제를 해결할 수 있는 희망과 같다. 하지만 이 꿈은 태양처럼 고온 고압의 수소 덩어리를 만들어야 한다는 어려움 때문에 아직까지도 이루어지지 않고 있다. 만일 핵융합발전이 현실화되면, 우리는 더 이상 전기 걱정이 필요 없는 세상에서 살게 될 것이다.”[3] “재레드 다이아몬드(『총, 균, 쇠(Guns, Germs, and Steel, 1997)』 저자)도 핵발전소가 위험 요소를 갖고 있다고 언급했지만, 대기오염을 유발하는 화석연료의 대체 방안으로 핵발전의 역할에 대해서는 부정하지 않았다.”[4]

1986년 4월 26일 벨라루스 국경에 인접한 우크라이나의 체르노빌 원자력 발전소에서 일어난 폭발과 그 후의 참상을 기록한 책 『체르노빌의 목소리: 미래의 연대기』(2008)로 벨라루스 여성 작가 알렉시예비치(1942~)가 2015년 노벨 문학상을 수상했다.[5] 그리고 2011년 3월 11일 발생한 후쿠시마 원전 방사능 유출사태(동북지방의 진도 9.0의 강력한 지진에 기인)에 대한

---

3) 「현대물리, 불가능에 마침표를 찍다」, 김영태, 다른세상, 2015, p.230~231.

4) 「문명, 그 길을 묻다」, 안희경, 이야기가있는집, 2015, p.29, 31~32.

5) 『체르노빌의 목소리: 미래의 연대기(2008)』 스베틀라나 알렉시예비치(우크라이나 출신 기자·작가, 1942~), 새잎, 2011

충격으로 핵발전소에 대해 거세진 반대 기류와(이 사태에 충격을 받은 발표한 독일도 원전을 포기했다), 고이즈미 준이치로(小泉純一郎, 1942~) 전 일본 총리가 외치고 있는 원전 반대 운동 등 원전에 대한 찬성과 반대의 의견이 팽팽히 맞서고 있다.[6]

우리는 어떻게 해야 할까. 먼저 현재와 같은 핵분열 방식 원자력발전소의 가동 원리와 위험을 알아보자. 원종우 교수 외 7명이 쓴 『호모 사피엔스 씨의 위험한 고민: 미래 과학이 답하는 8가지 윤리적 질문』(2015)에서 해설한 내용은 이렇다.

〔일반적으로 불은 이산화탄소나 물을 부으면 꺼진다. 그러나 원자력발전소 불은 한 번 붙으면 끄기가 무척 어렵다. 자연적으로 꺼지기를 기다릴 수밖에 없다. 하지만 다른 곳에 불이 번져서는 안 되기 때문에 이 뜨거운 불을 계속 관리해야만 한다. 그 관리 방법 중 하나가 바로 냉각기이다. 물(냉각수)을 계속 보내서 식히는 방식이다. 이렇게 하지 않으면 너무 뜨거워져서 여러 가지 사건이 벌어지게 된다.

원자력발전소 안에 핵 연료봉이라는 게 있다. 이걸 식히지 못하면 자기 열에 의해서 스스로 녹아버린다. 이를 '멜트다운(Melt-down)'이라고 한다. 녹아버린 핵 연료봉은 강철로 된 원자로 용기를 녹이고 밑으로 내려온다. 이것을 '멜트스루(Melt-through)'라고 칭한다. 연료봉은 강철판을 녹이고 콘크리트 바닥까지 떨어지게 된다. 계속 열이 발생하여 불이 타고 점점 더 뜨거운 상태가 되면 콘크리트마저 녹일 수 있게 된다. 그 아래로 내려가면 지하수가 있다.

---

6) 「중앙일보」 2013.10.3. 〈아베의 정치적 은인 고이즈미 "폐기물 대책 없는 원전은 무책임". '원전 고수' 아베 겨냥해 쓴소리〉(도쿄 김현기 특파원)

엄청난 고열 상태의 물질과 수분이 만나면 어마어마한 폭발이 일어난다. 2010년 천안함이 침몰했을 때[7] 큰 증기 폭발이 있었다고 한다. 북한이 발사한 어뢰 때문에 커다란 공기 방울이 생성되어 함정을 둘로 쪼갰다고 한다. 원자력발전소에서는 그것보다 훨씬 강한 폭발이 일어나게 된다. 그렇게 되면 원자로 전체가 붕괴되고 핵폐기물 전체가 날아가서 주변을 오염시키는 것이다. 다행히 후쿠시마 원전 사태는 폭발까지는 진행되지 않았던 것이다.(이필렬 한국방송통신대학교 교양학부 교수)」[8]

2016년 개봉된 영화 「판도라(Pandora)」(2016.12.7. 개봉, 박정우 감독, 김남길 주연)는 원자력발전소의 노화와 이로 인한 원전사태의 참상을 보여주는 영화다. 정책 당국은 갈팡질팡하면서 초기에 국민들을 속이기 위해 축소 은폐만을 하다가 결국 폭발이 임박해지자 모든 것을 사실대로 알리는

---

7) 〈남북 교전 사태 관련 주요 일지 정리〉
　　1999년 6월 15일: 제1차 연평해전(서해교전) 발생
　　2000년 6월 13〜15일: 제1차 남북 정상회담(평양)
　　김대중 대통령(1998.2〜2003.2)과 김정일 위원장, 6·15공동선언 발표.
　　2002년 6월 29일: 제2차 연평해전 발생 ··
　　영화 「연평해전(Northern Limit Line)」(2015.6.24. 개봉, 김학순 감독)의 배경.
　　2007년 10월 2〜4일: 제2차 남북 정상회담(평양)
　　노무현 대통령과 김정일 위원장, 노 대통령의 NLL 포기 발언이 쟁점화 됨.
　　2009년 11월 10일: 제3차 연평해전(일명 대청해전) 발생
　　2010년 3월 26일: 천안함 격침 사건 발생
　　2010년 5월 24일: 5·24조치
　　2010년 5월 24일 이명박 정부가 발표한 대북 제재 조치이다. 같은 해 3월 26일 북한이 저지른 천안함 사건에 대한 대응으로 발표했다. 북한 선박의 남측 해역 운항을 전면 불허, 남북 교역 중단, 국민의 방북 불허, 대북 신규 투자 금지, 대북 지원사업의 원칙적 보류 등을 담고 있다. 이에 따라 인도적인 목적이라도 정부와 사전협의를 거치지 않으면 대북지원을 할 수 없게 됐다.
　　2010년 11월 23일: 연평도 해안 포격 사태 발생
　　2016년 2월 7일 오전 9시30분경 광명성 4호 발사(성공): 평북 동창리 발사장
　　일련의 사태로 한국은 2016년 2월 10일 개성공단 중단을 선언했고, 북측은 익일인 2월 11일 개성공단 폐쇄라는 극단의 초강수로 되받아쳐버렸다.
8) 「호모 사피엔스 씨의 위험한 고민: 미래 과학이 답하는 8가지 윤리적 질문」 원종우 교수 외 7명, 메디치미디어, 2015, p.265〜267.

136

뒷북행정을 적나라하게 보여줬다. 결국 한 의인(김남길 분)의 희생으로 최후 폭발은 면한다. 영화의 파급력은 엄청나게 크다. "버네이즈[9]는 책『프로파간다(Propaganda』(1928·1955·1995)에서 영화라는 장르에 대한 그의 철학을 피력했다. 그는 이데올로기를 확산하는 데 영화만큼 효과적인 도구가 없다고 말한다. 따라서 영화란 한 나라의 견해와 습관을 표준화하는 강력한 무기로 사용될 수 있다. 영화는 대중의 경향을 반영하고, 강조하고, 심지어 과장하기까지 하는 이념 전파의 선봉에 서 있다는 의미로 귀결된다."[10] "'우리에게 가장 중요한 예술은 영화다.' 일찍이 영화의 중요성을 간파한 레닌이 혁명 직후인 1919년 8월 영화 사업을 국유화한 뒤 내건 슬로건이다. 레닌은 사회주의의 이념을 대중에게 전파하는 수단으로 영화를 적극 활용했다. 그런데 소련 영화는 선전 수단뿐만 아니라 예술적으로도 신기원을 이룩했다. 예술적 측면에서 소련 영화가 부각된 계기는 푸도프킨과 에이젠슈테인이 '몽타주 기법'을 제시하면서부터다."[11]

---

9) 『엄마 인문학: 공부하는 엄마가 세상을 바꾼다』, 김경집, 꿈결, 2015, p.53~54.
   〈직설법보다 은유법(Metaphor)에 더 적극적으로 반응한다〉
   에드워드 버네이즈(Edward Bernays, 'PR의 아버지'라는 미국 광고업계의 대부, 1892~1995, 향년 103세)는 심리학자 지그문트 프로이트의 조카답게 대중심리학을 광고에 잘 활용했다. 1920년대 미국은 경제 공황을 겪고 있었는데, 당시 불황에 시달리던 출판업계 사람들이 버네이즈에게 도움을 청했더니 실망한다. 대문호들을 모아 성명 발표를 하거나 캠페인을 할 줄 알았더니, 영화·드라마 제작자, 그리고 목수를 불러 모았다. 얼마나 어이가 없었겠는가. 그때 버네이즈는 그 자리에 모인 영화·드라마 제작자에게 앞으로 작품에 나오는 거실 세트에 목수가 만드는 책장을 넣어달라고 주문한다.
   공황기에 대중들이 위안을 얻는 유일한 오락이 무엇일까? 영화나 드라마다. 그럼 책장이 등장한 영화나 드라마를 본 사람들이 경기가 풀리고 난 뒤 집을 새로 지을 때 어떻게 하겠는가? 집 거실에 넣을 책장을 짜는 거다. 그리고 나서 책장 안에 뭘 채워 넣을까? 물론 책이다.
   버네이즈는 이렇게 대중으로 하여금 책을 읽게 한 것이다. 일종의 은유법을 이용했다. 직설적으로 말하는 것보다 우회적으로 말을 해야 사람들이 훨씬 더 적극적으로 반응한다. 이런 방식은 교육에 활용해도 매우 효과가 크다.
10) 『음란한 인문학: 금기와 억압에 도전하는 원초적 독법』, 이봉호, 쌤앤파커스, 2017, p.191.
11) 『시민의 세계사: 오늘, 우리가 사는 세계를 한눈에 꿰뚫는 현대사 명장면 25』, 김윤태, 휴머니스트, 2018, p.200. 〈영화는 선전의 도구인가?〉

「매일경제」심윤희 논설위원은 2017년 8월 15일자 〈대통령과 영화〉라는 제목의 칼럼(필동정담)에서 시사성 있는 영화에 대한 역대 대통령들의 행보를 예로 들면서 이렇게 말했다. "대통령이 영화를 자주 보는 것은 대중과의 공감대 형성, 시대정신 공유에 도움이 된다는 점에서 바람직하다. 다만 특정 이념 편향으로 흐르거나 지나친 '영화의 정치화'는 경계해야 한다."

〔한국 영화 최초로 100만 관객을 돌파한 영화는 판소리를 소재로 한「서편제」다. 영화 자체의 우수성이 가장 큰 이유지만 1993년 김영삼 전 대통령이 이 영화를 보고 "감명을 받았다. 이 정도면 세계 어디에 내놔도 되겠다"고 말한 게 흥행에 적잖이 도움이 됐을 것이다.

노무현 전 대통령이 극장을 방문한 것은 취임 후 3년 만인 2006년「왕의 남자」를 관람할 때였다. 노 전 대통령은 "이야기를 엮어가는 상상력이 뛰어나다"는 감상평을 내놓았다. 이미 관객 500만 명을 모으며 신드롬을 일으키고 있었던 이 영화는 최종 관객 1,230만 명을 돌파하며 7번째 1,000만 관객 영화가 됐다. 노 전 대통령은 광주 민주화운동을 다룬「화려한 휴가」를 보고 눈물을 흘리기도 했다. 영화는 개인의 취향 이지만 대통령이 보거나 호평한 영화는 단순한 개인의 문화체험을 넘어선다. 선택 자체가 일종의 정치 메시지로 해석되면서 영향력이 급격히 높아진다. 역대 대통령마다 자신의 정치철학을 드러낼 수 있는 영화를 선택해 극장 나들이를 해왔다.

박근혜 전 대통령은「명량」「국제시장」「인천상륙작전」등 보수적, 애국적인 색채가 큰 영화를 관람했다.「국제시장」관람 후에는 "그때는 부부싸움을 하다가도 애국가가 울리면 경례를 하곤 했다"는 소회를 밝히며 당시에 대한 그리움을 드러내기도 했다.

지난 13일 문재인 대통령이 1980년 광주 민주화운동을 다룬 영화「택시 운전사」를 관람하고 눈물을 흘렸다. 문 대통령은 "아직 광주의 진실이 다 규명되지 못했고 이것은 우리에게 남은 과제"라면서 "이 영화가 그 과제를 푸는 데 큰 힘을 줄 것 같다"고 말해 정책 반영 의지를 내비쳤다. 문 대통령이 관람한 후 더불어민주당 지도부 등 정치인들이 잇달아 이 영화를 보겠다고 나서면서 '대통령 관람 효과'가 벌써 나타나고 있다. 대통령이 영화를 자주 보는 것은 대중과의 공감대 형성, 시대정신 공유에 도움이 된다는 점에서 바람직하다. 다만 특정 이념 편향으로 흐르거나 지나친 '영화의 정치화'는 경계해야 한다.

버락 오바마 전 미국 대통령은 지난해 가장 좋아하는 공상과학 영화 8편을 공개했다. 「2001: 스페이스 오디세이」「미지와의 조우」 같은 1960~1970년대 작품부터 최근작 「마션」까지 다양했다. 4차 산업혁명이 최대 이슈인 지금 문 대통령도 공상과학 영화로 국민과 소통할 기회를 가져보길 기대한다.』

또한 문재인 대통령은 지난 2018년 1월 7일 서울 용산 CGV에서 영화 「1987」(2017, 장준환 감독)을 강동원(이한열 열사 역) 등과 함께 관람했다. 2016년 12월 18일, 문재인 대통령(당시 더불어민주당 대표 퇴임 후 시절, 대선후보는 2017.4.3. 확정)은 부산 롯데시네마 서면 4관에서 원전 재난 영화 「판도라」도 관람했다. 관람 후 부산 인근 원자력 발전소 밀집 상황에 대해, "머리 위에 폭탄 하나 달고 사는 셈"이라고 평했다. 관람 전 「판도라」의 박정우 감독과 대화를 나누며, 영화 내용과 관련된 부산 지역 인근 원전에 대한 인식과 탈원전 정책에 대한 소견을 밝혔다. 문 대통령은 "영화는 4년 전에 구상하셨다는데, 지금 상황하고 잘 (어울리게) 만든 것 같다"라고 평했다. 또한 "경각심이 높아져야 한다. 울산·고리·월성 이런 쪽이 전부 지진 안전지대가 아니다. 세계 최대의 원전 밀집 지역이 되고 있다"라고까지 말했다. 물론 '픽션'이 많이 가미된 영화에 감동받아 정책의 가닥을 잡지는 않았을 것이다. 하지만 영화 「판도라」에 영향을 조금은 받았을 수도 있다. 아니, 그보다 이미 '탈원전 방침'이라는 견해를 가지고 있었기 때문에 「판도라」를 본 것이고 더 깊이 감동했을 가능성이 크다. 심리학에 '보고 싶은 것만 보인다'는 '선택 편향(Selection Bias)'[12]이란 이론도 있듯이 말이다. 아무튼 문재인 정부가 들어서자 탈원전 정책에 가속도가 붙는다. 큰 흐름만 살펴보자.

기존) 원전 개수가 세계 5위(가동중 25기, 건설중 5기, 계획중 6기)로 그중 울산지역의 핵 밀집도는 세계 1위이다.

1) 2017년 6월 20일: 〈아쉬움으로 남는 고리 1호기 퇴역〉 경제 대도약 발판된 국내 첫 원전. 40년 된 원전폐쇄는 생각해볼 문제. 탈원전 정책에… 원전업계 졸지에 '일감 절벽'.(「한국경제신문」 "고리 1호기 원전(原電)이 가동 40년 만인 지난 18일 밤 12시 영구 가동중지됐다. 1977년 6월 19일 공식 가동해 30년 설계수명과 10년 한 차례 연장가동하면서 오늘에 이르렀다. 고리 1호기와 같은 설계의 미국 원전 5기는 20년 수명이 연장되어 향후 20년을 더 운전하게 되는데 왜 고리 1호기는 미국보다 20년 앞당겨 문을 닫아야 했을까. 고리 1호기의 자산 가치는 아직도 20억~25억 달러는 될 텐데, 가동 중단으로 국부를 사장시키는 것은 아닐까. 이에 대한 답은 향후 역사가 판단할 문제로 남게 될 것이다." -이익환, 전 한전원자력연료 사장)(가동중: 25기→24기)

2) 2017년 10월 16일: 〈탈원전 드라이브와 산업부 직무유기〉 원전 수출

---

12) 「신은 주사위 놀이를 하지 않는다(The Improbability Principle, 2014)」 데이비드 핸드, 더퀘스트, 2016, p.164~165.

사업(영국·케냐·사우디아라비아 등)이 정치적 이유로 위기)「문화일보」)

3) 2017년 10월 25일: 〈20년 뒤엔 원전 14기로 줄어…월성 1호기도 조기 폐쇄〉 신고리 5·6호 다시 짓지만 신규원전 6기 건설 백지화…노후원전 수명 연장 불허. 2083년엔 '원전 제로', 천문학적 손실 어쩌나…월성 1호기 5년 단축 땐 경제손실 1.5조 원 달해. 원전 신규건설 취소로 이미 투입 1조 날릴 판 (「매일경제」 "현재 24기인 원전은 2022년 28기까지 늘어난 뒤 2031년 18기, 2038년 14기 등으로 점차 줄어든다.")(계획중: 6기→0기)

4) 2017년 11월 2일: 〈한전, 이집트 이어 나이지리아 원전 수주 러시아에 빼앗겨… 원전 수출 잇따라 실패〉 한전, 엑빈발전소 노하우 전수 등 4년 공들였으나 '물거품'(「글로벌이코노믹」)

5) 2018년 7월 23~25일: '원전 재가동' 시비. "김동철 바른미래당 비상대책위원장은 23일 국회에서 열린 제14차 비상대책위원회의에서 '전력수요가 전국 예상치를 넘어서자 문재인 정부는 탈원전하겠다고 한 원전 2기의 재가동을 지시했다'면서 '정부는 탈원전 정책을 수정하겠다는 건지 임시로 재가동하겠다는 건지 명확한 입장을 밝혀야한다'고 말했다." (「이데일리」 2018.7.23.) "'전력예비율 사상 최저' 폭염에 전력수급 비상…원전 재가동" "최근 정비를 마친 한울 4호기는 지난 주말부터 다시 가동을 시작했고 한울 2호기도 8월 중 재가동될 전망이다. 이렇게 되면 지난겨울 14기였던 원전 가동은 올여름 19기까지 늘어날 것으로 보인다."(SBS 뉴스 2017.7.23.) "백운규 산업통상자원부 장관은 예상을 빗나간 재난 수준의 폭염에도 불구하고 예비전력은 여유가 있다고 강조했다. 또 탈원전 정책으로 인한 전력부족으로 원전을 서둘러 재가동했다는 일부 주장은 잘못된 것이라고 반박했다." "특히 '에너지전환 정책이 현재의 전력수급에 차질을 초래하고

있다는 일부 주장도 사실이 아니다'고 했다. 백 장관은 '이번 정부에선 월성 1호기가 폐쇄되고 추가적으로 건설되는 원전이 4기라 모두 3기의 원전이 더 건설된다'면서 '장기적 에너지 전환 정책에 따라 수급에 차질이 생기는 문제가 아니다'고 말했다."(「이데일리」 2018.7.25)

6) 2018년 8월 1일: 〈영국에 22조 원전 수출… 한전, 브레이크 걸렸다〉 도시바 "한전 우선협상자 해지" 원전 운영방식 놓고 협의 지연. 일각 "탈원전 정책이 영향 미친 듯", 한전 "협상 지연과 탈원전 무관".(「중앙일보」 2018.8.1)

7) 2018년 8월 14일: 〈한전, 6871억 적자 '실적 쇼크'…탈원전 논쟁 재가열〉 6년 만에 3분기 연속 영업손실/유가 등 연료비 급등이 주원인: 원전 안전 강화로 가동률 줄고, LNG발전 늘린 게 손실 폭 키워/정부는 전기료 안 올리겠다지만, 업계선 요금 인상 불가피 전망. "한전은 올해 상반기에 연결 기준 8147억 원 영업적자를 기록했다고 13일 공시했다. 지난해 상반기 2조3097억 원 흑자에서 적자 전환한 것이다. 올 2분기에만 영업적자가 6871억 원에 달했다. 지난해 4분기 1294억 원, 올해 1분기 1276억 원에 이어 3분기째 손실을 냈다. 3분기 연속 영업적자는 2012년 2분기(2011년 4분기, 2012년 1·2분기) 이후 처음이다."(「세계일보」 2018.8.14.)

8) 2018년 8월 17일: 〈정부 탈원전 추진하는데… 국민 10명 중 7명 "원전 찬성"〉

이번 '2018 원자력 발전에 대한 인식조사'는 한국리서치가 8월 6~7일 이틀간, 전국 만 19세 이상 남녀 1,000명을 상대로 실시했다.(「중앙일보」 2018.8.17.)

『다치바나 다카시의 서재』(2013)는 총 20만여 권에 달하는 장서에서 중요한 주제만을 골라 해설한 책이다. 일본의 대표적 지성으로 손꼽히는 다치바나 다카시(立花隆, 1940~)는 이 책에서 원전에 대한 견해도 밝히고 있는데 눈에 띄는 점이 두 가지다. 첫째, 후쿠시마 원전을 미국 GE사가 건설했는데 GE사는 미국의 토네이도처럼 태풍[13]에 안전하도록 주안점을 두었고 지진의 위험성에 역점을 두지 않았다고 주장한다. 그는 만일 애초에 지진에 주안점을 두고 건설했더라면, 2011년 동일본 대지진은 오히려 핵발전의 안전성을 증명하는 사건이 될 수도 있었다고까지 말한다. 둘째, 핵발전이 무섭다고 해도, 중국과 한국 등 주변 국가들은 모두 핵발전 대국을 지향하고 있다. 따라서 핵발전 정책은 국내 사정만이 아니라, 국제적인 관점도 아울러 견지하면서 결정해야 한다고 본다. 즉, 한국이 탈원전을 해본들 중국 동쪽에 밀집되어 있는 원전이 있는 한 한국도 안전하다고 할 수 없다는 것이다.

〔〈(후쿠시마의 경우) 도쿄전력이 아니라 GE에게 손해배상을 청구해야 한다〉

(2011년 원전사건으로) 핵발전 불필요론은 요컨대 핵발전이라는 것은 인간이 온전히 통제할 수 없는 메커니즘이라는 주장인데, 현실적으로는 그건 너무나도 케케묵은 옛날 이야기이다. 인간의 통제가 미치지 않는 것은 오히려 이번 후쿠시마에서 사고를 일으킨 구형 핵발전소 정도이다.

기본적으로 후쿠시마 유형의 핵발전소는 설계상 대단히 큰 문제를 안고 있었다. 무슨 문제냐? 설계자인 미국의 GE 입장에서 핵발전소와 관련하여 예기치 못한 사태를 초래할 수 있다고 생각된 요소는 토네이도였다. 그런 토네이도에 의해 냉각과 관련된

---

13) 태풍은 지름 200km~1,500km에 달하고, 태풍의 높이는 10~15km로 수직보다는 수평으로 규모가 발달한 형태이다. 고도 10km 전후로 비행하는 항공기는 태풍의 영향권을 벗어나 우회한다.

원자로 장치가 파괴되어버리면 멜트다운으로 이어지기 때문이다. 그러니까 어찌되었든 토네이도에 의해 파괴되지 않도록 지하에 예비 전원을 배치했던 것이다. 후쿠시마 원전 사태의 경우 전원만 확보할 수 있었다면 문제가 없었다. 그러나 미국인 설계자는 토네이도가 덮쳐도 괜찮도록 예비 전원을 지하실에 설치해버렸다. 모든 문제는 거기서 발생한 것이다.

실제로 일본 측에서 '그건 일본 실정에는 맞지 않는다'고 주장해도 설계자인 GE 측은 '우리가 짠 설계도면대로 해야 해, 조금이라도 변경시키면 안 돼! 그렇지 않으면 안전은 보장할 수 없어'라고 했을 것이다. 그런 의미에서 보자면 이번 후쿠시마 원전 사태 원인의 상당 부분은 GE의 설계 착오에 기인한 것으로, 도쿄전력이 아니라 GE에 배상요구를 해야 할 것이다. 이번 사태는 도쿄전력의 다양한 사후 처리 실수나 GE의 설계 착오가 없었다면, 오히려 핵발전의 안전성을 증명하는 사건이 될 수도 있었다. (p.114~117)

핵발전이 무섭다고 해도, 중국과 한국 등 주변 국가들은 모두 핵발전 대국을 지향하고 있다. 일본만이 탈핵발전을 해봤댔자 완전히 핵발전의 리스크로부터 벗어날 수 있는 것도 아니다. 그렇다면 적어도 우리가 컨트롤할 수 있는 기술을 갖고 있는 편이 좋다. 이후의 핵발전 정책은 국내 사정만이 아니라, 국제적인 관점도 아울러 견지하면서 결정해야 한다고 본다.(p.128)]14]

'탈원전' 여부는 국내 사정만이 아니라 인접국(한국은 특히 중국)의 원전 상황도 같이 고려해야 함을 강조한 다치바나의 말에 귀 기울일 필요가 있다. 환경단체와 같은 NGO의 '탈원전' 주장도 일리가 있고, '에너지 효율'을 주장하는 측의 견해도 마찬가지다. 이에 더해 국제적인 관계, 특히 동북 아시아에 인접해 있는 국가들의 원전 현황으로까지 시야를 넓혀야 한다는 점도 강조하고 싶다. 500년 전에도 동북아시아가 그렇게 엮여서 임진왜란이 일어났으니 오늘날은 두말할 필요도 없을 것이다.

콜럼버스의 신대륙 발견(1492년)이 임진왜란(1592년)과 무슨 관계가 있을까? 스페인과 포르투갈은 신대륙에서 금은보화 등 수많은 재화와 신작물들을 약탈했고, 이렇게 쏟아진 신대륙의 재화는 당시 동방무역을 주름잡았던 포르투갈 상인에 의해 일본에까지 전파됐으며 이 과정에서 1543년에 포르투갈 상인들이 처음 조총을 가지고 왔다.[15] 도요토미 히데요시가 조총의 힘으로 일본천하를 통일하고 중국 대륙까지 집어삼킬 목적으로 일으킨 전쟁이 1592년의 임진왜란이다.

14) 『다치바나 다카시의 서재(2013)』 다치바나 다카시, 문학동네, 2016, p.114~117, 128.
15) 『생각의 융합』, 김경집, 더숲, 2015, p.65.

제3장

말년의 양식에 대하여:

주름살의 추함과 원숙함의 귀로에서

Lee Sang Joon · Knowledge Series 3

Only the educated are free.

배운 자만이 자유롭다. (에픽테토스)

.
.
.

오늘날 대한민국은 모든 세대가 힘든 시대가 돼버렸다. 베이비붐 세대(1955년~1963년 또는 1972년 출생)를 1972년까지 출생자로 보면 대략 50세 전후부터 65세까지의 연령대가 된다.[1] 이들은 본인 세대도 힘들 뿐더러 노령의 부모까지 책임져야 하는 실정이다. 따라서 아들인 에코부머를 돌볼 여력이 없는 것은 두말할 필요도 없다.

---

1) 『선대인의 대한민국 경제학: 5천만 경제 호구를 위한』, 선대인, 다산북스, 2017, p.312~313. 〈베이비붐 세대 vs. 에코붐 세대〉
　베이비부머란 전쟁 또는 심각한 불경기 이후 사회적·경제적으로 안정된 시기에 태어난 세대를 가리키는 용어이다. 아무래도 안정적이다 보니 출생률이 다른 시기에 비해 현저하게 높다. 베이비부머는 각 나라의 상황에 따라 연령대가 다르다.
　한국: 한국전쟁 이후인 1955년부터 1963년 사이에 태어난 세대(700여 만 명)다. 경우에 따라서는 1955년부터 1972년까지 범위를 좀 더 넓게 잡기도 한다.
　미국: 제2차 세계대전이 끝난 직후인 1946년부터 1965년 사이에 태어난 약 7,600만 명을 사람들이 베이비부머다. 전쟁 동안 떨어져 있던 부부들이 전쟁 후에 다시 만나고, 미뤄졌던 결혼이 한꺼번에 이루어지면서 출생률이 높아진 것이다.
　일본: 1947년부터 1949년 사이에 태어난 세대를 베이비부머로 분류하는데, 이들은 다른 말로 '단카이(團塊, 덩어리) 세대'라고 지칭한다. 1967년 경제평론가 사카이야 다이치가 『단카이의 세대』라는 소설에서 처음 사용한 용어로, '단카이'라는 명칭은 이들 세대가 대량생산형 조직사회에 순응적이면서, 동세대끼리 흙덩이처럼 잘 뭉치는 성향 때문에 붙여진 말이다.
　한편 '에코부머'의 에코(Echo)는 메아리라는 뜻이다. 즉 베이비부머의 자녀 세대를 가리킨다. 베이비부머가 많이 태어났으니 이들이 낳은 자녀의 수도 많았다. 베이비부머가 비교적 안정적인 시기에 부를 축적한 만큼 에코부머는 이 같은 물질적인 풍요를 바탕으로 적극적인 소비성향을 보인다. 베이비부머에 비해 자기 정체성이 강한 것도 특징이다.

현재 60대 전후의 베이비부머는 혼자라도 우뚝 서야 한다. 고령의 부모님이야 형편껏 보살펴야 하는 상황이지만(그분들은 베이비붐 세대인 자식을 위해 모든 걸 다 줘버렸다. 아무것도 남은 게 없기 때문에 그 자식들마저 형편이 어려울 경우에는 고독사할 가능성이 높다), 30~40대인 자식들도 그들 스스로 홀로 서야한다. 현 시대는 나 혼자 살아가기도 버거운 세상이라 자식까지 책임져줄 여유가 없다. 자식 또한 부모에게 기댈 수도 없고, 부모를 부양할 여력도 없다. 자식은 또 그가 책임져야만 하는 자라나는 새싹들(베이비부머의 손자·손녀)이 있지 않은가. 이와 같은 여건을 반영하듯 『이제는 부모를 버려야 한다』(2016)라는 책까지 나올 정도다.[2]

부모가 금전은 물론이고 시간·마음도 여유가 있어 자식이나 손자에게까지 신경을 써줄 수 있다면 더할 나위 없이 좋다. 그렇지 못한 경우에는 나 자신이라도 잘 살아야 한다. 그래야만 자식들이나 주위에 최소한 부담이라도 덜게 해주는 것이다. 이 또한 '행복의 출발선은 나 자신이다'는 원칙에도 부합한다. 그리고 나의 행복이 꼭 경제력만은 아님을 알아야 한다. 나이에 걸맞은 지력이나 원숙함까지 겸비되어야만 진정한 어른이다. 물리적인 나이만 많이 먹었다고 어른 행세 하다가는 결국 혼자 남는 신세가 될 뿐이다. 먼저 노인인구 문제 등 현재의 실상과 변화 추이를 알아보자.

---

2) 「이제는 부모를 버려야 한다(2016)」 시마다 히로미, 지식의날개, 2018.
부모를 부양하기는커녕 자기 자신이 독립적으로 살기도 버겁다는 점을 강조하며, 결국 자신부터 독립해야 하며 그의 부모는 차순위로 두어야 하는 시대가 됐음을 설파하고 있는 책이다.

고령화와 베이비붐 세대(1955년~1963년 또는 1972년 출생)의 상황

한국의 노인문제와 관련된 중요 '사실(fact)' 몇 가지를 파악해 보자.

"한국은 2017년 8월말로, 65세 이상의 노인인구가 725만 명으로 총인구 5,175만 명의 14%를 넘어서 고령사회에 진입했다. 일본은 세계 최초로 2005년에 초고령사회(65세 이상 20% 이상)에 진입했다." [3]

"2026년이 되면 한국도 초고령사회가 될 것으로 전망된다(2005년에 초고령사회로 진입한 일본보다 20년 늦다)." [4]

"이런 추세라면 2050년이 되면 우리나라 총인구의 37.4%, 다시 말해 국민 1/3이 65세 이상 노인이 될 전망이다." [5]

---

3) 『당신은 부자: 재미있는 유산상속 이야기』, 안영문 변호사, 부산대출판부, 2009, p.82.
   전체인구 중 65세 이상 노령인구의 비율이 7% 이상이면 고령화 사회(Ageing Society)라 하고, 14% 이상이면 고령사회(Aged Society), 20% 이상이면 초고령 사회(Post-aged Society)라고 한다. 일본은 세계 최초로 2005년에 초고령사회에 진입했다.
   {이상준: 〈한국 고령사회 진입… 65세이상 14%〉7%이상 '고령화사회' 17년 만에 끝, 전남 21.4%… 광역단체 유일 '초고령'.(2017.9.4. 여러 매체 종합) 참조.}
4) YTN 뉴스 2014.11.24.
5) 『나의 서양사 편력(1): 고대에서 근대까지』, 박상익, 푸른역사, 2014, p.263.

"우리나라 국민의 기대수명(그해 태어난 아이가 살 것으로 기대되는 수명)에 대한 가장 최근 조사에 따르면 82.4세(2016년 기준. 여자 85.4세, 남자 79.3세)다. 이는 경제협력개발기구(OECD) 회원국 평균(80.8년)보다 1.6년 길다. 최장수 국가는 84.1세의 일본이었으며 2위는 스위스(83.7세), 3위는 스페인(83.4세)이었다. 한국은 4위를 기록했다. 평균수명이 이처럼 긴 반면, 자살률도 높았다. 한국의 자살률은 2015년 기준 인구 10만 명당 25.8명으로 세계 1위, OECD 평균(11.6명)보다 2배 이상 높았다. 2011년의 33.3명에 비해 떨어지기는 했으나 아직도 높은 수치다. 특히 고령자의 자살률은 2012년 기준 10만 명당 116.2명으로 2위인 남미 수리남 47.9명의 두 배에 달했다. 청년층의 자살률은 인구 10만 명당 18.2명(2016년 기준)으로 비교대상 60개국 중 9위를 기록했다. 이처럼 고령자와 청년층의 자살률이 높은 이유로는 '어두운 미래'가 꼽혔다." [6]

그리고 2015년 기준으로 한 한국인의 (실제)평균수명은 81.3세(여자 84.4세, 남자 77.9세)로[7] 기대수명보다 1살 정도 적고, 행복수명보다는 7살 정도 많다. 따라서 노후의 마지막 7~8년은 질병 등으로 고생하다가 생을 마감한다는 의미가 된다. "한국인 '행복수명'은 74.6세로 선진국 꼴찌 수준이다. 기대수명은 80살을 넘어섰지만 노후대책이 부실해 말년이 불안한 것이다. '행복수명'은 건강 상태, 경제적 여유 사회적 활동, 인간관계 등 4개 요소에 대한 설문조사를 통해 노후 삶의 질적 수준을 측정하고 수명 개념으로

6) 〈'경제협력개발기구(OECD) 보건 통계(Health Statistics) 2018'의 주요 지표 분석〉
   (2018년 7월 12일 발표, 보건복지부)

7) 2015년 기준 통계청 자료.

8) 「매일경제」, 2017.10.11. 〈'행복수명 국제비교' 연구 결과〉
   (생명보험사회공헌위원회와 서울대 노년·은퇴설계연구소가 공동 개발한 노후 준비 측정지표, 2017년 10월 10일 발표)

개량화한 지표이다."[8]

폐지 수거 노인은 175만 명(노인인구 725만 명의 24%?)으로 하루에 대략 1만 원 정도를 번다고 한다(폐지는 1kg에 약 100원을 받는다).[9]

"우리나라 노인 빈곤율은 OECD 국가 중 1위다. 노인 스스로 목숨을 끊는 사람들 또한 한 해에 3,500명 정도로 OECD 국가 중 가장 많으며, 노인 10명 중 7명은 가난·질병·고독 등 2가지 빈곤을 함께 경험하는 '다자원 빈곤층'에 빠졌다."[10]

'2018년 5월 경제활동인구조사 고령층 부가조사 결과'에 따르면, 65세 이상 38%는 일하며 이 중 단순노무가 1/3이라고 한다.[11]

"한국에서는 빈부격차, 청년실업률 문제, 비정규직 문제 이외에 또 다른

9) 「한겨레신문」, 2018.1.17. 〈'폐지 줍는 노인' 첫 전국 실태조사 한다〉(박기용 기자)
　　－정부는 2018년 안에 규모, 기초수급 여부 등 파악－
　　'폐지 줍는 노인'은 한국 사회 '노인 빈곤'의 상징처럼 떠올려지는 존재지만 정작 그 자세한 실상은 잘 알려져 있지 않다. 정부가 이들에 대한 첫 전국 단위 실태조사에 나선다.

10) 「노후파산: 장수의 악몽(2015)」, NHK스페셜제작팀, 다산북스, 2016, p.뒷표지.

11) 연합뉴스 2018.7.24. 〈'고된 노년' 65세 이상 38%는 일한다…단순노무가 3명 중 1명〉
　　통계청이 24일 발표한 '2018년 5월 경제활동인구조사 고령층 부가조사 결과'에 따르면 65~79세 인구 576만5천 명 중 취업자는 38.3%인 220만9천 명으로 지난해 5월에 비해 0.9%포인트인 12만1천 명 늘었다. 65~79세 고령자의 직업별 분포를 보면 단순노무 종사자가 36.1%로 가장 많았다. 이어 농림어업 숙련종사자(26.1%), 서비스·판매종사자(16.3%), 기능·기계 조작 종사자(13.6%)가 뒤를 이었다. 산업별 분포를 보면 사업·개인·공공서비스업이 40.4%로 가장 많았고, 농림어업(27.8%), 도소매·음식숙박업(14.0%), 제조업(6.4%) 순이었다.
　　55~64세 인구 767만6천 명 중 취업자는 67.9%인 521만3천 명으로, 65세 이상보다 2배 이상 많았다. 직업별로 보면 기능·기계 조작 종사자가 26.1%로 가장 많았고, 서비스·판매종사자(24.5%), 단순노무종사자(19.4%), 관리자·전문가(12.8%) 순이었다. 산업별로 보면 사업·개인·공공서비스업이 33.5%로 가장 많았고, 도소매·음식숙박업(22.0%), 제조업(13.9%) 순이었다.
　　55~64세 취업 유경험자 748만3천 명 중 3분의 2에 가까운 61.5%인 459만9천 명은 생애 가장 오래 근무한 일자리를 그만둔 것으로 집계됐다. 생애 가장 오래 근무한 일자리에서의 평균 근속기간은 15년 4.9개월로 전년 같은 달보다 1.4개월 증가했다. 가장 오래 근무한 일자리를 그만둘 당시 평균연령은 49.1세였다. 50대인 경우가 53.7%로 가장 많았고, 40대는 21.9%, 60대는 9.5%를 각각 차지했다.
　　가장 오래 근무한 일자리를 그만둔 이유는 사업부진·조업중단·휴·폐업이 31.9%로 가장 많았고, 건강이 좋지 않아서(19.5%), 가족을 돌보기 위해서(15.8%) 순이었다. 이어 권고사직·명예퇴직·정리해고(11.2%), 정년퇴직(7.5%)이 뒤를 이었고, 일을 그만둘 나이가 됐다고 생각해서 그만둔 경우는 2.3%에 불과했다. 가장 오래 근무한 일자리를 그만둔 사람 중 현재 취업 중인 사람은 50.6%인 232만7천 명으로 집계됐다.(김현태 기자)

불평등 문제가 있다. 바로 노령 인구다. 한국 노령자의 45%가 빈곤선 아래에서 살아가고 있는데, 이는 큰 문제이다."(마이클 포터 교수)[12]

"서울중앙지법은 2016년 1월~2월 법원이 파산 선고를 내린 1천727명을 분석한 결과, 60대 이상이 428명에 달했다고 25일 밝혔다. 이는 전체의 24.8%다. 최대 경제활동 계층인 50대(37.2%)보다는 적지만 40대(28.2%)와 비슷하고 30대(8.9%)를 웃도는 수치다. 특히 노년층의 수는 갈수록 많아지는 추세라고 법원은 설명했다."[13]

"건강보험 가입자에게 부과된 보험료가 50조 원을 처음으로 돌파하면서 세대당 월 보험료도 10만 원을 넘어섰다. 65세 이상 노인의 건강보험 진료비도 꾸준히 늘어 전체 진료비의 40%에 육박했다."[14]

"국내 노인 1명당 연간 진료비가 2017년 처음으로 400만원 선을 넘어섰다. 전체 노인진료비는 28조 원을 웃돌아 2010년의 2배에 달했다. 국내 65세 이상 노인 인구는 총 680만6,000명으로 전체 인구의 13.4%를 차지했지만 전체 건강보험 진료비 69조3352억 원에서 노인 진료비는 28조3247억 원으로 비율은 40.9%에 달했다."[15]

"앞으로 40년이 지나면 치매 환자의 수는 220만(독일)으로 지금의 2배에 이를 것이라고 한다. 치매가 전염되기 때문이 아니라, 노인이 점점 많아질 것이기 때문이다. 아무도 그 메커니즘을 알지 못하는 신경병리학적 이상을

---

12) 「어떻게 차별화할 것인가(How to be different, 2014)」 마이클 포터 외, 레인메이커, 2015, p.56~57.
13) 연합뉴스 2016.3.25. 〈'노후파산' 日처럼 현실로… 파산자 4명중 1명이 60대 이상〉
14) 〈2017년 '건강보험 주요통계'와 '진료비 통계지표'〉
   (건강보험공단과 건강보험심사평가원, 2018년 3월 21일 발표)
15) 〈2017년 건강보험통계연보〉(2018년 9월 26일 발표)

제외하면 기억 상실의 주요 원인은 바로 노화인 것이다. 다행히도 70세 이전에 치매가 발병하는 경우는 드물다. 그러나 85세가 되면 1/5이 치매에 걸리고, 90세가 넘으면 1/3 이상이 그렇게 된다. 현재의 기대수명에서 치매에 걸릴 확률은 남성이 30%, 여성이 50%이다. 장수할수록 치매에 걸릴 확률이 높아지는 건 당연하다."[16]

"OECD에 따르면 한국의 노인 1명당 부양 생산인구는 2014년 5.26명에서 2022년 3.81명으로 줄어들 것이며, 2036년에는 1.96명까지 하락할 것으로 전망하고 있다. 이에 따른 노년부양비도 2011년 15.6%에서 2017년 19.2%, 2020년 22.1%, 2040년 57.2%로 지속적으로 증가할 것으로 전망되고 있다. 결국 저출산, 고령화는 연금·보험·의료 및 기타 사회복지 등의 수요 증가를 가져올 것이며, 이는 정부의 사회보장비용 지출의 급격한 증가로 이어질 것이다. 경제 활력이 떨어지고 세수는 감소하는 데 반해, 복지수요는 폭증함에 따라 국가의 재정적 부담은 커질 수밖에 없다. 우리나라의 합계출산율은 2006년 1.12에서 2013년 1.19로 0.07 증가하는 데 그쳤다(2016년 1.17명, 2017년 1.05명)."[17]

"20년 이상 산 부부의 이혼을 뜻하는 '황혼(黃昏) 이혼'이 갈수록 늘면서 이혼법정 풍경도 바뀌고 있다. 대법원에 따르면 2010년 27,823건이던 황혼 이혼은 2014년은 33,140건으로 급증했다. 이에 비해 동거 기간 4년 이하인 '신혼 이혼'은 급감 추세다. 2010년 31,528건에서 2014년은 27,162건을

---

16) 『나는 왜 늘 아픈가: 건강 강박증에 던지는 닥터 구트의 유쾌한 처방(Wer Langer Lebt, Wird Auch Nicht Junger, 2014)』 크리스티안 구트, 부키, 2016, p.26.
17) 『대한민국 국가미래전략 2015(National Future Strategy)』 카이스트 미래전략대학원, 이콘, 2014, p.305~307.

기록했다. 2012년부터 황혼 이혼 건수(30,234건)가 신혼 이혼 건수(28,204건)를 추월하는 역전 현상이 3년 내리 계속되고 있다. 이혼법정에서 갓 결혼한 커플보다 머리 희끗한 노년·중년 부부를 보기가 더 쉬워진 것이다."[18]

한편, 일본의 경우 한국보다 대략 20년 앞서는데, 고령화문제가 큰 사회적 이슈가 되고 있다. 향후 20년 뒤의 우리나라 모습이라고 보면 될 것이다. 도쿄특파원으로 근무했던 임상균 기자의 책『도쿄 비즈니스 산책』(2016)에서 고령화로 인한 노인사회의 변화 양상을 볼 수 있다.

〔일본의 독거 세대 비율이 2010년 전국 평균 32.4% 수준이었지만 2035년에는 37.2%까지 올라간다. 젊은층들이 몰려드는 도쿄의 경우 45.8%에서 46.0%로 올라가 거의 절반의 세대가 혼자 살게 된다. 또 2010년 전국 평균 31.2%인 고령 세대 비율이 2035년에는 40.8%를 기록하며 처음으로 40%를 넘길 것으로 내다봤다. 두 가지를 합쳐보면 결국 혼자 사는 고령자가 급증한다는 얘기다. 2010년 독거노인이 498만 명이었지만, 2035년에는 762만 명으로 53%나 늘어난다. 고령 세대 중 배우자나 자식 없이 혼자서 생활하는 독거 고령 세대도 전체의 37.7%가 될 전망이다. 이를 반영하듯 노인을 염두에 두고 하는 사업이 활기를 띠고 있다. 대표적인 분야가 '슈카쓰(終活)'다. 말 그대로 끝을 준비하는 활동인데, 가장 쉽게 볼 수 있는 것이 '엔딩 노트'라는 공책이다. 엔딩 노트는 2000년대 중반 이후 서점의 스터디셀러가 됐다. 2011년에는 이를 소재로 한 「엔딩 노트」라는 영화도 나와서 일본 사회를 눈물바다로 만들기도 했다. 여생을 마감하면서

18) 「조선일보」, 2015.11.4.〈"행복해지고 싶다" 황혼이혼 60대에 판사는 말을 잃었다〉
 -2014년 3만 건 역대 최다-(최연진 기자)

미리 준비해야 하는 내용들을 스스로 정리하는 노트다. 이름만 달리해서 여러 종류의 엔딩 노트가 판매되고 있다. 가격은 대부분 1,000엔 안팎이다. 심지어 '무덤친구'라고 하여 사망 후 한 공간에 지인과 같이 안치되는 방식도 유행하고 있다.』[19]

노령화와 관련하여 중요한 이슈를 '사실(fact)'만 간략하게 정리한 것이 이 정도다. 여기까지만 봐도 머리가 지끈지끈할 지경이다.

19) 『도쿄 비즈니스 산책』, 임상균, 한빛비즈, 2016, p.200~204.
   〔이상준: 〈아름다운 마침표 '웰다잉': 일본의 임종 대비 '슈카쓰' 바람〉이라는 제목으로『동아일보』 2016.10.22. A6면에서도 유사한 내용을 다루고 있다.〕

어떤 모양새로 살아갈 것인가?

「경남도민일보」 자매회사인 도서출판 피플파워에서 발행한 『별난 사람
별난 인생: 그래서 아름다운 사람들』(김주완, 2016)에는 채현국(1935~)
효암학원 이사장의 외침이 수록되어 있다. 채 이사장은 한때 개인소득세
전국 2위라는 거부에서 신용불량자까지 거침없는 인생을 사신 분이다. 현
KBS인 중앙방송이 박정희 군사정권에 시녀노릇을 하는 것을 보고 박차고
나와 버렸으며, 언론인 리영희 선생을 포함하여 반독재 노선을 추구하는
지식인·학생·문인들을 도우는 등 한마디로 의지의 한국인이었다. 채현국
이사장의 이 외침은 학생들의 공부는 물론이고 어른 공부에도 주춧돌로 삼을
만큼 명쾌하다.

〔"노인들이 저 모양이란 걸 잘 봐두어라." "노인이라고 봐주지 마라."(p.12)

"잘못된 생각만 고정관념이 아니라 옳다고 확실히 믿는 것, 확실히 아는 것 전부가
고정관념입니다."(p.15)

"아는 것과 기억하는 것은 다르다. 깨달아야 아는 것이다." "우등생은 아첨꾼이 되기 쉽다." "서울대학교(남보다 우위에 서고자 하는 욕망과 성적 올리는 공부에는 특출하지만, 지혜로운 것과는 별개다. – 이상준)는 97%의 아첨꾼을 키워냅니다. 왜냐면 '우수하다' '똑똑하다'는 것은 먼저 있는 것을 잘 배운 것이니, 잘 배웠으니 아첨 잘할 수밖에요."(p.38)』[20]

　그리고 '말년의 양식'을 강조한 명구(名句)는 정말 많다. 그만큼 중요하지만 간과하기도 쉽다는 이유 때문일 것이다. 명나라 말기인 1613년경에 쓴 『채근담(菜根譚)』[21] 에서 저자인 홍자성은 이렇게 말했다. "기생도 늘그막에 남편을 만나면, 이전의 화류계 생활은 장애가 되지 않는다. 정숙한 부인도 말년에 정절을 지키지 못하면, 평생 애써 지켜왔던 절개가 물거품이 된다. 옛말에 '사람을 보려면 그 인생의 후반부를 보라'고 한 것은 진실로 명언이다." 자연주의자 헨리 데이비드 소로(Henry David Thoreau)는 1854년에 쓴 책 『월든(Walden)』[22] 에서 "나이가 많다고만 해서 더 나은 선생이라고 할 수는 없다"고 일갈했다. 마크 트웨인(Mark Twain, 1835~1910)은 이렇게 말했다. "주름살은 당신의 미소자국이었다는 것을 가리키는 것일 뿐이다."[23] 즉, 누추하게 늙어지는 게 아니라, 품격 있는 노년으로 가는 길은 그 주름에

---

20) 『별난 사람 별난 인생: 그래서 아름다운 사람들』 김주완, 도서출판 피플파워, 2016.
　　또한 같은 출판사에서 발행한 『풍운아 채현국: 거부(巨富)에서 신용불량자까지 거침없는 인생』 (김주완, 2015)이란 제목의 책도 있다.
21) 『채근담(菜根譚)』 김성중 편역, 홍익출판사, 2005, p.48. 명 말기인 1613? 때 쓴 책.
22) 『월든(Walden, 1854)』 헨리 데이비드 소로, 이레, 2004, p.18.
23) 『출근하는 당신도 행복할 권리가 있다: 월급쟁이 44년차 선배가 전하는 32개의 비밀노트』 권대욱, 리더스북, 2017, p.287.

무엇을 담느냐에 따라 달라진다는 점이다. 언어학자이자 케임브리지대 킹스칼리지 교수였던 F.L. 루카스는 1955년 책『좋은 산문의 길, 스타일』 (1955·2012)[24]에서 "노인과 혜성은 같은 이유로 경외의 대상이 된다. 수염이 길고 앞날을 내다보는 척하기 때문이다"라고 말했다.

안경환 박사는 서울대 법대를 졸업하고 미국과 영국에서 공부했다. 1987년부터 같은 학교 교수로 재직하면서 '법과 문학'을 강의했다. 그동안 런던 정경대와 미국 남일리노이대학 및 산타클라라대학 방문교수, 서울대학교 법과대학 학장, 한국헌법학회 회장 등을 역임했다. 2006년 11월부터 2009년 7월까지 제4대 국가인권위원회 위원장으로 활동하면서 사회의 약자와 소수자의 인권을 강화하는 데 많은 노력을 기울여왔다(2017년 6월 여성비하 논란 등으로 법무부 장관 후보에서 자진사퇴했다). 그가 2016년 11월 말에 출간한 『남자란 무엇인가: 남자는 왜 행복해지기 어려울까?』라는 책 속에는 '중년 남자의 고독'과 '노년기의 지혜로운 삶'에 대한 그의 견해가 수록돼 있다. 이를 보자.

〔〈중년 남자의 고독〉

남자의 얼굴은 이력서다. 40을 넘긴 남자는 자신의 얼굴에 책임이 있다. 오래전부터 내려오던 말이다. 시오노 나나미[25]는 책『남자들에게(男たちへ, 1993)』(한길사, 1995) 에서 성공한 중년 남자의 외모를 이렇게 묘사했다.

---

24) 『좋은 산문의 길, 스타일(Style: The Art of Writing Well, 1955·2012)』, F.L. 루카스(Lucas), 메멘토, 2018, p.282~283.

"성공한 남자란 몸 전체에서 밝은 빛을 발하는 사람이다. 조용한 동작 하나하나에서 밝은 빛이 새어나오는 그런 사람이다."

성공의 의미는 나이에 따라 다르다. 남자는 자신이 느끼는 자부심을 남이 알아줘야만 성공하는 것이라고 생각한다. 하지만 때 이른 성공이 오히려 인생의 재앙이 되는 경우도 적지 않다. 흔히들 한국 남자의 일생에 생길 수 있는 '3대 재앙'을 '소년 등과(登科), 중년 상처, 그리고 노년 궁핍'이라고 한다. 어린 나이에 세상의 주목을 받으면 평생 큰 짐을 진다. 명문대 수석 합격, 수석 졸업, 최연소 사법고시 합격 등이 전형적인 경우다. 시험으로 대학생과 관리를 뽑는 나라, 시험만이 유일한 기회 균등과 공정의 상징인 나라에서 시험의 선수가 돋보이는 것은 자연스러운 일이다.

그런데 이런 소년 등과자(登科者)들 중에 후일 조직을 이끄는 리더로 성장하는 사람은 드물다. 타인과의 소통과 인화에 문제를 보이기도 한다. 나이가 어린 것이 남자들의

---

25) 「중앙일보」, 2014.9.16. 〈시오노 나나미 "위안부 소문나면 큰 일"〉
  '시오노 나나미(鹽野七生, 1937~)의 망령된 사상'(신경진 기자)
  {이상준: 알베르 카뮈(1913~1960)도 알제리의 프랑스에서의 독립을 반대한 제국주의자였다.}
  국내 베스트 셀러인 「로마인 이야기」로 유명한 일본 여성 작가 시오노 나나미가 "위안부 이야기가 퍼지면 큰 일"이라며 "(일본 정부가)그 전에 급히 손을 쓸 필요가 있다"는 내용의 기고문이 파문을 일으키고 있다. 시오노는 일본 월간지 「문예춘추(文藝春秋)」 10월호 기고문을 통해 「아사히(朝日)신문」이 지난 8월 초 과거 일본군이 인도네시아에서 네덜란드 여성들을 위안부로 동원한 '스마랑 사건'에 강제성이 있었다고 지적한 것을 문제 삼으며 이같이 주장했다. 현재 이탈리아에 거주하고 있는 시오노는 "우리 일본인에게 미국과 유럽을 적으로 돌리는 것은 현명하지 못한 일이며 네덜란드 여자도 위안부로 삼았다는 등의 이야기가 퍼지면 큰일"이라면서 정부에 진상파악 등을 위한 빠른 대처를 주문했다. 시오노는 또한 '고노담화' 작성에 관여한 자민당 정치인과 아사히신문 관계자를 대상으로 한 청문회 실시도 주장했다.
  「아사히신문」은 특집에서 태평양전쟁 때 한반도에서 징용 노무자와 위안부를 '사냥'했다고 증언했던 요시다 세이지(吉田清治, 2000년 작고) 관련 기사를 최근 취소했다.
  시오노는 아사히의 기사 취소를 계기로 "외국, 특히 미국의 (일본군 위안부 문제에 대한) 분위기 흐름을 바꿀 좋은 기회로 삼을 수 있을지는 국정 담당자, 언론을 비롯한 일본인 전체가 '고름을 완전히 짜낼 용기'가 있는지에 달려 있다"면서 "관계자 전원을 국회에 불러 청문회 내용을 TV로 방영해야 한다"고 말해 일본 보수 우익 세력의 주장에 가세했다.
  시오노가 언급한 스마랑 사건은 1944년 2월부터 약 2개월간 일본군이 인도네시아 자바섬 스마랑 근교 억류소에서 20명 이상의 네덜란드 여성들을 위안소로 연행해 강제 매춘을 시킨 사건을 말한다. 이 사건과 관련해 종전 후 자카르타에서 열린 전범 군사재판에서 사형 1명을 포함해 일본군 장교 7명과 군속 4명이 유죄 판결을 받았다.

세계에서 적잖은 핸디캡도 되었을 것이다.(p.267)

무라카미 류(1952~)는 『자살보다 섹스』(2003, 1976~2002까지 27년간 '여자와 연애에 대한 에세이' 모음집)에서 이렇게 단언했다. "중년의 사랑에 필요한 것은 사랑 그 자체가 아니라 체력이다. 사랑만 있으면 나이 차이 같은 것은 아무 문제도 없다고 하지만 이 말은 사랑과 체력을 바꾸어 잘못 말한 것이다."(p.272)

〈노년기의 지혜로운 삶〉

"내려갈 때 보았네. 올라갈 때 보지 못한, 그 꽃." [26]

고은의 시집 『순간의 꽃』에 수록된 시구 중에 대중에게 가장 널리 알려진 한 구절이다. 노인의 지혜와 경륜을 상징하는 것으로 읽힌다. 그러나 누리던 권력을 잃은 노인은 비참하다. 단테의 『신곡(Divina Commedia)』(1321)에 나오는 한 구절은 이렇다.

"비참할 때 행복한 시절을 회상하는 것보다 더 큰 고통은 없다."(p.285)〕[27]

유시민(1959~)은 2013년 정계은퇴 후, 현재는 책을 읽고 글을 쓰면서 지식과 정보를 나누는 일을 위주로 하고 있다(제4대 이해찬 이사장이 더불어민주당 대표직을 맡게 되어, 2018년 9월 26일 노무현재단 제5대 이사장 확정).[28] 그는 『어떻게 살 것인가』(2013)라는 책에서 '품격 있게 나이를 먹는 비결'에 대해 말한 내용을 소개해보겠다.

〔젊은 시절 칼럼니스트로 이름을 떨쳤던 홍사중 선생(전 조선일보 논설고문, 1931

---

26) 『순간의 꽃: 고은 작은 시편』, 고은, 문학동네, 2001, p.50.
27) 『남자란 무엇인가: 남자는 왜 행복해지기 어려울까?』, 안경환, 홍익출판사, 2016.
28) 〈노무현재단 이사장 연혁〉 제1대 한명숙, 제2대 문재인, 제3대 이병완, 제4대 이해찬, 제5대 유시민

~)[29]은 아름답게 나이를 먹는 것이 매우 어려운 일이라고 했다. 78세에 쓴 수필집에서 그는 밉게 늙는 사람들의 특징을 이렇게 정리했다.

1)평소 잘난 체, 있는 체, 아는 체를 하면서 거드름 부리기를 잘한다.

2)없는 체한다.

3)우는 소리, 넋두리를 잘한다.

4)마음이 옹졸하여 너그럽지 못하고 쉽게 화를 낸다.

5)다른 사람은 안중에도 없는 안하무인 격으로 행동한다.

6)남의 말은 안 듣고 자기 이야기만 늘어놓는다.[30]

사실 노인만 그런 게 아니다. 젊은 사람도 그럴 수 있다. 이런 태도는 늙어서 새로 생기는 게 아니라 모든 사람에게 원래부터 있다. 홍사중 선생이 예시한 '밉상짓 목록'은 젊은이들에게도 자기의 모습을 비추어 볼 수 있는 거울이 된다. 만약 다음과 같이 정반대로만 한다면 노인이든 청년이든 똑같이 멋진 사람이 될 수 있다.

---

29) 「임종국 평전」, 정운현, 시대의창, 2006, p.239, 264~273. 〈홍사중의 임종국 비판〉
『친일인명사전』(2009)을 태세케 한 임종국 선생(1929.10.26.~1989)이 1966년 7월에 「친일문학론(親日文學論)」을 출간했다. 이 책을 쓰게 된 동기는 1965년의 한일회담이었다.(p.239) 그가 이 책을 쓰기로 결심하고 은사 조지훈을 찾아가 "「친일문학론」을 써야겠습니다" 했다. 그랬더니 조지훈은 쓰다달다 아무런 얘기도 하지 않았다고 한다. 그런 책을 쓰면 문단에서 처세하기가 불리할 것이 불을 보듯 뻔한 일인데 제자를 아끼는 마음에서는 말려야겠고, 그런데 민족정기를 생각하면 또 말릴 일도 아니고. 이를 두고 임종국은 "아마 스승의 마음이 그런 심정이 아니었을까 싶다"고 적었다.(p.264)
홍사중은 책 출간 이듬해 「신동아」 신년호 서평란에 〈주관(主觀) 치우쳤으나 값진 자료〉라는 제목으로 이 책에 대한 본격적인 비평을 내놨다.(p.266~273)
홍사중이 비판적 논조를 견지했다면, 이 책이 출간된 지 10년 뒤인 1976년 일본에서 이 책을 번역판으로 출간한 오오무라 마쓰오(1933년생, 와세다 명예교수)는 이 책의 가치에 대해 극찬에 가까운 호평을 했다. 오오무라 교수는 "친일 문학자를 하나도 규탄하지 않았고 공격하지도 않았다. 사실만을 이야기하고 사실로써 독자들을 설득하는 형식이다. 즉 어떤 의미에서도 판단은 독자에게 맡겼는데, 극단적으로 말하면 (이 책은) 자료집과 같다. 자료를 가지고 말하는 방법이 문학자로서도, 역사학자로서도 존경할 사람이라고 생각한다. 사실적이고 실증적인 임종국의 역사 기술 방식에 감탄했다"고 말했다.(KBS1 TV 〈인물현대사〉 '배반의 역사를 고발한다–임종국 편', 2003.8.22 방영)(p.273)
30) 「늙는다는 것, 죽는다는 것」홍사중, 로그인, 2008, p.146. 재인용.

1)잘난 체, 있는 체, 아는 체하지 않고 겸손하게 처신한다.

2)없어도 없는 티를 내지 않는다.

3)힘든 일이 있어도 의연하게 대처한다.

4)매사에 넓은 마음으로 너그럽게 임하며 웬만한 일에는 화를 내지 않는다.

5)다른 사람을 배려하며 신중하게 행동한다.

6)내 이야기를 늘어놓기보다는 남의 말을 경청한다.

아름답게 나이를 먹는다는 것은 곧 아름답게 살아가는 것이다. 품위 있게 나이를 먹는다는 것은 품위 있게 인생을 사는 것이다. 젊어서나 늙어서나 품위 있게 사는 게 가장 바람직하다. 젊을 때 품격 없이 살았더라도 나이가 들면서 품위를 갖추면 차선이다. 젊어서나 늙어서나 품격 없이 사는 것은 아주 좋지 않다. 그러나 최악은 젊을 때 품격이 있었던 사람이 늙어서 밉상이 되는 것이다. 이런 사람은 젊어서부터 품격이 없었던 사람보다 훨씬 격렬한 비난을 받는다. 젊었을 때 훌륭하다고 평가를 받는 사람일수록 더 그렇다. 정체성이 달라지면 말과 행동이 바뀌는 게 당연하다.)[31]

노명수 교수는 2013년에 저술한 『세상물정의 사회학』에서 이렇게 외치고 있다. 그는 문상객들의 단순한 숫자가 아니라, 그들이 마음 깊은 곳에서 우러나오는 애도를 표하게 되도록 원숙한 삶을 살아가야 한다는 것을 강조하고 있다.

[사람이 죽음을 맞이하면 장례식장에는 끝을 알 수 없는 근조 화환이 줄지어 전시

---

31) 「어떻게 살 것인가」, 유시민, 생각의길, 2013, p.223~225.

된다. 하지만 이미 망자가 된 그 사람은 문상객들이 뒤돌아서서 하는 이야기를 듣지 않아야 편하게 저승길을 떠날 것이다. 그 사람은 VIP 장례식장에 잠시 머물다가 최고급 수의를 입고 떠나는 마지막 사치를 누리지만, 그의 죽음을 진심으로 애도하는 사람은 그다지 많지 않다.(…) 심술 살이 늘어진 늙은이의 얼굴에선 지위로도 돈으로도 감출 수 없는 경박함이 보이지만, 원로의 주름살에선 추함이 아니라 원숙함이 보인다. 나이 듦의 가능성을 알지 못하고, 허무함을 달래기 위해 돈과 지위 자랑질에 몸을 내맡긴 노인은 추하다. 하지만 어떤 노인은 아름답다. 얼굴의 주름이 아니라 지혜가 먼저 보이는 사람이 있다면 바로 삶의 리얼리티와 용감하게 대면하며 좋은 삶을 위한 공격과 방어의 기술을 익혔기 때문일 것이다. 원숙한 노인의 얼굴은 인생의 동지(冬至)에서도 달빛 아래 오히려 더 아름답게 빛날 것이다.」[32]

32) 「세상물정의 사회학: 세속을 산다는 것에 대하여」 노명수, 사계절, 2013, p.252~255.

구체적으로 뭘 어떻게 하란 말인가?:
'몰입'할 것을 찾아 의연하게 행하라!

「한겨레신문」 논설주간을 역임한 김선주(1947~) 칼럼니스트가 그녀의 칼럼을 모아 쓴 책 『이별에도 예의가 필요하다』(2010)에는 〈어른도 성장해야 한다〉(2003년 6월) 칼럼)라는 제목의 글이 실려 있다. 그는 이렇게 강조한다. "아이들만 성장하는 것이 아니라 어른들도 성장해야 한다. 10대와 20대에 받은 교육이나 그로 인해 형성된 자아나 가치관으로 이 시대를 해석하기는 쉽지 않다. 인생이 80까지로 길어졌고 사회가 급변하는 시대에 살면서 계속 성장하려 노력하지 않으면 세대 간의 틈은 좁혀질 수 없다. 젊어 보인다면 누구나 좋아한다. 젊어 보이기 위해서 염색도 하고 옷차림도 유행따라 바꾸고 헬스클럽에서 근육 운동도 열심히 한다. 진정 젊어 보이려면 외모 가꾸기만 아니라 정신적 성장을 위해서도 시간과 노력을 투자해야만 한다."[33]

---

33) 『이별에도 예의가 필요하다』, 김선주, 한겨레출판, 2010. p.284.

박노해(1957~) 시인은 『사람만이 희망이다: 박노해 옥중 사색』(1997)에서 이렇게 강조했다. "사람은 세월이 쌓여 늙어가는 것이 아니라 이상(理想)을 잃을 때 늙어가는 것이다. 이상도 하나의 생명이라서 계속 성장시키지 않으면 죽고 만다."[34]

『백년을 살아보니』(2016)에서 김형석(1920~) 원로교수는 〈사람은 학습하고 성장하는 동안은 늙지 않는다〉는 점을 강조했다. "노년은 언제부터 시작되는가? 사람은 성장하는 동안은 늙지 않는다. 우리 사회는 너무 일찍 성장을 포기하는 젊은 늙은이들이 많다. 40대도 공부하지 않고 일을 포기하면 녹스는 기계와 같아서 노쇠하게 된다. 그러나 60대가 되어서도 진지하게 공부하며 일하는 사람은 성장을 멈추지 않는다."[35]

에머슨 연구로 박사학위를 받은 서동석 교수는 『에머슨 인생학』에서 "마음이 유연해지면 몸이 경직되지 않으므로, 기혈의 순환이 활발해지고 건강해진다"는 점을 강조했다.

〔지적 호기심을 끊임없이 유지하는 사람은 어린아이 못지않은 지적 성장을 계속할 수 있다. 한때 뇌신경의 신경세포가 어린 시절 형성되면 그 후에 변하지 않는다는 연구결과가 있었다. 스페인 출신의 신경해부학자 카할(Ramon Y Cajal)은 이 연구로 1906년 노벨의학상을 받았다.

그러나 현재 심신의학의 발달로 이 이론은 뒤집혔다. 인간의 의식은 끊임없이 변하고 있고, 그 변화에 따라 뇌도 변한다는 사실이 속속 실험결과로 나오고 있다. 비록

34) 『사람만이 희망이다: 박노해 옥중 사색(1997)』, 박노해, 느린걸음, 2015, p.29.
35) 『백년을 살아보니』, 김형석, 덴스토리(Denstory), 2016, p.237.

일반적으로 10세를 정점으로 호기심도 줄고 어휘 습득률도 줄지만, 모든 사람이 이와 같지는 않다.

단순히 나이가 들어가는 것에 비례해서 뇌가 노화되지 않는다. 지적 호기심을 잃지 않은 노인은 지적 호기심이 없는 젊은이보다 지적 능력과 유연성이 오히려 높다. 완고한 사람은 자신만의 세계에 갇혀 사는 것이다. 반대로 지적 유연성이 높은 사람은 오히려 나이가 들수록 경험이 녹아난 삶의 지혜가 생긴다. 지적 유연성을 높이는 것은 건강에도 도움이 된다. 건강한 마음은 열린 마음이다. 마음이 유연해지면 몸이 경직되지 않으므로, 기혈의 순환이 활발해지고 건강해진다.〗[36]

에드워드 사이드(Edward Said, 1935~2003) 교수는 팔레스타인 출신 평론가·철학가이며 '서양의 동양 폄하'를 지적한 저작 『오리엔탈리즘(Orientalism』(1978)으로 유명하다. 그는 유작인 『말년의 양식에 관하여: 결을 거슬러 올라가는 문학과 예술』(2006)에서 "죽음 때문에 우리는 하루도 한가하게 지낼 수 없다"라고 일침을 가하면서, 죽음에 대한 두려움을 내려놓고 의연하게 자기 길을 갈 것으로 주문했다.[37] 그리고 그는 이 책에서 수많은 사람들이 말년에 이룩한 성과를 바람직한 말년의 증거로 제시했다.

김병완 미래경영연구소 대표는 〈노년에 새로운 인생을 시작한 사람들의 공통점〉으로 이런 특징을 말했다.

〖55세 혹은 60세에 은퇴한다고 가정해보자. 그때부터 아무 시도도 하지 않는다면

36) 『에머슨 인생학: 삶의 모순과 갈등을 극복하고 진정한 마음의 자유를』 서동석, 팝샷, 2015, p.167~168. (에머슨: Ralph Waldo Emerson, 자연주의 철학자, 1803~1882)
37) 『말년의 양식에 관하여: 결을 거슬러 올라가는 문학과 예술(On Late Style, 2006)』 에드워드 사이드 (1935~2003), 마티, 2008, p.4~9, 28~30.

30년 이상을 허송세월할지도 모른다. 젊은 날에 열심히 살았으니 노년에는 여유롭고 편하게 살고자 하는 마음이 크겠지만 쉬는 것도 한두 해면 충분하다. 의미 없는 시간으로 여생을 보내기보다는 그때부터 공부를 시작한다면 제2·제3의 인생을 여봐란듯이 살아갈지도 모른다.

영화 「슈렉」의 원작동화인 『Shrek!』를 쓴 작가 윌리엄 스타이크(William Steig, 미국 작가, 뉴욕 브루클린, 1907~2003, 향년 95세)는 원래 동화작가가 아니었다. 그가 동화 작가로서 새로움 삶을 시작한 것은 61세 때였다. 그전에는 카툰과 그림을 그렸고, 젊은 날 열심히 일한 덕분에 편안한 노후가 보장되어 있음에도 동화작가라는 새로운 인생에 도전해 세상과 이별한 95세까지 불꽃같은 삶을 살았다.

현대 경영학의 창시자로 칭송받는 피터 드러커(Peter Drucker, 오스트리아 경제학자, 1909~2005, 향년 95세)는 『넥스트소사이어티(Next Society)』라는 위대한 책을 무려 93세의 나이에 집필했다. 또 이탈리아의 세계적인 작곡가 주세페 베르디(Giuseppe Verdi, 1813~1901)는 걸작 「팔스타프」라는 오페라를 80세의 나이에 작곡했다. 특히 피터 드러커는 공부의 대가답게 평생을 공부하며 세계에서 가장 위대한 인물 중 한 명으로 자신을 드높이는 데 성공했다. 그가 한 이 말은 되새겨 들어야 할 것이다. "제 인생 최고의 전성기는 60세부터 90세까지의 30년입니다."

공부가 아니면 인생 최고의 전성기를 60세 이후로 만드는 방법은 많지 않다. 그렇다고 피터 드러커처럼 공부를 통해 위대한 업적을 남기라는 것이 아니다. 인생을 살면서 공부를 했을 때와 하지 않았을 때 가장 크게 삶에 영향을 미치는 시기가 바로 노년기이기 때문이다. 노년기를 그저 편안하게 보낸 사람들보다 무엇이든 배운 사람들이 훨씬 더 건강하고 행복하다는 사실을 기억하자.」 38)

---

38) 「Life Guide」 Metlife, 2014년 5~6월호, p.34~37.

베스트셀러『총, 균, 쇠(Guns, Germs, and Steel)』(1997)의 저자인 재레드 다이아몬드(1937~)는 저서 『어제까지의 세계』(2012)에서 "나이가 들어가면 인간의 강점과 약점도 변한다는 걸 이해하고, 그런 변화를 건설적으로 활용하자"고 주장한다.

〔현대 서구 사회에서 노인의 위상은 지난 세계에 현격하게 바뀌었다. 그로 인한 문제들이 현대인의 삶에서 재앙이나 마찬가지이기 때문에 우리는 그 문제들을 해결하려고 씨름하고 있다. 노인들은 장수를 누리며 건강한 삶을 향유하고, 사회의 다른 구성원들은 인류의 역사에서 어느 때보다 노인을 부양하기에 충분한 여력이 있다. 그러나 노인들은 과거의 사회에 제공하던 효용성을 거의 상실하고, 육체적으로는 더 건강해졌지만 사회적으로는 더 빈곤한 상황에 떨어지고 말았다.

이 문제에 대한 재레드 다이아몬드 교수의 제안은 다음과 같다.

첫 번째 제안은 노인이 조부모로서 맡았던 전통적인 역할의 중요성을 되살리자는 것이다.

두 번째 제안은 기술과 사회의 급속한 변화를 긍정적인 관점에서 접근하자는 것이다. 급속한 변화로 노인들의 능력이 좁은 의미에서는 쓸모없어졌지만, 넓은 의미에서 보면 노인들의 경험은 여전히 가치가 크다.

세 번째 제안은 나이가 들어가면 인간의 강점과 약점도 변한다는 걸 이해하고, 그런 변화를 건설적으로 활용하자는 것이다. 작곡가 리하르트 슈트라우스(Richard Strauss, 독일, 1864~1949)의 오페라 대본 작가인 슈테판 츠바이크(Stefan Zweig, 오스트리아, 1881~1942)는 슈트라우스의 나이 67세에 처음 만났는데, 그때를 이렇게 회상했다.

"슈트라우스는 일흔 살이 되면 자신의 음악적 영감이 더는 때묻지 않은 순수한 힘을 유지할 수 없다는 걸 잘 알고 있다고 나에게 솔직하게 인정했다. 순수한 음악에는 창조적인 참신함이 극단적으로 필요하기 때문에 20대와 30대에 작곡한 걸작 「틸 오이렌슈피겔의 유쾌한 장난」과 「죽음의 변용」 같은 교향곡을 작곡할 수 없을 거라고 덧붙였다."

그러나 슈트라우스는 상황과 언어에서 여전히 영감을 받고, 거의 자연발생적으로 선율을 떠올리기 때문에 상황과 언어를 극적인 음악으로 표현해낼 수 있을 거라고 말했다. 이렇게 그는 84세에 마지막 작품이자, 그가 남긴 가장 위대한 작품의 하나로 손꼽히는 「소프라노와 오케스트라를 위한 네 개의 마지막 노래」를 완성해냈다. 죽음을 예견한 듯 차분하고 고즈넉한 분위기를 띠며 관현악적 기법을 드러나지 않게 사용하고, 58년 전에 작곡한 곡에서 몇몇 소절을 인용한 작품이었다.

한편 작곡가 주세페 베르디(Giuseppe Verdi)는 54세와 58세에 작곡한 위대한 오페라 「돈 카를로스」와 「아이다」로 작곡가로서의 삶을 끝내려 했다. 하지만 베르디는 출판업자들의 설득을 받아들여 두 곡의 오페라를 더 작곡했다. 74세에 작곡한 「오텔로」 와 80세에 작곡한 「팔스타프」로, 둘 다 곧잘 베르디의 가장 위대한 작품으로 여겨지지만, 예전의 작품에 비해 훨씬 응축되고 경제적이며 미묘하게 쓰여졌다.

신속하게 변하는 현 세계에 맞추어 노인을 위한 새로운 삶의 환경을 고안해내는 것이 우리 사회에 주어진 주된 과제이다. 과거의 많은 사회가 현재의 우리보다 노인들을 유효적절하게 활용하며, 노인들에게 더 나은 삶을 제공했다. 우리도 더 나은 해결책을 틀림없이 찾아낼 수 있을 것이다.」[39]

창조성 연구의 대가인 하버드대학교 발달심리학과 하워드 가드너(1943~)

39) 「어제까지의 세계(The World until Yesterday, 2012)」 재레드 다이아몬드, 김영사, 2013, p.351~357.

교수는 저서 『미래 마인드』(2006)에서, 유명한 피아니스트인 아르투르 루빈스타인(Arthur Rubinstein, 폴란드 피아니스트, 1887~1982)이 말한 '기본에 충실할 것'에 주목한다. 이 말은 노인이든 아이들이든 모두에게 해당될 것이다. 이 글을 소개하면서 이 장은 마무리한다.

〔아르투르 루빈스타인은 그 밑천을 충전시키지 않고서는 그것을 가지고 무한정 살 수 없다는 것을 깨닫게 되었다. 그는 어느 지인에게 이렇게 말했다. "하루를 연습하지 않으면 내가 알고, 이틀을 연습하지 않으면 오케스트라가 안다. 그리고 사흘을 연습하지 않으면 세상이 안다."

그래서 그는 점차 방탕한 생활을 포기했고, 정착하여 가정을 이루었으며, 더욱 규칙적이고 성실하게 레퍼토리를 연습했다. 대부분의 피아니스트들과 달리 그는 70대와 80대에도 대중 앞에서 수준 높은 연주를 할 수 있었다. 그는 결국 'Discipline'의 두 의미인 '학과(세상에 대한 일련의 특수한 사고방식을 말한다)'와 '훈련'을 통합한 사람, 즉 기능과 숙련과 여러 해에 걸친 규칙적인 응용을 통해 그 기능을 갈고닦는 능력을 통합한 사람의 본보기가 되었다.〕[40]

---

40) 「미래 마인드(Five Minds for the Future, 2006)」 하워드 가드너, 재인, 2008, p.66~69.

제4장

늙은 도시의 비애:
강자는 현재를 호령하고,
약자는 과거를 회상할 뿐!

Lee Sang Joon · Knowledge Series 3

Strong reasons make strong actions.

강력한 이유는 강력한 행동을 낳는다. (윌리엄 셰익스피어)

.
.
.

나는 경남 창원군 진전면 출신이다. 행정구역 개편으로 마산시로 편입
됐다가 지금은 통합창원시(2010년 7월 1일 통합창원시 출범)[1]의 소속이 되어
'경남 창원시 마산합포구 진전면'이 정확한 표기다. 1962년 범띠생인 저자도

1) 〈2018년 6·13 선거로 창원시 '허성무호' 출범 "광역시 승격 추진 중단 '특례시' 집중"〉
  안상수 전 시장이 역점 추진했던 '광역시 승격'은 더 이상 추진이 어려울 것으로 보인다. 허 시장은 "현실적으
  로 실현되기 어려운 광역시보다, 광역시 수준의 행정·재정적 권한을 갖는 '특례시' 형태로 가는 게 훨씬 효과
  적일 것"이라며 "광역시 승격을 더 이상 추진하지 않는 대신 인구 100만 명 안팎의 경기도 수원시·용인시·
  고양시 등과 공조해 특례시 추진으로 가겠다" 말했다.
  지방자치법 등에 광역시 승격을 위한 기준이 명확하게 없으나, 보통 인구가 100만을 넘겼거나 근접하고 다
  른 지역의 도움 없이 독자적인 생활권을 구축하여 광역시 승격 후에도 문제없이 살아갈 수 있을 때 광역시로
  승격이 되었다. 그러나 광역시 자체가 도와 동일한 권한을 갖는 제도라서, 필연적으로 기존 상위 도에서 분리
  할 수밖에 없게 되었는데 여기서부터 문제가 생겼다. 광역시는 도와 동급의 지방자치단체인데, 해당 시가 광
  역시로 승격이 되려면 당연히 도에서 분리가 돼야 하기 때문이다. 따라서 처음에 한두 군데 광역시로 승격시
  켜줄 땐 큰 문제가 없으나 점점 승격시키다 보면 도내의 알짜배기 도시들이 다 빠져나가므로 기존의 도의 기
  반을 열악하게 만드는 상황에 이르게 된다. 그러니 점점 신흥 광역시급 도시들이 탄생해도 이들 도시를 광역
  시로 승격시켜줄 수도 없고, 그렇다고 그대로 두자니 날로 증가하는 도시의 행정수요를 적절히 대응하기 어
  려워지는 상황이 온 것이다. 이에 창원·수원·고양·성남·용인 등 5개 도시에서는 "인구 100만 도시 행정체
  제에 대한 연구"를 진행하는 등 독자적인 자구책을 마련하여 정부에 건의하고 있다.
  〈인구 100만 명 기준 도시〉(2018.6.30. 기준, 행정안전부 주민등록통계)(천 명)

도시	총 인구수	도시	총 인구수	도시	총 인구수
서울특별시	9,814	대전광역시	1,495	경남 창원시	1,056
부산광역시	3,456	광주광역시	1,461	경기 고양시	1,043
인천광역시	2,954	경기 수원시	1,203	경기 용인시	1,013
대구광역시	2,470	울산광역시	1,160	경기 성남시	962

이제 어언 60을 바라보고 있다. 하기야 요즘 시대에 60은 나이도 아니지만 그 예날 뛰놀던 시절이 아득한 것을 보면 세월이 참 많이 흘러버렸다는 생각이 든다. 연어도 목숨을 버리면서까지 고향을 찾아오듯이 고향에 대한 회한과 포근함은 어쩔 수 없는 감정인가 보다. 그만큼 나의 고향 수구도시 마산에 대한 애환뿐만 아니라 아쉬움도 크다. 그러나 대학과 사회에 첫발을 디딘 15년의 서울생활을 제외하고는 내가 늘 숨 쉬었던 곳은 내 고향 마산이다. 양념으로 소회를 몇 자 적어봤다. 난 다른 도시에 대해서는 잘 모른다. 하지만 이 글이 약간 참고는 될 듯싶다.

　마산 도시도 늙었고, 마산 사람도 늙어버렸다! 약 10년 전, 통합창원시의 출범과 발맞추어 마산·창원·진해상공회의소 통합할 당시가 생각난다. 세 곳을 통합하여 창원상공회의소로 일원화시키기 위해 회계통합 작업을 수행한 적이 있다. 아직까지 뚜렷하게 기억나는 것은 회원사로부터 거둬들이는 상공회비 수입 비율이 창원이 75%로 독보적이었다는 점이다. 난 충격을 받았다. 내 고향도 마산(진전)이라 더 크게 다가왔을 것이다. 지금도 이 비율이 크게 바뀌지는 않았다. 그러나 어쩌겠는가, 그게 현실인 것을. 3·15의거, 부마항쟁 등 한국 현대사의 파수꾼 역할을 한 정신적 지주의 도시가 마산이며, 옛날에 창원은 허허벌판이었고 옛날 창원은 마산과 비교 대상도 안 되었다. 그 말도 맞다. 하지만 현실은 달라져 있다. 창원공단의 장점과 정부의 지원책 등 외형적인 원인도 컸다. 하지만 세상을 정확히 읽지 못한 고리타분하고 아전인수식 사고를 가진 자칭 지식인들과 썩어빠진 정치인과 행정가들도 다들 한몫씩 했으리라! 이제라도 깨어나야 한다. 보수니, 수구니, 명문학교 출신이니, 금수저니 하는 비현실적인 사고방식에서 탈피해 진취적인 기상으로 세상을 대해야 한다. 즉, 성향도, 출신도, 학벌 같은 건 삶의 한 요소일 뿐이지 그게 다가 아니다. 모두 털어내고 열린 마음으로 세상을 대해야 한다.

지난 2018년 6·13 지방선거의 당선자가 자기학교 출신이라며 온갖 신문지상에 축하광고가 실린 것을 보고 학벌에 대한 여러 가지 생각을 많이 했다. 출신 고등학교와 대학교가 일선에 서고, 몇몇은 이 대학 저 대학의 동문으로 모두 승차하는 기염(?)을 토했다. 우리 학교 출신이 당선됐으니 축하하고 자랑도 할 만하다. '4촌이 논을 사면 배가 아프다'는 속담도 있듯이, 해당 학교 출신들의 자긍심보다 몇 배나 많은 수많은 타 학교 출신들이 느낄 허무와 시기심도 고려해야 하지 않았을까? 자랑질(?)이 오히려 동문과 비동문 사이에 더 큰 벽으로 가로막는 건 아닐까? 홍보시기가 너무 빨랐다. 퇴임식 때 해야 할 축하를 취임식 때 해버렸다. 만일 그 동문이 비위를 저질러 세상을 떠들썩하게 했을 때는 어쩔 것인가? 차라리 공직 수행을 잘 마무리하고 모두에게 박수를 받으며 내려올 때, '그분은 우리 학교 출신입니다'라고 홍보를 했다면 편 가르기가 아니라 그 효과는 극대화되지 않았을까? '김칫국부터 마신 격'이라는 느낌이 드는 게 사실이다.

그리고 소위 과거에 명문고등학교나 명문대학교를 나왔다고 은근히 자랑하는 경우를 비판한 글이 있다. 그런 부류는 대개 현재는 별 볼일 없는 사람들이라, 내세울 게 과거밖에 없는 사람들이다. 옆 동료에게 스트레스까지 주면서 말이다. 마치 지금 별 볼일 없는 가문 출신들이 옛날에 우리 집안에 정승이 몇 명이나 나왔다고 이러쿵저러쿵 재잘대는 것이나 별반 차이가 없다. 또한 같은 학교 출신이라서 뭘 어쩌자는 건가. 진실로 축하해주고 정당하고 당당하게 관계를 맺는 것이야 얼마든지 좋다. 그러나 학벌을 너무 내세우는 건 또 하나의 '끼리끼리 문화'라는 병폐를 만든다. 인생살이에서 여러 계기를 통해 타인을 만나게 된다. 동문회나 동창회도 그중 하나지만 그 인기는 필요 이상인 것 같다. 같은 학교 교정에서 공부를 한 공통점이 크다면 클 수 있으니 동문회·동창회를 통해 옛날 추억을 서로 공유하고 현재 관련 분야에 대한 서로의 생각을 말할 수는 있다. 그러나 이게 도를 넘쳐 '네포티즘(Nepotism)'[2]으로 가버리면 또 하나의 사회적 병폐가 돼버린다. 한국은 국토는 좁은 데 비해 단일민족이라는 이점까지 있어 외국과는 비교가 안 될 정도로 친밀도가 강하다. 이 말은 꼭 하고 싶다. "명문학교를 나와서 훌륭한 사람이 아니다. 그 학교 출신들이 훌륭할 때 그 학교가 명문학교가 되는 것이다." 제발 순서를 똑바로 알 필요가 있다. 정말 훌륭하고 내공 있는 사람은 학교 이야기는 아예 입 바깥에 꺼내지도 않는다. 앞에서 채현국 이사장도 외치지 않았던가. 서울대학교 학생들이 공부기술은 가장 좋을지 몰라도 가장 이기적이라고. '노블레스 오블리주(Noblesse Oblige)'까지는 너무 먼 얘기라 하고 싶지도 않다.

송인한 연세대 사회복지학과 교수가 학벌의 폐해를 따끔하게 지적하기 위해 쓴 〈배타적인 성은 곧 감옥이다: 학벌을 즐기는 건 삶을 10대 후반에 고착시키는 것, 즉 과거에 머물며 성장을 거부한 채 안전만을 즐기는 것이다〉라는 제목의 신문기사를 소개하며 이 장은 마친다.

---

2) 네포티즘(Nepotism): '조카(nephew)'와 '편애(favoritism)'가 합쳐진 말이다. 자신의 친·인척에게 관직을 주거나 측근으로 둬 중용하는 '연고주의'를 뜻한다. 아는 사람만 요직에 앉힌다는 '정실 인사'로 의미가 확대됐다. 중세 때 로마 교황들이 자기들의 수많은 사생아들을 요직에 앉히면서도 조카(nephew)라고 부른 데서 유래했다.

〖일본의 지인으로부터 들었던 이야기다. 일본 최고의 명문으로 꼽히는 모 대학 박사들이 모인 파티. 처음에는 화기애애하게 시작되나 최고의 자부심을 가진 이들이 그 자부심을 타인과 나누기는 어려웠나 보다. 곧 누군가 같은 대학 학부 시절의 추억 을 감회에 젖어 이야기하기 시작하니, 타 대학 학부 출신들은 어색함에 하나둘씩 사라지기 시작한다. 다시 누군가 명문 중·고등학교 시절 사춘기의 추억을 꺼내며 중 ·고등학교 교육의 중요성을 주장하니, 평범한 일반 학교 출신들은 다시 불편함에 자리를 피한다. 어린 시절까지 더 거슬러 올라가며 줄어들던 사람들이 결국 세 명으로 좁혀졌다. 인간의 편 가르기가 거기에서 끝나랴. 그중 한 명이 "아버님 편안하시지?"라며 가족 간 인맥이라는 마지막 한 수를 던지는 순간, 결국 또 한 명이 사라지는 것으로 마무리되었다. 자신들만의 성(城) 쌓기의 전형적인 예라 할까.(…)

사람에게는 성을 쌓고 싶은 욕망이 있다. 성 안에 머무르며 성 밖의 사람들과 구별 되고 싶어 하고, 성 밖의 '다름'으로부터 안전하게 보호받고 싶어 한다. 그 성은 대개 '과거의 벽돌'로 쌓여 있다. 과거의 성취 자체는 귀중한 것이지만 그것에만 머물러 한없이 이득을 취하려는 순간 병리적으로 왜곡되기 시작한다. 예를 들면 학벌이라는 성. 10대 후반 치렀던 시험 결과에 수십 년간 의존한다는 것은 삶이 10대 후반에 고착돼 있다는 것이 아닌가. 더 거슬러 올라간다면 요즘 회자되는 '금수저' 역시 스스로의 성장보다는 태어난 순간의 혜택에 고착돼 있음을 말하지 않는가. 하나의 순간이 평생을 규정한다는 것은 얼마나 비합리적인 고착 사회의 모습인가.

프로이트가 설명한 '고착(Fixation)'은 미성숙한 수준의 방어기제 중 하나다. 발달 단계의 어느 한 부분에서 멈춰 버리고 더 이상 성장하지 않는 상태. 고착의 밑바닥 에는 미래에 대한 두려움이 깔려 있다. 성숙한 성인으로서 마주해야 할 세상이 두려워 성장을 거부하고 그 상태에 머무름으로써 자신을 방어하고자 하는 무의식적 메커니즘이다.」[3]

「중앙일보」 2016.9.24. 송인한 연세대 사회복지학과 교수

80

제5장

한국의 종교문제:
세상이 종교를 걱정하는 시대다!

Lee Sang Joon · Knowledge Series 3

Doubt is not a pleasant condition,
but certainty is absurd.

의심하는 것이 유쾌한 일은 아니다, 하지만 확신하는 것은 어리석은 일이다. (볼테르)

∶
.

현재 종교의 병폐와 기독교의 신화성

"누군가 망상에 시달리면 정신 이상이라고 한다. 다수가 망상에 시달리면 종교라고 한다."(로버트 퍼시그)[1]

김근수 등 종교학자 3인이 대담 형식으로 쓴 책『지금, 한국의 종교: 가톨릭·개신교·불교, 위기의 시대를 진단하다』(2016)에는 현대 종교의 폐해를 걱정하는 글이 있다.

〔세상을 걱정하는 우환의식은 종교의 본령이다. 그러나 지금 한국 사회는 거꾸로 세상이 종교를 걱정하고 있다. 종교가 사람들에게 구원과 희망의 메시지를 주지 못하고 있을

---

1) 『만들어진 신(The God Delusion, 2006)』 리처드 도킨스, 김영사, 2007, p.14.
"When one person suffers from a delusion, it is called insanity. When many people suffer from a delusion it is called Religion."–로버트 퍼시그: Robert M. Pirsig, 미국 작가·철학자, 1928~2017, 『선(禪)과 모터사이클 관리술(Zen and the Art of Motorcycle Maintenance, 1974·1999)』(문학과지성사, 2010) 저자.

뿐만 아니라 종교 자체가 사회적 정의의 실현과 화합에 걸림돌이 되고 있다. 교회와 사찰의 대형화, 영성과 치유라는 이름으로 난립하고 있는 신앙의 상업화, 그리고 종교적 권위를 빙자한 권력의 사유화는 오늘날 한국 종교의 민낯이다. 세습과 파벌 그리고 그로 인한 갈등과 분쟁은 종교계의 일상이 되고 있다. 보시와 헌금은 세상과 공동체를 위한 나눔이 아니라 개인적 욕망을 달성하는 수단으로 부추겨지고 있다.(조성택 고려대 철학과 교수, p.6)

각 종교에서 해결해야 할 가장 시급한 문제는, 불교는 지나친 깨달음 지상주의를, 개신교는 독선적 배타주의를, 가톨릭은 엄격한 권위주의다.(오강남: 캐나다 리자이나대학교 비교종교학 명예교수, '경계너머 아하!' 이사장, p.10)〗[2]

영국 출신의 저명한 수학자·철학자인 버트런드 러셀(1872~1970)이 1927년에 전국 비종교협회(National Secular Society) 모임에서 행한 〈나는 왜 기독교인이 아닌가〉라는 제목의 강연 중 일부는 이렇다.

〖종교의 일차적이고도 주요한 기반은 두려움이라고 나는 생각한다. 그것은 한편으로는 미지의 것에 대한 공포이기도 하고, 한편으로는 여러분이 온갖 곤경이나 반목에 처했을 때 여러분 편이 되어줄 큰형님이 있다고 느끼고 싶은 갈망이기도 하다. 두려움은 그 모든 것의 기초다. 신비한 것에 대한 두려움, 패배에 대한 두려움, 죽음의 두려움(…) 두려움은 잔인함의 어버이다. 따라서 잔인함과 종교가 나란히 손잡고 간다고 해서 놀랄 것은 전혀 없다.

---

2) 「지금, 한국의 종교: 가톨릭·개신교·불교, 위기의 시대를 진단하다」, 김근수(「가톨릭프레스」 편집장)·김진호(목사)·조성택(고려대 철학과 교수), 메디치, 2016.

이 세계를 사는 우리는 과학의 도움으로 이제야 사물을 좀 이해했고 어느 정도 정복할 수 있게 됐다. 그동안 과학이 기독교와 교회에 맞서, 또한 모든 낡은 교훈에 맞서 한 걸음 한 걸음씩 어렵사리 전진해온 덕분이다. 인류는 세세손손 그 오랜 세월 비굴한 두려움 속에 살아왔으나 과학은 우리가 그러한 두려움을 극복하도록 도와줄 수 있다. 과학은 우리를 가르칠 수 있다. 그리고 나는 바로 우리의 마음도 우리를 가르칠 수 있다고 본다. 이제는 더 이상 가상의 후원을 찾아 두리번거리지 말고, 하늘에 있는 후원자를 만들어내지 말고, 여기 땅에서 우리 자신의 힘에 의지해, 이 세상을, 지난날 오랜 세월 교회가 만들어온 그런 곳이 아니라 우리가 살기 적합한 곳으로 만들자고 말이다. 우리는 우리 자신의 발로 서서 공명정대하게 세상을 바라보고자 한다. 세상의 선한 구석, 아름다운 것들과 추한 것들. 세상을 있는 그대로 보되 두려워하지는 말자. 세상에서 오는 공포감에 비굴하게 굴복하고 말 것이 아니라 지성으로 세상을 정복하자. 우리의 지성이 창조할 미래가 죽은 과거를 훨씬 능가하게 될 것임을 우리는 믿는다.』[3]

세상의 모든 종교는 대중의 무지에 기대어 완전한 허구를 바탕으로 축조된 체계이다. 세상의 권력자는 눈에 보이지 않는 초월적 존재(즉 신)를 내세우고, 그 앞에 민중의 복종을 강요함으로써 자신들의 입지를 세우고 유지한다. 기존의 종교란 상상의 질환일 뿐이며 대중을 호도하기 위한 사기술일 뿐이다. 바트 어만 교수는 "기독교는 서구 문명의 가장 위대한 발명품"이라 했다.[4] 티모시 프리크 교수도 "예수는 역사상 가장 위대한 발명품"이라고 했다.[5] 바트 어만

---

3) 「과학자의 철학 노트: 철학이 난감한 이들에게」 곽영직, MID, 2018, p.398.
4) 「예수 왜곡의 역사(Jesus, Interrupted, 2009)」 바트 어만, 청림출판, 2010, p.357~358.
5) 「예수는 신화다: 기독교의 신은 이교도의 신인가(The Jesus Mysteries, 1999)」 티모시 프리크, 미지북스, 2009, p.387~389.

교수가 기독교를 버린 이유는 이렇다. 기독교를 믿는 사람을 포함한 대다수 사람이 이 땅에서 겪는 힘겨운 삶을 고려할 때, 사랑이 넘치고 선하다는 하나님이 이 땅을 다스리는 방법을 도무지 이해할 수 없었기 때문이다. 믿는 자나 안 믿는 자나 힘든 비율은 대등하였다. 신화들은 더 이상 아무 의미도 없었고 와닿지도 않았으며, 세상을 읽는 방향을 제시해 주지도 못했다. 세상에서 고통받는 사람들의 폭력적인 현실을 고려할 때, 기독교의 핵심적인 믿음이 어떤 식으로 보아도, 즉, 신화적인 관점에서 보아도 그에게는 '참'으로 보이지 않았다고 한다. 바트 어만 교수가 말하는 성경에 대한 바람직한 자세는 이렇다. 성경을 믿지 않는 사람도 성경에서 배울 점이 있다. 우리에게 진실을 추구하고, 억압에 맞서 싸우며, 정의를 위해 노력하고, 평화를 지키라고 촉구하는 책이다. "바른 생활의 교본이라 생각하라"는 말이다.

근대적 감성의 초석을 마련한 신화학의 고전으로 꼽히는 책이 『황금가지』이다. 저자인 제임스 프레이저가 '터부의 근원'을 파헤치며 '신앙의 원형'을 밝혀낸 이 책은 1890년 처음 출간된 후 1906년부터 1915년 사이에 총 12권으로 완간되었다. 이 책에서는 성탄절이 예수나 태어난 날이 아니라 이교도에게서 보고 베낀 것이라고 주장한다.

〖성탄절은 기독교 교회가 경쟁자인 이교도들에게서 직접 차용해온 것으로 보인다. 예컨대 12월 25일은 율리우스력(구력·舊曆)으로 동지에 해당하며, '태양의 탄생일'로 여겨지고 있다. 왜냐하면 이날을 분기점으로 낮이 길어지고 태양의 힘이 점점 더 커지기 때문이다. 서방교회는 3세기 말~4세기 초에 이르러 12월 25일을 진정한 성탄일로 채택했는데, 곧이어 동방교회도 이런 결정을 받아들였다. 안티오크에는 375년경에 이르러서야 12월 25일을 성탄일로 기념하는 풍습이 알려졌다.〗[6]

그리고 예수에 대한 신화를 부정하는 주장도 아래와 같이 많이 있다.

〔예수 음모 이론에 따르면 예수는 십자가 형벌을 받은 후 부활한 초현실적인 존재가 아니라 인간이다. 이 이론은 예수가 마리아 막달레나와 결혼하고 자녀를 한 명 혹은 여러 명 두었으며 두 사람의 후손이 지금까지 이 세상을 돌아다니고 있다고 말했다. 뿐만 아니라 성배는 대부분의 사람들이 믿고 있듯이 오랫동안 찾아 헤매고 있는 목수의 잔이 아니라 마리아 막달레나(즉 예수의 그리스도교 신앙이 여러 시대에 걸쳐 전해 내려오도록 도왔으며 예수가 숭배했던 여성)를 뜻한다는 이론을 제시했다. 결론적으로 댄 브라운의 소설 『다빈치 코드(The da Vinch Code, 2003)』는 실화를 배경으로 했다는 것이다. 만일 예수가 신성한 삼위일체의 한 부분이 아니라고 증명된다면 교회와 그 활동이 자신들의 잇속만 채우는 사기라는 사실이 만천하에 드러나지 않겠는가?〕[7]

교회·성당의 성직자들이 잇속만 채우기 위해 하나님(가톨릭은 하느님)을 전방위적으로 이용하는 해괴한 논리를 타파하기 위해, 계몽주의자들이 이신론(理神論, Deism)을 주장했던 것은 당연한 귀결이었다. "이신론은 18세기 이성의 시대에 유럽에 유행했던 신(神)관이다. 신이 세계를 창조했으나 개입하지 않는다는 입장이다. 즉 우주는 자체적인 물리 법칙에 의해 작동되며, 신은 단지 관조할 뿐 기적이나 계시 등으로 우주에 관여하지 않는다는 견해다. 이들은 볼테르·드니 디드로·돌바흐 등으로 프랑스 계몽주의 철학자들이며 『백과사전』 편찬을 주도했다고 하여 '백과전서파'로 불리기도 한다."[8]

---

6) 『황금가지(1권)(The Golden Bough, 1890)』 제임스 프레이저, 을유문화사, 2005, p.842~5, 849. (황금가지=겨우살이)
7) 『세기의 음모론(Conspiracy Theory, 2010)』 제이미 킹, 시그마북스, 2011, p.222~230.
8) 『세속적인 휴머니즘이란 무엇인가(What Is Secular Humanism?, 2007)』 폴 커츠(1925~2012), 미지북스, 2012, p.27.

마음치유학교 교장인 혜민 스님은 〈종교가 우리를 실망시킬 때〉라는 글에서 "종교의 믿음을 버리고 싶지 않다면 종교가 가르치는 달을 봤으면 한다. 달을 가리키는 손을 자꾸 보게 되면 손에 묻은 때만 보게 될 것이다"라고 설파했다.[9]

제14대 달라이 라마인 텐진 갸초(1935~)는 오늘날과 같은 세계화 시대에는 특정 종교보다는 도덕적 내적 가치가 중요함을 강조하며 이렇게 말했다. "우리 티베트인이 벽처럼 둘러싸인 산을 뒤로한 채 여러 세기 동안 매우 행복하게 살아온 것처럼, 사람들이 상대적으로 고립되어 살았던 과거에는 그 집단이 자신의 종교를 기반으로 도덕에 접근하려 할 때 아무런 어려움이 없었습니다. 그러나 오늘날에는 내적 가치의 무시라는 문제에 대해 종교를 기반으로 해답을 찾는다는 것은 결코 보편적일 수 없으며, 따라서 적절하지도 않습니다. 오늘날 우리에게 필요한 것은, 종교에 의지하지 않으며 신앙을 가진 사람이든 그렇지 않은 사람이든 똑같이 받아들일 수 있는 도덕에 대한 접근법입니다. 현세적 도덕이 그것입니다."[10]

---

9) 「중앙일보」, 2018.8.22.
10) 「달라이 라마의 종교를 넘어(Beyond Religion, 2011)」, 달라이 라마, 김영사, 2013, p.13~14.

콘클라베와 신부(일반 성당뿐만 아니라 로마 바티칸마저)들의 비리, 그리고 부패와의 전쟁을 벌이고 있는 프란치스코 교황

예수의 제자 사도이자 제1대 교황인 베드로(San Pietro=Saint Peter)부터 현 교황에 이르기까지 266대에 걸친 로마 교황들은 전 세계 가톨릭 신도들의 영수로서 정신적 영도력, 때로는 세속적인 영도력도 발휘했다. 2015년 말 기준 세계 인구 72.85억 명 중 신도 수는 현재 13억 명에 달한다. 기독교 전체는 22.8억(31.2%), 이슬람교 17.5억(24.1%), 무신론자 11.7억(16.0%), 힌두교 11.0억(15.1%), 불교 5.0억(6.9%), 토착종교 4.2억(5.7%), 유대교 0.14억(0.2%), 기타 0.6억(0.8%)이다.

콘클라베(Conclave)라고 하는 교황선출 선거가 처음 시작된 것은 1059년의 일로 그 이전에는 교황 선출의 특별한 규정이 없었다. 그러나 특히 르네상스 시대에 부정과 부패, 매관매직, 약탈과 강간 등 온갖 악행을 일삼아온 교황들 때문에 콘클라베가 신설됐다.

영화 「스포트라이트(Spotlight)」(2015 미국 제작, 2016.2.24. 개봉, 토마스 맥카시 감독)는 가톨릭 성직자들의 아동 성추행 실화를 바탕으로 한 영화다.[11] 가톨릭 보스턴교구 소속 90명(전체 1,500명 중 6%가 해당) 사제들이 30여 년간 저질렀던 악행의 실상을 세상에 밝힌 것이다. 바티칸 측에서는 이 악행을 몇몇 신부들의 개인적인 문제로 치부해버리려고 하였으나, 이 문제는 일부 신부들에 의해 자행된 개인적 취향의 문제가 아니라 일정한 패턴이 발견되는 조직적인 문제임을 밝혀낸 것이다. 또한 2018년 8월 14일(현지시간) 〈가톨릭 성직자 300여 명, 70년간 1,000명 넘는 아동에 성폭력〉이라는 제목의 신문 기사에서는 미국 펜실베니아주 검찰이 주내 가톨릭 교구 성직자들의 성폭력 사건 조사 결과를 발표했는데, "사제들은 어린 소년과 소녀들을 성폭행했다. 그들(피해자들)을 책임져야 할 주님의 사람들은 아무것도 하지 않았다. 그리고 그 모든 것은 숨겨져 버렸다"고 일갈했다.[12] 바티칸의 추기경들도 섹스 스캔들에 대한 위선적인 두려움을 안고 살아간다. 그들은 점점 더 큰 압박과 협박을 받고 있다. 프란치스코 교황이 이 상황을 종식시키려고 노력하고 있지만, 거센 저항에 부딪히고 있다. 또한 전 워싱턴 DC. 교구 대주교(2001~2006)를 지낸 시어도어 매캐릭(Theodore McCarrick, 1930~) 추기경이 아동 성추문

---

11) 「마이데일리」, 2016.3.6. 〈영화 「스포트라이트(Spotlight)」〉(곽명동 기자)
　　「스포트라이트」는 보스턴 가톨릭교회에서 10여 년간 실제로 벌어진 아동 성추행 스캔들을 파헤쳐 퓰리처상을 수상한 영화다. 미국의 3대 일간지 중 하나인 「보스턴 글로브(The Boston Globe)」의 스포트라이트 팀 기자들이 추적하는 과정을 고스란히 담고 있다.{이상준: 나머지 두 일간지는 「뉴욕 타임스(The New York Times)」와 「워싱턴 포스트(The Washington Post)」이다.}
　　「스포트라이트」는 아카데미에서 작품상과 각본상(조쉬 싱어, 토마스 맥카시)을 받았다. 다른 부문에서 1개 부문만이 작품상을 수상한 것은 1953년 제25회 아카데미 시상식에서 「지상 최대의 쇼」가 작품상과 원작상을 받은 이래로 처음이다.
　　로마 바티칸도 이 영화가 설득력 있는 영화라고 호평했다. 정론직필은 살아있다.
12) 「동아일보」, 2018.8.16. 전채은 기자.

으로 인해 2018년 7월 28일자로 사임하는 등 그 끝을 알 수 없다. 관련 기사에서 비교적 최근에 일어났던 추문 사건들을 같이 보자.

〔〈교황, 성추문 의혹 美 매캐릭 추기경 사임 수락〉

프란치스코 교황이 성추문 의혹을 받아온 미국의 시어도어 매캐릭(88) 추기경의 사임을 수락했다. 교황청은 28일(현지시간) 성명을 내고 매캐릭 추기경이 전날 밤 교황에게 사직서를 제출했으며, 프란치스코 교황이 이를 수리했다고 밝혔다. 교황은 가톨릭 교회 재판에서 이번 성추문 의혹이 조사될 때까지 기도와 속죄 속에서 생활할 것을 매캐릭 추기경에게 지시했다고 성명은 전했다.

미국 사회에서 신망이 높던 매캐릭 추기경은 미성년자들과 성인 신학생들을 성적으로 학대했다는 의혹이 불거지면서, 지난달 모든 공적 직무를 맡지 말라는 교황청의 명령을 받았다. 매캐릭 추기경을 둘러싼 의혹에 대해 조사를 벌여온 미국 가톨릭교회는 매캐릭 추기경이 약 50년 전 11세의 소년을 성적으로 학대했다는 의혹이 신빙성이 있다고 결론짓고, 이런 조사 결과를 지난달 발표한 바 있다. 그 이후, 다른 사람들도 신학생 시절 매캐릭 추기경과 함께 잠을 자도록 강요받았다고 폭로하며 그를 더욱 궁지로 몰았다.

하지만 매캐릭 추기경은 당시 성명을 내고 결백을 주장하며, 자신에 대한 조사에 전면적으로 협조하겠다고 밝혔다. 매캐릭 추기경의 성추문 연루는 그가 '교회의 꽃'으로 불리는 교황 다음의 고위직인 추기경 신분인 데다, 종교계를 넘어 미국 사회 전체에서 수십 년 동안 폭넓게 존경받아온 인사라는 점에서 큰 충격을 줬다.

1958년 사제 서품을 받은 매캐릭 추기경은 2001~2006년 미국의 수도인 워싱턴 DC. 대주교를 지냈다. 국제무대에서 가장 저명한 미국 추기경으로 꼽히는 그는 80세가 넘은 터라 공식적으로는 은퇴했으나, 최근에도 세계 여러 곳을 정기적으로 오가며 인권보호 등을 위해 활발히 활동해 왔다.

교황이 아직 매캐릭 추기경에 대한 의혹을 밝힐 교회재판이 시작되지도 않은 상황에서 그의 추기경 사퇴를 수락하고, 속죄 명령을 내린 것은 가톨릭 교회를 뒤흔들고 있는 사제들의 성추문에 대한 단호한 대처 의지를 보여주는 것이라는 해석이 나오고 있다.

교황은 과거에 신학생을 성추행했다는 의혹이 제기된 스코틀랜드 출신의 키스 오브라이언 추기경의 경우, 사건이 처음 폭로된 것은 2013년이지만, 이로부터 2년 후 교황청 조사단이 이에 대한 조사를 완전히 끝마친 후에야 사임을 수락한 바 있다.

한편, 성직자에 의한 성추문 의혹이 처음 불거진 지 십 수 년이 지났으나 가톨릭교회는 여전히 이 문제로 인해 골치를 썩고 있다. 최근 들어서만 해도 칠레 주교단 31명이 칠레 가톨릭교회를 뒤흔든 사제의 아동 성학대 은폐 사건의 책임을 지고 지난 5월 프란치스코 교황에게 집단으로 사직서를 제출했다.

호주에서는 필립 윌슨 애들레이드 교구 대주교가 1970년대 아동 성학대 사건을 은폐한 혐의가 인정돼 이달 초 징역 1년형을 선고받았다. 그는 아동 성범죄를 숨겼다는 이유로 기소되고 유죄 판결을 받은 가톨릭계 인사로는 최고위급이다.

교황은 지난 21일에는 성추문 의혹을 받고 있는 중미 온두라스 수도 테구시갈파 대교구의 보좌주교인 후안 호세 피네다의 사표를 수리했다. 프란치스코 교황의 최측근이자 교황청 서열 3위인 조지 펠 교황청 국무원장(추기경) 역시 과거에 저지른 아동 성학대 혐의로 현재 호주에서 재판을 받고 있는 처지다.」[13]

2018년 1월 29일 서지현 검사의 검찰 내 성추행을 폭로한 것을 시발점으로, 성추행·성폭행을 당했음을 고백하는 '미투(#Me Too)'(나도 당했다), 이 운동을 공감하고 지지를 뜻하는 '위드유(With You)' 캠페인(당신과 함께하겠다)도

---

13) 「연합뉴스」, 2018.7.29. 현윤경 특파원, 김남권 기자.

들불처럼 번지고 있다.[14] 그동안 법조계·문화계·예술계·군대·경찰·공무원·언론계·종교계(신부·목사·승려 등)·체육계·의료계·학계·정계·재계 등 전 분야에서 성추행·성폭행의 사건이 수없이 폭로됐다. 그 끝은 아직 알 수도 없다. 그런데 천주교 신부, 그것도 청렴하기로 소문나 있던 신부가 해외에서 자선활동을 하던 동안 성범죄를 저질렀다는 사실이다. 영화「스포트라이트(Spotlight)」에서처럼 천주교 신부도 역시 '미투'에서 예외가 아니었다. 천주교 수원교구 소속의 한만삼 등 3명의 신부가 2008~2012년까지 4년간 아프리카 남수단에서 선교 자선활동을 했는데, 한만삼 신부가 2011년 동행한 신자 김민경 씨 자매를 성폭행하려 한 사건이 폭로됐다. 특히 한 신부는 고 이태석(부산, 1962~2010) 신부의 활약상을 담은 다큐멘트리「울지마 톤즈(Don't cry for me sudan)」(2010, 구수환 감독)에도 출연하여 더욱 유명세를 탔던 신부이며 천주교정의구현사제단 소속이기도 해 더 큰 충격을 주고 있다. 이에 2월 28일 한국천주교주교회의 의장 김희중 대주교가 공개사과를 했다. 그런데 더 중요한 사실은, 그 장소에 사과의 당사자인 한만삼 신부는 없었다.

또한 프란치스코 교황은 겸손과 검소를 손부 보이는 상류 중의 상류다. 그는 온갖 비리에 물들어 있는 바티칸 등의 추기경들과 부패와의 전쟁을 치르고 있는 중이다. 이탈리아의 저널리스트인 잔루이지 누치는 저서『성전의 상인들』(2015)에서 "전임 교황의 생전 사임이 추기경들과 벌인 부패와의 전쟁과 무관하지 않음"을 여러 정황 자료를 토대로 주장했다. "베네딕토 16세(Benedictus XVI)는 2005년부터 2013년 2월 27일까지 교황 직을 수행하다가 고령 및 건

---

14) 〈2006년 미국 (흑인)사회운동가 타라나 버크가 '미투'(Me too, 나도 피해자다) 시작〉
타라나 버크(Tarana Burke, 1973~)가 시작한 '미투'가 새로운 페미니즘 운동으로 활기를 띠기 시작했고, 2010년대에 접어들면서 여성운동은 전 세계적으로 퍼져나갔다.

강상의 이유로 자진 사임을 선언했다. 교황의 생전 사임은 중세인 1294년 첼레스티노 5세의 사임 이후 약 720년 만에 일어난 사건이다."[15] 두 편의 관련 글을 보자.

〔프란치스코 현 교황은 상류다운 상류다. 단지 교황 직위에 오른 사람이어서가 아니라 낮은 자세로 참된 종교인의 모습에 대한 가장 숭고한 표본을 제시하는 삶을 살고 있기 때문이다. 그의 이러한 모습은 지도자의 격(格)일 수도 있겠으나, 본질적으로는 세상만사에 대해 깊이 생각하고 그 생각을 행동으로 옮기는 상류 인간의 모습이다.〕[16]

〔프란치스코 교황은 바티칸 등의 추기경들과 부패와의 전쟁을 치르고 있는 중이다. 교황청의 추기경들은 400~500㎡(121~151평), 심지어 600㎡(181평)에 이르는 궁궐 같은 집에 산다. 고위급 추기경들의 임대아파트에 대한 데이터는 프란치스코가 지시한 2013~2014년 감사 기록에 근거한 것이다. 이들은 보통 개발도상국에서 온 선교 수녀들과 함께 산다. 선교 수녀들은 추기경들의 비서이자 청소부·가정부로 일한다. 방들은 대기실·TV시청실·욕실·응접실·다과실·서재·개인 비서실·문서 보관실·기도실 등으로 다양하게 구분되어 있다. 건물 외관은 하나같이 멋들어진 모습을 하고 있다.(p.92)

---

15) 「성전의 상인들: 프란치스코 교황 vs 부패한 바티칸(Via Crucis, 2015)(Merchants in the Temple, 2015)」
잔루이지 누치, 매경출판, 2016. p.15.
저자인 잔루이지 누치(Gianluigi Nuzzi)는 이탈리아의 저널리스트이자 TV 뉴스 앵커, 논픽션 작가로 활동하고 있다. 「바티칸 주식회사(Vaticano SpA)」, 「교황 성하(Sua Santità Le carte segrete di Benedetto XVI, 2012, 영어판 His Holiness: The Secret Papers of Benedetto XVI, 2013)」를 썼다. 이탈리아·미국·독일·프랑스 등에 출판돼 100만 부 이상 팔린 「교황 성하」는 바티칸의 기밀문서 유출 사건인 '바티리크스 스캔들'의 불씨가 되기도 했다.(저자 소개에서)
16) 「상류의 탄생: 내면의 품격을 높이는 일상의 매뉴얼」 김명훈, 비아북, 2016, p.62~63.

베드로 성금도 줄줄 새고 있다. 사실상 지금까지도 가난한 사람들을 위해 모금된 돈은 검은 구멍으로 줄줄 새고 있다. 이는 전 세계 신자들이 모금한 돈의 절반 이상이 가난한 사람들에게 가는 것이 아니라 교황청의 재원으로 사용된다는 것을 의미한다. 잔액을 제외하고 계산하면 정확하게는 58%의 돈이 교황청으로 들어간다.(p.104~106)」[17]

---

17) 「성전의 상인들: 프란치스코 교황 vs 부패한 바티칸(Via Crucis, 2015)(Merchants in the Temple, 2015)」 잔루이지 누치, 매경출판, 2016.

대한민국에서 기독교의 폐해

한국현대사와 함께한 권력과 기독교의 130년 이야기를 백중현(CBS 인터 넷인 CBSi 노컷뉴스 본부장) 기자가 저서 『대통령과 종교』(2014)로 냈다. 이 책에서 저자는 한국 기독교가 어떻게 권력과 야합했는지를 적나라하게 보여 준다.

〔대한민국이 건국된 이후 현재까지 대통령은 12명이다. 이 중 재임기간이 짧은 윤보선 (1년 8개월)과 최규하(8개월)를 제외하면 실제로는 10명이다. 이들을 종교별로 보면 개 신교가 3명(이승만·김영삼·이명박)으로 가장 많고, 천주교 2명(김대중·문재인), 불교 1 명(노태우)이다. 이들은 비교적 뚜렷한 종교적 색체를 드러냈다. 반면 전두환과 노무현 은 취임 전 천주교인이었으나 퇴임 이후 불교와 가까운 모습을 보이는 등 '성향' 수준에 머물렀다. 최초의 부녀 대통령인 박정희와 박근혜는 공식적으로 종교가 없다.(p.6~11) 박정희에게 새마을운동의 단초를 제공한 사람은 여의도순복음교회 조용기 목사였 다.(p.89~90) 이승만·김영삼·이명박 등 개신교 대통령에겐 몇 가지 공통점이 있다. 우

선 이들의 교회 직분은 모두 '장로'다. 직분만 장로가 아니라 신앙심도 매우 깊었다는 것도 공통점이다. 이 때문에 재임 기간 개신교 편향 정책에 대한 구설이 끊이질 않았다. 이들은 신교 'BIG 3'교단의 출신이라는 공통점도 있다. 개신교의 교단을 교세 순위로 보면 1위는 예장합동 교단, 2위는 예장통합 교단, 3위는 감리교단인데, 이승만은 감리교단, 김영삼은 예장합동 교단, 이명박은 예장통합 교단 출신이다. 한국의 'BIG 3' 교단에서 1명씩 대통령을 배출한 모양새를 갖춘 것으로, 일부러 맞추기도 힘든데 우연의 일치가 아닐 수 없다. 이들이 출석한 교회도 'BIG 3' 교단의 대표라 할 수 있다는 점에서 닮았다.(p.261~262)』 [18]

박근혜 전대통령의 국정농단 사태와 관련해서도 기독교는 빠지지 않았다. 이병주 변호사(현재 미국 풀러 신학교에서 신학을 공부 중, 1964~)가 2017년에 펴낸 책『박근혜 사태와 기독교의 문제: 기독교인들에게 민주주의는 무엇인가?』에서 비판한 내용을 보자.

『박근혜 탄핵 사태의 초기에 약방의 감초처럼 간혹 간혹 드라마의 조연으로 등장하던 유일한 종교는 한국의 기독교였다. 첫 번째 조연은 박근혜 전 대통령의 최측근이었던 이정현 새누리당(자유한국당 전신) 전 대표였다. 그는 2016년 10월 최순실·우병우 등에 대한 국정조사 추진을 방해하기 위해서 국회에서 단식을 하면서 굳이 '성경' 책을 머리맡에 두고 독실한 기독교임을 자랑하더니, 2016년 11월 말에는 박근혜 대통령에 대한 탄핵을 반대하면서 "나보고 예수를 팔아먹는 가룟 유다가 되라는 거냐? 예수를 부인하는 베드로가 되라는 것이냐?"는 발언으로 박근혜 전 대통령을 단숨에 예수님과 동급으로 올

18) 『대통령과 종교』, 백중현, 무선, 2014.

려놓아서, 많은 기독교인들을 당혹케 하였다. 두 번째 조연으로 등장한 것은 대한민국의 양대 개신교 교단연합체인 한국기독교총연합회(한기총)와 한국교회연합(한교연)이다. 2016년 10월 24일 오전 박근혜 전 대통령이 최순실 스캔들을 피하기 위해서 국회 시정연설에서 '개헌 추진'을 선언한 일이 있었다. 이때 한기총과 한교연은 반나절도 지나지 않아서 한국의 사회종교단체 중 유일하게 "박근혜 대통령의 개헌추진 용단을 적극 지지하고 박수를 보낸다"는 지지성명을 발표했다. 마침 같은 날 저녁 JTBC의 최순실 태블릿 PC 보도로 최순실 스캔들이 급물살을 타면서 대통령의 개헌 논란 자체가 아예 소멸했기에, 한기총과 한교연의 개헌지지 성명서는 그저 하나의 웃음거리로 끝났지만, 이 일은 모든 사람에게 한국 개신교 대표자들의 친정부적인 권력사랑을 아주 인상적으로 보여주는 사건이 되었다.

2016년 12월 말까지는 비교적 얌전하고 잠잠했던 한국 기독교가 박근혜 사태의 주연급 악역으로 급부상한 것은 탄핵 정국이 정점으로 치닫던 2017년 1월 이후의 일이다. 2017년 1월에 박근혜 대통령이 두 차례의 간담회와 인터뷰로 억울함을 호소하자, 전 국민의 약 5~10% 정도에 해당하는 친박 지지 세력이 결집하여 탄핵 반대운동이 격화되기 시작했다. 문제는 이때 탄핵반대운동의 태극기집회에 군가와 함께 계엄령 선포의 주장이 난무하는 가운데, 십자가가 함께 등장하고 찬송가가 울려 퍼지면서, 기독교계가 탄핵 반대운동의 강력한 동맹세력으로 등장하기 시작한 것이다. 현장은 2곳, 헌법재판소 법정과 탄핵반대의 친박 집회장이고, 2개의 강력한 이미지는 (박근혜를 변호한) '서석구 변호사의 기도'와 '태극기 집회의 대형 십자가'다. 예수를 믿는다는 백발의 노 변호사(서석구)가 헌재의 탄핵법정에서 박근혜 탄핵을 예수의 십자가에 비유하면서 매 변론기일마다 법정의 한구석에 쭈그리고 앉아서 탄핵 기각을 위해 열렬히 기도하는 모습을 연출했다. 탄핵반대 집회에서는 기독교인들이 나무로 만든 대형 십자가를 짊어지고 도로를 행진하며 탄핵찬성 세력과의 영적 싸움을 선포하면서, 박근혜 탄핵반대 세력과 기독교의 영적 동맹관계를 소란스럽게 천명했다. 그 절정은 탄핵 선고(3월 10일) 직전인 2017년 3월 1일이다. 다시 한 번 한기총과 한교연이 함께 등장했다. 한국 기독교계의 대표적인 두 단체가 합동으로 친박의 탄핵반대 태극기집회 직전에 같은 장소 같은 연단에서 3·1절 구국기도회를 개최하고, 2만여 명의 기독교인들이 십자가와 태극기를 흔들며 기도하다가 이어지는 박사모(박근혜를 사랑하는 모임)의 탄핵반대 집회에 합류한 것이다. 이것을 두고 박사모는 기독교계 전체가 탄핵반대 집회에 동참했다고 적극 광고했고, 한기총·한교연은 친박 집회와 기도회가 같은 장소 같은 연단을 사용한 것은 정말 우연의 일치라고, 제발 오해하지 말아달라고 뒤늦게서야 주장했다. 그러나 오해를 하거나 이해를 하거나, 이 사건은 모든 사람에게 한국의 기독교계가 친박의 탄핵반대 운동을 적극 지지하고 뜻을 같이한다는 인상을 결정적으로 깊게 심어주었다. 아마도 이 일로 인하여 한국의 기독교계는 앞으로도 상당한 기간 많은 사람들로부터 "민주주의에 가장 반대하는 종교세력"이라는 혐의와 비난을 받게 될 것이다. 또다시 하나님의 이름으로 하나님의 일을 크게 훼방하는 일이 발생한 것이다.』[19]

현실 교회를 지탱하는 힘은 '돈'이다. 2009년 6월 21일자 「중앙일보」에 실린 〈교회헌금, 사회봉사비 4% 불과〉란 기사가 이를 잘 말해준다. 이에 따르면 우리나라 성인 개신교인들의 총수를 약 500만 명으로 잡을 때 1년 교회재정(헌금액수)은 2조5500억 원으로 추정할 수 있다는 조사결과가 나왔다. "교회당 매매 1억, 신도 두당 200만 원…" 이런 광고가 신문지상에 나돈다는 것은 이

---

19) 『박근혜 사태와 기독교의 문제: 기독교인들에게 민주주의는 무엇인가?』 이병주 변호사, 2017, 대장간, p.7~10.
이병주 변호사: 기독법률가회의 실행위원 겸 국제부장, 현재 미국 풀러 신학교에서 신학을 공부하고 있다. 서울대 물리학과, 사법연수원, 하버드 로스쿨(LL. M.) 졸업후 20년간 로펌에서 근무. 충남 연기 출신, 1964~.

제 새삼스러울 것도 없다. 마찬가지로 "사찰 매매 몇 억, 신도 두당 얼마"라는 식의 광고도 더 이상 충격적이지 않다. 이 때문에 "세상이 말세다"라고 외치는 사람부터, "종교는 역시 만악(萬惡)의 근원"이라고 외치는 종교 안티세력까지 나타나고 있다는 것 역시 이제는 대수롭지 않은 일일 뿐이다. 「한겨레신문」은 2014년 11월 27일에 〈연 수입 17조…가난한 이웃엔 4%, 교회가 세금납부 거부하는 이유?〉라는 제목의 기사까지 냈을 정도다.

이렇듯 물욕에 눈이 멀어버린 교회세습도 커다란 문제다. 대한예수교장로회(예장) 통합 총회 재판국(국장 이경희 목사)은 2018년 8월 7일 서울 종로5가 한국교회100주년기념관 예장통합총회 회관에서 서울 동남노회 비대위(위원장 김수원 목사)가 제기한 명성교회 위임무효소송 전체회의를 열어 15명 중 8명의 찬성으로 위임 유효 판결을 했다. 명성교회는 김삼환 목사가 1980년 서울 명일동에 세웠는데 등록신자만 10만 명이 넘는 예장통합 내 아마 세계에서 가장 큰 대형교회다. 2017년 김삼환 목사의 비자금을 관리하던 수석장로가 비관해서 자살해버렸고, 같은 해 열린 한 재판에서 비자금의 규모가 800억 원에 달한다고 했다.[20] 한편 개신교계를 뜨겁게 달군 것은 명성교회에 대한 예수교장로회 통합 총회 재판국의 판결이다. 재판국은 최근 김삼환 원로목사의 아들인 김하나 목사 청빙 결의에 문제가 없다고 결정했다. 앞서 통합 교단은 2013년 세습 금지법을 만들었고, 김 원로목사는 "'재임 중(?)' 세습하지 않는다"는 말을 여러 차례 약속했다. 법적 공방은 김하나 목사의 명성교회 담임목사직 위임식이 열린 이후 9개월간 이어졌다. 이날 변론에선 김하나 목사 청빙이 교회와 교인의 기본권 행사라는 입장과 예장통합 교단 헌법 내 세습금지법을 위배

20) tbs 교통방송 2017. 8. 11. 〈김어준의 뉴스공장〉 김용민 시사평론가 인터뷰

한다는 입장이 서로 충돌했다. 비대위는 "은퇴하는 담임목사의 배우자 및 직계비속과 그 직계비속의 배우자는 담임목사로 청빙할 수 없다"는 교단 헌법 2편 28조 6항을 들어 청빙이 적법치 않다고 주장했다. 반면 청빙 지지 측에선 관련 조항의 '은퇴하는'이라는 문구를 들어 김삼환 목사가 2015년 은퇴한 뒤 이뤄진 김하나 목사 청빙은 적법하다고 변론했다(은퇴로 세습이 아니라, 은퇴 후 공석을 보충했다는 해괴한 논리다). 급기야 같은 교단의 소망교회 김지철 목사는 김 원로목사에게 공개편지를 보내 "한국 교회와 총회, 젊은 후배 목회자를 위해 통합 총회를 떠나 달라"며 결단을 촉구하기에 이르렀다. 장로회신학대 등 예장통합 총회 산하 6개 총학생회도 공동성명서를 내고 세습반대 입장을 재확인했다.

사실 한국 개신교의 대표적 대형교회 가운데 하나인 명성교회 세습 논란은 지난 2013년 이후 끊이질 않았다. 2013년 9월 명성교회가 소속된 예장통합교단은 '교회세습방지법'을 '870대 81'이라는 압도적인 표 차로 통과시켰다. 아이러니하게도 이 결의가 있었던 예장통합 제98회 총회 장소가 바로 명성교회였다. 세습방지법이 재단총회를 통과하고, 김삼환 목사의 아들인 김하나 목사가 같은 해 11월 세습을 하지 않겠다고 선언했고, 2014년 3월 경기 하남에 '새노래명성교회'를 개척하면서 세습 논란이 끝나는 듯했다. 명성교회 세습 논란은 2015년 김삼환 목사가 정년퇴임한 뒤 후임 목사 자리를 계속 비워두면서 재발됐다. 2013년 세습방지법 제정 이후 명성교회를 세습하지 않을 듯한 태도를 취했던 것과 대조적으로, 명성교회가 후임목사를 초빙하지 않자 결국 세습할 것이라는 전망이 나돌았다. 아니나 다를까 명성교회는 2017년 3월 '새노래명성교회'를 합병한 후 김하나 목사를 청빙하기로 해 변칙세습 논란이 다시 불붙었던 것이다.

"김하나 목사 세습에 반대하는 이들은 교단 최상위 기구인 '정기총회'에 재심을 청구할 계획이다. 예장통합 정기총회는 매년 9월에 열린다. 정기총회에서는 총회 재판국에 대한 불신임도 가능하다. 지난해 정기총회에서도 재판국에 대한 불신임이 가결되어 재판국원이 교체된 바 있다. 김하나 목사 세습에 반대하는 명성교회 교인 모임인 명성교회정상화위원회 관계자는 '아무리 김삼환 목사의 영향력이 강하더라도 정기총회에 참석하는 인원 전부를 회유하지는 못한다. 결국 지금부터는 (정기총회에 참석하는 이들을 향한) 여론전이 중요해진 상황'이라고 설명했다. 정기총회에서 세습이 가로막힐 경우, 명성교회는 김하나 목사의 청빙을 철회하거나 예장통합을 나가는 것 외에 방법이 없다. 그러나 명성교회가 예장통합을 탈퇴하는 것은 쉽지 않다. 그동안 김삼환 목사의 카리스마로 교회를 성장시켰지만, 교단을 등질 경우 부목사를 비롯한 교인 이탈이 뒤따를 수밖에 없다. 교인이 줄어들면 재력과 영향력이 줄어든다. 세습을 유지하면서, 지금과 같은 영향력을 유지하기 위해서는 명성교회 역시 정기총회에 사활을 걸어야 한다."[21]

대한예수교장로회(예장) 통합총회가 명성교회의 부자 세습에 반대하는 쪽의 손을 들어줬다. 2018년 9월 11일 전북 익산 이리신광교회에서 열린 예장통합총회에서 총대들은 무기명 전자투표를 통해 은퇴한 담임목사 자녀를 청빙하는 것은 제한할 수 없다는 헌법위원회의 해석을 채택하지 않기로 했다. 사실상 명성교회의 부자(父子) 대물림 과정 전체를 불법으로 규정한 셈이다."[22]

---

21) 「시사IN」, 2018.8.29, 〈교회는 어떻게 재벌을 닮아가는가〉(김동인 기자)
　　김삼환 목사가 이끄는 명성교회는 개신교 전체에서 손꼽히는 대형교회다. 1980년 서울 명일동 상가 건물에 처음 교회를 세우고 교세를 확장했다. 30여 년 만에 등록 신자 기준 10만 명에 육박하는 대형교회로 성장했다. 아파트로 둘러싸인 명일동 한복판에서 건물 8개를 교회 시설로 이용하고 있다. 경북 영주시 영광여중·고와 안동시 안동성소병원도 명성교회 소유다. 김 목사는 예장통합 총회장을 역임했고, 현재 숭실대학교 이사장을 맡고 있다.
22) 여러 매체 2018.9.12.~13.

대한민국에서 불교의 폐해

(1) 숭산(崇山) 대선사(1927~2004)와 현각(玄覺, 1991년 출가, 1964~)

숭산 대선사(1927~2004)는 국내보다 국제적으로 더 유명했던 분이다. 현각 스님은 미국에서 하버드대학원(예일대 철학·문학 전공, 하버드대학원 종교철학 전공) 재학 중 그의 강의를 듣고 깊이 감명 받아 1991년 불가로 귀의하여 그의 제자가 됐다. 현각 스님이 쓴 불교 입문서인『오직 모를 뿐: 숭산 대선사의 서한 가르침』(2000)에 수록되어 있는 숭산 대선사에 대한 약력을 간략히 알아보자.

〚생존 당시 서구에서 숭산 대선사를 티벳 영적 지도자인 달라이 라마(Daːai Lama)와 더불어 살아있는 부처로 추앙했으며, 오늘날에는 동쪽으로 법(法)을 전한 달마대사와 함께 서쪽으로 법을 전한 서양의 달마로 기리고 있다.

숭산(崇山, 숭산(한자는 嵩山으로 표기)은 중국 허난성 소림사가 있는 산이다. 대선사는 1927년 평안남도 순천에서 독실한 장로교 계통의 기독교 가정의 4대 독자로 태어났다. 속성(俗姓)은 전주 이(李)씨로 이름을 덕인(德仁)이라 하였다. 대동공전 1학년 가을에 해방(1945년)이 됐다. 이때 평양학생운동이 일어났는데 덕인은 이 사건의 주모자로 활동을 하였다. 결국 묘향산으로 도망을 가 보현사(普賢寺) 상윤암에 숨어 겨울을 보냈다. 이것이 덕인이 불교와 인연을 맺게 된 첫 계기다. 다음 해 봄, 3·1절에 평양농고 학생들의 평양역 수류탄 투척사건이 일어나자 북한 당국은 학생들에 대한 일제 검거에 나섰다. 이 일로 묘향산에 숨어 있던 덕인은 서울로 월남하게 되었다.

월남한 덕인은 동국대학교에 입학했다. 동국대학교를 졸업하던 해인 1947년 3·1절 날에 남대문 옆 농림부 자리에서 좌·우익 학생들의 유혈사태가 발생했다. 그것을 보고 덕인은 머리를 깎았다. 덕인은 그날로 머리를 깎고 사상전집 10권을 싸들고 김구(金九, 1876~1949.6.26.) 선생[23] 께서 공부하셨다는 마곡사(麻谷寺)로 들어갔다.

〈쥐가 고양이 밥을 먹다 밥그릇이 깨지다〉

1947년 9월 10일 마곡사의 감원을 맡아 보시던 조수해 스님에게 출가하여 사미계를 받았다. 1949년 1월 15일 "쥐가 고양이 밥을 먹다 밥그릇이 깨지다"는 화두와 함께 고봉 선사를 만났다. 1월 25일 고봉 스님이 숭산(崇山)이라는 당호를 하사했다. 숭산 선사는 고봉 선사의 지시에 따라 3년 묵언(默言)을 시작했다. 이렇게 묵언을 하자 욕심과 색심 그리고 일체의 감정이 다 소화되어 정심(定心)이 굳어졌다. 눈과 귀가 밝아지고 상황에 맞는 법문을 할 수가 있게 되었다.

---

23) 김구(金九): 본명 김창수(金昌洙)에서 일본인을 살해한 죄로 사형선고를 받은 후, 1897년 고종에 의해 사형 정지 후 김구(金龜)로→1912년 金九로 변경. 호는 백범(白凡), 1876~1949.6.26. 육군 현역 장교 안두희(1917~1996, 79세 피살)가 쏜 총탄 맞고 사망.

이렇게 3년 보림을 하는 동안 수덕사에 갔다가 재무를 맡게 됐는데 6·25전쟁이 터졌다. 6·25전쟁 당시 수덕사로 북한 측 스님들이 들어오는 바람에 천장사로 도망가 숨어 지내곤 했다. 6·25전쟁을 겪고 나자 일차 공무원 소집이 있었는데 행정 착오로 군에 소집되어 6년간 군 복무를 마치고 육군 중위로 제대했다. 제대 후 고봉 선사를 다시 만난 후 수유리 화계사 주지 발령을 받았다. 화계사 주지 발령(1958년 3월 15일)을 받고 고봉 선사를 화계사로 모시고 총무원 일을 보는데 1960년 4·19가 일어났다.

숭산 선사는 재무부장, 교무부장, 총무부장을 차례로 지내면서 청담 선사와 함께 불교 정화운동과 불교 재건에 진력했다. 1961년 5·16 이후에는 불교재건 비상종회를 구성하여 그 의장을 맡아 종단분규를 종식시키는 일에 앞장섰다. 이때 효봉 선사께서 종정, 임기산 스님이 총무원장, 월하 스님이 총무부장을 맡고 교무부장을 태고종계에서 맡는 통합종단이 구성됐다. 하지만 몇 달이 지나자 대처승계가 통합종단에서 탈퇴하여 태고종을 설립함으로써 종단분규는 일단락되었다.

〈서(西)쪽으로 법(法)을 전하다〉

일본과의 국교가 정상화되자 숭산 선사는 일본으로 건너가 1966년 동경에 대한불교 조계종 재일홍법원(在日弘法院)을 창건하고, 1970년에는 홍콩에 재향항홍법원(在香港 弘法院)을 창건한 다음, 1972년에는 미국으로 건너가 재미홍법원(在美弘法院) 프라비던스 선원(Providence 선원·禪院)을 창건했다.

숭산 대선사는 30년 동안을 미국과 유럽을 비롯한 전세계에 걸친 해외포교로 부처님의 정통 법맥을 이은 30여 명의 전법제자(傳法弟子)를 배출했다. 전 세계 각처에 50여 개의 사찰과 선원을 창건했고 수만 명의 신도와 수행자들을 지도했다. 2004년 11월 30일 입적했다.』[24]

---

24) 「오직 모를 뿐: 숭산 대선사의 서한 가르침」 현각스님, 물병자리, 2000, p.306~324.

「한겨레신문」 논설주간을 역임한 김선주(1947~) 칼럼니스트가 그녀의 칼럼을 모아 쓴 책『이별에도 예의가 필요하다』(2010)에는 〈사람 모양 그대로 죽기〉(200년 2월 칼럼)라는 제목의 글이 실려 있다. 김선주는 숭산 선사의 마지막 말씀 "나 누울란다!"에 깊은 감동을 받았다고 한다.

〖스님의 죽음 가운데 일화들이 많은데 내가 가장 좋아하는 것은 숭산 스님의 마지막이다. 하버드대학원(예일대학교 학사) 출신의 현각 스님 때문에 더욱 유명해진 숭산 스님을 볼 때마다 저 둥그스름하게 귀여운 노인이 무슨 카리스마로 서양의 젊은이를 끌어들였나 항상 궁금했다. 그런데 돌아가실 때 마지막 말씀이 "나 누울란다"였다는 말을 듣고, 바로 이거구나 싶었다.

원래 고승들은 "나 오늘 갈란다" 식으로 자신이 떠나는 일시를 예언하기도 하고, 앉아서 열반하는 것을 도가 많이 통한 스님으로 간주하는 경향이 있다. 그래서 아파서 정신이 없는 스님을 쿠션과 베개로 괴어놓고 앉아 계시게 만든다는 이야기를 들은 바 있다. 그런가 하면 '몇 날 몇 시'라고 돌아가실 날을 말씀했는데도 안 돌아가시면 시간 맞춰 돌아가시게 함으로써 고승의 반열에 확실하게 앉도록 한다는 무서운 이야기를 들은 적도 있다. 아픈 사람이 앉아 있기가 얼마나 힘든지는 아파본 사람은 알 것이다. 그런데 솔직하게 "나 누울란다"고 하셨다니 이 얼마나 고승다운 태도인가. 아니 사람다운 태도인가.

마지막 가는 길에 자신이 사람으로 살았던 모양 그대로, 사람다운 한계를 드러내면서도 사람에 대해 배려하고 떠나는 것이 진정으로 사람의 위대함이 아닐까 생각해본다.〗[25]

25) 『이별에도 예의가 필요하다』, 김선주, 한겨레출판, 2010, p.363~364.

(2) 불교의 폐해: 현각도 떠나버리고

현각 스님도 한국 불교계를 떠나버렸다. 종교를 빙자하여 불교계가 저지르는 온갖 추태에 진절머리가 나버린 것이다. 「동아일보」는 2016년 7월 30일에 〈현각 스님 "돈 밝히는 한국 불교 떠나겠다": "선불교, 기복신앙 전락에 실망 … 외국인 승려는 조계종의 장식품"〉이라는 제목의 기사에서 하버드(대학원) 출신의 미국인 현각 스님(1964~)이 "한국 불교를 떠나겠다"는 취지의 글을 페이스북에 올렸다고 보도했다. 그는 한국 불교를 떠나는 이유에 대해 선불교를 돈으로 환산되는 기복신앙으로 전락시킨 점을 들었다. 그는 "한국의 선불교를 전 세계에 전파했던, 누구나 자기 본래의 성품을 볼 수 있는 열린 그 자리를 그냥 기복 종교로 항복시켰다. 왜냐하면 기복=$(돈). 참 슬픈 일이다"라고 적었다. 기사 내용을 보자.

『하버드(대학원) 출신의 미국인 현각(玄覺, 1964~) 스님이 "한국 불교를 떠나겠다"는 취지의 글을 페이스북에 올렸다. 그는 7월 27일 자신의 페이스북에 "이번 해는 승려 생활을 한 지 25년째인데 주한 외국인 스님은 오로지 조계종의 데커레이션(장식품)일 뿐. 이게 내 25년간 경험이다. 나도 자연스럽게 떠날 수밖에 없다"고 운을 뗐다. 이어 그는 "8월 한국을 마지막으로 공식 방문해 화계사로 가서 은사 스님(숭산, 1927~2004) 부도탑 참배, 지방 행사 참석, 그리고 이별 준비를 할 것"이라며 "환속은 안 하지만 현대인들이 참다운 화두선 공부를 할 수 있도록 유럽이나 미국에서 활동할 것"이라고 밝혔다.

그는 "계룡산 국제선원(숭산국제선원)에는 정말 사부대중 생활, 정말 합리적인 교육, 유교 습관이 없는 환경, 남녀·국적 차별 없는 정신, 기복 방식을 최소 사용하는 기도 정진, 신도들을 무식하게 사용하지 않는 'together-practice(공동 수행)'가 있다"며 한국 불교에는 반대 현상이 있음을 우회적으로 비판했다. 그는 또 "최근 2, 3년간 7~9명의 외국인 승려가 환속했다"며 "나도 요새 내 유럽 상좌들에게 조선시대에 어울리는 교육을 하는 조계종 출가 생활을 절대로 권하지 못한다"고 밝혔다.

현각 스님은 하버드대 대학원을 다니던 중 숭산 스님의 법문을 듣고 1991년 출가했다. 화계사 국제선원장을 지냈고 지금은 독일 뮌헨에서 불이선원을 운영 중이다. 자신의 출가와 수행 이야기를 담은 책『만행—하버드에서 화계사까지(1·2)』(허문명 역, 열림원, 1999년)로 유명해졌다.『선의 나침반(1·2): 숭산 대선사의 가르침(The Compass of Zen, 1997)』(현각 정리/ 허문명 역, 열림원, 2001년)도 불교의 전반적인 내용을 알기 쉽게 다룬 입문서로 유명하다.〕

그리고 2013년 12월 4일에는 〈조계종, 연수원서 술판 벌인 승려 조사〉라는 제목의 신문기사도 있었다.

〔대한불교조계종은 3일 주지급 승려들이 일반인에게도 개방된 종단의 연수시설에서 밤새 술판을 벌인 사실이 확인돼 호법부를 통해 감찰조사에 나섰다고 밝혔다. 조계종에 따르면 승가대 동기인 승려 10여 명은 지난달 28일 밤 충남 공주의 한국문화연수원 레크리에이션룸에서 큰 소리로 노래를 부르며 술을 마신 것으로 알려졌다. 이들은 이튿날 아침까지 술자리를 계속했으며, 소주 한 박스와 맥주 세 박스 분량의 술을 마신 것으로 파악됐다.

술을 마신 승려들 가운데는 지난 10월 총무원장 선거 때 자승 스님(현 총무원장) 캠프에서 활동한 조계종 중앙종회 3선 의원이자 한 사찰의 주지도 포함된 것으로 알려졌다.

이와 관련해 자승 총무원장은 한국문화연수원장을 해임하고 호법부에 철저한 조사를 지시했다고 조계종은 말했다. 조계종은 "이번 사건과 관련해 사부대중 및 국민 여러분에게 깊은 유감과 참회를 한다"며 "조사 결과에 따라 종헌종법에서 정한 필요한 절차를 진행하겠다"고 밝혔다.

2009년 '전통불교문화원'이란 이름으로 문을 연 이 연수원은 최근 기자회견을 통해 일반인과 기업 연수 유치에 본격적으로 나서겠다고 밝혔다. 또 최대 300명을 수용할 수 있는 숙박시설과 600명이 이용할 수 있는 교육 및 연수시설을 갖췄다.〕[26]

2018년 7월 28일자 각종 언론에 조계종 설정 총무원장[27]의 퇴진을 요구하는 불교계의 거센 풍파가 보도됐다. 〈산문(山門)을 나온 수좌들〉이라는 제목의 글을 통해 대략의 흐름을 읽어보자. 정말로 종교가 세상을 걱정하는 게 아니고, 세상이 종교를 걱정해야 되는가보다.

〔수좌(首座)는 사찰을 비롯한 종단의 행정과 포교 등을 책임지는 사판승(事判僧)과 달리 참선을 위주로 수행하는 선승(禪僧)을 가리킨다. 대한불교조계종 종정을 지낸 효봉, 법전 스님의 별명이 '절구통 수좌'였다. 한번 참선에 들어가면 꼼짝하지 않고 용맹정진해서 붙여진 별호다. 역시 종정을 지낸 성철 스님은 후학들의 참선 수행에 누구보다 엄격해 거침없이 장군 죽비를 내리는 '가야산 호랑이'였다.

---

26) 「한국경제신문」 2013.12.4. 〈조계종, 연수원서 술판 별인 승려 조사〉
27) 여러 매체 2018.8.2. 〈조계종 설정 총무원장, 8월 16일 이전 퇴진〉 8.1일 발표.
　　(→〈설정 총무원장, 즉각 사퇴 거부… 조계종 다시 혼돈〉: "개혁 초석 놓은 후 12.31일 물러날 것", 8.13 발표
　　→〈사상초유 조계종 총무원장 탄핵〉 8.16 조계종 중앙종회 결의→8.21 결국 사퇴)
　　설정 스님은 2017년 10월 임기 4년의 조계종 제35대 총무원장에 당선돼 11월 취임했다. 전 총무원장인 자승 스님의 지지를 받은 설정 스님은 선거 과정에서 서울대 학력위조 의혹, 거액의 부동산 보유 의혹, 숨겨둔 자녀가 있다는 의혹 등을 받았지만, 경쟁자였던 수불 스님을 큰 표 차로 누르고 당선됐다.
　　설정 스님은 선거 당시 학력위조 의혹은 인정했으나 숨은 딸 의혹 등은 강력히 부인했다. 그러나 MBC 'PD수첩'(2018.5.1. 방송)에서 관련 의혹을 다루면서 논란은 다시 급속도로 퍼졌다. 조계종적폐청산시민연대를 비롯한 시민단체 등의 퇴진 요구가 거세졌고, 설조 스님(전 경주 불국사 주지)이 40일 넘게 단식을 하면서 여기에 불을 붙였다.

▷조계종 전국선원수좌회의 선원장급 수좌 20여 명이 27일 조계사 대웅전에서 참회의 108배를 올렸다. 수좌들이 산사에서 집중 수행해야 하는 하안거(夏安居) 시기라는 것을 감안하면 이례적인 일이다. 조계종에 폭행과 도박, 은처자(隱妻子), 절도, 성폭력, 공금 횡령, 룸살롱 출입 등 일반 사람들조차 입에 담기 어려운 범계(犯戒)와 범죄 의혹이 난무하고 있다는 게 이들이 산문(山門)을 박차고 나온 이유다.

▷지금 조계종은 누란의 위기다. 1994년 종단 개혁에 참여했던 원로 설조 스님은 설정 총무원장의 퇴진을 요구하며 단식하고 있다. 오늘로 39일째다. 자승 전 총무원장의 도움으로 종단 수장에 오른 설정 스님은 지난해 선거 때부터 은처자 시비에 휩싸였다. 설정 원장의 자녀를 출산했다고 주장하는 김모 씨의 20여 년 전 녹취록과 이를 부인하는 동영상도 공개됐다. 자승 전 원장이 자신에게 유리한 종권(宗權) 재창출을 위해 그런 허물에도 불구하고 설정 스님을 선택했다는 얘기도 나온다.

▷수좌들은 참회의 108배가 전국승려대회 개최로 이어질 것임을 예고했다. 수좌들의 목소리는 조계종이 격변기를 맞을 때마다 전환점을 만들었다. 종단의 실력자들이 가장 두려워한 것도 이들의 집단행동이다. 대표적인 승려대회는 1987년 9·7 해인사 승려대회와 1994년 4·10 조계사 승려대회. 해인사 대회는 불교 자주화의 계기가 됐고, 조계사 대회는 서의현 당시 총무원장의 3선을 막아 종단 개혁의 분수령이 됐다고 평가받는다. 진리를 위해서는 살불살조(殺佛殺祖), 부처님과 조사(祖師)도 죽인다는 게 수좌들의 세계다.」[28]

조계종 총무원장의 임기는 4년으로 전국 3,000여 개 사찰 주지 임면과 종단 및 사찰에 속한 재산 처분에 대한 승인권을 갖는 등 권한이 막강하다. 설정 총

---

28) 「동아일보」, 2018.7.28. 〈산문(山門)을 나온 수좌들〉(김갑식 전문기자 겸 논설위원)

무원장이 사퇴(2018년 8월 21일)한 후 8월 28일(탄핵가결 43일 만)에 치러진 제36대 총무원장 선거에서 원행 스님(65세)이 74%(235/318표)의 득표율로 선출됐다. 원행 스님은 총무원장을 두 차례 지낸 월주 스님의 상좌(제자)로 중앙종회와 교구 본사에 지지세가 두터워 선거 전부터 유력 후보로 꼽혀 왔다. 그러나 선거 2일 전인 26일 혜총·정우·일면 스님이 '불공정 선거' 등을 이유로 조계종 총무원장 후보에서 동반 사퇴해버려 후폭풍이 만만치 않을 것으로 보인다. 이들 스님이 주장한 요지는 이렇다. "조계종 최대 종책모임인 불교광장을 이끄는 자승 전 총무원장이 이번 선거에 개입해 원행 스님을 당선시키기 위한 불공정 선거가 이뤄지고 있다." "선거운동 과정에서 두터운 종단 기득권 세력들의 불합리한 상황들을 목도하면서 참담한 마음을 금할 수 없었다." "선거가 진흙탕이면 연꽃을 피우고 시궁창이면 물꼬를 트고자 했다. 그러나 제도권이 특정 세력의 지시·지령에 의해 움직이는 것을 보면서 사퇴를 결심했다." "종단이 박정희·전두환 시대의 체육관 선거를 하고 있는데 직선제로 해야 한다."

불교의 폐해가 비단 우리나라만의 문제가 아닌 것은 기독교 등 여타 종교와 같다. 중국에서도 천년 사찰의 주지가 여승을 성폭행한 것으로 고발당하는 등 '미투(MeToo, 나도 당했다) 운동'이 불교계까지 확산됐다. 2018년 8월 3일 중국신원왕(중국신문망) 등에 따르면 최근 베이징 룽취안(龍泉·용천)사 승려였던 셴자(賢佳)와 셴치(賢啓)는 쉐청(學誠·52) 주지가 여러 명의 여제자를 성폭행했다고 실명으로 고발했다. 룽취안사는 요(遼)왕조 때 세워져 1,000여 년의 역사가 있는 고찰이다.[29]

29) 「뉴시스」, 2018.8.3. 문예성 기자.

(3) 불교의 큰 틀

불교 교리는 '고집멸도(苦集滅道)' '팔정도(八正道)', 이 두 단어로도 설명이 가능하다.

첫 번째, '고집멸도(苦集滅道)'는 불교의 근본 원리인 사제(四諦)의 첫 글자를 따서 이르는 말로 사성제(四聖諦)라고 불린다. 그 뜻은 "인생이 괴로운(苦) 원인은 집착(集)하는 데 있으므로, 도(道)를 통해 그 집착을 소멸(滅)하라"는 것이다.

두 번째, '집착'을 없애는 '도'의 종류는 크게 여덟 가지가 있다. 그것이 바로 '팔정도(八正道)'인데, 그 내용은 다음과 같다. '올바른 견해(正言·정언)' '올바른 사유(正思·정사)' '올바른 말(正語·정어)' '올바른 행동(正業·정업)' '올바른 생활(正命·정명)' '올바른 노력(正精進·정정진)' '올바른 집중(正念·정념)'

---

30) 『처음 읽는 여성 세계사(Weltgeschichte für Junge Leserinnen, 2017)』 케르스틴 뤼커 외, 어크로스, 2018, p.61~62. 〈붓다가 깨닫는 동안 그의 아내는 무얼 했을까?〉
고타마 싯다르타 왕자(그는 크샤트리아 계급의 왕자였다)는 언젠가 왕이 되어야 할 사람이었으므로 야쇼다라와 결혼했다. 그리고 기원전 6세기 그가 출가를 결심했을 때 아내가 아들을 낳았다. 야쇼다라의 입장에선 어느 날 갑자기 출가를 결심한 남편이 도저히 이해되지 않았다. 〈붓다처럼 자신만의〉 고통을 벗어나기 위해 자기 가족에게 고통과 슬픔, 분노와 실망을 안겨주는 것이 과연 무슨 의미가 있겠는가?
그러나 싯다르타는 개의치 않았던 것 같다. 7년 동안이나 가만히 앉아 참선에 들었고, 『베다』나 『우파니샤드』 같은 옛 경전들의 가르침대로 먹는 것을 줄이고 일체의 편안함을 피했다. 싯다르타는 오래 수행하기만 하면 인간이 어떻게 고통에서 해방될 수 있을지 그 대답을 찾을 수 있다고 믿었다. 그러나 대답은 오지 않았다.
그사이 아내 야쇼다라는 남편이 외딴 곳에서 홀로 모범적인 삶을 살고 있다는 소식을 들었다. 그녀는 분노와 슬픔을 딛고 일어나 남편의 길을 좇았다. 아내이자 어머니였기에 집을 떠날 수는 없었지만 가진 보석과 비싼 옷을 모두 벗고 소박한 옷을 걸치고 하루에 한 끼만 먹었다. 주변 왕자들의 구혼도 마다했다. 그녀의 유일한 관심사는 가끔씩 들려오는 남편의 소식이었다. 오지 않는 대답에 지쳐 용기를 잃은 싯다르타는 수행을 멈췄다. 그런데 그 순간 깨달음을 얻었다. 수행을 포기한 바로 그 순간에 말이다. 대답은 바로 그곳에 있었다. 물론 그 대답을 이해하기란 쉽지 않았다. 그 대답이란 바로 이것이기 때문이다.
"욕망을 그쳐야 한다! 우리의 욕망이 고통을 일으킨다!"

'올바른 참선(正定·정정)'이 바로 그것이다. 부처가 되려는 사람들에게 싯다르타[30]가 제안했던 8가지 방법이다. 불교학자들은 팔정도의 가르침을 충실히 따르는 불교를 근본불교(Fundamental Buddhism)라고 이야기하기도 한다.[31]

세 번째, 팔정도를 닦는 데 구체적인 도움을 주기 위해, 경전공부·참선 등의 실천을 행하는 것이다.

---

31) 『매달린 절벽에서 손을 뗄 수 있는가: 「무문관(無門關)」, 나와 마주서는 48개의 질문』, 강신주, 동녘, 2014, p.205~206. 〈「무문관(無門關)」이란 무엇인가?〉

화두집의 원형으로는 선불교 사상사라고 볼 수도 있는, 도원(道原, ?~?) 스님이 1004년에 완성한 『전등록(傳燈錄)』을 들 수 있다. 이 책에는 자그마치 1,700여 개의 화두가 등장한다. 너무나 방대했고 지나치게 복잡했던 탓인지 설두중현(雪竇重顯, 980~1052) 스님에서부터 시작되어 그의 제자 원오극근(圓悟克勤, 1063~1135) 스님에 의해 완성된 『벽암록(碧巖錄)』이 마침내 등장하게 된다. 『전등록』에 등장하는 역사적 요소들을 깔끔하게 제거하고 100개의 화두만 선별해 명실공히 제대로 된 화두집이 등장하게 된 것이다. 교재의 성격이 강할 수밖에 없는 화두 모음집이기에 원오 스님은 각 화두마다 나름의 형식을 갖춘 친절한 해설도 아울러 붙이고 있다. 그렇지만 아무리 줄였다고 해도, 사실 100개의 화두 역시 너무 많은 감이 있다. 한 주에 하나씩 통과한다고 해도, 거의 2년이란 시간이 소요된다.

마침내 가장 압축적인 화두집이 탄생하게 된다. 무문 혜개, 즉 무문 스님이 1228년에 48개의 화두를 선별해서 해설한 『무문관(無門關)』이 바로 그것이다. 서양에서는 'The Gateless Gate'라고 번역되는 '무문관'이라는 제목! 이 말만 들어도 머리를 맞은 듯 띵하지 않은가? 문이 '없는 관문'이라니. 도대체 이게 말이나 되는가? 관문이라면 통과할 수 있다는 뜻이다. 그런데 문이 없다면 우리는 통과할 수가 없지 않은가! 즉 『무문관』은 가장 압축적인 화두집(話頭集)인 것이다.(『매달린 절벽에서 손을 뗄 수 있는가』 p.17~19.)

〔이상준 정리: "임제종은 100개의 공안을 뽑아 『벽암록(碧巖錄)』이란 것을 만들었고, 조동종은 이른바 『종용록(宗容)』이라 불리는 100개를 사용한다. 조동종의 공안 모음집이 단순한 것임에 반해, 임제종의 그것은 아주 복잡한 공안 모음집이다. 이 중에 48개 공안을 선택해서 엮은 것이 『무문관(無門關)』이다. 때때로 '문이 없는 문' 혹은 '문 없는 길목'이라 번역된다.

한국 불교의 조계종은 1,700개의 중요한 공안 모음집을 발전시켰고, 우리 관음선종에서 추린 10개의 공안을 통과하면 주요 공안들을 거치는 셈이 된다. 물론 대부분의 수행자들이 그 이상 공부를 하지만 10개 문을 통과하면 모든 공안 수행의 본질을 이해한다고 할 수 있다. 공안이 무엇인지 알면 바른 수행이 무엇인지도 알게 된다."(『선의 나침반(2): 숭산 대선사의 가르침(The Compass of Zen, 1997)』, 현각 스님, 열림원, 2001, p.188.)

"참선하는 스님들은 '주인공'이라는 말을 즐겨 씁니다. 남에게 속지 마라'고 말하고는 스스로 '예'하고 대답하는 거지요. 참선이란 그 자체로 주인공이 되는 법을 공부하는 것입니다."(『아무도 너를 묶지 않았다: 마음이 묶이면 인생도 묶인다』, 월호 스님, 쌤앤파커스, 2017, p.42~43.)

"중국 선불교의 임제의현(臨濟義玄, ?~867) 선사는 '수처작주(隨處作主) 입처개진(立處皆眞)' 즉, '머무는 곳마다 주인이 되고, 서있는 곳마다 참되게 하라'고 했다."(『철학이 필요한 시간』, 강신주, 사계절, 2011, p.48.)

"임제 선사의 유명한 말은 다시 한 번 새겨들을 만하다. '부처를 만나면 부처를 죽이고, 조사(祖師)를 만나면 조사를 죽이고, 나한을 만나면 나한을 죽이고, 부모를 만나면 부모를 죽이고, 친척을 만나면 친척을 죽여라!'"(『생각의 미술관: 잠든 사유를 깨우는 한 폭의 울림』, 박홍순, 웨일북, 2017, p.65~66.)〕

『선의 나침반(1·2): 숭산 대선사의 가르침(The Compass of Zen, 1997)』 (2001)은 숭산 대선사가 외국인 제자들에게 설법하신 영어 법문을 제자 현각 스님이 『The Compass of Zen』[32)][33)] 이라는 책으로 1997년 미국에서 출판했다. 현각 스님은 숭산 선사의 30여 년간 설법한 녹음테이프와 비디오테이프를 녹취하여 무려 4년 동안에 걸쳐 책을 완성했다고 한다. 이 책은 2001년 동아일보 허문명 기자의 번역으로 한국에서 번역판으로 나온 것이다. 핵심을 관통하는 숭산 스님의 말씀은 연기법과 삼법인, 사성제와 팔정도, 육바라밀행 등 불

---

32) 『선(禪)과 모터사이클 관리술(Zen and the Art of Motorcycle Maintenance, 1974·1999)』, 로버트 M. 퍼시그, 문학과지성사, 2010, p.258~259.
〈디아나(Dhyana), 선(禪), 찬(禪), 젠(Zen)〉
논리의 세계는 주체와 객체 사이의 분리를 전제로 하여 성립된다. 따라서 논리는 궁극적 지혜가 아니다. 주체와 객체가 나뉘어 있다는 환상을 제거하는 최상의 방법은 물리적 행위·정신적 행위·정서적 행위에서 벗어나는 것이다. 이를 위한 훈련 방법은 수없이 많다. 그중에서도 가장 중요한 것이 산스크리트어로 '디아나(Dhyana)'라고 하는 것인데, 이 말이 다르게 발음되어 중국어로 '찬(禪)'이 되었고, 다시 한 번 다르게 발음되어 일본어로 '젠(Zen)'이 되었다.

33) 『지금, 한국의 종교: 가톨릭·개신교·불교, 위기의 시대를 진단하다』, 김근수(「가톨릭프레스」 편집장)·김진호(목사)·조성택(고려대 철학과 교수), 메디치, 2016, p.19~21.
〈오리엔탈리즘과 불교의 신비화〉
근대 유럽의 오리엔탈리즘을 역으로 이용하여 일본은 대승불교와 함께 그들의 '젠(Zen, 선·禪)'을 동양 정신의 정수로 서양에 소개했다. 스즈키 다이세츠 테이타로(D.T. Suzuki, 1870~1966)가 대표적 인물이다. 스즈키는 신지학회(神智學會) 회원이자, '과학적 종교(Scientific Religion)'의 열렬한 옹호자였던 폴 캐러스의 초청으로 미국으로 가서 그의 후원 아래 서양 문화를 익히는 한편, (일본) 불교를 소개하는 작업에 착수했다. 스즈키는 현상학과 윌리엄 제임스의 종교 연구를 바탕으로 용어를 번역해 선불교를 서양인들에게 소개했고, 선불교 전통을 초역사적이며 초문화적인 어떤 경험으로 알렸다.
그에 따르면 깨달음이란 일종의 순수 경험(Pure Experience)이다. 이는 서구 기독교의 담론적 신앙(Discursive Faith)과 구별되는 불교의 특징을 '발명'해내기 위한, 일종의 전략적 선택이었다. 오리엔탈리즘을 적극적으로 수용하고 전유한 스즈키의 선불교 해석은 유럽과 미국에만 영향을 미친 것이 아니다. 일제강점기 이래 지금까지 '스즈키류' 혹은 '스즈키 아류'가 한국 선불교 담론의 주류를 이루고 있다고 해도 과언이 아니다. 이는 최근 명법스님이 정확하게 지적한 바 있다.
"조선 역사와 문화에 가해진 일본식 오리엔탈리즘에서 비교적 자유로웠던 한국 불교는 일본의 역(逆)오리엔탈리즘을 전유하였으며 '선을 낭만화함으로써 서양의 합리주의와 낭만주의의 대결 사이에' 두었던 스즈키의 해석은 대부분의 한국 선불교 담론에서 반복되었다."(〈미국불교를 통해서 본 한국불교의 지향〉「불교평론」, 제55호, 2013, p.226. 재인용)

교교리의 핵심 가르침을 설명하고,『금강경』『반야심경』『법화경』『화엄경』등 경전에 담긴 불법의 세계를 경험하게 한다. 2,500년간 이어온 불교의 맥을 한 권으로 꿰뚫는 '한국의 달마' 숭산 대선사의 가르침이 들어 있는 불교의 개론서다. 이 책의 내용 중 일부를 소개한다.

〖부처님의 가르침은 전통적으로 소승불교·대승불교·선불교 3가지로 나뉜다. 사실 불교란 어떤 범주에 묶을 수 있는 특별한 것이 아니다. 따라서 소승·대승·선불교로 구분하는 것 또한 적절하지 못한 것이다. 그것은 단지 편의적인 구분일 뿐이다. 소승이니·대승이니·선이라는 것은 실제 없다. 불교란 '참 나(True Self)'를 깨달아 다른 사람을 돕는 길, 즉 일체 중생을 제도하는 길을 일컫는 것이다. 하지만 많은 사람들이 불교를 어렵게 생각한다. 부처님이 이 세상에 나와 깨달음을 얻고 45년 동안 중생들을 가르친 것은 '참 나'를 깨달아 남을 돕고 살라는 것이 전부이다. 그러나 굳이 따지자면 부처님이 주로 초반에 가르침을 펴신 것을 소승불교라 할 수 있다. 소승불교의 핵심은 '삶이란 언제나 변하며 고통임을 깨닫는 자각'이다. 부처님은 제자들이 어느 정도 이 가르침을 이해한다고 여기자 우리가 현재 대승불교라고 부르는 것을 가르치기 시작했다. 대승불교의 핵심은 바로 '공(空)' 사상이다. '공'을 깨달은 뒤에는 대자대비(大慈大悲)를 행하는 것이다. 여기서 말하는 대자대비는 고통 속에서 헤매는 중생을 마지막 한 사람까지 구해내지 못하면 결코 자기 혼자서 영원한 고요와 기쁨의 세계인 열반으로 들어가지 않겠다는 자신과의 큰 서원이다. 소승과 대승의 가르침이 끝났다고 생각한 부처님은 드디어 선불교를 가르치기 시작했다. 소승불교는 '모든 것이 고통'이라는 인식에서 출발해 공(空), 즉 열반의 세계에서 끝난다. 이에 비해 대승불교는 공(空), 즉 본래 이 '나'라는 것은 없다는 소승불교의 가르침이 끝나는 지점에서 곧바로 시작한다. 모든 것이 공하다는 것은 다시 말해 있는 그대로 '완전하다'는 것을 말한다. 해·달·별 모든 것이 그대로 공하며, 고통과 행복도 그대로 공

하다. 이렇게 따지면 공하지 않은 것이란 없다.〕[34]

〔불교는 인생이 '삼독(三毒)', 즉 탐욕(탐·貪), 성냄(진·瞋), 어리석음(치·癡)이라는 세 가지 번뇌로 끝없이 고통을 받는 과정이라고 설명한다. 이 세 가지 번뇌는 우리가 나쁜 업보를 쌓아서 다시 태어나고 고통을 받는 윤회의 수레바퀴에서 벗어나지 못하게 하는 근본적인 이유인 것이다. 이 운명에서 벗어나기 위해서는 부처가 가르친 '팔정도(八正道)'를 따라 올바른 행위를 함으로써, 말하자면 자아에서 벗어난 사고와 행동을 함으로써 깨달음의 길로 나아가야 한다. 궁극적인 목표는 '깨달음'을 얻는 것으로, 윤회의 굴레를 끊고 일종의 '무(無)'를 이룩해 고통으로부터 탈출하는 것이다.(소승불교) 대승불교에는 보살, 즉 자신뿐 아니라 다른 이의 깨달음까지 염려하는 '깨달은 자'가 존재한다. 중생을 깨달음에 이르게 하기 위해 보살은 '육바라밀(六波羅蜜)'을 수행해야 하는데, 이는 곧 보시(布施)·지계(持戒)·인욕(忍辱)·정진(精進)·선정(禪定)·지혜(智慧)다. 육바라밀을 완전하게 수행하는 것은 개인의 정진뿐 아니라 몰아의 경지와 보살행을 함께 이룩하게 한다.〕[35]

〔불교는 힌두교의 업이나 윤회설과 구별된 것이기에 사회적 질곡과 계급을 타파할 수 있었다. 그러나 불교는 그 고유 정신을 지키지 못하고 붓다를 신격화하는 등 힌두교화되어 인도에서 소멸했다. 윤회는 힌두교적인 것이기에 불교에서는 부정되었음에도 힌두교

34) 『선의 나침반(1): 숭산 대선사의 가르침(The Compass of Zen, 1997)』 현각 스님, 열림원, 2001, p.30~33.
35) 『기적을 이룬 나라, 기쁨을 잃은 나라(KOREA, The Impossible Country, 2012)』 다니엘 튜더, 문학동네, 2013, p.349~351.

적 요소가 남아 있다. 반면 선종(禪宗)에는 윤회가 없다. 선종은 직지인심(直指人心), 즉 교파나 계율을 떠나, 붓다의 깨달음으로 바로 들어가는 것을 지향하며 모든 도그마를 부정한다. "붓다를 만나면 붓다를 죽여라", "천상천하유아독존이라 말하며 태어났다는 붓다를 만나면 갈기갈기 찢어 개에게 주겠다"는 선사들의 말이 이를 단적으로 보여준다. 동시에 자아에 대한 확신을 바탕으로 '문득 깨달음(돈오점수·頓悟漸修 또는 돈오돈수·頓悟頓修)'을 추구한다. 선종은 불교의 자력 신앙을 분명하게 보여주었으나, 불교가 힌두교화됨에 따라(대승불교·정토종·밀교 등 붓다의 신격화에 의한) 타력 신앙으로 변했다. 결국 불교를 함부로 윤회의 종교라고 하는 경향이 생겨났는데 이는 붓다의 가르침을 오해한 것이다.)[36]

"불교 경전은 서기 4세기에 실론(스리랑카)에서 개최되었던 4차 결집회의에서 500년 이상 구전으로 내려오던, 기억에 의한 교리가 처음 문자로 기록되었다. 대승불교는 『화엄경』 『반야심경』 『금강경』 『법화경』 등을 통해 모든 중생의 제도를 목적으로 동북아 지역에 전파된 불교다."[37]

"대승불교 최고의 경전은 『화엄경(華嚴經)』으로 이 경전의 핵심은 '모든 것이 있는 그대로 진리'라는 것이며 이는 실제적·실용적·사회적인 성격이 진하다. 이에 비해, 인도인은 상상적·형이상학적·초월적인 특징을 가지고 있다."

"260자밖에 되지 않는 짧은 경전인 『반야심경』에는 대승불교의 모든 가르

36) 『세상을 바꾼 창조자들』 이종호·박홍규, 인물과사상사, 2014, p.198~199.
37) 『현대 물리학과 동양사상(개정판)(The Tao of Physics, 1999)』 프리초프 카프라, 범양사, 2012(한글 초판은 2000), 제6장.

침이 담겨 있다고 해도 과언이 아닐 정도로 『금강경』 『화엄경』 『법화경』의 핵심이 다 들어 있다. 8만 4천 경전의 모든 의미가 담겨 있는 것이다. 이 경전의 핵심은 무애(無碍) 즉, 걸림이 없는 자유로운 마음을 중시한다. 『금강경』은 현재 한국 불교의 주류라고 할 수 있는 조계종과 태고종의 근본 경전이다. 여기서는 무엇보다 보살도(菩薩道)를 강조하고 있다. 『법화경』은 완벽한 정적의 마음을 얻는 것에 대해 가르친다."[38]

"우리나라에 불교가 민간에 전래된 것은 공식적으로 기록된 시기보다 훨씬 이전이다."[39] "공식 기록상으로 보면 고구려·백제·신라 3국은 불교 수용에 선후의 차이가 있었다. 고구려는 소수림왕 2년(372) 전진(前秦)에서 순도(順道)가 와서 불상과 불경을 전하였고, 백제는 그보다 12년 뒤인 침류왕 원년(384)에 동진(東晋)으로부터 마라난타(摩羅難陀)가 와서 불교를 전하였다. 두 나라는 각기 우호관계에 있던 북조의 전진과 남조의 동진으로부터 국가적인 사절을 매개로 하여 불교를 전래하였다. 한편 신라는 처음에는 고구려로부터 사적인 전도를 통해 불교가 전래되었으나(눌지왕(417~458) 때 고구려의 승려 묵호자(墨胡子)가 선산 모례(毛禮)의 집에 머물러 불교를 선양했다는 설 등 분분 -이상준), 박해 속에 끝나고 말았으며, 양(梁)의 사신인 승려 원표(元表)에 의해 왕실에 알려진 것을 계기로 하여 법흥왕 14년(527)에 이차돈(異次頓, 506~527)의 순교로 비로소 공인되기에 이르렀다."[40]

---

38) 「선의 나침반(1): 숭산 대선사의 가르침(The Compass of Zen, 1997)」 현각 스님, 열림원, 2001, p.161~196.
39) 「뜻으로 본 한국역사(1950·1961·1965)」 함석헌, 한길사, 2003, p.165.
40) 「법보신문」, 2018.7.25. 〈고대불교-고대국가의 발전과 불교 ④〉(최병헌 서울대 교수)

"중국 선종의 법통은 달마(達磨, ?~528)→혜가(慧可, 487~593)→승찬(僧璨, ?~606)→도신(道信, 580~651)→홍인(弘忍, 602~675)→혜능(慧能, 638~713)으로 전해진 것으로 알려져 있다. 이후 남악회양(南嶽懷讓)→마조도일(馬祖道一)→서당지장(西堂智藏)→도의국사(道義國師, 신라시대, 780년 전후, 우리나라 조계종의 개조·開祖)[41]로 우리나라 조계종으로 연결된다. 5조인 홍인 밑에 혜능과 신수가 있었다. 훗날 남쪽 선종은 혜능을 우두머리로 삼았고, 북쪽 선종은 신수가 법통을 잇는 것으로 주장했다. 그러나 북방 선종이 쇠멸함에 따라 선종의 법통을 자연히 남방 선종이 갖게 되었다. 중국만이 지니고 있는 선종의 독특한 교의는 엄밀한 의미에서 볼 때 혜능을 기점으로 시작되었다고 하는 것이 정설이다."[42]

(4) 명상·수련으로 인한 신비체험을 득도한 양 착각하지 마라!

"불교에서는 선(禪)을 외도선·범부선·소승선·대승선·최상승선의 다섯 가

---

41) 대한불교조계종 홈페이지 중 '종단안내 →종단소개'
　〈종조(宗祖) 도의(道義) 국사, 중천조(重闡祖) 보조지눌(普照知訥, 1158~1210) 국사〉

42) 「후흑학(厚黑學): 승자의 역사를 만드는 뻔뻔함과 음흉함의 미학, 난세의 통치학(1912년경)」, 이종오/신동준 역, 인간사랑, 2010, p.169.
　{이종오(李宗吾, 1879~1944)가 쓴 「후흑학(厚黑學)」은 '면후(面厚)'와 '심흑(心黑)'을 합성한 말이다. 이는 대략 '뻔뻔함'과 '음흉함'으로 번역할 수 있다. 이는 단순한 '처세학'이 아니다. '후흑술'의 궁극적인 목적은 '후흑구국'이다. 이종오가 「후흑학」을 쓴 것은 마키아벨리가 조국인 피렌체 공화국을 교황 및 외국의 부당한 간섭으로부터 독립시킨 후 이탈리아 통일의 주인공으로 만들기 위해 16세기에 「군주론」을 쓴 것과 같은 취지다.
　일부 학자들은 등소평이 제시한 소위 '도광양회(韜光養晦, '자신의 재능을 밖으로 드러내지 않고 인내하면서 기다린다')'의 기조를 1백 년간 더 견지해야 한다는 주장도 나오고 있다. '도광양회'의 책략은 이종오가 「후흑학」에서 역설한 '후흑구국'의 취지를 그대로 승계한 중국의 국정지표이기도 하다.(신동준: 21세기 정경연구 소장)(p.9~17)}

지로 구분한다. 요즘에는 종교에 상관없이 명상 수행을 하는 사람이 많은데 유럽이나 미국에서도 유행처럼 번지고 있다. 수행 방법에도 예수교 명상 수행, 이슬람 수피 수행, 뉴에이지 수행, 요가 수행이 있고, 건강을 위한 단전호흡 수행도 있다. 유교·도교·힌두교도 나름대로 수행법을 가지고 있다. 그러나 이것들은 얻고 싶은 어떤 대상에 혹은 마음의 어떤 상태에 집착해 있으므로 모두 외도선(外道禪)이다. 범부선(凡夫禪)은 일상 활동에 집중하기 위한 명상 수행으로, 요즘 아주 유행하는 것이다. 집중명상이라 불리기도 한다. 소승선(小乘禪)은 소승불교의 수행이다. 즉, 무상·무아를 관하고 부정관을 얻어 열반에 달하는 선이다. 최근 서구에서 소승선은 매우 인기를 끌고 있다. 이른바 비파사나 명상이라고 부른다. 이런 수행은 부정관·무상관·무아관을 얻는 데 도움을 준다. 이 수행의 목적은 완벽한 정적과 소멸, 즉 열반을 얻는 것이다. 대승선(大乘禪)은 대승불교의 가르침에 기반을 둔 수행이다. 6가지 대승불교의 가르침에 기본을 두고 있다. 즉, 『화엄경』에 따라 존재와 비존재에 대한 통찰, 공허함에 대한 통찰, 중도에 관한 통찰, 현상의 본질에 관한 통찰, 모든 현상의 상호침투, 그리고 현상 그 자체가 절대라고 보는 통찰 등이다. 마지막으로 최상승선(最上乘禪)은 이렇다. 이 세상의 모든 것이 오로지 마음이 만드는 것이라면 무엇이 마음을 만드는가? 직접적으로 마음의 본질을 깨닫는 것을 최상승선이라 한다. 최상승선에서 그 깨달음의 경지를 간파하는 데에는 세 가지가 있다. 첫째, 개념적·학문적·지적인 측면의 의리선(義理禪)이다. 즉, 모양이 공이고 공이 모양이다{색즉시공(色卽是空) 공즉시색(空卽是色)}. 둘째, 공허함과 마음과 우주의 실체에 대해 인식하는 여래선(如來禪)이다. 즉, 모양도 없고 공도 없다{무색무공(無色無空)}. 셋째, 있는 그대로의 만물이 진리라는 것을 깨닫는 조사선(祖師禪)이다. 즉, 모양은 모양이고 공은 공이다{색즉시색(色卽

是色) 공즉시공(空即是空)}." [43]

에머슨 연구로 박사학위를 받은 서동석 교수는 책 『인문학으로 풀어 쓴 건강』(2013)에 〈명상은 신비체험을 위한 것이 아니다〉라는 제목의 글을 실었다. 서 교수에 의하면 기 수련 등을 할 경우 신체적 변화를 느끼게 되는데, 마치 이 것을 득도한 양 착각하지 마라는 것이다. 그것은 신통한 게 아니고 신통으로 느끼는 것 자체가 망상이라고까지 말한다. 그런 현상은 마음집중을 할 때 세로 토닌 분비가 많아져 생기는 뇌신경의 반응일 뿐이라고 한다. 정신집중을 하면 누구에게나 이런 현상이 생긴다는 말이다. 정확하게 알아야 본인은 물론 남의 감언이설에도 속지 않는다. 더 중요한 점은 불교에서 명상 수행의 목적은 완벽한 정적과 소멸, 즉 열반을 얻는 것인데 비해, 보통 하는 명상은 개인의 안위·영달을 목적으로 한다는 데 있다. 잘 판단하시길.

〖명상은 특별한 수행자들이나 종교인들만의 전유물이 아니다. 명상을 기적을 행하는 수단으로 삼는 것에 주의해야 한다. 명상을 통해 여러 가지 신비한 체험을 할 수 있다. 마음집중으로 세로토닌 분비가 지나치면 평소 보이지 않던 것을 보고 느끼게 된다. 사실 이 것은 마음 집중에 따른 뇌신경의 반응현상으로, 이때는 몸과 마음을 이완시켜야 한다. 많은 수행자들이 이 반응 현상을 신통으로 알고 그것에 빠지는 경우가 허다하다.

사실 이것은 망상이다. 이러한 망상에 빠지면 마경(魔境)이 뒤따르는 법이다. 수행의 과정을 다룬 대표적인 경전 중의 하나인 『능엄경』에는 수행이 깊어감에 따라 단계적으로 나타나는 신비한 현상들에 대해 구체적으로 설명되어 있다. 만약 이러한 현상들을 신

---

43) 『선의 나침반(2): 숭산 대선사의 가르침(The Compass of Zen, 1997)』 현각 스님, 열림원, 2001, p.34~60.

통으로 알고 그것에 빠지면 단계별로 총 50종의 마경이 나타난다고 한다. 그 마경을 무시하는 것이 답이다.

가끔 세상의 구세주처럼 행동하는 사람들이 있다. 명상 시의 신비체험을 마치 자신들의 능력인 양 사람들을 현혹하는 경우들을 종종 본다. 신통과 정신병은 동전의 앞뒷면과 같다. 이점을 우리 모두 특별히 주의하자.

지나치게 운동에 집착하면 오히려 몸을 상하기 쉽듯이, 일상의 삶을 도외시한 채 마음 수련에 집착하면 미치기 쉽다. 대승경전인 『법화경』의 「화성유품」을 보면 "대통지승불은 십겁을 도량에 앉아 있었지만, 불법이 드러나지 않아 불도를 이룰 수 없었다"라는 말이 나온다. 무조건 좌선을 통해 오래 삼매에 들어있다고 해서 깨달음을 성취할 수 없다는 얘기다.

그러면 어떻게 하면 번뇌를 다하여 깨달은 자가 될까? 깨닫기 위해선 번뇌를 지혜로 승화시키는 반야지를 성취해야 하는데, 그것은 바로 일체 중생을 구하겠다는 뜻과 나를 이롭게 하고 타인을 이롭게 하는 행위로부터 온다는 것이다. 모든 성인들이 사랑과 자비를 몸소 행하는 이유가 바로 여기에 있다.』[44]

44) 『인문학으로 풀어 쓴 건강』, 서동석, 밸런스하우스, 2013, p.59~60.

제6장

유네스코(UNESCO)
에도 갑질이 자행된다

Lee Sang Joon · Knowledge Series 3

One arrow alone can be easily broken
but many arrows are indestructible.
화살 하나는 쉽게 부러져도 여러 개의 화살 한 묶음은 절대 부러지지 않는다. (칭기즈칸)

·
·
·

미국과 이스라엘이 동시에 유네스코를 탈퇴해버린 이유

그간 유네스코 분담금의 상위 국가는 미국이 22%로 1위, 일본이 10%로 2위, 8%의 중국이 3위였다. 그런데 〈미국, 유네스코 탈퇴 통보…"반 이스라엘 편견 우려 반영"〉 〈이스라엘도 미국 발표 후 곧바로 탈퇴 선언〉과 같은 기사를 본 기억이 나는가? 사실이다. 연합뉴스TV의 2017년 10월 13일자 〈미국, 유네스코 탈퇴 통보…〉라는 제목의 기사를 보자.

〔미국이 반 이스라엘 성향이라고 비난해온 유네스코에서 결국 탈퇴하기로 했다. 미 국무부는 현지시간 12일 성명을 통해 이리나 보코바 유네스코 사무총장에게 탈퇴 의사를 공식 통보했다고 밝혔다. 국무부는 "이번 결정은 가볍게 내려진 것이 아니며, 유네스코의 체납금 증가, 유네스코 조직의 근본적 개혁 필요성, 유네스코의 계속되는 반 이스라엘 편견에 대한 미국의 우려를 반영한다"고 말했다. 유네스코 규정에 따라 미국의 유네스코 탈퇴 결정은 내년 12월 31일부터 효력을 발휘하게 된다. 미국은 1984년 '소련 편향'과 '방만한 운영'을 이유로 탈퇴했다가 2002년에 복귀했으니 두 번째 탈퇴다.〕

이 기사의 의미가 파악되는가? 팔레스타인은 2011년 유네스코에 회원국으로 가입이 승인됐다. 그러니 유네스코는 예전과 같이 이스라엘 편만을 들 수는 없고 가급적 중립적 입장을 견지했던 것이다. 자기편을 안 들어주고 팔레스타인과 동등하게 대한다는 사실에 이스라엘이 열 받은 것이다. 계속 이스라엘의 편을 들어주고 팔레스타인 측을 깔아뭉개야만 한다는 것인데, 그게 뜻대로 되지 않으니까 미국을 부추기고 미국과 함께 유네스코에서 탈퇴를 해버린 것이다. 미국은 1984년에도 탈퇴했듯이 자기 멋대로 들락날락하며 세상을 졸로 보고 있는 거다. 분담금의 22%를 부담한다는 돈의 위력을 내세우면서 말이다.

트럼프 대통령은 2017년 12월 예루살렘을 수도로 인정하며 이스라엘 건국 70주년 기념일에 맞춰 텔아비브에 있는 주 이스라엘 대사관을 예루살렘으로 이전하겠다고 밝혔고, 실제 2018년 5월 14일 이전해버렸다. 이로 인해 수많은 유혈사태가 벌어졌다. 이와 관련하여 2017년 12월 12일 「매일경제신문」에 실린 〈'예루살렘 선언' 트럼프의 노림수〉라는 제목의 기사를 보자.

〔(…) 미국인의 71%가 기독교인이고 이 중 1/3이 보수적 성향의 복음주의 기독교인이다. 이들은 지난해 대선에서 트럼프 대통령을 압도적으로 지지했다. 트럼프 대통령은 또 세계 각지에서 부동산 사업을 벌이면서 유대계와 각별한 친분을 유지해 왔다. 가장 신뢰하는 맏사위 쿠슈너가 유대인이고 장녀 이방카는 결혼과 함께 유대교로 개종했다.

이스라엘 주재 미국 대사관을 텔아비브에서 예루살렘으로 옮기겠다는 트럼프 대통령 선거공약은 이들을 겨냥해서 나온 것이다. 미국 인터넷매체 쿼츠(QUARTZ)는 예루살렘 선언에 결정적 영향을 미친 인물로 카지노 재벌 셸던 애덜슨과 미리엄 애덜슨 부부를 주목했다. 팔레스타인에서 태어난 미리엄 애덜슨은 예루살렘이 유대인 땅이 되는 것이 평생의 소원이었다. 이들은 지난 한 해에만 공화당에 8300만 달러를 기부했다.

트럼프의 시선은 2020년 재선에 꽂혀 있다. 재선 승리를 위해서는 내년 중간선거에 반드시 이겨야 한다. 트럼프 대통령은 복음주의 기독교인과 유대인, 거액 후원자들의 마음을 사로잡는 것이 승부처라고 인식하고 있다. 그리고 내년 중간선거의 나침반이 될 선거가 바로 오늘 있을 앨라배마 상원의원 보궐선거다. 트럼프 대통령의 '예루살렘 선언'이 보궐선거 일주일 전에 나온 것은 결코 우연이 아니다.)

→그러나 선거결과는 트럼프의 공화당 패배였다!

세계 인구의 고작 5%밖에 안 되는 미국이 온실가스로는 세계 2등(2007년까지는 미국이 1등, 중국이 2등이었다)이라 거의 20% 이상을 방출한다.[1] 그런 미국의 트럼프는 2017년 6월 1일 기후온난화가 허구라며 파리기후협약 탈퇴를 발표했다. 세계에서 두 번째로 온실가스 배출이 많은 미국의 대통령 트럼프는 지난해 대선 당시 "기후변화는 거짓"이라며 대통령이 되면 파리기후협약 탈퇴를 공언했었다.

이젠 느낌이 좀 오는가. 세계는 힘의 원리가 철저히 작동되는 전쟁터인 것이다. 약소국에 대한 아량도 없고, 인류의 공동성장이라는 커다란 명제도 뒷전이다. 전 세계 나라의 맏형으로서의 역할을 버리고 힘없는 아우들의 등을 쳐서 먹으려는 오늘날의 작태가 안타깝지만 힘없는 우리가 할 수 있는 것은 별로 없다.

---

1) 「노 임팩트 맨(No Impact Man, 2009)」 콜린 베번, 북하우스, 2011, p.114.

한국의 유네스코 유산

유네스코 세계유산(UNESCO World Heritage)은 크게 세계유산(자연유산·문화유산·복합유산으로 다시 구분, 2018.9.30. 현재 한국은 13건)·인류무형문화유산(한국은 19건)·세계기록유산(한국은 16건)의 세 종류로 분류하고 있다. 일례로 해인사 '장경판전(藏經板殿)=장경각(藏經閣)'은 1995년 세계문화유산으로 등재됐고, 팔만대장경판(八萬大藏經板)은 2007년 세계기록유산으로 등재됐다.

그리고 유네스코 한국위원회 홈페이지(http://www.unesco.or.kr/heritage)에 들어가 보면 알겠지만, 자료의 '업데이트(Update)'(갱신)가 너무 늦다. 그리고 우리가 가장 관심을 많이 가지고 있는 세계유산 관련 자료도 업데이트 안 되기는 마찬가지다. 유네스코 세계유산의 목록과 내용을 파악하려면 포털사이트(portal site)에서 '유네스코와 유산'을 치면 'heritage.unesco.or.kr'이 검색된다. 이 속으로 들어가면 '세계유산 목록'(상세내용 포함)과 '한국의 세계유산'(상세내용 포함) 등으로 분류는 되어 있다.

대 구분	중 구분	건수(한국/세계)	비 고
세계유산	자연유산	1/209	제주도 화산섬과 용암동굴(2007년) 1건
	문화유산	12/845	석굴암과 불국사, 해인사 장경판전 등
	복합유산	0/38	
	(합계)	13/1,092[2]	
인류무형문화유산		19/366	판소리, 농악, 줄타기, 줄다리기 등
세계기록유산		16/427	『훈민정음(해례본)』『팔만대장경판』등

유네스코를 떠올리면 우리 한민족은 일단 뿌듯함을 느낀다. 위의 '요약표'에서도 알 수 있듯이, 세계 자연유산이 1건밖에 없어 서운해 할지는 모르겠으나 이것도 평균은 된다. 전 세계 200여 개 나라 중에 209개이니 평균 1국에 1개이고, 게다가 우리는 국토도 좁지 않은가. 그러나 나머지의 유산 분야에서 대한민국의 비중은 정말 대단하다. 대한민국은 나라의 수적 비중은 0.5%(1/200)밖에 되지 않지만, 세계 문화유산 비중은 1.4%(12/845), 인류무형문화유산은 5.2%(19/366), 세계기록유산은 3.7%(16/427)나 된다.

(1) 유네스코 세계유산: 자연유산

유네스코 세계유산 중 '자연유산'은 그 수가 많지 않다. 전 세계적으로 볼 때 '자연유산'은 '문화유산'의 25%(209/845)에도 못 미친다. 우리나라의 경우 '제

---

2) 〈2018년 WHC 42차 위원회(바레인 마나마, 6월 30일 개최)에서 추가 등재된 현황〉
　자연유산 3건('한국의 산사' 1건 포함), 문화유산 13건, 복합유산 3건, 총 19건이 추가 등재됐다.

주 화산섬과 용암동굴'(2007) 1개뿐이지만 세계 각국의 평균은 된다고 방금 설명했다. 2007년 세계유산(자연유산)에 제주도를 등재시키기 위해 제주시를 중심으로 많은 예산을 쏟아 넣으며 유네스코에 엄청난 전화 공세를 퍼부었다. 우리나라에서 세계유산 중 자연유산으로는 유일하게 등재됐으니 일단은 작전 성공이었다. 한편으로 자랑스럽기는 하다. 그러나 앞에서 살펴본 바와 같이 돈과 힘이 가장 크게 작용하는 유네스코에 그렇게까지 해서 등재한 일이 과연 옳았을까?

(2) 유네스코 세계유산: 문화유산

2018년 6월 30일자로 '한국의 산사'(Sansa, Buddhist Mountain Monaster-ies in Korea) 7곳[3] 이 세계문화유산으로 등재되어(이 전체를 1건으로 본다), 우리나라는 세계유산 중 문화유산 등재는 12건으로 늘었다. 그리고 기존에 등재된 유네스코 세계유산 중 '문화유산' 11건은 다음과 같다. 해인사 장경판전(1995, 장경각이라고도 불리며 팔만대장경이 보관되어 있는 건물이다), 종묘(1995), 석굴암과 불국사(1995), 창덕궁(1997), 화성(1997), 경주 역사유적지구(2000), 고창·화순·강화의 고인돌(2000), 조선왕릉(2009), 한국의 역사마을: 하회(경북 안동)와 양동(경북 경주)(2010), 남한산성(2014), 백제역사유적지구(2015)이다.

---

3) 〈한국의 산사 7곳〉
　　영축산 통도사(경남 양산), 봉황산 부석사(경북 영주), 천등산 봉정사(경북 안동), 속리산 법주사(충북 보은), 태화산 마곡사(충남 공주), 조계산 선암사(전남 순천), 두륜산 대흥사(전남 해남) 이렇게 7곳이다.

그러나 '찬란한 영광' 뒤에는 '뼈아픈 고통'이 있는 법이다. 다 좋을 수만은 없는 것이다. 2010년 세계문화유산으로 지정된 '한국의 역사마을 하회와 양동'을 예로 들어보겠다. 안동 하회마을이든 경주 양동마을을 가보면 전통한옥의 고상함에 옛 선비들의 체취까지 더해져 많은 느낌을 준다. 하회마을은 풍산 류씨의 집성촌으로 주민의 70%가 풍산 류씨이고(류성룡이 대표적 인물), 양동마을은 여강 이씨(이언적이 대표적 인물)와 월성 손씨(조선 세도 때 '이시애의 난'을 '남이장군'과 함께 진압한 손소공과 아들 손중돈이 대표적 인물)의 집성촌이다. 이 멋진 곳을 견학한 우리는 감흥한다. 서애 류성룡(1542~1607)과 회재 이언적(1491~1553)[4]의 치적에 감탄하고, 상대적으로 잘 몰랐던 손중돈 부자에 대해서도 배워간다. "역시 옛것이 좋은 것이야!"라고 결론을 내리고 돌아와서는 포털사이트·유튜브·트위트에 글을 올리고, 그것도 분에 안 차 문자·BAND·카톡으로 온 지인들에게 찍어 보낸다. 포털사이트에서 하회마을이나 양동마을을 검색해보라. '누가 더 칭찬을 잘하나'의 대회 같다. 그에 더해 주변 맛집이니 놀이시설이니 하는 친절한 안내까지 해준다. 그렇게 편하게 즐기는 것도 잘사는 방법이다. 류성룡·이언적·손소공 같은 분이 훌륭한 것도 맞는 말이고, 우리 역사에서 그분들의 공헌도 무시할 수 없다. 그러나 그 양반 가문들의 밑바닥에서 피땀 흘리며 노예생활을 했던 많은 민초들도 생각해야 하지 않을까. '억울하면 출세하라'는 말이야 있지만, 성도 이름도 없이 사라져 간 저 수많은 민초들은 개·돼지처럼 깡그리 무시돼버려야만 하는 존재일 뿐 일까! 이런 슬픈 역사를 아동문학가 이오덕(1925~2003)·권정생(1937~2007)

---

4) 서애 류성룡: 柳成龍, 1542~1607, 「징비록(懲毖錄)」 저술, 유시민의 13대 직계조상. 회재 이언적: 李彦迪, 1491~1553, 조선 중기의 성리학자로 주리철학의 선구자, 퇴계 이황(진보 이씨, 1501~1570)의 스승.

선생은 '안동이 양반가로 유명한 만큼 노예수탈로도 유명하다'라고 비판했고,[5] 진보성향의 지식인 박노자(朴露子, 1973~) 교수는 〈'도덕'은 지배의 위장술인가〉란 제목의 글에서 그런 양반문화의 흐름이 오늘의 대한민국에까지 이어지고 있음을 지적했다. 또한 박 교수는 〈박물관에 가기 싫어진 까닭〉이란 제목의 글에서 박물관들이 과거 치욕의 역사 등을 가급적 숨겨버리고 찬양일색으로 교육시키는 문제에 대해, "'박제'된 과거의 이미지를 시키는 대로 학습한다"고 꼬집기도 했다.[6]

이왕 양반 이야기가 나왔고 그것도 안동과 관련된 이야기라 소설 같은 사랑 이야기를 하나 하고 가자. 많이 들어봤을 것이다. 바로 '원이 엄마'가 쓴 '어찌 나를 두고 먼저 가십니까?'(음력 1586.6.1)라는 내용의 편지 이야기다. 남편이 30세에 요절해버리자, 자식과 홀로 남게 된 부인(여성비하 용어지만 편지 내용으로만 보면 '미망인'이 맞다)이 남편에게 남긴 구구절절한 편지다.

1998년 4월 경북 안동시 정상동 일대의 택지조성 공사 중 미라가 된 16세기(1586년, 선조 때)에 묻힌 한 남성의 관을 발견했다. 30살의 나이로 사망한 관의 주인공 이응태는 유서 깊은 고성 이씨의 자손으로, 그의 가슴 위에는 임신한 아내가 태어나지 않은 아이의 아빠에게 쓴 감동적인 편지가 놓여 있었다. 무덤 안에서는 슬픔에 빠진 아내가 삼나무 껍질과 자신의 머리카락을 함께 엮어 만든 미투리(삼 등으로 만든 신발)도 남편 머리 옆에서 발견되었다.

편지와 무덤의 발견은 한국에서 커다란 관심을 불러일으켰으며, 'KBS 역사 스페셜'(제8회, 1998.12.12 방송)에서 〈조선판 사랑과 영혼–400년 전의 편지〉이라는 제목으로 방영되어 널리 알려졌다. 이 이야기는 소설(『능소화』 조두진, 2006)과 영화 그리고 오페라로도 만들어져(「원이 엄마」) 무대에 올려졌다. 안동시는 이응태의 무덤 근처인 정하동 녹지공원에 편지 글을 담은 '비(碑)'를

5) 「선생님, 요즘은 어떠하십니까」 이오덕·권정생, 양철북, 2015, p.311.

얘기 중에 자주 양반 이야기가 나오고, 안동은 양반 도시라는 추상적인 얘기만 하더군요. 못마땅한 것은 양반이란 실체가 어떤 것인지 깊이 파고들지 않고, 왜곡되어 있는 점잖은 양반에 대한 은근한 우월감을 가지는 것입니다. 양반이란 어디까지나 착취계급의 존칭어로서, 안동이 양반 도시라면 그 몇몇 양반의 밑에 빼앗기며 종노릇을 했던 상놈들의 생각은 하나도 하지 못하더군요. 오히려 안동은 그렇게 수탈당한 노예들의 고장이라는 것을 깨닫게 되었으면 싶었습니다.

행복이라는 환상을 떨쳐 버리지 않는 한, 인간은 불행에서 벗어나지 못할 것입니다. 행복하다는 사람, 잘산다는 인간들, 경제대국 이런 것 모두 야만족의 집단이지 어디 사람다운 사람 있습니까. 어쨌든 저는 앞으로도 슬픈 동화만 쓰겠습니다.(권정생)

〈조선시대 노비의 비중은 전체 인구의 30~40%였다〉(출처: 나무위키)

역사학자들은 「단성호적」과 「숙종실록」 등을 근거로 하여 17세기 조선시대 전인구의 30~40% 정도가 노비라고 추산한다. 울산부·단성 등 일부 지역에서는 노비의 비율이 인구의 50~60%에 육박하기도 하였는데 일찍이 성현(成俔, 1439~1504)은 「용재총화」(사후 20년 뒤인 1525년 간행)에서 '우리나라의 사람 중 절반이 노비'라고 주장했다.

6) 「당신들의 대한민국(2)」 박노자, 한겨레출판사, 2006, p.42, 218~219.

〈'도덕'은 지배의 위장술인가〉

15세기에 도덕군자를 자임하고 있었던 조선의 지배자들은 총인구의 약 1/3을 노비로 부리고 있었고 그 노비를 살상하는 경우에도 법적 책임을 거의 면하곤 했었다. 도덕의 수사(修辭)가 폭력과 관습에 의거한 폭압적인 지배의 현실을 호도하여 합리화한 것이었다. '도덕'과 '순결'의 수사로 정당화돼 있는 억압적 신분제의 전통을 현재까지 나름대로 변화시켜 이어받은 셈이다.(p.42.)

〈박물관에 가기 싫어진 까닭〉

각종 박물관의 주된 고객인 견학 학생들은 단순히 '과거'를 배우는 것이 아니라 지배층의 뜻에 맞춘 국가주의적 방향으로 박제된 과거의 이미지를 시키는 대로 학습한다는 사실이다. 그럼 학생들이 보고 외워야 할 과거의 모습이란 어떤 것일까?

첫째, 견학생들에게 국가적 소속감을 주입해야 하므로 박물관 전시에서는 '우리'와 '남'을 철저하게 구분한다. 전시용 유물들은 '우리 것' 위주로 골라지고 '남의 것'들은 비록 '우리'와 연관돼 있다 하더라도 철저하게 따로 처리된다.

둘째, '우리' 국가가 진선미의 화신으로 인식돼야 하는 만큼 박물관이 만들어서 보여주는 '우리'의 과거는 마냥 아름답기만 하다. 보기 좋은 청자·백자·산수화·예복 등은 박물관의 제한된 공간에서 하나로 어우러져 보는 이의 미의식을 자극해 '우리'의 역사를 허물없이 예쁘게만 보이게 한다. 그러나 그 어느 계급사회도 아름답고 자랑스러운 과거만을 가질 수는 없으며 한국도 예외는 아니다. 지폐에까지 모습을 보이는 율곡·퇴계가 실은 수많은 노비를 부리면서 살았던 귀족 계통의 고관현직들이라는 것, 그들이 살았던 시대에는 사대부가 노비를 때려죽여도 처벌받는 일은 거의 없었다는 것도 가르치고 함께 토론해보는 교육을 한다면, 군대·학교·가정을 비롯한 사회의 여러 부문에 아직 만연해 있는 폭력이 줄어들 수 있지 않을까?

셋째, 외세 침략과 같은 외부적 모순들은 박물관의 전시에 반영되지만 '우리' 역사의 내부적 모순들은 주로 은폐된다. 즉 박물관은 비판의식을 가르치지 않는다.(p.218~219)

{이상준: 박노자 교수는 러시아 상트페테르부르크 태생으로 2001년 한국으로 귀화했다. 스승 미하일 박 교수의 성을 따르고, 러시아의 아들이라는 뜻의 '노자(露子)'를 붙여 박노자가 됐다. 상트페테르부르크 대학교 조선학과를 졸업하고 모스크바 대학교에서 '가야사 연구'로 박사학위를 받았으며 현재 노르웨이 오슬로 대학교 한국학 교수로 재직 중이다. 「당신들의 대한민국(1~3)」(한겨레출판, 2001·2006·2009) 「길들이기와 편 가르기를 넘어」(푸른역사, 2009) 「거꾸로 보는 고대사」(한겨레출판, 2010) 「비굴의 시대: 침몰하는 대한민국 우리는 무엇을 할 것인가?」(한겨레출판, 2014) 「주식회사 대한민국: 헬조선에서 민란이 일어나지 않는 이유」(한겨레출판, 2016) 등의 책을 저술했다.}

만들었고(2003.12.8), 정상동 대구지검 안동지청 앞 공원에는 원이 엄마의 동상('안동 아가페상')까지 세웠다(2005.4.4). 그리고 영국인 작가이자 고전적인 편지와 통신문 수집가인 손 어셔(Shaun Usher)는, 문자가 발명된 때부터 약 7,000년간에 걸친 '마음을 움직이고, 세계를 뒤흔든 126통의 편지'를 엮어 『진귀한 편지박물관(Letters of Note)』(2013)이라는 책을 발간했다. 이 책에 '원이 엄마 편지'가 우리나라의 편지로는 유일하게 수록됐으니[7] 이 정도면 가히 세계적인 국보급이다. 편지 내용은 이렇다.

〚〈원이 아버님께, 병술 년 유월 초하룻날 집에서〉(원이 엄마가)

항상 "여보, 머리가 세도록 같이 살다 같은 날 죽자" 하시더니, 어찌하여 나를 두고 먼저 가십니까? 나와 어린 자식은 누구 말을 듣고 어찌 살란 말입니까? 어찌 나를 두고 먼저 가십니까?

당신은 어찌 내게 마음을 주셨으며, 난 어찌 당신에게 마음을 주었던가요? 우리가 함께 누울 때면 당신은 늘 말했죠. "여보, 남들도 우리같이 서로 어여삐 여기고 사랑할까? 남들도 정말 우리 같을까?" 어찌 그 모든 걸 뒤로 하고 날 두고 먼저 가십니까?

당신을 여의고 살 수가 없습니다. 당신과 같이 가고만 싶습니다. 당신이 있는 곳으로 날 데려가줘요. 당신을 향한 마음을 이 세상에서는 잊을 수가 없고, 서러움은 끝이 없습니다. 이 내 마음을 이제 어디다 둬야 하나요? 당신을 그리워하는 자식과 어찌 살아갈까요?

이 편지를 보고 내 꿈에 와서 자세히 말해줘요. 꿈에서 당신 말 자세히 듣고 싶어 이 편

7) 『진귀한 편지박물관(Letters of Note, 2013)』 손 어서, 문학사상, 2014, p.238.

지를 써 넣습니다. 자세히 보고 내게 말해줘요.

뱃 속의 이 아이를 낳으면, 이 아인 누굴 보고 아버지라 불러야 할까요? 누가 내 마음을 헤아릴 수 있을까요? 하늘 아래 이런 비극이 또 어디 있을까요?

당신은 그저 다른 곳에 가셨을 뿐이라서, 나만큼 서럽지는 않겠죠. 내 서러움은 한도 끝도 없어 그저 대강만 적습니다. 이 편지 자세히 보고 내 꿈에 와서 당신 모습 자세히 보여 주며 말해주세요. 꿈에서 당신 만날 걸 믿고 있겠습니다. 몰래 와서 모습 보여주세요. 말하고 싶은 사연 끝이 없어 이만 적습니다.》

어떤가. 유교문화가 팽배했던 400년 전의 편지인지 오늘 우리 시대의 사랑 편지인지 구분이 되지 않을 정도다. 사연이 이 정도로 절절했기에 대한민국을 뒤흔든 것도 모자라 저 머나먼 영국까지 전해졌을 것이다. 포털사이트에서 확인해보라. '원이 엄마'의 스토리가 '애절하고 아름다운 사연의 주전선수'가 되어 있다. 하기야 웬만한 사랑 관련 책에서는 물론, KBS도 안동시마저도 대대적인 홍보를 해댔으니 일반인들이야 당연히 그렇게 믿을 수밖에 없다. 영국인 손 어서도 마찬가지이고.

그러나 만일 '원이 엄마'가 '재가(再嫁)'를 해버렸다면 어떤 생각이 드는가? 난 이 이야기를 읽고는 한방에 무너졌다. 재가한 원이 엄마야 무슨 죄가 있겠는가. 그리고 남편 이응태는 그 당시 시대의 관행이었던 처가살이를 하고 있었기에 원이 엄마의 재가는 더 수월했을 것이다. 일단은 이런 생각부터 들었을 것이다. '재가를 할 거였으면, 그 정도로 구구절절한 편지는 왜 남겼나' '죽은 남편을 놀리는 건가' 등등. 기대가 컸기에 실망도 컸을 것이다. 우리는 편지의 내용 속에서 추호도 의심하지 않고 원이 엄마는 수절했으리라고 단정지어 버렸다. 아니, 남자라는 이유로 저절로 물들어버린 '열녀'에 대한 기대 때문에 오히려 원이 엄마가 수절해주기를 바라는 마음이 더 컸을지도 모른다.[8] [9] 그런데 편지를 눈을 씻고 봐도 남편에게 "나를 데려가줘요"라고는 썼지만 "난 죽어도 재가 같은 거는 안 한다"는 말은 없지 않은가. 우리가 너무 '오버'한 것일 뿐이다. 편지를 쓸 당시의 원이 엄마 마음 상태는 편지 내용과 같았을 것이다. 그러나 세월이 약이라고, 변하는 게 사람 마음이라고, 원이 엄마도 제 살길을 찾아간 것일 뿐이다. 다만 원이 엄마를 나무라지는 못하지만, 재가를 한 순간부터 '원이 엄마의 편지'는 별로 특별할 것도 없는 여염집 아낙들의 '러브 레터' 중 하나로 전락해버린 건 아닐까? 저잣거리에서 죽을 듯이 사랑타령을 하다가, 언제 그랬냐는 듯이 고무신 거꾸로 신듯이 말이다. 정보라는 게, 안다는 게 이렇게 무서운 거다. 단편만 보느냐 전체를 다 보느냐에 따라 이렇게 상반되는 해석이 나오는 게 세상이치다. 여러분들이 소중하게 간직하며 자주 인용하던 사랑이야기 한 줄을 지우게 해서 미안하다. 그러나 소설 같은 이야기를 진실로 믿고 살 수는 없지 않겠는가. 찬물을 끼얹어버렸다. 그냥 덮어두면 될 걸, 그러나 난 그런 꼴은 못 본다. 너그러이 용서를.

---

8) 『두 얼굴의 조선사: 군자의 얼굴을 한 야만의 오백 년』, 조윤민, 글항아리, 2016, p.329~330.
　　조선의 지배층 남성은 저잣거리에서는 희롱할 기생을 길러내고, 담장 높은 안채에서는 순결한 열녀를 만들어냈다. 그리고 자신들에게는 정절의 원칙이 아니라 쾌락의 원리를 마음껏 적용했다.

9) 『열녀의 탄생』, 강명관, 돌베개, 2009.
　　이 책은 조선이 건국하는 1392년부터 조선조가 종언을 고하는 시기까지 5백 년 동안 한순간도 멈추지 않고 진행되었던 남성-양반에 대한 여성 의식화 작업을 추적한다. 광범위한 열녀 관련 자료를 조사하여 조선시대 열녀가 남성에 의해 만들어진 존재라는 주장을 제시한다.
　　조선시대의 남성, 양반은 국가권력이 장악한 인쇄·출판 기구를 동원해서 일방적으로 남녀의 차별과 여성의 성적 종속성을 담은 텍스트를 생산하고 여성의 대뇌에 강제적으로 심고자 했다. 그 결과 수많은 여성은 남성보다 열등한 존재이며, 성적 족속성의 실천을 위해 자기 생명을 버리는 것을 여성 고유의 윤리 실천이라 믿게 되었다.
　　오랫동안 조선시대에 대한 역사서를 써온 강명관은 이 책을 통해 조선시대라는 역사 속에서 '열녀'란 무엇인지에 대해 다시 한 번 생각해 보게 한다. 열녀의 사례가 실린 『소학』·『삼강행실도』의 「열녀편」·「내훈」 등의 텍스트들을 통해 역사의 이면들을 살펴본다. 또한 이 책을 통해 21세기 여성의 주체성을 다시 한 번 생각해 볼 수 있을 것이다.

고려대 국문과 정찬권 교수의 책『조선의 부부에게 사랑법을 묻다』(2015)에는 조선시대 부부들이 사는 모습과 원이 엄마의 재가를 (고성 이씨의 족보까지 추적하며) 조사한 내용도 수록돼 있다. 간략하게 살펴보자.

〔1) 조선시대에도 부부간에 '멋진 사랑'을 했다

조선시대 부부들의 삶과 사랑에 대해서 왜곡된 인식을 많이 갖고 있다. 흔히들『주역』의 음양 논리를 내세우며 조선시대만 해도 남자는 하늘, 여자는 땅이었다고 말하곤 한다. 하지만『주역』에서 말하는 하늘과 땅은 높고 낮음의 상하 관계가 아니라 서로 대등한 관계를 말하는 것이었다.

또 옛날 남자들은 마치『양반전』의 양반처럼 집안일엔 전혀 신경 쓰지 않았다고 생각한다. 그러나 일기·편지·문집 등을 보면 조선시대 남자들은 날마다 농사일이나 상업활동·자녀교육·노비관리 등에 골몰하며 적극적으로 집안일을 했다. 만약 집안일에 조금이라도 소홀하면 아내의 핀잔은 물론이요, 우리가 상상하기 어려울 정도로 신랄한 부부싸움이 벌어지기도 했다.

더 나아가 조선은 유교 사회로 부부관계가 대단히 남성 중심적이고 권위적이었으며, 부부사랑도 매우 조심스럽고 인색했을 것으로 생각하고 있다. 하지만 조선시대 부부들도 나름대로 '멋진 사랑'을 했다. 비록 현대 사람들처럼 요란하고 떠들썩하게 하지는 않았지만, 그들 역시 은근하면서도 깊은 사랑을 나누었다.(p.5~6)

2) 남녀 평등사회

오늘날 우리는 '처가살이' 하면 무능력한 남자를 떠올리는 등 부정적인 시선으로 바라보고 있다. 하지만 조선 중기까지만 해도 우리나라 사람들은 남자가 여자 집으로 가서 혼례를 올리고 그대로 눌러사는 장가와 처가살이가 일반적이었다. 다시 말해 딸이 사위와 함께 친정부모를 모시고 살았다. 그리하여 가족 관계에서 아들과 딸을 가리지 않았고, 친족 관계에서 본손과 외손을 구분하지 않았다. 이른바 부계와 모계가 대등한 구조를 갖추고 있었던 것이다.

이에 따라 재산을 아들과 딸이 균등하게 상속받았고, 조상의 제사도 서로 돌려가며 지내는 윤회봉사를 했다. 남녀의 권리와 의무가 동등했던 것이다. 나아가 여성의 바깥출입도 비교적 자유로웠을 뿐 아니라 학문과 예술 활동도 장려되었다. 조선 전기의 설씨 부인, 조선 중기의 신사임당·송덕봉·허난설헌·황진이·이매창·이옥봉 등 명실상부한 여성 예술가들이 대거 등장한 것도 이 때문이다.(p.17~19)

3) 완고한 가부장제라는 왜곡된 인식이 우리들에게 각인된 이유는?

우리는 흔히 '조선시대 여성사' 하면 완고한 가부장제와 한 맺힌 여성사만을 떠올리지만, 그것은 17세기 이후 특히 18세기 중반 이후에야 비로소 형성된 것이었다. 다시 한 번 강조하지만 현재 우리가 생각하는 가부장제 사회는 5천 년 한국 역사에서 최근의, 그리고 비교적 짧은 기간의 현상이었다.(p.19)

4) 퇴계 이황의 오픈 마인드

퇴계 이황(연산군 7년 1501~선조 4년 1570)은 장가를 두 번 들었는데, 그의 나이 27세 때 첫째 부인이 둘째 아들을 낳고 산후조리 실패로 사별한다. 퇴계는 허씨 부인의 3년상을 치른 뒤, 30세에 둘째 부인인 안동 권씨와 결혼했다. 권씨는 정신이 혼미한, 즉 지적장애를 갖고 있었다. 전해 오는 말로는 당시 예안으로 귀양 온 권질의 간곡한 부탁으로 결혼하게 되었다고 한다. 권질은 상처한 퇴계 선생을 찾아와 과년한 딸이 정신이 혼미하여 아직도 출가하지 못했다면서 맡아 줄 것을 부탁했고, 퇴계 선생이 이를 승낙했다고 한다. 그만큼 아량이 넓었다고 한다. 퇴계 선생은 결혼 후 아내 권씨의 부족한 부분을 품어 주며 별다른 문제없이 잘 살아갔다. 물론 남들과 조금 다른 권씨의 행동에 당황스러울 때도 있었지만, 때로는 사랑으로 때로는 인내심으로 부부의 도리를 다했다.

퇴계 선생과 기녀 두향과의 사랑 이야기도 유명하다. 1548년 단양군수로 부임한 48세의 이황과 18세의 두향이 만나 사랑에 빠진 것이다.

심지어 퇴계 선생은 낮엔 의관을 차리고 제자들을 가르쳤지만, 밤에는 부인에게 꼭 토끼와 같이 굴었다. 그래서 '낮 퇴계 밤 토끼'라는 말이 생겨났다. 퇴계 선생은 사적인 자리, 특히 잠자리에선 부부가 서로 다정다감하라고 강조했다. 그래서인지 민간에서는 퇴계 선생을 주인공으로 한 성적인 이야기가 유독 많다.(p.26~38)

5) 유희춘·송덕봉 부부: 조선시대 양성평등 부부상의 표상

우리는 조선시대 부부 하면 권위적인 남편과 순종적인 아내만을 떠올린다. 하지만 어느 한쪽으로 기울지 않고 서로 대등한 관계를 유지하며 마치 친구같은 부부생활을 한 경우가 많았다. 특히 송덕봉은 지금까지 우리가 생각해왔던 전통적인 여성상과는 많이 달랐다. 그녀는 자신의 감정을 자유롭고 적극적으로 표현했다. 또 남편이 옳지 못한 모습을 보이면 거침없이 꾸짖기도 했다. 두 사람은 조선시대 양성평등 부부상의 표상이다.(p.41)

6) 남편 이응태의 사후 원이 엄마는 재가했다

원래 족보엔 부인의 이름도 올라와 있기 마련인데, 이응태의 옆자리는 비어 있다. 또 족보엔 아들 성회가 있었는데, 청송의 진보로 이주해 갔다고 한다. 그래서 관련 학자들은 원이 엄마가 자식을 데리고 청송의 진보로 재가했을 가능성이 크다고 보고 있다. 성회가 원이인지, 뱃속에 있던 아이는 또 어떻게 되었는지는 잘 모르겠다.

이응태의 묘에서 아버지와 형이 보낸 편지와 시가 여러 통 발견되었다. 그 당시 조선시대의 일반적인 풍습과 같이 이응태도 처가살이를 하고 있었다. 이응태의 아버지가 보낸 9통의 편지는 모두 이응태가 죽기 1년 전에 쓴 것들이다. 특히 아버지는 편지에서 이응태와 장인의 안부를 동시에 묻고 있다. 다시 말해 원이 엄마는 시집살이를 한 게 아니라, 친정 생활을 하고 있었던 것이다.(p.68~79)』

(3) 유네스코 인류무형문화유산

한편 유네스코 '인류무형문화유산'의 경우 전 세계 366건 중 한국은 19건으로 비중으로 치면 5%가 넘으니 우리의 '문화'와 '신기'는 과히 자랑할 만하다. 우리나라는 인류무형문화유산 대표목록에 종묘 및 종묘제례악(2001), 판소리(2003), 강릉단오제(2005), 강강술래(2009), 남사당(2009), 영산재(2009), 제주 칠머리당영등굿(2009), 처용무(2009), 가곡(2010), 대목장(2010), 매사냥(2010, 공동등재), 줄타기(2011), 택견(2011), 한산모시짜기(2011), 아리랑(2012), 김장문화(2013), 농악(2014), 줄다리기(2015, 공동등재), 제주해녀문화(2016)까지 총 19건의 유산을 등재했다.

오늘날 'K-Pop' 열기도 그냥 생긴 게 아니라 다 이런 우리 민족의 '피'와 '끼' 덕분이 아니겠는가.

(4) 유네스코 세계기록유산

유네스코 '세계기록유산' 목록은 전 세계적으로 128개국 및 8개 기구 427건에 이른다(2017년 말 현재). 한국은 16건으로 세계에서 4등(독일, 오스트리아, 러시아, 한국 순이다), 아·태지역에서는 1등으로 많다. 우리나라의 세계기록유산은 훈민정음(1997), 조선왕조실록(1997), 직지심체요절(2001), 승정원일기(2001), 해인사 대장경판 및 제경판(2007, 팔만대장경이다)[10], 조선왕조의궤(2007), 동의보감(2009), 일성록(2011), 5.18 민주화운동 기록물(2011), 난중일기(2013), 새마을운동 기록물(2013), 한국의 유교책판(2015), KBS 특별생방송 '이산가족을 찾습니다' 기록물(2015), 조선왕실 어보와 어책(2017), 국채 보상운동기록물(2017), 조선통신사 기록물(2017)까지 총 16건이다. 유네스코 '세계기록유산'은 국가별로 2년마다 2건씩 등재를 신청할 수 있다(그러나 국제 공동등재의 경우 건수에 제한은 없다). 그러므로 2019년 10월 말경에 추가되는 '세계기록유산'이 발표될 예정이다.

훈민정음이 1997년 세계기록유산이 됐듯이 한글의 편리성과 과학성도 대단하고, 이렇게 다양한 서책들도 두말하면 잔소리다. 병인양요(丙寅洋擾, 1866) 때 프랑스 장교가 강화도를 약탈한 뒤 조선에는 다 쓰러져가는 허름한 농민의 초가집 속에도 반드시 몇 권의 책이 있다는 사실을 발견하고 심한 열등감을 느꼈다고 자책한 기록도 있다.[11] 2001년 세계기록유산으로 등재된 『직지심체요절(直指心體要節)』(1377)은 금속활자로 인쇄된 최초의 책으로 독일의 구텐베르크[12] 보다 70년(78년=1455-1377년) 앞선다. 2005년 한국을 방문한 미국 부통령 엘 고어(Al Gore, 1992~2000)도 같은 취지의 발언을 했다. 모든 교과서나 대부분의 역사학자들은 이 위대함만을 칭송한다. 그러나 이 '위대함' 뒤에도 '아픈 역사'가 숨어 있다. 얼마든지 많은 책을 훨씬 편하게 찍어낼 수 있

---

10) 『숫자로 풀어가는 세계 역사 이야기』, 남도현, 로터스, 2012, p.155~160.
　　『팔만대장경(八萬大藏經)』은 나무를 장기간 보존할 수 있도록 갯벌에 담가 놓은 것을 시작, 약 4년에 걸친 전(前) 처리 과정만 해도 오랜 시간이 걸렸고 많은 비용이 들어갔다. 이후 연인원 5만 명 정도가 투입되어 내용을 기록했는데, 마치 '한 사람이 쓴 것처럼 중국의 구양순체로 글씨를 통일시켰다. 이를 경판에 붙여 한 글자 파고 한 번 절하고 하는 식으로 1251년에 12년(전처리 과정 4년은 별도) 동안 5,200만 자의 글자를 새겨 총 81,258개의 경판을 완성했다. 『팔만대장경』은 한 면에 322자의 글자가 새겨져 있으니 양측에 새겨진 글자를 모두 합하면 경판 하나에 보통 책자의 한 쪽에 해당하는 분량을 담고 있다. 즉, 『팔만대장경』은 300쪽 분량의 현대도서 2700여 권 정도라고 할 수 있다.
　　『팔만대장경』은 국보 제32호이다. 1011년에 새긴 초조대장경이 1232년 몽골의 침입으로 불타버렸다. 1236년 몽골이 침입하자 불력으로 물리치고자 하는 호국불교적인 의미에서 대장도감을 설치하여 16년 만인 1251년에 다시 완성하였는데, 이를 재조대장경이라고 한다. 강화도성 서문 밖의 대장경판당에 보관하다가 1398년 5월에 해인사로 옮겨졌다.

11) 『옛 그림 읽기의 즐거움(3)』 오주석, 솔, 2008, p.94~95.

12) 『말하지 않는 세계사』 최성락, 페이퍼로드, 2016, p.194~201.
　　구텐베르크(Johannes Gutenberg, 독일 마인츠, 1390?~1468)가 최초로 인쇄한 것은, 라틴어 문법책 『도나투스(Donatus)』(350)였고, 그 다음이 '면죄부'·'시빌의 예언'·『42행 성서』 순이다.

는 금속활자를 만든 것까지는 좋은데, 그 덕분에 사회가 어떻게 변화됐는지에 대한 해설은 일언반구도 없다. 누가 먼저 만들었느냐가 아니라 그것을 어떻게 운용했느냐가 더 중요한 게 아니겠는가. 그들이 말하지 않는 이유는 단 두 가지다.

첫째, 금속활자 발명 이후에도 사회변화는 거의 없었다는 점이다. 권력을 쥔 위정자들은 백성들이 똑똑해지는 것을 극도로 경계했다.[13] [14] 무식해야 아무

---

13) 「나의 서양사 편력(1): 고대에서 근대까지」 박상익, 푸른역사, 2014, p.150~151.
　　미국 부통령(1992~2000)을 지냈던 엘 고어가 2005년 한국을 방문했다. 고어는 서울 신라호텔에서 열린 '서울디지털포럼2005'에서 한국의 정보기술(IT, Information Technology) 발전에 대해 놀라움을 표시하면서, "서양에서는 구텐베르크가 인쇄술을 발명한 것으로 알고 있지만, 그 기술은 당시 교황 사절단이 한국을 방문한 이후 얻어온 것"이라고 말했다.
　　그는 "스위스의 인쇄박물관에 갔다가 알게 된 사실"이라며 "구텐베르크가 교황 사절단의 일원으로 한국을 방문했던 친구로부터 인쇄 기술에 관한 정보를 처음 접했다"고 전했다. 구텐베르크의 금속활자가 한국의 금속활자를 모방했다는 것이다. 한국이 구텐베르크보다 70년 앞서서 고려시대인 1377년에 금속활자로 「직지심체요절(直指心體要節)」이라는 책을 인쇄한 사실을 바탕에 두고 한 말이다. 언론은 엘 고어의 말을 앞다투어 기사화했다. '민족주의적' 성향의 시민들이 열광한 것은 물론이다. 엘 고어에게서 영향을 받은 작가 오세영은 「구텐베르크의 조선」,(2008, 예담)이라는 소설을 발표하기도 했다.
　　엘 고어의 말은 허황되지는 않을 것이다. 그렇다고 학계에서 공인된 역사도 아니다. 유추는 가능하지만 기록된 증거가 존재하지 않는다. 백보를 양보해서, 그것이 사실이라 할지라도 생각해야 할 문젯거리가 남는다. 서양 세계에서 근대를 탄생시킨 '변혁'의 수단으로 기능했던 인쇄술이, 한국을 비롯한 동양 사회에서는 역사를 바꾸는 데 거의 영향을 미치지 못했다는 점이다. 우리가 활판인쇄술을 먼저 발명했음에도 불구하고 역사 변혁의 힘으로 활용하지 못했던 이유는 '책'에 대한 동양 사회 특유의 관점 때문이다. 동양 사회의 정치 지배자들이 보기에 책은 일반 대중이 읽을 필요가 없는 것이었다. 경전이나 역사서를 인쇄한 목적도 주로 보관용이었지 열람하거나 널리 유포시키기 위한 것은 아니었다. 이런 연유로 동양의 활판인쇄술은 안타깝게도 역사 변혁의 추동력으로 작용하지 못했다.

14) 「생각의 융합」 김경집, 더숲, 2015, p.27~28.
　　「직지심체요절」이 구텐베르크보다 70년이 앞선 금속활자다. 서양에서 구텐베르크의 인쇄술이 없었다면 르네상스도, 종교개혁도 불가능했을 것이다. 진정한 의미의 근대 역사가 펼쳐지게 된 것은 단연코 그의 인쇄술 덕분이다. 그리고 이러한 차이는 결국 서양과 동양이 역전되는 중요한 계기가 되었다. 누가 먼저 만들었느냐가 아니라 그것을 어떻게 운용했느냐가 더 중요하다는 점이 여기에서 새삼 드러난다.
　　강명관은 「조선시대 책과 지식의 역사」에서 중국·조선·일본 가운데 조선에만 서점이 없었다는 사실을 지적한다. 조선에서의 책은 「삼강행실도」처럼 백성을 교화할 목적으로 찍어낸 윤리서적 위주였고 대부분은 소규모로 발행하여 귀족들의 신분과 가문의 과시용으로 쓰였다. 출판업자와 서적상이 아니라 국가에서 독점한 출판은 활성화될 수 없었고, 양반의 상징인 책을 판매하는 것은 저속한 행위로 여겨졌으며 금기시되었다. 따라서 서점이 있을 까닭이 없었다.
　　중국에서는 이미 송나라 시대에 출판사와 서점이 있었고, 일본도 도쿠가와 막부 이후 민간 출판사와 서점이 폭발적으로 늘어나 에도 시대를 '서물(書物)의 시대'라고 부를 정도였다고 한다.
　　그런 의미에서 본다면 서양에서 책은 중세를 붕괴시키고 근대로 나아가는 데 기여했지만, 고려와 조선의 책은 중세적 질서를 고착화시키는 도구였던 셈이다. 서양에서 책은 변화의 원동력이었지만 조선에서 책은 체제 유지용이었기 때문이다.

생각 없이 시키는 대로 다한다. 그러니 『삼강행실도(三綱行實圖)』(1434, 세종 때)나 『내훈(內訓)』(1476, 성종 때 소혜왕후의 저서) 같은 책들만 권장됐지 세상을 고민하는 책은 꿈도 못 꾸었다. 아니, 꿈을 꾸면 죽었다. 지배층은 유교논리를 앞세워 그저 충효사상만 강조했던 것이다. 임금이나 고관대작들이 어떤 실정을 범하든 어떤 추태를 부리든 백성은 그들에게 나라에 무조건 충성해야 했다. 고민할 필요도 없이 무조건이었다. 아니, 고민해본들 별반 다를 게 없었을 것이다. 책 근처에도 갈 수 없었고, 더 중요한 점은 그런 책들은 아예 없었으니까! 나라와 백성을 버리고 제 살길만 찾아 떠난 선조도 임금이니까 무조건 우러러볼 수밖에 없었다. 그래야만 했고 그게 충성이었으니까. 하지만 퇴계 이황이나 남명 조식 같은 지식인들은 저항하기도 했다. 세상을 바라보는 눈과 지혜가 있었으니까. 그러나 '유교는 곧 충효'라고 하여 완벽한 '충효사상'으로 변질시킨 것은 일본 제국주의라고 배병삼 교수(1959~)는 지적한다.[15]

둘째, 책에 있는 내용을 그저 수동적으로 받아들일 뿐 더 깊은 고민을 하지 않기 때문이다. 더 깊은 생각을 하지 않더라도 사건·연도·인물 등만 달달 외우면 '수능점수'를 얻는 데는 별 지장이 없으니까. 삶의 목표가 '향기 나는 인생'이 아니라 우선 '수능점수 올리기'니까.

---

15) 「글쓰기의 최소원칙」, 김훈 등 14인, 룩스문디, 2008, p.138~139.
　　〈유교를 (완전한) '충효사상'으로 변질시킨 것은 일본 제국주의다〉
　　유신정권 때 학교마다 붙어 있던, '부모에 효도, 나라에 충성' 같은 구호를 보자. 이런 구호를 대할 때마다 '유교에 대해 이를 간' 이들도 많다. 유교의 바이블인 「논어」를 읽다보면, 결코 '부모에 효도, 나라에 충성'은 없다. 도리어 "부모에겐 효도하되, 나라에는 무작정 충성해선 안 된다"는 이야기가 나온다. 실은 '부모에 효도, 나라에 충성'이라는 표현은 일본 제국주의 영향을 받은 군국주의 구호이다.(…)
　　도리어 군국주의적 충효사상은 맹자가 특히 저항했던 논리다. 그리고 퇴계 이황이나 남명 조식 같은 유학자들이 저항했던 것 역시 '충은 곧 효'라는 논리였다. 그래서 사화(士禍)가 났다. 350명? 누가 통계를 냈지만, 그 많은 선비들이 칼 아래 죽었던 것이다. 그것은 나라를 위해 충성하다 죽은 것이 아니다. '사(士)'가 가진 자율성, 국가권력으로부터 자율성을 확보하기 위해 투쟁한 것이다. 그런 맥락이 우리 근세 100년 속에서 왜곡되어버린 것이다. 그러니까 사실 우리가 조선시대를 제대로 이해하기 위해서는 일본 제국주의 하에서 왜곡된 여러 개념들을 바로잡아야 하는 작업의 산을 또 넘어야 하는 것이다.(배병삼 영산대 교수, 1959~)

자 이제 '조선통신사'로 초점을 바꿔보자. '조선통신사'라는 명칭에 의문을 가져본 적이 있는가? 좀 이상하지 않은가? 조선통신사는 일본의 입장에서 부르는 명칭이고, 우리나라 입장에서는 '일본통신사'로 불려야 옳다. '조선통신사기록물'은 일본과 공동 등재된 항목이다. 한국 측 63건 124점, 일본 측 48건 209점이 등재된 것이다. 2017년 10월 31일 발표된 '세계기록유산' 등재 소식에 우리나라의 온 신문방송은 '조선통신사 기록물'을 포함한 3건의 등재소식을 알렸고('조선통신사 기록물'은 한일공동등재라는 사실 포함), '일본군 위안부 기록물'은 일본의 전방위적인 방해 공작으로 실패했다는 소식만 전했다. 그러나 내 기억으로 '조선통신사'라는 '용어'에 대한 비평을 단 기사는 단 하나도 없었다. 몰라서 그랬던 건지, 국격(國格)이 손상되는 치욕이라서 그랬는지는 잘 모르겠다. 그러면 통신사 또는 일본통신사가 왜 조선통신사로 불리게 되었는가? "한일관계사에 대한 연구를 일본인 학자들이 먼저 시작했는데, 그들이 쓰는 명칭이나 용어를 무비판적으로 수용한 결과이다. '조선통신사'는 '조선에서 온 통신사'라는 뜻으로 일본에서 불렸던 명칭이다. 실은 일본 사료에도 '조선의 통신사', '조선국의 통신사', '조선으로부터의 통신사' 등으로 기술되어 있다."[16] 물론 한국의 국력이나 '조선(일본)통신사'에 대한 연구 성과는 일본에 훨씬 못 미치기 때문에 '조선통신사'라는 이름으로나마 등재된 것만이라도 다행으로 봐야 될지는 모르겠다. 그러나 최소한 우리의 힘이나 지식이 약해서 이렇게 된 사실 정도는 알려줬어야 되지 않았을까. 우리에게 창피한 과거는 무조건 덮어버리는 게 맞는 것일까. 다시 단재 신채호 선생(1880~1936)의 말씀이 떠오른다. "역사를 잊은 민족에게 미래는 없다!" 과거의 부끄러움과 슬픔을 알고 되새겨야 역사의 아픈 전철을 밟지 않을 텐데 말이다.

16) 『조선통신사, 한국 속 오늘』 심규선 「동아일보」 고문, 월인, 2017. p.아래 페이지.

〈'조선통신사'란 명칭은 일본 학자들이 쓰는 일본 입장에서의 용어다〉

통신사란 조선시대 일본에 대한 교린정책을 실현하기 위해 일본의 막부 장군에게 파견한 조선의 국왕사절단을 가리킨다. 조선왕조를 건국한 태조 이성계는 8세기 후반부터 600여 년간 단절됐던 일본과의 국교를 무려 마치 막부(室町幕府·실정막부, 1336~1573)와 재개했다. 1401년에는 조선이, 1403년에는 일본이 명나라의 책봉을 받았는데, 1404년 3대 장군 아시카가 요시미쓰(足利義滿·족리의만)가 '일본국왕사'를 조선에 파견함으로써 정식으로 국교를 열었다. 그 후 양국은 활발하게 사절을 교환했다. 조선에서 일본 막부에 보낸 사절을 '통신사(通信使)'라 하고, 일본의 막부에서 조선으로 보낸 사절을 '일본국왕사(日本國王使)'라고 불렸다. '통신(通信)'이라는 말은 '신의로써 통호(通好)한다'는 뜻이며, 통신사는 외교의례상 대등한 국가 간에 파견하는 사절을 의미한다.(p.19)

현재 통용되고 있는 '조선통신사'라는 명칭이 잘못된 것이라는 주장을 1992년에 처음으로 필자(하우봉 전북대학교 사학과 교수)가 제기했다(「동아일보」 1992.5.22., 15면 '나의 의견' 코너). 그 근거로 「조선왕조실록」이나 「통신사등록」 등 조선시대의 사료에는 '통신사(通信使)'나 '신사(信使)' 혹은 '일본통신사'로 되어 있고, '조선통신사'란 명칭은 전혀 나오지 않는다는 점을 들었다. 조선은 일본에 보내는 통신사이므로 '일본통신사'라고 불렸던 것이다.

그러면 통신사 또는 일본통신사가 왜 조선통신사로 불리게 되었는가? 한일관계사에 대한 연구를 일본인 학자들이 먼저 시작했는데, 그들이 쓰는 명칭이나 용어를 무비판적으로 수용한 결과이다. '조선통신사'는 '조선에서 온 통신사'라는 뜻으로 일본에서 불렸던 명칭이다. 실은 일본 사료에도 '조선의 통신사', '조선국의 통신사', '조선으로부터의 통신사' 등으로 기술되어 있다. '조선통신사'는 후대의 학자들이 명명한 것인데, 최초로 사용한 사람은 1930년 일본에서 통신사 연구를 시작한 마쓰다 고(松田甲·송전갑)로 알려져 있다.(p.42, 하우봉 전북대학교 사학과 교수)

조선통신사는 앞서 보았듯이 15세기부터 19세기까지 조선시대 전체에 걸쳐 파견되었다. 하지만 오늘날 우리는 대체로 임진왜란을 경계로 그 이후인 1607년부터 1811년까지 총 12차례 일본에 파견된 조선후기의 사절단을 지칭하는 것이 일반적이다. 그것은 조선후기 통신사가 임진왜란의 상처를 딛고 이뤄낸 선린 외교 사행인 데다, 조선전기 통신사와 비교할 수 없을 정도로 문학·학술·예능·생활문화·기술문화 등 다양한 분야에서 문화교류 활동을 활발히 펼쳤기 때문이다. 곧 조선통신사는 오랜 기간 조일(朝日) 문화교류의 실질적인 공식 통로 역할을 수행했던 것이다.(p.61, 한태문 부산대학교 국어국문학과 교수)

일본과 유네스코

앞에서도 설명했지만 그간 유네스코 분담금의 상위 국가는 미국이 22%로 1위, 일본이 10%로 2위, 8%의 중국이 3위였다. 그런데 미국(2017.10.12.일자)과 이에 동조한 이스라엘(2017.10.13.일자)이 탈퇴를 통보해버렸다. 유네스코 규정상 정식 탈퇴는 2019년 말을 기준으로 효력을 발휘하지만, 이제 유네스코 분담금 1위 국가는 일본이 됐다. 그 전에도 일본의 입김은 강력했지만 앞으로는 더 심할 것이다. 일본의 역사관은 일관되게 과거에 저질렀던 '창피하거나 더러운' 역사는 우선 숨기고 보자는 것이다. '손바닥으로 하늘을 가릴 수 있는가'라고 반박해도 눈도 꿈쩍 않는다. 앞으로 그들의 지배를 받았던 우리는 특히, '유네스코와 일본'이라는 주제에서 열 받을 일이 많을 것이다. 힘없는 민족의 설움이니 당장은 어쩔 도리가 없다.

2015년 일본 '메이지(明治) 산업유산들(군함도[17]를 포함한 23곳)'이 유네스코 세계유산(문화유산)으로 등재될 당시, 일본은 해당 시설과 관련한 '전체 역사'를 알리겠다고 해놓고 이런저런 이유를 들며 미꾸라지처럼 빠져나가는 작태를 보였다. 2018년 6월 25일자 우리나라 신문방송은 이와 관련하여 일본의 행보를 비난하는 기사를 일제히 냈다. 연합뉴스에 보도된 기사를 보는 것으로 끝내겠다. 열이 채여서 말이다.

〔〈韓日, 군함도 조선인 강제노역 인정 둘러싼 2차 외교전 개막〉

24일 개막한 유네스코 세계유산위원회 제42차 회의에서, 3년 전 세계유산으로 등재된 일본 산업시설에서의 조선인 등의 강제노동 문제가 다시 도마 위에 오를 예정이어서 최종 결과가 주목된다.

25일 외교 소식통에 따르면 다음 달 4일까지 바레인 마나마에서 열리는 세계유산위원회 회의에서 2015년 일본 메이지(明治) 산업유산들이 유네스코 세계유산으로 등재될 당시 해당 시설과 관련한 '전체 역사'를 알리겠다고 한 일본의 약속 이행에 대한 평가가 이뤄진다. 유네스코를 무대로 일본 산업시설의 세계유산 등재와 관련해 전개되는 한·일간의 외교전은 이번이 '2라운드'라고 볼 수 있다.

2015년 7월 '군함도'로 불리는 하시마(端島)를 포함한 일본 근대산업시설 23곳의 세계유산 등재가 결정되기에 앞서 우리 정부가 이들 시설 중 일부에서 이뤄진 조선인 강제노동을 지적하며 문제를 제기함에 따라 한일 간 치열한 외교전 1라운드가 벌어졌다.

---

17) 영화 「군함도(The Battleship Island)」 (2017.6.26. 개봉, 류승완 감독, 황정민·소지섭·송중기·이정현 주연): 소설 「군함도」(한수산, 2016)가 원작.
작가 한수산(1946~)이 일제 강점기 강제징용 당하고 나가사키 원폭 투하로 피폭된 조선인의 이야기를 그린 「군함도」를 완성하는 데 걸린 시간은 무려 27년이다. 1989년 가을 일본 도쿄의 한 고서점에서 「원폭과 조선인」이라는 책을 읽은 뒤였다. 1990년 여름부터 취재를 시작해 1993년 「중앙일보」에 〈해는 뜨고 해는 지고〉라는 제목으로 연재했다가 포기한 뒤, 2003년 다시 「까마귀」(총 5권)로 제목을 바꿔 완성한 뒤 출간했었다. 이후 2009년 「까마귀」를 1/3가량 축소하고 「군함도」로 제목을 변경해 일본어 번역판을 내놓고, 추가 취재를 거쳐 2016년 5월 「군함도」(총 2권, 창작과비평) 완결판을 완성했다. 27년간 이 소설에 매달린 이유는 「군함도」가 지금까지도 온전히 청산되지 않은 한국과 일본의 과거사를 담고 있기 때문이다.

결국, 세계유산위원회는 시설들의 등재를 결정하되, 일본 측에 각 시설의 전체 역사를 이해할 수 있는 '해석 전략'을 준비하도록 권고했다.

이에 대해 일본 측은 이들 시설 중 일부에서 1940년대 한국인과 기타 국민이 자기 의사에 반(反)하게 동원돼 가혹한 조건에서 강제로 노역(forced to work)했다고 인정하면서 희생자들을 기리기 위한 정보센터 설치 등과 같은 적절한 조처를 하겠다고 약속했다.

그러나 일본 정부는 약속한 기한에 맞춰 작년 11월 유네스코에 제출한 851쪽 분량의 '유산 관련 보전상황 보고서'에서 조선인 등이 강제노역을 한 산업유산 관련 종합 정보센터를 해당 유산이 위치한 나가사키(長崎)현이 아닌 도쿄에 설치하겠다고 밝혀 논란을 야기했다. 또 일본 정부는 보고서에 '강제(forced)'라는 단어를 쓰지 않고, "제2차 세계대전 때 국가총동원법에 따라 전쟁 전(前)과 전쟁 중, 전쟁 후에 일본의 산업을 지원(support)한 많은 수의 한반도 출신자가 있었다"는 표현을 쓴 것도 문제로 지적됐다.

정부는 이 같은 일본의 보고서 내용에 대해 유감을 표명하는 한편, 작년 한일외교장관 회담 계기에 일본에 성실한 약속 이행을 촉구했고, 양국 간에 실무 협의도 진행됐다. 또한, 정부는 유네스코 사무국, 세계유산위원회 회원국 등을 상대로 일본의 성실한 후속조치 이행 필요성을 강조하는가 하면 지난 5월 서울에서 열린 세계유산 관련 세미나 계기에 재차 문제를 제기했다.

이런 가운데, 세계유산위원회에서 27일 채택될 결정문에는 일본의 성실한 조치를 요구하는 내용이 지극히 '외교적인 수사'로 들어갈 것으로 보인다.(→결국 조선인 강제노역 사실을 명시한 결정문이 27일 채택됐다.)

그러나 유네스코는 일본의 노력을 촉구하되, 일본의 조치가 미흡하다는 직접적인 지적은 하지 않았다. 또 일본 산업시설에서 이뤄진 조선인 등의 강제노역 사실을 알리는 내용도 결정문 본문에 앞서 참고 사항 등을 담은 전문(前文)과 본문 각주에 반영되긴 했지만, 결정문 본문에는 들어가지 않았다.

이는 탈퇴를 선언한 미국 다음으로 유네스코 분담금 규모가 큰 일본 측이 세계유산위원회 등을 상대로 나름의 외교전을 벌인 결과로 풀이된다. 작년 위안부 관련 기록물의 유네스코 세계기록유산 등재가 보류됐을 때도 분담금 제공 중단 카드를 쓴 일본의 공세에 유네스코의 중립성이 시험받았다는 평가가 나온 바 있다.(…)

결국, 일본 산업시설에서 이뤄진 조선인 강제노역 사실을 알리기 위한 우리 정부의 노력은 일본 정부가 도쿄에 정보센터를 설치하겠다는 계획을 강행할지 여부, 강제노역 사실을 알리는 후속 조처를 할지 등을 지켜봐야 최종 평가가 가능할 전망이다. 세계유산을 둘러싼 한·일간의 외교전은 아직 끝나지 않은 셈이다.〗

제7장

독도와
대마도(쓰시마) 문제:
모르고 짓는 죄가 더 크다!

Lee Sang Joon · Knowledge Series 3

The highest activity a human being can attain is learning for understanding, because to understand is to be free.

인간이 획득할 수 있는 가장 고결한 행동은 이해하기 위한 배움이다.

이해하면 자유로워지기 때문이다. (바뤼흐 스피노자)

.
.
.

독도 문제:

'독도는 한국 땅'임을 일본·미국은 물론 전 세계는 모두 알고 있다.
단지 우리의 힘이 미약해서 문제가 되고 있는 것이다.

우선 김탁환 작가가 2001년에 쓴 『독도평전』에서 독도의 출생을 보자.

【울릉도에서 동쪽으로 87.4km(약 200리) 거리에 있는 외딴섬 독도. 역사적으로 독도
가 울릉도의 부속 도서이기에 울릉도가 먼저 솟고 독도가 그 뒤를 따랐다고 생각하기 쉽
다. 그러나 두 섬에 있는 암석의 연대를 측정한 결과, 독도는 울릉도나 제주도보다 먼저
해저 화산 활동에 의해 형성된 화산섬이라는 것이 밝혀졌다. 신생대 3기인 460만 년 전
에서 250만 년 전까지 화산 폭발을 통해 34개의 바위섬인 독도가 탄생한 다음 울릉도
(205만~1만 년 전)와 제주도(120만~1만 년 전)가 그 뒤를 이은 것이다. 독도의 두 섬 동
도와 서도의 높이는 각각 해발 88m와 168m에 불과하지만 바다 밑바닥에서부터는 그 높
이가 2,000m를 넘는다. 한라산보다도 더 높은 화산인 것이다. 우리에게 모습을 드러낸
독도는 거대한 화산의 마지막 꼭대기에 불과하다.】[1]

---

1) 「독도평전」 김탁환, 휴머니스트, 2001, p.19~21.

1905년 1월 일본은 러일전쟁 중 일본군의 대(對)러시아 전쟁 수행과 관련한 독도의 군사적 가치를 인식하면서, 독도를 주인 없는 섬(무주지·無主地)으로 간주하여 일본 영토에 편입시키기로 하고 다케시마(죽도·竹島)로 명명하였다. 그리고 제2차 세계대전 후에도 일본 외무성과 시네마현이 역할을 나누어 독도 분쟁을 일으켰다(그것도 중앙정부가 아닌 지방정부인 '시네마현 고시 제40호'로).

혹자들은 독도뿐만 아니라 대마도마저도 우리 것이라고 아는 경우가 있다. 대마도 전문가가 아닌 이상 일반인들이 이렇게 생각하는 것은 어쩌면 지극히 정상적이다. 그건 조선시대 조정이 백성들에게 사기를 쳤기 때문이다. 그러나 대마도는 옛날부터 온전히 우리나라 땅이라고는 할 수 없다. 오히려 대마도도 무턱대고 우리 것이라고 주장하는 것은 훗날 독도 문제가 국제적으로 거론될 경우, 우리가 제시하고 주장하는 독도에 대한 증거마저 신빙성을 손상시키는 작용을 할 가능성이 있다. 광복 후 이승만 초대대통령은 몰라서 그랬든지 아니면 통치술로 국민을 기만하기 위해 쇼를 벌인 것인지는 모르겠으나 대마도를 우리 땅이라고 여러 번 언급했고 대마도에 우리군인을 파견한다는 얘기까지 했다. 그런데 이런 사실들이 독도의 소유권을 정하는 1951년 '샌프란시스코평화조약'에 악영향을 준 것은 틀림없다. 여러 이유가 있겠지만 결국 독도는 우리 고유의 영토로 특정되지 못했고 이로 인해 오늘날까지 독도문제로 골머리를 앓고 있다. 관련 자료들을 살펴보자.

〔독도는 1905년 을사늑약이나 1910년 강제병합처럼 한국이 일본에 침략당하는 과정에서 가장 먼저 빼앗긴 영토였기에 한국 사람들에게는 가장 큰 상처이자 아픔이 되었다.

'독도는 한국 땅'이라는 게 1947~1949년까지 미국의 일관된 정책이었다. 그런데 1949

년부터 미국의 독도에 대한 입장에 변화가 생겼다. 제일 큰 변화는 1949년 12월 동경에 있던 주일 미 정치고문 윌리엄 시볼드(William Sebald, 1901~1980)의 개입에서 비롯됐다. 맥아더 사령부에서 외교국장을 지낸 적이 있는 시볼드는 당시에 군부가 만든 평화조약의 초안을 보고 독도가 한국령이 아니라 일본령이라고 지적했다. 이 사람이 근거로 제시한 자료는 일본 정부가 1947년에 만든 팸플릿이었다. 결국 '샌프란시스코평화조약'(1951년 9월 8일 서명, 1952년 4월 28일 효력 발생)에 독도가 한국 땅이라고 명시적으로 언급되지 않아 독도 문제의 화근이 되었다. 독도가 분쟁거리가 된 이유는 한마디로 '국력이 약해서'였다. 구체적인 이유는 이렇다.

첫째, 일본 측의 집요한 공작으로 논란을 불러일으킬 수 있었던 점,

둘째, 아시아의 지정학적 여건이 냉전으로 됨에 따른 미국의 자국 이익상 일본에 대한 우호적인 태도로 돌변했다는 점이다. 중국대륙의 공산화와 한국전쟁의 발발이 결정적 영향을 끼쳤던 것이다. 미국은 대일징벌적인 조약이 아니라 대일우호적인 조약을 체결함으로써 일본을 우방으로 묶어두고자 했다.

셋째, 한국 정부도 나름대로 노력했으나 역부족이었다. 지금 판단하기에 최상은 아니어도 1951년 한국정부는 큰 노력을 기울였다. 1945년 패전했을 때 일본의 외무성 직원은 10,000명이었다. 너무 많다고 30%를 감축해서 외교관과 직원이 7,000명 남았다. 1945~1951년 이 사람들의 유일한 업무가 바로 평화조약 체결에 관한 것이었다. 만 6년간 이들이 전력을 기울여 평화조약 체결을 준비했다. 반면에 1948년 정부가 수립된 한국의 외교부 직원은 모두 160명이었다. 그나마도 인원이 많다고 감축해서 80명이 일했다. 그리고 1년 뒤에 한국전쟁이 터졌다. 정부가 부산에 피난 갔을 때 외교부 직원이 적으면 30명, 많으면 60명이었다. 게다가 당시 한국 외교의 가장 큰 관심사는 전쟁에서 승리하는 것이었으니 대일 평화조약은 우선순위에서 밀려날 수밖에 없었다.

한국은 물론이고 일본에도 '독도는 한국 땅'이라는 증거자료는 무수히 많다. 1800년대

중후반 일본에서 간행된 지도와 역사책뿐만 아니라 심지어 당시의 일본 교과서에도 '독도는 조선 땅'이라고 기록되어 있다.〕2)

　1965년의 '한일어업협정' 후 30년이 지난 1994년부터 독도가 한·일 양국에 논쟁의 초점이 된 이유는 이렇다.

〔1994년 11월 유엔 해양법 협약 효력이 발생하면서 연안국의 관할권이 12해리 (22.2km, 1해리=1,852km)에서 200해리(370km) 체제로 변경됨에 따라 한국과 일본도 200해리 배타적 경제수역(Exclusive Economic Zone, EEZ)을 선포하였으며, 다만 각국이 겹치는 부분은 중간수역으로 하여 공동 관리토록 하였다. 이로써 1965년의 한일어업협정은 파기가 불가피했다. 일본이 독도를 일본의 서쪽 기점으로 선언한 다음 해인 1997년, 김영삼 정부(외교부, 당시 외교부 장관은 유종하 1996.11.7.~1998.3.3. 재임)는 울릉도를 우리의 동쪽 기점으로 삼았다. 그리고 한일 양국의 배타적 경제수역의 경계를 독도와 오키섬 중간이 아닌, 울릉도와 오키섬의 중간으로 할 것을 일본에 제안했다. 우리 스스로 독도 기점을 포기한 것이다. 양국 간에 수차례의 협상을 거친 끝에 1999년 1월 6일 국회 비준을 거쳐, 1999년 1월 22일부터 발효된 것이 신 한일어업협정이다. 이 협정에서 한국의 기점을 독도가 아니라 울릉도로 물러서 독도를 중간수역에 포함시킴으로써 독도에 대한 우리 영역 주권이 약화될 소지를 남기고 말았다.〕3)

2) 「인문학 콘서트(3)」 김경동 외 다수, 이숲, 2010, p.389~415.
3) 「속속들이 살펴보는 우리 땅 이야기」 이두현 외 5인, 푸른길, 2013, p.212~223. ;
　「세상을 바꿔라 Ⅳ : 세상을 바꾸기 위한 13인의 외침」 오래포럼·김병준 외, 오래, 2016, p.65~69.

그런데 왜 여전히 일본은 '독도는 일본 땅'이라고 우기는 것일까. 가치가 무궁무진한 해저 자원광물 등 경제적 이득을 탈취하기 위해 국력의 힘을 믿고 밀어붙이고 있는 것이다. 우리의 국력이 약해서, 국제사회에서 한국의 힘이 약해서 그런 것이다.

독도뿐만이 아니라 '동해'의 표기 문제도 매우 중요하다. 서양고지도에서 동해를 표기한 이름은 동양해·한국해 등 다양했다. 그러나 19세기에 이르러 일본해의 표기가 급증한다. 그러다 20세기에 이르러 세계 해도와 수로지의 기준을 정하는 국제수로기구에서 우리의 동해가 일본해로 공식화된다. 일제강점기에 우리는 국권만 빼앗긴 것이 아니라 바다 이름도 잃어버린 것이다. 동해를 찾지 않으면 독도는 일본해에 떠 있는 섬이 된다. 동해의 이름을 찾아가는 지도 위의 전쟁이 2017년 국제수로기구 총회에서도 펼쳐졌다.[4]

"독도는 일본 땅"이라는 구호를 외치며 독도 문제를 국내외에 부각시킬 목적으로, 일본 자민당 소속 의원 3명은 2011년 8월 1일 오전11시경 전일본항공(ANA)편으로 김포공항에 도착했다. 특히 우리 정부는 당초 이들이 타고 온 항공편으로 당일 낮 12시 40분에 돌려보낼 계획이었지만 이들은 출국을 거부한 채 버티다 8시간 만에 출국했다. 그런데 우리의 대응이 문제였다. 온 방송과 신문이 특종으로 보도하는 등 난리였다. 그들이 대치 끝에 되돌아가자 온 사람들은 '우리가 이겼다'라며 좋아했다. 과연 그런가. 한국의 경찰 대병력이 김포공항에 출동하고 언론들은 대서특필하고 이 기사가 외신으로 전송되는 등, 그들은 계획했던 성과를 수십 배 초과달성하고 의기양양하게 돌아갔다. 그것도

---

4) 삼일절을 맞아 포항MBC에서 제작(2017.8.14. 방송)한 특집 다큐멘터리 〈독도, 지도의 증언〉 참조.

한국 정부와 언론들의 적극성 덕분에. '유도질문에 놀아난 꼴'이 돼버린 셈이다. '적이 쳐 놓은 덫'에 자진해서 걸려 든 꼴이다. '무식한 게 바로 죄'임을 보여준 아픈 사례다.

우리의 처신은 어땠어야 했을까. 늪에서 아무리 발버둥 쳐본들 늪 속이니, 최고의 대처방법은 늪에서 빠져나오는 것이고 그것이 불가능하면 (작전상) 가만히 있어야 하는 거다. '악플은 무시'하는 전략을 택했어야 옳다. 우리 땅을 훔칠 의도로 공개적으로 의사를 표시하며 이 땅에 발을 디딘 좀도둑(?)에 대한, 그것도 홍보 효과를 노린 경우라면 가장 좋은 대처 방법은 '철저한 무시' 작전일 것이다. 하급 경찰 2~3명 보내 개(?)무시를 하고 언론 보도는 '그 정도로 개무시 당하고 돌아갔다'는 정도로 간단한 사후 멘트 정도였으면 딱 맞는 사안이었다. 그러나 그들의 작전대로 온 나라가 스스로 난리를 치고 온갖 홍보를 적극적으로 다해주었다. 과연 생각이 있는 사람들인가! 이에 더해 이명박 대통령이 특임장관(주된 업무가 무엇인지 잘 모르겠다)으로 임명한 이재오는 그들이 도착한 당일 독도로 가서 '독도는 우리 땅!'을 외치는 현란한 생쇼까지 했다. 이재오와 이명박 정부는 나름대로 애국이랍시고 한 행동일 것이다. 과연 그럴까. 내가 보기에 이재오는 일본의 홍보대사 노릇을 톡톡히 한 것이다. 얄팍한 지식으로 인해 생긴 중죄인 것이다. 그래서 사람은 알려면 제대로 알아야 하는 법이다. 당초 의도야 애국이었겠지만 결과적으로 매국노의 역할이 되어버린 것이다.

몰라서 한 것은 죄가 아니라고? 불교에서는 "모르고 지은 죄가 더 크다"고 한다. "나가세나 존자여. 알면서 악행을 짓는 사람과 몰라서 악행을 짓는 사람은 누가 더 화가 큽니까? 대왕이여 몰라서 악행을 짓는 사람의 화가 더 큽니다. 불에 달군 쇳덩어리를 알고 잡았던 사람과 모르고 잡았던 사람 중 어느 쪽이 심하게 데이겠습니까?"(『미란다왕문경(彌蘭陀王問經)』). 더 나아가 알면서 죄를 짓는 경우에는 죄책감과 양심의 가책이라도 느끼지만, 모르고 죄를 지을 경우에는 이마저의 벌도 받지 않는다. 어쩌면 자신이 느낀 벌이 형법 등으로 외부에서 다스린 벌보다 더 클 수도 있지 않겠는가! 이런 유머도 있다. 어느 고승이 파리는 쫓아버렸으나 모기는 탁 잡아 죽였다. 곁에서 이를 본 상좌가 스님에게 그 이유를 여쭈었다. 이에 고스님 왈, "파리는 미안함에 빌기라도 하는 반면, 모기는 (잘못인 줄도 모르고) 피만 빨아먹기 때문이다!"). "유일한 선은 앎이요, 유일한 악은 무지이다"라는 소크라테스의 명언도 있다. 동서양을 막론하고 '무지'의 해악은 이루 말할 수 없이 크다. 이 대목에서 생각나는 사람들이 없는가. 청문회에서 무조건 '모르쇠'로 버티는 고관대작들 말이다. 이들은 '국정농단 죄나 업무태만 죄, 능력뻥튀기 죄(?)'를 적용해 더 크게 엄벌해야 한다. 당연한 업무를 모르면서 그 자리에는 왜 앉아 있었는가 말이다. 먼 길이라 바쁘게 서둘러야 하는 차들을 가로막고 아무 생각 없이(옆 차선으로 비킬 생각도 하지 않고) 빌빌거리며 기어가고 있는 똥차와 뭐가 다르겠는가.

독도에 대한 진실(fact)은 '독도는 한국 땅'이며, 이 진실을 우리나라는 물론 미국도 일본도 국제사법재판소도 이미 알고 있다. 그런데 국제사법재판소가 정의의 칼로 판결을 내려줄 것이라 보는가. 국내 문제든 국제 문제든 가장 큰 증거는 힘이고 국력이다. '유전무죄, 무전유죄'와 같은 논리다. 여하튼 독도는 현재 우리가 실효적으로 지배하고 있다. 국제적 이슈를 만들수록 우리는 무조건 손해다. 일본의 작전이 바로 독도를 '국제적 이슈'로 만드는 것이다. 그들은 국제사회에서 한국과는 비교할 수 없을 정도로 강력한 힘을 발휘하고 있으니까. 2018년 러시아 월드컵에서 '일본 욱일기'(일본의 군국주의를 상징하는 깃발이며 현 자위대의 군기)를 국제축구연맹(FIFA)이 제재하지 않아 논란이 됐다. FIFA측은 욱일기는 정치적인 슬로건으로 보지 않는다고 답변했다. 이게 국제사회이다. 억울하지만 우리의 힘이 더 강해질 때까지 기다려야 한다. 어쩌겠는가, 이게 국제사회의 현실인 것을!

64년 전인 〈1954년 한국 외무부가 제작한 4분짜리 홍보 동영상〉이 일본을 눌렀고, 그래서 우리나라가 일본을 이겼다고? 그 동영상에 '좋아요!' 클릭 수가 늘어날수록 독도가 우리 것이 된다고? 일단 속은 후련하고 기분은 짱이다. 물론 그만큼 우리 국민의 애절함의 크기는 보여줄 수 있을지언정, 그렇게 호들갑을 떠는 것은 '김칫국부터 마시는 격'이다. 그 홍보 동영상이 아니라도 이미 전 세계는 '독도는 한국 땅'이라는 사실을 알고 있다. 그 동영상이 있어서 이제부터 독도가 우리 땅으로 인정받는 것도 아니다. 여전히 변한 건 없다. 그래서 뭘 어쩌라고? 아직도 몰라? '힘을 키워야 한다고, 힘만이 증거라고, 힘이 진실이 되는 거라고!' 힘없는 국민은 패잔병이 되어 자기들끼리 뒤에 숨어서 '센 놈들은 나쁜 놈들'이라고 한탄만 할 테니까! 힘없는 외침에 메아리는 대답하지 않는 법. 약자들이 떠들어본들 세상은 눈도 꿈쩍 않는다!

대마도(쓰시마) 문제: 대마도는 온전히 우리나라 땅은 아니었다

대마도(對馬島)에서 부산까지의 거리는 약 50km이고 일본까지의 거리는 약 100km인 바, 지리적 여건상으로만 보면 우리나라의 부속 섬으로 보아야 한다. 부산에서 북쪽 히타카츠항까지 배 타는 시간은 1시간 10분이다. 특히 해상 이동수단이 열악했던 과거로 갈수록 지리적으로 가까운 한반도와의 접촉 빈도는 더했을 것이다. 6·25전쟁으로 폐허가 된 한반도의 회복을 위해 한일협정에서 일본의 눈치를 보는 상황이 되어 대마도의 영유권 주장이 사실상 수면 아래로 가라앉았다. 대마도는 독도와 반대로 일본이 실효적 지배를 하고 있고, 국력이 약한 한국 입장에서는 전혀 영유권 문제를 거론조차 하지 않고 있지만 그렇다고 해서 대마도가 온전히 일본 땅이라고 단정해서도 안 된다.

대마도라는 이름은 일본에선 '대마'(對馬)라고 적고 '쓰시마'로 읽는다. '쓰시마'의 유래에는 몇 가지 설이 있는데, 한국 쪽에서 바라보며 불렀던 '두 섬(두 시마)'에서 비롯했을 거라는 설이 유력하다고 한다. '대마'를 '마한(馬韓)을 마주 보는 땅'이란 뜻이란 설도 있다. 남북으로 비스듬히 누운, 길이 약 82㎞, 폭

약 18㎞에 면적은 거제도 1.7배 크기인 섬이다.

대마도의 소유권에 대해서는 원래부터 우리 땅이라는 견해와 옛날부터 일본 땅이라는 견해로 대립된다. 대마도는 독도와는 달리 온전히 우리나라의 부속 섬은 아니었던 것 같다. 그렇다고 해서 일본의 섬도 아니었다. 말하자면 외딴 섬이었던 지리적 여건 때문에 한반도에도 일본에도 전적으로 예속되지 않은 어정쩡한 독립국이었을 가능성이 높다. 하지만 한반도와 일본 양측을 놓고 보면 거리상 일본의 반밖에 안 되는 한반도와의 교류나 친밀도가 훨씬 높았을 것이다. 이를 반영하듯 대마도는 일본이 메이지유신 후인 1871년에 이즈하라현으로 만들었다가 1876년 나가사키현으로 편입시킨 후에 오늘날까지 이르렀다.

(1) 대마도가 우리 땅이라는 견해

「대마도 한어학습에 관한 연구」로 동의대학교에서 문학박사학위(한국 최초 대마도 문학 전공)를 받은 황백현 박사(黃白炫, 사회운동가, 발해투어 대표이사, 1947~)는 대마도에 관한 이론과 실무를 겸비한 전문가다. 1999년 7월 14일 대아고속해운의 씨플라워 호가 '부산−대마도' 간의 역사적인 첫 취항으로 대마도 항로가 개척된 것도 그가 친지가 운영하는 대아고속해운과 협의하여 주도적으로 추진해온 결과물이다. 저서 『대마도 통치사』(2002)에서 이렇게 주장한다.

"대마도는 상고 시대부터 우리나라에서 건너간 한민족이 살면서 우리나라로부터 통치를 받았다. 대마도주는 우리나라 송(宋) 씨가 건너가 성을 종(宗) 씨로 바꿔 대대로 도주를 지냈고, 시조 묘는 부산 화지산에 장사지냈다는 1740년에 쓴 역사기록도 있다. 상고시대, 마한시대, 가야를 포함한 4국시대, 고려, 조선시대에 지속적으로 대마도를 통치한 역사적 자료들이 많다. 특히 1389년(고려 공양왕 1년) 박위 장군과 1419년(조선 세종 1년) 이종무 장군에게 제8대 대마도주가 항복하여 조선에 투항하기로 결의한 문서가 대표적이다." [5]

역사 소설을 주로 쓰는 이원호 작가는 소설 『천년한 대마도』(2013) 서문에 이렇게 썼다.

"대마도는 1천수백 년 동안 한반도의 영토였다. 백제·신라·고려·조선으로 이어지면서 경상도 관할의 도서였으며 일본으로부터는 방치된 섬이었다. 대마도는 일본이 메이지유신 후인 1871년에 이즈하라현으로 만들었다가 1876년 나가사키현으로 편입시킨 후에 오늘날까지 이르렀다. 대마도의 공식 언어는 한국어였으며, 일본으로 편입되면서 일본어로 바뀌었다. 일제가 조선을 멸망시키고 한반도를 식민지로 삼으면서 가장 먼저 한 일이 민족정기 및 역사 말살작업이었다. 초대 총독 데라우치 마사타케(寺内正毅)는 말살 10년 계획을 수립, 그 첫 작업으로 1910년 11월부터 1911년 11월까지 1년 동안 전국의 경찰을 총동원하여 고서·고화·기록문 등을 샅샅이 수거, 소각했다. 단군 조선 등의 고서에서부터 역사기록 장서만 50여 종에 20여 만 권을 불태운 것이다. 대마도가 한국령이 아니라는 논리를 위해서는 다음과 같은 일을 저질렀다. 1923년 7월 '조선사편찬위원회'의 촉탁 구로이타 가쓰미(黑板勝美)가 대마도주의 저택 창고에 보관하고 있던 증거물을 모두 소각시켰다는 기록이 있다. 대마도가 한반도의 부속 도서라는 증거를 아예 인멸한 것이다. 소각시킨 도서는 ①고문서 66,469매 ②고(古)기록류 문서 3,576책 ③고지도 34매 ④기타 다

---

5) 「대마도 통치사」, 황백현, 도서출판발해, 2002, p.68 이하.

수의 문서도 불태워졌다."

〖대마도는 3세기 말에 나온 중국의『삼국지』에서 대마국으로 불린 이후 대마도란 이름으로 오래도록 통용되었다. 부산에서 대마도까지 직선거리로 51km, 대마도에서 가장 가까운 일본 본토의 후쿠오카까지는 대략 102km이니 부산보다 2배는 멀다. 대마도는 동서 18km, 남북 82km 길이의 섬이다. 면적이 709㎢로 제주도의 2/3 정도이지만 거제도보다는 크다. 그러나 리아스식 해안으로 해안선 길이가 제주도 253km의 약 3.6배인 915km나 된다(그래서 대마도에서는 뱅에돔 등 고급어종이 많으며, 한국 낚시인들이 선망하는 낚시 포인트다. -이상준). 거리상으로도 한반도의 부속 섬이 될 수밖에 없는 지리적 여건이다.〗[6]

지리학을 연구한 한문희·손승호 박사는『대마도의 진실』이라는 책을 펴내고 대마도가 왜 우리 땅, 우리 섬인지를 역사적 관점뿐만 아니라 지리학적(자연·인문지리) 관점을 통해 밝히고 있다. 거리, 지명의 유래, 풍토, 생활, 연혁 등 대마도가 지리적으로 왜 우리 땅인지를 보여주고 있다. 또 한반도의 역사가 새겨진 흔적을 고대, 중세, 근·현대에 걸쳐 나열했으며, 고지도에 새겨진 대마도가 어떻게 표현돼 있는지 상세하게 보여주고 있다.

〖〈대마도에 대한 역사적 진실과 외국지도에서의 표기〉
대마도는 고대부터 한반도의 지배를 받는 섬이었다. 이와 같은 주종관계는 임진왜란이 발생하기 전까지 꾸준히 지속되었지만, 임진왜란 이후부터 소원해지기 시작했다. 즉

---

6) 「천년한 대마도(1)」 이원호, 맥스미디어, 2013, p.85~87.

조선의 지배력이 약화되면서 일본의 영향력이 강화된 것이다. 임진왜란 이후 일본은 대마도에 대한 실효적 지배를 하지 않았다. 이는 일본이 19세기 들어 메이지 정부에서 일본 영토로 편입하였다는 사실에서도 확인되는 내용이다. 1800년대 중반에 들어서서 일본 정부가 대마도를 그들의 영토로 편입시켰다는 것은 그 이전까지는 대마도를 일본의 하위 행정구역 또는 속지로 인식하지 않았음을 의미한다. 조선에서도 대마도에 대한 영향력이 임진왜란 이후부터 다소 약화되었지만, 대마도가 일본의 지배하에 넘어간 땅이라는 인식을 가진 것은 아니다. 조선과 주종관계에 있던 대마도가 조선과 일본 사이에서 양속 관계를 형성하면서, 대마도에 대한 일본의 관심이 증가하였을 뿐이다.(p.318)

일본이 메이지 유신을 계기로 대마도에 이즈하라현을 설치하였고 1876년에 나가사키현에 편입시킨 것이다. 일본에서 출간된 『일본서기』에 따르면 "대마도는 단군 조선 때부터 철종 때인 1856년까지 한반도에 조공을 바치는 등 신하 노릇을 해왔다"라는 내용이 있다. 그뿐만 아니라 일본 정부가 1788년~1873년까지 85년간 우리나라와 일본의 영토를 식별하는 공식 지도로 활용한 「조선팔도지도」에도 대마도는 조선의 영토로 표기되어 있다. 이는 대마도가 분명 한국의 땅임을 보여주는 근거이다.

조선 정부가 중앙집권적이었다면 일본의 바쿠후는 지방분권적이었으며, 조선과 바쿠후 간의 외교는 대마도에서 중계를 담당했다. 조선은 대마도의 중계 외교상 편의를 제공하기 위하여 부산에 왜관을 설치하였다. 따라서 조선과 일본의 교린 체제는 조선 국왕, 바쿠후 쇼군(장군), 대마도주의 3각관계에서, 대마도주가 두 나라의 중간 자리를 차지한 모양새를 취하였다. 대마도주는 조선에서 입수한 중요한 정보를 도쿠가와 바쿠후에 보고하였으며 일본의 중요 사건도 즉시 조선에 보고하면서, 교린 관계 유지에 중요한 역할을 수행했다.

그러나 1868년에 일본에서 메이지 유신이 일어나면서 이전까지 유지되었던 교린 체제는 더 이상 유지가 불가능해졌다. 그 이유는 조선의 외교 상대라 할 수 있었던 바쿠후 쇼군과 대마도주가 사라졌기 때문이다. 대마도주의 조선 외교권은 신정부에 강제로 이관돼버렸던 것이다.(p.321~322)

100여 년 전까지만 하더라도 대마도에서는 한국말이 사용되었다고 전해지기도 한다.(p.191)

「해동지도(海東地圖, 1750년대 조선 영조 시대에 제작)」 등 우리나라 지도상 대마도가 한국 땅임을 나타내는 것은 무수히 많고(p.219~299 참조), 일본 및 외국에서 제작된 지도들도 있는 바, 대표적인 것은 이렇다.

「조선왕국전도(ROYAUME DE CORÉE)」 프랑스 지리학자인 당빌이 1737년에 제작

「일본열도지도(Composite: Map of the Island of Japan, Kurile & c)」 영국 지도학자인 에런 에로스미스가 1818년 제작

「아시아지도(Map of Asia)」 영국 왕실 지리학자인 제임스 와일드가 1846년에 제작

「조선국도(朝鮮國圖)」 일본인 모리 후사이가 1704년에 제작

「일본(JAPAN)」 자료: 세계디지털도서관(http://www.wdi.org/en/item/75/), 미국인 콜턴이 1886년에 제작

「조선내란지도(朝鮮內亂地圖)」 일본인 호시노 게이치가 1894년에 제작(p.300~311)」[7]

(2) 대마도가 일본 땅이라는 견해

대마도가 고대부터 우리 땅이 아니고 일본의 소유였음을 증명하는 자료도 많다. 우리가 여전히 대마도는 우리 땅이고 되찾아 와야 할 대상이라고 느끼는 것은, 정서상의 문제와 조선시대부터 이승만 정권 때까지 위정자들이 국민들

---

7) 「대마도의 진실」, 한문희·손승호, 푸른길, 2015.

에게 통치술의 한 방편으로 '대마도는 우리 땅'이라는 인식을 심어주었기 때문이라는 견해다. 이를 알아보자.

역사 연구가로 특히 일본과 가야사에 탁월한 서동인이 2016년에 지은 책『조선의 거짓말: 대마도, 그 진실은 무엇인가』에 수록된 몇몇 부분을 살펴보자.

〔3세기 말에 나온 중국의 『삼국지』라는 역사서에는 대마도가 왜인들의 나라 '대마국'으로 기록되어 있다. 대마도란 이름은 여기서 비롯되었다.(p.31) 고려 말 잠시 고려의 지배에 들어왔다가(여몽연합군이 마산 합포에서 출정하여 대마도와 일기도를 거쳐 일본원정을 갈 때 고려는 대마도를 접수한 것으로 보인다.(p.115~116) 조선의 품을 벗어난 대마도는 사실 조선 시대로부터 일제강점기를 지나 1950년대에 이르기까지 이 나라의 뼈아픈 역사를 떠올리게 하는 곳이다.(p.13~17) 조선시대의 기록에는 대부분 "대마도는 본래 계림에 속한 땅이었다"고 되어 있다. 본래 계림은 신라 또는 경주를 이르는 표현이지만, 고려시대부터는 한국을 지칭하는 용어였다. 물론 여기서 말한 계림은 신라이다. 그렇지만 양국의 자료로 보면 신라가 대마도를 지배한 증거가 없다. 따라서 '고려'의 별칭으로 이해할 수밖에 없다. 아마도 조선 건국 세력은 '고려'라는 이름 대신 계림이라는 용어로 대치함으로써 대마도가 고려의 땅이었는데 조선 건국 시점 언젠가 일본의 영토로 바뀐 사정을 숨긴 것으로 볼 수 있는 것이다.(p.29)

조선시대에 만들어진 지도에는 대부분 대마도가 조선 땅으로 표시되어 있다(물론 대마도를 일본 땅으로 기록한 조선의 자료들도 제법 많이 있다. 조선 전기에는 이황과 신숙주, 조선 후기에는 정조 때 성해응을 그 대표적인 인물로 들 수 있다). 반면 같은 시대의 일본 지도에는 대마도가 등장하지 않는다. 그러나 임진왜란 전부터 조선과 대내전(후쿠오카 등 큐슈지방을 다스리던 일본 호족)은 대마도를 일본의 것으로 알고 있었고, 그에 대해서는 묵시적인 합의가 있었던 것으로 볼 수 있다.(p.88) 조선과 일본 모두 공식적으로는 대마도주를 번신 또는 번(藩)이라 여겼으며, 조선은 대마도를 조선의 땅으로 여기지 않았음을 알 수 있다.(p.91) 그런데 『조선왕조실록』에도 대마도를 일관되게 일본 땅으로 기록하고 있다. 그럼에도 불구하고 조선조 500년 동안 조선 사람들은 대부분 '대마도는 조선 땅'이라는 믿음을 가지고 있었다. 그것은 조정의 사기극에 백성들이 속고 살았던 것이다.(p.앞 표지)

대마도가 본래 우리의 섬이었으므로 부산의 섬으로 돌아와야 한다고 믿는 사람들이 아직도 많이 있다. 한국인들의 대마도에 대한 마음속 거리감은 현실보다 훨씬 가까운 듯하다. 그래서 "대마도는 심정적으로 고려에 이어 조선의 것이어야 마땅하다. 뿐만 아니라 대마도는 한국 땅으로 남아 있어야 했다. 대마도가 본래 우리 땅이었다는 기록은 많이 있다"고 믿는 것이다. 그러나 그것은 사실이 아니다. 조선 건국 시점부터 (아니 사실상 아득한 옛날부터) 대마도는 이미 일본의 땅이었으며, 조선의 국왕과 중앙의 지배층은 대마도가 일본 땅임을 인정하였다. 그러면서도 자신들의 정권을 유지하기 위해 조선의 백성들에겐 대마도가 조선 땅이라고 우기는 이중적 태도를 보였다. 대마도 왜인들에게 관직을 주고 많은 경제적 지원을 하는데 대한 조선 백성들의 반발을 없애기 위해 거짓말을 한 것이다. 그것은 일종의 사기극이었다.(p.13~17)』[8]

그리고 조선 세종 때 이종무가 대마도를 정벌했다고? 이는 우리가 원하는 방향으로 자의적으로 해석한 것이다. "거제 추봉도(한산도 옆의 섬으로 현재는 교량으로 서로 연결되어 있다) 주원방포(지금의 추원마을)는 대마도 파병군의 최종 출전지였다. 1419년 6월 19일, 227척의 전함에 17,285명의 정벌군을 싣고 이종무는 주원방포 앞에서 출정식을 갖고서 왜구를 소탕하기 위해(?) 대마도로 출발했다." [9] 『세종실록』 기록 중, 태종이 대마도 토벌에 대해 말하면서 "일본 본토의 왜인은 잘 보살펴라"는 말은 일본에 대한 두려움의 표시였다. "그동안 우리는 오면 치고 돌아가면 잡지 않는 방식으로 왜구를 대했다. 그러나 물리치지 못하고 항상 침노만 받는다면 중국이 흉노에 욕을 당한 것과 무슨 차이가 있겠느냐. 허술한 틈을 타서 쳐부수는 것만 같지 못하다. 다만 일본 본토에서 온 왜인만은 묶어두어서 일본 본토가 경동하지 않도록 하라."(『세종실록』세종 1년 5월 14일)

〖이종무 등은 귀화했던 왜인, 우리나라에 향화했던 지문을 보내서 도도웅화에게 빨리 항복하라고 권유했다. 하지만 도도웅화가 따르지 않았고 오히려 총사령관 이종무에게 "7월에는 폭풍이 많을 것이니 오래 머물지 말라"고 위협했다. 그러나 조정에서는 "도도웅화의 항복을 받아오라"고 말한다. 그런 와중에 6월 19일자에서 박실이 많은 군사를 잃고 참패한 소식이 들어온다. "중군이었던 이종무는 아예 상륙도 안했다"라는 보고도 올라온다.(⋯) 대마도 정벌은 얼핏 보면 성공한 것 같지만 실질적으로 보면 태종의 일방적인 지시였고 그 결과 일시적으로 왜구를 위축시키기는 했지만 보름 만에 철수함으로써 북쪽의 4군 6진을 개척했던 파저강 토벌과는 달리 우리 땅이 되지 못했다.〗[10]

그리고 조선 세종 때 이종무 등을 대마도로 보낸 것은 정벌의 목적이 아니라, 중국 명나라가 왜구를 토벌하기 위해 조선을 거쳐 대마도로 갈 경우 조선 정권에 미칠 여러 파급 효과 때문에 부랴부랴 태종의 뜻에 따른 것이라는 견해가 힘을 얻고 있다. 구체적인 내용은 이렇다.

8) 「조선의 거짓말: 대마도, 그 진실은 무엇인가」, 서동인, 주류성, 2016, p.각 페이지.
9) 「걷고 싶은 우리 섬 통영의 섬들」, 강제윤, 호미, 2013, p.323.
10) 「세종처럼」, 박현모, 미다스북스, 2012, p.320~322.

〔쓰시마 정벌의 배경을 종전에는 왜적의 근절을 위한 조선과 일본 양자 관계에서 찾는 것이 일반적이었다. 그러나 근래에 들어와 동아시아 국제질서에 대한 연구가 심화되면서 이전과는 다른 견해가 제시되었다. 이에 따르면 우선 왜적이 명나라의 해안지역에 다수 출몰해 엄청난 피해를 끼치자, 이를 토벌하려고 직접 원정하는 방안까지 검토했다는 것이다. 그리고 명나라가 무로마치 막부의 쇼군을 통해 왜적을 제어하는 방식을 취했지만 협조를 얻어내지 못하자 조선을 시켜 정벌을 계획했다는 것이다. 조선도 명나라가 직접 왜군 정벌을 감행할 경우 생겨날 여러 문제를 심사숙고했다. 그 결과 조선 정부로서는 명나라 측의 의도를 조기에 종식시키고자 쓰시마로 군대를 원정 보냈다는 것이다. 필요하다면 조선이 군사력을 동원해 저들의 근거지를 충분히 공격할 수 있으므로 명나라에서는 굳이 병력을 파견할 필요가 없음을 각인시키려 했다는 것이다.〕[11]

〔즉, 조선의 대마도 정벌은 영토 확장이 주목적이 아니라, 명나라의 일본 정벌론에 놀란 태종의 명령에 의해 세종이 단행한 불가피한 출정이었다는 것이다. 태종이 주도한 대마도 정벌은 명나라의 일본 정벌론을 들은(태종 13년, 1413년 7월 18일 북경에서 돌아온 사신을 통해) 이후, 명나라의 조선 주둔(또는 통과)이 미칠 집권세력에 대한 여파 때문에 놀라서 단행한 요인이 더 설득력이 있다.〕[12]

대마도를 정치적으로 이용했던 이승만 대통령은 결과적으로 독도 분쟁의 원인 중 하나가 됐다.

〔이승만 대통령은 1949년 연두교서에서 대마도 반환을 국정목표로 삼았다. 또한 1949년 말까지 60여 회에 걸쳐 대마도반환을 요구했다. 일본 정부를 향해서뿐만 아니라 미 국무부, 일본 점령군 사령부에도 주장했다. 한국군의 대마도 파병을 언급하여 주일 점령군

270

사령부를 긴장시키기도 했다. 이후 6·25전쟁으로 폐허가 된 한반도의 회복을 위해 한일협정에서 일본의 눈치를 보는 상황이 되어 대마도의 영유권 주장이 사실상 수면 아래로 가라앉았다.〕[13]

〔이승만 대통령이 대마도 반환에 대해 공식 언급한 것은 2차례다. 첫 번째는 대한민국 정부가 출범한 지 3일 뒤인 1948년 8월 18일 AP·UP·INS·AFP·로이터 등 유력한 외국 통신사들과의 회견에서 "대마도는 우리의 섬이므로 앞으로 찾아오도록 하겠다"고 말한 것이다.(또 한 번은 1949년 1월 7일 연두 기자회견에서다.)〕[14]

〔독도 문제를 규정지은 1951년 샌프란시스코강화조약에 '대마도는 우리 땅'이라는 일련의 흐름이 엄청난 악영향을 몰고 온다. 샌프란시스코강화조약이 발효되기 전인 1951년, 한국은 연합국 측에 공식적으로 의견서를 보낸다. 한국 정부의 의견서에는 '대마도·파랑도·독도'를 한국 땅으로 명시해달라는 요구가 적혀 있었다. 이를 보고 연합국 측에서는 어떤 생각이 들었을까? 일단 아무리 동양 역사를 모르는 서방 연합국이라 해도, 그들이 보기에 대마도는 분명 일본 땅이었다. 게다가 한국은 파랑도까지 요구했다. 파랑도가 어디냐고 묻는 연합국 측에 제대로 된 답을 할 수가 없었다. 한국 정부는 뒤늦게 파랑도가 어디에 있는지 확인하기 위해 조사단까지 파견했지만, 결국 파랑도를 발견하지 못했다. 평상시에는 바닷속에 잠겨 있는 파랑도를 발견할 수가 없었다. 남은 곳은 독도 하

11) 『전란으로 읽는 조선』, 규장각한국학연구원, 2016, p.84~89.
12) 『조선의 거짓말』, 서동인, 주류성, 2016, p.145~149.
13) 『천년한 대마도(2)』, 이원호, 맥스미디어, 2013, p.252.
14) 『강을 건너는 산–김용주』, 이성춘·김현진, 청어람미디어, 2015, p.26, 47~50.
    (김용주는 김무성 전 새누리당 대표의 아버지다.)

나밖에 없었고 한국은 결국 독도만 주장할 수밖에 없었다. 연합국 측에서는 뒤늦게 말을 바꾸는 한국 정부의 주장을 어떻게 받아들였을까? 누가 봐도 일본 땅인 대마도를 달라고 하고, 어디에 있는지도 모르는 섬을 달라고 주장하니, 이미 한국에 대한 신뢰는 땅에 떨어진 뒤였다. 자연스럽게 한국 정부의 주장은 믿을 만한 것이 못 된다는 분위기가 만들어졌다. 결국 샌프란시스코강화조약은 제주도·울릉도 및 부속 도서를 한국 땅으로 인정했지만 독도는 빠졌다. 과욕과 무지가 부른 화근이었다.』 [15]

---

15) 「말하지 않는 한국사」 최성락, 페이퍼로드, 2015, p.175~183.

제8장

고구려가
삼국통일을 했으면
만주 벌판이 우리 것이
됐을까?

Lee Sang Joon · Knowledge Series 3

The self is not something ready-made,
but something in continuous formation through choice of action.
자아는 이미 만들어진 것이 아니라 선택을 통해 계속해서 만들어 가는 것이다. (존 듀이)

:
:

고구려가 삼국통일을 했으면
한반도 전체가 중국의 속국이 됐을 수도 있다

최성락(목포대 사학과, 1953~) 교수는 『말하지 않는 한국사』(2015)에서, 만일 고구려가 삼국통일을 했으면, 오히려 우리 민족이 통째로 중국에 넘어가버렸을 수도 있다고 주장한다. 최 교수의 견해를 들어보자.

〔고구려가 삼국을 통일했다면, 한국은 요동·만주·한반도를 아우르는 큰 제국을 형성했을 것이다. 그것은 분명하다. 그런데 그 강한 고구려는 요동·만주·한반도에 만족했을까? 중국 중원에 진출하려는 시도를 하지는 않았을까? 만약 고구려가 백제·신라를 통일했다면 어땠을까? 그동안 둘로 나누어진 전력을 이제 중국 쪽에 전념할 수 있었을 것이다. 요동·만주·한반도에 세력을 다진 국가는 항상 중국 중원 진출에 성공했다. 그러니 아마도 고구려는 중국 중원에 들어설 수 있었을 것이다. 그리고 금나라·원나라·청나라 등과 같이 고구려는 중국 중원을 다스렸을 것이다. 한국의 역사는 지금보다 더 광활하고 찬란했을 것이다.

문제는 그다음이다. 백제·신라를 합병하고 중국 중원에 진출한 고구려는 과연 지금까지 명맥을 유지할 수 있었을까? 중국 중원은 다시 한족에게 내준다고 치자. 그렇다면 요동·만주에서는 계속 독립국으로 남을 수 있었을까? 그 결과는 지금의 중국을 보면 된다. 거란·돌궐·여진족들은 모두 사라졌다. 이들이 만든 국가도 없어졌고, 민족도 없어졌다. 이들은 그냥 중국의 북부 지역에 사는 주민의 형식으로만 남아 있다. 중국과 별개의 민족이라는 관념도 없다. 그냥 중국인이고 한족이며, 자신들이 사는 지역은 중국의 일개 성(城)이다. 고구려는 길어야 몇 백 년 동안 중국 중원을 지배하다가 망했을 것이다. 그리고 고구려가 망하면서, 한민족도 같이 망했을 것이다. 한민족은 그냥 중국에 흡수되었을 가능성이 크다. 우리나라 말도 없어지고, 중국말을 사용하게 되었을 것이다. 그리고 한반도는 지금 만주 지방의 중국 동북 3성처럼 중국의 일개 성이 되었을 것이다. 아마 고려성이나 고구려성쯤이 되지 않았을까?)[1]

만일 고구려가 삼국통일을 하고 나라가 망하지 않았다면, 우리나라는 강대국으로 우뚝 섰을 것이다. 그 이유를 보자. 첫째, 옛날과 달리 먹는 문제는 국제무역을 통해 전 세계무대에서 해결할 수 있기 때문에 굳이 전쟁을 일으킬 필요가 없다. 더 나아가 북한의 지하자원과 만주의 석유에 더하여 한민족의 우수성이 발휘되었을 것인 바, 우리나라는 강대국이 되었을 것이다. 둘째, 한반도의 지정학적 중요성 때문에 사회주의 국가인 중국과 러시아는 함부로 쳐들어오지 못했을 것이다. 동서 간의 힘의 균형이 필요하며, 동북아시아의 중심에 우리나라가 존재하기 때문에 서방 진영(일본과 미국 등)의 이해관계를 중국 등이 무시하고 함부로 점령할 수가 없는 것이다. 중국이 비교적 쉽게 신장·위구르나 티베트, 몽골 등을 지배한 것과는 달리, 해양을 끼고 있는 우리나라는 지정학적 영향력이 훨씬 크기 때문에 서방 전체의 이해관계가 걸려있다는 점이다. 즉, 강대국 중국과 그 주변국들만으로 투쟁하던 과거와 달리, 현대는 여러 강대국들이 있는 전 세계를 무대로 하기 때문이다. 그러나 문제는, 고려와 조선시대를 거쳐 여태까지 우리나라가 중국에 복속되지 않고 살아남아 있을 경우에 말이다. 아쉬운 점이야 이루 말로 다 표현할 수도 없지만, 우선 한라산[2] 에서부터 백두산[3] 까지만이라도 정확히 못을 박자.

이어서 설명하겠지만 중국은 '동북공정'을 포함한 여러 공정(工程)을 통해 아직도 주변국들을 집어삼키려 혈안이 되어 있다. '고구려 삼국통일'이야 이미 물 건너간 사실이고, 가정일 뿐이니 각자가 깊이 판단해볼 문제다.

---

1) 『말하지 않는 한국사』, 최성락, 페이퍼로드, 2015, p.22~26.
2) 「뉴스1코리아」, 2016.12.19. 〈한라산 높이는 1,950m보다 3m 낮은 1,947.06m〉
(2016.12.19. 제주도 세계유산본부 발표).
기존 1,950m는 1966년 평균해수면 기준으로 측정하여 사용해 왔던 것이다.
3) 〈백두산 높이는 한국은 2,744m, 북한과 중국은 2,750m로 제각각이다〉
이유인 즉, 한국은 인천 앞바다를 기준으로, 북한은 원산 앞바다를 기준으로 고도를 측정하는데, 인천 앞바다의 평균 수위가 원산보다 6m 높기 때문에 이런 차이가 나는 것이다. 이때 사용되는 기준은 평균 수면 높이로 이를 수준점(해발 0m)이라고 한다.
1962년 체결(1964년 이행)된 '조중변계조약'으로 백두산 천지의 54.5%는 북한, 45.5%는 중국에 귀속됐다. 이에 따라 백두산 봉우리 16개 중 9개는 북한 소유이고 7개는 중국 소유이다. 오늘날 백두산(중국명 창바이산·長白山·장백산) 천지(天池)를 관광하는 우리는 중국을 통해, 즉 백두산이 아닌 장백산을 통해 천지를 보는 것이다. 1인당 5만 원의 입산료도 모두 중국에 귀속된다!
백두산 등정 코스는 동파·서파·남파·북파로 나뉘는데, 이 중 동파만 북한 땅이고 나머지는 중국 영토이다. 제3차 남북정상회담을 위해 평양을 방문한 문재인 대통령이 김정은 국무위원장과 함께 2018년 9월 20일 올랐던 길도 동파 코스였다.

중국의 공정들

　우선 중국의 민족 분포를 살펴보자. 현재 중국의 인구는 약 14억 명이다. 이 중 92%가 한족이고 나머지 8%는 55개 소수민족이 차지하고 있다. 소수민족 중 장족 인구가 가장 많아 1,700만 명 정도이고, 그 다음으로는 만주족(1,000만), 회족(900만), 요족(750만), 위구르족(740만), 이족(660만), 토가족(580만), 몽골족(490만), 포이족(260만), 동족(260만), 묘족(210만) 정도이다. 조선족은 약 200만 명으로 중국 인구 중 0.1%를 차지하며 소수민족 중 12위(한족 포함 13위)이다. 주로 우리나라와 인접한 동북 3성[지린성(吉林省·길림성), 랴오닝성(遼寧省·요녕성), 헤이룽장성(黑龙江省·흑룡강성)]인데 특히, 가장 많이 분포하는 곳은 지린성을 중심으로 하는 옌벤(延邊·연변) 조선족 자치주이다.

　"가장 많은 소수민족인 광시 장족(壯族) 자치구 지역은 탑카르스트(석회암이 빗물에 녹아 형성된 지역)로 유명한 구이린(桂林·계림) 등의 관광지가 개발되어 관광 수입이 많은 곳이다. 중국은 소수민족의 중국 대륙 내 독립을 막기 위하여 자치권을 부여하는 등 많은 회유책을 사용하고 있다. 왜냐하면 소수민족은 인구 비중은 8%이나 영토 비중은 64%로 중요하므로 소수민족이 독립하게 되면 엄청난 영토 손실을 보기 때문이다. 또한 소수민족이 분포하는 지역은 대체로 지하자원이 풍부하거나 전략적으로 중요한 요충지이기 때문에 더더욱 중국은 소수민족들의 독립을 막으려 하고 있다. 표면적으로는 자치권을 부여하여 소수민족의 정체성 및 자율성을 인정하는 듯 보이지만 중국은 약 92%를 차지하는 한족을 이주시켜 소수민족의 순수성과 정체성을 약화시키는 정책에 심혈을 기울이고 있다.(p.91~92) 대표적인 곳이 시짱(티베트) 자치구이고, 조선족 자치주에도 한족의 이주가 대거 늘어나 현재는 약 61:31의 비율로 한족이 조선족을 앞지르고 있다.(p.129)"[4]

중국은 한족(漢族) 중심의 중원(서안 등) 상고사를 연구하는 단대공정(하·夏, 상·商, 주·周 3대 왕조 연대 확정사업)과 탐원공정(중국 역사의 시원을 찾는 것으로 중국 역사의 영역을 확대하려는 사업)을 시작으로 해양변강공정을 추진해 일본(다오위다오·센카쿠 열도)과 우리나라(이어도)와 영해상의 분쟁을 일으키고 있다.

육지에서도 서남공정(西南工程)·서북공정(西北工程)·동북공정(東北工程, 고구려와 발해는 물론 백제까지도 편입 주장) 등의 이름하에 중국 주변국의 역사까지도 중국의 역사로 강제 편입하려고 혈안이 되어 있다. 서남공정(西南工程)을 일으켜 티베트의 역사를 중국의 역사에 편입시키고 티베트의 독립 열망을 꺾기도 하였다. 그리고 현재 중국의 소수 민족인 위구르족이 사는 지역(신

4) 「속속들이 살펴보는 우리 땅 이야기」, 이두현 외 5인, 푸른길, 2013.

장·위구르 지역)도 서북공정(西北工程)을 추진하여 중화인민공화국의 역사화하였다. 특히 동북공정(東北工程)으로 한반도의 고대사를 잠식하고, 조선족에 대한 통제와 북한에 대한 영향력을 강화하려고 하고 있다. 중국 동북 3성은 동북쪽에 위치한 지린성·랴오닝성·헤이룽장성 등 3성이다. 이 지역을 중국의 통일적 다민족국가론에 의해서 자기의 역사로 강제 편입하려고 하고 있다. 이런 중국의 동북공정식 역사이론은 우리 민족의 역사인 고조선사·부여사·고구려사·발해사 등 우리의 정체성 있는 역사를 중국의 역사로 강제 편입하려는 것이다.[5]

고 최인호(1945~2013) 작가도 광개토대왕에 대한 소설『왕도의 비밀』(1995)로 인해 중국비자가 취소된 사연을 얘기했다. 실제로 1990년대 말 최인호 작가가 K회장과 여행을 떠나기 위해서 중국 대사관에 비자를 신청했더니 발급 이틀 만에 취소되었으며, 전해 들은 말로는 '최인호가 중국에 매우 불필요한 사람'이기 때문이라는 비자 거부 이유를 밝혔다고 한다. 이어서 그는 흔히 중국 동북쪽 변경지역 안에서 전개된 모든 역사를 중국 역사로 만들기 위한 동북공정이라는 프로젝트가 2002년에 시작된 것으로 알고 있는데, 그가 경험한 바로는 이미 그 이전부터 실행되고 있었음이 분명하다고 강조했다. 소설『왕도의 비밀』(1995)이 중국에서 판금된 것도 2002년 이전이었기 때문이다.[6]

2017년 9월에「동아일보」에 실린 두 편의 신문기사를 보면 지금 중국이 추진하고 있는 동북공정의 엄청난 작전을 알 수 있을 것이다.

---

5)「동북공정 바로알기」 경상남도교육청, 2013, p.14.
6)「누가 천재를 죽였는가(유작)」 최인호/김성봉, 여백, 2017, p.157~158.

[〈중국의 동북공정과 오랑캐〉

중국 역사에서 이민족은 배타와 멸시, 공포의 대상이었다. 동서남북의 오랑캐를 일컫는 동이(東夷), 남만(南蠻), 서융(西戎), 북적(北狄)이라는 글자 속에 짐승이나 벌레 또는 무기가 들어있는 것도 이 때문이다. 그러나 지금은 다르다. 자칫하면 분열할 수 있는 56개 민족을 하나로 통합하기 위해서다. 과거 이민족 역사를 자국사로 편입하는 '동북공정(東北工程)'도 이런 정치적 의도에서다.

▷"왕망이 나라를 건국한 AD 9년 동서남북의 이민족들이 사신을 보내왔다. 동쪽에서 온 나라는 현도, 낙랑, 고구려, 부여였다."(『한서』권99 중 '왕망전') 중국 역사서에 처음으로 고구려가 등장하는 대목이다. 중국이 최근 펴낸 '동북고대민족역사편년총서'의 고구려편 첫 장이다. 왕조별로 펴낸 역사총서는 중국은 물론 한국의 역사서까지 샅샅이 뒤져 연대별로 정리했다. 과거엔 남의 역사로 치부해 무시했던 이민족 역사를 하나하나 찾아내 자국 입맛에 맞게 꿰맞추고 있다.

▷중국은 이번 총서에서 고조선, 부여, 고구려, 발해에 이어 백제까지 자신들의 고대사에 포함시켰다. 총서에 포함된 왕조 중 거란(契丹)을 제외한 나머지는 모두 한민족이 세운 왕조다. 중국의 백제 역사 편입은 고구려의 경우와 의미가 다르다. 중국이 현재의 영토 안에서 일어난 모든 역사를 자국사로 보는 '속지주의 역사관'에서 벗어나 한반도에서 건국된 고대 왕조까지 자국사로 포함시켰기 때문이다. 총서는 백제가 만주에서 건국된 부여의 일파라는 점을 들어 백제 전기(前期)는 자국사라고 강변했다.

▷현재 동북공정에 참여 중인 학자는 200여 명에 이른다. 한국사 연구 학자는 1,000명이 넘는다고 한다. 중국 정부는 5년 기한의 한시적인 동북공정 프로그램이 2007년에 마무리됐다고 주장하지만 실은 10년이 지난 지금도 계속되고 있다. 그런데도 우리는 중국만이 주장하는 속지주의 역사관이나 일사양용론(一史兩用論, 한 역사가 두 국가에 동시에 속할 수 있다는 주장) 등 동북공정의 기본 논리조차 제대로 반박하지

못하고 있다.〕[7]

〔〈中, 고구려에 이어 백제까지 중국사에 편입했다〉

－중국『동북고대민족역사편년총서』주장－

이상훈 육군사관학교 군사사학과 교수는 12일『백제역사편년』『고구려역사편년』등 『동북고대민족역사편년총서』5권에 대한 분석 결과를 밝혔다.

{중국 정부가 기금을 지원한 중국의 역사서에서 고구려, 발해는 물론이고 백제까지 중국사의 일부로 편입시킨 것으로 확인됐다.

고구려, 백제, 부여 역사를 중국사 연호(年號) 중심으로 서술한 총서에는 중국 학계에서 처음으로 백제의 역사가 초기부터 중국사라는 주장이 등장했다. 집필을 주도한 중국 창춘사범대 장웨이궁(姜維公·55) 교수는 '백제역사편년' 속 18쪽에 이르는 '백제기원문제탐토(百濟起源問題探討)'라는 제목의 소논문에서 "우리 중국 학계는 그간 백제를 한국사 범주로 인식했지만 백제 전기 역사는 중국사에 속한다"고 주장했다.}
(이상훈 교수가 발표·지적한 내용)

장 교수는 "백제가 4세기 중엽 한강 유역으로 주무대를 이동했어도 백제가 중국사라는 사실은 바뀌지 않는다"고 강조했다. 기원전 2세기부터 4세기 중엽까지 한강 유역이 중원(中原) 왕조의 소유였기 때문이라는 게 장 교수의 주장이다.

백제 멸망 당시 당(唐)이 백제 지역에 웅진도독부를 세워 '백제가 멸망하며 중국에 예속됐다'는 주장은 과거 중국 정부가 주도한 '동북공정(東北工程)' 당시에도 있었다. 하지만 초기부터 백제가 중국사라는 주장이 나온 것은 처음이다. 소논문에는 백제의 기원 자체가 현재 중국 지린성 지린시에 있던 부여에서 갈라져 나온 것임을 강조한다. 총서의

---

7) 「동아일보」, 2017. 9. 14. 〈**동북공정과 오랑캐**〉(하종대 논설위원)

다른 책인 '부여역사편년'에서는 부여에 대해 '아국(我國) 동북소수민족정권', 즉 중국사로 소개했다. 총서를 한데 모아 보면 부여에서 갈라져 나온 백제도 결국 중국사라는 논리다.

해당 총서는 2002~2007년 중국이 동북공정 프로젝트를 진행했던 당시 이를 주도했던 중국사회과학원의 기금을 지원받아 집필됐다. 총서의 각권 왼쪽 상단에는 '국가사회과학기금중점항목성과(國家社會科學基金重點項目成果)'라고 명시돼 있다. 총서 집필을 주도한 장 교수는 동북공정 프로젝트 당시 연구원으로 참여했던 학자다.

이 총서가 「동아일보」 단독 보도(2017.1.19.)로 알려진 이후 3월 발해, 거란편년이 추가로 발간된 사실도 확인됐다. 해당 편년을 통해 중국 동북지역 고대사를 중국사로 편입시키기 위해 논리를 강화한 흔적들도 엿보인다. '발해역사편년'에는 고구려 출신 대조영(?~719)이 세운 발해(698~926)의 228년 역사보다 발해가 멸망한 뒤 거란이 발해 지역에 세운 동단국(東丹國, 926~1220)의 294년 역사를 비중 있게 정리했다. 책 뒷부분에 부록으로 넣은 '발해연호대조표'에는 '발해-중원왕조-일본-신라-고려' 순으로 배열해 발해를 당시 동시대 한국사로 분류되는 신라, 고려와 분리시켰다.

국내 학계에서도 중국사로 인정하는 거란을 부여, 고구려, 백제, 발해와 함께 총서로 묶은 부분도 눈에 띈다. 고구려, 백제, 발해, 부여역사편년은 서한(西漢), 수(隋), 당 등 중국 고대국가 연호 중심으로 사료가 정리됐다. 하지만 '거란역사편년'은 거란이 국가를 세운 900년대 이후부터 '거란태조야율아보기신책원년(916)' 같은 거란 고유의 연호가 사용됐다.

이 교수는 "총서는 부여에서 고구려와 백제가 갈라져 나왔고, (고구려 이후 등장한) 발해가 중국사로 인식되는 거란에 흡수되면서 결국 중국 동북 고대국가 모두가 중국사의 일부라는 이해체계를 보여주고 있다"며 "총서를 통해 한국사를 접하는 중국 일반인 및 학자들은 신라를 제외한 한국 주요 고대국가 모두가 중국사라는 인식을 가질 수 있다"고 지적했다.[8]

---

8) 「동아일보」, 2017.9.13. 〈中, 고구려에 이어 백제까지 중국사에 편입〉(김배중 기자)

"장성에 오르지 않으면 사내대장부가 아니다(不到長城 非好漢)"(?)

우리 민족의 아픈 역사와 애환을 중심으로 한 소설을 주로 쓴 조정래(전남 선암사 출생, 1943~) 작가가 현재 중국을 시대배경으로 하여 3권짜리 소설 『정글만리』(2013)를 발간하여 베스트셀러가 됐다. 이 소설 속에는 '마오쩌둥의 명언'인 "장성에 오르지 않으면 사내대장부가 아니다(不到長城 非好漢, 부도장성 비호한)"를 소개하면서, '이 장성에 올라 무수한 사람들의 신음과 통곡을 듣지 못하면 참된 대장부가 아니다'라고 했어야 한다고 비판하는 대목이 나온다. 잠시 소설 내용을 살펴보자.

〔"모든 권력은 총구로부터 나온다." 이 말은 마오쩌둥(毛澤東·모택동)의 3대 명언 중 첫 번째 것이었다.(…)(두 번째 명언은 "하늘의 떠받치는 절반은 여자다"이고, 세 번째 명언은 "인구는 국력이다"란 말이다. ─이상준)

만리장성 입구에 모택동의 시 한 구절이 붙어 있다. '장성에 오르지 않으면 사내대장부가 아니다(不到長城 非好漢)'. 그 시구를 보는 순간 직감적으로 떠오른 생각은 '인민을 위해 혁명을 했다는 사람이 어찌 저럴 수 있을까'하는 거였다. 그 기나긴 성을 쌓기 위해 저 진시황 시절부터 청나라 때까지 2천여 년에 걸쳐서 얼마나 많은 백성들이 죽어갔는데, 인민을 위해 혁명을 했다는 사람이 그 장성에 올라 봉건 왕조의 폭정에 분노하거나, 불쌍한 백성들의 희생은 전혀 슬퍼하지 않고 사내대장부의 기상만 뽐내고 있는 게 아닌가.

이미 1,900여 년 전 후한의 진림(陳琳)이란 시인이 '그대 장성 아래를 보지 못했는가, 죽은 사람들의 해골이 서로 지탱하고 있는 것을'이라고 시를 썼다. 모택동은 시를 지을 줄 안다고 뽐내면서 시를 지었지만 정작 사나이 기상만 뽐낼 줄 아는 군인일 뿐이었고, 사람의 슬픔을 아파하는 시인의 마음도, 혁명가의 사랑도 없었던 것이다. 그가 진짜 시인이 되었으려면 이런 시구 하나가 첨가되어야 한다. '이 장성에 올라 무수한 사람들의 신음과 통곡을 듣지 못하면 참된 대장부가 아니다.')[9]

북경의 쥐융관(居庸关·거용관, 북경에서 서북쪽으로 50km 지점에 있으며 도보로 만리장성에 오르는 코스) 장성 위와, 빠다링(八达岭·팔달령, 북경에서 서북쪽으로 75km 지점에 있으며 케이블카로 등정하는 코스) 장성 입구에는 모택동이 1935년에 지은 시비(詩碑)가 있다. '장성에 오르지 않으면 사내대장부가 아니다(不到長城 非好漢, 부도장성 비호한)', 내 눈에는 한족을

9) 「정글만리(2)」 조정래, 해냄, 2013, p.163~165.
선암사(仙巖寺)는 전라남도 순천시 승주읍 죽학리 조계산 동쪽 기슭에 있는 사찰이다. 소설 「태백산맥」 등의 저자 조정래의 출생지(부친이 스님)다. 조정래는 선암사에서 아버지 조종현과 어머니 박성순의 4남 4녀 중 넷째(아들 중 차남)로 태어났다. 그의 아버지는 일제시대 종교의 황국화 정책에 의해 만들어진 시범적인 대처 승이었음을 조정래 작가는 스스로 밝히고 있다. (「정글만리(3)」 p.406.)(한국의 대표적 불교 종파인 조계종은 승려들의 결혼을 허락하지 않지만, 일본의 승려들은 반드시 독신일 필요가 없었다.)

뜻하는 한(漢) 글씨를 2배로 크게 쓴 점이 '확' 눈에 들어왔다. 글자 그대로의 뜻은 '장성에 오르지 않으면 한족을 좋아하지 않는다'는 뜻으로, 바로 여기에도 '한족 중심주의'가 짙게 깔려 있다는 점이다. 방금 조정래 작가는 '마오쩌둥이나 진시황이 무수한 중국 백성들의 신음소리를 들었어야 했음'을 아쉬워했다. 나는 한 걸음 더 나아가 '한(韓)'민족이기에 '한(漢)'만을 중시하는 그 말에 살이 떨렸다. 그리고 동쪽의 작은 나라 우리 대한민국이 떠올랐다. 포털사이트에 들어가 보라. 유명인사는 물론이고 일반인들도 이 시비(詩碑) 앞에서 기념사진을 찍어 경쟁적으로 올려놓았다. 그 앞에서 기념사진이야 얼마든 찍을 수 있다. 그러나 그 깊은 의미도 모른 채 마오쩌둥 운운하며 이제 '대장부가 됐다'고 난리들을 치고 있다. 세상을 정확히 모르면 이 지경이 돼버린다. '두 눈 뜨고도 코 베인다'는 말이 딱 들어맞는 격이다. 제발 각성하라.

'한족(漢族)'이 세상의 전부라는 '한족 중심주의'는 이곳 말고도 수없이 많은 곳에서 접할 수 있다. 천혜의 요새, 호산장성(虎山長城), 즉 고구려 천리장성의 일부였던 박작산성(泊灼山城) 이야기를 예로 들겠다. "연암 박지원이 쓴 『열하일기(熱河日記)』(1883)는 1780년 5월 25일(음력)부터 10월 27일까지 약 5개월간 약 3,700리(1,500km)를 좇으며 기록한 연암(燕巖) 박지원(朴趾源, 당시 43세, 1737 영조 13~1805 순조 5)의 유쾌한 유목일지이다(음력 6월 24일 압록강 도착). 연암이 밟았던 여정은 이렇다. 의주→압록강→랴오양(遼陽·요양)까지의 기록인 「도강록(渡江錄)」편을 시작으로 선양(瀋陽·심양=盛京·성경, 청나라의 첫 수도) ⇒ 산하이관{山海關·산해관, 랴오양성과 인접한 허베이성(河北省·하북성) 북쪽 친황다오(秦皇島·진황도) 시의 바다와 맞닿은 곳. 베이징에서 동북방향

290km, 자동차로 3시간 거리} ⇒ 황성{皇城=연경: 연나라의 수도인 베이징(北京·북경)} ⇒ 고북구{古北口, 현재 고북수진(古北水镇)이며 사마대만리장성(司馬台長城)이 있다} ⇒ 열하{熱河, 지금의 청더(承德·승덕)} ⇒ 다시 베이징까지의 여정을 총 24편으로 구분하여 기록한 것이『열하일기』다. 압록강~연경의 거리는 약 2,300리(920km), 연경~열하의 거리는 약 700리(280km, 현재는 도로개선으로 250km) 왕복하여 총 3,700리 (1,500km)의 여행 기록이다."[10] 사행단의 규모는 전체 250여 명이었고[11], 연경~열하 구간은 총 74명(말 55필)으로 줄여서 행차했다.[12] 우리나라 사신들이 남긴 중국 여행기록은 650여 종이나 되지만 연암 박지원의『열하일기』가 단연 으뜸이다.[13]

"『열하일기』에는 조선의 출발지점은 소상하게 나와 있으나, 중국 측 상륙지점은 모호하다. 평안북도 의주 건너편인 단둥(丹東·단동· Dandong)에서 동북쪽 20km, 해발 146m의 호산은 그 형세가 마치 호랑이가 누워 있는 모습과 비슷해서 붙여진 이름인데 우리나라의 마이산(馬耳山: 전북 진안, 685m)과 비슷하게 생겼다. 중국은 명나라 성화 5년(1469)에 축조한 성이라면서 애써 그 연혁을 늘려 얘기하지만, 1990년대에 이르러서야 만리장성의 기점을 산하이관에서 단둥까지 최소 1천km를 연장하여 발표했고, 장성을 보수·증축한 것은 2005~2006년이었다. 물론『열하일기』에는

---

10) 『세계최고의 여행기 열하일기(상)』 박지원/고미숙, 그린비, p.4~6.
11) 『연암 박지원과 열하를 가다』 최정동, 푸른역사, 2005, p.50.
12) 『세계최고의 여행기 열하일기(상)』 박지원/고미숙, 그린비, p.138.
13) 『경남신문』 2017.11.7, 허권수 경상대 한문학과 명예교수, 동방한학연구소장 '열하일기'의 흔적을 찾아서' 여행(2017.11.2~5)

호산에 관한 어떤 기록도 보이지 않는다.”[14]

　“만리장성의 동쪽 끝은 일반적으로 산해관이라고 알려져 왔는데, 최근 중국 당국은 산해관보다 훨씬 오른쪽으로 물러난, 압록강 하구가 빤히 내려다보이는 이곳 호산이 만리장성의 동쪽 끝이라고 주장하면서 이 성을 복원해놓았다. 역사적 의미가 별로 없는 성터를 장성 모양으로 복원해놓고 옛날부터 있었던 만리장성의 흔적이라고 우기고 있는 것이다. 명백한 역사 왜곡임은 말할 나위가 없다. 그들이 호산장성을 통해 말하고 싶은 것은 '요동지역은 옛날부터 중국 땅이고 동쪽 오랑캐들이 이 지역에 들어와 살았던 적이 없다'는 것이다. 그러나 연암의 『열하일기』에도, 담헌의 『을병연행록』에도 이 호산장성에 대한 언급은 없다. 그때는 없었기 때문이다. 이 호산장성의 복원 역시 최근의 '동북공정'에 입각한 고구려사 왜곡과 관련이 없다고 말하기는 힘들 것이다.”[15]

　『열하일기』에도 등장하는 친황다오(秦皇島·진황도)시의 산하이관(山海關·산해관)에 있는 천하제일관(天下第一關) 장성 위에도 마오쩌둥이 썼다는 '장성에 오르지 않으면 사내대장부가 아니다(不到長城 非好漢)' 글자를 새긴 시비(詩碑)가 있다. 베이징 여행할 경우 보게 되는 쥐융관 장성과 빠다링 장성과는 달리 1열이 아니라 2열로 (편집)되어 있다. 그리고 산하이관 중 노용두(老龍頭)는 바다까지 닿아있으며 그 의미 자체가 노용(老龍) 즉 큰 대역사의 시작(우두머리, 頭·두)인 바, 여기가 만리장성의 동쪽 끝임을 스스로 밝히고 있다. 장성의 끄트머리에는 '노용두(老龍頭)', 해변에는

14) 『속 열하일기』, 허세욱, 동아일보사, 2008, p.23~25. 〈천혜의 요새, 호산장성〉
15) 『연암 박지원과 열하를 가다』, 최정동, 푸른역사, 2005, p.58~59.

'明長城地理信 息标石(명장성지리신 식표석)'. 그들 스스로가 자가당착에 빠져있으면서까지 우겨대니 참 기가 막힐 노릇이다.

서인범 동양사학 교수는『연행사의 길을 가다』(2014)에서 호산장성을 만리장성으로 둔갑시키는 중국의 작태를 비판하고 있다. 이를 소개한다.

『압록강변을 따라 15km 정도 가다보면 호산장성에 다다른다. 호랑이가 누워 있는 형상이라 해서 '호산(虎山)'이라고 불렸다. 양 옆으로 삐쭉 솟은 2개의 봉우리가 마치 호랑이의 귀와 같아 호이산(虎耳山)이라고도 한다.『조선왕조실록』에는 마이산(馬耳山)이란 이름으로 등장하는데, 호산이란 이름은 청나라 때 붙인 것이다. 높이가 146m 정도밖에 되지 않는 나지막한 산이지만, 앞쪽으로는 강이 흐르고 주변에는 평야만이 펼쳐져 있어 사뭇 높게 느껴진다.

안내판 지도를 보니 "만리장성의 동쪽 끝이 호산장성, 서쪽 끝은 자위관(嘉峪关, 가욕관)"이라는 설명이 붙어 있다. 호산장성은 명나라 성화 5년(1469) 건주여진의 침입을 방비할 목적으로 축조되었다. 1990년대 초 중국의 장성 전문가 나철문 등이 실태조사를 벌여 명나라 장성의 동쪽 끝 기점으로 결정했다.

이후 2차례에 걸친 복구공사를 통해 1,250m를 보수증축하면서 성루·적루·봉화대 등을 설치해 장성의 총 길이가 8,858.8km로 늘어났다. 2012년 중국「광명일보(光明日報)」는 장성이 동쪽으로 압록강을 거쳐 흑룡강성(黑龍江省) 목단강(牧丹江)까지 이어졌다며 그 길이를 21,196km로 발표했다. 장성의 동쪽 끝이 산해관에서 어느 순간 이곳 호산장성으로, 또 목단강으로 연장된 것이다.

동국대학교 고구려사 전문가인 윤명철 선생은 호산장성이 고구려의 박작성을 가리키며, 당나라와 벌인 전쟁에서 자주 등장한다고 말한다.『삼국사기』「고구려본기」에 "박작성은 산에 쌓은 험준한 요새이고 압록강에 둘러싸여 견고했다. 공격해도 함락시킬 수 없었다"는 기록이 있다. 648년 당나라가 수군 3만 명을 거느리고 해주(海州)를 출발해 압록강으로 들어와 100리(약 40km)를 거슬러 올라 이 성에 이르렀다는 기록도 있다.

2010년 5월 〈고구려성, 만리장성으로 둔갑하다〉라는 제목으로 'KBS 역사스페셜'에서는 박작성이 전형적인 고구려성이라며 당시 축성 양식인 쐐기돌을 이용해 성을 쌓는 방법을 소개했다. 고구려는 돌로 성을 축조한 반면, 중국은 흙으로 성을 쌓았다. 그러다가 명나라 이후에 들어서야 벽돌로 축조하기 시작했다.

성의 주인을 둘러싼 의문을 품은 채 장성 입구 왼쪽 큰 바위에 붉은 글씨로 쓰인 시 한 수를 마주했다.

"맑고 맑은 푸른 강물/ 높고 높은 호산 머리/ 예서부터 장성이 시작되어/ 만 리로 뻗어가 중국을 지키네!

淸淸綠江水(청청록강수) 巍巍虎山頭(외외호산두: 높을 외) 長城以此始(장성이차시: 이 차) 萬里壯神州(만리장신주)"

장성이 이곳에서 시작된다는 것을 사람들에게 선전하는 내용이다. 장성의 시점이라니! 장성의 끝을 계속해서 연장하는 행태와 모순이 아닌가! 장성의 시작과 끝이 계속 바뀌는 것을 보면 이 시(詩)도 언젠가 조용히 사라지는 것은 아닐지 모르겠다.」[16]

16) 「연행사의 길을 가다: 압록강 넘은 조선 사신, 역사의 풍경을 그리다」, 서인범, 한길사, 2014, p.79〜80.

『삼국지』의 바탕에 깔려 있는 '중국의 한족 중심주의'

최성락 교수는 『말하지 않는 세계사』(2016)에서 소설 『삼국지』[17]의 바탕에 깔려 있는 '중국의 한족 중심주의'에 주목한다.

〔〈몽골 출신인 여포(呂布)와 중원 출신이 아닌 동탁(董卓, 중국 동쪽 끄트머리 후이족)의 억울한 사연〉

『삼국지연의』는 소설로서 각색된 부분들이 많기는 하지만 그래도 기본적인 사실들은 역사적 사실을 바탕으로 했다. 그런데 『삼국지연의』 소설 속에서도, 『삼국지』 실제 역사 서술에서도 똑같이 부정적으로 묘사하는 인물이 있다. 여포와 동탁이다. 여포와 동탁은 『삼국지』 첫 부분부터 나온다. 한나라가 혼란에 빠져들게 되는 원인 중 하나가 바로 동탁이다. 동탁은 쿠데타를 일으켜 황제의 자리를 강탈하고, 황제의 이름으로 온갖 횡포를 부린다. 여포는 동탁의 양자로 들어갔지만 나중에 동탁을 배신한다. 이후에도 여포는 끝까지 무도하고 무식한 인물로 묘사된다.

여포는 사실 『삼국지연의』에서 제일가는 무장이다. 그런데 『삼국지연의』에서 최고의 장수로 묘사되는 사람은 관우·장비이다. 그리고 장비와 1:1로 대등한 싸움을 벌인 허저·마초 등이 있다. 그런데 이렇게 1:1로 싸워서 진 적이 없었던 관우와 장비가 같이 달려들어도 이기지 못한 상대가 바로 여포이다. 여포는 유비·관우·장비 세 명이 같이 달려들었을 때나 형세가 불리해서 물러섰지, 다른 1:1 결투에서는 진 적이 없었다. 이렇게 대단한 장수인 여포가 『삼국지연의』에서는 처음부터 끝까지 나쁜 사람으로 묘사된다.

여포가 배반을 한 나쁜 사람이라서 그런 것이라고 보기 어렵다. 『삼국지연의』는 처음부터 끝까지 배반하는 이야기로 점철되어 있다. 왕윤·초선은 동탁과 여포를 속이고, 제갈량은 주유·노숙·마의를 속였다. 유비도 계속 거짓말을 하면서 위기를

---

17) 『군웅할거 대한민국 삼국지』, 김재욱, 투데이펍, 2016, p.4~5.
〈조조의 재평가와 『정사 삼국지』〉
우리가 보는 『삼국지』는 사실만을 기록해놓은 '역사서'가 아닌 '소설'이다. 등장인물의 행적이나 당시 상황이 사실과 맞지 않는 것이 많다. 조조·손권·유비 세 사람 중에 유비를 주인공으로 정하고, 나머지 두 사람은 유비에 맞서는 사람으로 그려놓았다. 소설은 이른바 '촉한정통론(蜀漢正統論)'을 기반으로 하여 이루어졌다. 근래 들어 진수가 쓴 '정사(正史)'가 번역되고 (김원중 선생의 『정사 삼국지』, 민음사, 2007 등), 조조의 재평가가 이루어지면서 촉한정통론은 낡은 것이 되어버렸지만, 여전히 상당수의 독자들은 유비를 중심에 놓고 삼국지를 이해한다.(저자 김재욱: 고려대 한문학과 교수)
• 『삼국지 인물 108인전』, 최용현, 일송북, 2013, p.418~421. 〈3대 삼국지〉
『삼국지』(The Records of the Three Kingdoms)의 중심서는 『정사(正史) 삼국지』이다. 이는 위(魏-조조, 중북부)·촉(蜀-유비, 중서부)·오(吳-손권, 동남)의 3국을 통일한 진(晉, 서기 220~280)에 의해 관찬된 것으로, 진(晉)의 모태인 위(魏)를 정통으로 삼아 서진시대에 진수(陳壽, 233~297)가 쓴 것이다.
『삼국지연의(三國志演義)』(The Romance of the Three Kingdoms)는 이보다 1,100여 뒤인 14C 말경에 촉(蜀)을 정통으로 삼아 나관중(羅貫中)이 썼다. '연의(演義)'란 사실을 부연하여 자세하고 재미있게 서술한 것을 말한다. 흔히 역사소설은 '7할의 사실과 3할의 허구'로 구성된다고 한다. 나관중은 정사 삼국지를 비롯한 여러 사서를 기본서로 삼아서, 당시 민간에 널리 전해져 내려오던 삼국지의 영웅담이나 설화·희곡들을 채집, 적절히 가필하여 『삼국지연의』를 완성하였다. 『삼국지연의』에서 촉을 정통으로 세운 것이나 제갈량을 거의 신격화시킨 것은 저자의 생각이라기보다는 민중들의 영웅대망론에 대한 화답이라고 볼 수 있다. 저자로서는 민중에 의해 천자의 이상형으로 굳어진 유비를 정통성의 중심에 세울 수밖에 없었고, 그러다 보니 상대역인 조조는 악인으로 그릴 수밖에 없었던 것이다. 하지만 나관중의 천재적인 창의력에 힘입어 『삼국지연의』가 중국의 4대 기서의 하나로 꼽히는 것이다.
삼국지의 판본은 『삼국지연의』가 나온 뒤에 다시 약간씩 손질 내지는 수정을 한 사람의 이름을 딴 『이탁오본(李卓吾本)』 『모종강본(毛宗崗本)』 『길천영치본(吉川英治本)』 등이 있다. 요즘 우리나라에서 읽히고 있

292

넘기고, 조조도 황제를 배반한다.

사실 중국 역사에서 뛰어난 사람이라고 하는 사람 대부분은 남을 잘 속이는 사람들이었다. 전쟁에서도 어떻게 상대방을 속여서 함정에 빠뜨리느냐가 중요했고, 협상 과정에서도 다른 사람을 잘 속여 넘기는가가 중요하다. 『초한지』『열국지』『삼국지』『서유기』『수호지』등 중국의 고전들은 상대방을 속이는 이야기가 대부분이다. 그래서 서양사람 중에서는 이런 책들을 사기꾼들의 책이라고 폄하하는 사람들도 있다. 서양 신사의 윤리는 신뢰, 믿음, 자기가 한 말을 반드시 지키기 등이다. 그런데 중국 역사에서는 속이는 이야기가 너무 많고, 또 그런 사기를 칭송하는 경향이 있다.

여포가 다른 사람을 배반한 것은 사실이지만, 삼국지 다른 인물들에 비해 배반을 더

는 소설 『삼국지』의 대부분은 『모종강본』의 역본이고, 일본판인 『길천영치본』의 역본도 간혹 있다. 양자는 큰 흐름에서는 차이는 없으나 세부적인 스토리에서는 약간씩 차이가 있다. 길천영치(요시카와 에이지, 1892~1962)는 근대 일본의 유명한 소설가이다.
다음으로 『반삼국지(反三國志)』가 있다. 중화민국 초기에 사법관을 역임한 주대황이라는 언론인이 1919년 북경의 한 고서점에서 '삼국구지(三國舊志)'라는 제목의 고서 한 다발을 발견했다. 그런데 유감스럽게도 전반부는 유실되고 없었고 후반부만 남아 있었다. 읽어보니 『삼국지연의』와는 내용이 많이 달랐다. 그는 이를 『삼국지연의』와 구별하여 『반삼국지(反三國志)』라는 이름으로 발간했는데, 우리나라에도 세 권짜리 번역본으로 나왔다. 이 책이 『삼국지연의』와 근본적으로 다른 것은 유비가 삼국통일을 완수하고, 그의 손자 유심이 촉한 황제에 즉위하여 후한을 이어가며 승상 방통이 보필하고 있다는 사실이다.
• 『말하지 않는 세계사』 최성락, 페이퍼로드, 2016, p.69~70.
〈원나라 연극을 바탕으로 만들어진 『삼국지연의』의 한계〉
『삼국지연의』에서는 모든 장수가 영웅화되어 있다. 『삼국지연의』를 보면 두 나라의 군대가 만나면 적과 바로 싸움에 들어가지 않는다. 각 군대에서 장수들이 나와서 이야기를 하고, 장수들이 군대를 대표해서 맞장을 뜬다. 조조 군과 원소 군이 붙을 때도 먼저 관우와 안량이 각 군을 대표해서 나오고, 여기에서 관우가 안량을 벤다. 조조군의 장수가 이기면 이제 그 전쟁은 조조 군이 이기게 된다. 이런 식으로 전쟁에서 앞장서서 싸우는 여포·관우·장비·마초·허저 등이 유명한 장군으로 인정된다.
그런데 실제 전쟁에서는 각 군대의 장군들이 나와서 일대일로 붙지는 않는다. 전쟁은 군사들의 싸움이지, 장군들이 맞장 뜨는 곳이 아니다. 그런데도 『삼국지연의』에서 이런 식으로 서술된 것은 『삼국지연의』가 원래 원나라 연극을 바탕으로 만들어진 소설이기 때문이다. 연극에서는 두 군대가 싸우는 모습이나 병사들이 엉켜서 칼질하는 모습으로 표현하는 데 어려움이 있다. 관객들에게 보는 재미를 주기 위해서는 장수들이 나와서 서로 이야기를 하면서 일대일로 붙는 게 훨씬 낫다. 군대의 다툼을 장수들의 일대일 대결로 각색했고, 그런 전투 표현 방식이 『삼국지연의』에서 그대로 적용되었다.

많이 한 것이라고 보기 어렵다. 그럼에도 불구하고 『삼국지연의』 그리고 『삼국지 정사』에서 여포를 유독 부정적으로 보는 이유 중 하나는 여포가 한족이 아니기 때문이다. 유비·관우·장비·제갈량·조조·사마의·원소 등은 모두 중국 중원 출신이다. 중국의 중심지라고 할 수 있는 지금 베이징 지역에서 황하(黃河), 그리고 양쯔강(揚子江 = 長江) 유역까지의 지역 출신이다. 원래 중국의 영역은 이 지역이다. 지금 중국땅으로 되어 있는 만주 지역·몽골 지역·중앙아시아 지역, 그리고 광둥성 등 중국 남해안 지역은 중국땅이 아니었다. 그런데 여포는 몽골 지역 출신이었다.

여포는 몽골 출신이라 서로 제대로 된 대화도 안 되고 이해하기도 어려웠다. 무엇보다 중원 사람들에게 여포는 이민족 출신이고 이질적인 사람이다. 여포가 아무리 무장으로서 뛰어났다고 하더라도 절대 중원 사람들에게 인정받을 수 없었다. 동탁도 마찬가지다. 동탁은 중국의 동쪽 끄트머리 지역 출신이다. 이 지역은 한족이 아니라 후이족이 중심인 지역으로 몽골과 가깝다. 동탁이 여포와 양자 관계를 맺은 것은 이 둘이 비교적 가까운 지역 출신이기 때문이었다. 『삼국지연의』에서 동탁은 스스로 권력을 잡으면서부터 출현하기 시작한다. 그리고 죽을 때까지 부정적으로만 묘사된다. 그런데 『삼국지 정사』에서 동탁에 대한 묘사는 희한하다. 동탁이 권력을 잡기 전에는 굉장히 뛰어난 사람이고 훌륭한 장수로 나온다. 그런데 권력을 잡고 난 후에는 천하의 무도한 사람으로 서술된다. 동탁이 권력을 잡기 전과 후의 서술 톤이 완전히 다르다. 동탁은 중원 출신이 아니다. 중원 출신이 아닌 동탁이 한나라를 위해 공을 세우면 좋은 일이다. 그래서 동탁에 대해 좋게 서술한다. 하지만 중원 출신이 아닌 외부인이 막상 중국을 접수하면 이야기가 달라진다. 동탁은 중국인을 위해 일을 해야지, 중국을 정복하면 안 되는 것이었다.

『삼국지연의』의 주요 등장인물 중에서 중원 출신이 아닌 사람은 여포·동탁·곽사·이각이다. 이들은 모두 삼국지에서 처음부터 끝까지 나쁜 사람으로만 나온다. 이들만

나쁜 짓을 했고 다른 등장인물들은 나쁜 짓을 하지 않았다면 타당하다. 하지만 삼국지의 다른 등장인물들도 모두 다 배신을 하고, 학살을 하고, 아무 이유 없이 다른 사람을 죽이는 등 나쁜 짓을 했다. 삼국지에서 가장 훌륭한 인격으로 칭송받는 관우도 원래 사람을 죽여서 고향을 떠났고, 다른 지방을 돌아다니다가 유비와 장비를 만난 것이다. 관우조차 전쟁터가 아닌 곳에서 사적인 감정으로 사람을 죽인 살인자였다. 그럼에도 불구하고 이들의 잘못을 물고 늘어지지 않는다. 단지 여포·동탁·곽사·이각 등에 대해서만 잘못한 점을 끝까지 물고 늘어졌다. 이는 이민족 출신, 중국 외곽 출신들을 끝까지 받아들일 수 없었던 것이다.

중국 역사는 항상 한족 중심주의다. 중원이 아닌 주변 지역에 사는 사람은 모두 오랑캐다. 한족이 아닌 사람들, 즉 오랑캐들은 인정하지 않는 인종주의가 늘 저변에 깔려 있는 것이다.

〈중국의 한족 중심주의: 한족은 시대에 따라 다른 민족들이다〉

사실 중국의 한족 중심주의는 그 근거가 적다. 중국 고대 왕조는 하(夏, 기원전 2070~기원전 1600?), 은·殷(상·商)(기원전 1600?~기원전 1046), 주(周, 기원전 1046~기원전 256)로 시작된다.[18] 그런데 하나라는 전설로 전해지는 왕조이고, 실제 역사상 확인되는 왕조는 은부터이다. 그런데 은나라는 한족의 국가가 아니라 동이족의 국가이다. 중국의 한자 등을 만든 것은 은나라다. 즉 한자는 원래 한족의 문자·문화가 아니었다. 한족의 나라는 주나라로부터 시작된다.

그리고 주나라·한나라 이후 한족이 지금의 중국민족도 아니다. 중국 위진남북조 시대 때 북방 민족이 중국 중원을 차지했다. 이때 중국 중원에서 살아가는 민족은 한족에서

18) 『소설로 읽는 중국사(1권)』, 조관희, 돌베개, 2013, p.13. 〈중국 소설사 개관〉

북방 민족으로 바뀐다. 그 이후 한족이라는 말을 계속 사용하기는 하지만, 사실 민족 구성원은 달라졌다. 당나라·송나라 이후 한족은 주나라·한나라의 한족과 달리 원래 북방민족이다. 결론적으로 말하면 한족은 시대에 따라 각각 다른 민족들인 것이다.』[19]

---

19) 『말하지 않는 세계사』, 최성락, 페이퍼로드, 2016, p.70~75.

제9장

미국의 눈에
한국은 일본의 부속품에
불과하다!

Lee Sang Joon · Knowledge Series 3

Write injuries in dust, benefits in marble.

상처는 모래에 기록하고 은혜는 대리석에 새겨라. (벤자민 프랭클린)

:
.

"모든 역사는 현대사이다(All history is contemporary history)." 이탈리아 역사가 베네데토 크로체(Benedetto Croce, 1866~1952)의 말이다. 역사란 현재적 관점에서 과거를 바라보는 것이며, 역사의 임무는 기록이 아니라 평가라는 뜻이다. 영국 시인 조지 고든 바이런(1788~1824)은 이렇게 말했다. "가장 뛰어난 예언자는 과거다." "역사를 잊은 민족에게 미래는 없다"라는 말은 신채호(1880~1936) 선생이 일제에 침략당한 조국의 현실 속에서 우리 민족을 일깨우기 위해 한 말이다. 과거의 우수에 젖어본들 슬픔만 쌓일 뿐이다. 현실을 직시하며 역사에서 교훈을 얻고 이를 실행할 때 개인이든 국가든 강하게 성장할 수 있는 것이다. 미국의 태도를 보자.

현 한국공인회계사사회 회장이자 이명박 대통령 시절 지식경제부 장관을 지낸 최중경의 저서 『워싱턴에서는 한국이 보이지 않는다』(2016)에서 〈한국은 미국이 언제든 버릴 수 있는 카드이다〉라는 소제목으로 쓴 부분이다.

〔역사상 미국은 한국을 세 번 배신했다. 첫 번째 배신은 1905년 가쓰라-태프트 밀약으로 미국과 일본은 필리핀과 조선을 포커 판의 칩처럼 주고받았다. 특히 미국은

조선 조정의 때늦은 애절한 호소에도 아랑곳없이 물건을 주듯이 조선을 일본에 넘겼다. 시어도어 루스벨트(Theodore Roosevelt, 1901~1909년 재임) 제26대 미국대통령은 필리핀이 미국 지배하에 있더라도 일본이 이의를 제기할 능력도 의사도 없는데도 불구하고 '조선은 일본이 지배해야 한다'는 소신에 따라 조선을 일본의 식민 상태로 몰아넣었다.

두 번째 배신은 제2차 세계대전 종전을 앞두고 열린 얄타회담(1945년 2월, 루스벨트·처칠·스탈린)에서 한반도를 생선 자르듯 둘로 갈라놓은 것이다. 조선을 식민지로 전락시킨 주역 중 하나인 미국이 조금이라도 양심의 가책을 느꼈다면 한반도를 둘로 가르는 조치는 하지 말았어야 했다. 그러나 한반도에 야욕이 있던 스탈린의 끈질긴 요구를 미국은 거절하지 못했다. 아니, 거절하지 못했다기보다는 미국의 이해관계만 편리하게 반영한 결과라고 보아야 한다. 일본군 무장 해제 과정에서 발생할 수 있는 미군의 인명손실을 최소화하면서 동북아시아에 전략적인 군사 교두보도 확보할 수 있는 방안이었기 때문이다. 이번에도 미국 대통령은 루스벨트 가문의 프랭클린 루스벨트(Franklin Roosevelt, 1933~1945 재임)였다. 역사적 인연이란 것이 이처럼 묘하다.

세 번째 배신은 1950년 1월 난데없이 발표된 에치슨 라인이다. 당시 미국 재무장관 딘 애치슨(Dean Acheson)이 미국의 태평양 방위선을 알래스카 알류산 열도와 일본 열도를 잇는 선(線)으로 선언했는데, 이는 누가 봐도 한반도가 제외된 것이어서 한국전쟁의 결정적 빌미를 제공했다는 평가를 받고 있다.

그렇다면 우리는 우리를 세 번씩이나 버린 미국을 미워하고 멀리해야 하는가? 그렇지 않다. 국제 외교무대에서는 영원한 친구도 영원한 적도 없다. 실리 그 자체가 외교무대의 최고 가치일 뿐이다.」[1]

일례로 한반도 분할의 슬픈 역사를 살펴보면, 제2차 세계대전의 전범국인 독일은 동·서독으로 분리됐으나, 일본은 그렇지 않았다. 오히려 일본의 속국이었던 한반도가 남·북으로 분리돼버렸다. 섬나라인 일본의 특수성 등 이유로, 힘없는 한반도가 대타로 희생된 셈이다. 그 이유는 이렇다.

"민주주의를 확산시키자는 오늘날의 많은 주장과 달리, 패전 후 독일과 일본에 취해진 조치는 이상주의가 아닌 현실주의적인 조치였다. 실제로 독일과 일본이 제2차 세계대전 후 과거와 다른 대우를 받은 가장 큰 이유는 냉전이라는 새로운 시대의 시급성 때문이었다. 미국과 서방세계는 유럽과 아시아에서 소련의 영향력과 활동 범위가 확대되는 것을 단단히 막기 위해서라도 공산주의 체제가 아닌 강력한 독일과 일본이 필요했던 것이다."[2]

그리고 최중경 회장이 같은 책에서 형식에 얽매이는 한국 외교행태를 질타한 〈미국 의회 연설에 더 이상 목매지 말자〉라는 제목으로 쓴 부분이다.

〔이명박 전 대통령을 수행해 미국을 국빈 방문했을 때, 필자 역시 의회 연설 현장을 보고 의아함을 금치 못했다. 반도 채워지지 않은 의원석에는 한국전 참전 의원들과 한국 기업들이 투자한 주(州) 의원들이 앞줄 자리를 채우고 있을 뿐, 나머지 대부분은 초청 손님, 의원 보좌관들이었다. 한마디로 제대로 된 연설 행사가 아니었다. 제대로 된 행사라면 상하원 의원들이 모두 출석하고 사법부와 행정부 주요 인사들도 자리에 있어야 한다. 어떻게 보면 한국 대통령과 의원들 간의 집단 면담이라고 보는 것이 더

1) 『워싱턴에서는 한국이 보이지 않는다』 최중경, 한국경제신문사, 2016, p.9~12.
2) 『혼돈의 세계: 미국 외교정책과 구질서의 위기, 그리고 한반도의 운명(A World in Disarray, 2017)』 리처드 하스, 매경출판, 2017, p.47~51.

정확한 표현이다. 즉, 한국 대통령이 의회를 방문하니 의장단과 의원들이 의사당에 모여서 대통령 인사 말씀을 듣는 것이다. 그런데 국회의원 참석률이 저조하다보니 관심에서도 멀어질 수밖에 없고, 결국 미국 언론은 취급을 하지 않는 것이다.

(…) 미국의 한 아시아 전문가가 필자에게 이렇게 물은 적이 있다. "너희 대통령이 미국 의회에서 연설하게 하려고 대사관 직원들이 필사적으로 노력하는 이유가 무엇인가?"

(…) 이제 이런 연설은 하지 말아야 한다. 이런 부실한 행사를 하고도 일본이 한 번 하는 동안 우리는 네 번이나 했다고, 그래서 한국이 일본보다 미국에 가깝고 영향력이 있다고 할 수 있는가? 언제까지 국민들에게 잘못된 환상을 심어줄 것인가?

반면, 아베 수상의 의회 연설은 제대로 된 것이었다. 미국 대통령의 신년 의회 연설(State of the Union Address)처럼 방청석까지 초청 손님으로 꽉 찬 상태였고, 상징적인 세리머니까지 있었다. 태평양전쟁 당시 미군과 일본군 간에 치열한 전투가 벌어졌던 이오지마 섬 전투를 지휘한 일본군 사령관의 자손과 참전 미군 장교가 초청돼 서로 포옹하는 모습을 연출함으로써 일본이 더 이상 태평양전쟁의 전범국이 아니라 미국의 파트너임을 만방에 선언한 것이다. 이 세리머니가 TV에 방영되는 모습을 보면서 우리 대통령들이 연설할 때 텅 비어 있던 방청석이 생각났다.

이승만 초대 대통령이 1954년에 미국 의회에서 한 연설은 제대로 격식을 차린 행사였다.」[3]

얼마 전 위 내용과 대비되는 신문기사를 읽고 충격을 받은 적이 있다. 역사를 대하는 관점, 세상을 보는 시각이 이처럼 정반대일 수 있을까 하고 말이다.

---

3) 『워싱턴에서는 한국이 보이지 않는다』 최중경, 한국경제신문사, 2016, p.72~74.

유성운의 역사정치⑳ 〈'이승만 제거작전'까지 세웠던 美··· 주한미군 탄생 비화〉라는 제목의 2018년 6월 17일자 기사였다. 기사의 내용은 대충 이렇다.

〔(…) 당초 미국은 동아시아를 냉전의 전초기지로 만드는 기본 구상 아래 한국은 일본에 대한 부속품 정도로 여겼다. 미국의 한국에 대한 전략적 고려는 극동지역 미군 총사령관인 존 헐 장군의 발언에도 잘 드러난다. "한국의 가치는 오직 한국이 일본을 어느 정도 군사적으로 보호하고 경제적으로 이득이 될 수 있는지에 따라 결정된다."

하지만 이승만의 '투쟁' 과정 속에서 한국은 '특별관리 대상'으로서 승격됐고, 당초 백악관이 설계했던 것보다 더 많은 관심을 얻고 중요한 비중을 차지하게 됐다. 예를 들어 한미상호방위조약 체결 이후 미국은 케네디 대통령을 제외한 모든 대통령이 방한했으며, 한국 대통령은 이승만을 시작으로 미국을 방문하면 미 의회에서 연설을 하는 '특권'이 예외 없이 주어지고 있다.

반면 미 대통령 중 일본을 최초로 방문한 것은 제럴드 포드 대통령(1975년)이며, 일본의 총리 중 의회 연설을 했던 것은 이케다 하야토, 기시 노부스케, 아베 신조 등 3명뿐이다. 상·하원 합동 연설로 좁히면 2015년 아베 신조가 처음이다. 한국과 비교하면 60년 가까이 늦은 셈이다.(…)〕[4]

단순한 횟수로만 볼 게 아니라 연설에 참여하는 인사들의 구성과 일정 등을 보면 한국에 대한 미국의 인식은 일본에 비해 비교조차 할 수 없을 정도로 미약하다. 힘이 작동하는 전쟁터가 외교 아닌가! 그런데도 질적인 내용은

---

4) 「중앙일보」, 2018.6.17. 〈유성운의 역사정치⑳〉

무시해버리고 단순히 양적 대비만 해서 분석하면 정반대의 엉터리 결론에 이르게 되는 것이다. 이런 결론을 이끌어내어 '세상을 호도'할 의도로 쓴 글이라면 작전성공이었을 것이고, 정말 그런 게 아니었다면 '무지의 소치, 아니 편협한 시각'이니 더 많은 고뇌와 연구를 해야 할 것이다.

제10장

이승만과 박정희,
김일성에 대한 단상

Lee Sang Joon · Knowledge Series 3

Life is C(Choice) between B(Birth) and D(Death).

인생은 B(Birth)와 D(Death)사이에 C(Choice)다. (장 폴 사르트르)

.
.
.

이승만(李承晚, 1875~1965, 향년 90세)

누구에게나 공과는 있다. 공(功)이야 익히 잘 알고 있으니 과(過)의 몇 가지 사례를 살펴보자.

(사례 1) 이승만 초대대통령은 올해로 70주년을 맞은 제주 4·3 사건의 주범으로서, 1948.4.3.~1954.9.21.동안 당시 제주도민의 약 10%에 해당하는 3만여 명을 학살했다.

(사례 2) 1947년 하반기부터 불거진 제주 4·3항쟁과 1948년 여순사건을 거치면서 이승만 정권은 보수우파와 좌익세력을 제거하며 본격적인 반공 국가 건설에 들어간다. 한국전쟁이 발발하면서 민간인 대량학살은 본격화된다. 좌익인사를 선도하고 계몽하기 위해 설립한 국민보도연맹은 한국 전쟁 초기에 대량 학살 대상이 됐다. 친일 출신의 군인과 경찰은 자신의 생존을 위해 더욱 참혹한 학살극을 벌인 측면도 있다. 숙청되어야 할 친일반민족행위자들이 미군정과 이승만에 기대어 살길을 찾은 것이 바로 공산주의자 척결이었다. 이들은 자신의 친일행적을 가리고 생존을 위해 반정

부주의자·좌익세력·민족주의자를 제거한 것이다. 한국전쟁을 전후해 민간인 최대 100만 명이 학살된 우리의 현대사가 국가 구성의 한 주체인 국민조차도 제대로 알지 못하는 역사가 된 것은 슬픈 일이다.

(사례3) 1908년 3월 23일에 거행됐던 대한제국의 외교고문 스티븐스 저격사건이다. 혹시 들어본 적이 있는가? 한국의 버트런드 러셀로 불리며 위스콘신주립대 조교수 등을 역임한 김용운 박사(1927~)가 2018년에 펴낸 책 『역사의 역습: 카오스 이론으로 세계문명사를 분석하다』에 수록된 내용이다.

〔애국자와 정치가는 다르다. 애국자는 정치에 관심을 두지 않고 순수한 열정으로 나라를 위해 희생도 감내하는 인물이다. 안중근·김구 같은 분들이다. 자신의 신념에 충실했던 분들이 한국에는 많았다. 하지만 조선시대의 정치제일주의에서 나온 평천하 (平天下) 신념은 오로지 정권 장악만을 궁극적 목적으로 삼는다. 한국적 평천하 사고는 성공한 운동가를 애국자와 동일시한다. 국립묘지에는 실패한 대통령은 묻힐 수 있어도 정권에 관심이 없던 애국자는 들어가지 못한다.[1] 정권을 목적으로 한 애국(또는 저항) 운동은 대가를 전제로 하는 것이므로 노동자가 임금을 기대하는 것과 본질적으로 같다.

1950년대 말 미국 유학생이던 나는 이승만 신화에 세뇌되어 있었다. 그런데 재미 교포들 사이에서는 그에 대한 지지도가 국내보다 훨씬 낮고 오히려 반대파가 더 많아 충격을 받았다. 재미교포 본거지는 LA의 북쪽 몬트레이(Monterey)였다. 노벨상 작가

---

1) 「한겨레」, 2018.6.28. 김경욱 기자.
   〈국립묘지 묻힌 친일파 63명… 독립운동가는 공원에 냉대〉
   "항일운동가 짓밟던 김백일, 김구 암살 배후범 김창룡까지 「친일인명사전」 인물들 현충원에 안장" "임정 요인·독립운동가 묘역은 근린공원·북한산 등에 뿔뿔이 흩어져 있고, 현충원 선열들은 친일파 '발 밑'에!" "친일파 국립묘지 안장 막고 효창공원 성역화 서둘러야"

존 스타인벡(J. E. Steinbeck, 1902~1968)의 『분노의 포도(The Grapes of Wrath)』 (1939)의 배경이 된 지역이다. 그곳 농장에서 시간제로 일하면서 나는 교포들 사이의 반이승만 정서를 알게 되어 어느 교포에게 이유를 들어보았다. 그는 스티븐슨 사건부터 설명해주었다.

전명운(田明雲, 1884~1947)·장인환(張仁煥, 1876~1930) 두 의사는 미국의 안중근으로 알려진 독립투사들이었다. 그들은 당시 대한제국의 외교고문이던 스티븐스(D. W. Stevens)가 휴가차 미국에 들어온다는 정보를 입수한다. 스티븐스는 미국 외교관 출신이지만 일본 정부의 추천으로 대한제국의 외교고문이 된 일본의 앞잡이였다. 한양에서는 일본을 위해 조선 식민지화에 협조하고, 미국에 돌아오면 기자회견과 강연을 통해 한일합병이 동양평화를 위해 꼭 필요한 일이었다고 선전하고 다녔다. 이 사실을 알게 된 두 의사는 스티븐스를 사살하기로 작정한다. 전명운 의사가 먼저 현장에 도착해 권총 세 발을 쏘았으나 불발되었다. 달리 대안이 없던 그는 맨몸으로 공격했지만 체격 상 스티븐스에게 밀렸다. 마침 그때 장인환 의사가 도착해 스티븐스를 향해 세 발을 쏘아 두 발을 명중시킨다. 그런데 한 발이 잘못되어 전명운 의사가 맞는다. 스티븐스는 이틀 뒤에 병원에서 죽었다.

두 의사는 살인죄로 체포되어 재판에 회부되었다. 재미교포 사회는 그들의 애국심에 감동해 대대적인 후원운동을 펼쳤고, 그들의 행위가 단순한 살인이 아니라 애국적 의거임을 밝히고자 애썼다. 그러나 법정에서 증언해줄 사람이 없었다. 대부분의 교포들은 영어에 서툴렀고 언변도 없었다. 교포들은 영어에 능숙한 그에게 변론을 맡아줄 것을 청한다. 그러나 그는 "기독교도로서 살인사건에 관여하고 싶지 않다"는 이유를 들어 거절했다.

재미동포들은 돈을 모아 미국인 변호사 네이턴 코플란(Nathan Coughlan)을 선임하고 유학생 신흥두가 서툰 영어로 통역을 맡았다. 코플란은 독일 철학자

쇼펜하우어(1788~1860)의 '애국적 정신병(patriotic insanity) 이론'을 내세워 두 사람을 변호했다. 전명운 의사는 무죄, 장인환은 25년형을 선고받고 10년 후 석방됐다. 전명운은 러시아로 이주해 독립운동을, 장인환은 미국으로 귀화했다. 두 의사는 같은 평안도 출신의 이민자였으나 같은 뜻을 품고 따로 행동한 것이다. 이 이야기를 들려준 연로한 그 교포의 말을 잊을 수가 없다.

"이승만은 정치가이지 애국자는 아니야. 자신의 정치목적을 위해 김구와 같은 사람도 암살하지 않는가!"] [2]

---

2) 『역사의 역습: 카오스 이론으로 세계문명사를 분석하다』 김용운, 맥스, 2018, p.413.

박정희(朴正熙, 1917~1979.10.26. 향년 61세)

"남한의 절대 권력자 박정희는 여러 가지 면에서 김일성과 대조적이었다. 김일성이 항일 유격대였던 반면에 박정희는 일본육군사관학교를 졸업하고 일본 육군 장교로 복무했으며, 강제적이기는 했지만 잠시나마 다카기 마사오(高木正雄)라는 일본 이름도 갖고 있었다."[3]

"박정희 대통령이 있었기에 오늘날 발전된 대한민국이 있고 우리가 이만큼 잘 먹고 잘살 수 있게 됐다." '친박 망령'은 여기에서 출발한다. 박정희가 없었으면 오늘날 우리는 필리핀처럼 후진국의 틀에서 헤어나지 못해 밥도 제대로 먹지 못하고 있을 것이다. '배고파 봐라! 좌파고 진보고 평등이고 뭐고 다 필요 없다'고? 과연 그런가? 극명하게 갈리는 양측의 견해를 보자.

먼저 극보수파의 맹주인 정규재의 책에 실린 조갑제(전 「월간조선」 편집인, 1945~)가 책 『정규재TV 닥치고 진실』(2014)에 쓴 글이다.

---

3) 「두 개의 한국(The Two Koreas, 2013 개정판)」 돈 오버도퍼 외, 길산, 2014, p.69.

〔문턱이론이라는 게 있다. 한국은 이승만 대통령이 씨를 뿌리고, 박정희 대통령이 근대화 산업화를 길러내서 중산층을 만들어냈다. 그렇게 만들어진 중산층이 구각을 깨는 민주화의 기반이 되었다. 그런 의미에서 본다면 민주주의가 가능한 물질적 토대를 만들어낸 사람은 박정희라고 아주 역설적으로 얘기할 수 있다. 박정희는 한마디로 말하면 근대화 혁명가라고 말할 수 있다. 5·16과 유신에 대한 부정적인 평가는 차치하고, 박정희와 군인 엘리트의 효율적인 리더십이나 국가 경영이 없었다면 대한민국의 근대화는 불가능했다고 본다.(칼럼니스트 조갑제)〕[4]

이제는 서울대학교 공과대학 이정동 교수(1967~)가 조소『축적의 길: Made in Korea의 새로운 도전』(2017)에 〈'한강의 기적'은 기적이 아니다〉라는 제목으로 쓴 글을 보자.

〔한국 산업의 성공적인 발전 사례를 놓고 개발도상국의 사람들과 이야기를 나누다 보면, 꼭 답답해지는 대목이 있다. 특히 자기나라의 산업발전에 관심과 열의가 많고, 한국 산업에 대해 이것저것 공부하거나 들은 이야기가 많은 개도국 출신 유학생들이나 공무원들일수록, 한국의 발전 과정에서 리더십이 큰 역할을 했다고 이야기하는 경우가 많다. 특정인(박정희?)을 언급하면서, 바로 그런 강력한 리더십이 있었기에 한국 산업이 발전할 수 있었다고 이야기한다. 조금 더 나아가면, 자기 나라는 바로 그런 강력한 리더가 없기 때문에 안 된다는 자조적인 이야기까지 듣게 된다. 이때가 답답한 순간이다.

리더 개인의 특성 문제는 전혀 본질이 아니다. 독특한 리더가 결국 발전의 핵심이라면, 사실 더 이상 논의할 거리가 없어진다. 산업발전을 위해 강력한 리더를 키우라거나

4) 「정규재TV 닥치고 진실」 정규재, 베가북스, 2014, p.314~316.

구입하라고 권고할 수도 없는 노릇이지만, 개도국이 아니라 현재 어려움에 처해 있는 우리나라의 경우에도 별다른 시사점이 없기 때문이다.

비슷한 맥락으로 흔히 '한강의 기적'이라고 이야기하는 경우가 많은데, 기적이라는 표현 역시 다시 반복하기 어려울 정도로 희귀하다는 뉘앙스를 갖고 있으니 문제가 있기는 마찬가지다. 계속 반복할 수 있으면 기적이 아니지 않은가. 탁월한 리더 때문이었다거나, 참으로 기적이라고밖에 달리 표현할 수 없다고 생각하는 순간 더 이상 논리적으로 이야기가 진행되지 않는다. 한국산업의 성장은 특정한 개인의 리더십 때문이거나 하늘이 내려준 기적의 결과가 아니라, 충분히 설명 가능한 논리적 귀결이기 때문이다.(즉 한국인의 우수성, 높은 교육열, 근면성 등이 오늘날 한국을 만든 것이다. – 이상준) 기적은 착시다. 한국산업의 기적적 성공은 기적이 아니라 탁월한 실행 역량을 확보하였기 때문에 이루어진 것이다.〕[5]

이처럼 극명하게 엇갈리는 박정희의 평가에 참조가 될 만한 것으로, 유시민(1959~) 작가가 책『나의 한국현대사』(2014)에 수록한 글이 있다.

〔우리 국민들은 반세기 동안 숨 가쁜 속도전을 펼친 끝에 50년 전에는 상상하기 어려웠던 현대적 국민경제를 만들었다. 하지만 그에 대해 모두가 똑같은 규범적 평가를 내리는 것은 아니다.

어떤 이들은 이것을 '한강의 기적'이라고 하며, 박정희 대통령을 무에서 유를 창조한 '반신반인(半神半人)의 위대한 지도자'라고 칭송한다. 김대중·노무현 정부 때 민생이 파탄에 빠지고 국민 경제가 성장 동력을 잃어버렸다고 비판한다.

5) 「축적의 길: Made in Korea의 새로운 도전」, 이정동, 지식노마드, 2017, p.226~227.

하지만 다른 사람들은 한국 경제가 불평등과 반칙이 난무하는 약육강식의 '정글자본주의'라고 비판하며 그 책임을 박정희 대통령에게 묻는다. 민주주의를 제대로 하면서 경제 발전을 이루었다면 골고루 잘사는 나라가 될 수 있었다고 주장한다. 심각한 빈부격차와 살벌한 경쟁풍토, 재벌 대기업의 탐욕과 횡포, 심각한 고용불안과 비정규직의 확산, 세계 최고 수준의 노동시간과 자살률, 참혹한 환경파괴 등 한국 사회의 부정적 현상이 모두 박정희 독재에서 시작되어 신자유주의에 굴복한 김대중·노무현 정부 때 본격화했다고 지적한다.]⁶⁾

박정희 대통령은 1961년 5월 16일 군사정변으로 정권을 장악한 후 1967년 헌법 개정을 통해 장기집권의 기틀을 마련했다. 그는 공(功)도 많지만 과(過)도 만만치 않다. 1964년 8월 제1차 인혁당(인민혁명당) 사건, 1971년 8월 실미도 사건, 1973년 8월 김대중 납치사건, 1974년 민청학련사건, 1974년 4월 제2차 인혁당 사건, 1978년 2월 21일 동일방직 여성노조원에 대한 똥물 테러 사건 등 독재를 위해 무자비한 학살을 자행했다. 그리고 박정희 정권 시절인 1961년 1,700명이 납치돼 강제노역에 동원된 '서산개척단'이라는 사건을 들어본 적이 있는가? 참고로 1980년부터 시작된 현대건설의 충청남도 서산시의 간척지 개발사업과는 무관하다. 다큐멘터리 영화 「서산개척단」(2018.5.24. 개봉, 이조훈 감독)에서 밝힌 실상은 이렇다.

[서산개척지는 100만 평이었고 1981년 첫 농사를 지었으나 강제노역자들에게 줘야할 임금 등 현재가치로 1조6천억 원에 이르는 미국의 원조금 PL-480 자금은 박정희의

---

6) 「나의 한국현대사」, 유시민, 돌베개, 2014, p.103.

선거자금으로 전액 유용됐고 노역자들에게는 단 한 푼도 지급되지 않았다. 더 나아가 개척지 농지도 당초 약속과 달리 노역자들에게 분배되지 않고 정부 명의로 소유권 등기를 해버린 상태다.(현 충남 서산군 인지면 모월3리 일원이며, 현재 약 20명의 당시 강제노역에 희생된 분들이 여기에 살고 있다.)

그나마 전남 장흥의 개척지 200만 평은 노역자들에게 분배는 됐다.]

또한 독재 권력을 앞세워 사리사욕을 한 사안은 어떠한가. 이 대목에서 댄 세노르·사울 싱어가 이스라엘이 발전한 이유를 체계적으로 분석한 『창업국가(Start-Up Nation)』(2010)라는 책이 생각난다. "이스라엘 정부가 깊숙이 관여한 집중 개발 노력은, 경제에 대한 정부의 지나친 간섭이라는 좋지 않은 선례를 남기기도 했다. 이런 시스템은 작고 이상적인 개발도상국에서 특히 유효했다. 이스라엘 정부에 투명성이라고는 없었지만, '모든 정치인이 가난하게 살다 세상을 떠났으며 시장에 개입해 간섭하고 하고 싶은 대로 다 했지만, 그 와중에 어느 누구도 착복하지는 않았다.'"[7]

이제 대충 매듭을 지어보자. '친박파'들이 늘 주장하듯이 '경제개발 5개년 계획' 등으로 우리의 경제력이 급성장한 것은 맞다. 그런데 그게 박정희의 강한 리더십이 있었기에 가능했던 것일까? 만일 누군가가 민주적이고 공정하게 이 나라를 이끌었다면 오늘과 같은 풍요는 없고 과연 필리핀처럼 기아에 허덕이고 있을까? 단연코 아니다! 왜냐하면 우리는 높은 교육열, 근면성 등 우수한 인자를 가진 민족이기 때문이다. 이건 부인할 수 없는 사실이다. 일례로, 병인양요(丙寅洋擾, 1866년) 때 프랑스 장교가 강화도를

7) 「창업국가(Start-Up Nation, 2010)」 댄 세노르·사울 싱어, 다할미디어, 2010, p.147.

약탈한 뒤 조선에는 다 쓰러져가는 허름한 농민의 초가집 속에도 반드시 몇 권의 책이 있다는 사실을 발견하고 심한 열등감을 느꼈다고 자책한 기록을 남겼다.[8] 그렇더라도 리더십이 없으면 불가능하다고? 계몽주의를 살펴볼 필요가 있을 것 같다. 계몽주의란 18세기에 프랑스·영국·독일 등에서 일어난 사상 문화운동이다. 몽매한 민중을 이성으로 깨우친다는 뜻이다. 그런데 계몽주의 덕분에 유럽이 근대화에 성공할 수 있었을까? 아니다. 오히려 히틀러 같은 독재자만 만들어냈다. 관련 글 두 편을 보면 판단이 설 것이다.

〔정치철학자 존 그레이[9]는 나치의 파시즘적 폭력도 서구 문명의 일탈이 아니라 서구 문명이 내장하고 있는 논리와 폭력의 결과라고 단언한다. 그는 이렇게 말한다. "나치 역시 어떤 의미에서는 계몽주의의 산물이다."〕[10]

〔하이에크(1899~1992)[11]가 자유사회를 기술하고 그 원리를 분명하게 하기 위해 정력을 기울여 개발한 것이 '자생적 질서' 개념이다. 이에 따르면, 인류에게 유익한 사회제도의 대부분은 인간이 의지를 가지고 계획적으로 만든 것이 아니라 자신들의 개별적인 목적을 추구하기 위해 서로 관계를 맺으려고 노력하는 과정에서 의도하지 않게 생겨난 결과물이다. 간단히 말해서, 자생적 질서는 인간행동에서 생겨난 것이기는 하지만 인간의 계획을 통해 만들어진 것이 아니다. 자생적 질서에 속하는 대표적인 것이 언어다.

8) 『옛 그림 읽기의 즐거움(3)』 오주석, 솔, 2008, p.94~95.
9) 존 그레이: John Gray, 런던 정치경제대학 교수, 정치철학자, 『가짜 여명: 전 지구적 자본주의의 환상(False Dawn: The Delusions of Global Capitalism, 1998·2009)』(이후, 2016) 등 저자, 1948~.
10) 『시대와 지성을 탐험하다』 김민웅 교수·목사, 한길사, 2016, p.341~342.
11) 하이에크: Friedrich Hayek, 오스트리아 출신 자유주의 경제학자, 1899~1992.

그런데 자생적 질서와는 전혀 상이한 사상이 있다. 프랑스 계몽주의 전통의 계획사상이 그것이다. 이것은 인류에게 유익한 모든 제도는 엘리트들이 계획하여 만든 것이라고 믿는 사상이다. 이에 따르면, 질서를 위해서는 항상 계획이 필요하다. 완장을 차고 질서를 잡는 사람이 없으면 질서가 생겨나지 않는다는 것이다. 이는 데카르트·홉스·루소·벤담·케인스·롤스로 이어지는 전통으로, 프랑스 혁명의 이념적 기초이기도 했던 프랑스 계몽주의는 파시즘과 나치즘 그리고 사회주의를 출산하는 데에서 최고 절정을 이룬다.

하이에크는 프랑스 계몽주의와는 달리, 질서를 창조하기 위해서는 창조자로서의 주권자가 필요하다는 생각을 버렸다. 더불어 이런 생각을 인간이성에 대한 무제한적 신뢰를 전제하는 '구성주의적 합리주의'라고 비판했다. 인간은 그 어떤 엘리트라고 해도 질서를 창조할 수 있을 만큼 전지전능하지 못하다는 것이다. 그는 프랑스 계몽주의를 비판하면서 질서를 잡는 주체가 없어도 저절로 질서가 생성되고 유지된다는 사상을 확대, 발전시키는 데 주력했다.』[12]

영국의 철학자 J.S. 밀은 『공리주의(Utilitarianism)』(1863)에서 다음과 같이 썼다. "배부른 돼지보다는 배고픈 인간이 더 낫다. 배부른 바보보다는 배고픈 소크라테스인 것이 더 낫다. 즉, 바보나 돼지가 덜떨어진 이유는 그들은 (상대방에 대한 배려 없이) 자신들의 입장에서만 생각하기 때문이다." 인간은 밥만 배불리 먹는다고 행복해지지 않는다. 그것은 행복의 1차적인 관문을 통과했을 뿐이다. 인본주의 심리학자 아브라함 매슬로우[13] 는 '욕구

---

12) 『하이에크, 자유의 길』 민경국, 한울아카데미, 2007, p.15~16.
13) 아브라함(혹은 에이버러햄) 매슬로우: Abraham H. Maslow, 미국, 1908~1970.

5단계설(Hierarchy of Needs)'에서 저차원의 욕구가 실현되면 점차 고차원의 욕구를 추구한다고 주장했다. 즉, '1단계 생리적 욕구(본능적인 수준에서의 욕구, 식욕이나 수면욕 등)→2단계 안전의 욕구→3단계 애정과 소속의 욕구→4단계 존경받고자 하는 욕구→5단계 자아실현의 욕구'가 그것이다. 그리고 현대인은 옛날 왕들보다 더 편리한 삶을 살고 있으며, 그들이 낙원이라고 상상한 것 이상의 생활을 영위하고 있다. 그래서 행복해졌을까? 세계적 베스트셀러[14]의 저자이자 예루살렘 히브리대학교 역사학과 교수인 유발 하라리(Yuval Harari, 1976~)도 이렇게 말했다. "우리는 과거 어느 때보다 훨씬 강력한 힘을 갖고 있습니다. 그러나 과거보다 분명 더 '안락'한 삶을 살고 있는 게 사실입니다. 하지만 우리가 선조들보다 훨씬 더 '행복'한지는 의문입니다."[15]

이제 알겠는가! 이제 제발 인간을 개돼지 취급하는 사고방식부터 버려라! "등 따시고 배부르니까 고마운 줄 알고, 끽소리 하지 말고 엎드려 있어라"와 같은 무식한 말은 하지 말라! 저개발국에서 힘들게 살아가는 사람들과 우리나라를 단순 비교하여 말하지 말라! 앞에서 말했듯이 인간의 욕망은 단계별로 커지는 게 지극히 정상이다. 이런 욕망의 추구가 개인의 스트레스도 될 수 있지만, 인류문명 발전의 원동력이 된다는 점도 명심하란 말이다.

---

14) '인류 3부작' 『사피엔스(Sapiens, 2011)』(김영사, 2015), 『호모 데우스: 미래의 역사(Homo Deus: A Brief History of Tomorrow, 2015)』(김영사, 2017), 『21세기를 위한 21가지 제언: 더 나은 오늘은 어떻게 가능한가(21 Lessons for the 21st Century, 2018)』(김영사, 2018) 등이 있다.
15) 『궁극의 인문학: 시대와 분야를 넘나드는 9인의 사유와 통찰』 전병근, 메디치미디어, 2015, p.120~121.

김일성(1912~1994, 향년 82세):
아버지와 김일성 모두 독립투사였다

일제강점기 때 김일성(金日成)의 아버지뿐만 아니라 김일성 자신도 독립투사였다. 그와 반대로 박정희는 일제강점기 대 독립투사를 때려잡는 일본군의 장교였다. 아이러니컬하지 않은가! 김일성이 북한의 선전처럼 그렇게 대단하지는 않더라도 독립투사였음은 확실하다. 그의 행적을 보면 이렇다.

〔김일성은 1912년 평양 근처 만경대에서 태어났다. 아버지 김형직은 독립운동을 한 민족주의자였고 어머니 강반석은 모태 기독교인이었다. 중국 길림 육문학교에서 공산주의자가 된 김일성은 1931년 중국공산당에 입당한 후 중국공산당 유격대와 만주군벌 부대, 조선인 유격대가 함께 활동한 동북항일연군에서 활동했다. 김일성이라는 이름이 조선 민중에게 처음 알려진 것은 1937년 백두산 일대에서 활동하던 동북항일연군이 조국광복회와 손잡고 압록강을 건너 함경북도 갑산군 보천보의 경찰주재소를 습격해 큰 충격을 준 보천보 사건에서부터다. 「동아일보」와 「조선일보」를

비롯한 국내신문이 '홍비(紅匪, 공산당 강도)'가 일으킨 이 '범죄'를 제법 크게 보도했다. 온 나라에 입소문이 돌았다. 김일성은 1940년대 초 일본 관동군의 공세에 밀려 소련으로 퇴각했다 광복이 되자 북한으로 돌아와 이미 조직되어 있던 인민위원회를 장악했다.〕[16]

〔김일성의 항일투쟁이 훗날 북한의 선동가들이 말하는 것처럼 백전백승의 눈부신 위업은 아니었지만 일본군이 그의 목에 현상금을 걸 만큼 상당한 성공을 거두었던 건 사실이다. 1941년 김일성이 이끄는 부대는 다른 중국인 유격대와 함께 일본군에 쫓겨 만주 국경을 넘어 소련군 훈련소에 이르렀고 김일성은 그곳에서 4년을 보냈다. 그동안에 김일성은 빨치산 동료 대원(김정숙)과 결혼해 두 아들(김정일·김만일)과 딸(김경희)을 낳았는데, 그중 장남이 바로 그의 후계자가 된 김정일이다.〕[17]

앞서 소개했듯이 이탈리아 역사가 베네데토 크로체(1866~1952)는 "모든 역사는 현대사이다"라고 했다. 역사란 현재적 관점(평가하는 시점)에서 과거를 바라보는 것이다.

해방의 기쁨을 만끽하기도 전에 찾아온 분단의 아픔은 한국전쟁이라는 동족상잔의 비극까지 낳았고 잊을 만하면 터지는 동족 간의 다툼은 우리를 슬프게도 했고 두려움에 떨게도 했다. 북한이라는 존재는 특히 남한의 통치자들이 가장 빈번하게 정치적 목적으로 활용한 '위험 세력의 극대치'였다.

---

16) 『나의 한국현대사』, 유시민, 돌베개, 2014, p.73.
17) 『두 개의 한국(The Two Koreas, 2013 개정판)』, 돈 오버도퍼 외, 길산, 2014, p.49.

그 효과도 대단했고 이제 우리들 가슴속에는 큰 명제가 자리 잡기까지 해버렸다. '우리의 최대의 적은 미국·일본은 물론 중국·러시아도 아니고 북한이다!'라고 말이다. 언론인이든 지식인이든 교수든 박사든, 예외 없이 정권의 시녀가 아니면 외면자일 뿐이었다. 먹고살기 바빠 가끔 뉴스를 듣거나 신문을 훔쳐보는 민초들이야 잘나고 똑똑하다는 그들을 믿을 수밖에. 어찌됐건 지금까지 한국인의 뇌리에 박힌 명제는 이렇다. "북한은 남한을 침몰시킬 최대의 위험요소다!"

그러나 어떠한가. 한국의 권력을 손아귀에 쥔 통치자들조차 미국 앞에서는 숨도 한번 제대로 못 쉬었다. 거지처럼 살던 대한민국 국민들이 미국 덕택에 세계 10위권의 경제력을 발휘하며 잘살게 됐으니 끽소리 말고 시키는 대로 하라면, 우리의 대답은 하나밖에 없었다. "예, 잘 알겠습니다." 연이어 나오는 수많은 미국의 청춘들이 콩알만 한 한국을 지켜주기 위해 흘린 피가 얼마인 줄 아는가라는 추궁에도, 우리가 할 수 있는 말은 "예, 감사합니다"뿐이었다. 과연 미국이 우리 대한민국을 그렇게까지 사랑했던 건가.

반면 북한은 당당했다. 김일성 주석의 주도하에 1950년대 중반부터 시작된 북한의 핵개발은 세계 최강 미국뿐만 아니라 일본·중국·러시아까지 극도로 예민하게 만들었다. 2017년 9월 뉴욕에서 열린 제72차 유엔총회를 전후하여 북한과 미국의 힘겨루기는 한 편의 희곡이었다. 9월 23일(현지시간)에 행한 북한 리용호 외무상의 UN총회 연설은 트럼프 대통령에 대한 비난과 군사적 대응 위협에 초점이 맞춰졌다. "(트럼프 대통령이) 망발과 폭언을 늘어놨기에 나도 같은 말투로 대답하는 게 응당하다"고 작심 발언을 시작한 이 외무상은 20분 동안 북한 핵과 미사일의 정당성과 미국 등 강대국의 횡포에 대해 강경한 주장을 거침없이 쏟아냈다. 하루 전인 22일, 김정은 북한 노동당

위원장은 자신의 명의로 성명을 내고(북한에서 최고지도자 직접 성명서를 발표하기는 사상 처음이다) "사상 최고의 초강경 대응조치(그리고 미국의 늙다리 미치광이·dotard를 반드시 불로 다스릴 것)"를 경고했다.

하지만 미국은 북한을 쓸어버리기는커녕 2018년 6월 12일 싱가포르에서 역사적인 첫 북미정상회담을 개최하는 것으로 화답(?)했다. 그리고 2018년 9월 25일(현지시간) 제73차 UN총회 연설에서 트럼프 대통령은, 김정은 국무위원장의 비핵화 조치에 감사를 표했다. 김 위원장을 로켓맨이라고 조롱하면서 북한을 파괴하겠다던 1년 전과는 완전히 달라진 모습이었다.[18] 그러나 미국의 화해 몸짓과 달리 북한은 여전히 당당했다. 29일 UN총회 연설에서 북한의 리용호 외무상은 "신뢰조치"를 18번이나 언급하며 '동시행동 원칙'을 강조했고 "국가 안전 확신 없이 일방적 비핵화는 불가" "북한은 비핵화를 향한 여러 조치를 했지만 미국이나 국제사회는 북한에 대한 제재나 압박 수위를 완화하지 않았다"는 취지로 당당하게 발언했다. 이게 국제무대에서 가장 강력한 '알파와 오메가'인 바로 '힘' 아닌가. "국제 핵질서는 비정하다. 핵무기를 가진 자와 갖지 못한 자가 있을 뿐이다. 조폭들의 세계와 비슷하다고나 할까? 주변의 중국·러시아·북한과 미국은 모두 핵을 가지고 있다. 핵을 갖지 못한 한국은 미국의 핵우산 아래 있을 수밖에 없다. 미·소가 그랬듯이 미국과 북한은 이제 '한 병 속에 든 두 마리의 전갈'이 되어버렸다. 서로를 죽일 능력이 있지만 상대를 죽이면 자신의 목숨도 내놓아야 하는 상황이 되어버린 것이다. 큰 전갈이 기회를 포착하여 작은 전갈을 죽일 수 있을지 아니면 서로 살기 위해 협상의 테이블로 나갈지 핵무기를 갖지 못한 우리는 지켜보고 있을 뿐이다."[19] 북한 김일성 주석의 손자가 저 큰 미국을 잡고 흔들 수 있는 것은 바로 강력한 핵무기였다. 바로 이 점이 고 김일성 주석에 대한 현재적 관점에서의 평가다.

말이 나온 김에, 2017년 UN총회 당시 우리는 어떤 행보를 보였는지 상기시켜주겠다. "9월 21일(현지시간) '문재인-트럼프 한미 4차 정상회담'에서 문재인 대통령은, 회담에서 북한의 도발에 강력하게 대처해 준 데 대해 감사의 말을 전하고 '트럼프 미국 대통령의 강경한 발언이 북한의 변화를 유도할 것'이라고 평가했다. 문재인 대통령은 또 한미가 긴밀하게 공조하고 있는 데 대해 만족한다고 밝혔다." 이 짧은 기사도 그 당시 힘들게 뒤져 별도로 메모해둔 내용이다. 어찌된 영문인지 회담의 상세한 내용은 한국 언론 매체에서는 거의 다루지 않았다. 굴욕외교의 극치를 보여준 치부라서? 더 깊이 생각하면 내가 제명에 못 살 것 같다.

그리고 제73차 UN총회 참석차 미국에 간 문재인 대통령과 도널드 트럼프 미국 대통령이 2018년 9월 24일(미국 동부시간) 한·미자유무역협정(FTA) 개정 협상안에 대해 공식 서명했다. 개정안은 두 나라 국회의 비준동의 절차를 거쳐 공식 발효된다. 트럼프 대통령 입장에서는 2017년 1월 취임 이후 '불공정 무역'을 주장하며 세계 각국을 상대로 벌여온 '무역전쟁'에서 처음으로 공식 문서화된 결과물을 얻게 됐다. 트럼프 대통령은 서명식 모두발언에서 이번 개정으로 미국측에 유리하게 된 것을 거론하면서 기존에 알려진 자동

---

18) 여러 매체 2018.10.1.
　　오는 11월 6일 중간선거를 앞둔 트럼프 대통령은 속내야 어떻든 김정은에게 화해의 제스처를 보낼 수밖에 없는 처지임을 여실히 드러냈다. 9월 27일 아베 총리와의 미일정상회담에서 김정은의 친서를 "아름다운 예술작품"이라고까지 말하면서 극찬했다. 또한 29일 웨스트버지니아주 휠링에서의 연설 도중 "한반도 긴장완화는 내 덕분"이라는 자랑과 함께 "우리는 사랑에 빠졌어요(We fell in love)"라고 하면서 대북 유화 메시지를 이어갔다.
19) 「핵무기와 국제 정치」 안준호, 열린책들, 2018, p.301~302.

차·의약품 등 외에 농산물을 언급했다. 국내에서는 농산물 수입에 대한 양보는 없었다고 알려진 상태여서 향후 국회 비준동의 과정에서 논란이 일 것으로 보인다.

이에 대해 하태경 바른미래당 최고위원은 〈한미 FTA 재협상, 콜드게임 완패…이러고도 동의를?〉이라는 제목의 글에서 "완전 손해 보는 장사를 했다"고 이를 호되게 비판했다. 하 최고위원은 지난 26일 자신의 페이스북에 "얻은 것은 하나도 없고 잃은 것은 세 가지다. 야구로 치면 콜드게임 완패를 한 것"이라며 이같이 말했다. 하 최고위원은 이어 '미국이 얻고 한국이 잃은 것'이라며 세 가지를 나열했다. 그는 "미국은 2021년 1월 1일 철폐할 예정이었던 화물자동차(픽업트럭) 관세를 2041년까지 20년 더 유지하는 걸 얻었다"고 밝혔다. 또 "미국은 미국산 자동차를 한국에 수출할 때 미국 안전기준(FMVSS)을 만족하면 한국 안전기준(KMVSS)를 충족한 것으로 간주하는 물량 쿼터도 제작사별로 연간 2만5,000대에서 5만대로 늘렸다"고 말했다.[20]

20) 「이데일리」, 2018.9.27. 장구슬 기자

제11장

독일과
한국 통일의 차이

Lee Sang Joon · Knowledge Series 3

I have never met a man so ignorant
that I couldn't learn something from him.

나는 내가 배울 점이 없을 만큼 무지한 사람은 아직 한 번도 만나지 못했다. (갈릴레오 갈릴레이)

.
.
.

통일비용

한반도 분할의 슬픈 역사를 살펴보면, 제2차 세계대전의 전범국인 독일은 동·서독으로 분리됐으나, 일본은 그렇지 않았다. 오히려 일본의 속국이었던 한반도가 남·북으로 분리돼버렸다. 섬나라인 일본의 특수성 등 이유로, 힘없는 한반도가 대타로 희생된 셈이다. 이런 분단의 차이는 통일이라는 재결합 과정에서도 현격한 차이를 드러낼 것이다. 즉, 독일과 한국의 통일은 다르다는 점을 항상 명심하고 접근해야 한다. 우선 통일비용부터 살펴보자.

대한민국 국민 한 명이 짊어진 통일비용은 서독 국민 한 명이 감당해야 했던 것의 무려 4배다. 그 이유는 1인당 GDP 차이가 독일 대비 2배이고, 인구 차이가 1/2이기 때문이다. 통일 당시 동독의 1인당 GDP는 서독의 1/10이었고, 현재 북한의 1인당 GDP는 남한의 1/20이다(남한의 인구가 북한의 2배이므로, 국가전체 GDP 국민소득은 북한의 40배가 된다). 즉, 2배(1인당 국민소득 차이: 동독·서독 1/10, 북한·남한 1/20)×2배(통일 시점 인구수 비율: 동·서독 1/4, 북·남한 1/2) = 4배{단, 통일 후 독일의 경제규모가 되려면, ×3배(서독과 남한의 국가 경제력 차이: 남한은 서독의 1/3) = 12배}다.

우리도 독일처럼 통일이 돼야 한다. 그러나 한반도와 독일의 통일에는 많은 차이가 있다는 점은 반드시 알아야 한다. 기자라는 외길을 걸어온 최맹호「동아일보」고문이 저서『다시 보는 역사의 현장』(2015)에서 지적한 내용이다. 냉철하게 주요한 몇 가지의 차이를 알아보자.

〔독일의 통일은 1990년 10월 3일 0시를 기해 서독의 '기본법' 제23조가 동독 지역에도 적용되면서였다. 즉, 서독 헌법이 동독지역에 적용된 것으로 법적으로는 흡수통일이었다. 사실, 동독의 정치·경제·사회 체제로는 도저히 국가를 지탱할 수 없을 정도로 붕괴되어 서독의 자유민주주의와 시장경제 체제를 받아들인 것이다. 동독이 스스로 붕괴한 것이다. 베를린장벽 붕괴 후 동서독 간 통일협상을 맡았던 볼프강 쇼이블레 당시 서독 내무장관은 "동독에 대한 흡수통일은 한 국가의 몰락으로 보지 않고 동독 측에서 요구하는 통일조약에 의한 통합으로 간주했다"며 동독 국민에 대한 자존심을 세워주었다. 독일과 한국의 통일에는 많은 차이가 있을 것이다. 주요 차이를 보자.

첫째, 동서독은 한반도처럼 동족상잔의 비극을 겪지 않았다. 때문에 피해감과 적대감이 우리와는 판이하게 다르다.

둘째, 휴전선과 베를린장벽의 차이이다. 베를린장벽과 동서독 경계선에서는 무력충돌이 일어나지 않았다. 서독은 북대서양 조약기구에, 동독은 바르샤바 조약기구에 속하는 집단안보체제에 묶여 독자적으로 군사행동을 할 수 없었다.

셋째, 동독 지도부에는 세대교체가 있었다. 치열한 토론을 거치고 정치국원에 임명되어 업무수행 역량을 평가받는 등 당의 검증된 인물이 지도자로 선출되었다. 그러나 북한의 지도자는 봉건왕조 국가처럼 3대째 권력을 세습했다. 뿐만 아니라 북한 주민은 조선의 붕괴와 일제강점기를 거쳐 곧바로 공산 통치에 들어가면서 부당한 권력에 저항한 경험도, 자유의 경험도 없다. 아직도 봉건시대의 계속이라 봐야 한다.

넷째, 동서독 간의 교류이다. 서독의 대(對) 동독 정책은 1960년대부터 '작은 발걸음(Kleinen Schritt)'과 '접촉을 통한 변화(Wandel durch Annährung)'라는 두 가지 정책을 일관되게 추진했다. 이산가족의 상호방문이 1980년대 후반에는 연간 3백만 명이나 됐다. 각 분야에서 교류도 활발하게 진행됐다. 그러나 한반도는 분단 이후 지금까지 완벽하게 단절된 상황이 계속된다. 아마 인류 역사상 이처럼 오랫동안 부모 자식·형제자매 간에 만나지 못하고 이산의 아픔을 겪는 민족은 없을 것이다.

다섯째, 지정학적 위치와 정보의 흐름이다. 폴란드와 체코가 이웃해 다른 나라의 정보가 스며들 수 있었다. 특히 바르샤바조약기구 국가 간에는 비자면제협정이 체결되어 동독 시민은 이 국가에 자유롭게 여행할 수 있었다. 여행은 정보의 접촉이다. 여행지의 정보는 물론이고 서유럽의 갖가지 정보를 접할 수 있었다. 특히 동독 시민은 서독의 자유로움과 높은 생활수준, 질 좋고 풍족한 생필품을 부러워했다. 그러나 북한은 완벽하게 차단된 나라다. 북-중 국경만 통제하면 정보의 유입이나 인적 왕래가 불가능하다.

여섯째, 통일정책이다. 우리의 대북정책은 정권이 바뀔 때마다 변한다. 1993년 남북기본합의서 이후 김대중·노무현·이명박 정권을 거치면서 최근까지 대화와 단절을 거듭했다. 그러나 서독은 정권의 교체와 상관없이 일관된 정책을 폈다.

마지막으로, 통일의 기회가 왔을 때 우리가 감당할 수 있는 성숙한 역량과 경제적 능력이 있느냐이다. 이념·빈부·계층·세대 간 갈등이 계속되고 일각에선 반목 징후까지 나타나는 상황에서 온 국민이 과연 한마음으로 북한을 이른 시기에 안정시키고 북녘 동포를 끌어안을 수 있을지 의문이다. 그리고 경제적 측면에서도 내적 역량을 쌓아야 한다. 국민도 통일세 부담을 흔쾌히 받아들여야 한다. 통일 20주년을 맞아 2010년 독일 정부가 공식적으로 밝힌 통일비용은 20년간 1조6천억 유로(약 2천조 원)에 달했다.」[1]

---

1) 「다시 보는 역사의 현장」 최맹호, 나남, 2015, p.190~194.

독일과 일본의 전쟁 후 행보(반성)의 차이

한마디로 요약하면 독일은 '공존'의 행보를, 일본은 '독존'의 행보를 걷고 있는 것이다. 이러한 차이는 지정학적 여건뿐만 아니라 민족성과 문화 등 많은 요인에 기인한다. 어찌됐건 독일은 공존과 상생의 나라로 인정받았고 결국 별 반감 없이 통일을 달성했다. 그러나 한국은 남북한 상호 교감도 아직은 걸음마 단계이고, 특히 일본과 중국 등 '독존'을 중시하는 강대국들에게 둘러싸여 험난한 분단의 길을 계속 걸어가고 있는 것이다. 일례로 일본은 독일과 달리 제2차 세계대전의 전범국으로서의 참된 반성은커녕 군국주의의 길로 점점 치닫고 있는 실정이다.

이원복(1946~) 덕성여대 총장이 베스트셀러 『먼나라 이웃나라: 에스파냐편』 (완간)[2]을 기념하여 2013년 5월 23일 동국대학교에서 특강을 했다. 〈세계 역사 여행: 일본과 독일의 역사의식과 역사 교육〉이란 주제로 강연한 내용에서 독일과 일본의 제2차 세계대전 후 내딛고 있는 행보의 차이를 알아보자.

첫째, 독일은 9개 나라와 국경을 접하고 있지만 일본은 홀로 떨어져 있는 섬나라라는 지정학적 여건의 차이이다. 독일은 주변국과 어우러져 살아갈 수밖에 없으나 일본은 독단적으로 홀로 서기를 할 수 있는 지정학적 차이가 있다.

둘째, 독일은 역사상 수많은 전쟁을 겪어왔고, 각 전쟁에서 패배한 경험이 많다. 반면 일본은 태평양 전쟁(제2차 세계대전)에서 최초로 패배한 것으로 인식하고 있다. 일본은 여전히 임진왜란이나 정유재란의 패배는 인정하지 않고 있다.

셋째, 종교와 사회 관습의 차이다. 독일은 기독교 사회이기 때문에 실수를 인정하고 잘못을 참회하는 문화가 있는 반면, 일본은 천황을 필두로 한 독불장군식의 사회이며, 과오에 대하여 할복과 자결을 함으로써 모든 죄가 치유된다고 믿는 자칭 의리파의 문화이다.

넷째, 독일은 그들이 자행한 만행을 남겨 교훈으로 삼고 있지만, 일본은 그들이 당한 것들을 남겨 국수주의를 자극하고 있다. 독일은 총리를 포함한 많은 사람들이 아우슈비츠를 방문하고, 독일 내의 유대인수용소를 보존하여

---

2) 독일 유학 시절인 1981년 10월부터 1986년까지 소년한국일보에 5년 3개월 동안 총 1,376회 연재했다. 이 듬해인 1987년 그걸 묶어 책을 냈고, 2012년 대대적으로 새로 그려 리모델링했다. 2013년엔 에스파냐를 마지막으로 15번째 권을 마쳤다. 유럽 7개국(영국·프랑스·독일·이탈리아·네덜란드·스위스·에스파냐)과 미국(3권), 일본(2권), 중국(2권), 한국 등 32국 동안 모두 11개국을 다뤘다. 누적 발행 부수 1800만 부, 누적 발행 쇄수는 2,000쇄를 넘었다.

1966년에 서울대학교 공과대학 건축공학과에 들어가 6년간 학교를 다녔지만 만화 그리는 작업을 계속하느라 학업(전공)에는 소홀하여 졸업은 하지 못했다. 1970년대 초반부터 「새소년」 등지에서 '성천경' '이상권' 등의 필명으로 활동하면서 일본식 그림체를 차용하여 감동극화물·모험물·개그물·로봇물 등을 전전하며 만화를 그려왔다. 1975년에 만화를 본격적으로 공부하겠다는 일념으로 독일 뮌스터대학교로 유학을 떠나 1981년까지 6년간 배우면서 자신만의 그림체를 찾아내게 되었다.

1981년에 뮌스터대학교 졸업 이후 '먼나라 이웃나라'를 그릴 적에도 계속 유럽에 체류하다 형들의 권유로 1984년에 귀국하여 덕성여대 산업미술학과(현 시각디자인학과) 교수로 재직한 뒤 교양만화 하나에 몰두하게 되었다.

후세들에게 그들이 저지른 만행을 교훈삼아 재발을 방지하려고 노력하고 있으나, 일본은 그들이 저지른 만행들의 흔적은 모두 없애고 그들이 당한 피해를 부각시켜 패권주의를 유발한다. 아우슈비츠 수용소는 1947년 7월 폴란드 의회가 박물관으로 영구 보존키로 결의해 현재는 박물관과 전시관으로 꾸며져 있고, 1979년 유네스코는 이곳을 세계유산으로 지정했다. 폴란드는 이곳을 회복하자마자 아우슈비츠(Auschwitz)를 옛 이름인 오시비엥침으로 되돌렸다. 이에 비해서 일본은, 야스쿠니 신사나 히로시마 원폭기념관 등을 통해 그들이 당한 결과만을 강조하고 있다.

다섯째, 독일은 주변국과의 우호관계나 유대관계가 없이는 존속하기 어렵다는 인식을 하고 있으나, 일본은 독불장군식으로 눈에 뵈는 것이 없다. 일본의 이 이면에는 동북아시아 힘의 균형을 염두에 두고 있는 미국의 인식과도 연계되어 있다. 일본의 왜곡된 역사 인식은 향후 아시아, 더 나아가 세계의 평화를 저해할 수 있다는 논지를 통해 미국을 일깨워야 한다.

여섯째, 또한 한국과 중국 등 아시아의 일본 피해국들이 힘을 합쳐 일본의 왜곡된 역사관을 바로잡아야 한다. 일본 역시 '강자에게는 약하고 약자에게는 강하다'는 힘의 원리를 절대적으로 믿는 나라이다. 일본의 왜곡된 역사관을 바로잡기 위한 중국의 선행과제는, 그들 자신이 왜곡하고 있는 동북공정 등 왜곡된 역사관의 재정립이다. 아시아의 강자인 중국에 대해 말할 것 같으면, 자기 자신의 오물을 청소하지 않고 어떻게 남의 허물을 탓할 수 있겠는가?

북한을 지원해야 하는가, 딱 잘라버려야 하는가?

독일과 한국이 분단된 원인을 한마디로 요약하면 이렇다. 독일은 금실 좋은 부부가 온화한 가정을 의연하게 꾸려 살고 싶어 하지만 그 가정의 힘이 막강하여 주변국에서 강제로 분리된 경우였다. 그러나 우리는 경우가 다르다. 일제강점기 이후 새 가정(나라)을 꾸미면서 서로 애틋한 정도 없고 어쩌면 원수 같은 부부생활을 하다가 자의반 타의반으로 서로 찢어진 경우이다. 그러다 보니 서로에 대한 온화한 감정도 없고 상대를 배려할 마음도 없기 때문에 오로지 자기 자신만을 생각할 뿐이다. 그러니 우리의 경우 독일보다는 몇 배나 강한 노력을 들여야만 재결합의 행복을 찾을 수 있을 것이다. 더 이상 늦출 수 없다. '수신(修身)→제가(齊家)→치국(治國)→평천하(平天下)'라는 『대학(大學)』의 8조목 정신이 절실하다. 하루빨리 국론부터 통일하여 내적인 힘부터 길러야만 하는 것이다. 그 힘을 바탕으로 북한을 도와야 한다.

곧 합가해야만 하는 하나밖에 없는 동생이 있다면 어떻게 하겠는가? 나 자신은 물론 동생도 제 앞가림을 잘하고 있으면 형인 나에게 큰 부담이 없다. 그러나 만일 동생이 헐벗고 굶주리고 중병까지 앓고 있다면, 이 고통은 고스란히 형의 몫이 돼버린다. 같은 한민족이고 이산가족의 아픔이 크다는 등의 정서적 문제는 차치하더라도, 경제적인 측면에서라도 우리 남한을 위해서라도 북한은 성장하고 발전해야만 하는 것이다. 혹자는 북한에 식량·모종이든 농약·비료 등을 지원하여 북한 지도층의 배만 불리고 핵무기나 만들게 했으니, 정작 북한 주민들에게 돌아간 혜택은 없다고 비판한다. 지원물자에 대한 분배가 투명하지 않다거나 하는 문제는 있을 수 있다. 북한뿐만이 아니라 어느 나라든 안 그럴 것 같은가. 하물며 우리나라도 그 점에서 자유롭지 못하다. 중요한 점은 북한 주민 태반이 굶어죽는 한이 있더라도 북한 정권이 핵무기나 핵미사일 개발의 속도는 늦추지 않을 것이라는 사실이다. 그건 북한이라는 나라, 아니 북한 정권의 목숨과 같은 것이기 때문이다. 주민 수백만 명보다 핵무기 한 발의 위력이 더 큰게 현대전이다. 옛날처럼 총 들고 수류탄 차고 고지전을 치르는 전쟁은 향후에는 국지전 말고는 없다. 여러분이 북한 통치자라면 어떻게 하겠는가? 체제안전에 별 영향을 미치지 못하는 주민을 우선하겠는가, 아니면 절대적인 영향력을 가진 핵무기·핵미사일에 목숨 걸겠는가? 두말하면 잔소리다. 그러니 우리의 대북지원과 북한 핵문제를 동일시하지 마라. 우리가 대북지원을 하든 않든 간에 북한은 핵개발에 목숨을 걸었고 앞으로도 그럴 것이기 때문이다. 즉, 북한의 핵개발은 우리의 대북지원과는 무관한 별개의 사안이라는 것이다. 그 강력한 핵무기 개발 때문에 박정희 대통령이 암살됐다는 설도 파다하지 않은가. 왜 그런 말도 있지 않은가. 부하가 힘이 세지면 두목의 말을 잘 안 듣는다고. 우리는 실패했고 군사적으로 결정적인 한 방이 없지만, 북한은 그 힘을 가지고 있지 않은가. 또 이런 말도 있다.

"부러워하면 지는 거다." "더 많이 사랑하는 사람은 상대방에게 지는 것이 아니라 자기 자신에게 진다. 나는 계속 질 것이다."[3] 미래학자인 앨빈 토플러의 말을 다시 한 번 명심하자. "북핵은 통일이 되면 한민족 최대의 혼수품이 될 것이다!"[4]

3) 「느낌의 공동체」 신형철, 문학동네, 2011, p.50.
4) 「부의 미래(Revolutionary Wealth, 2006)」 앨빈 토플러, 청림출판, 2006, p.493.

베를린장벽(Berliner Mauer, 1961.8.12.~1989.11.9.)의
붕괴에 대하여

　베를린장벽(Berliner Mauer)은 동베를린 및 동독의 기타 지역과 서베를린을 격리시키기 위하여 설치된 장벽이다. 모든 장벽들이 적을 포함한 외인들의 진입을 막기 위해 설치하는 것과 달리, 베를린장벽은 교도소 담장처럼 자국민의 탈출을 막기 위해 설치한 특이한 것이다. 1949~1961년 250만 명에 달하는 동독의 기술자·전문직업인·지식인들이 서독 행을 택함으로써 동독의 경제력은 막대한 피해를 입게 되었고, 그 결과 동독 인민회의의 결정으로 1961년 8월 12일 밤 서베를린으로 통하는 모든 가능성을 봉쇄하기 위한 장벽이 설치되었다. 철조망과 블록으로 이루어진 장벽은 기관총 초소와 지뢰지역이 설치된 5m 높이의 콘크리트 장벽으로 대체되었으며 1980년대에는 고압선과 방어진지들이 43㎞에 걸쳐 구축되어 베를린시를 양분하고 서베를린 주위를 완전히 감싸는 장벽의 총길이는 155㎞였다.

　베를린장벽은 오랜 기간 동안 동·서 냉전의 상징물인 것처럼 인식되어

왔다. 약 5,000명의 동독인들이 다양한 방법으로 장벽을 가로지르는 데 성공했으나 다른 5,000여 명은 공산당국에 체포되고 말았으며, 191명의 동독인들이 장벽을 넘다가 발각되어 사살되었다. 1989년 10월 동유럽의 민주화로 동독의 강경보수 지도부가 해체되면서 11월 9일 서독과의 국경선이 개방됐고 장벽의 굳게 잠겨 있던 문도 활짝 열려 자유로운 상호방문이 가능해졌다. "'성벽을 쌓는 자 망한다'는 말은 역사적 결과물이라 할 수 있다. 스스로 고립을 할 수밖에 없었던 동독은 그렇게 몰락할 수밖에 없었다. 그런 점에서 미국(멕시코장벽)과 이스라엘(가자지구 분리장벽)이 저지르는 만행은 그래서 씁쓸하고 경악스럽기만 하다. 이명박이 만든 차벽도 유명하다. 말하려는 시민들의 입을 막기 위해 경찰차로 벽을 만들어버린 이명박의 형태는 그의 몰락을 자초했다.(유시민)"[5]

그런데 28년간 독일을 동·서로 분단했던 정치장벽이 너무나 우스운 사건으로 무너졌다는 사실은 지금도 세간의 화젯거리가 되고 있다(공식적인 통일은 1990년 10월 3일에 이루어졌다). 저서 『나는 아내와의 결혼을 후회한다』(2009)로 일약 스타덤에 오른 문화심리학자 김정운 교수(1962~)는 '편집의 창조성'[6]을 강조하는 책 『에디톨로지(Editology): 창조는 편집이다』

---

5) tvN 2018.9.28. 방송 '알아두면 쓸데없는 신비한 잡학사전3'(알쓸신잡3) 제2회
6) 「표절론」, 남형두, 현암사, 2015, p.420~427, 〈표절과 저작권 침해의 개념〉
   (이상준: 기존의 지식과 정보를 토대로(편집) 하여 새로운 창조가 일어나는 경우가 대부분이다. 처음부터 끝까지 혼자서 만든 창조는 거의 없다. 그러나 편집의 경우 '표절'과 '저작권' 문제에서 자유롭지 못하다는 제약이 있다. 과거에는 저작자의 사망 후 50년간 저작권을 인정했으나, 2013년 7월 1일부터는 저작권법 제39조가 개정되어 1962년 이전에 사망한 저작자는 사후 50년, 1963년 이후에 사망한 저작자는 사후 70년까지만 저작권을 인정한다.) 여러 저술에서 일부씩 가져오고 출처 표시를 정확히 한다면, 침해된 저작물별로 산정되는 '양적 주종관계 비율(저작권 침해 산식)'은 크지 않을 수 있어 '정당한 범위' 내에 해당할 가능성이 크다. 이 경우 개별 저작권자(피해자)들로서는 피해가 크지 않다고 볼 수 있기 때문이다. 따라서 여러 저술에서 일부씩 가져온 짜깁기형 저술은 출처표시만 제대로 한다면 저작권 침해의 책임에서 벗어날 수 있다. 그러나 이 경우 표절 책임에서는 자유롭기 어렵다.
   저작권침해의 산식 = 이용된 부분/ 피해저작물(피인용저작물, 즉 기존 타인의 저작물)
   표절 산식 = 이용된 부분(의 총합)/ 표절물(인용저작물, 즉 지금 나의 저작물)

(2014)를 발간했다. 이 책은 〈편집된 세상을 에디톨로지(Editology)로 읽는다〉[7][8][9][10]는 제목의 서문(prologue)으로 시작된다. 여기서 김정운 교수는

7) 『표절의 문화와 글쓰기의 윤리(The Little Book of Plagiarism, 2007)』, 리처드 앨런 포스너, 산지니, 2009, p.12~14.〈표절과 저작권 침해의 전통〉
다른 작가의 작품을 베끼는 것은 이미 오래전부터 내려온 명예로운 전통이다. 노벨 문학상을 수상한 영국의 T.S. 엘리엇(Thomas Stearns Eliot, 미국 출신 영국 시인으로서 모더니즘을 대표, 1888~1965)이나 저 유명한 셰익스피어가 표절을 밥먹듯이 했다는 사실을 상기시키며, 저자인 포스너(Richard Allen Posner, 시카고대 법대 교수, 미국 판사, 1939~)는, "만약 (그들의) 문학이 표절이라면 표절의 적용 범주는 엄청 늘어날 것이다"라고 주장한다. "셰익스피어와 마네는 소위 '창조적 모방(Creative Imitation)'의 전형인데, 사실 모방이 창조적 작업의 핵심적인 요소이지 않느냐"고 질문한다. 그는 이러한 창조적 모방과 표절을 구별하기란 쉽지 않다고 말한다. 포스너에 따르면 오늘날 표절자인지 판단하기 위해서는 타인의 저작물을 침해함으로써 표절자가 어떠한 이익을 얻었는지, 동시에 다른 사람에게 어떤 피해를 입혔는지를 고려해야 한다고 주장한다. 예를 들어, 표절을 한 학생은 스스로 과제물을 완성한 학생에 비해 성적이 우수하게 평가되어 결국 다른 동료에게 피해를 입히게 된다는 말이다.
포스너는 이 책에서 '표절(Plagiarism)'과 '저작권 침해(Copyright Infringement)'를 구분하여 설명하고 있다. 이 둘은 서로 중복되기도 하지만 항상 동일한 것은 아니다. '저작권 침해'의 경우 저작권이 만료되면 저작물은 공공의 영역(Public Domain)에 속해 누구든 법률적 책임 없이 복제를 할 수 있다. 그러나 공공의 영역에 있는 저작물을 복제하더라도 출처를 밝히지 않으면 여전히 표절로 간주될 수 있다.(p.12~14, 역자 정해룡 교수)

8) 『이것은 정치 이야기가 아니다: 박정자의 인문학 칼럼』, 박정자, 기파랑, 2017, p.38~39.
〈상호텍스트성(Intertextuality)〉, p.215~216.〈마네 패러디〉
쉽게 얘기하면 다른 저자 혹은 다른 책의 한 구절을 인용하거나 모방한 것을 상호텍스트성이라 한다. 암시·인용·복사·표절·번역·혼성모방·패러디 등을 사용하여 상이한 텍스트들 사이에 관계를 만들어내는 문학적 장치다. 프랑스의 페미니스트 작가이며 문학평론가인 줄리아 크리스테바(Julia Kristeva, 1941~)가 소쉬르(Ferdinand de Saussure, 스위스 언어학자, 1857~1913)의 기호언어학과 바흐친(Bakhtin, Mikhail Mikhailovich, 소련 문예학자, 1895~1975)의 대화론을 접목하여 만든 신조어이다. '하늘 아래 새로운 것이 없다'(이상준: "욕망, 해 아래 내 것은 없다"라는 자크 라캉(Jacques Lacan, 프랑스 정신분석학자, 1901~1981)의 말도 있고, 그 이전 구약성경 『전도서』, 1:9에는 솔로몬이 말한 지혜의 명구 "이미 있던 것이 후에 다시 있겠고 해 아래는 새것이 없나니"도 있다)는 만고불변의 진리에서 나온 것이지만 여기에는 좀 더 고차원적인 포스트모던 미학의 전략이 담겨 있다. 과거 작품들의 텍스트를 빌려오거나 변형시켜 독자로 하여금 그것을 참조하도록 하면, 과거 텍스트의 감동까지 덧붙여져 독자를 더욱 강하게 흡인할 수 있기 때문이다. 물론 저자가 일일이 텍스트의 근원을 밝히지 않고, 또 인용 부호를 넣지도 않으므로 표절로 오인될 수도 있다. 따라서 상호텍스트성이 성립되기 위해서는 이전 작품에 대한 독자의 사전 지식과 이해가 필수적이다. 이때 텍스트란 하나의 문장, 하나의 문단일 수도 있고, 아니면 단어 하나, 또는 제목일 수도 있다. 소설만이 아니라 시, 연극 또는 공연이나 디지털미디어 같은 비 문자 텍스트에도 해당된다. 현대 기호학에서 텍스트란, 문자로 쓰인 언어만이 아니라 언어적 기능을 가진 모든 기호체를 뜻하기 때문이다. 헐렁한 검정색 바지에 단추 달린 빨간 상의를 모델에게 입힌 패션 사진은 마네의 그림과 상호텍스트성 관계이다. 단 이때 이 화보를 보는 소비자는 마네의 「피리부는 소년」이라는 회화 작품을 이미 알고 있어야 한다. 그래야만 그는 광고사진가의 수준 높은 미학적 향취를 이해할 수 있다.
나의 칼럼 중 〈이것은 정치 이야기가 아니다〉라는 제목이 있다. 이 책의 제목이기도 한 이 문장은 벨기에의 화가 르네 마그리트의 그림 「이것은 파이프가 아니다」에서 따온 제목이다. 파이프를 하나 그려놓고 그 밑에 '이것은 파이프가 아니다'라는 문장을 써 넣은 마그리트의 그림은 많은 의미를 내포하고 있다. 그래서 미셸 푸코(Michel Foucault, 1926~1984) 같은 철학자는 그것을 해석하기 위해 다시 그 제목으로 한 권의 책인 『이것은 파이프가 아니다(Ceci n'est pas une pipe, 1973)』를 쓰기까지 했다.(p.215~216)

〈마네 패러디〉

표창원 의원이 기획해 의원회관에 걸렸던 대통령의 나체 풍자그림 「더러운 잠」은 19세기 프랑스 화가 에두아르 마네(Édouard Manet, 프랑스 인상주의 화가로 근대 미술의 개척자, 1832~1883)의 「올랭피아(Olympia)」(1863 유화, 파리 오르세 미술관)를 패러디한 것이다. 마네 자신은 16세기 티치아노의 「우르비노의 비너스」를 패러디한 것이고, 「우르비노의 비너스」는 또한 15세기 조르조네의 「잠자는 비너스」를 패러디한 것이다. 마네의 「올랭피아」는 빛에 의한 음영(陰影)과 색조의 농담(濃淡)을 통한 인체의 볼륨감을 인위적으로 파괴함으로써 르네상스 이후 400년간 회화 기법이었던 원근법을 폐기한 것으로 유명한 그림이다.

{마네가 선택한 모델은 18세의 직업(매춘부) 모델 빅토린 뮈랑이었으며 그 사실을 당당히 밝혔다. 작품명인 「올랭피아(Olympia)」는 당시 직업여성의 흔한 이름이었다. 마네는 여성의 옷을 벗기고 정면을 응시하게 했다. 그리고 직업여성임을 충분히 표시한다. 목에 두른 검은 목걸이는 창녀들이 하는 것이고, 꽃다발은 손님이 보내는 신호이다. 오른쪽 검은 고양이의 꼬리는 남성의 성기를 의미한다. 누가 봐도 이 장면은 은밀한 성매매 현장인 것이다. 마네는 「올랭피아」를 통해 파리 상류사회의 부도덕함을 고발하고 있는 것이다. ―『어쨌든 미술은 재밌다』 박혜성, 글담출판, 2018, p.207}

모든 명화(名畵)가 그렇듯이 마네의 그림 「올랭피아」를 변형해 그린 패러디 그림은 그 수를 셀 수 없을 정도로 많다. 베이컨(먹는 베이컨이다)을 침대 위에 길게 늘어뜨려 놓은 것도 있고, 나체 여인이 플라스틱 인형인 것도 있고, 흑인과 백인의 위치가 바뀌어 침대 위의 여주인이 흑인이고 꽃을 든 하녀가 백인인 경우도 있다. 거의 재미있는 상품을 위한 상업적 일러스트레이션 수준이다. 대통령(박근혜)의 누드와 최순실을 합성한 그림으로 문제가 된 「더러운 잠」은 아마도 케이티 디드릭스(Kayti Didriksen, 미국 현대미술가)의 「여기를 즐기는 사람, 조지 왕(Man of Leisure, King George)」에서 힌트를 얻은 듯하다. 조지 부시 대통령(George W. Bush, 아들 부시, 2005~2009 제43대 미국 대통령)이 나체로 침대에 비스듬히 누워 있고, 그 옆에 딕 체니 부통령이 미니어처 유정(油井) 굴착 장치가 부착된 황금 왕관을 바다 빛 푸른색 벨벳 쿠션에 받쳐 들고 서 있는 그림이다. 당시 이라크 침공이 석유를 확보하기 위한 것이라는 사실을 풍자한 듯하다.

박근혜 대통령과 최순실을 합성한 이 천박한 그림은 대통령에 대한 모독일 뿐만 아니라 미술사의 한 획을 그은 위대한 작품에 대한 모독이기도 하다. 이런 것을 표현의 자유라고 강변한다면 블랙리스트 문제를 떠나 문화계 전체가 국민의 신뢰를 잃게 될지도 모른다.

모 법학전문대학원 교수는 「더러운 잠」 논란에 대해 "민주 사회라는 곳에서 그런 정도의 패러디가 문제될 수 있다는 게 한마디로 수치스럽다. 미국을 비롯해 서구 사회에서는 대통령이 아니라 그보다 더한 사람이라도 온갖 성적 패러디물의 대상이 되고 있다. 그런 패러디물이 나왔다고 호들갑을 떤다면 그 자체가 반민주 사회임을 말하는 것이다"라고 말했다.(p.215~216)

9) 「담론: 신영복의 마지막 강의」, 신영복(1941~2016), 돌베개, 2015, p.33~35.

사람들의 정서는 그 시대를 뛰어넘기가 어렵다. 그래서인지 옛날의 유명한 시인들은 「시경」의 시에서부터 당시(唐詩)·송사(宋詞) 등 옛 시가들을 지적에 두고 늘 읽었다고 한다. 내가 듣기로 임화(林和)·이태준(李泰俊)·정지용(鄭芝溶) 등 해방 전후의 시인 묵객들은 「당시집(唐詩集)」을 손에서 놓지 않았다고 한다. 오래된 정서, 옛사람들의 정한을 이어가기를 원했던 것이다.

김소월(金素月, 평안북도 평북 정주군 곽산면 남산리 출생, 1902~1934)의 〈진달래꽃〉도 그렇다고 한다. "사뿐히 즈려밟고 가시옵소서"라는 절창이 바로 예이츠(William Butler Yeats, 아일랜드의 시인이자 극작가로 1923년 노벨 문학상을 수상, 1865~1939)의 시에 있다. "나는 가난하여 가진 것이 꿈뿐이어서 그 꿈을 그대 발밑에 깔았습니다. 사뿐히 밟으세요(Tread softly). 당신이 밟는 것이 내 꿈이니까요."(Yeats, 〈He Wishes for the Cloths of Heaven〉) 김소월의 스승인 김억(金億)이 이 시를 번역했다. 김억이 오산학교의 국어 선생이고 김소월이 학생이었다.

{〈진달래꽃〉은 김소월(본명 김정식, 아버지 김성도, 어머니 장경숙)의 고향 남산리('평북 구성군 서산면 평지동'은 1934.12.24.일에 뇌일혈로 급사한 자택주소임에 유의, p.8·44)의 산에 해마다 봄이면 진달래가 활짝 핀 것에 영감을 얻어 지은 시다. 이 시는 소월의 외숙 장경삼이 9살 때에 7살이나 위인 연상의 여인(계희영)과 결혼 후 국내에서 고교졸업 후 일본에서 대학을 마치고 귀국하여 신의주 모 고교의 교사로 재직하였다. 그러나 그는 젊은 첩과 새살림을 차려 뒷바라지와 고생을 많이 한 본처(계희영, 소월이 '새엄마'라고 부르며 늘 따랐던 작은숙모, 「내가 기른 소월」(1969, 장문각)이라는 책도 냈다. p.39·47)를 거들떠보지도 않

339

다가 1년 만에 사망하였다. 남편의 비보를 들은 경삼의 부인은 옷고름을 적시며 슬피 울었다. 원망도 미움도 모르는 착한 아내, 진정으로 남편을 사랑하는 그녀의 마음이 너무나 고와서 소월은 이 시를 지어서 위로한 것이다.(p.137~141) 「소월의 딸들」, 김상은(김소월의 외증손녀, 즉 소월의 맏딸의 맏딸의 맏딸), KOREA.COM, 2012}

서정주(徐廷柱)의 〈국화 옆에서〉도 마찬가지다. "한 송이의 국화꽃을 피우기 위해 봄부터 소쩍새는 그렇게 울었나 보다." 이 시 역시 백거이(白居易, 772~846)의 시 〈국화(菊花)〉에서 그 시상을 빌렸다고 한다.

우리뿐만이 아니다. 모든 문학적 성과가 그렇게 과거에 빚지고 있다. 엘리엇(T.S. Eliot)의 "사월은 가장 잔인한 달이다. 죽은 땅에서 라일락을 꽃피우고 기억과 욕망을 뒤섞고 잠자는 뿌리를 봄비로 흔들어 깨운다"는 〈황무지〉의 명구도 빚지고 있기는 마찬가지다. 초서(Geoffrey Chaucer)의 「캔터베리 이야기(The Canterbury Tales)」(1387~1400, 영국)에서 착상했다고 한다. "4월의 감미로운 소나기가 3월의 가뭄을 뿌리까지 뚫고 들어가 꽃을 피우는 그 습기로 모든 잎맥을 적신다"가 그 원본이라고 한다. 감미로움이 잔인함으로 바뀌어 있기는 하지만 엘리엇은 초서에게 빚지고 있다는 것이다. 이러한 역사적 계승은 비단 시문학에서만 있는 것이 아니다. 아인슈타인도 "자기가 갈릴레오와 뉴턴의 어깨 위에 서 있다고" 한다.

10) 「명화독서(名畵讀書): 그림으로 고전 읽기, 문학으로 인생 읽기」, 문소영, 은행나무, 2018, p.53~58.

우울한 뉴스는 사실 어느 때나 많지만 4월에 발생하는 우울한 뉴스에는 "4월은 역시 잔인한 달'이라는 수식이 단골로 붙는다. T.S. 엘리엇의 시 〈황무지〉의 첫 구절에서 비롯된 표현이다.

"4월은 가장 잔인한 달, 라일락을 죽은 땅에서 키우고, 기억과 욕망을 뒤섞고, 둔한 뿌리를 봄비로 흔든다. 겨울은 우리를 따뜻이 해주었다. 대지를 망각의 눈(snow)으로 덮고 약간의 생명을 마른 구근으로 먹여 살리며."

엘리엇은 봄비가 잠든 식물 뿌리를 뒤흔드는 4월이 가장 잔인한 달이며, 망각의 눈으로 덮인 겨울이 차라리 따뜻하다고 했다. 왜일까? 총 5부 434행으로 된 이 난해한 작품의 실마리는 바로 '황무지'라는 제목과 그 밑에 붙은 에피그라프(epigraph)다. 에피그라프는 서구 문학에서 시와 단편소설의 첫머리, 장편소설 각 장의 첫머리에 붙는 경구나 인용구를 일컫는데, 본문의 내용이나 분위기를 소개하는 역할을 한다. 〈황무지〉의 에피그라프는 고대 로마 문인 페트로니우스의 풍자소설 「사티리콘(Satyricon)」(1세기 중엽)에서 따온 것으로서, 라틴어로 이렇게 쓰여 있다.

"나는 쿠마에(이탈리아의 한 지명)의 무녀가 항아리 속에 달려 있는 것을 내 눈으로 보았습니다. 아이들이 무녀에게 '무엇을 원하냐'고 물으니 그녀는 '죽고 싶다'고 하더군요."

로마신화에 따르면 이 무녀는 젊었을 때 태양신 아폴로의 총애를 받았다. 신이 무슨 소원이든 들어주겠다고 하자, 그녀는 모래를 한 움큼 손에 쥐어 내밀면서 그 모래알 수만큼의 햇수를 살 수 있게 해달라고 했다. 그렇게 그녀는 장수하게 되었다. 하지만 아뿔싸! 영원한 젊음을 청하는 것은 그만 잊어버렸다. 따라서 한없이 늙어가되 죽지는 못하는 신세가 되고 만 것이다. 이탈리아 르네상스 거장 미켈란젤로(Michelangelo, 1475~1564)의 「시스티나 예배당 천장화」(1508~1512)에도 이 무녀가 등장한다. 비록 늙었으나 남성 같은 우람한 근육에 힘과 위엄이 넘치는 모습이다. 그러나 「사티리콘」에서는 무녀가 초라하게 늙다 못해 몸이 쪼그라들어 항아리에 들어갈 정도였다고 한다. 살아 있지만 죽은 것과 같은 상태인 것이다. 따라서 그녀의 염원은 진짜로 죽는 것이었다. 오직 죽음에 재생의 희망이 있기에.

엘리엇은 자신을 비롯한 많은 현대인들이 무녀와 같은 '삶 속의 죽음(Death in Life)' 상태라고 진단했다. 그는 제1부 '죽은 자의 매장(The Burial of Dead)'에서 매일매일 아무 생각 없이 9시 출근을 위해 직장으로 향하는 런던 시민들의 행렬을 이렇게 묘사했다.

"비현실적인 도시, 겨울 새벽의 갈색 안개 아래로 이렇게 많은 군중이 런던 브리지를 넘어 흘러갔다. 이렇게 많은 사람을 죽음이 무(無)로 돌렸으리라 생각 못했다."

이 시구의 마지막 행은 중세 이탈리아의 문호인 단테의 「신곡」(1321) 「지옥편」에서 따온 것이다.

〈황무지〉는 이렇게 단테·셰익스피어·보들레르 등의 기존 문학을 새로운 맥락에서 함축적으로 인용한 행들이 많다. 게다가 그리스/로마신화, 메소포타미아 신화, 인도 브라만교 우화, 영국 아서왕 전설 등 다양한 신화와 전설의 요소를 상징적으로 사용하고 있다. 엘리엇은 또 제임스 프레이저(James George Frazer, 영국 인류학자, 1854~1941)의 저명한 신화·인류학 고전 「황금가지(=겨우살이, The Golden Bough)」(1890~1915) 속 아도니스 이야기에서 많은 영향을 받았다고 했다.

여기에서 주목할 것은 신이 반드시 죽음의 과정을 거쳐야 한다는 점이다. 그래야 모든 것이 정화되고 자연의 생명력은 싱싱하게 부활할 수 있다고 고대인은 믿었다. 이렇게 죽는 신은 희생양의 의미도 있었다. 엘리엇도 부활을 위한 죽음의 필연성에 주목했던 것이다.

'독일 베를린장벽의 붕괴'와 창조적 인물의 대명사로 손꼽히는 '스티브 잡스의 편집 능력'을 강조하고 있다. 그 내용을 옮기면 이렇다.

〔영어나 유럽어를 모국어로 하지 않는 '주변부 지식인'으로 살면, 가끔 참 억울한 일이 생긴다. 내가 이야기할 때는 아무도 귀 기울여 듣지 않다가, 서구의 유명한 어느 누군가가 이야기하면 바로 사람들의 주목을 받는 경우다. 나는 다음 두 가지 사건이 참 서러웠다.

첫 번째는 독일 통일과 관련된 일이다. 나는 베를린장벽이 무너지는 순간을 현장에서 직접 경험했다. 통일이 구체적으로 어떻게 진행되었는가를 누구보다 잘 안다. 독일 통일은 너무나 황당한 사건이었다. 동구권과 소비에트의 몰락이라는 그 엄청난 사건은 아주 우습게 시작됐다.

귄터 샤보브스키(Günter Schabowski)라는 동독 공산당 대변인이 여행자유화에 대한 임시 법안을 발표할 때였다. 독일어에 서툴렀던 외국 기자가 언제부터 그 법안이 유효하냐고 묻자, 샤보브스키는 아무 생각 없이 "바로(Sofort)" "즉시(Unverzüglich)"라고 대답했다. 아주 사소한 말실수였다.

그러나 기자회견장에 있던 기자들은 "지금부터 즉시 서독 여행이 가능하다!"라는 기사를 송고했다. 이 소식이 전해지자마자, 동베를린 주민들은 서베를린으로 통하는 관문인 '체크포인트 찰리'로 몰려나왔다.

어찌할 바를 몰라 우왕좌왕하던 경비병들은 결국 주민들의 요구에 굳게 닫힌 철문을 열어주고 뒤로 물러났다. 베를린장벽은 이렇게 황당한 말실수로 무너진 것이다. 물론 언젠가는 무너질 장벽이었지만, 이 어처구니없는 사건이 없었더라면 훨씬 격렬하고 잔혹하게 무너졌을 것이다.

독일 통일 후 20년 가까이 나는, 가는 곳마다 이 이야기를 하고 다녔다. 다들 그저 재미있으라고 하는 농담으로만 여겼다. 그런데 2009년 10월, 미국의 「월스트리트저널(WSJ)」에서 "베를린장벽은 기자들의 질문으로 무너졌다"라는 기사가 독일 통일 20주년 특집으로 나왔다.

내가 매번 설명하던 바로 그 내용이었다. 그러자 한국 신문에서도 바로 그 기사를 받아 여기저기서 보도하기 시작했다. 한 TV에서는 특집으로 다루기도 했다. 그런데 미국의 권위 있는 신문이 한 번 보도하니 바로 '역사적 사실'이 되어버렸다. 내 입장이 한번 되어보라. 정말 환장한다.

두 번째는 스티브 잡스에 관해서다. 나는 오래전부터 "창조는 편집이다!"라고 주장해왔다. 21세기 가장 창조적인 인물로 손꼽히는 스티브 잡스의 탁월한 능력은 따지고 보면 '편집 능력'이다. 그러나 이러한 내 주장에 지금까지 아무런 반응이 없었다. 그저 스티브 잡스에 관해 난무하는 '구라' 중 하나로 여겨졌을 뿐이다. 사실 객관적인 척도가 있을 수 없는 인문학적 주장은 듣고자 하는 사람의 태도가 결정적이다. 말하는 이에 대한 '리스펙트(respect)'가 없으면 아무리 우겨도 안 듣는다.

2011년 스티브 잡스Steve Jobs, 1955~2011)가 죽자 『아웃라이어(Outliers: The Story of Success)』(2008) 『블링크: 첫 2초의 힘(BLINK: The Power of Thinking without Thinking)』(2005) 같은 책으로 유명한 말콤 글래드웰(Malcolm Gladwell)이라는 미국 작가가 '편집(editing)'이야말로 스티브 잡스식 창조성의 핵심이라고 주장했다. 「워싱턴포스트(WP)」에 기고한 글에서 그는 "스티브 잡스의 천재성은 디자인이나 버전이 아닌, 기존의 제품을 개량해 새로운 제품을 만들어내는 편집 능력에 있다"고 주장했다. 그러자 여기저기서 스티브 잡스의 창조적 능력을 편집 능력과 연관시켜 말하는 게 아닌가! 아, 이건 독일 통일의 경우보다 더 분통 터지는 일이었다.

솔직히 말콤 글래드웰이 나처럼 한국어로 책이나 기사를 썼다면, 나에게는 상대가 안 된다. 한국의 독자만을 상대로 하는 나와는 출판 시장의 규모가 다르다. 물론 내 책도 일본어·중국어로 번역되었다. 그러나 전 세계적으로 번역되어 출간되는 그의 책과는 비교가 안 된다. 내가 플라이급이라면 그는 헤비급이다. 아무리 내가 우겨왔어도, 그가 한 번 이야기한 것과는 그 파급효과가 질적으로 다르다. 이건 뭐, 몸무게 무겁다고 바로 위대한 사람이 되는 것 같은 느낌이다.

영어권, 특히 미국에서 논의되는 것들을 끊임없이 힐끔대야만, 비주류의 불안에서 벗어날 수 있는 주변부 지식인의 슬픔이다. 그러나 세상에서 가장 무서운 것은 지식의 종속이다. 지식 체계 구축의 기본단위인 개념 하나 스스로 만들 수 없다면 '창조사회'는 어림 반 푼어치도 없는 일이다. 미국에서 통용되는 개념만이 진리 판단의 기준이 되는 한, 지식의 종속에서 영원히 벗어날 수 없다. 그래서 내 마음대로 만들었다.

'에디톨로지!(editology!)' 먼 훗날 전 세계적으로 통할 수 있도록 영어로 만들었다. '창조는 곧 편집'이라는 의미다. 내가 주장하는 에디톨로지(editology), 즉 '편집학'은 글래드웰 같은 작가가 어설프게 주장[11]하는 '에디팅(editing)'과는 차원이 다른 이론이다.

---

11) 〈'창조성의 10년 규칙(10-year rule)'과 '1만 시간의 법칙', 그리고 말콤 글래드웰〉
 • 『융합하면 미래가 보인다』 이인식, 21세기북스, 2014, p.16.
 천재 연구자들은 20세기 후반까지 '본성(천성) 대 양육 논쟁'에서 양육 쪽의 손을 들어주었다. 골턴(Francis Galton, 영국 유전학자, 1822~1911)이 창시한 우생학(Eugenics)이 독일 나치 정권에 의한 유대인 대량학살의 이데올로기로 악용되었기 때문이었다. 이에 충격을 받은 과학자들은 대부분 환경결정론을 지지하기 시작했다. 결과적으로 '본성 대 양육 논쟁'에서 양육 쪽이 일방적인 승리를 거둠에 따라 천재의 창조성은 후천적 학습의 결과라는 주장이 득세했다.
 대표적인 사례가 '창조성의 10년 규칙(10-year rule)'인데, 미국 교육심리학자인 벤저민 블룸(Benjamin S. Bloom, 1913~1999)이 1985년 발표한 이론이다. 그는 뛰어난 업적을 남긴 과학자·예술가·운동선수 등 120명을 연구하고 한 분야에서 세계 최고가 되기 위해서는 적어도 10년간 전력투구해야 한다는 결론에 도달했다. 가령 올림픽 선수는 평균 15년, 세계 최정상의 피아니스트도 15년간 엄청난 연습을 한 것으로 나타났다. 세계 정상의 자리에 올라선 과학자·수학자·조각가 역시 예외 없이 최소한 10년 넘게 연구에 몰두하고 기량을 갈고닦은 것으로 밝혀졌다.
 • 『열정과 기질(Creating Minds, 1993)』 하워드 가드너, 북스넛, 2004, p.637.
 창조성 연구의 대가인 하버드대학교 발달심리학과 하워드 가드너(1943~) 교수도 1993년, 지그문트 프로이트·알베르트 아인슈타인·파블로 피카소·이고르 스트라빈스키·T.S. 엘리엇(미국 시인, 1888~1965)·마사 그레이엄(미국 현대무용가, 1894~1991)·마하트마 간디 등 7명의 거장들에 대한 연구를 수행하는 과정에서 '창조성의 10년 규칙'을 발견했다.

- 「빈 서판(The Blank Slate: The Mordern Denial of Human Nature, 2002)」 스티븐 핑커, 사이언스북스, 2017(초판은 2004).

본성론자(천성론자)의 맹주인 하버드대 심리학 교수인 스티븐 핑커(Steven Pinker, 1954~)는 저서 「빈 서판 (The Blank Slate)」(2002)에서('빈 서판'은 원래 존 로크가 최초로 주장했다) 인간의 본성은 문화와 환경보다는 태어날 때부터 유형화된 뇌의 영향을 훨씬 더 많이 받는다는 사실을 강조했다. 그의 주장은 이런 식이다. "유전학과 진화심리학에 의하면, 인간의 본성을 환경에 의한 단순한 사회화의 결과로 보기 어렵다." "1만 시간 훈련한다고 누구나 리오넬 메시, 크리스티아누 호날두가 될 수는 없다."

- 〈'창조성의 10년 규칙(10-year rule)'과 '1만 시간의 법칙'〉
「아웃라이어(Outliers: The Story of Success, 2008)」 말콤 글래드웰, 김영사, 2009.

'1만 시간의 법칙'은 어떤 분야에서 전문가가 되려면 최소 1만 시간이 필요하다는 이론이다. 하루 4시간씩을 매년 250일(365일에서 토·일요일 및 공휴일을 차감) 동안 매진하는 경우 10년이면 1만 시간이 된다. 따라서 '1만 시간의 법칙'은 '창조성의 10년 규칙'과 거의 같은 이론이다. 즉, 매우 강한 〈상호텍스트성(Intertextuality)〉이다.

아무튼 '1만 시간의 법칙'의 시조는 1993년에 이 용어를 만든 앤더스 에릭슨Anders Ericsson, 스웨덴 출생, 1947~) 플로리다주립대 교수다. 하지만 '1만 시간의 법칙'이 세상에 널리 알려지게 된 계기는 전직 기자였다가 지금은 다작가로 활동하는 말콤 글래드웰(Malcolm Gladwell, 1963~)이 2008년에 펴낸 책 「아웃라이어(Outliers: The Story of Success)」 덕분이었다.

- 「린 인: 여성과 일, 세상을 움직이는 힘(Lean In, 2013)」 셰릴 샌드버그, 와이즈베리, 2013.

페이스북 최고운영책임자 셰릴 샌드버그는 2013년에 세상을 향해 자신의 표현에 따르면 "일종의 선언문"이라고 할 수 있는 책을 발표했다. 바로 「린 인: 여성, 일, 리더가 될 의지(Lean In: Woman, Work, and the Will to Lead)」인데, 엘리트직업 내의 꾸준한 젠더 불균형을 알리는 한편, 100년 동안 이어져 온 직장 내 평등을 위한 투쟁에 샌드버그 역시 발을 들여놓았음을 선언했다. 샌드버그도 글래드웰처럼 역시 '노력'을 중시했다. 샌드버그의 이야기가 가진 문제점은, 자아실현과 평등에 이르는 여성의 길은 "자기 노동의 꾸준한 가속화"에, 즉 성장을 위해 부단히 탐색하고 이 성장의 결실을 고용주에게 갖다 바치는 데 있다는 「린 인」의 핵심 메시지다. 이 공식에서 기업의 성장과 노동자의 성장은 불가분의 관계다. 중요한 것은 「린 인」이 근면 성실한 노동자를 찬미한다는 사실이 아니라, 기업의 정글짐에 오르는 것을 젠더 불평등 문제의 해법으로 제시하고 있다는 점이다.(「자본의 새로운 선지자들: 21세기 슈퍼엘리트 스토리텔러 신화 비판(The New Prophets of Capital, 2015)」 니콜 애쇼프, 펜타그램, 2017, p.34~36, 58~68)

- 「1만 시간의 재발견: 노력은 왜 우리를 배신하는가(Peak: Secrets from the New Science of Expertise, 2016)」 앤더스 에릭슨, 비즈니스북스, 2016.

그런데 에릭슨 교수는 2016년에 펴낸 책 「1만 시간의 재발견: 노력은 왜 우리를 배신하는가(Peak: Secrets from the New Science of Expertise, 2016)」에서, 자신의 이론인 '1만 시간의 법칙'이 글래드웰에 의해 왜곡됐다고 주장한다. 그는 "'1만 시간의 법칙'의 핵심 내용은 1만 시간 동안 무조건 열심히만 하면 목표에 도달할 수 있다는 게 아니다"라며 "'얼마나 오래'가 아니라 '얼마나 올바른 방법'으로 노력하는지가 중요하다"고 강조했다. 에릭슨 교수가 주장하는 올바른 방법은 바로 '집중'과 '피드백', 그리고 '수정하기'로 요약되는 '의식적인 연습(Deliberate Practice)'이다. 에릭슨 교수는 단순하고 기계적인 연습(Naive Practice)과 의식적인 연습을 구별하고 이러한 '방법의 차이'가 비범한 사람과 평범한 사람의 차이를 가져온다고 말했다.

- 〈'1만 시간 법칙'은 틀렸다, 노력만으론 최고 못돼… 타고난 유전자 역량 중요〉
「스포츠 유전자(The Sports Gene, 2013)」 데이비드 엡스타인, 열린책들, 2015.

또한 한때 육상선수였으나 지금은 미국의 비영리 독립 언론사 「프로퍼블리카」의 기자로 활동 중인 데이비드 엡스타인(David Epstein)은 2013년에 펴낸 책 「스포츠 유전자(The Sports Gene)」에서, '1만 시간의 법칙'이란 허상에 불과하다고 반박하며 '본성(천성)의 특징'인 '유전자'의 중요성을 강조했다. 「스포츠 유전자」 출간 이후 글래드웰은 "스포츠 분야에 '1만 시간의 법칙'을 적용하는 것은 적절하지 않다"고 해명했다. 글래드웰은 "체스 같은 지적 활동 분야에서는 유전적 재능이란 존재하지 않고, 수천 시간을 투자하지 않고는 절대로 도달할 수 없는 수준이 있다"며 이런 분야에서만 1만 시간의 법칙이 유효하다고 슬쩍 꼬리를 내렸다. 이에 대해 엡스타인은 "1만 시간 이상 투자해 체스 마스터가 된 사람과 3,000시간 만에 체스 마스터가 된 사람의 차이는 유전적 재능 외에는 설명할 길이 없다"고 재반박했다.(「매일경제」 2014.6.11. 안명원 기자)

에디톨로지는 그저 섞는 게 아니다. 그럴 듯하게 짜깁기하는 것도 물론 아니다. '편집의 단위(unit of editing)' '편집의 차원(level of editing)'이 복잡하게 얽혀 들어가는, 인식의 패러다임 구성 과정에 관한 설명이다.(…)」[12]

내가 김정운 교수와 동갑내기라고 이 책을 홍보하려고 그의 책 서문을 이곳에 장황하게 소개한 것이 아니다. 나는 개인적으로 김 교수를 잘 모른다. 하지만 여기서 소개한 이유는 두 가지다. 동의가 한 개이고 비판도 한 개다.

첫째, 그가 쓴 서문은 지식을 대하는 우리의 태도를 다시 한 번 되돌아보게 하는 교훈을 준다는 점이다. 외국의 유명인의 말이라고 무조건 따라하는 것은 정말 위험하다. 이와 같은 현상을 심리학적 용어로 '후광 효과(Halo Effect)'[13] 라고 부르는데, 어떤 개인의 한 가지 특성이 워낙 강렬한 나머지 다른 모든 측면을 덮어버려 전체 이미지를 완전히 왜곡시키는 현상을 말한다. 아뿔싸! 도사 앞에서 요령을 흔든 격이다.

- 「그릿: IQ, 재능, 환경을 뛰어넘는 열정적 끈기의 힘(Grit, 2016)」 앤절라 더크워스, 비즈니스북스, 2016. 한편 2016년에 나온 앤절라 더크워스(Angela Duckworth, 1970~)의 「그릿: IQ, 재능, 환경을 뛰어넘는 열정적 끈기의 힘(Grit)」은 말콤 글래드웰과 견해를 같이한다. 컨설턴트이자 펜실베이니아대 심리학 여교수인 저자 더크워스는 이 책에서 '불굴의 의지' '투지' '집념' '실패에 좌절하지 않고 목표를 향해 정진할 수 있는 지구력' 등으로 번역되는 '그릿(GRIT)'이란 개념을 소개한다. 그는 "재능도 필수적인 요소지만 노력이 더 중요하다"고 강조한다. 선천적 재능보다 후천적 노력이 성공의 진짜 열쇠라는 주장과 이를 뒷받침하는 수많은 사례들은 버락 오바마 미국 대통령과 재닛 옐런 연방준비제도이사회 의장의 연설에 인용되며 크게 주목받았다. 그러나 선천성보다 '노력'을 중시하던 말콤 글래드웰이 당했던 것처럼, 이 책에 대한 비판도 만만치 않다.
- 〈공개적으로는 '노력하면 이룰 수 있다!'를 강조하기 위해 '양육론' 만을 말할 뿐이다〉 '본성(천성) 대 양육 논쟁'은 끝나지 않은 싸움이다. 그러나 오바마 대통령과 같이 유명한 사람들이나 선생님들이 공개석상에서 말할 경우에는 '양육론'밖에는 없다. 왜 그럴까? "넌 태어날 때부터 글러먹었다"고 공개적으로 얘기할 수는 없지 않겠는가. 그랬다가는 몰매 맞아 죽을 것이다.

12) 「에디톨로지(Editology): 창조는 편집이다」 김정운, 21세기북스, 2014, p.4~7.

13) 미국의 심리학자 에드워드 손다이크(Edward Thorndike)와 고든 올포트(Gordon W. Allport)는 미국 군대를 연구하다가 '후광 효과'를 발견했는데, 장교들이 부하를 평가함에 있어 부하가 잘생기고 자세가 바르면 어떤 일이든 훌륭하게 처리해낼 것으로 굳게 믿었다. 이를테면 하나가 좋아 보이면 다른 모든 게 좋아 보이는 것이다. 거꾸로 하나가 나빠 보이면 모든 게 마음에 안 들어 보이는 것도 같은 현상이다. 예쁘면 모든 게 용서되고, 공부 잘하는 학생은 다른 것도 다 잘할 것이라는 환상을 말한다.

둘째, 위의 서문 중 '밑줄을 친 부분'에는 다음과 같은 내용(즉 아래 '[ ] 부분')을 반영하여 수정되어야 옳다. 단어 하나, 문장 한 줄이 주는 의미가 그만큼 크다는 말이다. '말 한마디로 천 냥 빚을 갚는다'는 속담도 있듯이, 말할 때는 정말 신중해야 한다. 특히 글은 오래도록 남을 수밖에 없기 때문에 말보다 훨씬 더 많이 고민해야 한다. 당시 현장에 있었고 수많은 사람들에게 20년 동안이나 들려줄 얘기였다면, 더군다나 '어설프게 주장하는 지식을 경계하라'고 외치는 근거로 든 사례인지라 더 신중했어야 옳다. 하기야 김 교수의 책은 '창조성'을 주제로 하기 때문에 그렇다고 치자. 그러나 여기서는 독일 통일에 관한 내용이 주제인지라 정확하게 알 필요가 있다. 우선 기자회견장에서 그런 '세기적 질문'을 과연 누가 했는지에 대한 내용이다.

[이 질문을 한 기자가 누구인지에 대해서는 의견이 분분하다. 샤보브스키가 여행 자유화에 대해 운을 떼자 워낙 민감한 주제라서 기자들이 벌떼처럼 질문을 던졌기 때문이다. "의미가 뭔가" "언제 발효되나" 등등 쏟아지는 질문에 그는 당황했다. 이 지경이 되다보니 '베를린장벽 개방'과 관련하여 핵심 질문을 던진 기자가 과연 누구인지도 관심의 초점이 됐다.

「월스트리트 저널(WSJ)」은 2009년 10월 21일자 기사에서, 옛 동독 TV의 기록보관소에서 찾아낸 화면을 보면 당시 기자회견에 리카르도 에르만(Riccardo Ehrman, 이탈리아 '뉴스통신사 ANSA' 기자)과 페터 브링크만(Peter Brinkmann, 독일의 타블로이드판 신문인 「빌트–차이퉁(Bild Zeitung)」지 기자), '미국의 소리(VOA)' 방송의 크지스츠토프 야노브스키(Krzysztof Janowski) 등 3명의 기자가 등장하지만, 정작 핵심 질문을 던진 것은 화면에 얼굴이 잡히지 않은 '제4의 목소리'였다면서 이 사람의 신원은

확인되지 않았다고 전했다.[14]

그러나 독일의 페터 브링크만 기자는 본인이라고 강력하게 주장하며, ARD(독일 제1공영방송)가 2004년에 '베를린 장벽 붕괴 15주년 기념 방송'에서 내보낸 샤보브스키와 자기와의 대담 프로그램을 그 증거 중 하나로 들었다. 그날 ARD방송국에서 내보낸 샤보브스키의 기자회견(동독 TV 채널인 DDR1에서 당시 기자회견을 생방송으로 내보냈던 것)에서 현장 목소리의 주인공은 본인이라고 강력하게 주장했다. 또한 그는 동독 통일사회당(SED) 서기장인 에곤 크렌츠(Egon Krenz, 1937~)가 쓴 책『89년 가을』(노이에스 레벤 출판사, 1999)에 수록된 내용(241쪽)도 자기주장을 뒷받침하는 증거로 제시했고, 자신이 쓴 책『특종 사냥』에도 이 사실을 실었다.

이와 같이 기자회견 당시 질문한 사람이 누구인지에 대한 의견은 분분하지만, 이 기자회견 내용이 전 세계는 물론 역으로 독일까지 전파되도록 하여 베를린 장벽을 허무는 데 결정적인 영향을 준 인물은 이탈리아 기자인 리카르도 에르만이었다. "The Berlin Wall has collapsed." 1989년 11월 9일 오후 7시(현지시간)가 조금 지나 'flash'(긴급 뉴스)로 전 세계에 타전된 이탈리아 뉴스통신사 ANSA의 동 베를린발 기사 제목이다. 결론부터 말하면 '베를린 장벽이 무너졌다'로 번역되는 이 뉴스는 오보 여부를 떠나 전 세계적인 특종이 돼버렸다. 이날 서독 TV들은 기자회견에 특기할 만한 주요내용이 없다고 보고 '스파트 뉴스'를 내보내지 않았다. 그런데 ANSA통신이 "베를린장벽이 무너졌다"고 타전한 후 이를 짜깁기한

---

14) 「The Wall Street Journal」 21 October, 2009.
   "Did BrinkmannShip Fell Berlin's Wall? Brinkmann Says It Did"

로이터·AP·AFP·교도 등 주요 서방 뉴스통신사들의 뉴스가 앞다투며 헤드라인에 '긴급'을 달고 일제히 독일로 송고되기 시작한 것이다. 할 수 없이 공영방송 ARD를 비롯한 서독 TV들은 부랴부랴 방향을 틀어 "동독, 국경을 개방하다" 쪽으로 보도했다. 결국 리카르도 에르만이 '베를린 장벽 붕괴'와 '동서독 통일'을 가져온 도화선 역할을 한 것이다. 물론 당시에 이미 동서독 통일에 대한 분위기가 무르익어 있었기에 가능한 일이었지만 말이다.]

즉, 샤보브스키의 기자회견 내용이 전 세계는 물론 역으로 독일까지 전파되도록 하여 베를린 장벽을 허무는 데 결정적인 영향을 준 인물은 이탈리아 기자인 리카르도 에르만이다. 그러나 기자회견장에서 질문을 한 기자도 에르만이라고 사람들이 입을 모으는 데 대해서는 독일의 페터 브링크만 기자가 못 참는 것 같다. 그는 기회가 있을 때마다 자기가 질문의 장본인이라는 점을 강력하게 주장했다. 포털사이트에 올라와 있는 글들도 대부분 이탈리아의 에르만 기자로 간주하고 있으니 브링크만 입장에서는 열받을 만도 하다.

염돈재 박사(1943~)는 독일통일 직전인 1990년 8월부터 3년간 주독일 대사관 공사로 근무하면서 독일통일 과정을 현장에서 지켜보았으며, 2003년부터 2004년까지 국가정보원 제1차장(해외담당), 성균관대학교 국가전략대학원장까지 역임했다. 그의 저서 『독일 통일의 과정과 교훈』(2010)에도 당시 기자회견과 관련한 내용을 〈샤보브스키의 발표 내용〉이라는 제목으로 '이탈리아 기자를 먼저 지목'하며 이렇게 서술하고 있다.

[1989년 11월 9일 저녁 6시 55분, 매일 열리는 기자회견이 1시간 동안 진행된 말미에

샤보브스키가 여행법 개정안에 대한 설명을 시작했다. 당 서기장 에곤 크렌츠로부터 기자회견 직전 건네받아 아직 그 내용을 읽어보지도 못한 그는 반은 읽고 반은 대충 해석하면서 "잠정적 여행규칙에 따라 누구나 개인적 여행을 신청할 수 있고 그에 다른 허가는 즉시 내려질 것이며, 각 지방 경찰에게는 영구이주 비자를 신청서 없이도 '즉석에서' 발급하라는 명령이 내려졌다"고 발표했다. 그 규정이 언제부터 발효되느냐는 '이탈리아 기자'의 질문에 "즉시, 지체없이"라고 답변했다. '한 기자'가 그것이 서베를린에서도 해당되는지 보충질문을 하자 "그렇다"고 답변했다. 평소 다소 경솔하고 다변인 샤보브스키가 실수를 한 것이다. 추가질문이 이어졌지만 더 이상 답변이 없었고 많은 의문점이 남겨진 채 회견이 끝났다.』[15]

한편 독일에서 번역가로 활동하고 있는 임진은 독일 통일과 관련하여 전문가 24명의 글을 엮어 책『베를린 장벽에서 통일의 답을 찾다』(2014)로 발간했다. 이 책에 수록된 독일의 페터 브링크만 기자의 주장을 들어보자.

『장벽의 개방은 애초에 1989년 11월 10일로 계획되어 있었다.(…)
기자회견 당일, 우리 기자들이 모렌카(지금의 법무부)에 자리한 프레스센터에 앉아 토론과 추측을 논하고 있을 때, 통일사회당(SED) 중앙위원회 회의가 시작되었다.

15) 『독일 통일의 과정과 교훈』 염돈재, 평화문제연구소, 2010, p.198~199.
　　저자 염돈재는 당시 기자회견과 관련한 이 서술은 다음 책들을 참고했음을 밝히고 있다.
　　『독일통일과 유럽의 변환: 치국경세술 연구(German Unified, Europe Transformed, 1995)』 필립 젤리코·콘돌리자 라이스, 모음북스, 2008.
　　『도이치 현대사 3: 아 동방정책(A History of West Germany, 1993)』 데니스 L. 바크 외, 비봉출판사, 2004.
　　『장벽을 넘어서(After the Wall, 1990)』 앨리자베스 폰드(Elizabeth Pond, 미국, 1959~), 한국논단, 1994.

의제에는 여행규제법에 대한 개정도 포함되어 있었다. 통일사회당 서기장인 에곤 크렌츠가 각료회의 의장인 빌리 슈토프에게, 회의가 시작되기 전까지 개정안을 작성하도록 지시했었다. 그 개정안을 크렌츠는 중앙위원회 위원들 앞에서 읽어 내려갔다. (크렌츠의 저서 『89년 가을』 본문 243~244쪽) 2항에 보면, "동독으로부터의 국외여행과 반복적 출국에 대한 잠정적 규정이 일시에 효력을 발생한다." 3항에서는 "일시적이고 잠정적인 규정에 대해서는 첨부된 보도 자료의 내용이 11월 10일에 공식 발표될 것이다."

두 문장은 그날 밤(1989년 11월 9일 저녁 7시) 역사적 사건이 일어나게 한 결정적 원인이 되었다. 크렌츠가 기자회견장으로 내보낸 귄터 샤보브스키가 문장을 잘못 이해하는 바람에 실수를 했기 때문이었다. 그에 대해 에곤 크렌츠는 자신의 저서인 『89년 가을』(1999) 241쪽에서 다음과 같이 서술했다.

《그(샤보브스키)는 개정된 규정이 적힌 본문과 공식 보도자료 내용에 충실했다. 그러나 거기에 문제가 있었다. 국경의 개방은 11월 10일 오전부터 시행하는 것으로 계획되어 있었다. 그 시점에서는 국경 부대와 국가보안부 그리고 인민경찰에 하달될 명령만이 준비되어 있는 상황이었다. 귄더 샤보브스키가 결정적으로 실수한 것은 기자회견장에서 나온 한 질문에 대한 답변에서였다. "저의 정보가 맞는다면, '즉시' 시행되는 것으로 알고 있습니다." 이것이 발단이었다.

샤보브스키가 착각을 하게 된 것은 「빌트」 지 기자에게서 질문을 받으면서였다. 그는 샤보브스키 바로 앞 첫 번째 열에 앉아 세 가지 질문을 던졌다. 당시상황에 대해 방송 녹화분과 녹취록에 다음과 같이 실려 있다.

샤보브스키가 본문을 읽고 있는 중 페테 브링크만이 큰 소리로 외쳤다. "언제부터 유효한 겁니까?"

샤보브스키 "뭐라고요?"

브링크만 "당장부터라고요?"

샤보브스키는 본문을 다시 한 번 읽는다. 실내는 다시 조용해졌다. 그때 다른 질문이 날아왔다. "여권이 필요한가요?"

샤보브스키 "여권에 관련한 질문에 대해서는 지금은 답변을 할 수 없습니다."

브링크만이 다시 질문한다. "언제부터 그 법이 유효합니까?"

샤보브스키 "제가 아는 바로는 지금 당장부터 발효됩니다."

그때 게르하르트 바일이 그의 귀에 대고 속삭인다. "그건 국무회의에서 결정할 일이지요."

브링크만이 또다시 외친다. "단순히 연방 공화국이라고 말했는데 서베를린도 해당되는 겁니까?"》

중간에 던져진 질문소리는 아주 또렷하게 들린다. 그 결정적 질문에 대해서 지금까지 몇 개의 언론매체(ARD방송사의 퓌닉스, 베를린 쿠리어, 나의 저서『특종 사냥』)에서 다루어 그 소리의 주인공을 확인시켜 주었다. 그 소리의 주인공이 나 자신이라는 사실을 나는 알고 있었다. ARD는 2004년에 베를린장벽 붕괴 15주년 기념 방송에서 브링크만과 샤보브스키의 대담 프로그램을 방송했는데 그 방송을 통해 당시 목소리의 주인공이 나였던 것이 확실하게 증명되었다. 귄터 샤보브스키는 1989년 11월 9일 오후 7시 직전에 있었던 세부내용을 판명하기 위해 그 본문을 열람하도록 허락했었다.(페터 브링크만의 글)』[16]

---

16)「베를린 장벽에서 통일의 답을 찾다」임진, 시월, 2014, p.222~225.

제12장

'한반도 비핵화'가 아니라,
'한민족의 안위'가
더 우선 아닌가!

Lee Sang Joon · Knowledge Series 3

A man's character may be learned from the adjectives
which he habitually uses in conversation.
대화에서 습관적으로 쓰는 형용사에서 그 사람의 성격을 알 수 있다. (마크 트웨인)

:
:

2018년 6월 12일 역사적인 북미정상회담(김정은–트럼프 정상회담)이 싱가포르 센토사 섬의 카펠라호텔에서 오전 10시부터 4시간 44분 동안 진행됐다. 이번 회담은 북한 정권이 수립된 1948년 이후 70년 만에 북미 정상이 처음 마주한 회담이라는 이정표를 세웠다. '완전한 비핵화'(?)와 '북한의 체제보장'(?)에 합의했다는 것이다. 그러나 합의서에 CVID(Complete Verifiable Irreversible Dismantlement, 완전하고 검증가능하고 돌이킬 수 없는 파괴) 조항은 빠졌다. '완전한 비핵화'의 수위와 일정 등 상세한 내용은 계속 협의 중이다.

북한의 핵무기·미사일 개발

핵확산금지조약(NPT: Nuclear Nonproliferation Treaty)의 효력은
제한적이다. NPT는 합법적인 핵보유국으로 승인된 5개국(미국·러시아·
중국·영국·프랑스) 외의 핵무기 확산을 막기 위해 1970년에 체결되었으나,
이 조약에 가입해야 할 의무는 없으며 자발적으로 참여하도록 했다. 따라서
국가들이 서명하지 않거나, 북한처럼 마음을 바꿔 탈퇴할 권리도 있다. 그렇게
한다고 해도 자동으로 처벌할 수 없다.[1] 그리고 이스라엘·인도·파키스탄[2]은
사실상 핵보유국으로 인정되고 있으며, 북한도 이를 인정받아 국제사회에서
체제보장을 받는 것을 노리고 있는 것이다.

---

1) 『혼돈의 세계: 미국 외교정책과 구질서의 위기, 그리고 한반도의 운명(A World in Disarray, 2017)』 리처드
   하스, 매경출판, 2017, p.8~9.
2) 〈사실상 핵보유국 파키스탄과 북한의 핵실험〉
   파키스탄이 1998년 5월 28일과 30일 6차례에 걸쳐 핵실험을 한 뒤 국제사회로부터 사실상 핵보유국으로
   묵인 받았던 전례를 북한도 노리고 있다는 게 전문가들의 견해다.
   파키스탄은 이슬람 국가 중에서 유일하게 핵무기를 보유한 국가이며, 중동 전략상 미국의 묵인이 있었기 때
   문에 개발이 가능했던 것이다.

"북한은 왜 핵무기를 개발하였을까? 한마디로 미국을 상대로 체제안전을 보장받기 위해서다. 핵무기가 '자위용(自衛用)'이라는 북한의 주장은 거짓말이 아니다. 핵무기라는 '비대칭전력'을 강화하려는 것은 이라크전에서 미군이 보여준 군사 혁신능력과 한국군의 재래식 전력 우위에 대처하기 위한 행위다." [3]

〔북한이 핵무기를 개발하게 된 계기는, 북한은 한국전쟁 때 만주를 원자탄으로 공격하겠다는 맥아더 원수의 발언에 자극받았을 가능성이 있고, 종전 뒤에도 미군이 한국에 배치한 전술 핵무기를 의식하였을 것이다. 그리하여 북한은 1956년 소련에서 개최된 '원자력의 평화적 이용에 관한 학술회의'에 과학자들을 파견하였고 소련과 '핵에너지 평화 이용 협력협정'을 맺었다.

북한의 핵개발은 중·소 분쟁으로 더욱 강화되었을 가능성이 있다. 북한의 동맹국인 소련과 중국의 갈등은 북한의 독자적 방어 필요성을 더욱 강화시켰을 것이기 때문이다. 북한은 중·소 분쟁이 진행되던 1962년 IRT-2000연구용 원자로를 착공하여 1965년 완공하였고, 그 외에도 핵무기 개발에 필요한 시설들을 설치하였다. 그리고 1970년에는 자체 전문 인력을 양성할 수 있도록 김일성종합대학에 핵물리학과를, 김책공업대학에는 원자로 공학과를 설치하였고 1976년에는 동위원소생산 연구실을 설치하였다.

1989년 소련의 갑작스러운 붕괴는 북한의 핵무기 개발을 더욱 가속시켰을 것으로 추정할 수 있다. 북한의 입장에서 보면 핵우산이 없어져버린 결과가 되었기 때문이다. 소련 붕괴 이후 러시아는 핵무기 기술자들을 북한에서 철수시킨 바 있다. 북한이 파키스탄의 핵개발에 주도적인 역할을 한 칸(A. Q. Khan)과 접촉한 것도 이 시기이다.〕[4]

---

3) 『나의 한국현대사』, 유시민, 돌베개, 2014, p.394~397.
4) 『북핵을 모르면 우리가 죽는다』, 박휘락, 백년동안, 2014, p.24~26.

〔미국의 맥아더 장군이 한국전쟁에서 신속한 승리로 전쟁을 종결짓기 위해 핵무기 사용을 거론한 이래, 한반도에는 항상 핵무기의 그림자가 드리워져 있었다. 핵폭탄을 갖고자 하는 김일성의 관심은 바로 이때부터 시작된 것으로 여겨진다.

1950년대 말, 평양 북쪽 영변에 핵 연구단지가 조성되었고, 1980년대 말까지 5메가와트급 원자로가 전면 가동됐다. 북한이 1985년 핵무기 비확산조약(NPT)에 서명했음에도 1992년 국제원자력기구(IAEA)는 북한이 제공한 데이터에서 불일치를 적발해냈다. 미심쩍은 자료는 북한이 이미 영변의 원자로에서 추출한 연료에서 무기급 플루토늄을 생산했으며, 이를 숨기고 있다는 의혹을 부풀렸다. IAEA는 특별 사찰을 요구했다. 1993년 3월 12일 북한은 이에 대응해, NPT 탈퇴를 선언해버렸다.〕[5]

---

5) 「북핵 롤러코스트(Meltdown, 2008)」 마이크 치노이, 시사IN북, 2010, p.32~33.

남한의 비핵화

우선 김재규 중앙정보부장이 박정희 대통령을 살해한 사건부터 보자. 문영심 작가가 2013년에 쓴 책 『바람 없는 천지에 꽃이 피겠나?(김재규 평전)』에 수록되어 있는 내용부터 보자.

〔함세웅 신부의 말을 빌리면 이렇다. "지금 우리 시대 가장 심각한 양극화 문제는 개발독재 시기 노동자와 사회구성원 모두를 희생으로 삼아 재벌에게 인적·물적 지원과 토대를 만들어준 박정희 군부독재의 불의한 정책 때문입니다. 김재규 장군은 부마항쟁의 원인이 개발독재를 통해 재벌 중심의 경제체제에 희생당한 서민들의 분노라고 법정에서 진술했습니다. 지금 우리 시대 가장 심각한 양극화 문제는 개발독재 시기 노동자와 사회구성원 모두를 희생으로 삼아 재벌에게 인적·물적 지원과 토대를 만들어준 박정희 군부독재의 불의한 정책 때문입니다. 김재규 장군이 분명히 지향한 것은 부정부패한 권력자와 재벌들을 먼저 처벌하고 제도를 민주적으로 바꾸어 국민들의 안락한 사회경제 활동을 보장하는 것이었습니다." 김재규를 변호한 강신옥 변호

사는 이렇게 말한다. "김재규는 박 대통령과의 개인적인 관계에 연연하는 것은 소의에 불과하고, 나라를 위해서는 박 대통령을 살해하는 것이 대의를 살리는 길이라고 판단해 소의를 버리고 대의를 택했다는 심정으로 순수하게 박 대통령의 유신체제를 타파하기 위해 야수의 심정으로 유신의 심장을 멈추게 했고, 나라를 위해서 자기 생명을 바친 것이라고 주장했습니다. 결국 그의 희생으로 유신만이 살길이고 정의라고 외치던 유신체제는 하루아침에 무너져버렸으며, 당시 긴급조치 위반으로 구속되었던 많은 학생이 석방되었고, 우리나라 민주화가 20년 이상 앞당겨졌다는 것이 역사적 평가입니다. 당시 박정희 대통령은 권력을 이용해 많은 여인을 능멸했음이 사실로 드러났습니다. 이 사실만으로도 박 대통령은 죽임을 당해도 마땅했다는 것이 제 생각입니다."(p.5~9)

'10·26 의인들 33주기 합동추모식'에서 참석자들은 10·26 당시에 정치권에서 왜 김재규의 구명에 나서지 않았는지, 신군부가 물러가고 민간정부가 들어서고 나서도 왜 김재규의 명예회복이 이루어지지 않았는지에 대해서 이야기를 나눴다. "다 정치적 계산 때문이지요. 10·26 당시에 정치인들은 김재규가 영웅이 되는 것을 원치 않았어요. DJ(김대중)와 YS(김영삼)는 유신헌법이 폐기되고 민주화 일정이 시작된 것이 자기들의 투쟁 덕분이라고 비춰지기를 바랐지요. 심지어 김종필까지 민주주의 수호자를 자처하면서 대권에 도전하겠다고 하고, 불과 두어 달 뒤에 신군부가 집권할 판인데 서로 자신의 정치적 입지를 앞세워 대권 경쟁에만 몰두하고 있었지요." 강신옥 변호사가 1980년 당시의 상황을 돌아보면서 그렇게 분석했다.(p.356~364)』[6]

---

6) 「바람 없는 천지에 꽃이 피겠나?(김재규 평전)」 문영심, 시사IN북, 2013. p.각 부분.

위와 같은 시각은 10·26을 김재규 한 사람의 결정에 의한 사건으로 풀이하는 것이다. 과연 이만한 역사적 사건이 한 개인의 단독 결정으로 빚어졌을까? 보다 체계적이고 조직적인 세력의 움직임은 없었을까? 바로 '미국 관련설'(미국 배후설)이다. 미국이 공작을 벌여 박정희를 없앤 것일까? 과연 그는 핵개발 추진 때문에 제거되었을까?[7]

소설가 김진명(부산 출생, 한국외국어대학교 법학과 졸업, 1958~)은 '한민족의 주체성과 자주성'에 초점을 맞춰 '팩션'(fact와 fiction의 합성어. 역사적 실제 사건을 소설화한 것) 성격의 소설을 주로 쓴다. 그는 '사드'나 핵무기 개발과 관련한 한미 간의 갈등을 다룬 현대사의 픽션도 몇 편 썼다. 그는 '소설 제조기'라 불릴 만큼 많은 소설을 써내고 있다. 특히, 김진명의 첫 소설『무궁화꽃이 피었습니다』(1993)에서는 한국의 핵물리학자 이용후 박사(실존인물은 이휘소 박사, 42세에 의문의 교통사고로 사망, 1935~1977)와 박정희 대통령의 죽음의 배후에 한국의 핵무기 개발을 저지하려는 미국이 있다는 것이다.(이 박사의 가족은 소설 내용이 사실과 다르다면서 김진명 작가를 명예훼손 혐의로 고소를 하였다. 여기에도 미국의 압력이 작용한 건 아닐까?) 또한 이 소설에서는 1999년 일본이 독도를 침공한 (소설 속 가상의) 상황에서 결국 일본을 후퇴하게 한 결정적인 요인은 미국의 중재가 아니라, 남북한 최고지도자가 만나 한민족의 공조 차원에서 북한의 핵무기를 사용하기로 한 작전 때문이었다. 김진명의 또 다른 소설『한반도』(1999)에서 보면, 미국은 자국의 무기수출 등 이해관계 때문에 군축을 막으려는 거대한

---

7) 「108가지 결정: 한국인의 운명을 바꾼 역사적 선택」, 함규진 편저, 페이퍼로드, 2008, p.414~420. 참조.

세력으로 묘사되고 있고, 1979년 10·26 사건으로 박정희 대통령이 사망한 사건은 박정희 대통령이 부르짖은 '자주 국방'의 구호와 무관하지 않음을 시사하고 있다.

공군사관학교를 졸업하고(17기) 공군사관학교 교수와 세종연구소 소장을 역임한 군사전문가인 송대성 박사(1945~)는 2016년 펴낸 책『우리도 핵을 갖자: 핵 없는 대한민국, 북한의 인질 된다!』에서 동북아의 핵 균형 차원에서도 우리가 핵을 갖는 것이 절대적으로 중요하다고 강조한다. 즉, 북한뿐만이 아니라, 오히려 중국 그리고 마음만 먹으면 언제나 핵을 개발할 수 있는 능력을 가진 일본·대만과의 형평성 차원을 중시하고 있다. 일부 발췌하면 이렇다. "동북아의 핵 균형과 관련해서도 숙고할 필요가 있다. 중국과 러시아는 이미 핵보유국들이다. 북한도 사실상 핵보유국이다. 일본은 사실상 잠재적인 핵보유국이다. 일본은 매년 플루토늄 9톤(핵무기 2,000개 생산 분량)을 생산할 수 있는 저력을 보유하고 있다. 대만은 핵개발을 거의 완성한 국가로 분류되고 있다. 한국은 어떠한가? 생존권을 동맹국 미국에 전적으로 맡겨놓고 미국의 한반도 안보정책에 따라 울고 웃고 있을 뿐이다."[8]

박정희 대통령 공보비서관·정무비서관, 제10대 국회의원, 월간「한국인」 편집 및 발행인인 심융택(1936~)이 2013년에 쓴『백곰, 하늘로 솟아오르다: 박정희 대통령의 핵개발 비화』에는 박정희의 핵개발에 얽힌 비화가 상세하게 기록되어 있다. 이하 이 책의 내용을 발췌한 것이다.

---

8) 『우리도 핵을 갖자: 핵 없는 대한민국, 북한의 인질 된다!』, 송대성, 기파랑, 2016, p.166~167.

〔1979년 10·26사태와 한국의 핵개발은 무관하지 않다는 설이 많다. 그 무렵 우리나라는 핵무기 개발에 있어서 북한보다 적어도 7~8년 정도 앞서고 있었다. 일본은 이미 핵무기 생산에 필요한 기본적인 기술개발을 완료한 상태였으므로 만약 동북아시아에 핵이 확산된다면 일본, 한국, 북한 순서가 될 것으로 관측되었다.(p.25~28) 그런데 미국은 1975년 초부터 프랑스 재처리시설의 도입을 저지하기 위해 우리 정부에 압력을 가하는 한편 캐나다 원자력공사가 제공하기로 한 '연구용 원자로' 판매를 철회하도록 캐나다 정부에 압력을 가했다. 이에 따라 캐나다 원자력공사측이 판매계획의 철회를 통보해왔다.(p.35) 하지만 박정희 정부는 미국의 눈을 피해 몰래 핵개발을 진행했다. 우리 연구진들이 미국의 집요한 추적과 감시를 따돌리고 핵개발 관련 사업을 하나하나 성공적으로 추진해나가는 것을 지켜보면서 박정희 대통령은 1982년 무렵에는 우리나라도 핵무기를 제조·보유할 수 있게 될 것이라는 확신을 품었다. 그러나 10·26 사태가 터져버렸다.(p.254)

카터 행정부에 이어 등장한 레이건 정부는 준전시 하에서 경제개발을 추진하고 있는 한국에서 10·26사태 이후 폭발한 소요사태가 한국과 미국의 안전과 평화에 끼친 영향에 너무나 놀란 나머지 군부의 집권을 재빨리 승인하고, 일본과 더불어 군사정부를 지원하는 데 모든 노력을 아끼지 않았다. 한국이 제2의 베트남이나 이란이 된다면 일본의 안전이 위협받게 되고 동북아시아에서의 미국의 국가이익이 중대한 도전을 받게 된다고 판단하고, 그러한 사태를 방지하는 것이 최우선 과제라고 생각했기 때문이다. 레이건은 카터와는 달리 한국과 같이 공산주의자들과 대결하면서 경제발전을 추구하는 국가에서 가장 중요한 것은 인권보다는 정치안정이라는 것을 깨닫고 군사정부를 승인하고 지원했다. 그러나 우리나라의 핵개발을 저지해야 한다는 정책에 있어서는 카터나 레이건 행정부 모두 똑같았다. 오히려 레이건 행정부가 더 철저하게 우리의 핵개발을 봉쇄했다. 결국 박정희 대통령이 살해됨으로써 핵무기 개발계획은 완성단계에서

유산되고 미완성의 모험으로 종결되고 말았다.

1981년 전두환 정부는 핵무기 개발을 포기하는 조치들을 취했다. 1월에 핵연료 개발 공단을 원자력연구소와 통합하여 에너지연구소로 이름을 바꾸었고 핵연료 개발 연구를 금지시켰다. 1970년대에 박 대통령의 보호와 지원 속에서 방위산업 발전에 불철주야 헌신해 온 유능한 과학기술 두뇌들이 1981년 후 대학이나 개인 기업으로, 또는 전공과는 관계없는 직장에 취직하거나 실업자가 되어 뿔뿔이 해산되고 말았다. 실제로는 미국이 신군부의 집권을 승인해주는 대가로 미사일 개발 포기를 강요했고, 전두환 정권은 미국의 압력에 굴복한 것이다. 만일 1980년 초에 미사일 개발이 중단되지 않고 계속되었더라면 우리나라의 무궁화 위성발사는 미국이나 다른 외국에 비싼 외화를 주고 부탁할 필요가 없었을 것이며, 북한의 노동미사일 개발을 걱정할 필요가 없었을 것이다. 결국 전두환 정권이 미국의 압력에 굴복해 핵개발과 미사일 개발에 헌신해온 과학자와 기술자들을 모두 숙청한 결과 우리나라의 국방과학기술과 방위산업의 성장과 발전은 적어도 수십 년 이상 늦어지고 말았다. 전두환 정권이 우리의 핵무기 개발을 사실상 포기한 지 10년이 지난 1991년 11월 8일, 노태우 정권은 드디어 우리나라 핵주권의 공식 포기를 발표했다. 이른바 '한반도 비핵화 선언'이다. 이 선언의 제2항은 "대한민국은 핵연료 재처리시설 및 핵 농축시설을 보유하지 않는다"는 내용을 담고 있다. 노태우 정부는 이것이 북한으로 하여금 국제핵사찰을 받도록 하기 위한 조치라고 말했다. 그러나 비핵화 선언은 미국이 북한에 핵개발 포기를 종용한다는 명분으로 우리 정부에 집요하게 강요한 핵기술 개발 포기 요구를 무능한 노태우 정권이 받아들인 것이었다. 우리의 비핵화 선언으로 미국은 북한에 핵사찰을 수용하도록 압력을 넣을 명분을 얻은 동시에 우리나라의 핵무기 개발 가능성을 원천적으로 봉쇄하는 데 성공한 것이다. 반면, 1967년 일본은 핵의 제조, 보유, 반입금지라는 이른바 '비핵 3원칙'을 선언하고 그에 대한 보상으로 우라늄 농축시설과 핵연료 재처리시설, 다량의 플루토늄을 보유할 수 있게 되었다. 그러나 노태우 정부는 아무런 보상이나 대가도 없이 우리나라의 핵 주권만 포기한 것이다.

노태우 정부의 '한반도 비핵화 선언'은 군사적·정치적·경제적으로 국가이익을 크게 손상시키는 결과를 가져왔다. 우리는 자주국방의 핵심인 핵무기를 개발할 수 없게 되어 국방을 미국의 '핵우산'에 계속 의존할 수밖에 없게 되었으며, 따라서 미국에 대한 '군사적 종속 상태'에서 벗어날 수 없게 되었다. 비핵화 선언은 또한 우리나라 원자력발전소의 연료를 미국에 의존하게 만듦으로써 매년 막대한 비용을 지불하게 되어 경제적 손실이 컸다. 핵연료 재처리시설과 우라늄 농축시설을 보유하지 못하게 된 까닭에 앞으로 원자력 발전 연료인 '농축 우라늄'을 미국에서 구입해야 하며, 원자력 발전소에서 계속 나오는 '사용 후 핵연료'는 미국에서 미국이 요구하는 비싼 사용료를 지불하고 재처리해 올 수밖에 없게 되었다. 더구나 미국이 핵연료의 재처리와 농축 우라늄 판매를 거부하거나 중단할 경우 우리는 원자력 발전소를 가동하지 못하는 중대한 위험에 빠질 수 있어, 미국이 그것을 우리에 대한 압력수단으로 사용할 수 있게 되었다.

한마디로 전두환과 노태우는 우리 국방과 경제와 과학기술 등 중요 분야를 미국의 지배하에 놓이게 만들고 말았다. 미국의 압력과 위협에 겁을 먹고, 전두환 정권과 노태우 정권이 양보해서는 안 될 것을 양보했고 포기해서는 안 될 것을 포기했기 때문에 자초한 결과였다. 그로 인해 2006년 12월 북한이 핵실험에 성공하고 핵보유 국가가 되었음을 선언했을 때, 우리나라는 북한의 핵무기를 배경으로 한 '폭력 외교' 앞에 무방비 상태로 노출되었다. 그리하여 김대중 정권과 노무현 정권은 북한이 서울을 불바다로 만들겠다고 위협할 때마다 전쟁을 피해야 한다면서 김정일 정권에게 쌀을 퍼주고 달러를 헌납했다. 북한은 우리가 제공한 그 귀중한 식량과 달러로 정권의 명맥을 유지하고 핵개발을 촉진해왔으며, 그 핵무기로 이 나라의 평화와 안보를 위협하고 있는 것이다. 미국 정부는 한미원자력협정 등을 구실로 자국의 이익에만 눈독을 들이고 있는

것이다. 한국을 한마디로 졸로 보고 있는 것이다.(p.371~380)〗[9]

　박정희 대통령의 사망 원인은 독재자를 처단한다는 김재규의 의협심 때문이 아니라, 핵무기 개발과 이를 저지하기 위한 미국의 사주를 받아 살해됐다는 '미국배후설'도 상당히 설득력이 있다. 이후 전두환과 노태우 정권은 미국에서 12·12 쿠데타를 승인받는 대가로 핵 주권을 포기함으로써 한국은 사실상 완전 무장해제돼버렸다. 18년 동안이나 박정희 군사정권의 독재에 피를 흘린 조국의 강토는 다시 전두환·노태우라는 사이비 군인들에 의해 지배당했다. 지배만 당했으면 그나마 다행이다. 권력에 눈이 먼 이들은 1980년 5·18 광주민주항쟁에서 무고한 4,090여 명을 죽인 것도 모자라, 조국의 자위권을 미국에 넘겨버렸다. 정말로 한탄할 노릇이다. 도대체 이들의 뇌 속에는 뭐가 들어있을까? 과연 우리 민족에게 신(神)은 있기나 한 걸까? 정말 울고 싶다!

　그런데 그 뒤에 들어선 정부도 모두(김영삼~문재인 정부까지) 한결같이 '한반도 비핵화'를 외쳐댔고 아직도 그러고 있다. 그러면 핵무기를 개발하려던 박정희 대통령의 머리가 돈 것일까? 아니면 무슨 사연이 있어서일까?

9) 「백곰, 하늘로 솟아오르다: 박정희 대통령의 핵개발 비화」, 심융택, 기파랑, 2013.

만일 '한반도 비핵화'가 실현된다면 한민족의 운명은 어떻게 될까?

북한은 한국전쟁 때 만주를 원자탄으로 공격하겠다는 맥아더 원수의 발언에 자극받았다. 그리하여 북한은 1956년 소련에서 개최된 '원자력의 평화적 이용에 관한 학술회의'에 과학자들을 파견하였고 소련과 '핵에너지 평화 이용 협력협정'을 맺었다. 이때부터 핵무기 개발에 줄곧 매달려 결국 핵보유국이 된 것이다.

다시 말하지만 북한의 핵무기는 전쟁을 일으키기 위한 것이 아니라 북한 체제를 유지하기 위한 것이다. 핵도발이니, 남한을 불바다로 만든다느니 하는 것은 단지 엄포일 뿐이다. 통일이 되면 북한의 핵무기는 결국 통일 한국의 핵무기가 될 것이다. 북한의 핵무기와 한국의 발달한 산업이 결합하면 통일 한반도는 동아시아 무대에서 실력 국가로서의 위치를 공고히 다질 수 있을 것이다. 미국 하버드대학교 교수였고 정치학자인 새뮤얼 헌팅턴은 책『문명의 충돌(1993·1996)』[10]에서 "다수의 한국인들은 북한의 핵무기를 한민족의 핵무기로 이해하고 있다"고 썼다. 미래학자인 앨빈 토플러도 책『부의 미래(2006)』[11]에서 "일부 사람들은 (남북통일이 되면) 북한이 양국의 결혼에 핵무기를 예물로 들고 올 수 있으니 (한국은) 오히려 기뻐해야 한다는 의견이 있다"고까지 말했다. 국제안보·군사전략 전문가로서 현실주의의 대표적인 학자인 존 J. 미어셰이머 시카고대 교수 또한 저서『강대국 국제 정치의 비극』(2001·2014)[12]에서 '공격적 현실주의'를 강조하며 '힘(power)'이란 핵심적 개념에 초점을 맞추고 있다. 그는 아시아의 핵전쟁에 대해 이렇게 썼다. "아시아에서의 전쟁이 우발적인 핵전쟁으로 확전될 가능성은 항상 존재 한다. 그러므로 만약 한국이 국가안보를 유지하려면 동맹구조, 세력균형, 강대국의 행동, 핵무기 등의 길고 어려운 문제들에 대해 심사숙고하는 방법 밖에는 없을 것이다." 그는 또 핵무기가 가진 전쟁억제력에 대해서는 이렇게 주장한다. "바다는 지상군의 투사능력을 제한하고, 핵무기는 강대국 지상군의 충돌 가능성을 낮춘다는 점을 고려한다면, 아마도 제일 평화로운 세상은 모든 강대국들이 바다를 사이에 두고 떨어져 있으면서 생존 가능한 핵무기를 갖추고 있는 세상일 것이다."

물론 통일 과정 및 통일 후 반(反)통일 세력들이 완성된 핵무기 혹은 핵시 설을 탈취할 위험은 있다. 그러나 한국의 위정자들은 이런 위험 차원이 아니라 정치에 악용하기 위한 목적으로, 걸핏하면 북핵문제나 북한의 남침 위협을 과장하여 왔다. 사실 우리의 주적(主敵)은 북한이 아니라[13] 우리를

10) 『문명의 충돌(The Clash of Civilizations and the Remaking of World Order, 1993·1996)』, 새뮤얼 헌팅턴, 김영사, 1997, p.254.
11) 『부의 미래(Revolutionary Wealth, 2006)』, 앨빈 토플러, 청림출판, 2006, p.493.
12) 『강대국 국제정치의 비극: 미중 패권경쟁의 시대(The Tragedy of Great Power Politics, 2001·2014)』, 존 J. 미어셰이머, 김앤김북스, 2017, p.27·204·527.

둘러싸고 있는 일본·중국·러시아, 그리고 미국이다. 이들은 당연하지만 자국의 이익만이 최우선이고 한국의 정서나 체제는 자국의 이익 범위 내에서만 고려될 뿐이다. 물론 북한의 도발을 전혀 무시할 수는 없다. 그러나 북한의 위험을 정치적으로 너무 자주 거론하고 너무 부풀려 국민들을 혼란에 빠뜨린다. 언젠가는 통일이 될 것이다. 통일 한국에서 핵무기가 얼마나 큰 공헌을 할지는 두말할 필요가 없다. 동북아에서 우리만이 핵무기 없는 나라라면 어떻게 되겠는가. 주변국들에게 예쁜 토끼로서 아양 떠는 것 이외에 무엇을 할 수 있겠는가. 그러나 핵무기를 보유한 통일 한국의 위상은 주변 강대국들과 어깨를 나란히 할 정도까지는 되지 않더라도 최소한 서로 자폭할 수 있는 고슴도치 정도는 되지 않겠는가. 호랑이가 제아무리 최상위 포식자라 해도 가시 침을 곤추세운 고슴도치는 어쩔 도리가 없다. 크게 보면

---

13) 여러 매체 2018.8.22. 〈2018 국방백서, "북한군은 우리의 적" 삭제하나〉

정부가 2년 주기로 발간하는 국방백서에서 "북한 정권과 북한군은 우리의 적"이라는 문구를 삭제할 것으로 보인다. 22일 복수의 정부관계자는 올 12월 발간 예정인 「2018 국방백서」에서 북한 정권과 북한군을 우리의 적으로 표현한 문구를 삭제하는 방안을 검토 중이라고 밝혔다.

「2016 국방백서」는 북한의 핵과 미사일 등 대량살상무기, 사이버공격, 테러 위협은 우리의 안보에 큰 위협이 된다면서 "이러한 위협이 지속되는 한 그 수행 주체인 북한정권과 북한군은 우리의 적이다"라고 표기했다. 국방부는 북한의 연평도 포격 도발이 있은 2010년 발간한 「2010 국방백서」부터 이러한 표현을 사용했으며 최근까지도 북한정권과 북한군을 적으로 간주했다.

그러나 문재인 정부 들어 남북한 화해분위기가 조성되고 남북이 일체의 적대행위를 전면 중지한다는 '4·27 판문점선언'을 이행하는 차원에서 「2018 국방백서」에서는 관련 문구를 수정하기로 했다. 국방부는 북한정권과 북한군을 적이라고 규정하는 단어 대신 북한의 군사적 위협을 충분히 인식할 수 있는 문구로 대체하는 방안을 강구하고 있다.

'국방백서'는 국방정책을 국민에 알리기 위해 발행하는 책자다. 그동안 정권이 바뀌거나 남북 관계에 기류 변화가 있으면 국방백서에 실리는 북한 정권과 북한군에 대한 설명도 달라졌다. 국방부는 1994년 제8차 실무 남북접촉에서 박영수 북측 대표의 '서울 불바다' 발언을 계기로 「1995년 국방백서」에 "북한군은 주적" 표현을 처음 사용했다. 2000년 남북 정상회담 이후 대화의 물꼬가 트이면서 북한을 주적으로 규정한 데 논란이 일었다.

참여정부 시절인 「2004년 국방백서」부터는 주적 개념을 삭제하고 "직접적 군사위협", "심각한 위협" 등으로 표현을 바꿔 2008년까지 사용했다. 그러다가 이명박 정부가 들어서고 북한의 핵과 미사일 위협은 물론 군사적 도발이 증대되면서 2010년 "북한정권과 북한군은 우리의 적"으로 설명을 바꿨다.

미국도 일본도 아닌 북한이 장래의 우리 식구이다. 그럼에도 불구하고 최순실 국정농단 사건으로 나라가 어수선한 가운데 박근혜 정권의 국방부는 야당 등 대다수의 반대에도 불구하고, '한일 군사정보보호협정'(한일군사정보협정)을 가서명(2016년 11월 23일)에서부터 본 서명, 그리고 국무회의 의결까지 전광석화처럼 처리하여 우리의 내밀한 군사정보가 일본에 넘겨지게 되었다. 주적이며 아직도 한국을 호시탐탐 노리고 있는 일본과 군사정보를 교류한다 니, 이게 도대체 말이 되는가! 한국은 별로 내세울 만한 힘도 없이 그저 "변치 말고 저를 사랑해주세요"라고 구걸밖에 할 수 없는 예쁜(?) 토끼일 뿐이다.

미국이 '북한 체제보장'을 한다면 북한은 '완전한 비핵화'를 한다고? 자국의 이익을 위해서는 약속도 손바닥 뒤집듯 하는 것이 국제사회의 현실인데, 과연 어느 누가, 어떻게 북한 체제를 보장해준단 말인가. 어림없는 소리다. 명백한 사례를 찾으러 멀리까지 갈 필요도 없다. 2018년 8월 7일, 미국 트럼프 행정부가 2년 7개월 만에 이란에 대한 제재를 재개했다. 일련의 과정을 간략히 살펴보자. 2015년 7월 이란이 미국(오바마 대통령)을 비롯해 영국·프랑스·독일·중국·러시아 등 주요 6개국과 핵 협상을 타결했다. 그 후 6개월 만인 2016년 1월 18일, 이란이 국제사회와 약속한 핵협상 이행 조건을 충족하면서 핵 관련 모든 경제·금융 제재에서 벗어났다. 1979년 이슬람 혁명 이후 미국 등으로부터 제재를 받았던 이란은 37년 만에 국제사회로 복귀하게 된 것이다. 그런데 도널드 트럼프 미국 대통령이 2018년 5월 8일(현지시간) 이란핵협정(JCPOA, 포괄적 공동행동계획) 탈퇴를 공식 선언해버렸다. 트럼프 대통령은 이 협정은 이란의 탄도미사일 프로그램을 폐기하는 내용이 없고, 10~15년의 일몰 기간이 끝나면 이란의 핵개발을 막을 수 없다는 한계가 있다면서 2016년 대선 후보 시절부터 줄곧 파기를 공언해 왔다.

『빙하는 움직인다: 비핵화와 통일외교의 현장』
(송민순 전 외교통상부장관, 2016.10.7.)이란 책을 왜 썼을까?

그런데 우리 정부와 모든 언론들, 대부분의 학자들과 지식인이라고 자칭하는 자들은 하나같이 '한반도 비핵화'를 외쳐대고 있다. "한반도 비핵화는 우리 민족의 자살행위이며, 강대국들에게 우리의 주권을 넘기는 것과 마찬가지"라고 말하면 박정희처럼 암살당할까봐 그럴까? 그럴지도 모르겠다. 하기야 정부든 언론이든 공개적으로야 미국의 강압에 마지못해 '한반도 비핵화'를 외칠 수밖에 없을지도 모르겠다. 그러나 실지 본심은 그 반대이길!

그런데 의심스러운 일도 있다. 줄곧 외교부에서 북핵 담당 고위직에 있었고 노무현 대통령 시절에는 제34대 외교통상부장관 (2006.12.~ 2008.2.)까지 역임했던 송민순(경남 진주 출생, 마산고등학교, 서울대 독문과 졸업, 1948~)은 『빙하는 움직인다: 비핵화와 통일외교의 현장』(창비, 2016.10.7.)이라는 책을 썼다. 이 책은 시종일관 북한 핵은 우리의 최대 위험이니 '무조건 한반도 비핵화'만이 살길인 양 강조하고 있다. 그것도 모자라 책 발간 후 전국을 누비며 세미나를 개최하는 등 '한반도 비핵화'의 열렬한 전도사 노릇을 했다. 과연 그는 무슨 목적으로 그랬을까? 지난 2017년 제19대 대선에서 이 책이 의외의 파장을 일으켰다. 송민순이 장관으로 있던 시절 '유엔 북한인권결의안' 찬성여부를 노무현 대통령의 지시에 의해 사전에 김정일에게 물어본 사건이다. 이 논란은 자신의 회고록『빙하는 움직인다』[18]에서 '대북인권결의안 기권 입장은 투표(2007년 11월 21일)전까지 정해지지 않았고, 11월 20일 싱가포르 순방에서 북한의 입장문이 국정원을 통해 들어온 이후에 기권 결정이 내려졌다'는 취지의 주장을 펴면서 시작됐다. 당시 송민순 외교부장관이 거듭 대북인권결의안 찬성을 주장했지만, 이미 기권 결정이 내려진 후의 일이었다는 점을 재차 강조한 것이다. 이 사실에 대해 당시 노무현 대통령비서실장이었던 문재인 후보에게 야당의 대권주자들은 일제히 비난을 퍼부었다. '우리가 내려야 할 결정을 이해당사자인 북한 측에 미리 물어본 것은 국격도 위신도 없는 행위'라는 점을 들었다. 당시 이에 대해 한 매체에서 보도한 글을 보자.

〔2017년 4월 23일 중앙선거방송토론위원회 주최로 열린 5개 주요정당 대선후보 초청 토론회에서 바른정당 유승민 후보는 "비록 10년 전의 일이지만 북한인권 문제에 대해 더불어민주당 문재인 후보가 거짓말을 한다면 후보 자격이 없다"고 포문을 열었다. 그러나 정의당 심상정 후보는 이 사안에 대해 오히려 유승민 후보를 비판하고 문재인 후보를 두둔했다. 심 후보는 "제가 만약 당시 대통령이었다면 기권 결정을 했을 것이다. 국민들은 새누리당 정권 10년 동안 남북대치 상황이어서 상상이 안 되겠지만 당시는

18) 『빙하는 움직인다: 비핵화와 통일외교의 현장』, 송민순, 창비, 2016, p.446~453 참조.

정상회담과 총리급 회담, 국방장관 회담, 6자 회담도 열렸다"며 "남북이 평화로 가는 절호의 기회인데 그 기회를 살리는 정무적 판단은 당연하다"고 맞받았다. 두 후보의 신경전을 지켜보던 문재인 후보는 "송민순 메모사건을 지난 대선에 있었던 제2의 NLL(서해 북방한계선)로 규정한다"며 "그때도 NLL을 노무현 대통령이 포기했다고 하다가 선거가 끝나고 터무니없는 사실로 밝혀지지 않았냐"고 비판했다. 문 후보는 "해당 의혹을 제기했던 의원들은 처벌받고 사과까지 했다. 또다시 NLL을 되풀이하는 부분에 대해서는 좌시하지 않고 단호하게 책임을 묻겠다"고 경고했다.)[19]

'박근혜 탄핵'을 위한 촛불집회가 불붙기 시작한 시기가 2016년 9월이고 송민순이 『빙하는 움직인다』를 10월에 냈으니, 그의 의도는 촛불민심과 문재인 후보를 깎아내리고 소위 골수보수에 힘을 실어주기 위한 것이라는 의심을 받기에 충분했다.

내 고향이 마산이라 그런지, 송민순 전 장관과 늘 비교되어 떠오르는 인물이 한 사람 있다. 바로 대한민국 역사학계의 거장인 강만길 교수(마산 출생, 마산고등학교, 고려대학교 사학과, 1933~)인데, 진주 출신인 송민순과 달리 마산출신이지만 마산고등학교 15년 선배다. 비슷한 환경에서 동시대를 살았던 두 사람의 행보가 정반대여서 많은 생각을 하게 한다. 송민순 전 장관은 행정 관료이고, 강만길 교수는 학계 그것도 역사학자라서 그렇다고 결론 내리면 그만일까. 아무튼 강만길 교수의 이력을 잠시 소개한다. 그는 위험한 20세기에 가장 21세기적인 역사적 비전을 보여준 원로 역사학자다. 우리 땅의 분단 극복을 화두로 삼아 역사 연구를 하면서

---

19) CBS노컷뉴스 2017.4.24. 박지환 기자.

'평화의 나침반'이 되어왔던 인물이다. 소년 시절, 일제강점 말기와 해방 정국을 경험하며 역사공부에 뜻을 두게 되어 고려대학교 사학과에 입학했다. 대학원에 다니며 국사편찬위원회에서 일하다 1967년 고려대 사학과 교수로 임용되었으며, 1972년 '유신' 후 군사정권을 비판하는 각종 논설문을 쓰면서 행동하는 지성인으로 이름을 알리게 되었다. 광주항쟁 직후 항의집회 성명서 작성과 김대중으로부터 학생선동자금을 받았다는 혐의 등으로 한 달 동안 경찰에 유치되었다. 전두환 정권에 의해 1980년 7월 고려대에서 해직되었고, 1983년 4년 만에 복직하여 강단으로 돌아온다. 이후 정년퇴임하는 1999년까지 한국근현대사 연구와 저술활동을 통해 진보적 민족사학의 발전에 힘을 쏟았으며, 2001년 상지대학교 총장을 맡아 학교운영정상화와 학원민주화를 위해 노력했다. 김대중 정권부터 노무현 정권까지 약 10년간 통일고문을 역임했고, 남북역사학자협 의회 남측위원회 위원장, 친일반민족행위 진상규명위원회 위원장, 광복60주년 기념사업 추진위원회 공동위원장 등을 역임했다. 2007년부터 재단법인 '내일을 여는 역사재단'을 설립해 젊은 한국근현대사 전공자들의 연구를 지원하고 있다. 또한 '청명문화재단'이사장으로서 임창순 상을 제정해 민족공동체의 민주적 평화적 발전에 공헌한 사회실천가들의 업적을 기리며 한국학 분야의 연구를 장려하고, 청명평화포럼을 통해 우리 사회의 새로운 지향을 모색하고자 노력하고 있다. 현재 고려대 한국사학과 명예교수이며 대표 저서로는 『조선후기상업자본의 발달』(1973), 『분단시대의 역사인식』(1978), 『한국민족운동사론』(1989 초판, 2008 개정판), 『통일운동시대의 역사인식』(1990 초판, 2008 개정판) 『고쳐 쓴 한국근대사』 {'한국근대사'(1984)→'고쳐 쓴 한국 근대사'(1994 초판, 2006 개정판)}, 『고쳐 쓴 한국현대사』{'한국현대사'(1984)→'고쳐 쓴 한국 현대사'(1994 초판, 2006 개정판)}, 『회상의 열차를 타고』(1999)[20], 『20세기 우리 역사: 강만길의 현대사 강의』(1999 초판, 2009 개정판), 『역사가의 시간』(2010), 『내 인생의 역사 공부』(2016) 등이 있다.

우리 한민족의 영원한 포부는 '한반도 비핵화'가 아니라(이건 미국을 포함한 주변 강대국들이 제멋대로 우리를 좌지우지하기 위해 허울 좋게 만든 구호일 뿐이다), '통일된 조국의 무궁한 발전'이 아니겠는가. 영원하고 무궁하려면 힘이 있어야 한다. 비핵화 이후에 남는 것은 아마 '빛 좋은 개살구뿐'일 것이다. 우리의 소원은 '한반도 비핵화'가 아니라, 바로 '한반도의 강력한 핵보유'임을 명심하라! 미래학자인 앨빈 토플러의 말을 다시 한 번 명심하자. "북핵은 통일이 되면 한민족 최대의 혼수품이 될 것이다!"

---

20) 『회상의 열차를 타고: 고려인 강제이주 그 통한의 길을 가다』, 강만길, 한길사, 1999, p.29.
1937년에 소련의 스탈린 정권은 연해주 지역에 사는 우리 동포들을 중앙아시아 지역으로 강제 이주시켰다. 1997년 9월 10일, 그 60주년을 기념하기 위해 러시아 고려인협회와 한국의 '우리민족서로돕기운동본부'가 공동으로 강제 이주 때의 여정을 따라 운행하는 특별열차를 내고 그 이름을 '회상의 열차'라고 했다. 블라디보스토크에서 우즈베키스탄 타슈켄트까지 약 8,000km 거리다. 이후에도 여러 단체에서 '회상의 열차' 여행을 다양하게 비공식적으로 운영 중이다.
소련 및 러시아와의 국교가 열리면서 시베리아 지역의 우리 민족 해방운동에 대한 이해를 높이기 위해 현지에 가봐야겠다는 생각을 가졌지만 기회가 잘 오지 않았다. 그런데 마침 공동 대표의 한 사람으로 참가하고 있는 '우리민족서로돕기운동본부'의 요청이 있어서 친구 성대경 교수와 함께 '회상의 열차'를 타게 됐다.(p.29) (1990.9.30. 한-러 수교, 1991.12.26. 소련 해체)

제13장

김영란법에
대한 단상

Lee Sang Joon · Knowledge Series 3

道雖邇不行不至, 事雖小不爲不成.

아무리 가까운 길이라도 가지 않으면 도달할 수 없으며,

아무리 작은 일이라도 하지 않으면 이루어지지 않는다. (순자)

'FIU법'이란 자금세탁 등을 통해 불법자금을 조달하는 행위를 적발해서 처벌하거나 수사기관에 통보하도록 규정한 법률을 뜻한다. 이 법률을 집행하는 기관이 금융위원회 산하의 FIU(Financial Intelligence Unit·금융정보분석원)인 점을 따서 'FIU법'이라고 부른다. 이전에는 조세범칙 조사와 조세 범칙혐의 확인을 위한 조사 때만 FIU정보를 활용할 수 있었다. 그러나 법 개정(2013.11.14. 시행)으로 조세탈루 혐의 확인을 위한 조사 및 조세 체납자에 대한 징수 업무에 FIU정보를 활용할 수 있게 됐다. 'FIU법'상 보고 대상 금액은 CTR(Currency Transaction Report·고액자료), 즉 현금 입출금이 일일 2천만 원 이상인 모든 거래와, STR(Suspicious Transaction Report·의심거래), 즉 현금 입출금이 일일 1천만 원 이상인 의심 거래이다. 그리고 부패신고 보상금(30억 원 한도)과 탈세제보 포상금(2018년부터 한도가 30억 원에서 40억 원으로 인상)이 지급되는 등 부정부패를 방지하기 위한 사회적 옥죄기가 점점 강화되고 있는 실정이다.

2016년 9월 28일(시행)부터는 '부정청탁 및 금품 등 수수의 금지에 관한 법률', 일명 '김영란법'까지 가세하면서 사회 정의를 바로 세우기 위해 전력

투구하고 있다.

이 법들이 향후 부정부패를 줄이는 데 커다란 공헌을 할 것이다. 그러나 다음 두 가지의 요건이 실행될 때 이 법의 성과는 극대화될 것이다.

첫째, 법 적용의 공평성이다. 이들 법이 아무리 좋아도 그 적용에 있어 공정해야 하는데, 일반 서민들에게는 엄격한 잣대로 법 적용을 하는 반면, 고위층이나 일명 실세들은 이런 법들을 능가하는 힘으로 또는 통치라는 이름으로 모조리 다 빠져나가버리는 현실을 안타까워하는 견해도 많다. 이를 반영하듯 2009년 6월 23일부터 발행된 5만 원권 화폐가 현재는 회수조차 제대로 되지 않고 있는데, 2017년 말 기준 총 화폐발행 잔액 108조 원 중 5만 원권 발행 잔액은 87조 원을 넘었다.

둘째, 과거에(이 법들 시행 이전에) 불법과 부정부패를 저질러 긁어모은 재산에 대한 어떤 환수조치가 없다면 이들 법은 절름발이 법이다. 왜냐하면 과거에 엄청난 부정과 불법을 저질러 축재한 더러운 지위를 그대로 인정하는 꼴이 되는 거니까. 계층 사다리가 걷어차인 오늘날인데, 과거에 부정하게 사다리를 타고 올라간 자들의 지위를 고스란히 인정하는 것은 '시점별 형평성'에 전혀 부합되지 않으니까. 어떻게 해서라도 소멸시효 등의 장애물을 극복할 법리적 보완을 하여 과거에 부정축재한 것도 환수해야 하는 것이다. 일제강점기 때 나라를 팔아먹은 대가로 배를 불린 친일 매국노의 재산을 환수하기 위해 2005년에 '친일 반민족 행위자 재산의 국가 귀속에 관한 특별법'을 만들었듯이 말이다.

"독립운동을 하면 3대가 덕을 보게 하겠다"고 문재인 대통령이 약속했다.[1] 조국을 위한 희생에 보답하는 것과 반대로, 조국을 배반하고 '블랙 커넥션'을 통해 경제 질서를 교란시켜 국가에 해를 끼치는 대신 자기 배만 불린 불법

축재자들의 과거도 반드시 물어야 한다. 제2차 세계대전 당시 고작 4년 동안 독일의 지배를 받았던 프랑스가 단죄한 내용을 이용우 교수의 저서 『미완의 프랑스 과거사: 독일 점령기 프랑스의 협력과 레지스탕스』(2015)를 통해 살펴보면 이렇다.

〔1940년 5월 13일 프랑스가 독일의 급작스런 침공을 받고 그로부터 6주 만에 패전을 인정한 일은 당시 프랑스인들에게 너무나도 충격적인 사건이었다. 이 전쟁을 끝낸 6월 22일의 '프랑스-독일 휴전협정'은 사실상 항복조약이었다. 그 조약으로 시작된 것은 평화가 아니라 독일의 점령과 지배였다.(p.249)

프랑스에서 대(對)독일 '협력자(Collaborateur)'의 약칭인 '콜라보(Collabo)'가 70여 년이 지나도록 수치스런 용어로 남은 것은 그만큼 독일강점기(1940~1944) 4년간이 오늘날까지도 프랑스인들에게 끔찍한 트라우마로 작용하고 있음을 말해준다. 대독협력자는 모두 몇 명이었을까? 1944년 10월에 임시정부 수반인 드골(Charles de Gaulle, 1890~1970) 장군이 말했듯이 "한 줌의 불쌍한 자들과 비열한 자들"에 불과했던 것이 아니었음이 분명하다.

해방 이후 대독협력자 처벌을 위해 설치된 재판소들에서 서류가 검토된 대독협력 '혐의'자의 수로 보면 무려 35만 명에 달했고 그 중에 실제로 유죄가 선고된 자들로 범위를 좁혀도 약 98,000명에 달했다. 이러한 수치들에, 이들 재판소들이 설치되기 전에 이미 약식처형된 9,000명, '행정숙청'이라는 이름으로 각종 징계를 받은 공무원·공기업 직원·군인 약 42,000명, 공개삭발식이라는 수모를 겪은 여성 부역자 20,000명을

---

1) 연합뉴스 2017.8.14. 〈독립 유공자와 유족, 청와대 초청 격려 오찬〉
   14일 이 자리에서 문재인 대통령은 "독립운동을 하면 3대가 망하고, 친일하면 3대가 흥한다는 말이 사라지게 하겠다"며 "독립 유공자 3대까지 합당한 예우를 받도록 하겠다"고 말했다.

추가해야 할 것이다. 물론 이들 가운데 재판소들에서 서류가 검토된 35만 명에 이미 포함된 이들도 있을 것이고, 무고하게 약식처형 당하거나 공개식발을 당한 이들도 있을 것이므로 이상의 수치들을 그대로 합산해서는 안 될 것이다. 하지만 이들 외에도 해방 직후에 용케 법망을 피한 대독협력자들도 있었고, 사회 각계각층에서 자신이 속한 업종과 분야에서 강점기의 대독협력을 이유로 각종 징계를 받은 자들도 있었으므로, '콜라보'의 실제 규모는 이상의 수치들보다 훨씬 더 클 수도 있다.

강점기의 대규모 협력은 해방 후 대규모의 협력자 처벌로 이어졌다. 약 9,000명의 대독협력자들이 해방 전후에 거리나 숲속에서 약식 처형되었고, 해방 후 설치된 정식 재판소들에서 모두 12만 명 이상이 재판을 받았으며 이 가운데 약 38,000명이 수감되었고 약 1,500명이 처형되었다.』[2]

"겨우 4년 동안 독일의 지배를 받았던 프랑스는 해방 직후에만 부역자 1만 명을 처형했다. 그게 끝이 아니고 징역형과 시민권 박탈 처분은 10만 명에게 내렸다. 그리고 1990년대까지도 과거사 청산 작업을 지속하는데, 이게 프랑스뿐만이 아니다. 네덜란드는 나치 협력자들을 엄하게 처벌하기 위해서 1870년에 폐지했던 사형 제도를 특별히 부활시킨다. 그러면서 150명 이상에게 사형 선고를 했다. 그런데 무려 35년 동안이나 일제의 지배를 받던 우리는 반민특위가 약 700명을 조사해서 겨우 300명을 기소했다. 그런데, 사형 1명, 무기징역 1명, 징역형 13명, 공민권 정리 18명. 이게 전부였다."[3]

2) 『미완의 프랑스 과거사: 독일 점령기 프랑스의 협력과 레지스탕스』 이용우, 푸른역사, 2015, p.249, 16~22.
3) CBS 라디오 2018.3.1. '김현정의 뉴스쇼'(손수호 변호사, 법무법인 현재 강남사무소)

제14장

저출산 문제에 대한 단상

Lee Sang Joon · Knowledge Series 3

Everything that I understand,
I understand only because I love.

나는 사랑으로 내가 이해하는 모든 것들을 이해한다. (레프 톨스토이)

미국 CIA(중앙정보국)이 발간하는 「The World Facebook」에 따르면 2017년 한국의 합계출산율은 1.05명(2016년 1.17명, 2015년 1.24명)으로 전 세계 국가 순위는 224개국 중 220위를 기록했다. 한국 뒤에 위치한 국가는 홍콩(1.18명), 타이완(1.12명), 마카오(0.94명), 싱가포르(0.81명) 등의 도시국가임을 감안하면 한국은 사실상 꼴찌라고 볼 수 있다. 통계청이 발표한 인구동향에 따르면 2017년 출생아 수가 357,700명으로 역대 최저치를 기록했다. 이 출산율 꼴찌라는 사실에 대해 모든 사람들이 곧 한국은 인구 소멸국가가 될 것이라고 호들갑을 떨고 있다. 국회입법조사처도 출산율 하락을 이대로 방치한다면 2136년 한국의 인구는 지금의 1/5도 안 되는 1,000만 명으로 줄어들고, 2256년에는 100만 명 아래로 줄어들어 사실상 소멸 단계에 들어가게 될 것으로 내다봤다. 혹자는 스파르타가 망한 것도, 로마가 멸망한 것도 인구가 급격히 줄어들었기 때문이라는 전례를 든다.[1] 그럴지도 모르겠다.

---

1) 「박종훈의 대담한 경제」 박종훈, 21세기북스, 2015, p.244~250. 〈인구 소멸 국가 1호 대한민국〉

그러나 이런 생각은 잘못된 것일까? 이 급변하는 세상에서 100년 뒤나 250년 뒤를 예상하면서 그 잣대를 단순한 인구 숫자로만 비교하는 게 과연 맞는 분석일까? 그 반대다.

첫째, 지금도 구조적 실업 문제 등으로 청년일자리가 없으며, 노인층의 일자리는 물론이고 체력이 넘치는 장년층의 일자리마저도 턱없이 부족하다. 수명도 계속 길어지고 있다. 따라서 출산 장려정책의 동력을 청·장년 및 노인층의 일자리 창출로 전환해야 하는 것은 아닐까. 그리고 당장 30여 년 뒤인 2050년에는 현 인구의 5%만으로도 세상이 굴러간다는데, 인구가 줄어들어야 더 바람직한 것은 아닐까? 그래야만 사회 문제가 더 원활하게 해결되는 게 아닐까? 미래경제학자 제러미 리프킨(Jeremy Rifkin, 1945~)이 저서『소유의 종말(The Age of Access)』(2000)에 쓴 글을 보자.

〔2050년이 되면 성인 인구의 불과 5%만으로도 기존의 산업 영역을 차질 없이 운영하고 관리할 수 있을 것이다. 사람을 거의 찾아볼 수 없는 농장과 공장, 사무실을 어느 나라에서나 흔히 볼 수 있을 것이다. 새로운 취업 기회도 물론 있겠지만 주로 상업 영역의 문화 생산 분야에 일자리가 생길 것이다. 개인의 삶 속에서 유료로 얻을 수 있는 경험의 양이 많아지면서 문화적 욕구와 필요를 충족시키는 분야에서 많은 고용 창출이 이루어질 것이다.〕[2]

둘째, 고대 스파르타나 로마 시대에는 전쟁도 모두 사람이 대결했다. 이제는

---

2) 『소유의 종말(The Age of Access, 2000)』 제러미 리프킨, 민음사, 2001, p.17.

어떠한가. 핵무기 하나가, 무인 전투기 하나가 수천·수백만의 군인보다 더 강력한 힘을 발휘하는 시대이다. 세상이 바뀌었고 기술이 바뀌었으니 그에 따른 중요한 원인 변수도 바뀌어야 하는 것이다. 이제는 실물 인간의 숫자뿐만이 아니라, (과학과 기술의 힘에 의해 만들어진) 아바타(Avatar)[3] 같은 의제 인간까지 포함한 전체를 놓고 분석과 판단을 해야 하는 시대라고 본다.

---

3) 이승재 영화평론가 2018.9.19. 특강 〈영화로 살펴보는 성공의 법칙〉(경남경영자총협회 주최)
역대 세계 최고 히트작은?
1위 「아바타(Avatar)」: 2009 미국, 제임스 카메론 감독, 제작비 2.4억 불/매출 27.8억 불
2위 「타이타닉(Titanic)」: 1997 미국, 제임스 카메론 감독, 제작비 2.0억 불/매출 21.8억 불
3위 「스타워즈(Star Wars)-깨어난 포스」(제7편): 2015 미국, 캐슬린 케네디 등 3인 감독, 제작비 2.45억 불/매출 20.7억 불
4위 「어벤져스(The Avengers)-인피니티 워」(제3편): 2018.4.25. 한국 개봉, 안소니 루소 감독, 제작비 3.0억 불/매출 20.5억 불
5위 「쥬라기 월드(Jurassic World)」(제4편): 2015 미국, 스티븐 스필버그 제작총괄, 콜린 트리보로 감독, 제작비 2.15억 불/매출 16.7억 불[제5편 「쥬라기 월드-폴른 킹덤」: 2018, 벨렌 아티엔자 등 4인 제작, 후안 안토니오 바요나 감독, 제작비 1.7억 불/매출 ?]
한국 상영관의 역대 최고 히트작은?: 영화진흥위원회(Korean Film Council) 자료
　　　　　　　　　　　　　　　　　(2018년 8월 말 기준 '역대박스오피스' 자료)
1위 「명량」(2014.7.30. 개봉, 김한민 감독, 최민식 주연): 손익분기점 800만 명/관람 1762만 명, 매출 1357억 원
2위 「신과 함께-죄와 벌」(제1편)(2017.12.20. 개봉, 김용화 감독, 하정우 주연): 손익분기점 ?/관람 1441만 명, 매출 1157억 원
3위 「국제시장」(2014.12.17. 개봉, 윤제균 감독, 황정민·김윤진 주연): 손익분기점 ?/관람 1426만 명, 매출 1109억 원
4위 「아바타(Avatar)」(2009.12.17. 개봉, 제임스 카메론 감독): 손익분기점 ?/관람 1363만 명, 매출 1285억 원
5위 「베테랑」(2015.8.5. 개봉, 류승완 감독, 황정민·유아인 주연): 손익분기점 ?/관람 1341만 명, 매출 1052억 원

찾아보기

Lee Sang Joon · Knowledge Series 3

396